헤이안 시대의
연애와 생활

한국외국어대학교 일본연구소 총서 ⑨
헤이안 시대의 연애와 생활

초판1쇄발행　2015년　5월　27일
초판2쇄발행　2016년　7월　12일

저　자　김종덕
발행인　윤석현
발행처　제이앤씨
등　록　제7-220호

주　소　서울시 도봉구 우이천로 353 3F
전　화　(02) 992-3253 (대)
전　송　(02) 991-1285

전자우편　jncbook@daum.net
홈페이지　http://www.jncbms.co.kr
편　　집　최현아
책임편집　김선은

ⓒ 김종덕, 2016. Printed in KOREA.

ISBN 978-89-5668-201-3　93830　　　　**정가** 34,000원

한국외국어대학교 일본연구소 총서 ⑨

헤이안 시대의 연애와 생활

김종덕 저

제이앤씨
Publishing Company

헤이안 시대는 주지하다시피 철저한 신분 사회였기 때문에 모노가타리物語 작품에 등장하는 인물은 주로 귀족 신분의 남녀인 경우가 많았다. 이러한 모노가타리는 주로 궁정의 뇨보女房와 같은 지식인 여성들에 의해 귀족 여성을 위해 창작되고 감상되었다. 그리고 여성 작가들은 신라의 이두 표기와 같은 만요가나万葉仮名를 초서화해서 와카和歌나 모노가타리 등을 창작하는 가운데 자연 발생적으로 가나仮名 문자를 고안하게 된다. 이러한 헤이안 시대의 일기, 모노가타리, 수필 등에 나타난 귀족들의 일상을 들여다보면 의식주보다 남녀의 연애를 더 소중하게 생각한 듯하다. 특히 모노가타리에는 주인공 남녀가 연애를 위해서 목숨조차도 아까워하지 않는 일상을 그린 이야기가 허다히 기술되어 있어 이 책의 제목으로 삼았다.

이 책에서 다루고 있는 내용은 주로 헤이안 시대의 일기, 모노가타리, 수필, 설화 등의 문학작품에 등장하는 남녀 귀족들이 어떻게 연애와 일상생활을 영위했는지, 사랑과 꿈, 참배여행, 모노노케物の怪, 이로고노미色好み 등이 모노가타리의 주제를 선점하는 논리를 규명하고자 했다. 그

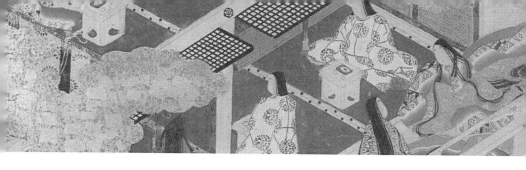

리고 궁중 생활을 하며 가나 문자로 문학작품을 기술했던 헤이안 시대의 뇨보와 조선 시대에 한글로 자신의 궁중 체험을 기술했던 궁녀를 대비해 보았다. 이 책은 필자가 작년에 집필한『겐지 이야기의 전승과 작의』에 이어서 그간에 기술한 원고와 새로이 번역하거나 발표한 원고를 수정 가필한 것이다. 여기에 편집된 글들은 초고 이후에 생각이 바뀐 부분이나 보충한 부분이 많아 전혀 새로운 논문이 된 원고도 있다. 그리고 고전 원문의 인용을 일본에서 가장 최근에 출판된「小学館新編全集」으로 바꾸었다.

『헤이안 시대의 연애와 생활』에서 각 장별로 기술한 내용은 대체로 다음과 같다. 우선 제1부 헤이안 시대 남녀의 사랑과 결혼에서는 문화적인 배경과 문학의 성립, 노녀의 사랑과 이로고노미의 관계를 살펴본다. 특히『겐지 이야기』에 나오는 로쿠조미야스도코로는 사랑과 질투로 인해 어떻게 모노노케가 되며, 작품의 주제와 작의에는 어떤 영향을 미치는가를 고찰해 보았다. 제2부 헤이안 시대의 교양과 생활에서는 당시 여성의 연애와 결혼 생활의 실체와 계모 학대담의 유형이 어떻게 패러디화하여 전승되는가, 또한 여성들이 참배 여행을 가는 공간이 모노가타리의 주제에 어떤 작의로 기능하는가를 고찰했다. 제3부 헤이안 시대의 문학과 사상에서는 이 시대 사람들의 삶과 죽음은 어떻게 그려지고, 효의식은 어떠한 경우에 발휘되며, 문학에 나타난 음양도는 어떻게 귀족들의 일상을 지배하게 되었는가를 살펴보았다. 제4부 헤이안 시

6

대의 영험과 출가에서는 꿈의 해몽과 영험의 실현이 모노가타리의 복선이 되는 배경, 겐지의 영화가 신불의 영험으로 달성되는 논리, 남녀가 사랑의 갈등으로 출가하게 되는 과정을 살펴 보았다. 제5부 한일 문화 교류와 문학에서는 먼저 일본 고대문학에 나타난 한문화의 동류東流, 그리고 한일 고유문자의 발명과 궁정여류문학을 대조하고, 『겐지 이야기』에 나타난 「장한가」의 수용과 변용, 일본의 국문학교육과 한국에서의 일본문학교육의 위상을 비교 분석해 보았다.

이 책에서 인용한 작품의 원문이나 인명, 지명 등의 고유명사 표기는 다음과 같은 원칙으로 기술했다.

1) 원문은 기본적으로 「新編日本古典文学全集」(小学館)을 인용하고, 기타 「新日本古典文学大系」(岩波書店), 「日本古典文学全集」(小学館)과 「新潮日本古典集成」(新潮社), 「日本古典文学大系」(岩波書店), 「日本思想大系」(岩波書店) 등을 참조하였다.

2) 일본어의 고유명사 표기는 교육과학기술부의 한글 맞춤법 외래어 표기법에 따른다.

3) 원문의 번역은 상기 주석서 등을 참고하여 필자가 시도한 것이다. 일본어의 인명과 지명, 작품명 등은 처음 나올 때 한글과 병기하고 이후 한글로 표기한다.

4) 지명 인명 등의 고유명사는 일본어 발음대로 읽어 표기하되, 관직명은 음독으로 읽었다. 또한 고유명사와 함께 쓰인 보통명사는 그

대로 기술했다. (예: 도쿄東京, 좌대신左大臣, 『겐지 이야기竹取物語』, 『도사 일기土佐日記』)

5) 시대나 천황의 재위, 인물의 생몰연대는 '헤이안 시대(794~1192)', '다이고醍醐(897~930)', '스가와라노 미치자네菅原道真(845~903)'와 같이 표기한다.

6) 저서는 『 』, 논문명은 「 」, 인용문은 ' '로 표기한다.

7) 기타 사항은 일반적인 저서, 논문 작성의 관례에 따른다.

일본문학의 문예학적 연구는 원문의 표현으로 논증하는 일이 무엇보다 중요하다고 생각된다. 그간 일본의 여러 교수님과 선배 동료들의 학은을 입은 것은 말할 나위도 없고, 일본에 유학하는 제자들에게 자료를 찾아달라는 부탁을 한 것도 한두 번이 아니다. 항상 따뜻하게 도와 주신 선후배님께 진심으로 감사드린다. 이 책은 오래 전에 기술한 논문과 최근의 연구성과를 맞추기 위해 큰 폭의 수정 가필을 했지만, 아직도 미진한 대목이 있을 것으로 생각되어 제현의 아낌없는 질정과 조언을 바란다. 항상 서둘러 부탁하는 출판을 쾌히 승낙해 주신 제이앤씨 출판사 윤석현 사장님과 편집부 김선은 과장님께 감사의 말씀을 드린다.

2015년 2월
이문동 연구실에서 金鍾德 識

8

【 목차 】

9

제1부
헤이안 시대 남녀의 사랑과 결혼

용두익수를 바라보는 후지와라 미치나가
『国宝紫式部日記絵巻と雅びの世界』, 徳川美術館, 2000

헤이안 시대의 연애와 생활

제1장
헤이안 시대의 문화적 배경과 문학

●●●●

1. 정치적 배경

일본의 헤이안平安 시대는 중고 시대 혹은 왕조 시대, 고대 후기라고 도 하는데, 간무桓武(781~806)[1] 천황 때인 794년 지금의 교토京都인 헤이 안으로 천도하여, 1192년 미나모토 요리토모源頼朝(1147~1199)에 의해 가마쿠라鎌倉 막부가 성립되기까지의 약 400년간을 말한다. 이 시대를 다시 세분하면 헤이안 천도와 율령제도의 개혁, 섭정 관백摂政関白의 정 치, 무사계급의 대두, 그리고 원정院政의 시대로 구분할 수 있다.

헤이안 시대 초기 100년 동안은 천도라는 변혁을 거쳐 율령제도를 개혁하고 정치적으로 안정을 이루기까지 많은 우여곡절을 겪었다. 간무 천황은 처음 행정의 간소화와 재정절약을 위해 교통 여건도 좋고, 나라 奈良 불교계의 정치적 간섭도 배제할 수 있는 나가오카長岡로 천도할 계 획을 세웠다. 그런데 다음 해인 785년 9월 도읍의 조영 장관이었던 후 지와라 다네쓰구藤原種継(737~785)가 공사장에서 암살되고 배후로 사와

---

1 고닌光仁(770~781). 천황의 제1황자. 어머니는 백제 무령왕 계통의 다카노니이카사 高野新笠(『続日本紀』下, 桓武天皇, 790年).

라早良(750~785) 황태자가 지목되어 변사하는 사건이 발생했다. 이에 간무 천황은 불길한 나가오카를 버리고, 794년 다시 지금의 교토인 헤이안으로 천도하여 율령제도의 개혁과 동북 지방의 토벌을 계획했다.

간무桓武 천황은 먼저 율령제도의 기초가 되는 반전제班田制를 개혁하여 국가재정을 확립하도록 하였고, 지방 국사国司의 부정을 감독하는 가게유시勘解由使를 파견했다. 그리고 병역에 관한 제도로 지금까지의 농민군 대신에 지방관의 자제 중에서 무술이 뛰어난 자를 병사로 선발하는 건아제健児制를 실시했다. 이러한 군사력으로 사카노우에 다무라마로坂上田村麻呂(758~811)를 정이대장군征夷大将軍으로 삼아 동북 지방의 에조蝦夷를 정벌하게 하였다.

간무 천황에 이어 즉위한 헤이제이平城(806~809) 천황은 병으로 3년 만에 동생인 사가嵯峨(809~823) 천황에게 양위하게 된다. 사가 천황은 구카이空海와 다치바나 하야나리橘逸勢와 함께 당대 3필이라고 칭해질 정도의 서예가이기도 했다. 사가 천황은 정무의 신속한 처리와 조정의 기밀을 유지하기 위해 율령에 없는 구로우도도코로蔵人所를 두고 초대 장관으로 후지와라 후유쓰구藤原冬嗣(775~826)를 임명했다. 이에 후지와라 다네쓰구의 딸 후지와라 구스코藤原薬子는 810년 헤이제이 상황의 복귀를 꾀하여 반란을 도모했으나 실패하였다. 구스코의 난을 계기로 사가 천황은 교토의 치안 유지를 위해 역시 율령에 없는 게비이시検非違使라고 하는 관직을 두고, 사회의 변화에 따라 율령의 규정을 수정한 법령인 격식格式을 편찬하였다. 그리고 894년 우다宇多(887~897) 천황 대에 스가와라 미치자네菅原道真(845~903)의 건의에 따라 264년간 15회에 걸쳐 당나라에 파견했던 견당사遣唐使를 폐지하자, 당나라 문화를 바탕으로 '국풍문화'라고 불리는 일본 고유의 문화가 번창하게 되었다.

상대의 후지와라藤原씨는 제사를 관장하는 씨족으로 나카토미中臣라는 성으로 불렸는데, 645년 대화개신大化改新 때의 공으로 덴지天智 천황으로부터 후지와라藤原 아손朝臣이라는 성을 하사 받는다. 후지와라 후비토藤原不比等(659~720)의 네 아들은 각각 남가南家, 북가北家, 식가式家, 경가京家로 나뉘게 된다. 식가 출신인 후지와라 구스코의 난을 계기로 정치적으로는 후유쓰구冬嗣(775~826)의 자손인 북가만이 번성하게 된다. 헤이안 시대의 섭정摂政은 천황의 나이가 어리거나 병약할 때에 천황을 대신하여 정치를 하는 것이고, 관백関白은 천황이 나이가 들어도 모든 정무를 먼저 처리하는 율령에 없는 관직이었다. 후지와라씨는 요시후사良房 이래로 천황가天皇家와의 혼인관계를 통해 천황의 외척으로서 섭정이나 관백이 되어 정권을 독차지해 부귀영화를 누리게 된다.

후유쓰구의 아들 요시후사(804~872)는 황위계승과 관련하여 정적인 도모노 고와미네伴健岑와 다치바나 하야나리橘逸勢(?~842)를 모반의 죄로 유배시키는 것을 계기로 타 씨족을 차례로 배척하게 된다. 요시후사는 몬토쿠文德(850~858) 천황을 옹립하여 딸을 후궁으로 입궐시키고, 딸이 낳은 고레히토惟仁 황자를 황태자로 만들어 조정의 실권을 장악하고, 859년 황족만 임명되었던 태정대신太政大臣으로 임명되었다. 고레히토 황자가 9살에 세이와清和(858~876) 천황으로 즉위하게 되자, 외조부인 요시후사가 실제의 모든 정무를 처리하게 되어 실질적인 섭정의 역할을 하였다. 또한 866년 궁중의 오텐몬応天門이 방화로 불에 타는 사건이 발생한 것을 계기로, 요시후사는 도모노 요시오伴善男 등을 범인으로 몰아 유배시킴으로써 명문 귀족들의 숙청을 거의 완료하고 정식으로 섭정에 임명된다.

요시후사가 죽은 후에는 양자인 후지와라 모토쓰네基経(836~891)가

우대신으로서 실권을 장악했다. 그리고 세이와 천황이 9살인 요제이陽
成(876~884) 천황에게 양위하자, 모토쓰네는 섭정이 되어 모든 정무를
대행했다. 그리고 요제이 천황이 장성하자 이를 폐위시키고, 닌묘仁明
(833~850) 천황의 아들로 55세의 고코光孝(884~887) 천황을 즉위시켰
다. 이미 고령이 되어 즉위의 가능성이 없었던 고코 천황은 실질적인
정무의 일체를 모토쓰네에게 맡겼다. 고코 천황에 이어 즉위한 우다
(887~897) 천황도 이미 약관의 나이였지만 888년 정식으로 모토쓰네를
관백에 임명하지 않을 수 없었다. 그러나 우다 천황은 후지와라씨에 대
항할 만한 뛰어난 학자인 스가와라 미치자네(845~903)를 등용했다. 이
후 미치자네는 다이고醍醐(897~930) 천황 대에 우대신까지 올라 크게 세
력을 떨치게 되지만, 901년 좌대신 후지와라 도키히라藤原時平(871~909)
의 음모로 규슈의 다자이후大宰府로 좌천되어 그곳에서 죽음을 맞이했
다. 미치자네가 죽은 후 갖가지 천재지변이 일어나자, 그의 진혼을 위해
기타노텐만구北野天満宮를 건립하고 학문의 신으로 추앙하게 된다.

　　다이고 천황과 그의 아들 무라카미村上(946~967) 천황은 일시적으로
친정을 하면서 율령체제를 재정비하려는 노력을 한 시기도 있었으나 섭
관 정치의 틀을 깨지는 못했다. 한편 황실은 국가 재정의 악화를 타개
하기 위해 황실의 자식들을 신하의 신분으로 내려 다이라平씨나 미나모
토源씨를 하사하는 관례가 정착되었다. 다이고 천황의 아들로 신하가
된 미나모토 다카아키라源高明(914~952)는 좌대신까지 올라 딸을 무라
카미 천황의 황태자비로 입궐시키는 등 권세를 얻었으나 우대신 후지와
라 모로타다藤原師伊(920~969)의 음모로 다자이후에 좌천된다. 이 사건
을 '안나의 변安和の変'(969)이라고 하는데, 이에 후지와라씨는 모든 정적
을 정계에서 추방시키고 섭정 관백의 지위를 독점하게 되었다.

10세기 후반 레이제이冷泉(967~969) 천황의 즉위와 동시에 후지와라 사네요리藤原実頼(900~970)가 관백이 된 이후, 11세기에 걸쳐 후지와라 씨의 장자가 섭정 관백이 되는 섭관 정치의 전성기를 맞이하게 된다. 특히 후지와라 가네이에藤原兼家(929~990)와 후지와라 미치나가藤原道長(966~1027), 후지와라 요리미치藤原頼通(992~1074)의 3부자 대에 이르러 그 절정에 달한다. 미치나가는 그의 장녀 쇼시彰子를 이치조一条(986~1011) 천황의 중궁으로 입궐시키는 등 네 딸들을 차례로 산조三条(1011~1016), 고이치조後一条(1016~1036), 고스자쿠後朱雀(1036~1045) 천황의 중궁과 비妃가 되게 했다. 후지와라 사네스케藤原実資의 일기 『쇼유키小右記』에는 1018년 10월 미치나가가 '이 세상을 내 세상이라 여기네, 보름달이 기울어질 일이 없다고 생각하니 この世をば我が世とぞ思ふ望月の欠けたることもなしと思へば'[2]라고 자신의 영화를 읊었다고 기술했다. 미치나가의 장남 요리미치도 1017년부터 섭정의 지위를 이어받아, 1068년 고산조後三条(1068~1072) 천황이 즉위할 때까지 삼대의 천황에 걸쳐 섭정 관백을 역임했다. 즉 후지와라씨는 천황의 외척이라는 지위를 이용하여 대대로 섭정 관백이 되어 지방의 호족으로부터 기부 받은 방대한 장원을 경제적 기반으로 삼아 섭관 정치를 할 수 있었던 것이다.

헤이안 조정에서 후지와라씨에 의한 섭관 정치가 절정을 이룰 무렵 지방의 호족들은 장원을 지키고 수령의 수탈에 저항하기 위해 무장하면서 무사 계급으로 대두하였다. 이들 무사단은 새로이 개간한 토지를 중앙의 유력한 귀족들에게 기부하는 형태로 면세권을 획득하고 사유화하였다. 유력한 무사단으로는 간무 천황의 자손인 다이라씨와 세이와清和

---

2 東京大学史料編纂所編纂(1987), 『大日本古記録 小右記五』, 岩波書店, p.55.

천황의 자손인 미나모토씨가 2대 동량으로 두각을 나타내었다. 조정에서는 지방의 치안을 유지하기 위해 이들 무사단을 활용하게 되었고, 이로 인해 무사들이 점차 조정의 정치에도 관여하게 되었다. 무사를 뜻하는 사무라이侍는 중앙의 귀족들에 비하면 사회적인 신분이 낮은 편이고, 그들은 일종의 노역으로 귀족들의 경비 임무를 맡았다. 10세기경 무사의 공적인 관직으로는 반란 등이 일어났을 때 진압을 위해 임명되는 압령사押領使, 추포사追捕使가 있었고, 궁중의 다키구치滝口에 집결하여 궁중의 경비를 담당하는 다키구치의 무사들이 있었다.

헤이안 중기인 939년 관동 지방에 세력을 갖고 있던 다이라노 마사카도平将門(?~940)는 관동의 8개국을 평정하고, 스스로 신황新皇이라 칭하며 문무백관을 임명하고 나라를 건설하려는 난을 일으켰다. 그러나 이 대란은 940년 다이라노 사다모리平貞盛와 압령사 후지와라 히데사토藤原秀郷 등에 의해 진압되고 다이라씨는 관동 지방에서 세력 기반을 잃게 되었다. 그리고 같은 시기 서해 바다 세토나이카이瀬戸内海에서는 후지와라 스미토모藤原純友(?~941)가 지방 관아를 습격하는 등의 난을 일으켰다. 조정에서는 941년 미나모토 쓰네모토源経基 등을 추포사로 파견하여 진압하였다. 이 두 난은 지방 무사단의 중앙정부에 대한 대규모 반란이었지만 중앙정부는 다른 무사단의 힘을 빌려 진압할 수밖에 없는 무력함을 보여주었다. 1028년에는 다이라노 다다쓰네平忠常가 아와安房(지금의 千葉県 남부) 국사를 죽이는 반란을 일으켰을 때에도 조정에서는 추포사 미나모토 요리노부源頼信로 하여금 진압시켰다. 특히 11세기 중반에서 후반에 걸쳐 미나모토 요리요시源頼義(988~1075)와 요시이에義家(1039~1106) 부자는 크고 작은 반란을 평정하는 데 큰 공을 세워 무사단의 동량으로 관동 지방에 확실한 기반을 구축하였다. 전쟁이 끝나자 관동 지방만이 아니라 전국의 장원 지주들이 요시이에에게 토지를 기부하여 보호받으려고 했다. 미나모토 요시이에는 장원에 의한 경제력이 늘어나면서 조정의 정치에 대한 영향력 또한 강해지게 되었다.

원정의 시대는 섭정 관백인 후지와라의 권세가 약해지기 시작하면서, 상황이나 법황法皇의 원院에서 정치를 하게 된 것이다. 후지와라씨와 외척 관계가 아닌 고산조 천황은 섭정가의 간섭을 받지 않고 오에 마사후사大江匡房(1041~1111)을 등용하는 등 새로운 정치를 시작했다. 그리고 고산조의 아들인 시라카와白河(1072~1086) 천황은 친정을 하다가 어린 아들 호리카와堀川(1086~1107) 천황에게 양위를 한 후에도 후견으로서 상황의 어소御所, 원院에서 실권을 쥐고 정치를 하는 원정을 시작했다. 시라카와 상황은 실권을 잡고 원의 경비를 목적으로 다이라씨의 무사들을 등용하자, 지방의 영주들은 많은 장원을 상황에게 기부하여 보호받으려고 했다. 당시의 시라카와 상황은 모든 정치를 마음대로 할 수 있었으나 다음 세 가지만은 자신의 뜻대로 되지 않아 늘 한탄했다고 할 정도였다. 즉 ①가모賀茂 강의 물, ②주사위의 눈, ③엔랴쿠지延曆寺의 승병을 '천하삼불여의天下三不如意'라고 했다는 것이다. 이후 시라카와, 도바鳥羽, 고시라카와後白河 상황의 3대에 걸쳐 원정이 시행되었고, 이러한 정치 형태는 이후 약 250년간 계속되었다.

도바 상황은 서쪽 세도나이카이의 해적을 평정한 다이라노 다다모리平忠盛(1096~1153)를 등용하였다. 그러나 미나모토씨 또한 관동 지방에서 그 세력이 만만치 않았다. 원정기院政期의 귀족사회는 상황파와 천황파로 분열하여 대립했는데, 여기에 섭관가와 다른 귀족들과의 대립, 무사단 내부의 대립이 결부되어 복잡한 양상을 띠고 있었다. 이러한 가운데 1156년 도바 상황이 죽자, 스토쿠崇德 상황과 고시라카와 천황을 정점으로 시작된 정치적 대립이 호겐保元의 난이다. 이 전쟁은 다이라노 기요모리平淸盛(1118~1181)와 미나모토 요시토모源義朝(1123~1160)가 활약한 고시라카와 천황 측이 승리하게 된다. 그러나 난이 평정된 후 논공행상에 불만을 품은 미나모토 요시토모는 1159년 다이라노 기요모리가 구마노熊野에 참배간 틈을 타서 고시라카와 상황을 유폐시키고 궁중을 장악했다. 이 소식을 듣고 상경한 기요모리에게 요시토모가 참살 당함으로써 평정된 것이 헤이지平治의 난이다.

이후 조정에서 실권을 장악한 기요모리는 무사로서는 처음으로 태정대신의 지위에 올라 이례적인 출세를 거듭한다. 기요모리는 후지와라씨에게 배운 대로 자신의 딸 도쿠코德子를 다카쿠라高倉(1168~1180) 천황의 중궁으로 입궐시켰다. 그리고 도쿠코가 낳은 황자가 겨우 2살 때 안토쿠安德(1180~1185) 천황으로 즉위하자, 천황의 외척이 된 기요모리는 모든 정권을 장악했다. 기요모리의 정권은 20여 국의 직할지와 500여 곳의 장원, 일송日宋 무역의 이익을 바탕으로 정권을 유지했다. 그러나 다이라씨가 조정의 고위 요직을 독점하고 귀족화하자, 지방무사와 귀족, 사원, 상황 등으로부터 격심한 반대가 일어났다. 그리하여 1177년 고시라카와 상황의 근신近臣들이 교토의 시시가타니鹿ヶ谷의 산장에서 다이라씨를 타도하려는 모의 사건이 발생하자, 기요모리는 상황을 유폐시키고 많은 귀족들을 처단하였다.

1180년 미나모토 요리마사源賴政의 거병으로 시작된 헤이케平家 타도는 미나모토 요리토모源賴朝(1147~1199)와 미나모토 요시나카源義仲(1154~1184)의 거병으로 전국적인 내란으로 확산되었다. 헤이케의 동량 기요모리는 1181년 내란을 걱정하면서 열병으로 숨을 거둔다. 헤이케 일족은 어린 안토쿠 천황을 모시고 도읍을 버리고 서쪽으로 후퇴했지만,

　　　　　　　　제1부 헤이안 시대 남녀의 사랑과 결혼

1185년 나가토長門의 단노우라壇の浦에서 미나모토 요시쓰네源義経 등에 의해 멸문지화를 당한다. 이는 기요모리가 태정대신에 임명된 지 만 18년 되는 해이다. 다이라씨의 집안으로 여동생이 고시라카와 천황의 뇨고女御이고, 누나는 기요모리의 부인이 되어 영화를 누렸던 다이라노 도키타다平時忠(1128~1189)는 '다이라씨가 아니면 모두 사람이 아니다. 此一門にあらざらむ人は皆人非人なるべし'[3]라고 했으나, 『헤이케 이야기平家物語』의 서두에서 이야기하는 것처럼 권력이란 무상한 것이었다. 이처럼 헤이안 시대는 율령체제가 붕괴되면서 후지와라씨에 의한 섭정 관백의 정치와 원정, 그리고 무사계급인 다이라씨가 집권 한 후, 다시 미나모토씨에 의해 멸망함으로써 끝난다.

2. 사상적 배경과 신앙

일본은 지리적으로 대륙으로부터의 침입은 막기가 쉽고 문화의 수입은 비교적 용이한 적절한 거리에 떨어져 있다. 항해술이 그리 발달하지 않은 상고의 시기에도 한반도를 통해 잘 소화된 대륙의 선진 문화를 손쉽게 받아들일 수가 있었다. 헤이안 시대 초기인 794년부터 894년까지 100년 동안은 소위 '국풍암흑시대'라고 할 정도로 선진의 당나라 문화가 범람할 정도로 유입되었다. 그러나 견당사가 폐지된 894년 이후 일본 문화의 특징을 살펴보면 일본열도의 기층문화 위에 외래문화인 불교문화와 음양사상 등이 중층적 구조를 이루고 있는 형태로 발전하게

---

3 市古貞次 校注(1994), 『平家物語』1, ≪新編日本古典文学全集≫ 46, 小学館, p.29.

된다. 그 대표적인 것이 한자를 초서화한 가나 문자仮名文字의 발명이고, 가나 문자로 성립된 와카和歌, 일기, 수필, 모노가타리物語(이야기) 등을 고유의 국풍國風문화라고 한다. 이하 헤이안 시대 문학에 나타난 사상적 배경과 생활 양상, 국풍 문화의 특징을 살펴본다.

헤이안平安 시대(794~1192) 문화를 다시 세분하면 다음 4기로 나눌 수 있다. 제1기는 794년부터 894년 견당사가 폐지될 때까지의 약 100년 간, 제2기는 9세기 후반부터 10세기 중엽까지, 제3기는 10세기 후반부터 11세기 전반까지, 제4기는 11세기 중엽부터 12세기 후반까지이다. 헤이안 시대 문화의 특징은 대륙의 선진 문물을 받아들여 새로이 가나 문자를 발명하면서 전통문화에 대한 자각이 일어났으며, 일본 고유의 문학이 발달하게 되었다는 점을 들 수 있다.

헤이안 천도 후 초기 100년간은 견당사를 파견하여 당나라 문화를 의욕적으로 섭취했던 소위 당풍구가唐風謳歌의 시대였다. 또한 정치적으로는 상대의 율령체제가 붕괴되고 장원을 배경으로 한 후지와라藤原씨의 섭정 관백의 정치가 시작되었다. 후지와라씨는 천황의 외척으로서 정권을 장악했는데, 858년에 후지와라 요시후사藤原良房(804~872)가 처음으로 섭정이 되고, 887년에는 요시후사의 아들 후지와라 모토쓰네藤原基経(836~891)가 관백이 되었으며, 후지와라 미치나가藤原道長(996~1027) 대에는 후지와라씨의 섭관 정치가 절정을 이루게 된다.

미치나가는 장녀 쇼시彰子를 이치조一条 천황의 중궁으로 입궐시키는 한편, 네 명의 딸들을 차례로 중궁과 비妃가 되게 하여 우리나라의 세도 정치와 같은 형태로 일본 역사상 최고의 권력과 영화를 누렸다. 『쇼유키小右記』에서 미치나가가 자신의 영화를 보름달에 비유하여 읊었다는 일화는 천황의 외척으로서 그 영화가 어느 정도였는지를 짐작할 수 있게 해주는 대목이라 하겠다. 이러한 섭관 정치하에 후지와라씨는 자신들의 딸들을 위해 지식과 재능이 뛰어난 여성들을 발탁하여 뇨보女房로 입궐시켰다. 『마쿠라노소시枕草子』를 쓴 세이쇼나곤淸少納言(966?~1017), 『겐지 이야기源氏物語』를 기술한 무라사키시키부紫式部(970?~1019?)는 그 대표적인 인물이라 할 수 있다. 이러한 궁정의 여류 작가들은 가나 문자로 와카, 이야기, 일기, 수필 등을 집필했는데, 특히 894년 견당사가 폐지된 후에는 왕조의 가나 문학이 절정을 이루게 된다.

11세기 후반부터 상황에 의한 정치가 약 250년간 계속되었는데 이를 원정기院政期라고 한다. 시라카와白河(1053~1129) 천황 집권기에 들어와 원정이 시작되면서 후지와라씨의 섭관 정치는 점차 실권을 잃게 되었다. 시라카와 상황은 1086년에 어린 호리카와堀河(1079~1107) 천황에게 양위한 뒤에 상황의 어소御所, 원院에서 정치를 계속하였다. 원정기의 귀족사회는 상황파와 천황파로 분열되어 대립하였다. 이러한 정치적 대립은 결과적으로 무사의 등용을 초래하였고, 12세기 후반에 다이라노 기요모리平淸盛(1118~1181)가 무사로서는 처음으로 태정대신의 지위에 오름에 따라 귀족의 시대는 종언을 고하게 되었다. 귀족사회의 쇠퇴와 함께 여류 문학은 점차 정체되었고, 무사와 서민이 문학의 전면에 등장하는 『곤자쿠 이야기집今昔物語集』과 같은 설화문학이 나타나게 되었다. 이러한 헤이안 시대 문화의 사상적 배경에는 불교와 신도, 음양도, 숙요도宿曜道 그리고 원령신앙 등이 복합적으로 얽혀 있다.

일본의 불교는 6세기경 백제를 통해 전해져 성덕태자의 보호를 받아 장려되었고 호국불교, 현세불교로서 전파되었다. 헤이안 시대에 들어서는 사이초最澄(767~822)가 펼친 천태종과 구카이空海(774~835)의 진언종이 귀족들의 신앙으로 크게 세력을 떨쳤다. 천태종은 법화경을 근본으로 하여 징밀하게 경선과 교리를 분석하는 학문불교였으나 점차 밀교적인 성격을 띠게 되었다. 한편 진언종은 대일경大日經을 근본으로 하고 밀교의 세계를 표현한 만다라曼茶羅을 이용하여 의식을 행하고 가지加持와 기도를 통해 중생의 고뇌를 구제하려고 했다. 즉 헤이안 시대 불교 사상은 종파와 경전에 따라 조금씩 다르지만 불교 사상에서 나온 숙세宿世, 전생관, 인과응보因果応報, 무상관, 아미타阿彌陀 신앙, 밀교적인 세계관 등이 당시 사람들의 정신세계를 지배했고 신앙의 대상이 되었다. 헤이안 중기부터는 천태 교단을 중심으로 정토교가 번창하고 이후 법화경 신앙과 염불이 유행하면서 정토종, 정토진종과 같은 중세 불교로 이어진다.

불교 사상 중에서 특히 헤이안 시대 사람들의 마음을 사로잡았던 사상은 숙세宿世 사상이었다. 이것은 불교의 윤회 사상을 근간으로 하는 삼세三世 사상으로 사람은 전생, 현세, 내세를 윤회하면서 산다는 것이다. 헤이안 시대 중반의 장편 소설인 『겐지 이야기』도 제1부의 '인因'에 의해서 제2부의 '과果'를 낳게 되는 인과응보의 원리가 반영된 이야기라 할 수 있다. 이야기의 주인공들은 인생이 무상하다고 보고 항상 출가를 염원하지만 인연과 굴레에 얽매여서 마음대로 할 수 없다는 생각을 갖고 있었다. 그리고 가까운 사람의 죽음이나 질병, 관직의 좌절 등 인생의 큰 변화를 겪을 때마다 '이제는 출가를 해야지'라는 말을 하지만 좀처럼 실행에 옮기지는 못했다.

헤이안 시대의 사람들은 아미타가 있는 서방정토를 극락세계로 생각하고 동경했고, 타라니陀羅尼을 한번만 읊으면 모든 죄가 다 소멸된다고 생각했다. 극락왕생을 하려는 사람은 아미타 불상을 만들어 불상의 손에 오색의 실을 걸고 그 실을 손에 잡고 일념으로 염불하면 뜻을 이룰

제1부 헤이안 시대 남녀의 사랑과 결혼

수 있다고 생각했다. 그러나 극락왕생을 한다는 것은 승려들조차 어려운 일이었고, 특히 법화경 5권에 여인은 내세에 남자로 다시 태어나 선을 쌓아야 왕생할 수 있다고 되어 있었다. 그래서『사라시나 일기更級日記』의 작자 스가와라 다카스에菅原孝標의 딸은 꿈에 승려가 나타나 법화경 5권을 빨리 읽으라고 했지만, 모노가타리(이야기) 문학에 심취해 있던 작자는 이야기책 이외에는 관심이 없었다고 술회했다.

그리고 헤이안 시대에는 말법사상末法思想이 크게 유행하였다. 말법사상이란 불교의 역사관으로 석가 입멸 후 정법正法, 상법像法, 말법末法으로 시대가 내려감에 따라 불교가 쇠퇴하고 세상이 타락해 간다는 사상이었다. 즉 정법 시대는 석가 입멸 후 1000년 동안 교敎가 제대로 행해지고 수행의 결과도 얻을 수 있는 시기이며, 상법 시대는 다시 1000년 동안 교와 수행만 올바르게 행해지고, 말법 시대는 1만 년 동안 불교의 가르침만이 있다가 나중에는 이마저 소멸하게 된다는 것이다. 이 시기의 설정에 대해서는 여러 가지 학설이 있으나 일본의 천태종에서는 석가입멸을 기원전 949년으로 보고, 말법 시대가 1052년부터 시작되는 것으로 생각했다. 헤이안 시대 말의 역사서『扶桑略記』고레이제이後冷泉 천황 1052년 1월 26일 조에는 '올해부터 말법에 들어간다. 今年始入末法'[4]라고 기술되어 있다. 이 무렵은 헤이안 중기로 무사정권의 수립과 귀족사회의 몰락, 전란, 재해 등의 사회불안이 팽배한 시기였기에 현실을 부정하고 비관적인 말법사상을 더욱 신봉하게 되었다. 이러한 사상은 서방정토를 갈망하는 정토교의 발달을 가져오게 되어 가마쿠라 시대의 신 불교가 태동하는 동인이 된다.

---

4 『扶桑略記』권29, http://miko.org/~uraki/kuon/furu/text/kiryaku/fs29.htm, 『末法燈明記』参照.

신도神道는 일본 고유의 종교로 원래 자연을 숭배하고 영혼불멸을 믿는 샤마니즘적인 성격이 짙은 민간신앙이었다. 그런데 씨족제도가 발달하고 국가체제가 정비되면서 조상신, 씨족신, 황실의 조상신을 숭배하는 신앙으로 발전하면서 신사의 격식, 제사 등이 정비되면서 제도화되었다. 즉 신도는 처음부터 종교로서 경전과 교리가 있었던 것이 아니고 불교의 전래와 함께 이에 대립하는 형태로 신도의 개념이 발생했다고 할 수 있다. 특히 헤이안 시대에는 신과 불교가 융합해야 한다는 신불습합神仏習合 사상, 부처가 중생을 구제하기 위하여 일본에 신의 형태로 나타났다고 하는 본지수적本地垂迹 설이 신봉되었다. 이후 신도는 남북조 시대(1333~1392)부터 무로마치室町(1336~1573) 막부, 에도江戸(1603~1868) 시대의 국학을 거치면서 이론화되고 신국사상, 황실숭배의 국가주의 신도로 변질되었다.

헤이안 시대에는 황실의 시조신인 아마테라스오미카미天照大神를 모신 이세伊勢 신궁을 비롯하여 가모賀茂 신사와 이와시미즈하치만구石清水八幡宮, 스미요시타이샤住吉大社, 가스가타이샤春日大社 등이 신도 신앙의 대상이 되었다. 특히 대일여래大日如来가 일본에 나타난 것이 아마테라스오미카미라는 본지수적 사상과 일본의 신들은 모두 부처가 모습을 달리한 사상이라는 신불습합을 믿었다. 신도에서 신에 대한 기원은 현세에서의 구복신앙이었다. 그리고 각 신사에서는 성대한 제례를 거행하였는데, 특히 4월에 있는 가모 신사의 아오이葵 축제는 가장 유명하고 당시에 축제라고 하면 아오이 축제를 이야기할 정도였다.

이세에 있는 이세 신궁의 재궁斎宮이나 교토京都 가모 신사의 재원斎院은 모두 미혼의 황녀가 임명되었다. 그러나 당시에는 불교에 대한 신심이 깊었기 때문에 재궁이나 재원은 신사에 종사하는 것이 죄를 짓는 일이라 생각하여 임기가 끝나면 불사에 전념하기도 했다. 한편 이와시미즈하치만구는 규슈의 우사宇佐 하치만구에서 교토로 옮겨온 미나모토源씨의 씨족 신사이지만, 조정에서 이세 신궁 다음으로 신앙이 두터운 신사였다. 스미요시타이샤는 호국, 바다, 항해의 신을 모신 곳으로 오사카大阪에, 가스가타이샤는 후지와라藤原씨의 씨족신을 모신 곳으로 나라奈良에 있었다.

이 이외도 헤이안 시대 중기에는 교토 북쪽에 스가와라 미치자네菅原道真를 모신 기타노텐만구北野天満宮에 대한 신앙이 깊었다. 스가와라 미치자네는 다이고醍醐 천황의 신임이 두터웠으나 901년 후지와라씨의 모함으로 규슈 다자이후大宰府로 좌천되어 그곳에서 횡사했다. 그 후로 갖가지 천변지이와 이변이 일어나자, 미치자네가 천신天神이 되어 비와 벼락을 내린다고 생각하여 기타노텐만구를 조영하게 된다. 기타 엔노교자役の行者을 시조로 하는 수험도修験道가 있었는데, 이는 산악 자체를 수행의 장으로 생각하는 산악신앙으로 불교의 밀교적인 성격과 결합하여 독자적으로 발전했다.

3. 헤이안 시대의 문학

헤이안平安 시대 문학은 간무桓武(781~806) 천황 대인 794년에 도읍을 헤이안(지금의 교토)으로 천도하여 1192년 미나모토 요리토모源頼朝에 의해 가마쿠라鎌倉에 막부幕府가 성립까지의 약 400년간을 일컫는다. 세이와清和(858) 천황대부터 후지와라藤原씨의 섭정 관백 정치가 시작되지만, 다이고醍醐(延喜, 897~930) 천황부터 무라카미村上(天歴, 946~967)

천황대에 일시적으로 천황의 친정親政이 이루어진 시기를 일본에서는 성대라고 칭송한다. 즉 헤이안 시대는 형식적으로 천황의 친정이 이루어졌던 시기도 있지만 실제로는 후지와라씨가 권력을 장악하고 후지와라씨를 비롯한 귀족들이 정치와 문화를 주도했다고 할 수 있다.

헤이안 시대의 문학을 중고 문학, 왕조 문학, 또는 고대 후기 문학이라고 하는데, 이를 문학사적으로 세분하면 정치 문화사와 마찬가지로 다음 4기로 나눌 수 있다. 제1기는 794년부터 894년 견당사가 폐지될 때까지의 약 100년간으로, 사가嵯峨 천황을 중심으로 한문학이 융성했기 때문에 국풍암흑시대 혹은 당풍구가시대라고 한다. 제2기는 9세기 후반부터 10세기 중엽까지로 가나仮名 문자가 발명되고 와카와 모노가타리를 비롯한 국풍문화國風文化가 개화한 시기이다. 제3기는 10세기 후반부터 11세기 전반까지로 후지와라씨의 섭정·관백摂政関白 정치가 절정에 달하고 와카和歌, 일기, 모노가타리, 수필, 설화 등의 국풍문학이 전성기를 이룬 시기이다. 제4기는 11세기 중엽부터 12세기 후반까지로 천황을 대신하여 상황이 정치의 중심이 되는 원정院政의 시대인데, 미나모토源씨와 다이라平씨의 전란이 계속되어 귀족문학이 쇠퇴하면서 후기 모노가타리物語(이야기)와 설화문학이 등장하는 시기이다.

헤이안 천도 후 초기 100년간은 견당사를 파견하여 당나라 문화를 의욕적으로 섭취했던 소위 당나라풍의 한문학이 유행했던 시대였다. 또한 정치적으로는 상대의 율령체제가 붕괴되고 장원을 배경으로 후지와라씨에 의한 섭관摂関의 정치가 시작된다. 후지와라씨는 자신의 딸을 천황가와 혼인을 시켜 천황의 외척으로서 섭정·관백이 되어 정치적인 권력을 장악했다. 858년에 후지와라 요시후사藤原良房(804~872)가 처음으로 섭정이 되고, 887년에는 요시후사의 아들 후지와라 모토쓰네藤原基経

(836~891)가 관백이 되었으며, 이후 다다히라忠平(880~949), 모로스케師輔(908~960), 가네이에兼家(929~990)에 이어, 미치나가藤原道長(966~1027) 대에는 섭관 정치가 절정을 이루게 된다. 미치나가는 장녀 쇼시彰子를 이치조一条(986~1011) 천황에게 입궐시키고, 나머지 세 딸들도 차례로 중궁과 비妃가 되게 하여 일본 역사상 최고의 영화를 누렸다. 그리고 미치나가의 아들 요리미치賴通는 고이치조後一条, 고스자쿠後朱雀, 고레이제이後冷泉 천황의 3대 52년 동안 섭정 관백으로 영화를 누린 다음, 교토의 남쪽 우지宇治에 뵤도인平等院을 건립하고 만년을 보냈다.

후지와라씨는 섭관 정치 체제를 유지하기 위해 자신들의 딸들을 입궐시킬 때, 지식과 재능이 뛰어난 여성들을 발탁하여 함께 출사시켜 학문과 교양을 가르치게 했다. 예를 들면 이치조 천황의 데이시定子 중궁에는 세이쇼나곤淸少納言(966?~1017)이, 쇼시 중궁에는 무라사키시키부紫式部(970?~1019?)와 이즈미시키부和泉式部(10세기 말)가 출사하여 뇨보女房로서 중궁의 교육을 담당하는 한편 작가로서 활동했다. 이러한 궁정의 여류 작가들은 귀족관료들이 한문만을 사용하던 시기에 사물에 대해 느낀 감정을 있는 그대로 표기할 수 있는 가나 문자를 발명했다. 여류 작가들은 만요가나万葉仮名를 초서화하여 고안한 히라가나로 와카和歌와 모노가타리, 일기, 수필 등을 창작하여 중궁이나 후궁들에게 읽을거리를 제공했다. 즉 가나 문자로 기술한 일기와 수필 모노가타리 등은 주로 궁중의 뇨보들이 기술했고 독자는 귀족 여성들이었다.

헤이안 시대의 문학은 초기의 한문학, 그리고 가나 문자의 발명과 함께 기술된 와카, 일기, 수필, 모노가타리, 설화문학 등 다양한 문학의 장르가 등장한다. 일본문학은 상대로부터 단시가 형태의 서정문학이 발달하여 많은 와카의 시가집이 편찬되었다. 시가의 흐름을 살펴보면 일본인은 상대의 문자 발생 이전부터 5내지 7의 음수율을 읊어왔을 것으로 생각된다. 상대의 시가집인『만요슈万葉集』의 4,516수 중에서 무려 4,200여 수가 5.7.5.7.7의 단가短歌이다. 여기서 야마토우타和歌(와카)라는 표현은『고킨슈古今集』(905)의 가나 서문에 처음으로 나오는데, 한시에 대한 일본의 시가라는 의미이다. 상대 시가의 음수율은 장가, 단가, 세토카旋頭歌 등 여러 종류가 있었지만, 이후 헤이안 시대가 되면서 5.7.5.7.7의 31문자로 된 와카가 보편적인 음수율로 정착된다. 가집으로는 칙찬집勅撰集과 사찬집私撰集, 사가집私家集이 있고, 수많은 와카의 시합이 행해지고 이를 뒷받침하는 시가의 이론서도 편찬되었다.

헤이안 시대의 서사문학은 상대의『고지키古事記』(712),『니혼쇼키日本書紀』(720),『후도키風土記』(713) 등을 전승한 모노가타리와 설화, 일기, 수필 등이 있다. 헤이안 시대의 모노가타리로는『다케토리 이야기竹取物語』,『우쓰호 이야기うつほ物語』,『오치쿠보 이야기落窪物語』,『이세 이야기伊勢物語』,『야마토 이야기大和物語』,『헤이주 이야기平中物語』,『겐지 이야기源氏物語』 등 수많은 작품이 현존하고 있다. 헤이안 중기 미나모토 다메노리源為憲가 쓴『三宝絵詞』(984)의 서문에는 '(모노가타리가) 오아라키 숲의 풀보다 번창하고, 아리소 바닷가의 잔 모래알보다 많지만. 大荒木の森の草より繁く、有磯海の浜の真砂よりも多かれど…'[5]이라고 하는 과장된 표현이 나오는데, 이는 당시에 모노가타리가 얼마나 유행했는가를 말해 주는 것이라 하겠다. 이외 자기관조의 사색을 기록한 자조 문학으로 수필이나 일기, 기행문 등이 있다.『도사 일기土佐日記』,『가게로 일기蜻蛉日記』,『이즈미시키부 일기和泉式部日記』,『무라사키시키부 일기紫式

---

5 源為憲 撰, 江口孝夫 校注(1982),『三宝絵詞』上, 現代思潮社, p.37.

部日記』,『사라시나 일기更級日記』 등의 일기와『마쿠라노소시枕草子』와 같은 수필은 그 대표작이다. 그리고 후기로 가면서 귀족사회의 쇠퇴와 함께 우아한 여류 문학은 점차 정체되고,『곤자쿠 이야기집今昔物語集』 과 같이 무사와 서민이 문학의 전면에 등장하는 설화문학이 나타나게 된다.

헤이안 시대의 문학의 특징은 귀족문화를 배경으로『고킨슈』의 '여성적인 우아함たをやめぶり'과『마쿠라노소시』의 '멋있다をかし', 그리고 『겐지 이야기』의 '우아한 정취もののあはれ' 등이 그 기조를 이루고 있다. 이 시대의 문학이 후대의 와카, 하이카이俳諧, 렌가連歌, 고소설, 꽃꽂이 生花, 다도茶道, 노가쿠能楽 등 일본문화와 일본인의 의식구조에 절대적인 영향을 주게 된다. 그래서 작가이며 평론가인 나카무라 신이치로中村真一郎가 '일본인의 미의식은 헤이안 시대에 완성되었다. 그 이전은 준비기이고, 그 이후는 해체기이다.'6라고 지적할 정도로 헤이안 시대의 문학은 일본문화의 원천이라 할 수 있다. 즉 헤이안 시대 문학은 궁정을 중심으로 여성들이 가나 문자로 우아하고 섬세한 정취를 표현한 세계인데, 후대의 일본문화에 미친 영향은 지대하다고 할 수 있다.

---

6 中村慎一郎(1985),『色好みの構造』, 岩波書店, p.8.

제2장
노녀의 사랑과
이로고노미

• • •

1. 서론

헤이안平安 시대의 와카和歌, 일기, 모노가타리物語(이야기), 수필, 설화 등에는 궁중이나 귀족들의 저택을 배경으로 이상하리만치 남녀간의 연애를 다룬 이야기가 많다. 이러한 연애담이 헤이안 시대에 크게 유행한 배경에는 가나仮名 문자의 발명과 이에 따른 여류 작가와 여성 독자들이 있다는 것은 주지의 사실이다. 즉 결혼 적령기의 여성 독자들은 이러한 연애담을 통과의례의 간접 체험으로 탐독했을 것으로 추정된다.

헤이안 시대 귀족 집안의 딸들은 언젠가 다가올 남자의 구혼에 화답 하기 위해 습자와 음악과 사랑의 와카를 교양으로 익혔다. 이 세 가지 교양은 당시의 귀족 여성이 반드시 익혀야 했던 학문이었을 뿐만 아니라 이로고노미色好み(풍류인)인 귀족 남성의 필수 교양이기도 했다. 즉 모노가타리에 등장하는 남녀는 연애에 앞서 반드시 음악과 와카 등을 증답함으로써 서로의 마음을 교환했다. 이에 당시의 모노가타리는 여성 들의 간접 체험으로 '무료함을 달래주는 것っれづれなぐさむもの'[1]이라든가, '모노가타리는 여성의 마음을 위로하는 것이다. 物語と云ひて女の御心をやる

ものなり'²라는 등의 인식이 있었다.

　따라서 모노가타리에는 남녀 귀족들의 삶이 투영되어 있고, 특히 연애 이야기는 여성 독자들이 통과의례로써 간접 체험을 할 수 있는 방법이었을 것으로 추정된다. 예를 들면 『다케토리 이야기竹取物語』, 『이세이야기伊勢物語』, 『오치쿠보 이야기落窪物語』, 『겐지 이야기源氏物語』 등의 주제는 기본적으로 남녀의 연애와 결혼이 대부분을 차지하고 있다. 장편 『겐지 이야기』에서는 정편의 「히카루겐지光源氏」, 속편의 「가오루薫 이야기」는 전체가 연애의 카탈로그로 엮여 있다고 해도 과언이 아니다. 이러한 모노가타리를 통과의례로 읽은 결혼 적령기의 여성들은 자신의 삶을 더욱 풍요롭게 살았을 것으로 추정된다.

　본고에서는 이러한 여성이 여성들을 위해 창출한 모노가타리 중에서도 특히 호색적인 노녀老女의 연애담을 고찰하고자 한다. 헤이안 시대의 노녀연애담을 고찰한 선행연구로는, 주로 등장 인물론을 중심으로 부분적으로 다루어지고 통시적인 연구는 상대적으로 적은 상황이다. 현재까지의 선행연구로는 이시카와 도오루石川徹,³ 고바야시 시게미小林茂美,⁴ 미타니 구니아키三谷邦明,⁵ 스즈키 히데오鈴木日出男,⁶ 나가이 가즈코永井和子⁷ 등이 『겐지 이야기』의 겐노나이시노스케源典侍와 같은 인물론을 중심으

1　松尾聰 他校注(1999), 『枕草子』, ≪新編日本古典文学全集≫, 小学館, p.254. 이하 『枕草子』의 인용은 ≪新編全集≫의 쪽수를 표기함. 필자 역.
2　源為憲 撰, 江口孝夫 校注(1982), 『三宝絵詞』上, 現代思潮社, p.37.
3　石川徹(1949.8), 「末摘花と源典侍－鼻赤き姫君と老いらくの恋やまぬ女－」, 『国文学解釈と鑑賞』, 至文堂.
4　小林茂美(1970.3), 「源典侍物語の伝承構造論」, 『国学院大学紀要』, 国学院大学.
5　三谷邦明(1989), 「源典侍物語の構造」, 『物語文学の方法二』, 有精堂.
6　鈴木日出男(1992.4), 「源典侍と光源氏」, 『国語と国文学』, 東京大學國語國文學會.
7　永井和子(1994.1), 「物語と老い－源氏物語をひらくもの」, 『国語と国文学』, 東京大學國語國文學會.
　　永井和子(1995), 『源氏物語と老い』(笠間叢書　284).

로 주인공 히카루겐지光源氏와의 관계를 기술하고 있다. 한편 유정선柳瀞先[8]과 세오 히로유키瀬尾博之[9]는 각각 『우쓰호 이야기』와 『이세 이야기』에 나타난 노녀의 연애를 분석하고 있다. 한편 오쿠무라 에이지奧村英司,[10] 고지마 나오코小嶋菜温子,[11] 구리야마 모토코栗山元子[12]는 노녀의 사랑과 호색의 문제를 전면에서 다루고 있고, 대체로 『이세 이야기』 63단의 노녀와 『겐지 이야기』의 겐노나이시노스케의 인물상을 비교 고찰한 연구가 많았다. 즉 지금까지의 노녀연애담 연구는 주제와 표현을 결부한 인물론이 대부분인데, 화형의 분석을 통한 통시적인 고찰이 필요하다고 생각한다.

이상의 선행연구를 바탕으로 본고에서는 상대 이래로 헤이안 시대까지의 문학에 나타난 노녀의 호색적 연애담을 개별적인 인물조형 연구에만 국한하지 않고 고대 전승과 작자의 작의作意라는 측면에서 분석하고자 한다. 그리고 노녀의 해학성과 무녀巫女성, 특히 가덕설화歌德說話 속에서 작의는 어떠한 기능을 하고 있는가를 고찰하고자 한다.

8　柳瀞先(2003.7), 「『宇津保物語』における〈老女の恋〉―一条北の方をめぐって」, 『名古屋大学国語国文学』, 名古屋大学国語国文学會.

9　瀬尾博之(2005.9), 「『伊勢物語』の「老い」」, 『明治大学大学院文学研究論集』, 明治大学大学院.

10　奧村英司(1995.3), 「老女と色好み」, 『国語国文学』, 『鶴見大学紀要』, 鶴見大学.
　　　　(2004), 『物語の古代学　内在する文学史』, 風間書房.

11　小嶋菜温子(1995), 「老いの身体と罪・エロス」, 『源氏物語の批評』, 有精堂.

12　栗山元子(2005.11), 「源典侍における老いと好色について」, 『人物で読む源氏物語』 10, 勉性出版.

2. 노녀연애담의 전승傳承

일본 상대의 신화 전설에는 이상적인 풍류인은 어떠한 연애도 수용할 수 있는 포용력을 지닌 인물이라는 논리가 담겨 있다. 이러한 논리에 대해 일찍이 오리쿠치 시노부折口信夫는 『이세 이야기伊勢物語』의 아리와라 나리히라在原業平나 『겐지 이야기源氏物語』의 히카루겐지와 같은 인물이야말로 대표적인 이로고노미(풍류인)로 어떠한 여자의 사랑도 받아들일 수 있는 이상적인 남자이며 고대의 왕권을 확립했던 천황들과 같은 계통이라는 점을 지적하고 있다.[13] 그런데 오리쿠치折口는 상대의 신화 전설에 '이로고노미色好み'라는 용례가 나오지 않기 때문에, 헤이안 시대의 용례를 빌어 상대 신화 전설에 등장하는 스사노오須佐之男나 야마토타케루倭建와 같은 영웅들의 이로고노미를 설명하고 있다.

『고지키』의 유랴쿠雄略 천황과 히키타베의 아카이코引田部の赤猪子 이야기는 노녀연애담의 원천이라 할 수 있다. 유랴쿠 천황이 어느 날 미와강美和川에 놀러 갔다가, 강가에서 빨래를 하고 있던 아름다운 소녀 아카이코를 보고 궁으로 부를 때까지 결혼하지 말고 기다리라고 했다. 그러나 천황은 이후 80년간이나 자신이 한 말을 까맣게 잊고 있었다. 어느 날 늙고 쇄락한 아카이코가 궁으로 찾아와 그 사실을 고했다. 이때 유랴쿠 천황은 이미 결혼하기에는 너무나 나이가 들어버린 아카이코에게 다음과 같이 와카를 증답하고 선물을 하사하는 것이다.

미무로의 엄숙하고 신성한 떡갈나무 아래, 그 떡갈나무 아래로 가까이 할 수 없는 신성한 처녀여.

13 折口信夫(1987), 『折口信夫全集』 十四巻, ≪国文学篇≫ 8, 中央公論社.

또 읊기를,

히키다의 어린 밤나무 숲이여, 젊을 때 동침했더라면 좋았을 텐데. 이미 나이가 들어버렸구려.

이를 들은 아카이코가 흘린 눈물은 입고 있던 붉은 옷소매를 완전히 적셨다. 이 천황의 와카에 대한 답가로서 읊은 노래는,

미무로 신사에 쌓는 구슬 울타리, 한 번도 신을 떠난 적이 없는 제가 누구를 의지하겠어요.

또 읊은 노래는,

구사카 호수의 연꽃, 그 연꽃처럼 한창 때인 젊은 사람이 부러워요.

御諸の嚴白檮が下白檮が下忌々しきかも白檮原童女

又、歌ひて曰はく、

引田の若栗栖原若くへに率寝てましもの老いにけるかも

爾くして、赤猪子が泣く涙、悉く其の服たる丹揩の袖を濕らしき。其の大御歌に答へて、歌ひて曰はく、

御諸に築くや玉垣つき餘し誰にかも依らむ神の宮人

又、歌ひて曰はく、

日下江の入江の蓮花蓮身の盛り人羨しきろかも。[14]   (p.343)

이와 같이 유랴쿠 천황과 아카이코는 각각 2수씩 와카를 증답한다. 천황은 아카이코의 방문에 놀라고 후회하면서 이제라도 결혼하고 싶다는 생각을 하지만 이미 노파가 되어 가능한 일이 아니라고 생각하여 와카를 증답을 통해 서로의 감정을 교류한다. 아카이코는 감동의 눈물을 흘리며, 자신을 신사를 지키는 무녀에 비유하며 천황 이외의 누구와도 결혼할 상대가 없다고 하며 젊은 구사카베日下部 황후를 칭송하며 부

14 山口佳紀·神野志隆光 校注(2007), 『古事記』, ≪新編日本古典文学全集≫ 1, 小学館. p.343. 이하 『古事記』의 본문 인용은 ≪新編全集≫의 쪽수를 표기함. 필자 역.

럽다고 말한다. 즉 아카이코는 90이 넘은 나이로 천황과 결혼할 수도 없었지만, 그래도 젊은 구사카베 황후에 대한 질투심을 와카로 읊는다. 한편 와카의 증답에서 아카이코가 한 번도 미무로 신사를 떠난 적이 없다고 하는 표현은 자신의 무녀적인 성격을 지니고 있다는 것을 암시하고 있는 셈이다. 유랴쿠 천황은 이와 같이 아카이코와 와카를 증답한 후, 많은 선물을 하사하고 돌려보냄으로써 왕권을 확립한 풍류인으로서의 면모를 보이고 있다.

헤이안 시대의 모노가타리에서 연애 이야기는 남녀의 만남이나, 여러 가지 사정으로 만나지 못하고 헤어지는 괴로움과 갈등을 그리고 있는 경우가 대부분이다. 특히 노녀의 연애담은 연애와 해학이 함께 그려짐으로써 하나의 독립된 하나의 화형話型으로 완성된다. 즉 노녀연애담은 나이든 여자가 젊은 남자 풍류인의 뒤를 쫓아다니는 우스꽝스러운 해학담으로 그려진다. 따라서 이러한 노녀연애담은 독자들에게 무더운 여름날의 한 줄기 소나기와 같은 카타르시스를 안겨 주었을 것이다.

헤이안 시대의 사람들은 나이가 드는 것에 대해 어떻게 생각하고 의례를 행했을까. 무병장수를 기원하여 정해진 의례인 산가算賀는 40세부터 시작하여 10년 단위로 행한 것에서 알 수 있듯이, 헤이안 시대의 사람들은 오늘날보다 훨씬 단명했을 것으로 추정된다. 그러나 특별한 질병에 걸리지 않았다고 해도 귀족과 서민이 다르고 남녀에 따른 차이도 있었다. 동시대의 여성이라도 아카조메에몬赤染衛門(956?~1041?)처럼 86세 정도까지 건강히 산 사람도 있고, 무라사키시키부紫式部와 같이 30대 중반에 죽은 사람도 있었다. 그래서 헤이안 시대 귀족 남성의 성인식 (元服)은 대개 11세에서 17세, 여성은 12세에서 14세경에 성인식(裳着)을 하고 동시에 결혼을 하는 경우가 많았다. 대체로 여성은 20대 초반을 한창 때로 보고, 30살이 지나면 늙었다고 생각하여 부부 생활도 점점 멀어지는 것으로 생각했다.

『이세 이야기伊勢物語』 16단에는 우아한 풍류인 기노 아리쓰네紀有常가 만년에 생계가 어려워지면서, '오랜 세월을 함께 한 아내가 점점 부부 생활도 하지 않고 결국 비구니年ごろあひ馴れたる妻、やうやう床はなれて、つひに尼'[15]가 되어 버렸다는 것을 기술하고 있다. 이어지는 아리쓰네 부부의 와카 증답에서 40년을 함께 살았다고 되어있는데, 이때 두 사람의 나이는 이미 50대 중반일 것으로 추정된다. 헤이안 시대에 부부가 헤어지는 요인을 살펴보면, 애정이 식었을 때와 나이가 들었을 때, 그리고 경제적으로 극빈해졌을 경우의 세 가지를 꼽아볼 수 있다. 즉 『이세 이야기』 16단에서는 사람의 나이가 드는 것을 남녀의 '애정이 식는床はなれ' 대표적인 요인으로 지적한 셈이다.

『마쿠라노소시枕草子』 43단 '어울리지 않는 것にげなきもの'에는 나이든 여자에 대한 작자 세이쇼나곤清少納言의 생각이 잘 나타나 있다.

　　또 나이든 여자가 배가 산 만해져서 걸어다는 것. 또 그러한 여자가 젊은 남자를 데리고 사는 것은 아주 보기 흉한데, 남자가 다른 여자에게 간다고 하여 질투하는 것. 나이든 남자가 잠이 덜 깬 모습. 또 그렇게 나이 들어 수염을 기른 남자가 밤을 집어먹고 있는 모습. 이도 없는 늙은 여자가 매실을 먹고 시다고 하는 것. 신분이 낮은 여자가 붉은 하카마의 아래옷을 입고 있는 모습. 요즈음은 그런 사람들만 있는 듯하다.

　　また老いたる女の、腹高くてありく。若き男持ちたるだにいと見苦し

---

15 片桐洋一 他校注(1999), 『竹取物語 伊勢物語 大和物語 平中物語』, ≪新編日本古典文学全集≫ 12, 小学館. p.126. 이하 『竹取物語 伊勢物語 大和物語 平中物語』의 인용은 ≪新編全集≫의 쪽수를 표기함. 필자 역.

きに、こと人のもとに行きたる腹立つよ。老いたる男の寝まどひたる。ま
た、さやうに鬚がちなる者の椎つみたる。歯もなき女の梅食ひて酸がりた
る。下衆の、紅の袴着たる。このごろは、それのみぞあめる。 [16]

　작자 세이쇼나곤의 미의식으로는 나이든 여자가 임신을 하여 돌아다
니는 것이나, 젊은 남자와 살며 질투하는 것을 어울리지 않는 우스꽝스
러운 일로 보고 있다. 그리고 나이가 들어 이가 빠진 여자가 매실을 먹
으며 시다고 하는 것도 보기 흉한 것으로 좋지 않게 생각하고 있다. 작
자는 특히 젊은 여자와 노녀를 대비하여 어울리지 않은 점을 적나라하
게 지적하고 있다. 이외에도 157단에는 '옛날에 좋았던 것이 소용없게
된 것昔おぼえて不用なるもの'으로 '이로고노미였던 사람이 나이 들어 쇠약
한 것色好みの老いくづほれたる'(p.292)을 강조하고 있다. 이러한 『枕草子』
의 미의식으로 유추해 보면, 헤이안 시대의 문학에서 나이든 것에 대해
그다지 좋은 이미지는 없었던 것으로 보인다.

　『가게로 일기蜻蛉日記』에서 37세가 된 미치쓰나의 어머니道綱母은 새
해가 되었지만, '기분도 점점 늙어버려まいてここちも老い過ぎて'[17](p.271),
와카를 읊을 기분도 나지 않는다고 기술하고 있다. 다음 해인 38세 무
렵 남편 가네이에兼家가 왔을 때, 미치쓰나의 어머니는 '늙어빠져 부끄러
운 모습이라 만나는 것은 너무나 괴롭지만 어쩔 수가 없다. 老いて恥づかし
うなりにたるに、いと苦しけれど、いかゞはせむ'(p.310)라고 심경을 토로했다.
또 미치쓰나의 어머니는 '거울을 보니 정말 밉살스런 얼굴이 되었다. 鏡を

---

16 松尾聰 他校注(1999), 『枕草子』, ≪新編日本古典文学全集≫, 小学館. p.101. 이하
　『枕草子』의 인용은 ≪新編全集≫의 쪽수를 표기함. 필자 역.
17 木村正中 他校注(2004), 『土佐日記 蜻蛉日記』, ≪新編日本古典文学全集≫, 小学
　館. p.271. 이하 『蜻蛉日記』의 인용은 ≪新編全集≫의 쪽수를 표기함. 필자 역.

うち見れば、いと憎げにはあり'(p.310)라고 하며, 자신의 늙은 모습을 비관하면서, 당연히 남편의 애정도 식었을 것으로 생각하며 한탄한다.

헤이안 시대 말 고시라카와後白河(1155~1158) 법황이 편찬한 가요집 『료진히쇼梁塵秘抄』 권2의 394번 노래에는, '여자의 한창 때는 14, 15, 16세에서 23, 24세가 좋을 때인가, 34, 35세가 되면 단풍이 떨어진 것과 같다. 女の盛りなるは十四五六歳二十三四とか三十四五にしなりぬれば紅葉の下葉に異ならず'[18]라고 읊어, 여성의 젊음에 대한 기준을 제시하고 있다. 특히 중년에 대한 인식이 34, 35세 정도였는데, 이는 『겐지 이야기』 등 여러 문헌에서도 37세를 액년厄年으로 보는 등 오늘날에 비해 훨씬 조로했다는 것을 알 수 있다.

또한 『헤이케 이야기平家物語』 권1 「이대의 황후二代后」에는 여자의 나이 22, 23세가 되면 한창 때가 지난 것이라는 표현이 나온다.

전 황후는 사람의 이목을 피하여 지내고 있었는데, 에이랴쿠(1160) 무렵에는 나이가 22, 23세나 되셨을까, 한창 때도 좀 지났을 무렵이다. 그렇지만 천하제일의 미인이라는 평판이 있었기에, 니조 천황은 여색을 탐하려는 마음으로 몰래 당나라의 현종 황제가 고력사에게 명령한 것처럼 신하를 외궁으로 보낼 때 몰래 연서를 보내셨다.

さきの后宮にて、幽かなる御有様にてわたらせ給ひしが、永暦のころほひは、御年廿二三にもやならせ給ひけむ、御さかりもすこし過ぎさせおはしますほどなり。しかれども、天下第一の美人のきこえましましければ、主上色にのみそめる御心にて、偸に高力士に詔じて、外宮にひき求めしむるに及んで、比大宮へ御艶書あり。[19]

18 新間進一 他校注(2000), 『神楽歌 催馬楽 梁塵秘抄 閑吟集』, 《新編日本古典文学全集》 42, 小学館, p.291.

　　　　　제1부 헤이안 시대 남녀의 사랑과 결혼

고노에近衛(1141~1155) 천황의 황후는 천황이 죽은 후, 궁 밖의 고노에가와라近衛河原 부근에서 조용히 살고 있었는데, 황후의 나이가 22, 23세가 되어 이미 한창 때가 지났다고 되어 있다. 그런데 이 황후가 천하제일의 미인이라는 소문을 들은 니조二條(1158~1165) 천황은 미색에 눈이 멀어 황후를 출사시킨다. 조정에서는 이러한 선례는 중국의 측천무후則天皇后가 당나라 태종의 황후였으나 다시 아들 고종의 황후가 된 예가 있지만 일본에는 아직 그러한 경우가 없었다고 논의했다. 이 무렵 천황의 계보는 고노에近衛에 이어 고시라카와後白河, 니조 천황으로 이어진다. 『헤이케 이야기』의 이 대목은 고시라카와 법황과 니조 천황의 대립이 격렬해지는 시점으로, 고시라카와 법황이 편찬한『료진히쇼』의 내용과 거의 동시대를 묘사하고 있다. 즉 앞에서 인용한『료진히쇼』에서 여자의 나이 24세까지를 한창 때로 보는 것과『헤이케 이야기』에서 22, 23세는 이미 한창 때가 지난 나이라고 하는 것은 거의 동일한 시각이라 할 수 있을 것이다. 여기서는 고노에 천황의 황후가 한창 때가 지난 나이임에도 그 미모가 출중했다는 점과, 그 미색으로 인해 2대에 걸쳐 황후가 되었다는 것을 의도적으로 기술한 대목이라 볼 수 있다.

이와 같이『고지키』에 나오는 유랴쿠 천황과 같은 풍류인은 노녀의 사랑도 수용할 수 있다는 점에서 이상적인 왕권의 확립을 이야기하고 있다. 그리고『이세 이야기伊勢物語』와『마쿠라노소시枕草子』,『가게로일기蜻蛉日記』,『헤이케 이야기』,『료진히쇼』 등에는 당시에 여자의 나이가 22, 23세이면 이미 한창 때가 지난 나이이고, 30대 후반이면 본인들도 노녀라고 생각한 것을 알 수 있다. 또한 나이가 든 노녀의 연애나

19 市古貞次 校注(1994),『平家物語』1, ≪新編日本古典文学全集≫, 小学館, p.51.

임신 등을 축하하기보다 오히려 좋지 않게 보는 의식이 있었음을 확인할 수 있다.

3. 백발 노녀의 가덕설화歌德說話

『이세 이야기』나『겐지 이야기』등에서 노인으로 묘사되는 인물은 히카루겐지光源氏나 후지쓰보藤壺와 같은 고귀한 황족이나 귀족이 아니라 대체로 한 단계 이상 낮은 신분의 여성이나 뇨보女房인 경우가 많다. 예를 들면 겐노나이시노스케源典侍나 벤 비구니弁の尼, 출가한 요카와横川 승도僧都의 어머니와 같은 주변 인물이다. 그리고 이렇게 나이든 여자가 젊은 남자에게 갖는 연애의 감정은 우스꽝스럽고 해학諧謔(戱謔)적인 행동을 하는 것으로 묘사된다.

『이세 이야기』 63단은 '늙은 백발つくも髮'의 노녀와 아리와라 나리히라在原業平와의 연애 이야기이다. 그 줄거리를 간략히 살펴보면 다음과 같다. 옛날 백발에다 99세의 노령인 노파가 있었는데, '남자를 사랑하는 마음에 사로잡힌 여자世心つける女'(p.164)였다. 이 노파는 세 아들에게 거짓으로 꿈에 좋아하는 남자를 만났다는 이야기를 했다. 두 아들은 상대도 해 주지 않았으나, 셋째 아들은 어떻게 해서든지 어머니에게 풍류인으로 소문난 아리와라 나리히라를 만나게 해 주어야겠다고 생각했다. 그래서 나리히라가 사냥을 간 곳까지 찾아가 어머니의 사정을 이야기하자 나리히라는 하는 수 없이 한번 찾아와 만나 주었다. 그러나 그 뒤로 관계가 이어지지 않자, 노녀는 나리히라의 집으로 찾아가 집안을 살짝 엿보았다.

제1부 헤이안 시대 남녀의 사랑과 결혼

여자가 남자의 집으로 찾아가 틈새로 엿보자, 남자가 슬쩍 보고는,

백년에서 한 해가 모자라는 대단히 나이든 여자가 나를 사랑하는 듯하

다. 그 모습이 환상이 되어 보인다.

라고 읊고 여자의 집으로 가려는 것을 보자, 여자는 가시나무와 탱자

나무에 걸리는 것도 아랑곳하지 않고 서둘러 집으로 돌아와 누워 있었다.

남자는 여자가 했던 것처럼 살짝 숨어서 보고 있자. 여자는 한탄을 하며

자려고 하다가,

이불에 누워 옷소매의 한쪽을 깔고 오늘 밤도 그리운 사람을 만나지

못하고 혼자서 자게 되는 것일까.

라고 읊는 것을 듣고, 남자는 불쌍하게 생각하여 그날 밤은 함께 잤다. 남

녀관계란 자신이 사랑하는 여자를 그리워하고, 사랑하지 않는 여자를 그

리워하지 않는 법인데, 이 남자는 사랑하는 여자에게도, 그렇게 사랑하지 않

는 여자에 대해서도 차별을 보이지 않고 대하는 마음을 갖고 있었다.

　女、男の家にいきてかいまみけるを、男ほのかに見て、

　　百年に一年たらぬつくも髪われを恋ふらしおもかげに見ゆ

　とて、いで立つけしきを見て、うばら、からたちにかかりて、家にきて

うちふせり。男、かの女のせしやうに、忍びて立てりて見れば、女嘆きて

寝とて、

　　さむしろに衣かたしき今宵もや恋しき人にあはでのみ寝む

とよみけるを、男、あはれと思ひて、その夜は寝にけり。世の中の例とし

て、思ふをば思ひ、思はぬをば思はぬものを、この人は思ふをも、思はぬ

をも、けぢめ見せぬ心なむありける。　　　　　　　　(pp.165~166)

　남자는 노녀가 자신을 엿보고 있다는 사실을 눈치 채고 집으로 찾아

가는데, 그녀가 읊은 와카를 듣고 하는 수 없이 다시 하루 밤을 함께

보낸다는 것이다. 이는 노녀가 읊은 와카 덕분으로 나리히라의 은혜를

입게 된다는 일종의 가덕설화와 노녀연애담이 합체된 유형으로 볼 수 있다. 즉 이 단의 주제는 셋째 아들의 효도를 이야기하다가, 보통의 사람은 스스로 좋아하는 여자와 그렇지 않은 여자를 구별하는 법인데 이상적인 풍류인 나리히라는 좋아하지 않는 노녀에 대해서도 차별하지 않고 사랑을 준다는 점을 강조하고 있다. 이는 『고지키』의 유랴쿠 천황과 아카이코의 관계를 상기시키며, 가덕설화와 나리히라의 이상적인 이로고노미를 강조하는 이야기로 볼 수 있다.

『야마토 이야기大和物語』126단은 야다이니野大弐라는 남자가 쓰쿠시筑紫에 사는 히가키노고桧垣の御라고 하는 풍류인 여자를 찾아가니, 이미 '백발의 노파かしら白きおうな'(p.347)가 되어 있었다는 이야기이다. 히가키노고는 오랜 동안 쓰쿠시에서 우아하게 살고 있었는데 후지와라 스미토모藤原純友(?~941)의 난으로 인하여 집안이 몰락했다. 야다이니가 추토사追討使가 되어 내려가 그녀를 찾았을 때는 이미 백발의 노파가 되어, 마침 물을 길어 초라한 집으로 들어가는 중이었다.

　　야다이니가 불렀지만 부끄러워하여 오지 않고, 이렇게 읊었다.
　　내 검은 머리카락이 나이가 들자 백발이 되고 시라카와에서 물을 긷는 신세가 되었어요.
라고 읊었기에 대단히 안타깝게 생각하여, 입고 있던 속옷을 한 벌 벗어 주었다.
　　よばすれど、恥ぢて来て、かくなむいへりける。
　　むばたまのわが黒髪は白川のみづはくむまでになりけるかな
とよみたりければ、あはれがりて、着たりける袙ひとかさねぬぎてなむやりける。[20]

　　　　　　　　제1부 헤이안 시대 남녀의 사랑과 결혼

야다이니가 여자를 불렀지만 다가가지 않았던 것은 자신의 영락한 모습을 보이기 싫어서 떨어져 와카를 읊었던 것이다. 그런데 상기의 와카는 남자를 감동하게 만들었고, 이는 가덕설화의 화형이 된 것이다. 와카를 들은 야다이니는 안타깝게 생각하여 입고 있던 옷을 한 벌 벗어 주었다는 것이다. 히가키노고는 전란으로 인해 집안이 몰락하고 나이가 들었지만 자신의 미모와 신분에 대한 자부심을 잃지 않고 감동적인 와카를 읊을 수 있다는 점에서 풍류인의 면모를 보이고 있다.

『이세 이야기』63단이나 『야마토 이야기』126단에서는 백발이라고 하는 신체적 변화로 노녀를 특징짓고 있다. 풍류인 남자는 그러한 노녀를 불편하게 생각하지 않고 함께 자 주거나, 어려운 생계를 고려하여 옷을 벗어 주는 등 이상성이 강조되어 있다. 특히 머리카락이 백발의 노녀라는 신체적 특징이 있지만, 노래 이야기歌物語인 두 작품에서는 와카를 읊어 남자의 마음을 감동시킨다는 가덕설화歌德說話로서의 의미도 부각하고 있다고 생각된다.

4. 겐노나이시노스케의 해학적인 연애

『겐지 이야기』에 등장하는 남녀관계에서 여자 주인공은 대체로 10대나 20대의 젊은 여성이 많고 나이가 들어도 30대 정도이다. 그런데 『겐지 이야기』모미지노가紅葉賀 권에 등장하는 호색한 노녀 겐노나이시노스케源典侍는 나이가 57, 58세임에도 불구하고 19세의 젊은 히카루겐지

---

20 片桐洋一 他校注(1999),『竹取物語・伊勢物語・大和物語・平中物語』,≪新編日本古典文学全集≫ 12, 小学館, pp.347~348.

에게 서슴없이 구애를 한다. 그러나 이렇게 어울리지 않은 구애를 하는 겐노나이시노스케이지만, 나이가 들었다는 점 이외에는 훌륭한 귀족 집안의 출신으로, 풍류인으로 갖추어야 할 교양을 고루 갖추고 있었다. 즉 그녀는 와카를 잘 읊고 비파를 연주하는 등 갖가지 교양을 고루 갖춘 여성이었다.

모미지노가 권에서 겐노나이시노스케의 성격과 인물은 다음과 같이 묘사되어 있다.

대단히 나이가 든 나이시노스케인데, 집안도 좋고 재능도 있고 품격을 갖추고 있어 다른 사람들이 인정해주는 사람인데, 대단히 호색한 성격으로 그 방면으로는 분별력이 없는 여자가 있다는 이야기를 듣는다. 겐지는 왜 이렇게 나이가 들어서 남자를 밝히는가 하고 관심을 가지게 되어, 농담을 걸어보니 스스로 어울리지 않는다는 생각도 하지 않았다. 겐지는 기가 막힌다고 생각하면서도 이런 상대도 재미있겠다는 생각이 들어 말을 걸어보았는데, 그것이 누군가의 귀에 들어가면 너무나 나이차가 난다고 할까봐 매정하게 대하고 계셨는데, 여자는 이를 대단히 원망스럽게 생각하고 있다.

年いたう老いたる典侍、人もやむごとなく心ばせありて、あてにおぼえ高くはありながら、いみじうあだめいたる心ざまにて、そなたには重からぬあるを、かうさだ過ぐるまで、などさしも亂るらむといぶかしくおぼえたまひければ、戲れ言いひふれてこころみたまふに、似げなくも思はざりける。あさましと思しながら、さすがにかかるもをかしうて、ものなどのたまひてけれど、人の漏り聞かむも古めかしきほどなれば、つれなくもてなしたまへるを、女はいとつらしと思へり。[21]

21 阿部秋生 他校注(1994), 『源氏物語』1, ≪新編日本古典文学全集≫, 小学館, p.336. 이하 『源氏物語』의 본문 인용은 ≪新編全集≫의 권, 책수, 쪽수를 표기함. 필자 역.

제1부 헤이안 시대 남녀의 사랑과 결혼

겐노나이시노스케는 겐지와의 나이차가 무려 30살 가까이 됨에도 불구하고 이를 전혀 개의하지 않았고 거리를 두는 겐지를 오히려 원망하기까지 한다. 겐노나이시노스케가 등장하는 무대는 궁중의 운메이덴溫明殿이다. 이 운메이덴은 헤이안 궁중 시신덴紫宸殿의 북동쪽에 있었는데, 신경神鏡을 안치해 두는 곳으로 제사와 관련된 곳이었다. 겐노나이시노스케는 천손이 강림할 때 가지고 왔다는 삼종의 신기 중의 하나인 신경을 지키는 직책이었고, 사이바라催馬樂와 가구라神樂歌가 인용되고, 비파를 연주한다는 점, 그리고 쥘부채를 쥐고 있는 모습에서 히카루겐지라고 하는 이상적인 풍류인을 맞이하는 무녀적인 성격을 지닌 여성이라고 볼 수 있다.

모미지노가 권에는 기리쓰보桐壺 천황의 스자쿠인朱雀院 행차를 앞두고 시악試樂이 연주되는 등 역사적인 사실에 준거準據하여 궁중의례가 전개되는 가운데 히카루겐지와 노녀 겐노나이시노스케와의 해학적인 연애 이야기가 나온다. 이 시점은 히카루겐지와 후지쓰보藤壺의 밀통으로 레이제이冷泉가 태어나는 등 기본적으로 무거운 분위기가 연출되고 있었다. 따라서 겐노나이시노스케의 해학적인 연애담은 숨 막히는 긴장과 정치적인 알력 속에서 분위기를 반전시키고 완화하는 역할을 한다고 볼 수 있다.

어느 날 궁중에서 겐노나이시노스케는 천황의 머리를 빗는 봉사가 끝난 후, 보통 때보다 더 아름답고 요염함 자태로 꾸미고 있었다. 이를 본 겐지가 그대로 있을 수가 없어 옷자락을 끌어당기자 겐노나이시노스케는 향기로운 쥘부채로 얼굴을 가리고 흘겨보고 있었다. 히카루겐지가 자신의 쥘부채와 겐노나이시노스케의 것을 바꾸어 보니, 붉은 종이에 금색으로 나무숲을 그린 끝자락에 '숲 아래 풀이 마르니森の下草老いぬれ

ば'(紅葉賀①337)라는 와카의 일부분引歌이 쓰여 있었다. 이는『고킨슈 古今集』雜上(892)에 나오는 작자미상의 노래로, 원래의 와카는 '오아라 키 숲 아래 풀이 마르니 말도 좋아하지 않고 베는 사람도 없구나. 大荒木 の森の下草老いぬれば駒もすさめず刈る人もなし'[22]라는 노래로, 겐노나이시노스 케 스스로 나이가 들었음을 고백한 뜻으로 읽을 수 있다. 여기서 '숲 아래 풀森の下草'은 단순히 자연을 비유한 표현만이 아니라, 읽기에 따라 서는 신체의 특정 부분에 대한 비유로 해석할 수도 있을 것이다. 직역 을 하자면 풀이 말라 말도 좋아하지 않고 베는 사람도 없다는 것은 자 신에게 찾아오는 남자가 없다는 것을 한탄하는 와카이다.

이에 대해 히카루겐지는 다른 와카도 있을 텐데 하필이면 이런 문구 를 적어 놓았는가라고 생각하며, '숲은 여름森こそ夏'(①337)이라는 와카 를 인용하여 응대했다. 이 노래는 헤이안 시대의 미나모토 사네아키라 源信明(910~970)의『信明集』에 나오는 구절인데, '두견새가 와서 우는 소리를 들으니 오아라키 숲은 여름의 잠자리지요. ほととぎす来鳴くを聞け ば大荒木の森こそ夏の宿りなるらめ'(①337, 頭注)라는 내용이다. 즉 히카루겐 지는 당신이 나이가 들었다고 하지만 많은 남자들이 와서 자고 간다는 소문이 들립니다라고 응대한 것이다. 그러나 겐노나이시노스케는 조금 도 개의치 않고 겐지의 소맷자락을 끌어당기고 눈물까지 흘리며 이렇게 애절한 기분을 느낀 것은 처음이라며 연정을 호소한다. 결국 히카루겐 지는 겐노나이시노스케의 끈질긴 구애에 연민의 정을 느껴 관계를 맺게 된다.

모미지노가 권에서 이 사실을 알게 된 겐지의 친구 두중장頭中将은 두

22 小沢正夫・松田成穂 校注(2006),『古今集』,≪新編日本古典文学全集≫ 11, 小学館, p.338.

제1부 헤이안 시대 남녀의 사랑과 결혼

사람이 만난다는 이야기를 듣고 자고 있는 방안으로 잠입한다.

　　두중장이 어떻게 해서든지 겐지에게 들키지 않으려고, 아무 말도 하지 않고 무섭게 화난 표정으로 칼을 뽑아들자, 여자(겐노나이시노스케)는 '우리 도련님, 우리 도련님'이라고 하며, 앞으로 돌아 손을 싹싹 비벼 하마터면 웃음을 터뜨릴 뻔했다. 요염하게 젊은 모습으로 치장한 외관은 그렇다 하더라도 57, 58세의 노녀가 속내를 드러내고 당황하여 큰 소리를 지르고 있는 모습, 그것도 20살 정도의 말할 나위 없는 젊은 귀공자들 사이에서 부들부들 떨고 있는 모습은 정말 한심한 노릇이다. 두중장이 이렇게 다른 사람처럼 행동을 하며, 정말 무서운 표정을 짓고 있지만, 겐지는 재빨리 알아채고, 자신이라는 것을 알고 일부러 이런 장난을 하는구나라고 생각하니 우스꽝스럽게 보였다.

　　中将、いかで我と知られきこえじと思ひて、ものも言はず、ただいみじう怒れる気色にもてなして、太刀を引き抜けば、女、「あが君、あが君」と向かひて手をするに、ほとほと笑ひぬべし。好ましう若やぎてもてなしたるうはべこそさてもありけれ、五十七八の人の、うちとけてもの思ひ騒げるけはひ、えならぬ二十の若人たちの御中にて物怖ぢしたるいとつきなし。かうあらぬさまにもてひがめて、恐ろしげなる気色を見すれど、なかなかしるく見つけたまひて、我と知りてことさらにするなりけりとをこになりぬ。
　　　　　　　　　　　　　　　　　　　　　　　　　（紅葉賀①342~343）

　『겐지 이야기』에는 칼太刀을 뽑는 장면이 2회 나오는데, 유가오夕顔권에서 모노노케もののけ를 퇴치하려 할 때와 모미지노가 권의 이 대목이다. 두중장은 한밤중에 겐지와 겐노나이시노스케가 자고 있는 방으로 들어가 골려주기 위해 칼을 뽑은 것이다. 겐지는 처음에 겐노나이시노스케의 애인이라고 들은 수리대부修理大夫가 들어온 것으로 생각하여 재

빨리 이 상황을 피해 빠져나가려고 했다. 그런데 노녀 겐노나이시노스케는 이전에도 이런 일이 있었는지 '우리 도련님, 우리 도련님'이라고 하며 두중장 앞에 꿇어앉아 무조건 손을 싹싹 비비며 용서를 비는 우스꽝스러운 행동을 취한다. 이윽고 겐지는 침입자가 두중장이라는 것을 알아차리고 칼을 잡은 팔을 꼬집자, 두중장도 더 이상 참을 수 없어 웃음을 터트린다는 것이다. 겐지와 겐노나이시노스케는 이상적인 풍류인으로 행동해 왔지만, 여기서는 둘 다 우스꽝스럽고 희화화된 인물로 묘사된다. 이 이야기는 모미지노가 권의 긴장된 분위기 속에서 두 사람의 실수와 해학적인 모습으로 독자들에게 청량감을 안겨 주고 카타르시스를 느끼게 해 주는 대목이다.

이후 아오이葵 권에서는 가모진자賀茂神社의 재원斎院이 부정을 씻는 의식에 겐지가 참관한다는 소문을 듣고 구경을 나온 아오이노우에葵上와 로쿠조미야스도코로六条御息所가 우차牛車의 자리다툼을 하는 과정에서 로쿠조미야스도코로가 크게 봉변을 당하는 일이 발생한다. 그런데 다음날 가모진자의 축제 당일, 겐지는 무라사키노우에紫上와 함께 우차를 타고 구경을 나왔다가 마장馬場에서 주차할 곳을 찾고 있었는데, 우연히 겐노나이시노스케로부터 자리를 양보 받는다. 겐지는 자리를 양보하겠다는 여자가 겐노나이시노스케라는 것을 알고 기분이 내키지 않았지만 형식적으로 와카를 증답하게 된다. 이때 60이 넘은 겐노나이시노스케는 22살의 겐지에게 세련된 쥘부채의 끝을 꺾어 와카를 적어 보낸다. 겐노나이시노스케가 '부질없는 짓이었어요. 다른 사람의 것이 되어 버린 당신인데 가모 신이 허락한 축제날인 오늘을 기다리고 있었어요. はかなしや人のかざせるあふひゆゑ神のゆるしの今日を待ちける'(葵②29)라고 하자, 겐지는 '접시꽃을 머리에 꽂고 남자를 만나려고 하다니. 오늘은 누구와

제1부 헤이안 시대 남녀의 사랑과 결혼

도 만날 수 있는 날이지요. かざしける心ぞあだに思ほゆる八十氏人になべてあふ
ひを’(葵②30)라고 무뚝뚝하게 답한다. 겐노나이시노스케는 겐지로부터
박정한 대접을 받고도 아랑곳하지 않고 호색적인 태도를 취한다. 그녀
는 이렇게 자신의 나이에 어울리지 않게 적극적인 자세로 겐지에게 구
애를 한다. 이 우차의 자리다툼으로 인해 긴장된 분위기가 일시적으로
반전되지만, 로쿠조미야스도코로의 모노노케物の怪가 겐지의 정처인 아
오이노우에를 죽이기 직전이라 폭풍 전야와 같은 한 때이다.

  겐노나이시노스케는 아사가오朝顔 권에서도 다시 등장하여 겐지에게
구애를 하지만 비웃음만 당한다. 이때 겐노나이시노스케는 70세 전후
이고 히카루겐지는 32세였는데, 겐지는 겐노나이시노스케가 한창 때에
살았던 뇨고女御와 고의更衣 등은 다 죽거나 출가하고 없는데, 겐노나이
시노스케 만큼은 아직도 젊게 살고 있구나 하며 탄식한다. 이러한 겐노
나이시노스케의 인물조형은 그 직책에서 조정의 의례를 관장하는 무녀
적의 성격도 있지만, 후지쓰보나 와카무라사키若紫, 로쿠조미야스도코
로, 오보로즈키요朧月夜, 아사가오朝顔와 같이 우아한 여성들과는 대조적
으로 우스꽝스럽고 호색적인 행동을 하는 노녀라는 점에 그 존재의의가
있다고 생각된다.

  히카루겐지를 유혹하는 겐노나이시노스케는 단순한 호색녀가 아니
다. 삼종의 신기 중의 하나인 거울을 수호하는 역할을 하고, 손에 들고
있는 쥘부채와 함께 태양신을 맞이하는 무녀로서 상징성이 있다. 그리
고 히카루겐지는 이러한 무녀적인 겐노나이시노스케와도 관계를 맺는
다는 점에서 고대왕권을 체득한 인물과 같은 위상이며, 아리와라 나리
히라와 같이 이상적인 이로고노미로서 조형된 인물이라 생각된다.

5. 결론

헤이안 시대 문학에 나타난 노녀의 호색과 연애담戀愛譚의 전승과 작의作意를 고찰해 보았다. 특히 노녀연애담과 관련한 와카를 중심으로 그 기능과 작자의 의도를 규명하고자 했다. 그리고 노녀연애담이 어떻게 우아한 미의식을 상대화시키고, 무녀적인 여성의 우스꽝스럽고 해학적인 행동이 독자들에게 카타르시스를 느끼게 하는지를 살펴보고자 했다.

민속학자 오리쿠치 시노부折口信夫는 헤이안 시대의 아리와라 나리히라나 히카루겐지의 예를 들어 이상적인 풍류인은 어떠한 여성과도 연애를 하는데, 이는 곧 고대의 왕권을 확립했던 천황의 이로고노미와 같은 것이라고 지적했다. 헤이안 시대에는 이러한 남녀의 연애와 구혼에 있어서 와카와 음악의 교양이 없으면 교제를 할 수가 없었다. 즉 연애와 문학 세계는 불가분의 관계로 노녀라 할지라도 와카와 음악, 습자는 연애의 필수 교양이었다.

『고지키』의 아카이코, 『이세 이야기』의 백발의 늙은 여자, 『겐지 이야기』의 겐노나이시노스케는 각각 노녀임에도 불구하고 이로고노미의 남자에게 연애의 감정을 느낀다. 그리고 이들 풍류인들은 와카를 매개로 노녀와 대화함으로써 이상적인 인물로 묘사되고 있다. 즉 노녀연애담은 우아한 남녀 주인공들의 연애담과는 달리, 우스꽝스러운 관계를 폭로함으로써 인간관계를 상대화시키고, 독자들에게 문학의 재미와 카타르시스를 제공하는 일화라 생각된다.

헤이안 시대의 연애담 중에서 노녀연애담은 우스꽝스러운 노녀의 연애를 조명한 주제이다. 노녀가 젊은 남자를 동경하는 것이 우스꽝스럽고 희화화된 면이 있지만, 한편으로는 무녀巫女적인 성격도 지니고 있기에 노녀의 연애는 고대적인 왕권의 확립이라는 의미도 내포하고 있다. 즉 노녀연애담에는 왕권과 해학, 가덕설화라는 문화 코드의 이중성이 담겨 있다고 생각된다.

제3장
로쿠조미야스도코로의 사랑과 질투

● ● ●

1. 서론

『겐지 이야기源氏物語』는 다양한 등장인물들의 인간관계, 특히 남녀의 사랑과 질투를 그린 허구의 이야기이다. 그중에서도 사랑의 이야기는 세상에 드문 특수한 남녀관계를 그리고 있는 경우가 많고, 형식적인 관계나 평범한 사랑을 하는 등장인물은 조연의 인물로 그려지는 것이 보통이다. 예를 들면 『겐지 이야기』에서 히카루겐지光源氏와 로쿠조미야스도코로六条御息所의 사랑은 이상할 정도로 애집愛執과 애증愛憎이 뒤얽힌 특별한 인간관계를 형성하고 있다. 그래서 로쿠조미야스도코로의 집념은 살아 있는 동안에는 생령의 모노노케가 되고, 죽은 후에는 사령의 모노노케로 나타나 겐지의 처첩들을 죽이거나 출가하게 한다.

『겐지 이야기』에 나오는 로쿠조미야스도코로의 관련 기사는 유가오夕顔 권에서 와카무라사키 권, 스에쓰무하나末摘花 권에 걸쳐 나오는데, 겐지는 로쿠조六条에 사는 우아한 전 동궁東宮의 미망인 로쿠조미야스도코로를 만나게 된다. 로쿠조미야스도코로는 아오이葵 권에서 생령生靈으로 나타나 아오이노우에葵上를 죽음에 이르게 하고, 사카키賢木 권에서는 딸과 함께 이세伊勢로 낙향했다가, 미오쓰쿠시澪標 권에서 상경하여 죽음을 맞이한다. 그리고 와카나若菜 하권과 가시와기柏木 권에서 다시 사령死靈으로 나타나는 인물이다.

로쿠조미야스도코로는 대신의 딸로 태어나 16살에 동궁에 입궐하여 나중에 아키코노무 중궁秋好中宮이 되는 딸을 출산한다. 그러나 20살에 동궁과 사별하고 로쿠조六条의 저택에서 딸과 함께 격조 있는 우아한 생활을 하고 있었으나, 겐지의 집요한 구애에 굴복하여 그의 애인이 된다. 로쿠조미야스도코로의 나이는 일반적으로 히카루겐지보다 7살이나 나이가 위인 것으로 되어 있지만 높은 기품과 교양을 지닌 미망인으로 자존심이 강한 여성으로 묘사되어 있다. 그런데 후지쓰보藤壺와의 만남이 여의치 않아 편안한 안식처를 희구하던 히카루겐지는 유가오와 와카무라사키를 만나게 되면서 점점 로쿠조미야스도코로를 멀리하게 되었다.

이에 로쿠조미야스도코로의 질투심은 생령生靈이 되어 애인 유가오와 정처正妻인 아오이노우에葵上을 죽이고, 죽은 후에도 다시 사령死靈이 되어 무라사키노우에紫上와 온나산노미야女三宮를 괴롭히는 모노노케物の怪로 나타난다. 즉 로쿠조미야스도코로는 죽은 후에도 겐지에 대한 애집愛執을 버리지 못하고 또한 성불하지도 못하는 절망적인 여성으로 묘사되어 있다. 『겐지 이야기』에서 로쿠조미야스도코로라는 주인공이 히카루겐지의 애인으로 등장하는 필연성은 무엇이며, 그녀는 왜 질투의 화신으로 존재해야만 하는 것일까?

로쿠조미야스도코로라는 등장인물과 애집에 관한 연구는 모노노케와 유언담, 왕권담과의 관련 등 갖가지 각도에서 연구가 되어왔다. 아키야마 겐秋山虔은 『겐지 이야기』의 종교적 정신이 '현실로부터 자기 자신을 정회하고 아미타阿弥陀의 정토도浄土図를 관상하는 귀족사회의 정토교도 분명히 일종의 허구이다.'[1]라고 하고, 종교와는 오히려 상극相克하는 정신의 행위로서 문학의 허구성을 간과해서는 안 된다고 지적하고 있다. 그리고 스즈키 히데오鈴木日出男는 히카루겐지가 '現世離脱의 이상에서 반전하여 愛燐執着의 인간상으로 변모했다.'[2]고 지적하고, 로쿠조미야스도코로를 '겐지의 인생을 상대적으로 재고하게 하는 모노가타리物語의 눈'[3]이라고 정의하고 있다. 이외에도 로쿠조미야스도코로의 애집과 출가 문제를 정면으로 다루고 있는 선행 논문으로, 오아사 유지大朝雄二는 로쿠조미야스도코로가 생령과 사령이 되는 고뇌,[4] 오쿠데 후미코奥出文子는 로쿠조미야스도코로의 사령에 관해,[5] 하라오카 후미코原岡文子는 로쿠조미야스도코로와 아오이노우에의 관계를 중심으로,[6] 사카모토 노보루坂本昇는 로쿠조미야스도코로의 일반적인 인물 소개,[7] 후지모토 가쓰요시藤本勝義는 로쿠조미야스도코로의 생령을 관점視座으로 하여 모노노케에 관한 전반적인 분석과 로쿠조미야스도코로 이야기의 주제를,[8] 나라하라 시게코楢原茂子는 로쿠조미야스도코로의 일반론,[9] 다카하시 분

---

1 秋山虔(1980),「源氏物語成立の精神的背景」,『源氏物語の世界』, 東大出版会, p.27.
2 鈴木日出男(1982),「光源氏の道心」-光源氏論 5,『講座源氏物語の世界』, 七集, 有斐閣, p.227.
3 鈴木日出男(1994),「光源氏の道心と愛執」,『源氏物語と源氏以前研究と資料』, 武蔵野書院, p.239.
4 大朝雄二(1975),「六条御息所の死霊」,『源氏物語正編の研究』, 桜風社.
　　　　(1981),「六条御息所の苦悩」,『講座源氏物語の世界三』, 有斐閣.
5 奥出文子(1976.9),「六条御息所の死霊をめぐる再検討」,『中古文学』18, 中古文学会.
6 原岡文子(1980.5),「六条御息所と葵上-源氏物語はいかに読まれているか-」,『解釈と鑑賞』45-5, 至文堂.
7 坂本昇(1982),「六条御息所」,『源氏物語必携』II, 學燈社.
8 藤本勝義(1989.8),「憑霊現象の史実と文学-六条御息所の生霊を視座としての考察-」,『国語と国文学』66-8, 東京大学国語国文学会.
　　　　(1991),『源氏物語の物の怪』, 青山学院女子短期大学.
　　　　(1998),「六条御息所物語の主題」,『源氏物語研究集成』一巻, 風間書房.

지高橋文二는 아오이 권, 사카키 권에 나타난 로쿠조미야스도코로의 심리,[10] 나카지마 아야코中島あや子는 유가오 권을 중심으로 모노노케를 겐지의 마음에서 발생하는 병[11]으로 각각 고찰하고 있다.

본고에서는 이상과 같은 연구를 참고로 하면서 로쿠조미야스도코로의 모노노케가 나타나는 장면을 중심으로 로쿠조미야스도코로의 애집과 히카루겐지의 출가 의식을 규명하고자 한다. 그리고 로쿠조미야스도코로의 모노노케를 중심으로 그녀의 자존심과 집념이 어떻게 히카루겐지의 영화를 붕괴시키는가를 고찰하고자 한다. 특히 모노가타리에 나타난 로쿠조미야스도코로와 갈등이 깊은 아오이노우에, 무라사키노우에, 온나산노미야와 히카루겐지와의 인간관계를 분석한다.

2. 생령生靈의 질투

『겐지 이야기源氏物語』에서 로쿠조미야스도코로의 이야기가 처음으로 나오는 장면은 유가오夕顔 권의 서두이다. 유가오 권의 서두에는 히카루겐지가 '로쿠조 부근에 은밀히 출입하고 다닐 무렵六条わたりの御忍び歩きのころ'[12](夕顔①135)이라는 표현으로 로쿠조미야스도코로와의 만남을 암시하고 있다. 이와 같이 유가오 권에는 로쿠조미야스도코로의 저택을 지칭하는 '로쿠조 부근六条わたり'이라는 표현이 모두 3회(①135, ①147,

---

9　楢原茂子(1991),「六条御息所」,『源氏物語講座』二巻, 勉誠社.
10　高橋文二(2004.8),「六条御息所」,『解釈と鑑賞』, 至文堂.
11　中島あや子(2004),『源氏物語の構想と人物造形』,「なにがし院の怪」, 笠間書院.
12　阿部秋生 他校注(1994),『源氏物語』1,《新編日本古典文学全集》20, 小学館, p.135.
　　이하『源氏物語』의 본문 인용은《新編全集》의 권, 책수, 쪽수를 표기함. 필자 역.

①163) 등장한다. 또한 와카무라사키 권에는 '가시는 곳은 로쿠조쿄고 쿠 부근으로おはする所は六条京極わたりにて'(若紫①235)라고 되어있고, 스 에쓰무하나末摘花 권의 '로쿠조 부근六条わたり'(末摘花①289)도 로쿠조미 야스도코로를 일컫는 표현이다.

히카루겐지는 8월 15일 밤, 헤이안의 로쿠조六条 부근의 유가오의 집 에서 자고, 다음날 새벽 주변의 소란함을 피해 유가오와 함께 간 별장에 서 다음과 같은 생각을 한다.

> 로쿠조의 부인도 얼마나 심려하고 계실까, 원망하고 계시겠지만, 그것 이 괴롭기도 하고 또 황송하기도 하다고 생각하니, 가엾은 분으로는 먼저 이 사람을 생각하게 된다. 아무 생각 없이 마주하고 있는 이 여자를 귀엽 다고 생각할수록, 그분은 너무나 생각을 너무 깊이 하여 상대가 숨이 막 힐 듯한 것이 좀 없었으면 좋겠다고 자신도 모르게 비교하여 생각하는 것이었다.
>
> 六条わたりにもいかに思ひ亂れたまふらん、恨みられんに苦しうことわ りなりと、いとほしき筋はまづ思ひきこえたまふ。何心もなきさし向ひを あはれと思すままに、あまり心深く、見る人も苦しき御ありさまをすこし 取り捨てばやと、思ひくらべられたまひける。 (夕顔①163)

히카루겐지는 로쿠조미야스도코로에게서 자존심과 질투심으로 인한 거북함을 느끼지만, 유가오에게서는 격의 없이 편안하다는 생각을 한 다. 이러한 히카루겐지의 고민 탓이었는지, 그날 밤 히카루겐지의 머리 맡에는 '아름다운 여자いとをかしげなる女'(夕顔①164)가 나타나, 자기에게 오지 않고 이런 여자를 사랑하다니, '대단히 의외이고 안타깝네요. いと めざましくつらけれ'(夕顔①164)라고 하며 유가오를 잡아 일으키려고 하는

제1부 헤이안 시대 남녀의 사랑과 결혼

꿈을 꾸었다. 겐지가 꿈에서 깨어 유가오를 보니 이미 모노노케에 의해 죽어 있었다. 여자의 정체가 드러나지 않았기 때문에 유가오를 죽게 만든 것이 로쿠조미야스도코로의 생령인지 별장에 사는 집 귀신인지 분명하지 않고 아직 정설은 없다. 그러나 상기 예문과 같이 겐지가 꿈을 꾸기 직전에 로쿠조미야스도코로를 비난했다는 상황을 고려하면 로쿠조미야스도코로의 모노노케일 가능성이 크다고 생각된다. 이후 와카나若菜 하권에서도 겐지가 무라사키노우에를 상대로 로쿠조미야스도코로를, '어쩐지 상대하기 어렵고, 만나는 것이 괴로운 분이셨어요. 人見えにくく、苦しかりしさまなむありし'(若菜下④209)라고 평가한 후에, 무라사키노우에가 발병하자 로쿠조미야스도코로의 모노노케가 나타난다. 유가오가 죽은 후, 히카루겐지는 이조원二条院의 저택으로 돌아가 앓아 누웠다가 9월 20일경에나 완쾌된다. 그리고 겐지의 얼굴이 야위고 수심에 잠겨있는 것을 본 주변의 뇨보들은 '모노노케 때문일 것이다. 御物の怪なめり'(夕顔①183)라고 걱정한다.

유가오 권에서 히카루겐지는 유가오의 49제가 끝난 후, 유가오를 그리워하며 꿈에라도 보고 싶다고 생각하면서 잠이 들자 다시 별장에서 보았던 그 여자가 나타난다. 이에 히카루겐지는 '황폐한 곳에서 살고 있던 귀신이 자신에게 매료되어 이렇게 된 것이다. 荒れたりし所に棲みけんものの我に見入れけんたよりに、かくなりぬる'(夕顔①194)라고 여기며 꺼림칙하게 생각하는 것이었다. 그러나 이 대목은 어디까지나 겐지의 생각이지 실제 상황은 아니다. 유가오의 죽음이 어떤 모노노케의 탓이었는지 분명하지 않다 하더라도, 이후 히카루겐지가 로쿠조미야스도코로의 질투심을 비난할 때마다 그녀는 생령과 사령의 모노노케로 출현한다.

아오이葵 권의 서두에 나오는 기사에 따르면 로쿠조미야스도코로는 전 동궁前東宮의 미망인으로, 동궁과의 사이에서 난 딸과 함께 육조의 저택에서 살고 있었는데 우아한 기품과 미모로 평판이 자자했다. 이러한 로쿠조미야스도코로를 애인으로 삼은 겐지는 그녀의 강한 자아와 자존심에 부담을 느끼고 있던 차에 유가오를 만나게 된다. 유가오와 로쿠조미야스도코로의 관계는 『가게로 일기蜻蛉日記』의 작자 미치쓰나의 어머니道綱母와 '시정의 골목길町の小路'(p.100)에 사는 여자를 연상하게 한다. 미치쓰나의 어머니는 남편 가네이에兼家가 자신보다 신분도 떨어지고 교양도 없어 보이는 골목길의 평범한 여자를 만난다는 것을 알고 강한 질투심을 표출한다. 미치쓰나의 어머니는 남편 가네이에가 사흘 밤이나 오지 않다가 겨우 나타나 궁중에 공무가 있어 다시 나간다고 하자, 뒤를 밟게 하여 골목길의 여자 집에 가는 것을 확인한 것이다.

그 후 2, 3일이 지난 새벽녘에 가네이에가 찾아와 문을 두드리지만 미치쓰나의 어머니는 열어 주지 않는다. 다음 날 아침 미치쓰나의 어머니는 그냥 있지 못하고 '한탄하면서 혼자 자는 밤이 얼마나 길고 괴로운지 당신은 알기나 합니까. なげきつつひとり寝る夜のあくるまはいかに久しきものとかは知る'(p.100)라는 와카和歌를 읊어 보낸다. 그러나 가네이에는 오히려 문을 열어 주지 않은 것을 원망하는 답가를 보내는가 하면, 골목길의 여자와 함께 우차牛車를 타고 미치쓰나의 어머니의 집 앞을 지나다닌다. 이 소문을 들은 미치쓰나의 어머니는 도읍에 길도 많은데라며, 가네이에를 '한심하고 박정하다. あさましうつべたまし'(p.109)는 생각을 한다. 미치쓰나의 어머니가 골목길의 여자에게 모노노케로 나타나지는 않았지만, 로쿠조미야스도코로가 유가오에게 느끼는 심정과 비슷했을 것이다. 헤이안 시대의 일부다처제라는 결혼 제도하에서 자존심과 자의식이 강한 미치쓰나의 어머니와 같은 여성이 로쿠조미야스도코로의 인물조형에도 투영되었을 것으로 생각된다.

아오이 권에서 기리쓰보桐壺 천황이 양위하여 스자쿠인朱雀院이 즉위하자, 로쿠조미야스도코로의 딸이 재궁齋宮으로 선발된다. 이에 로쿠조미야스도코로는 겐지와 거리를 둘 겸해서 딸과 함께 이세伊勢로 내려갈 생각을 하며 고민하고 있었다. 이때 마침 신 재원新齋院의 결재潔齋 의식에 히카루겐지가 참가한다는 소문을 듣고 로쿠조미야스도코로도 행렬을 보기 위해 은밀히 검소한 우차를 타고 나갔다. 그런데 마침 히카루겐지의 정처正妻인 아오이노우에葵上 일행과 마주쳐 주차 문제로 서로 다투게 되어 밀려나는 모욕을 당한다. 로쿠조미야스도코로는 자존심에 깊은 상처를 입고 아오이노우에에 대한 질투심을 불태우게 된다.

이것이 바로 아오이 권의 유명한 '우차 소동車争い' 사건인데, 로쿠조미야스도코로의 굴욕감은 점차 증폭되어 생령이 몸을 빠져나가 회임 중인 아오이노우에를 괴롭힌다. 이후 아오이노우에가 모노노케로 인한 임신통이 심해지자 히카루겐지는 가슴아파하며 갖가지 기원을 한다. 그러나 아오이노우에의 몸에는 모노노케나 생령 등이 많이 나타나 여러 가지로 정체를 밝히는 가운데 요리마시憑人(신령이 지피는 아이)에게 옮겨붙을 생각을 않고 끝까지 괴롭히는 모노노케가 바로 로쿠조미야스도코로의 생령이라는 소문이 난다. 한편 로쿠조미야스도코로도 아오이노우에를 괴롭힌다는 모노노케가 '자신의 생령이라든가 죽은 아버지 대신의 원령이다. この御生霊、故父大臣の御霊'(葵②25)라는 하는 소문이 들리자, 자신의 기구한 운명을 한탄하며 자신의 혼백이 갖가지 근심걱정으로 인해 몸을 빠져나간다는 것을 어렴풋이 짐작한다.

다음은 아오이노우에의 출산이 가까워졌을 때, 승려들이 법화경을 읽으며 아무리 강력한 기도를 해도 꼼짝하지 않고 있었던 로쿠조미야스도코로의 모노노케가 이윽고 그 정체를 드러내는 장면이다.

　한탄하면서 내 몸을 빠져나가 허공을 헤매는 저의 혼백을 옷자락으로 묶어주세요.
라고 말하는 목소리와 느낌이 아오이노우에 본인이라고는 생각할 수 없을 정도로 변해 있었다. 이것은 이상하다고 여러 가지로 생각해 보니 정말로 그 로쿠조미야스도코로였던 것이다. 한심한 일이다. 사람들이 이러쿵저러쿵 입방아를 찧어도 대수롭지 않은 사람들이 하는 말이라고 듣지 않을 생각으로 무시하고 계셨는데, 현실로 눈앞에서 보고 세상에 이런 일도 있는가 하고 꺼림칙한 기분이 들었다.
　なげきわび空に亂るるわが魂を結びとどめよしたがひのつま
とのたまふ声、けはひ、その人にもあらず変りたまへり。いとあやしと思しめぐらすに、ただかの御息所なりけり。あさましう、人のとかく言ふを、よからぬ者どもの言ひ出づること、聞きにくく思してのたまひ消つを、目に見す見す、世にはかかることこそはありけれと、疎とましうなりぬ。
(葵②40)

　모노노케는 히카루겐지에게 자신이 너무 괴로우니 가지加持를 멈추게 해달라고 애원한다. 그리고 근심걱정으로 인해 자신의 혼이 유리遊離되는 것 같다는 이야기를 하며 자신의 혼백을 옷자락으로 묶어 붙잡아 달라고 애원한다. 히카루겐지는 아오이노우에의 몸에 붙은 로쿠조미야스도코로의 모노노케를 직접 대면하자 허무함과 경악을 금치 못한다. 이윽고 모노노케가 조복調伏되고 아오이노우에는 아들 유기리夕霧를 무사히 출산한다. 아오이노우에가 출산했다는 소식을 들은 로쿠조미야스도코로는 자신이 입고 있는 '옷에 겨자 향이 배어있는御衣などもただ芥子の香にしみかへりたり'(葵②42) 것을 맡고, 자신의 생령이 유리하여 승려의

가지加持를 받았다는 것을 알고 더욱 고뇌가 깊어진다.

아오이노우에의 출산이 무사히 끝났다고 생각한 히카루겐지와 좌대신 등 좌대신가의 집안사람들은 모두 안도하고 궁중으로 입궐한다. 그런데 아오이노우에는 인적이 적어진 조용한 저택에서 갑자기 사람을 부를 여유도 없이 가슴이 막혀 절명하고 만다. 아오이노우에의 장례가 끝난 후, 히카루겐지는 49재의 법사法事 준비를 하면서 아들 유기리라도 태어나지 않았다면, '염원하는 출가라도 해버릴텐데. 願はしきさまにもなりなまし'(葵②50)라고 생각하다가, 제일 먼저 무라사키노우에紫上가 쓸쓸하게 지내고 있다는 것을 떠올린다.

로쿠조미야스도코로의 생령이 히카루겐지의 정처 아오이노우에를 죽게 만든 것은 여성의 질투와 애집이라는 심리가 작용했다고 볼 수 있다. 이로 인해 히카루겐지는 인생에 대한 허무감을 느끼고 출가 생활을 해야겠다는 생각을 하지만 바로 실천에 옮기지는 못한다. 이후 히카루겐지는 어떤 계기가 있을 때마다 출가를 원하지만 그에 따른 전제조건을 내세우며 미루게 된다. 아오이 권에서도 겐지는 로쿠조미야스도코로의 애집이나 아오이노우에와의 사별을 이유로 출가를 결심하지만, 어린 유기리와 무라사키노우에에 대한 걱정으로 출가를 유보한다.

미오쓰쿠시澪標 권에서 레이제이 천황이 즉위하자, 이세 재궁伊勢斎宮과 함께 귀경한 로쿠조미야스도코로는 갑자기 병이 깊어져 출가를 한다. 히카루겐지가 병문안을 가자 로쿠조미야스도코로는 후견이 없는 전 재궁을 잘 부탁한다는 유언과 함께 전 재궁을 제발 이성異性으로 생각하지 말아달라는 부탁을 했다. 로쿠조미야스도코로가 죽자 히카루겐지는 '인생이 덧없이 느껴지고 왠지 외롭게. 世もいとはかなくて、もの心細く'(澪標②314) 느껴져 궁중에 출사도 하지 않았다. 그리고 히카루겐지는 이제

옛날과 같이 무모한 행동도 하지 않고, 후지쓰보藤壺와 상의하여 재궁을 양녀로 삼아 레이제이 천황의 뇨고女御로 입궐시킬 계획을 세운다.

미오쓰쿠시 권 이후 히카루겐지의 이러한 변화는 로쿠조미야스도코로의 사랑과 두 사람의 인간관계에서 비롯된 것이라 할 수 있을 것이다. 즉 히카루겐지는 로쿠조미야스도코로와 후지쓰보라고 하는 과거의 이로고노미에서 비롯된 여성들과 사랑의 결과로서 맺어진 전 재궁을 양녀로 삼아 실제 아들인 레이제이 천황에 입궐시키는 준섭관准摂関적인 인물로 변모한 것이다.

3. 그로테스크한 사령死靈

우메가에梅枝 권에서 히카루겐지源氏가 무라사키노우에게 여성들의 가나仮名 서체를 논평하는 가운데, 로쿠조미야스도코로의 가나 글씨에 대해서 최상의 평가를 내린다. 즉 자신이 가나를 배울 때 여러 서체를 수집했는데, 그중에서 로쿠조미야스도코로의 서체는 '특별히 뛰어난 필적이라는 생각이 듭니다. 際ごとにおぼえしはや'(梅枝③415)라고 하며, 서체에 기품이 있지만 화려함이 부족했다고 술회한다. 그리고 겐지는 자신이 이렇게 아키코노무秋好 중궁을 열심히 후견하고 있는 것에 대해, 로쿠조미야스도코로의 '죽은 혼령도 나를 다시 봐줄 것입니다.亡き御影にも見なほしたまふらん'(③416)라고 안도하며 자신감을 나타내고 있다.

와카나若菜 하권에서 육조원六条院의 여성들에 의한 관현악의 연주(女樂)가 끝난 후, 히카루겐지는 무라사키노우에게 지금까지 자신이 살아온 과거를 회상하며 여자 관계를 술회한다. 그중에서 중궁中宮의 어머

　　　　　제1부 헤이안 시대 남녀의 사랑과 결혼

니인 로쿠조미야스도코로에 대해서는 품위가 있고 우아한 사람이었으나 편안하게 만날 수 없었다고 술회한다.

중궁의 어머니 로쿠조미야스도코로는 특별한 분이라 고상하고 우아한 사람으로는 제일 먼저 생각이 나지만, 만나는 것이 신경 쓰이고 괴로운 분이었습니다. 나를 원망을 하는 것도 당연하고 어쩔 수 없는 일이라고 생각되며, 언제까지나 깊이 원망을 하시는 것은 정말 괴로운 일이었어요.

　中宮の御母御息所なむ、さまことに心深くなまめかしき例にはまづ思ひ出でらるれど、人見えにくく、苦しかりしさまになんありし。恨むべきふしぞ、げにことわりとおぼゆるふしを、やがて長く思ひつめて深く怨ぜられしこそ、いと苦しかりしが　　　　　　　　　　　(若菜下④209)

히카루겐지는 무라사키노우에에게 로쿠조미야스도코로가 우아하고 고상한 사람이지만 자존심과 질투로 인해 자신을 원망하는 것이 부담스러웠다고 이야기한다. 그러나 겐지 자신은 세상의 비난과 원한도 꺼려하지 않고 아키코노무 중궁의 후견을 하는 것이 로쿠조미야스도코로에 대한 보답이라고 술회한다. 즉 전 재궁이 레이제이 천황의 중궁이 된 것은 전생으로부터의 인연이지만, 자신의 후원이 있었기에 가능한 일이니까 로쿠조미야스도코로의 혼령도 자신을 다시 보아 줄 것이라 생각한다. 그런데 이것은 히카루겐지의 일방적인 생각이었고 로쿠조미야스도코로를 비판한 것이 결과적으로 로쿠조미야스도코로의 사령을 불러오는 계기가 된다. 당시의 원혼은 스가와라 미치자네菅原道真를 비롯한 원령처럼 생사를 초월하여 나타나고, 죽은 사령이 오히려 더 무서운 원령이 되는 경우도 있었다.

와카나 하권에서 무라사키노우에는 발병 후, 거처를 육조원에서 원

래 살던 이조원=條院으로 옮긴다. 이에 히카루겐지가 무라사키노우에의 병간호를 위해 이조원에 가 있게 되면서 육조원을 거의 비우다시피 하자, '이 육조원은 불이 꺼진 듯이, この院には、火をけちたるやうにて'(若菜④ 215), 여자들만 남아 있어 적막하다. 육조원이 이렇게 인적이 드문 틈을 타 가시와기柏木는 오매불망 그리던 온나산노미야女三宮와 밀통을 하는 사건이 발생한다. 이후 히카루겐지는 온나산노미야의 회임과 무라사키노우에의 간호로 육조원과 이조원을 오가는 생활을 한다.

히카루겐지는 오랜만에 육조원에 들렀다가, 다시 위독해진 무라사키노우에를 위해 이조원으로 돌아가 승려들에게 갖가지 가지加持 기도를 시킨다. 무라사키노우에의 모노노케가 좀처럼 조복調伏되지 않는 가운데, 히카루겐지는 직접 다시 한번 무라사키노우에를 볼 수 있게 해달라는 기원을 올린다. 이에 모노노케는 조복되면서, 히카루겐지는 또 다시 로쿠조미야스도코로의 사령을 만나게 된다.

모노노케는 제대로 조복되어, '다른 사람은 모두 나가세요. 육조원(겐지)에게만 말씀드리고 싶어요. (중략) 지금은 이렇게 한심한 모습으로 변해 버렸지만, 옛날 생전의 집착이 남아 있어 이렇게 여기까지 왔으니까요. 정말 안타까운 모습을 보고 그냥 지나칠 수가 없어 이렇게 나타난 것입니다. 절대로 알아채지 못하게 하려 했는데.'라고 말하며, 머리카락을 이마에 걸치고 우는 모습은 정말로 옛날에 본적이 있는 모노노케의 모습 그대로였다. (중략)

'정말 그 사람인지, 나쁜 여우같은 것이 발광하여 죽은 사람의 불명예가 되는 말을 하기도 한다는군. 분명히 이름을 말하세요. 다른 사람은 아무도 모르는 일로 내가 확실히 기억할 수 있는 것을 이야기해 보세요. 그렇게 하면 조금은 믿지요.'라고 말씀하시자, 눈물을 뚝뚝 흘리시며,

제1부 헤이안 시대 남녀의 사랑과 결혼

'내 육신은 완전히 변해 버렸지만, 옛 모습 그대로 시치미 떼는 당신은 변함이 없군요. 정말로 원망스럽군요, 원망스러워요.'라고 하며 소리 내어 울지만, 그래도 어딘지 모르게 부끄러워하는 모습은 옛날과 다름없어 오히려 정말 기분 나쁘고 싫어서 더 이상 아무 말도 하지 못하게 해야지 하고 생각하신다.

いみじく調ぜられて、「人はみな去りね。院一ところの御耳に聞こえむ。(中略) 今こそ、かくいみじき身を受けたれ、いにしへの心の残りてこそかくまでも参り來たるなれば、ものの心苦しさをえ見過ぐさでつひに現はれぬること。さらに知られじ、と思ひつるものを」とて、髪を振りかけて泣くけはひ、ただ、昔見たまひし物の怪のさまと見えたり。(中略)

「まことにその人か。よからぬ狐などいふなるもののたぶれたるが、亡き人の面伏せなること言ひ出づるもあなるを、たしかなる名のりせよ。また、人の知らざらむことの、心にしるく思ひ出でられぬべからむを言へ。さてなむ、いささかにても信ずべき」とのたまへば、ほろほろといたく泣きて、

「わが身こそあらぬさまなれそれながらそらおぼれする君はきみなり。いとつらし、つらし」と泣き叫ぶものから、さすがにもの恥ぢしたるけはひ変らず、なかなかいとうとましく心うければ、もの言はせじ、と思す。

(若菜下④235-236)

로쿠조미야스도코로의 모노노케는 자신이 다시 나타나게 된 이유를, 겐지가 무라사키노우에에게 정신이 빠져 있었기 때문이라고 했지만 사실은 옛날부터 겐지에 대한 미련이 남아 있었던 것이다. 모노노케는 다른 사람들은 모두 나가게 하고 히카루겐지에게 할 말이 있다고 하는데, 겐지는 이전에 보았던 바로 그 로쿠조미야스도코로의 모노노케가 아닐까 하고 생각하며 실체를 확인하고자 한다. 이에 모노노케는 시치미를 떼고 있는 겐지를 비난하며 울며 소리를 지른다. 이를 불길하게 생각한 히카루겐지는 머리를 풀고 우는 모습에서 이전에 본 적이 있는 로쿠조미야스도코로의 모노노케임을 확인하고, 사람이 사랑에 대한 강한 집념으로 인해 죽어서까지 사령으로 나타난다는 것을 알고는 한심하고 처참한 심경에 빠진다.

로쿠조미야스도코로의 모노노케는 이어서 살아있을 때 무시당한 일보다도, 여성들에 의한 관현악의 연주女樂가 끝난 후 히카루겐지가 무라사키노우에에게 자신을 불쾌하고 싫은 여자로 이야기한 것을 원망하며 자신의 심경을 밝힌다.

중궁에 대해서는 영혼이 구천을 헤매고 다니면서도 정말 고맙게 생각하고 있지만, 생사의 길을 달리하게 되면 자식에 대한 일은 그다지 깊이 느끼지 못하는 것일까요. 역시 자기 자신 원망스럽게 느낀 집착이 나중까지 남는 것이었습니다. 그중에서도 이 세상에 살아 있었을 때 남들보다도 가볍게 무시해 버린 일보다도, 친한 사람끼리의 대화에서 저에 대해 불쾌하고 싫은 여자였다고 당신이 말씀하신 것이 정말 원망스럽습니다.

中宮の御ことにても、いとうれしくかたじけなしとなむ、天翔りても見たてまつれど、道異になりぬれば、子の上までも深くおぼえぬにやあらん、なほみづからつらしと思ひきこえし心の執なむとまるものなりける。その中にも、生きての世に、人よりおとして思し棄てしよりも、思ふどちの御物語のついでに、心よからず憎かりしありさまをのたまひ出でたりしなむ、いと恨めし。 (若菜下④236)

로쿠조미야스도코로의 모노노케는 겐지에게 중궁을 도와준 것은 고맙지만, 지금은 자식에 관한 일보다도 사랑하는 사람에 대한 집념을 호

소하고 있다. 즉 로쿠조미야스도코로의 히카루겐지에 대한 집념은 죽어서까지 변함이 없고, 이미 죽은 자신에 대한 비난에도 질투를 느끼고 사령으로 나타났다는 것이다. 또한 모노노케는 무라사키노우에를 특별히 미워하는 마음이 있는 것은 아니지만, 히카루겐지는 신불神仏의 가호가 지극해서 가까이 다가가 갈 수가 없고 목소리도 희미하게만 들린다고 고백한다. 그리고 로쿠조미야스도코로의 모노노케는 히카루겐지에게 성불成仏하지 못하고 있는 자신의 죄가 가벼워질 수 있도록 공양을 해 달라는 부탁을 한다. 한편 히카루겐지는 로쿠조미야스도코로의 애집愛執을 생각하면 중궁을 돕는 일도 내키지 않고 '여자는 모두 다 죄의 근원이 되고, 세상만사가 싫어져서, 女の身はみな同じ罪深きもとゐぞかしと、なべての世の中いとはしく'(若菜下④241)라고 생각하면서, 두 사람만의 이야기를 알고 있는 것을 보면 로쿠조미야스도코로의 모노노케가 틀림없다고 확신한다. 이와 같이 히카루겐지는 모노노케를 바로 자신의 로쿠조미야스도코로에 대한 양심의 가책과 의식이라 생각한 것이다.

가시와기 권에서 가시와기와 온나산노미야의 밀통에 의한 아들 가오루가 태어나 50일이 되자 성대한 축하연이 열린다. 히카루겐지는 자신의 아들이 아닌 아들의 50일 축하를 받으며 지난날 자신의 과오를 반성하고 전생의 업이라는 것을 실감하게 된다. 히카루겐지는 가시와기가 온나산노미야에게 보낸 편지를 보고 밀통의 비밀을 바로 알아차렸다. 그리고 이를 감지한 온나산노미야는 가오루를 출산하자마자 자신의 의지로 출가를 원한다. 히카루겐지는 고뇌하며 온나산노미야의 출가를 만류하고 아버지 스자쿠인朱雀院 또한 출가의 몸임에도 불구하고 하산하여 온나산노미야의 건강을 염려한다. 그러나 온나산노미야는 겐지와 스자쿠인의 만류에도 불구하고 출가의 뜻을 굽히지 않았다. 스자쿠인은 셋째 딸 온나산노미야의 행복을 바라며 히카루겐지에게 강가降嫁시켰지만, 이제 다시 딸의 출가를 돕지 않을 수 없게 된 것이다.

다음은 가시와기 권에서 로쿠조미야스도코로의 사령이 다시 등장하여, 가오루薰를 출산한 온나산노미야가 출가하게 된 사정을 밝히는 대목이다.

> 후반야의 가지를 할 때에 모노노케가 나타나서 '그것 봐요. (무라사키노우에) 한사람에 대해서는 정말 잘 회복했다고 생각하시겠지요. 대단히 얄미웠기 때문에 이 근처에 살짝 와서 며칠 동안 붙어있었던 것입니다. 이제 돌아가겠습니다.'라고 하며 웃는다. 대단히 한심하게 생각되고, '그렇다면 이 모노노케가 온나산노미야에게도 떨어지지 않고 있었던 것인가' 하는 것을 알게 되자, 온나산노미야가 애처롭기도 하고 또 후회도 되었다.
>
> 後夜の御加持に、御物の怪出で來て、「かうぞあるよ。いとかしこう取り返しつと、一人をば思したりしが、いと妬かりしかば、このわたりにさりげなくてなん日ごろさぶらひつる。今は帰りなん」とてうち笑ふ。いとあさましう、さは、この物の怪のここにも離れざりけるにやあらむ、と思すに、いとほしう悔しう思さる。　　　　　　　　　(柏木④310)

온나산노미야에 대한 가지加持는 후반야에도 계속되었는데, 로쿠조미야스도코로의 모노노케는 수일 동안 온나산노미야에게 붙어 있었던 모노노케가 바로 자신이었음을 밝히고 이제는 떠나가겠다고 하며 겐지를 비웃는다. 히카루겐지는 온나산노미야를 괴롭히고 있었던 모노노케가 로쿠조미야스도코로의 사령이라는 것을 알고 온나산노미야의 출가 또한 모노노케의 탓이라는 것을 확인하게 된다. 히카루겐지는 온나산노미야에게도 로쿠조미야스도코로의 모노노케가 붙어있었다는 사실에 아연

실색하면서, 온나산노미야가 애처롭기도 하고 그동안 소홀히 대했던 것을 후회하기도 한다. 즉 모노가타리의 논리는 로쿠조미야스도코로의 모노노케에 의해 온나산노미야가 출가하고 히카루겐지의 육조원 영화가 조락하는 것으로 작의된 것이다.

스즈무시鈴虫 권에서 히카루겐지는 아키코노무 중궁을 상대로 인생이 무상하다는 이야기와 함께 출가라도 하고 싶지만 뒤에 남아 있는 사람들 때문에 마음대로 되지 않는다는 이야기를 한다. 그러나 아키코노무 중궁은 어머니 로쿠조미야스도코로가 성불하지 못하고 있다는 소문을 듣고 안타깝게 생각하며 자신이라도 빨리 출가를 해야 한다고 생각한다.

어머니 로쿠조미야스도코로가 저 세상에서 고통을 당하고 있는 모습, 지금 어떠한 지옥의 연화 속을 헤매고 계실까. 돌아가신 뒤에까지 남들이 싫어하는 원령이 되어 나타나게 된 것을, 저 육조원 히카루겐지께서는 은밀하게 감추고 계셨는데, 자연히 사람들의 입 소문으로 중궁의 귀에까지 들어갔다는 것이다. 대단히 슬프고 괴로워서 이 세상의 모든 일이 싫어지셔서,

御息所の、御身の苦しうなりたまふらむありさま、いかなる煙の中にまどひたまふらん、亡き影にても、人に疎まれたてまつりたまふ御名のりなどの出で來けること、かの院にはいみじう隠したまひけるを、おのづから人の口さがなくて伝へ聞こしめしける後、いと悲しういみじくて、なべての世の厭はしく思しなりて、　　　　　　　　　　　(鈴虫④388)

아키코노무 중궁은 어머니 로쿠조미야스도코로가 사령이 되어 아직도 이승을 떠돌아다닌다는 소문을 듣고 괴로워하며 출가를 원한다. 히카루겐지는 아키코노무 중궁이 그렇게 느끼는 것도 무리가 아니라고 생

각하지만, 중궁에게는 남들이 그렇게 한다고 해서 함부로 출가를 해서는 안된다고 간절히 부탁하면서, 어머니에 대한 추선공양追善供養을 올릴 것을 권한다. 이에 아키코노무 중궁도 겐지의 권유에 따라 로쿠조미야스도코로를 위한 공양을 하고 공덕을 쌓아 어머니의 원혼을 위로했다.

히카루겐지는 로쿠조미야스도코로의 사령이 나타날 때마다 여자의 애집과 자신의 숙명을 느꼈을 것이다. 그러나 겐지는 자신의 출가 후에 '뒤에 남은 사람들残りの人々'(鈴虫④387), 즉 유기리와 무라사키노우에, 아카시노키미明石君와 아카시뇨고明石女御들과의 인연을 끊을 수가 없어 출가를 결행하지 못한다는 것이었다. 히카루겐지는 자신의 출가 문제를 아키코노무 중궁과 상의하며 세상을 덧없는 것이라 생각하고 있었지만, 두 사람 모두 바로 출가를 할 수 있는 사람들이 아니었다.

와카나 하권에서 여성들의 음악 합주(女楽)가 끝난 후 히카루겐지는 로쿠조미야스도코로의 성격상 자신을 원망하는 것도 당연하다는 생각을 한다. 즉 로쿠조미야스도코로는 기품과 우아함을 갖추고 있었으나 히카루겐지의 애인이 되면서 고뇌의 인생을 보내고 죽어서도 애집에서 벗어나지 못하는 주인공이 된 것이다. 로쿠조미야스도코로의 비극은 자신의 의지로도 어찌할 수 없는 애집 때문에 생령이 되어 아오이노우에를 죽이고, 사령으로서 무라사키노우에와 온나산노미야를 각각 죽음과 출가로 내몰았던 것이다. 그리고 히카루겐지는 이들 여성들과 헤어지는 동인動因을 만든 것이 로쿠조미야스도코로의 애집이라는 것을 확인하고, 이제 자신에게 남은 것은 출가의 길밖에 없다는 것을 자각하게 된다.

4. 히카루겐지에 대한 애증愛憎

『겐지 이야기』에서 로쿠조미야스도코로의 모노노케는 왜 히카루겐지의 주변에 맴돌며 영화와 파멸을 리드하게 되는가? 히카루겐지는 '이로고노미色好み'의 연장 선상에서 로쿠조미야스도코로와의 관계를 유지했으나, 그녀의 애집愛執은 히카루겐지의 풍류를 초월하는 집착을 보였다. 그리고 로쿠조미야스도코로의 애집은 살아있을 때만이 아니고 죽은 후에도 히카루겐지의 정처와 정처에 준하는 부인들을 죽음과 출가로 내몰았다.

다음은 『겐지 이야기』의 작자 무라사키시키부紫式部가 자신의 가집歌集인 『무라사키시키부집紫式部集』 44, 45번에서 모노노케를 '마음의 귀신心の鬼'이라고 표현하고 있는 대목이다.

> 모노노케에 씌인 여자의 흉한 모습을 그린 그림의 배경에, 죽어서 귀신이 된 전처를 젊은 중이 묶고 있는 모습을 그리고, 남편은 경을 읽으며 모노노케를 퇴치하려고 하는 것을 보고,
>
> 44. 모노노케 때문에 아내가 고생한다지만 사실은 자신의 의심 때문이 아닌가요
>
> 답가
>
> 45. 정말이군요, 당신의 마음이 흔들리기에 모노노케가 귀신으로 보이는 것이겠지요
>
> 絵に、物の怪のつきたる女のみにくきかたかきたる後に、鬼になりたるもとの妻を、小法師のしばりたるかたかきて、男は経読みて物の怪せめたるところを見て
>
> 44. 亡き人に かごとをかけて わづらふも おのが心の 鬼にやはあらめ

返し

45. ことわりや 君が心の 闇なれば 鬼の影とは しるく見ゆらむ[13]

상기 와카和歌는 그림을 보고 읊은 노래인데, 후처의 병이 전처의 모노노케 때문이라고 하는 것은 결국 남편의 '마음의 귀신心の鬼' 즉 의심암귀疑心暗鬼 때문이라는 것이다. 그리고 이 작자의 시녀인 듯한 사람이 읊은 답가에서도 앞의 와카에 공감을 나타내며, 남편의 마음이 흔들리기 때문에 모노노케가 귀신의 그림자로 보이는 것이라고 화답했다. 나라하라 시게코楢原茂子는 '겐지 이야기 속에서 로쿠조미야스도코로의 모노노케는 특정한 두 사람 사이의 마음속에서만 나타난다.'[14]고 지적했다. 즉『무라사키시키부집』에서 전처의 모노노케는 남편에게만 보이고,『겐지 이야기』에서도 로쿠조미야스도코로의 모노노케는 히카루겐지에게만 보였던 것이다.

다음은『무라사키시키부집』의 55, 56번 노래에서 사람의 마음이 몸의 변화에 따라 달라진다는 것을 읊은 와카이다.

자신의 신세가 마음대로 되지 않는다고 한탄하는 것이 점점 더 심해지는 것을 생각하며

55. 하찮은 내 몸도 마음먹은 대로는 안 되지만 몸에 따라야하는 것은 마음이다.

56. 마음은 내 것이지만 어떤 몸에 만족할까, 만족할 리가 없지만 체념할 수도 없다

---

13 山本利達 校注(1987),『紫式部日記 紫式部集』,≪新潮日本古典集成≫, 新潮社, pp.131~132.
14 楢原茂子(1991), 前掲書, p.107.

身を思はずなりと嘆くことの、やうやうなのめに、ひたぶるのさまなる
思ひける
　55.　数ならぬ　心に身をば　まかせねど　身にしたがふは　心なりけり
　56.　心だに　いかなる身にか　かなふらむ　思ひ知れども　思ひ知られず

(p.136)

이와 같이 무라사키시키부는 자신의 가집에서 몸과 마음의 관계를
와카로 읊었다. 하찮은 자신의 운명이 마음먹은 대로 되지 않는다고 한
탄하는 것이 점차 일상사가 되고, 마음이란 자신의 운명에 따라 변한다
는 것을 골똘하게 생각하게 된다는 것이다. 또한 어떠한 신세가 되어도
만족하지 못하고 만족할 리도 없지만 자신에 대해 끝까지 체념할 수가
없다고 읊고 있다. 상기 와카의 논리대로라면 『겐지 이야기』에 나타난
로쿠조미야스도코로의 모노노케도 사실은 히카루겐지 자신의 마음에서
유발된 것이라 생각된다. 또한 헤이안 시대의 어령御靈이나 원령도 이를
당하는 사람의 마음에서 나오는 것이라 할 수 있을 것이다.
　헤이안 시대의 문학에 나타난 남녀간의 사랑은 오늘날과 크게 다르
지 않고, 자존심에서 발현하는 질투심이 표출되는 관계도 있지만 로쿠
조미야스도코로의 경우는 이상할 정도로 히카루겐지에게 집착한 여성
이었다. 『이세 이야기』 65단에는 당시의 남녀가 금지된 사랑을 하게
되어 이를 억제하기 위해 불제祓除를 받는다는 이야기가 나온다. 즉 아
리와라 나리히라在原業平가 니조 황후二条后에 대한 사랑을 어찌할 수가
없어 신불神仏에 기원하여 연심恋心을 억제하려 한다는 것이다. 그래서
나리히라는 음양사陰陽師와 무당神巫 등을 불러서 강가에서 사랑을 하지
않겠다는 불제를 받았지만 점점 더 그리워졌다는 것이다. 그래서 나리

히라는 '사랑하지 말아야지 하고 미타라시 강에서 몸을 정결하게 했으나 신이 나의 기원을 받아주지 않는구나. 恋せじとみたらし河にせしみそぎ神はうけずもなりにけるかな'15(p.168)라고 와카를 읊었다는 것이다. 그 후 니조 황후는 감금이 되고 나리히라는 유배를 갔지만, 매일 밤 유배지에서 니조 황후가 있는 곳으로 찾아가 피리를 불며 자신의 연정을 호소했다는 것이다.

『이세 이야기』 65단의 이야기와 『겐지 이야기』의 히카루겐지와 후지쓰보藤壷의 밀통이 금단의 사랑이라는 점에서는 동일하다고 볼 수 있다. 그리고 사카키賢木 권에서 로쿠조미야스도코로가 히카루겐지와의 사랑이 여의치 않자 딸 재궁斎宮이 결재潔斎를 하는 사가嵯峨의 노노미야野宮에 들어가 있는 것도 65단과 오버랩이 된다. 로쿠조미야스도코로는 겐지가 찾아오자, '신역의 울타리에는 삼나무의 이정표도 없는데 어떻게 잘못하여 비쭈기나무를 꺾으셨습니까. 神垣はしるしの杉もなきものをいかにまがへて折れるさかきぞ'(賢木②87)라고 읊었다. 히카루겐지는 재궁과 로쿠조미야스도코로가 이세伊勢로 내려가기 전에 노노미야로 찾아가 와카를 증답하고 헤어진다.

『겐지 이야기』에서 로쿠조미야스도코로가 히카루겐지에 대해 품고 있는 애증은 일생에 걸쳐 집요하게 반복된다. 그리고 사령으로 나타난 로쿠조미야스도코로의 모노노케는 히카루겐지의 영화를 철저히 파멸시킨 후에 퇴장한다. 즉 무라사키시키부는 로쿠조미야스도코로의 모노노케나 숙세宿世, 출가의식 등을 『겐지 이야기』의 주제를 전개하는 모노가타리物語의 논리로서 설정한 것이다.

15 福井貞助 他校注(1999),『伊勢物語』,≪新編日本古典文学全集≫ 12, 小学館, p.168.

5. 결론

로쿠조미야스도코로六条御息所의 자존심, 질투심, 애집愛執이 히카루겐지의 영화와 조락凋落, 출가와 어떠한 관계를 갖는가. 겐지의 정처와 정처격인 아오이노우에, 무라사키노우에, 온나산노미야와 로쿠조미야스도코로의 애증을 중심으로 고찰해 보았다. 모노노케가 유가오夕顔를 죽인 사건 이래로, 로쿠조미야스도코로의 생령生靈은 아오이노우에를 죽이고, 다시 사령死靈으로 나타난 모노노케는 무라사키노우에를 발병하게 하고 온나산노미야를 출가에 하도록 만든다. 이 모든 것을 확인한 히카루겐지는 로쿠조미야스도코로의 모노노케가 나타날 때마다 여자의 애집이 얼마나 깊은지를 느끼고 또한 자신의 숙세宿世를 통감했을 것이다.

히카루겐지는 미오쓰쿠시 권에서 로쿠조미야스도코로로부터 전 재궁의 후견을 부탁받고 후지쓰보와 상의하여 전 재궁을 레이제이 천황의 뇨고女御로 입궐시키고, 잠재왕권潛在王權과 준섭관準摂関으로서 영화를 달성하게 된다. 히카루겐지는 이것이 기리쓰보桐壺 권에서 고려高麗(실제로는 발해)의 관상가로부터 들은 영화의 정점으로 생각했는지 출가를 생각한다. 그리고 제1부의 마지막인 후지노우라바藤裏葉 권에서도 아카시노히메기미明石姫君를 동궁에게 입궐시킨 것으로 모든 일이 끝났다고 생각했는지 출가를 결심한다. 그러나 와카나若菜 상권에서 태상천황太上天皇에 준하는 지위에 오른 명분과 후지쓰보에 대한 동경으로 그녀의 조카인 온나산노미야와의 결혼을 받아들이게 된다. 이 결정으로 인해 무라사키노우에는 발병하고, 온나산노미야는 밀통으로 인한 출산과 출가를 할 수밖에 없는 파국으로 치닫게 된다. 그러나 모노가타리物語에서

는 로쿠조미야스도코로의 사령이 다시 등장하여 온나산노미야를 출가하게 만들고, 무라사키노우에를 죽음에 이르게 하여 육조원六条院의 영화가 붕괴된다. 히카루겐지의 사랑에만 의지하여 일생을 살아온 무라사키노우에는 자신의 숙세를 생각하며 '사라지는 이슬消えゆく露'(御法④ 506)과 같이 생을 마감하고, 히카루겐지의 일생도 출가와 죽음만 남게 된다.

히카루겐지는 여성들과 사랑의 인간관계를 통해 자신의 영화를 달성한다. 그러나 한편으로는 그녀들로 인하여 절망과 좌절, 영화와 조락을 초래하게 된다. 특히 히카루겐지는 로쿠조미야스도코로의 딸 아키코노무 중궁秋好中宮을 통하여 준섭관의 영화를 누리게 되지만, 로쿠조미야스도코로의 모노노케가 아오이노우에, 무라사키노우에, 온나산노미야를 죽음과 출가로 몰아넣음으로써 히카루겐지의 영화도 붕괴하게 만든다. 즉 『겐지 이야기』에서 남녀의 애집은 표리일체하는 인간관계의 진행원리라 생각된다.

제2부
헤이안 시대의
교양과 생활

스미요시 신사 참배
豪華源氏絵の世界 源氏物語』 学習研究社, 1988

헤 이 안 시 대 의 연 애 와 생 활

제1장
여성의 연애와
결혼 생활
● ● ●

1. 서론

　일본의 헤이안平安 시대는 794년 간무桓武 천황이 지금의 교토京都인 헤이안으로 천도하여 1192년 가마쿠라鎌倉 막부가 성립될 때까지의 약 400년간이다. 이하 시대배경을 간략히 살펴보면서 당시 여성들의 실제 인생과 또 이야기의 주인공으로서 어떤 삶을 살았는지 조명해 보고자 한다. 헤이안 시대의 초기 100년 동안은 견당사를 파견하여 당나라로부터 선진 문물을 의욕적으로 섭취했고, 정치적으로는 상대上代의 율령체 제가 붕괴되고 장원을 배경으로 후지와라藤原씨에 의한 섭정 관백摂政関 白의 정치가 시작된다. 특히 894년 견당사를 폐지한 중기 이후에는 가 나仮名 문자의 발명과 함께 우아한 국풍문화가 찬란하게 개화하게 된다. 그리고 헤이안 시대 후기인 11세기 중엽의 원정 시대에는 겐지源氏와 헤이지平氏 등의 전란이 계속되면서 우아한 귀족문학은 쇠퇴하고 후기 모노가타리物語와 설화문학에는 서민의 활약이 전면에 나타나게 된다.
　이러한 헤이안 시대의 신앙과 사상으로는 고구려, 신라, 백제로부터 수입된 음양도와 불교사상이 지배적이었다. 특히 당나라에서 유학을 마지고 돌아온 승려 사이초最澄는 천태종을, 구카이空海는 진언종을 열었다. 진언종은 기도를 통해 현세적 이익을 실현시켜 주는 밀교적 경향이 강했기에 황실과 귀족들에게 숭상을 받았고, 천태종은 법화경을 경전으로 철학적 교리를 연구하는 종파로 간무 천황의 신임을 받았다. 그러나 불교는 점차 고래의 신도와 융합한 신불습합의 경향이 나타나, 신사 경내에 절이 건립되기도 하고 신전에서 독경이 행해지기도 했다. 또한 1052년부터 말세가 시작된다는 말법사상이 유행하여, 1만 년간 불교가 쇠퇴하고 세상이 타락한다고 생각하였다. 그래서 헤이안 시대의 귀족들은 천문과 역학을 연구한 음양사가 사람의 관상과 운명, 일상생활에 있어서 하루하루의 길흉을 점치는 대로 삶을 영위하는 경우가 많았다.

세이와淸和 천황 858년에 후지와라 요시후사藤原良房(804~872)가 처음으로 섭정이 되고, 887년에는 요시후사의 아들 후지와라 모토쓰네藤原基経(836~891)가 관백이 되었다. 11세기 초 후지와라 미치나가藤原道長(996~1027) 때에는 섭관 정치가 절정을 이루게 된다. 미치나가는 장녀 쇼시彰子를 이치조一条 천황의 중궁으로 입궐시키는 한편, 네 명의 딸들을 차례로 중궁과 비妃가 되게 하였다. 후지와라 사네스케藤原実資의 일기『쇼유키小右記』1018년 10월의 기록에는, 미치나가가 자신의 영화에 대한 감회를 '이 세상을 내 세상이라 여기네, 보름달이 기울어질 일이 없다고 생각하니 この世をば我が世とぞ思ふ望月の欠けたることもなしと思へば'[1]라고 읊을 정도로 최고의 권력과 영화를 누린 것으로 보인다. 그런데 아이러니하게도 국풍문학은 후지와라씨가 천황의 외척으로서 정치적인 권력을 장악했던 섭관의 시기에 오히려 더욱 현란하게 개화하게 된다.

---

1 東京大学史料編纂所(1987),『大日本古記録 小右記五』, 岩波書店, p.55.『小右記』는 후지와라 사네스케가 977년부터 1032년까지 기술한 61권의 일기.

제2부 헤이안 시대의 교양과 생활

이리한 섭관 정치의 배경하에서 섭정 관백가의 후지와라씨는 딸을 천황의 후궁에 입궐시킬 때 와카 등의 글재주가 뛰어난 여성들을 뇨보 女房로서 함께 들여보냈다. 이들 뇨보들은 후궁의 교육을 담당하는 한 편, 만요가나萬葉假名를 초서화하여 와카, 일기, 수필, 모노가타리 등을 창작하는 가운데 가나 문자를 발명하게 된다. 가나 문자로 와카나 일기 를 쓴 것은 기노 쓰라유키紀貫之(868경~945경)와 같은 남성 귀족관료도 있었지만 주로 여류 작가들이었다. 『고킨와카슈古今和歌集』의 가나 서문 을 쓴 기노 쓰라유키는 『도사 일기土佐日記』의 서두에서 '남자도 쓴다는 일기라는 것을 여자인 나도 한번 써 보려고 한다. 男もすなる日記といふもの を、女もしてみむとてするなり'[2]라고 기술하고 있다. 여기서 기노 쓰라유키 가 여자인 것처럼 가탁假託을 하면서까지 가나 일기를 쓴 이유는 가나 문자는 여자가 쓰는 문자라는 것이 당시의 사회 통념이었기 때문이다. 이후 가나 문자로 쓴 수많은 고유의 문학이 만개하게 되는데, 특히 여류 일기 문학과 수필에는 당시의 여성들이 일부다처라는 결혼 제도하에서 어찌할 수 없는 자신의 실제 인생과 고뇌가 그대로 표출되어 있다. 또 한 허구의 모노가타리에는 기구한 주인공의 심경과 인생역경이 지문과 와카和歌 증답贈答의 형태로 기술되어 있다.

헤이안 시대 귀족 여성들에게 있어서 가장 중요한 인생사는 이성에 대한 연애와 결혼이었던 것 같다. 예를 들어 칙찬勅撰 가집인 『고킨슈古 今集』(905) 20권 중에서 사랑(恋)의 노래가 5권으로 전체의 약 32%를 차지하고 있다는 것은 남녀의 사랑에 대한 관심이 그만큼 많았다는 것 을 의미한다. 헤이안 시대 귀족들의 결혼은 일부다처제가 인정되었기

---

2 菊地晴彦 校注(2000), 『土佐日記』, 《新編日本古典文学全集》 13, 小学館, p.15.

때문인지 방처혼訪妻婚이 가장 많았고, 초서혼招婿婚, 가취혼嫁娶婚은 상대적으로 적었는데, 이는 모계사회의 영향이 남아 있었기 때문이라 할 수 있다. 방처혼은 결혼 후에도 부부가 따로 살면서 남자가 밤에 여자의 집에 찾아다니는 결혼 제도이고, 초서혼과 가취혼은 무가武家 사회가 진행되면서 늘어난다. 헤이안 시대의 일부다처제에서는 정처 이외에 몇 사람이고 처첩이 인정되었고 자식들도 여성의 신분에 따라 차이가 있었다.

헤이안 시대 여성과 궁중의례에 관한 연구로는 이케다 기칸池田龜鑑의 『平安朝の生活と文学』,[3] 시미즈 요시코清水好子 외 2인『源氏物語手鏡』,[4] 『平安貴族の環境』,[5]『王朝貴族物語』[6] 등이 있다. 그리고 여류 문학에 관한 연구는 일기와 모노가타리 문학 등을 대상으로 수없이 반복되고 있지만, 이 중에서 본격적으로 여성 인물론을 다루고 있는 연구만도, 「古典の中の女100人」,[7] 아키야마 겐秋山虔의 『源氏物語の女性たち』,[8] 후쿠토 사나에服藤早苗의『平安朝の女と男』,[9]「『源氏物語』の女性たち」[10] 등 일일이 다 열거할 수 없을 정도이다. 국내의 연구로는 최근 신선향의 『일본문학과 여성』,[11] 허영은의『일본문학으로 본 여성과 가족』[12] 등은 상대에서 근대에 이르는 여성의 문제를 고찰하고 있다.

3 池田龜鑑(1981),『平安朝の生活と文学』, 角川書店.
4 清水好子 他2人(1983),『源氏物語手鏡』, 新潮社.
5 山中裕(1991),『平安貴族の環境』,≪解釈と鑑賞≫ 別冊, 至文堂.
6 山口博(1994),『王朝貴族物語』, 講談社.
7 特集(1982.9),「古典の中の女100人」,『国文学』, 学燈社.
8 秋山虔(1991),『源氏物語の女性たち』, 小学館.
9 服藤早苗(1995),『平安朝の女と男』, 中央公論社.
10 特集(2004.8),「『源氏物語』の女性たち」,『解釈と鑑賞』, 至文堂.
11 신선향(2004),『일본문학과 여성』, 울산대학교출판부.
12 허영은(2005),『일본문학으로 본 여성과 가족』, 보고사.

본고에서는 헤이안 시대의 고기록과 일기, 모노가타리 문학을 중심으로 당시 여성들이 어떠한 교양을 갖추고, 어떠한 연애와 결혼을 하게 되는가를 살펴보고자 한다. 그리고 여성들의 결혼 생활과 이혼, 후견後見과 운명, 밀통과 죄의식 등의 문제를 규명해 보고자 한다. 그리고 실제로 궁중의 후궁에 근무하며 왕조 문학의 발신자로서 주체적인 역할을 했던 커리어우먼들의 삶과 인생에 대해서도 고찰해 보고자 한다.

2. 여성의 교양과 연애

헤이안 시대의 여성이 태어나서 결혼, 출산, 육아 그리고 출가와 죽음에 이르는 과정은 신분에 따라 큰 차이가 있었고, 같은 귀족 여성의 일생이라도 황족이나 섭정·관백, 대신과 같은 초일류 집안과 중류의 귀족과는 큰 차이가 있었다. 또한 용모나 재능, 성격, 교양에 따라서도 크게 달랐고, 어느 정도의 후견後見을 할 수 있느냐에 따라 같은 후지와라藤原씨 집안이라 할지라도 운명이 천차만별 엇갈렸다. 특히 섭정 관백의 집안에서는 딸이 태어나면 장차 후궁에 입궐하여 황자를 낳으면 외척으로서 정권의 중심에 설 수 있었기에 딸을 선호하는 경향이 있었다.

헤이안 시대 여성은 우선 태어난 당일, 3일, 5일, 7일, 9일째 밤에 가까운 일가친척들이 모여 각종 의복이나 음식, 필요한 물건들을 선물하고 축하연産養을 베푼다. 특히 3일째 밤에는 죽을 먹는 의식이 거행되었고, 7일째 밤에는 대체로 아이의 이름을 지었다. 또한 태어난 지 50일과 100일째에는 아이 앞에 떡을 비롯한 갖가지 음식을 차려 놓고 특별한 축하연을 베풀었다. 당시의 일기나 모노가타리, 역사서 등에는 50일째의 축하연을 개최하는 장면이 상세히 기술되어 있다.

『에이가 이야기栄花物語』 권3에는 미치나가의 장녀 쇼시彰子가 태어났을 때, '3일 밤에는 본가에서, 5일 밤에는 섭정 가네이에兼家로부터, 7일 밤에는 황후로부터 갖가지 훌륭한 축하 선물이 있었다. 三日の夜は本家、五日の夜は攝政殿より、七日の夜は后の宮よりと、さまざまいみじき御産養なり'[13](① 157)라고 기술하고 있다. 또한『무라사키시키부 일기紫式部日記』에는 미치나가의 장녀 쇼시가 아쓰히라敦成(고이치조後一条 천황) 황자를 출산하자, 3일째 밤에는 중궁대부中宮大夫가, 5일 밤에는 좌대신 미치나가가 직접 봉사를 하고, 7일 밤에는 조정에서, 9일 밤에는 미치나가의 아들인 동궁 권대부東宮権大夫가 각각 축하연을 베풀었다고 한다. 무라사키시키부(973~1014?)는 아쓰히라 황자의 50일 축하연에서 뇨보들의 의복과 귀족들의 행동을 묘사하고 있는데, 특히 후지와라 긴토藤原公任가 자신을 와카무라사키若紫에 비유해 불렀지만 히카루겐지光源氏에 해당하는 사람도 없었기에 답하지 않고 가만히 듣고만 있었다고 기술하고 있다.

어린아이의 나이가 3세 혹은 5세, 7세가 되면 하카마袴를 입는 의식袴着을 거행한다. 『겐지 이야기源氏物語』의 기리쓰보桐壷 권에는 히카루겐지가 3살이 되는 해에 하카마를 입는 의식을 치렀는데, 첫째 황자보다 더 성대하게 했다는 기술이 있다. 또한 우스구모薄雲 권에는 히카루겐지가 딸 아카시노히메기미明石姫君의 하카마를 입는 의식을 어떻게 해야 할지 걱정하는 장면이 나온다. 히카루겐지는 중류 귀족인 아카시 부인을 설득하여 딸을 무라사키노우에紫上의 양녀로서 하카마를 입는 의식을 치러야만 딸의 신분 상승이 가능하다고 생각하는 것이었다. 헤이안 시

---

13 山中裕 他校注(1998),『栄花物語』1-3, ≪新編日本古典文学全集≫, 小学館, p.157. 이하『栄花物語』의 인용은 ≪新編全集≫의 권, 쪽수를 표기함. 필자 역.

제2부 헤이안 시대의 교양과 생활

대의 여성은 대개 3살 때부터 머리를 기르기 시작하여 8세까지는 머리카락의 끝을 어깨선에서 가지런히 하고, 8살부터는 다시 머리를 기르기 시작하여 성인식을 할 때에 머리를 올리는 의식을 거행하였다.

헤이안 시대의 여성은 어떠한 공부와 교양을 익혔는가에 대해, 『마쿠라노소시枕草子』 20단에는 무라카미村上 천황 때의 센요덴 뇨고宣耀殿女御(藤原芳子)는 입궐하기 전에 다음과 같은 교양을 익혔다는 것을 소개하고 있다. 즉 센요덴 뇨고의 아버지 좌대신 후지와라 모로타다藤原師尹는 딸에게 첫째 습자를 배우고, 둘째는 거문고를 다른 사람보다 잘 연주하려고 하고, 셋째는 『고킨슈古今集』 20권을 전부 암송하라고 했다는 것이다. 실제로 무라카미 천황은 발을 치고 센요덴 뇨고가 정말로 『고킨슈』 20권 1,100여 수를 다 외우고 있는지를 직접 확인하였다는 것이다. 센요덴 뇨고의 이 일화는 『오카가미大鏡』 「좌대신 모로타다左大臣師尹」에도 기술되어 있다. 당시의 여성이 교양으로 습자, 음악, 와카를 익혀야 했다는 것은 이 이외에도 『마쿠라노소시枕草子』의 153단, 『가게로 일기蜻蛉日記』, 『우쓰호 이야기うつほ物語』의 축제의 사신祭の使 권, 『곤자쿠 이야기집今昔物語集』 권13~43화 등에도 비슷한 이야기가 기술되어 있다. 이와 같은 기록에서 알 수 있듯이 헤이안 시대의 여성들이 익힌 습자, 음악, 와카는 남녀의 연애에 있어 필수교양이었기 때문이다.

그런데 이 세 가지 기예를 익히는 것은 여성의 교양이었을 뿐만 아니라 이상적인 남성 풍류인의 조건이기도 했다. 『이세 이야기伊勢物語』 1단은, 옛날 남자昔男가 성인식을 하고 영지가 있는 나라奈良의 가스가春日에 가서 아름다운 자매가 살고 있는 것을 엿보고 마음이 동요하여 입고 있던 옷자락을 잘라 바로 와카를 읊어 보냈다는 이야기이다. 즉 옛날 사람들은 사랑하는 사람을 만났을 때 바로 정열적인 와카를 읊는 풍류

를 지녔었다는 것을 지적하고 있는 것이다. 실제로『일본삼대실록日本三代実録』元慶4年(880) 5月28日条에는『이세 이야기』의 주인공 아리와라 나리히라在原業平(825~880)에 대해 '나리히라는 용모가 수려하고 거리끼거나 구애됨이 없으며, 한문의 재능은 없으나 와카를 잘 지었다. 業平体貌閑麗, 放縦不拘, 略無才学, 善作和歌'[14]라고 기술하고 있다. 또한 39단에는 헤이주平中가 천하의 '이로고노미色好み'인 미나모토 이타루源至가 보낸 와카를 보고 너무 평범하다는 비판을 하고 있다. 즉 얼굴이 미남이고 와카를 잘 읊는 것이 남자 '이로고노미'의 조건이었던 것이다. 그리고『우쓰호 이야기』다다코소忠こそ 권에는 우대신 다치바나 치카게橘千蔭의 아들 다다코소忠社가 13, 14세가 되자, '용모가 수려하고 마음씨 또한 대단히 우아한 미소년으로 성장하여, 관현의 음악에 능하고, 어디 하나 흠잡을 데 없는 이로고노미로 성장하여. かたち清らに、心のなまめきたること限りなし。よきほどなる童にて、遊びいとかしこく、こともなき色好みにて生ひ出でて'[15](忠こそ①217)라고 기술하고 있다. 즉『우쓰호 이야기』에서도 용모가 수려하고 관현의 연주가 능숙하다는 점을 '이로고노미'의 조건으로 생각하고 있다는 것을 알 수 있다.

헤이안 시대의 교육은 남녀평등의 기회가 주어지지 않았고, 7세 무렵에 한문을 읽는 독서 시작의 의식을 갖는 것도, 대학과 권학원勧学院에 다니는 것도 남성에 국한된 것이었다.『무라사키시키부 일기』에는 아버지 후지와라 다메토키藤原為時(949?~1029?)가 아들 노부노리惟規에게『사기史記』를 가르치고 있을 때 옆에서 듣고 있던 무라사키시키부가

---

14 黒板勝美 国史大系編修会(1983),『日本三代実録』, 後編 吉川弘文館, p.475.
15 中野幸一 校注(1999),『うつほ物語』1-3, ≪新編日本古典文学全集≫ 14, 小学館, p.217. 이하『うつほ物語』의 인용은 ≪新編全集≫의 쪽수를 표기함. 필자 역.

제2부 헤이안 시대의 교양과 생활

먼저 깨우치는 것을 보고 '안타깝도다, 아들이 아닌 것이 불운이로구나. 口惜しう、男子にて持たらぬこそ幸ひなかりけれ'[16](p.209)라고 한탄했다는 일화가 소개되어 있다. 이후 궁중에 출사하게 된 무라사키시키부는 사람들에게 일부러 한 일一자도 모르는 척했고, 중궁 쇼시彰子에게 백씨문집을 강독할 때에도 궁녀들이 없는 틈을 타서 몰래 가르쳤다고 기술하고 있다. 앞에서 지적한 기노 쓰라유키가 『도사 일기』의 서두에서 '남자도 쓴다고 하는 일기라는 것을 여자인 나도 한번 써 보려는 것이다.'라고 한 것도, 여성은 한문이 아닌 가나 문자로 일기를 기술한다는 것을 밝힌 것이다. 이러한 일기 문학의 기술에서 당시의 여성과 가나 문자에 대한 위상을 읽을 수 있다.

헤이안 시대 남자의 성인식은 12세 전후에 겐푸쿠元服라고 하여 어른이 되는 의관을 착용하는 의식을 거행했다. 동궁의 경우는 당일에 동궁비가 정해지고, 신분이 높은 귀족의 남자도 '성인식과 함께 결혼添い臥し'을 하는 경우가 많았다. 『겐지 이야기』의 히카루겐지는 성인식과 함께 좌대신의 딸 아오이노우에葵上와 결혼한다. 한편 여성의 성인식은 대개 12-14세에 모기裳着라고 하는 '치마'를 입는 의례를 거행했는데, 이는 언제라도 결혼할 준비가 되어 있다는 의식인 셈이다. 여성은 성인이 되는 표시로 오하구로お歯黒라고 하여 치아를 검게 물들이고, 눈썹을 뽑고 분과 연지 등으로 짙은 화장을 했다고 한다. 『겐지 이야기』의 온나산노미야女三宮는 14세에 성대한 성인식을 치르게 되는데 치마의 허리끈을 묶는 역할은 약혼자인 히카루겐지가 수행했다.

헤이안 시대의 결혼은 성인식을 한 직후에 바로 하는 경우가 많았는

16 中野幸一 校注(1994), 『紫式部日記』, 《新編日本古典文学全集》 26, p.209. 이하 『紫式部日記』의 인용은 《新編全集》의 쪽수를 표기함. 필자 역.

데, 보통 남자는 12세 전후, 여자의 적령기는 14~16세 정도였다. 헤이안 시대의 1만 명 남짓한 귀족들 중에서 결혼적령기의 상대는 대부분이 친인척으로 배다른 형제나 삼촌, 사촌 정도의 근친이 대부분이었다. 『겐지 이야기』에서 겐지와 아오이노우에葵上는 고종간이고, 온나산노미야는 겐지의 질녀인 경우처럼 집안끼리의 결혼이 많았다. 그러나 대부분의 남녀는 와카를 주고받거나 여자가 연주하는 거문고 등의 음악을 듣고 서로의 사랑을 확인하고 뇨보의 소개로 만나게 되는 경우가 많았다. 남녀는 결혼 전에 직접 만날 기회가 없을 뿐만 아니라 결혼 후에도 여자는 좀처럼 외간 남자나 동성에게도 자신의 얼굴을 보일 수가 없었다. 『겐지 이야기』에서 히카루겐지가 스에쓰무하나末摘花를 만나는 것은 8월 20일경이지만, 그녀의 추한 얼굴을 처음 보게 되는 것은 겨울이 되어 눈이 내린 날 아침이었다. 또 겐지의 아들 유기리夕霧가 계모인 무라사키노우에의 얼굴을 처음 본 것은 태풍이 있는 다음 날 집안을 둘러보다가 우연히 한 번 보고, 두 번째는 그녀가 죽은 다음에야 겨우 대면하게 된다.

일본 문학에서 자유연애의 원천은 상대의 우타가키歌垣에서 볼 수 있는데, 이는 원래 봄가을에 풍작과 수확을 기원하는 제천 행사였으나, 점차 남녀가 산이나 강가에 모여 가무를 하고 서로 구혼을 하거나 성이 해방되는 행사로 변질되었다. 헤이안 시대의 연애와 결혼은 법률적인 것보다 상호의 감정과 기분에 좌우되는 경우가 많았기 때문에 우타가키와 같은 남녀의 자유연애가 성행했지만, 한편으로 집안의 영화를 위해 정략결혼을 우선시하는 부모형제의 견제가 심했을 것으로 보인다. 그 대표적이 예로 『겐지 이야기』에서 우대신의 딸이며 고키덴 뇨고弘徽殿女御의 동생인 오보로즈키요朧月夜의 경우를 들 수 있다. 스자쿠朱雀 천황의 뇨고女御로 입궐할 예정이었던 오보로즈키요는 우연히 겐지와 관계를 맺는다. 이로 인해 오보로즈키요는 후궁이 아닌 나이시노카미尚侍로 입궐하여 천황의 총애를 받게 되지만, 우대신 일가는 겐지로 인해 섭관摂関의 계획이 뒤틀리게 된다. 이에 우대신 일파는 겐지의 관직을 삭탈하고 유배를 획책한다. 이에 겐지는 후지쓰보藤壺와 오보로즈키요와의 관계를 고려하여 모두가 파멸하는 것을 막고 동궁 레이제이冷泉가 즉위할 수 있도록 스스로 스마須磨로 퇴거한다.

헤이안 시대의 결혼식은 신랑 쪽에서 먼저 길일을 택하여 연락을 하고, 당일 날 저녁에 남자가 여자의 집으로 가서 거행된다. 신랑이 벗은 구두를 장인이 안고 자는 관습이 있었는데, 이는 방처혼의 결혼 제도에서, 오랫동안 신랑을 머물게 할 수 있다는 미신이었다. 그리고 양쪽 집안의 촛불을 합쳐 3일 동안 꺼지지 않게 켜 두고 신랑과 신부는 신방에 들어간다. 첫날밤을 지낸 다음 날, 남자는 새벽녘에 자신의 집으로 돌아가 바로 여자에게 '기누기누의 편지後朝の文'라고 하는 와카를 읊어 보내야 했다. 와카를 얼마나 빨리 읊어 보냈느냐, 또는 와카의 내용에 따라 남자의 성의나 사랑을 가늠하기도 했다. 따라서 남자가 여자의 얼굴을 보는 것은 결혼 3일이 지난 후가 보통이었다. 왜냐하면 보통 남녀가 만나는 시간은 밤이라 어둡기도 했지만 여자는 등불 아래에서 병풍이나 발 옆에서 부채로 얼굴을 가리고 있었고, 남자는 새벽녘에 자신의 집으로 돌아갔기 때문이다. 결혼 3일째 되는 날은 남자가 아침에 자신의 집으로 돌아가지 않고 신부의 집에서 도코로아라와시露顕라고 하여 일가 친척이 모여 피로연을 열게 되는데, 이로써 두 사람의 결혼이 성립되는 것이었다.

3. 결혼의 형태와 후견

헤이안 시대에 결혼을 나타내는 용어로는 '구애하다よばふ', '다니다か
よふ', '만나다あふ', '살다すむ', '시집가다とつぐ' '모시다すゑる' 등 다양하게
표현되었고, 결혼 형태는 앞에서 지적한 것처럼 방처혼訪妻婚, 초서혼招
婿婚, 가취혼嫁娶婚 등이 있었다. 3대에 걸쳐 섭정 관백을 역임한 후지와
라 가네이에藤原兼家(929~990), 후지와라 미치나가藤原道長(966~1027), 후
지와라 요리미치藤原頼通(992~1074)는 각각 방처혼, 초서혼, 가취혼의 결
혼을 했던 것으로 보인다.

가네이에는 일생동안 자신의 저택인 동삼조원東三条院에 거처하면서
정처인 도키히메時姫, 무라카미 천황의 황녀 야스코 내친왕保子内親王, 후
지와라 미치쓰나藤原道綱의 어머니, 미나모토 가네타다源兼忠의 딸, 이외
에도 몇 명의 여성과 방처혼의 결혼 생활을 하였다. 후지와라 미치쓰나
藤原道綱의 어머니는 『가게로 일기蜻蛉日記』에서 섭관 가네이에의 둘째
부인으로 아들까지 낳았지만 일부다처제라고 하는 결혼 제도하에서 겪
는 갈등과 고뇌를 적나라하게 토로하고 있다. 미치나가의 정처는 좌대
신 미나모토 마사노부源雅信의 딸 린시倫子와 서궁西宮의 좌대신 미나모
토 다카아키라源高明(914~982)의 딸 메이시明子 두 사람이었다. 그런데
미치나가는 린시와는 그녀의 저택인 쓰치미카도土御門에서 동거하는 초
서혼의 형태였고, 메이시와는 방처혼의 결혼 형태였다.

한편 요리미치는 도모히라具平(무라카미村上 천황의 황자)의 딸 다카
히메隆姫와 결혼하여 처음에는 방처혼이었으나, 나중에는 가취혼 형태
의 결혼 생활을 하게 된다. 『에이가 이야기』 12권에는 요리미치와 산조
三条(1011~1016) 천황의 둘째 황녀와 혼담 이야기가 나오자, 요리미치는

92

한시와 와카 등의 재능이 뛰어난 다카히메를 사랑하는 마음에 눈물을 글썽거렸다고 한다. 이에 미치나가道長는 요리미치가 다카히메와 결혼할 때 '남자는 여자하기에 따라 달라진다. 男は妻がらなり'(①435)라고 했으나, 이번에는 '남자가 어찌 한 사람의 아내로 만족할 수 있는가. 어리석도다. 男は妻は一人のみやは持たる、痴のさまや'(②56)라고 하며, 아직 자식도 없으니 둘째 황녀를 맞이하여 아이를 갖도록 강요했다고 한다. 그래서 요리미치는 하는 수 없이 둘째 황녀의 강가降嫁를 받아들였다는 것이다. 이와 같이 천황이나 섭정, 관백 등 최고 귀족들의 결혼은 대체로 부모의 정략적인 결정이 중요한 요소가 되었지만, 일반 귀족의 경우는 방처혼의 형태를 취하는 경우가 많았다.

일부다처제와 방처혼이라는 결혼 제도에서는 부모의 유지遺志나 후견이 여성의 운명을 좌우하는 경우가 많았다. 부모의 유언이나 뜻에 따라 불리한 여건임에도 불구하고 궁중에 출사를 하게 되는 여성도 있었고, 일찍 어머니가 죽고 계모에게 의붓자식으로 길러지다가 계모자담의 주인공처럼 새로운 구원자가 나타나 행복한 결혼을 하는 경우도 있었다. 『우쓰호 이야기』 도시카게俊蔭 권에서 도시카게는 딸에게 비금秘琴의 연주를 가르치고 가장 행복할 때와 불행할 때, 그리고 위급한 상황에 처했을 때 거문고를 연주하라는 유언을 남긴다. 도시카게의 딸은 우연히 가모賀茂 신사에 참배하던 후지와라 가네마사藤原兼雅와 관계를 맺어 아들을 출산한다. 도시카게 모자는 생계가 어려워져 사람의 눈을 피해 북쪽 산의 삼나무 동굴에서 생활을 하게 되는데, 아즈마東国의 무사들이 침입하자 아버지의 유언대로 비금을 연주하여 적을 물리친다. 그때 마침 천황의 행차를 따라 나왔던 가네마사가 비금의 소리를 듣고 모자와 상봉하게 된다는 것은 부모의 유언이 후견의 역할을 하는 것으로 볼 수 있다.

『겐지 이야기』기리쓰보桐壷 권에는 기리쓰보 고이의 아버지 대납언大納言이 죽기 직전에 딸아이를 반드시 궁중에 출사시키라는 유언을 남긴다. 기리쓰보 고이桐壷更衣의 어머니는 특별한 후견도 없이 딸을 출사시킨다는 것이 내키지 않으면서도 남편의 유언을 지켜야 한다는 생각만으로 입궐을 시킨다. 아버지의 유언으로 입궐한 기리쓰보 고이는 기리쓰보 천황의 총애를 받아 모노가타리의 주인공인 히카루겐지를 출산하지만 수많은 후궁들의 질투를 받아 결국 죽음으로 내몰리게 된다. 하리마播磨의 전 국사国司 아카시뉴도明石入道는 출가한 몸이지만 외동딸 아카시노키미明石君에 대해 특별한 기대를 갖고 있었다. 아카시뉴도는 아카시노키미가 태어날 때 꾼 서몽瑞夢을 믿고 딸이 도읍의 고귀한 신분의 귀족과 결혼하지 않으면 차라리 물에 빠져 자살이라도 하라는 유언을 평소에 해 두었다고 한다. 아카시뉴도는 히카루겐지가 스마須磨에 퇴거해 있다는 소문을 듣고 스미요시住吉 신의 계시에 따라 자신의 딸과 인연을 맺게 한다. 그리고 13년이 지난 와카나若菜 상권에서 아카시노히메기미明石姫君가 황자를 출산하자 아카시노뉴도는 일족의 꿈이 실현된다는 것을 예감하게 된다. 기리쓰보 고이와 아카시노키미의 경우 후견의 유무보다도 아버지의 의지에 따라 딸의 운명이 좌우된다는 점에 주목할 필요가 있다.

헤이안 시대의 모노가타리에는 일부다처제하에서 친 어머니가 먼저 죽고 계모 밑에서 학대를 받는 딸의 이야기가 많이 나온다.『겐지 이야기』의 호타루蛍 권에서 히카루겐지는, '계모의 심보 나쁜 옛날이야기도 많지만, 그것은 계모의 마음이란 이러한 것이란 것을 나타내게 되어 좋지 않다. 継母の腹きたなき昔物語も多かるを、心見えに心づきなし'[17](蛍巻③216)

고 생각한다. 히카루겐지는 딸 아카시노히메기미를 위해 모노가타리를 엄중히 선별하여 정서를 시키고 그림으로도 그리게 한다. 히카루겐지가 이렇게까지 신경을 쓰는 이유는 아카시노히메기미를 계모인 무라사키노우에紫上가 양육하고 있었기 때문이다. 당시는 신분에 따라 자식의 사회적 지위가 보장되는 시대였기에 친모인 아카시노키미가 살아 있음에도 불구하고 딸을 무라사키노우에에게 맡기지 않을 수 없었던 것이다.

이러한 계모학대담의 대표적인 이야기로는 『오치쿠보 이야기落窪物語』와 『스미요시 이야기住吉物語』가 있는데, 주인공 오치쿠보 노키미나 스미요시 아가씨는 각각 계모의 학대를 받다가 구원자를 만나 이상적인 결혼을 하게 된다. 『오치쿠보 이야기』는 중납언中納言 미나모토 다다요리源忠頼의 후처가 전처의 딸 오치쿠보 노키미를 친딸과 차별하여 침전의 움푹 파인 방에 살게 하고 학대하는 이야기로 시작된다. 그리고 소장少将 미치요리道頼와의 연애를 질투하여, 계모가 오치쿠보 노키미를 덴노야쿠노스케典薬助라고 하는 노인과 강제로 결혼시키려 하자, 시녀 아코기와 미치요리의 도움으로 피해 있다가 나중에 미치요리와 행복한 결혼 생활을 하게 된다는 것이다. 특히 오치쿠보 노키미와 미치요리는 일생 동안 일부일처로 화목하고, 미치요리는 태정대신에 올라 온 집안이 영화를 누리고 번영하게 된다는 것이다. 한편 현존하는 『스미요시 이야기』는 가마쿠라鎌倉 시대에 개작된 것으로, 중납언과 황녀의 소생인 스미요시 아가씨는 여덟 살에 어머니가 죽고 계모로부터 학대를 받는다는 이야기이다. 계모가 스미요시 아가씨를 입궐하지 못하게 하고 70세가 넘는 가조에노카미主計頭로 하여금 범하게 하자, 스미요시로 피

---

17 阿部秋生 他校注(1996), 『源氏物語』 3, ≪新編日本古典文学全集≫ 22, 小学館, p.216. 이하 『源氏物語』의 본문 인용은 같은 책의 권, 책수, 쪽수를 표기함. 필자 역.

신해 있다가 하세 관음長谷観音의 영험으로 소장을 만나 행복한 결혼을 하게 된다는 이야기이다. 이와 같이 계모학대담은 여자 주인공이 어린 시절 어머니와의 사별로 인하여 계모로부터 학대를 받다가 부모의 후원이 없음에도 불구하고 구원자를 만나 행복한 결혼을 하게 된다는 해피엔드의 이야기이다.

『겐지 이야기』의 무라사키노우에는 자신도 어린 시절에 일찍 어머니가 돌아가시고 계모의 학대를 받은 경험이 있는 여성이었다. 무라사키노우에는 고아처럼 자라다 히카루겐지를 만나 집안의 후견이 전무한 상태로 후지쓰보藤壷의 조카라는 이유로 겐지와의 사랑 하나만으로 행복한 결혼 생활을 하게 된다. 그러나 계모인 시키부쿄노미야式部卿宮의 정처는 이후에도 자신의 친딸보다 겐지와 결혼한 무라사키노우에가 번영과 행복을 누리는 것에 질투를 하고, 또 겐지가 스마須磨로 퇴거하게 되자 짧은 행운을 야유하며 비난한다. 무라사키노우에는 후견이 없이 결혼한 것은 일생 동안의 약점이 되어, 와카나若菜 상권에서 결국 온나산노미야女三宮의 강가降嫁로 정처의 자리를 내주는 동인이 되기도 한다. 또한 다마카즈라玉鬘의 경우도 4살 때 어머니 유가오夕顔가 죽고 유모를 따라 규슈의 쓰쿠시筑紫로 유리했을 때 다유노겐大夫監이라는 호족에게 무리하게 구혼을 강요받는다. 다마카즈라는 천신만고 끝에 유모 일가의 도움으로 규슈를 탈출하여 도읍으로 돌아오지만 의지할 곳이 없이 방황하다가 하세 관음長谷観音의 도움으로 시녀 우콘右近을 만나 히카루겐지의 양녀로 들어간다. 다마카즈라는『스미요시 이야기』의 주인공과 자신의 입장을 비교하며 그래도 자신과 같이 기구한 신세의 사람은 없을 것이라고 생각한다. 즉『겐지 이야기』에서 무라사키노우에나 다마카즈라와 같은 여성은 모두 어린 시절 어머니와 사별하고 온갖 어려움을 겪다가 마지막에는 행복한 결혼을 하는 계모학대담의 화형이지만, 헤이안 시대에 후견이 없는 여성이 일생을 살아가는 것이 얼마나 어려운가 하는 것을 역설적으로 그린 이야기라 할 수 있다.

『이세 이야기伊勢物語』 23단에서는 사랑만으로 결혼한 남녀가 여자의 부모가 죽고 경제적으로 의지할 곳이 없어지자 남자는 다른 여자를 만나게 된다. 그런데 남자는 원래의 부인이 와카를 잘 읊는다는 이유로 다시 함께 살게 된다는 이야기이다. 옛날 야마토大和 지방의 남녀가 우물가에서 놀며 자라서 성인이 되자 부모가 중매를 하는 사람을 마다하고 와카를 증답하며 서로 결혼했다. 그런데 여자의 부모가 죽어 후견이 없어지자, 남자가 가우치河內의 다카야스高安라는 고을에 사는 새로운 여자를 얻게 된다. 그런데 아내는 남자가 가우치에 가는 것을 전혀 질투하지 않고 가게 해 주었다. 이에 남자는 아내에게도 다른 남자가 있는 것이 아닌가 하고 의심하여 가우치에 가는 척하고 정원의 나무숲에 숨어서 집안을 살펴보고 있었다. 아내는 대단히 아름답게 화장을 하고 '바람이 불면 일어난다는 이름의 다쓰다산을 이 밤중에 당신은 혼자서 넘고 있겠지요. 風吹けば沖つしら浪たつた山夜半にや君がひとりこゆらむ'[18](p.137) 라고 오히려 남자를 걱정하는 와카를 읊었다. 이를 들은 남자는 감동하여 가우치의 여자에게 가지 않게 되었다. 그리고 어쩌다 다시 한 번 가우치의 여자에게 가보니 처음에는 아름답게 화장을 하고 있었는데 남자가 한동안 가지 않자, 혼자서 밥주걱으로 주발에 밥을 퍼 담는 것을 보고 정나미가 떨어져 가지 않게 되었다는 것이다. 즉 본처가 와카를 잘

---

18 片桐洋一 他校注(1999), 『竹取物語 伊勢物語 大和物語 平中物語』, 《新編日本古典文学全集》 12, 小学館, p.137. 이하 『竹取物語 伊勢物語 大和物語 平中物語』의 인용은 《新編全集》의 쪽수를 표기함. 필자 역.

읊음으로써 이혼의 위기를 모면하게 된다는 가덕설화歌德說話인데, 즉 노래의 힘으로 은혜나 공덕을 입게 된다는 이야기이다. 즉 『이세 이야기』에서는 후견이 없는 여성은 남자의 사랑도 멀어진다는 점과 와카의 힘으로 사랑을 다시 회복한다는 가덕설화를 다룬 이야기가 자주 등장한다.

이상에서 살펴본 바와 같이 일부다처제의 시대를 살았던 헤이안 시대의 여성들은 『오치쿠보 이야기』와 『스미요시 이야기』의 주인공들처럼 일부일처제를 이상으로 생각하고 있었을 것이다. 그런데 헤이안 시대의 여성이 결혼할 경우 어떠한 신분이든 나름대로 후견이 제일 중요한 문제였다는 것을 알 수 있다. 『겐지 이야기』에서도 주인공인 히카루 겐지 스스로 자신의 양녀인 전 재궁前齋宮을 레이제이冷泉 천황의 중궁으로 입궐시키고, 아카시에서 얻은 딸 아카시노히메기미를 후궁에 입궐시켜 철저한 후견을 함으로써 준섭관準攝關과 섭관攝關의 자리에 오른다. 이와 같이 헤이안 시대의 섭정攝政 관백關白의 집안에서는 딸을 천황가에 입궐시켜 후견이라는 명분으로 자연스럽게 정권의 중심에 서게 되었던 것이다.

4. 남녀의 밀통과 이혼

헤이안 시대의 율령律令에는 남녀의 간통죄를 화간和姦과 강간으로 구분하고 있으나, 일부다처제와 자유연애가 보편적이었던 헤이안 시대에는 이러한 규정이 반드시 지켜지지 않았던 것으로 보인다. 야마구치 히로시山口博는 당시의 간통에 대해 '법률이 있어도 무시되어 없는 것과 같았고, 불교도 책임을 묻지 않고 면죄부를 주었기'[19] 때문에 간통이 일상사가 되었다고 지적하고 있다. 즉 불교에서 사람은 태어나면서부터 죄가 많다라는 인식을 갖게 하여, 남녀는 밀통의 관계를 갖고도 자신들의 행위를 전생으로부터의 숙연이라는 식으로 합리화하였다. 따라서 당시의 남녀는 밀통에 대해 법률적인 죄의식보다는 불교적인 숙명으로 생각하거나 별다른 죄책감을 느끼지 않는 경우가 많았다.

『이세 이야기』에는 옛날 남자昔男와 니조 황후二条后, 이세 재궁伊勢斎宮과 같은 최고의 귀족들간에 일어난 밀통을 빈번하게 다루고 있다. 특히 니조 황후와 관련한 3단, 6단, 26, 29, 65, 76단 등에는 니조 황후와 아리와라 나리히라在原業平로 추정되는 남자와의 관계를 그리고 있다. 여자가 황후로 입궐한 후에도, 전상에 오를 수 있는 신분인 남자는 궁중에 들어가 다른 사람의 시선을 아랑곳하지 않고 황후에게 다가가 곤란하게 만들었다. 천황도 이 사실을 알게 되어 남자를 유배시키고 여자는 궁중 밖의 창고에 유폐되었다. 그런데 남자는 이 소문을 듣고 밤마다 유배지에서 나와 황후가 유폐되어 있는 창고 밖에서 피리를 불어서 자신의 심정을 전달했다는 것이다. 또한 69단「사냥의 칙사」에는 옛날 남자가 칙사의 자격으로 이세伊勢에 사냥을 하러 갔을 때, 이세 재궁이 어머니의 전갈을 받고 다른 칙사와 달리 유난히 친절하게 대해 준다는 이야기이다. 그러나 남자는 칙사로서의 체면이 있어 재궁을 만나고 싶어도 마음대로 행동할 수가 없었다. 그래서 자정이 지나서 사람들이 모두 잠든 사이에 재궁이 남자의 침소로 찾아간다는 것이다. 그리고 다음 날 칙사는 다시 여자를 만나려하지만 지방관들과 함께 지내게 되어 결국 와카

---

19 山口博(1994), 前揭書, p.207.

만 중단하고 헤어진다는 것이다. 이상 두 가지 이야기에서 오늘날의 윤리 도덕과는 차이가 있지만 연애지상주의로 사랑을 위해서는 자신과 상대의 파멸도 두려워하지 않았던 헤이안 시대 남녀의 정열을 엿볼 수 있다.

『겐지 이야기』에서도 히카루겐지와 우쓰세미空蟬, 후지쓰보藤壺, 오보로즈키요朧月夜, 가시와기柏木와 온나산노미야女三宮 등은 자신들의 밀통에 대해 현실적인 죄의식을 느끼기보다는 전생으로부터의 숙명이라고 생각한다. 우쓰세미는 비 오는 날 밤의 여성품평회에서 나온 중류계층의 여성으로, 이요노스케伊予介의 젊은 후처였는데 우연히 겐지와 관계를 맺는다. 그러나 우쓰세미는 불륜에 대한 죄의식보다 다시 찾아온 겐지에 대해 동경하는 태도를 보이지만, 자신과의 신분차이를 의식하여 급히 옷을 벗어둔 채 몸을 피한다. 그리고 겐지는 이요노스케의 딸인 노키바노오기軒端荻를 우쓰세미로 착각하여 관계를 맺는다. 그 결과 겐지는 우쓰세미와 의붓딸과 함께 관계를 맺은 셈이 되는데, 이에 대한 죄의식은 전혀 느끼지 않고 오히려 우쓰세미가 도망간 사실과 박정함을 원망할 뿐이다.

기리쓰보桐壺 천황은 기리쓰보 고이桐壺更衣를 잊지 못하고 있다가 그녀와 닮았다는 후지쓰보가 입궐하자 지극한 총애를 하게 된다. 한편 히카루겐지는 세살 때 친모인 기리쓰보 고이와 사별하고 계모인 후지쓰보를 친어머니처럼 생각하며 동경하다가, 성인이 되면서 점차 이성으로 생각하게 되고 결국 밀통을 하게 된다. 겐지는 아오이노우에葵上와 결혼하여 좌대신의 사위가 된 후에도, 계모인 후지쓰보를 '그러한 아름다운 분을 아내로 맞이하고 싶은 것이다. 닮은 사람이라고는 없을 정도로 아름다운 분이야. さやうならむ人をこそ見め、似る人なくもおはしけるかな'(桐壺①49)

라고 하며 이상적인 여성상으로 생각하게 된다. 그리하여 와카무라사키若紫 권에서 겐지는 후지쓰보가 궁중에서 친정으로 나와 머무는 동안 다시금 밀통을 거듭하게 된다. 그 결과 표면적으로는 기리쓰보 천황의 황자이나 실제로는 히카루겐지의 아들 레이제이冷泉가 태어난다. 겐지를 빼어 닮은 레이제이가 태어나자 밀통의 당사자인 두 사람은 양심의 가책을 느끼지만 겐지의 구애는 끝이 없었다. 사카키賢木 권에서 스자쿠朱雀 천황 치세에 정치의 중심이 우대신가家로 넘어간 상황에서 두 사람은 자신들의 아들인 레이제이를 차기 천황으로 즉위시켜야 한다는 생각에서 후지쓰보는 출가를 하고, 겐지는 스마須磨로 퇴거하여 정치적인 공세를 벗어나려 한다. 이후 두 사람의 밀통에 의한 아들 레이제이가 천황으로 즉위하자, 히카루겐지는 이상적인 모노가타리의 주인공으로 최고의 영화와 왕권을 획득하게 된다.

하나노엔花宴 권에서 우대신의 여섯째 딸이며 고키덴 뇨고弘徽殿女御의 동생인 오보로즈키요朧月夜는 동궁(이후의 스자쿠 천황)에 입궐을 앞두고 우연히 히카루겐지와 관계를 가진 후 사랑에 빠지게 된다. 오보로즈키요와 겐지의 반복되는 밀회는 결국 우대신에게 발각되고, 후지쓰보와의 밀통이라는 양심의 가책을 느끼고 있던 겐지는 스마須磨로 퇴거를 결심하지 않을 수 없게 된다. 겐지로 인해 오보로즈키요를 뇨고女御로 입궐시켜 섭관가摂関家로서 지위를 유지하려는 계획에 차질이 생긴 우대신 일족은 겐지에게 정치적인 실각을 요구하게 된다. 한편 스자쿠 천황은 나이시노카미尚侍로 입궐한 오보로즈키요를 총애하는 한편 겐지와의 관계에 질투심을 느낀다. 겐지와 오보로즈키요의 관계는 밀통이라 할 수는 없지만 사랑의 인간간계가 정치적인 암투로 확산되는 것을 확인할 수 있다.

『겐지 이야기』 2부의 와카나若菜 하권에서 스자쿠 천황은 자신의 출가를 생각하며 셋째 딸 온나산노미야의 배우자로 누구를 선택할지 고민하다가 결국 배다른 동생인 히카루겐지를 선택한다. 온나산노미야는 준태상천황准太上天皇인 겐지의 정처正妻에 걸맞는 여성이지만, 겐지는 온나산노미야가 후지쓰보의 조카라는 사실에 특별한 관심을 가지고 결혼을 받아들인다. 두 사람의 결혼은 겐지 40세, 온나산노미야 14, 15세가 되는 해 거행되는데, 당시의 나이 40세란 오늘날의 환갑에 가까운 연령이었다. 겐지는 유치하고 어린 온나산노미야에게 실망하지만, 이전부터 동경해 오던 가시와기에게는 가련하고 청순하며 매력적인 여성으로 각인되어 있었다. 겐지의 저택 육조원은 사방이 약 250미터나 되는 거대한 사방 사계절의 자연으로 조영된 곳이다. 이 육조원 봄의 저택에서 오직 겐지의 사랑만으로 의지해왔던 무라사키노우에는 온나산노미야의 강가降嫁로 인해 무한한 배신감을 느끼고 발병하여 이조원의 저택으로 옮기게 된다. 겐지가 무라사키노우에의 간호를 위해 육조원을 비운 사이 온나산노미야는 가시와기와 밀통을 하게 된다. 그리고 온나산노미야의 치밀하지 못한 성격으로 인해 가시와기로부터 온 편지를 겐지가 보게 되어 밀통의 사실이 드러나고, 가시와기는 천황에 준하는 준태상천황 히카루겐지의 정처를 범했다는 자책감을 견디지 못해 스스로 파멸과 죽음을 맞이하게 된다. 한편 온나산노미야도 밀통에 의한 아들 가오루薫를 출산하고 겐지의 냉담함을 비관하며 반대를 무릅쓰고 처음으로 자신의 의지로 출가를 결행한다. 가오루의 50일 축하연이 성대하게 열린 날 히카루겐지는 가오루를 안고 내려다보며, 이것은 자신이 『겐지 이야기』 1부에서 후지쓰보와 밀통을 하여 레이제이가 태어난 인因에 대한 과果가 아닐까라고 생각한다.

『양로율령養老律令』(718) 권4 호령戶令 제8에는, 여자에 대한 이혼의 조건으로 칠거지악, 즉 첫째 아이가 없음, 둘째 음란함, 셋째 시아버지를 모시지 않음, 넷째 말이 많음, 다섯째 도벽이 있음, 여섯째 질투가 심함, 일곱째 나쁜 병이 있음 등을 들고 있다. 그러나 헤이안 시대에 들어서는 일부다처제의 영향도 있었지만, 남녀는 보다 가벼운 이유로 헤어지는 경우가 많았다. 『이세 이야기』 21단에는 옛날 어떤 남녀가 대단히 깊이 사랑을 했는데 무슨 사연이 있었는지, 여자가 부부사이를 답답하게 생각하여 집을 나가버렸다. 그 뒤로도 두 사람은 종종 와카를 주고받았지만 결국 서로 다른 사람과 살게 되었다는 것이다. 또 60단에는 남자가 궁중의 일이 바빠 여자를 잘 돌보지 못하자, 여자가 좋아하는 남자를 따라 지방으로 가버렸다. 그런데 이 남자가 우사宇佐의 칙사로 파견되어 가는 도중에 여자가 있는 곳을 찾아가 '오월을 기다려 핀다는 귤나무 꽃향기를 맡으면 옛 여인의 소매 향기가 나는구나. さつき待つ花たちばなの香をかげばむかしの人の袖の香ぞする'(p.162)라고 읊자, 여자가 이전의 남편이 왔다라는 것을 알고 비구니가 되어 산으로 들어갔다는 것이다.

헤이안 시대의 남녀가 헤어지는 두 가지 이유는, 첫째 사랑이 식었을 경우이고, 둘째 극도로 가난해졌을 경우인데, 이것은 옛날이나 오늘날이나 변함이 없는 진리인 듯하다. 『야마토 이야기』 148단은 세쓰摂津의 나니와難波 근처에서 어떤 남자가 여자를 만나 결혼하여 살았는데 극심한 가난으로 인해 헤어진다는 이야기이다. 두 사람 모두 그다지 낮은 신분은 아니었으나 생계가 점점 어려워지자, 하인들도 모두 집을 떠나고 둘만 남아 앞으로 어떻게 해야 할지 걱정하게 되었다. 남자가 자신은 어떻게 해서든지 살아갈 수가 있다고 하며, 여자에게 젊은 당신은 도읍으로 가서 궁중에 출사하여 생활이 나아지면 다시 만나자고 약속하고 울며 헤어졌다. 도읍으로 간 여자는 신분이 높은 사람의 집에서 일을 하게 되어 생활은 편하게 되었지만 남자를 잊지 못하고 편지를 보냈지만 연락이 되지 않았다. 그런데 여자가 모시던 주인의 부인이 죽자, 주인은 이 여자를 아내로 삼게 되었다. 그래도 이 여자는 옛날 남자를 잊지 못하고 그리워하다가, 지금의 남편에게 나니와에 가서 불제祓除를 하고 온다고 하고 옛날 남자를 찾았다. 하루 종일 여기저기를 찾아다니다가 저녁 무렵에 겨우 갈대를 지고 다니며 행상을 하는 옛날 남자를 찾았으나, 남자는 자신과 여자의 신분이 너무나 달라졌다는 것을 알고 숨어 버린다는 슬픈 이별의 이야기이다.

『겐지 이야기』에도 여러 가지 형태의 이별 이야기가 나온다. 하하키기류木 권에서 우마노카미馬頭는 젊은 시절 사귀던 여자가 질투심으로 자신의 손가락을 깨물자, 버릇을 들여야겠다는 생각으로 더욱 냉담하게 대하자 슬퍼하던 여자가 죽어버렸다는 이야기를 한다. 그리고 유가오夕顔 권에는 두중장頭中将의 본처가 심하게 질투를 하자, 이를 견디지 못한 유가오가 육조 부근에 숨어 있을 무렵에 히카루겐지를 만났다가 모노노케로 인해 비명에 죽게 된다. 또 히게쿠로鬚黒 대장의 부인은 남편이 겐지의 양녀인 다마카즈라玉鬘와 만나는 것을 질투하여, 히게쿠로에게 화로의 재를 끼얹고 친정으로 돌아가 버린다.

여성의 재혼에 대해 율령에는 남녀가 이미 결혼했다 해도 남자가 다른 지방에 가서 아이가 있으면 5년, 아이가 없을 경우에는 3년 안에 돌아오지 않거나, 또 남자가 도망가서 아이가 있으면 3년, 아이가 없을 경우에는 2년 안에 나타나지 않으면 여자가 재혼을 할 수 있다고 규정하고 있다. 『이세 이야기』 24단에는 옛날 어떤 남자가 궁중에 출사하여 3년 동안 돌아오지 않자, 여자가 기다리다 못해 진심으로 구혼을 해 오던 남자와 결혼하게 되었는데, 결혼 첫날밤에 원래의 남자가 돌아와 문을 두드렸다. 그러나 여자는 3년을 기다리다 겨우 오늘밤에야 다른 남자와 결혼하게 되었다고 하는 와카를 읊고 끝내 문을 열어주지 않았다. 원래의 남편은 내가 당신을 사랑한 것처럼 새 서방과 잘 살아라는 와카를 읊고 돌아갔다. 이에 여자는 대단히 슬퍼하며 남편을 뒤쫓아 갔지만 결국 따라가지 못하고 우물가에 이르러 죽게 된다는 슬픈 이야기이다. 이 이야기에서 여자는 율령에 따라 이혼을 하려 했지만, 옛정을 잊지 못하는 남녀의 심정이 와카의 증답에 잘 나타나 있다.

그러나 헤이안 시대에도 『에이가 이야기栄花物語』 권11과 같이 여성의 정절을 강조하는 이야기도 있다. 이치조一条 천황이 죽은 후, 쇼코덴 뇨고承香殿女御는 친정에 돌아가 있었는데, 재상 미나모토 요리사다源頼定가 은밀히 찾아다닌다는 소문이 났다. 이 소문을 들은 뇨고의 아버지인 우대신 후지와라 아키미쓰藤原顕光는 화를 내며 직접 딸의 머리카락을 자르고 출가를 시켜버린다는 것이다. 그럼에도 요리사다가 은밀히 뇨고를 찾아오자, 아키미쓰는 뇨고를 아예 스님에게로 보냈다. 요리사다는 그래도 여전히 찾아다녔는데, 그 사이에 뇨고의 머리가 원래대로 자랐다는 것이다. 요리사다는 이렇게 된 것도 '전생으로부터의 인연'이라 했다는데, 이러한 의식은 밀통을 합리화하려는 헤이안 시대 사람의 통념이라 생각된다. 그리고 흔하지는 않았지만 『곤자쿠 이야기집今昔物語集』 권30 제13화에는 남편이 죽은 후 정절을 지키며 재혼하지 않았다는 열녀의 이야기를 소개하고 있다. 부모가 사별한 딸에게 재혼을 권하자 딸은 남편이 먼저 죽은 것도 전생의 인연이라고 하며 제비도 수놈이 죽으면 암놈이 혼자 산다는 것을 증명해 보이자, 부모도 더 이상 재혼을 권유하지 않는다는 것이다.

헤이안 시대의 모노가타리에 남녀의 밀통이 많이 그려지고 이를 숙명으로 생각하는 논리에는, 방처혼이라는 결혼 제도나 불교적인 윤회사상, 1052년부터 말세에 들어간다는 세계관도 영향이 있었으리라 생각된다. 근세의 모토오리 노리나가本居宣長는 모노노아와레론もののあはれ論에서, 겐지와 후지쓰보의 밀통에 대해 사랑이란 아름다운 연꽃을 피우기 위해 밀통이라는 진흙탕 물을 가둔 것이라고 지적한 것도 같은 맥락으로 볼 수 있다.

5. 후궁에 근무하는 커리어우먼

헤이안 시대의 후궁이란 황후, 중궁, 뇨고女御, 고이更衣 등이 사는 곳이며, 후궁 12사司의 여관女官들이 근무하는 궁중 안쪽의 전각을 말한다. 특히 내시사内侍司는 수장인 나이시노카미尚侍, 그리고 나이시노스케典侍, 나이시노조掌侍 등 천황의 명령을 출납하는 여성들이 근무하는 곳이었다. 또 궁중에 자신의 방局을 받아 근무하는 여성을 뇨보女房라고 했는데, 이들은 상납上臈, 중납中臈, 하납下臈으로 구분되었고, 화려한 정장(十二單)을 입고 궁중 생활을 했다. 헤이안 시대의 귀족 여성들은 대체로 유사한 복장(唐衣)을 입었는데, 보통 손에는 쥘부채桧扇를 들고, 머리카락은 키 높이만큼 길게 늘어뜨리고, 얼굴은 분으로 짙은 화장을 하고, 치아를 검게 물들이는 풍습이 있었다.

섭정 관백가의 여성들은 궁중에 출사하여 뇨고女御나 중궁이 되어 황자를 출산하면 본인의 입신출세뿐만이 아니라 집안에 번영과 명예를 가져다 주었다. 이에 섭관가에서는 후궁에 출사시킬 딸에게 교양을 가르

칠 최고의 지식인 여성을 함께 입궐시켰는데, 뇨보라 불렸던 그녀들은 궁중에서 커리어우먼으로 활약했다. 다미가미 다쿠야玉上琢弥가 『겐지 이야기』를 '여성에 대한, 여성에 의해 만들어진, 여성을 위한 모노가타리 女についての、女によって作られた、女のための物語'[20]라고 지적한 것처럼, 작자와 독자 모두 지식인 여성들이었다. 중류 귀족층인 이들 여성들은 그다지 높은 신분은 아니었으나 가나仮名 문자로 와카와 일기와 같은 자기 관조의 기록, 그리고 수필이나 허구의 모노가타리物語 등을 창작함으로써 우아한 궁중문화를 세상에 발신했던 것이다.

『마쿠라노소시枕草子』을 쓴 세이쇼나곤清少納言(966~1015?), 『겐지 이야기』를 기술한 무라사키시키부(973~1014?), 자신의 실제 인생을 일기로 기록한 이즈미시키부和泉式部(977~1036?)와 스가와라 다카스에菅原孝標(1008~?)의 딸 등은 당대 최고의 지식인 여성으로서 문학을 창작하는 것을 생의 보람으로 생각한 사람들이었다. 이들은 모두 중류 귀족의 신분으로 우아한 궁중에서 사회생활을 경험하고 자연과 인생을 관조하며 자신의 고뇌를 글로 남긴 사람들이다. 미나모토 다메노리源爲憲(?~1011)는 여성과 모노가타리에 대해 『산보에고토바三寶繪詞』(984)의 서문에서 '모노가타리란 여자의 마음을 위로하는 것이다. 物語と云ひて女の御心をやるものなり'[21]라고 지적했다. 그리고 모노가타리의 종류가 큰 숲 속의 초목 수보다 많고 해변 가의 모래알보다 더 많다는 다소 과장된 기술을 했지만, 이는 수많은 모노가타리가 창작되었다는 이야기를 강조한 표현으로 볼 수 있다.

세이쇼나곤은 와카로 유명한 기요하라 모토스케清原元輔(908~990)의

20　玉上琢弥(1982), 『源氏物語研究』, ≪源氏物語評釈≫ 別巻1, 角川書店, p.249.
21　源爲憲 撰, 江口孝夫 校注(1982), 『三宝絵詞』 上, 現代思潮社, p.37.

딸로 태어나 결혼 출산을 경험하고 29살 때, 후지와라 미치타카藤原道隆 (953~995)의 딸 데이시定子 중궁에 뇨보로 출사한다. 그녀의 수필『마쿠 라노소시枕草子』에는 작자가 궁중 생활을 하면서 느낀 인사와 자연에 관 한 예리한 관찰력과 미의식이 잘 나타나 있다.『마쿠라노소시』21단에 는 궁중 생활에 대해, 역시 뭐라 해도 웬만한 신분의 딸이라면 궁중에 출사시켜 넓은 세상을 보고 가능하다면 나이시노스케의 지위에 오를 수 있으면 좋겠다고 기술하고 있다. 그리고 궁중 생활을 한 여자는 경박하 다거나 좋지 않게 말하는 남자는 정말 마음에 안 든다고 하며 궁중 생 활을 예찬하고 있다. 궁중 생활이 천황이나 상류 귀족들과 교류할 수 있는 사교의 장소라는 것은 세이쇼나곤만의 생각이 아니라, 헤이안 시 대의 커리어우먼 일반의 통념이었다고 할 수 있을 것이다.

무라사키시키부는 학자의 집안인 후지와라 다메토키藤原為時(949?~ 1029?)의 딸로 태어났다. 앞에서 지적한 바와 같이 어린 시절부터 한학 에 뛰어난 재능을 발휘하여, 아버지로 하여금 아들이 아닌 것을 한탄하 게 할 정도였다. 무라사키시키부는 아버지를 따라 에치젠越前에 1년간 가 있었던 것을 제외하면 일생을 거의 헤이안平安(京都)에서 살았다. 당 시로서는 과년한 나이인 29세 때, 후지와라 노부타카藤原宣孝(?~1001)와 결혼하여 딸 겐시賢子를 출산한다. 그러나 여자로서 행복한 인생은 잠깐 이었고 2년이 채 못 되어 남편과 사별하고 만다. 무라사키시키부는 과 부의 쓸쓸함을 달래며 이승에서 이루지 못한 이상적인 결혼 생활을『겐 지 이야기』에서 그리려했다. 그녀의 이러한 재능은 곧 당대 최고의 권 세가 후지와라 미치나가藤原道長(966~1027)에게 알려지고, 그의 딸인 중 궁 쇼시彰子의 뇨보로 발탁되어, 36세 때인 1005년부터 1013년경까지 궁중 생활을 하게 된다. 무라사키시키부는 자신의 일기에서 '덧없는 이

세상에서 마음의 위로가 되는 것은 바로 이런 중궁을 모시는 일이다. 憂き世のなぐさめには、かかる御前をこそたづねまゐるべかりけれど'(p.123)라고 하고, 궁중에서 쇼시 중궁을 모시고 있으면 평상의 울적한 기분이 다 풀린다며 중궁을 예찬하고 있다. 그녀는 궁중에 출사하기 전부터 이미『겐지 이야기』의 일부분을 쓰고 있었는데, 작품으로는『겐지 이야기』이외에 그녀의 궁중 생활과 인생관을 엿볼 수 있는『무라사키시키부 일기紫式部日記』(1010)와『무라사키시키부집紫式部集』(1013?) 등이 전해지고 있다.

이즈미시키부는 19살 무렵인 996년 다치바나 미치사다橘道貞(?~1016)와 결혼하여 다음 해에 딸 고시키부小式部가 태어난 듯하다. 999년 미치사다가 이즈미和泉의 수령으로 임명되자 함께 동행했다가 곧 도읍으로 되돌아온다. 미치사다와의 이혼이 언제인지 분명하지 않지만, 1001년부터 레이제이冷泉 천황의 셋째 황자 다메타카신노為尊親王와의 연애가 시작된다. 다메타카신노가 다음 해 갑자기 병으로 죽자, 이즈미시키부는 다시 고인의 동생인 아쓰미치신노敦道親王를 사랑하게 된다.『이즈미시키부 일기和泉式部日記』의 내용은 1003년 4월 무렵부터 다음 해 정월까지인데, 이즈미시키부가 1003년 12월 아쓰미치신노의 저택으로 들어가는 대목에서 절정에 달하고, 1004년 1월 실망한 본처가 친정으로 돌아가려고 하는 곳에서 기술이 끝난다.『이즈미시키부집和泉式部集』에는, 1007년 아쓰미치신노가 27살의 나이로 죽은 후에 읊은 많은 애상의 와카가 많이 실려 있다. 그리고 작자의 나이 32세 무렵인 1009년에는 쇼시 중궁에 출사하여 무라사키시키부 등과 교류하고, 미치나가로부터 '바람둥이 여자浮かれ女'[22]라는 말을 듣는다. 다음 해인 1010년에는 미치나가의 부하로 지방관인 후지와라 야스마사藤原保昌(958~1036)와 결혼한다. 이처럼 이즈미시키부는 도읍에 소문이 자자할 정도로 수많은 염문을 뿌리고 다니며 정열적인 연애를 하며 일생을 산 여성이었다.

『사라시나 일기更級日記』의 작자 스가와라 다카스에의 딸은 부계와 모계 모두 학문의 집안인데, 미치쓰나의 어머니『가게로 일기』의 작자는 작자의 이모이다. 스가와라 다카스에의 딸은 『사라시나 일기』이외에 『요루노네자메夜の寝覚』, 『하마마쓰추나곤 이야기浜松中納言物語』의 작자로도 지목되고 있다. 『사라시나 일기』는 작자의 나이 52세 무렵에 일생을 회고하며 기술하였는데, 1020년 작자 13세의 가을, 가즈사노스케上總介의 임기가 끝난 아버지를 따라 도읍으로 상경하면서 관동 지방을 여행하는 내용으로 시작된다. 10대의 소녀시절에 모노가타리物語 세계를 동경하여『겐지 이야기』를 탐독하며 자신을 주인공 유가오夕顔나 우키후네浮舟에 비유하며 히카루겐지나 가오루薫와 같은 이상적인 귀공자와 만나는 꿈을 꾸었다. 1039년 작자의 나이 32세 때, 고스자쿠後朱雀 천황의 딸인 유시나이신노裕子内親王에게 출사하지만 곧 그만 두고, 다음 해 봄 지방 수령인 다치바나 도시미치橘俊通와 결혼한다. 그러나 남편이 지방관으로 내려가 있게 되어 혼자 도읍에 남아 다시 여기 저기 황족의 집에 출사를 한다. 스가와라 다카스에의 딸은 나이가 들면서 문학소녀에서 탈피하여 이시야마데라石山寺, 하세데라初瀬寺, 구라마데라鞍馬寺 등에 참배하며 점점 현세의 행복과 극락왕생을 기원하는 평범한 가정주부로 변신해 간다. 『사라시나 일기』는 쇠퇴해 가는 귀족사회의 화려한 꿈을 꾸며 살았던 작자의 환상을 그린 작품이라 할 수 있다.

세이쇼나곤과 무라사키시키부, 이즈미시키부의 공통점은 우선 11세

---

22 清水文雄 校注(1985),『和泉式部集 和泉式部続集』226番, 岩波書店, p.46.

기 전후에 궁정에 출사했다는 점을 들 수 있다. 또한 모두 보통의 결혼을 하여 각각 고우마小馬, 다이니산미大弐三位 겐시賢子, 고시키부라는 딸을 두고 있다. 그리고 30세 전후에 남편과 사별하거나 이별한 후 뇨보 생활을 했다. 모두 와카나 문장에 뛰어난 재주를 가진 당대 최고의 지식인 여성들이었다. 그녀들이 궁중이나 섭관가의 뇨보로 발탁이 되는 과정은 습자, 음악, 와카 등의 능력이 필수 조건이었지만, 주변 사람의 추천이 있었을 것으로 생각된다. 오늘날의 기준으로 볼 때 그녀들의 실제 인생은 결코 행복했다고 볼 수 없는 일생이었지만, 현실에서 이룰 수 없는 이상적인 삶을 문학작품 속에서 추구한 것이 아닌가 생각된다.

6. 결론

이상에서 헤이안 시대의 여성들이 실제 인생에서 혹은 이야기의 주인공으로서 어떠한 삶을 살았는가에 대해 문학작품을 중심으로 살펴보았다. 헤이안 시대의 지식인 여성들은 섭정 관백의 시대와 일부다처제라고 하는 사회 배경하에 가나 문자를 발명하고 기념비적인 문학을 창출하게 된다. 즉 동시대의 귀족 남성들이 관료로서 일생을 살았다면, 지식인 여성들은 남성들이 주목하지 못한 개인과 가족의 기구한 일생을 가나 문자를 이용해 있는 그대로 묘사한 것이다.

헤이안 시대 여성들의 운명은 후견에 의해 결정되는 경우가 많았는데, 섭정 관백의 딸이 후궁에 입궐하는 경우에는 후견에 따라 집안의 운명이 바뀌었다고 해도 과언이 아니었다. 『겐지 이야기』에는 주인공 히카루겐지도 자신의 양녀인 전 재궁前齋宮과 친딸인 아카시노히메기미

明石姬君를 후궁에 입궐시켜 섭정 관백의 정치를 지향했다. 그리고 일부다처제라고 하는 결혼 제도하에서 방처혼 형태의 결혼을 했던 여성들이 겪는 고뇌와 좌절감은 상상을 초월했을 것으로 생각된다. 미치쓰나의 어머니는 『가게로 일기』에서 섭정의 둘째 부인이면서도 자신에게 들리지 않는 남편 가네이에를 기다리는 고뇌와 회한을 적나라하게 기술하고 있다.

한편 헤이안 시대의 여성들은 연애나 결혼을 위해 습자, 음악, 와카 등의 기본 교양을 익혔는데, 이는 아리와라 나리히라와 같은 남성 풍류인의 조건이기도 했다. 방처혼이라고 하는 자유로운 결혼 제도 탓인지 밀통과 이혼도 많았다. 율령에서는 남자가 특별한 이유 없이 3년간 여자에게 오지 않으면 재혼할 수 있다고 되어있었지만 실제로는 좀 더 자유로이 이혼과 재혼이 이루어졌던 것으로 보인다. 헤이안 시대에 궁정에 근무했던 커리어우먼들은 소위 국풍문화에 능통한 지식인들이었다. 특히 이치조 천황을 사이에 두고 데이시 황후의 뇨보인 세이쇼나곤과 쇼시 중궁의 뇨보인 무라사키시키부는 경쟁적으로 수필과 모노가타리를 통해 궁정의 미의식과 삶의 지혜를 그렸을 것으로 추정된다.

당시 여성이 궁중에 취직하는 것에 대한 사회적 인식은 그다지 좋지 않았으나, 그녀들은 세상이 돌아가는 사정을 아는 것뿐만 아니라 문화의 발신자로서 궁중 근무에 대한 프라이드는 대단했던 것 같다. 그러나 헤이안 시대 여성들도 일부다처제라고 하는 결혼 제도를 바꿀 수는 없었기에 모노가타리에서 일부일처제를 지향하는 부부를 이상으로 묘사하고 이를 꿈꾸었을 것으로 생각된다.

제2장
계모학대담의
유형과 패러디

● ● ●

1. 서론

  린다 허천Linda Hutcheon이 '패러디는 예술 상호간의 담론discourse의 한 형식이다'[1]라고 지적했듯이 동서양을 막론하고 문학작품 속에 패러디가 없는 나라는 없을 것이다. 특히 일본문학은 통시적으로 수많은 유형類型 표현과 패러디를 통해 고전을 확대 재생산하고 있다. 일본문학에서 패러디라고 하면 근세문학의 전매특허처럼 되어 있으나, 헤이안平安 시대의 와카和歌나 모노가타리物語, 수필문학 등에서도 패러디는 확대 재생산의 기본이라 할 수 있다.

  헤이안 시대 모노가타리物語 문학의 대표적 화형 중의 하나인 계자담繼子譚은 서양의 신데렐라담과 같이 계모가 의붓자식을 학대하는 이야기로 전 세계적으로 유포되어 있다. 계자담은 가부장제와 일부다처제의 혼인제도가 확립되면서 많은 계모자繼母子 관계가 발생하고, 이에 따른 남녀의 인간관계가 갈등을 초래하면서 만들어진 이야기이다. 『시대별

---

1 Linda Hutcheon, 김상구 외역(1992), 『패러디 이론』, 문예출판사, p.9.

국어대사전時代別国語大辞典』에 의하면 '継'라는 의미는 '접두어, 실제의 친자, 혹은 형제관계가 아님. 친부모 자식 관계가 아닌 사이나 배다른 경우를 말한다.'[2]라고 정의하고 있다. 즉 계자담이란 계모가 의붓자식繼子을 학대하고, 의붓자식은 계모의 학대로 집에서 떨어진 먼 곳으로 유리하다가 구혼자를 만나 다시 행복한 결혼을 하게 된다는 이야기이다. 그리고 계자담의 화형話型은 여성의 질투심이 근본동기가 되고 있지만, 그 시대의 사회적인 배경과 향수자享受者의 독서 체험에 따라 죽음과 재생이라고 하는 통과의례의 문학으로서 기능하고 있다고도 할 수 있다.

계자담의 주제에 대한 선행연구로는 다양한 연구방법이 있으나, 오리쿠치 시노부折口信夫는 민속학적으로 귀종유리담의 한 분야로 지적했고,[3] 세키 게이고関敬吾는 성년 성녀의 통과의례의 문학으로 분석했다.[4] 이외에도 헤이안 시대와 중세의 모노가타리物語, 옛날이야기昔話를 소재로 하여, 이치코 데이지市古貞次,[5] 호리우치 히데아키堀内秀晃,[6] 미타니 에이이치三谷栄一,[7] 이시카와 도오루石川徹,[8] 간사쿠 고이치神作光一,[9] 미타니 구니아키三谷邦明,[10] 후지무라 기요시藤村潔,[11] 다카사키 마사히데高崎正秀,[12] 간노도 아키오神野藤昭夫,[13] 히나타 가즈마사日向一雅,[14] 다카하시 도

2 上代語辞典編修委員会(1983), 『時代別国語辞典』 上代編, 三省堂, p.690.
3 折口信夫(1987), 「小説戯曲文学における物語要素」, 『折口信夫全集』 七集, 中央公論社.
4 関敬吾(1980), 「婚姻譚としての住吉物語」, 『関敬吾著作集』 4, 同朋舎出版.
5 市古貞次(1955), 『中世小説の研究』, 東大出版会.
6 堀内秀晃(1959.4), 「落窪物語の方法」, 『国語と国文学』, 東大国語国文学会.
7 三谷栄一(1967), 『物語史の研究』, 有精堂.
8 石川徹(1967.12), 「継子ものとその周邊」, 『国文学』, 学灯社.
9 神作光一(1968.5), 「源氏物語が落窪物語から受けたもの」, 『国文学』, 至文堂.
10 三谷邦明(1974.1), 「継子もの〈世界と日本〉」, 『国文学』, 至文堂.
11 藤村潔(1977), 『古代物語研究序説』, 笠間書房.
12 高崎正秀(1979), 「民俗学より見たる落窪物語」, 『平安朝物語』 III, 有精堂.
13 神野藤昭夫(1980), 「継子物語の系譜」, 『講座源氏物語の世界』 二集, 有精堂.

오루高橋享,[15] 다카기 가즈코高木和子[16] 등이 다양한 작품과 주제를 비교하면서 분석하고 있다.

본고에서는 계자담継子譚의 유형이 통시적, 공시적으로 어떻게 패러디화 하고, 특히 헤이안 시대의 화형에서 당시의 통념에 따른 유형적인 표현이 어떻게 전승되고 있는가를 고찰하고자 한다. 그리고 계자담에서 주인공이 한쪽 신발을 잃어버리는 모티프인 실화사건失靴事件으로 인해 행복한 결혼을 하게 되는 이야기가 서양이나 중국, 한국의 화형에는 있는 데 비해, 일본에는 왜 계자의 연애담을 중심으로 묘사되는가를 분석하고자 한다. 또한 헤이안 시대의 계자담에는 계모의 의붓자식에 대한 학대가 절정에 이르렀을 때 엽기적인 성적 학대가 도입되는데 그 배경은 무엇인가, 계모에 대한 복수의 장면은 짧고 남녀의 사랑을 길게 묘사하는 이유 등을 규명해 보고자 한다.

2. 계자담継子譚과 실화사건失靴事件

세키 게이고関敬吾는 계자담에 대해 민속학적인 분석을 통해, '전 세계에 퍼져있는 유사한 화형의 수를 대충 계산해도 1,000가지 정도는 있을 것이다. 농담의 차는 있겠지만, 이 이야기가 없는 나라는 없을 것이다. 일본에서도 10년 정도 전에 조사했을 때 64話'[17]가 있었다고 기술하고

---

14 日向一雅(1989), 『源氏物語の王権と流離』, 新典社.
15 高橋享(1991.9), 「継子譚の構造」, 『国文学』, 学燈社.
16 高木和子(2001), 「継子いじめ―『源氏物語』における継子譚の位相」, 『源氏物語研究集成』八巻, 風間書房.
17 関敬吾(1972), 「落窪とシンデレラ」, 『日本古典文学全集』月報19, 小学館.

있다. 그리고 영국인 Marian Rolfe Cox의 고증에 의하면 '이 설화는 유럽과 近東에서, 합계 345종의 대동소이한 전설이 있다.'[18]고 할 정도로 많은 유화가 전 세계적으로 분포되어 있다. 또한 일본의 모노가타리物語에 국한하더라도, 간노도 아키오神野藤昭夫는 무로마치室町 시기에 이르는 모노가타리 중에서 계자담의 요소를 포함하는 것을 헤아리니 40가지 정도에 달했다[19]고 서술하고 있다.

계모자繼母子의 관계는 시대와 가족의 구성에 따라 여러 가지 형태가 있을 수 있으나, 『사기史記』 오제본기五帝本紀에는 계자繼子 순舜이 자신을 죽이려하는 계모에게도 효성을 다한다는 이야기를 들은 요제堯帝가 순舜에게 선위했다는 것을 기술하고 있다. 그런데 현존하는 최고의 계자담은 9세기 중엽 당나라의 단성식段成式이 지은 『유양잡조酉陽雜俎』의 속집권1-875화 섭한葉限의 전설이다. 대강의 줄거리를 살펴보면, 전처의 딸에 대한 아버지의 지극한 사랑, 계모에 의한 학대, 비호자의 출현, 귀공자와의 행복한 결혼, 계모에게 복수를 하는 전형적인 계자담이라고 할 수 있다. 특히 신데렐라담과 같이 금으로 된 구두를 잃어버리는 사건에 의해서 타한국왕陀汗国王과 결혼하여 행복하게 살게 된다는 화소가 포함되어 있다. 이마무라 요시오今村与志雄는 『유양잡조酉陽雜俎』의 역주에서,[20] 이 전설은 서양의 신데렐라담이 중국에 전해졌을 것이라는 양셴이楊憲益의 설을 인용하고 있다. 이하 계모가 계자를 학대하는 가정비극의 이야기 자체는 당나라에도 수많이 있었을 터이지만, 계자담의 세계적인 분포도와 주인공의 실화사건失靴事件을 통해 화형의 전승관계를

18 段成式著 今村与志雄 訳註(1981), 『酉陽雜俎』 4卷, 平凡社, p.110.
19 神野藤昭夫(1980), 上揭書, p.70.
20 段成式, 今村余志雄 訳註(1981), 上揭書, pp.40~41.

추리해 보고자 한다.

한국의 계자담継子譚으로는『콩쥐 팥쥐』,『장화홍련전薔花紅蓮伝』,『금월향전金月香伝』,『어룡전魚竜伝』,『정지선전鄭之善伝』,『장풍운전張風雲伝』,『진대방전陳大方伝』등이 있다. 이러한 이야기는 각각 기본 화형과 조금씩 다르지만, 한국의 계자담 가운데 신데렐라담에 가장 가까운 실화사건의 모티프가 등장하는 것은『콩쥐 팥쥐』이야기로 대강의 줄거리는 다음과 같다. 조선 시대 중기에 전라도 전주의 서문 밖에 은퇴한 최만춘의 부인 조씨가 콩쥐를 낳고 100일 만에 죽는다. 최만춘은 콩쥐가 14살 때에 과부인 배씨와 재혼한다. 사악한 배씨는 전처의 딸인 콩쥐를 심하게 학대하나, 콩쥐는 초자연적인 검은 소나 두꺼비들에게 도움을 받는다. 그런데 콩쥐는 외가의 잔치에 가는 길에 한쪽 신발을 잃어버리게 된 것이 계기가 되어 지역의 감사와 행복한 결혼을 하게 된다. 그리고 콩쥐를 괴롭히고 행복한 결혼을 질투하는 팥쥐와 계모는 지옥에 떨어져 버린다는 전형적인 계자담의 화형이다. 그런데 한국의 계자담은『콩쥐 팥쥐』와 같이 실화사건이 나오는 이야기도 있지만,『장화홍련전』처럼 실화사건이 없는 이야기가 더 많아 일률적으로 화형의 영향 관계를 추정하기는 어렵다.

한편 일본의 계자담은 헤이안 시대의 모노가타리 문학, 중세의 소설, 동화お伽草子, 구비문학인 옛날이야기昔話 등 다양한 장르에 분포되어 있다. 그중에서 신데렐라 이야기에 가장 가까운 화형은 세키 게이고가 지적한『고메부쿠아와부쿠米福粟福』이야기이다. 이 이야기는 전처의 딸인 고메부쿠米福가 계모에게 학대를 받게 되지만, 초자연적인 비호자들에게 도움을 받아 구혼자를 만나 행복한 결혼을 하게 된다는 전형적인 계자담이다. 그러나 이야기의 전환점이 되는 실화사건이 신데렐라담이나, 중국의 섭한의 전설, 『콩쥐 팥쥐』에는 묘사되어 있으나, 일본의 모노가타리物語나 동화 등에는 나오지 않는다. 특히 본론에서 고찰하고자 하는 헤이안 시대의 모노가타리에는 실화사건이 전혀 나타나지 않는다. 그 이유에 대해 김은정과 박연숙은 각각 신을 신지 아니하는 민족의 특징이나 여의 망치로 모든 물건을 만들 수 있게 되어 실화사건이 퇴색되었다는 점을 지적하고 있다.[21] 헤이안 시대의 귀족 여성들이 이동할 때에는 주로 우차牛車를 타고 다녔기 때문에 신을 신는 경우가 적었던 것은 사실이지만, 절이나 신사에 참배하러 가는 경우에 영험을 기대하며 의도적으로 도보로 여행하는 경우도 있었기에 신발을 신지 않았다고 볼 수는 없다. 그리고 『우쓰호 이야기』나 『겐지 이야기』 등에는 여성들도 특별한 경우에 구두沓를 신는 모습이 묘사되어 있다.

계자담의 기본구조를 분류하는 방법은 연구자에 따라 조금씩 달리하고 있는데, 우선 이치코 데이지는 중세의 소설 15개의 작품을 분석하여, ①친모의 죽음, 계모가 들어옴 ②애인, 약혼자가 생김 ③계모의 박해 ④의붓딸의 고난, 구조 ⑤친모 혼영의 가호 ⑥의붓딸의 동정 ⑦약혼자의 고심 ⑧신불의 가호 ⑨재회, 결혼 ⑩상벌, 응보[22]의 10개 항목으로 나누고 있다. 이에 대해 세키 게이고는 『고메부쿠아와부쿠』의 기본 형식을 『스미요시 이야기住吉物語』의 유형과 비교하기 위해서, A.학대 B.비호 C.과제 D.원조자 E.축제 F.구혼 G.결혼 H.징벌[23]의 8개 항목으로 분류하고 있다. 계자담의 분류는 각 화소의 내용이 대체로 대동소이

---

21 김은정(1996), 「콩쥐 팥쥐 와 신데렐라의 비교 고찰」, 『국어교육연구』 8집, 광주교육대학교 국어교육학과, pp.59~82.
　박연숙(2007), 「콩쥐 팥쥐'와 '고메후쿠 아와후쿠米福粟福'의 비교 연구」, 『일본문화연구』 23집, 동아시아일본학회, p.227.
22 市古貞次(1995), 上揭書, p.100.
23 関敬吾(1980), 「婚姻譚としての住吉物語」, 『関敬吾著作集』 4, 同朋舎出版, pp.133~134.

하다고 생각되나 문제는 실화사건이라고 하는 모티브가 있느냐 없느냐에 따라 이야기의 전개에 큰 차이가 발생한다고 볼 수 있다.

유럽의 계자담에서는 계모에게 학대를 받는 의붓자식이 초인적인 인물이나 부모의 혼령으로부터 받은 한쪽 구두를 잃어버리는 실화사건이 모티프가 되어 행복한 결혼을 하게 되는 것이 계자담의 구성요소 중에서 가장 중요한 복선이 된다. 그런데 같은 실화사건이라 하더라도 계자가 잃어버리는 구두의 종류를 살펴보면 나라별로 차이가 있다. 우선 프랑스인 샤를 페로Charles perrault의「상드리용Cendrillon」24에는 유리 구두였다. 그리고 독일인 그림Grimm 형제의「재투성이 소녀Aschen putte, KHM 21」25에서는, 첫날은 은장식의 비단 구두를, 셋째 날은 금장식의 구두를 신고 간다. 그리고 이탈리아인 바질레Basile의「고양이 신데렐라」26에는 나무 구두를 신은 주인공이 등장한다. 그리고 중국의『유양잡조』에서는 금으로 된 구두를 신고 있고, 한국의『콩쥐 팥쥐』에서는 특정한 장식이 없는 신발을 신게 된다. 유럽과 중국, 한국의 계자담에서 신발 종류는 각기 다르나 계자가 신발을 잃어버리는 사건으로 인해 신분이 높은 귀공자와 결혼하게 되는 전환점이 된다는 점은 동일하다고 할 수 있다.

이와 같이 세계의 계자담에서 영향 관계와 패러디를 지적할 수 있는 가장 확실한 요소는 실화사건의 유무라 할 수 있다. 따라서『콩쥐 팥쥐』를 제외한 실화사건이 없는 한국과 일본의 계자담은 신데렐라담의 화형과 영향 관계에 있다기보다는 한국과 일본의 자생적 동기에 의해 전승

---

24 新倉朗子訳(2009),『完訳ペーロー童話集』, 岩波書店.
25 金田鬼一訳(2009),『完訳グリム童話集一』, 岩波書店.
26 주경철(2005),『신데렐라 천년의 여행』, 도서출판 산처럼.

된 화형으로 추정된다.

3. 계자담의 패러디 표현

헤이안 시대의 모노가타리物語 문학에 나타난 계자담에서 계모가 계자를 학대하는 클라이맥스에서 성적 학대를 하는 양상과 계모에 대한 통념이 어떻게 패러디화하면서 재생산되고 있는가를 살펴보고자 한다. 헤이안 시대의 계자담에서 계모의 심성에 관한 통념은 '마음씨 나쁜腹きたなき', '성질이 좋지 않은さがなき', '대단히 비열한いみじうあさましき' 등의 표현으로 수식되는 경우가 많다.

현존하는 헤이안 시대의 모노가타리 중에서 계자담을 주제로 한 대표적인 작품으로『오치쿠보 이야기落窪物語』를 들 수 있다. 미타니 구니아키三谷邦明는『오치쿠보 이야기』에 대해서 '하급 뇨보를 주된 독자층으로 쓰인 말하자면 대중 모노가타리라고 할 만한 작품'[27]이라고 정의했다. 즉 계자담은 당시의 성녀식 전후의 여성들이 통과의례로서 필히 읽어야 하는 필독서 정도로 생각했던 것이다. 세이쇼나곤清少納言은『마쿠라노소시枕草子』199단, 274단에서『스미요시 이야기住吉物語』와『오치쿠보 이야기』의 독자로서 기록을 남기고 있다. 이 기록은 반드시 계자담과 관련지어 이야기한 것은 아니지만, 이미 헤이안 시대에도 계자담을 읽은 뇨보가 있었다는 것을 확인할 수 있다.

『오치쿠보 이야기』에서 의붓자식인 오치쿠보落窪 노키미는 아버지

27　三谷邦明(1979),「落窪物語の方法」,『平安朝物語』Ⅲ, 有精堂, p.74.

중납언中納言 미나모토 다다요리源忠頼의 전처 딸인데, 계모는 오치쿠보 노키미를 침전의 움푹 파인(落窪) 방에서 생활하게 하면서 소장少將의 구혼을 방해하고 학대한다. 그리고 계모는 오치쿠보 노키미를 덴노야쿠 노스케典藥助라는 노인과 결혼시키려 하나, 아가씨는 시녀 아코기阿漕의 활약으로 탈출에 성공한다. 이에 소장 미치요리道頼는 고난과 시련을 겪은 오치쿠보 노키미와 행복한 결혼을 하고 계모에 대한 복수가 이루어진다. 그러나 오치쿠보 노키미는 계모에 대해 철저한 복수를 원하지 않는다.

『오치쿠보 이야기』 권1에서 오치쿠보 노키미가 돌아가신 어머니를 생각하자, 시녀 아코기는 소장으로부터 온 편지를 앞에 두고 다음과 같이 위로한다.

> 정말로 지당한 말씀이지만, 세상에 아무리 심한 계모라 할지라도, 계모의 성질이 극심하고 비열한 사람이라는 것은, 이전부터 소장도 들어 알고 계실 테니까 아가씨의 비참한 상황은 충분히 알고 계실 테니까 단지 마음이라도 의지할 수가 있다면 얼마나 좋겠습니까.
>
> げにことわりにはべれど、いみじき継母と言へど、北の方の御心いみじうあさましきよしは、さきざきに聞かせたまへれば、さこそは思すらめ。ただ御心だに頼みたてまつりぬべくは、いかにうれしからむ。[28]

상기 인용문에서 계모에 대한 당시의 통념이 일반적으로 마음씨가 나쁘다는 것이 전제로 되어있지만, 오치쿠보 노키미의 계모는 특히 '극심하고 비열하다'라는 점이 강조되어 있다. 이후 소장도 오치쿠보 노키

---

28 三谷栄一 他校注(2004), 『落窪物語 堤中納言物語』, ≪新編日本古典文学全集≫ 17, 小学館. p.45. 이하 『落窪物語』의 인용은 쪽수를 표기함. 필자 역.

미라는 이름의 의미를 듣고, '계모가 괴롭히고 있는 듯하군요. 틀림없이 성질이 좋지 않은 사람이로군요. 北の方さいなみだちにけり。さがなくぞおはすべき'(p.85)라고 위로한다. 또한 소장도 '계모는 당연히 괴롭히겠지만継母こそあらめ'(p.87)라고 하면서도, 아버지인 중납언까지 아가씨를 미워한다는 것을 알고 안타까워하며, 아가씨를 행복하게 하여 계모에게 복수를 하려고 생각한다. 한편 오치쿠보 노키미도 '계모가 미워하는 것은 통상적인 것으로 세상 사람들이 이야기하는 것을 나도 듣고 있다. 그런데 자신의 친아버지까지 왜 이렇게 냉담한 것일까? 継母の憎むは例のことに人も語る類ありて聞く。おとどの御心さへかかるを'(p.107)라고 생각하며 침통한 심경이 된다.

즉 계모의 성격이 '극심하고 비열한' 것은 당연하지만, 오치쿠보 노키미의 아버지가 계모와 함께 자신을 미워한다는 것은 정말 안타까운 일로 생각된다는 것이다. 오치쿠보 노키미의 계모는 마음씨가 나빠 심술궂은 짓만 하다가, 마지막에는 나이가 60이 넘은 자신의 숙부인 '덴노야쿠노스케典薬助'(p.104)와 계략을 꾸미며, 헛간에 유폐시킨 오치쿠보 노키미를 폭행하려 하지만, 아코기阿漕의 활약으로 우스꽝스럽게 실패하게 만든다. 결국 소장은 오치쿠보 노키미를 이조원으로 구출해 내어 행복한 결혼을 한다는 것으로 해피 엔드를 그리고 있다.

『오치쿠보 이야기』는 계모의 박해, 오치쿠보 노키미의 고난, 구출과 행복한 결혼으로 이어지는 전형적인 계자담이지만, 화형話型의 중심은 소장과 오치쿠보 노키미가 만난 이후의 연애 이야기가 주된 테마이다. 여기서 오치쿠보 노키미가 움푹 파인 방에서 고난을 겪는 과정은 일종의 유리流離로서, 귀종유리담의 변형이라 할 수 있으며, 『겐지 이야기』의 히카루겐지가 스마須磨에 유리한 것과도 같은 화형으로 볼 수 있다.

즉 『오치쿠보 이야기』의 계자담은 화형의 전반이 강조되는 기본유형과
는 달리, 화형의 후반에 있는 연애담이 중심이 되어 전승되고 있다고
할 수 있다.

현존본 『스미요시 이야기』는 가마쿠라鎌倉 시대에 의고擬古 모노가타
리物語로서 개작된 것이나, 헤이안 시대의 고본古本은 『겐지 이야기』이
전의 10세기경에 성립되어 있었다는 것이 통설이다. 고본은 『오치쿠보
이야기』보다도 선행하는 작품으로 계자담의 화형에 많은 영향을 주었
을 것으로 생각된다. 대충의 줄거리는 중납언과 황녀 소생인 스미요시
住吉 아가씨는 여덟 살에 친모가 죽는다. 스미요시 아가씨의 계모는 소
장과의 혼담을 방해하는 등 갖가지 박해를 가한다. 그리고 계모는 성질
이 고약한 심복 시녀를 시켜 스미요시 아가씨를 보쌈하게 획책하자, 그
시녀는 다음과 같이 응답한다.

> 저의 오빠가 가조에노카미였는데 나이가 70여 세의 노인으로, 눈곱 투
> 성이로 정말 무섭게 생긴 사람입니다. 최근 오랫동안 함께했던 아내와 사
> 별하여, 재혼하려 해도 들어주는 사람도 없어 한탄하고 있었는데, 바로
> 이 이야기를 전할까요.
> 姥が兄の主計頭とて、歳七十ばかりの翁、目うちたれて世に恐ろしげ
> なるが、このほど、年ごろの妻に別れて、人を語らはんとするに、聞き入
> るる者なきをわびはべりつるに、このよし申さばや。[29]

계모의 또 다른 음모를 알게 된 스미요시 아가씨는 친모의 유모가
비구니로 있는 스미요시住吉(지금의 오사카)로 피신을 한다. 소장은 하

29 三角洋一 他校注(2002), 『住吉物語 とりかえばや物語』, ≪新編日本古典文学全集≫
39, 小学館, p.76.

세 관음長谷觀音의 영험으로 스미요시 아가씨가 있는 곳을 알게 되어 결혼하고, 대납언大納言(이전의 중납언)도 계모와 헤어지고, 계모는 사람들에게 소원해져 있다가 죽게 된다는 이야기이다. 『스미요시 이야기』에서도 계모학대의 절정에서 『오치쿠보 이야기』의 덴노야쿠노스케典藥助와 같은 가조에노카미主計頭를 시켜 스미요시 아가씨에 대한 성적 학대를 가하려고 했던 유형이 반복된다는 것을 확인할 수 있다.

『우쓰호 이야기』의 다다코소忠こそ 권에는 우대신右大臣 다치바나 치카게橘千蔭의 후처 이치조一条 부인(北の方)이 의붓아들인 다다코소忠こそ에게 사악한 연정을 품고 성적 학대를 한다는 이야기가 나온다. 그런데 다치바나 치카게의 본처는 죽기 전 남편에게 다음과 같이 다다코소를 걱정하며 유언을 남긴다.

> 나를 대신해서 마음씨 나쁜 계모를 들여서, 이 아이를 불쌍하게 만들지 마세요. 만약 마음씨 나쁜 사람이 다다코소를 좋지 않게 이야기하는 일이 있어도 그런 말을 하는 사람이 나쁘다고 생각하세요. 모든 것을 우리 아이를 위해 좋지 않은 것은 물 위에 내리는 눈이나 모래 위에 내리는 이슬이 금방 사라지듯이 흘려들으세요.
>
> おのれに代わりて、腹汚き人につきて、あしき目見せたまふな。腹汚き人ありてあしきこと聞こゆる人ありとも、いはむ人の罪になしたまへ。すべてわが子のため、あしからむことをば、水の上に降る雪、砂子の上に置く露となしたまへ。 30

다치바나 치카게의 본처는 죽기 전에 자기가 죽고 새로이 들어오게

---

30 中野幸一 校注(2004), 『うつほ物語』1, ≪新編日本古典文学全集≫, 小学館, p.211.
이하 『うつほ物語』의 인용은 ≪新編全集≫의 권, 쪽수를 표기함. 필자 역.

될 계모는 마음씨가 나쁠 것이라는 사회적 통념으로 남편을 경계하는 유언을 남긴 것이다. 다치바나 치카게의 본처가 걱정했던 대로 계모는 다다코소에게 연정을 품었다가 거절당하자 모략을 꾸며 다다코소를 쫓아내고 출가하게 만든다. 다치바나 치카게는 나중에 모든 것이 후처의 간계라는 것을 알고, '마음씨 나쁜 예 腹汚きこと'(p.245)를 이야기한 전처의 유언을 새겨듣지 않은 것을 후회한다. 이에 다치바나 치카게는 후처와 헤어지고, 후처는 재산을 탕진하고 몰락한다. 『우쓰호 이야기』에 나오는 다다코소의 계모는 『겐지 이야기』의 겐노나이시노스케源典侍와 같은 호색한 여자로, 『오치쿠보 이야기』의 덴노야쿠노스케나 『스미요시 이야기』의 가조에노카미가 반대로 된 관계이다. 이는 계자담의 기본 화형과는 달리 딸이 아들로, 박해가 연정으로 변형된 계자담의 변형이라 할 수 있다. 이외에도 『야마토 이야기大和物語』 142단에서 죽은 황태자비의 언니가 어린 시절에 모친이 죽고 계모에 의해 길러졌기 때문에 모든 일이 마음대로 되지 않는 때도 있었다는 것을 와카和歌로 읊는다. 즉 의붓딸이 계모 슬하에서 매사가 마음대로 되지 않는 심경을 읊고 있다. 이 이야기도 결국 의붓딸은 계모 슬하에서 결혼도 하지 못하고 죽게 된다는 계자담의 변형으로 볼 수 있다.

한편 『곤자쿠 이야기집』 권4 제4화, 구나라拘拏羅 태자의 이야기는 인도의 설화이다. 구나라 태자의 계모인 다이시라샤帝尸羅叉가 태자에 대해 사련邪戀을 품고 안아보려고 했지만 태자가 응하지 않자, 대왕에게 참언을 하여 태자를 먼 나라에 보내고, 다시 왕명으로 태자의 두 눈을 도려내게 하고, 그 나라로부터도 다시 추방해 버린다. 나중에 도읍으로 다시 돌아온 태자가 켜는 거문고의 소리를 들은 대왕이 태자를 만나 비로소 그 사실을 알게 된다. 그리고 나한이 12인연의 법을 강론하여 태자의 눈을 다시 낫게 한다는 이야기이다. 또한 권26 제5화는 무쓰 지방陸奧国 대부개大夫介의 후처가 신참의 부하를 심복으로 삼아 의붓아들을 살해하려고 했으나, 부하의 실수와 대부개의 동생이 아들을 구출함으로 인하여 실패하고, 사실이 발각이 되어 데려온 딸과 함께 쫓겨난다는 이야기이다. 평어評語에서는 '이를 생각하면 계모가 지극히 어리석다. 자기애와 같이 양육했더라면 헤매지 않고 봉양도 받았을 텐데'[31]라고 하는 세인의 비난을 기술하고 있다. 이 설화에서는 살해당할 뻔했던 의붓자식의 고난과 구출, 그리고 계모에 대한 징벌을 권선징악적으로 묘사하고 있다.

이상에서 살펴본 헤이안 시대의 모노가타리와 설화에 나타난 계자담은 전형적인 유형이 아니라 남녀의 사랑을 중심으로 묘사된다. 특히 『오치쿠보 이야기』나 『스미요시 이야기』는 계모가 학대의 절정에서 덴노야쿠노스케나 가조에노카미에게 부탁하여 의붓딸을 폭행하게 하지만, 의붓딸은 각각 귀공자를 만나 행복한 결혼을 한다. 한편 『우쓰호 이야기』나 『곤자쿠 이야기집』에서는 계모가 의붓아들인 다다코소나 구나라 태자에 대해 사련을 품는 이야기로, 계자담의 기본 화형이 변형된 형태로 그려져 있다.

4. 『겐지 이야기』의 계자담継子譚

『겐지 이야기』의 계자담에는 기본 형식이 변형되거나, 귀종유리담貴種流離譚 등의 화형과 결합된 형태로, 갖가지 베리에이션(변주곡)이 나타

---

31 馬淵和夫 他校注(2001), 『今昔物語集』 3, ≪新編日本古典文学全集≫, 小学館, p.490.

난다. 우선『겐지 이야기』속에서 계모継母, 계자継子의 관계를 의미하는 어휘 수는 모두 13例가 나오는데, 이 중에서 계모가 11例, 계자가 2例이다. 이러한 용례는 반드시 계자담으로 직결되는 것은 아니지만, 계모는 '마음씨 나쁜 腹きたなき', '성질이 좋지 않은 さがなき' 등의 전형적인 패러디 표현으로 수식되는 것을 볼 수 있다.

『겐지 이야기』의 계자담에서 의붓자식에 해당하는 등장인물로는, 히카루겐지光源氏, 무라사키노우에紫上, 다마카즈라玉鬘, 우키후네浮舟 등이 있다. 이들 등장인물들은 계모자継母子의 관계에 있는 주인공들과 함께 학대와 피학대의 미묘한 인간관계를 형성하게 된다. 히카루겐지와 계모인 고키덴 뇨고弘徽殿女御는 서로 정치적인 대립 관계가 되지만, 또 다른 계모인 후지쓰보藤壷와는 히카루겐지의 어머니인 기리쓰보 고이桐壷更衣와 닮았다는 점에서 이상적인 여성으로 동경의 대상이 되고 밀통으로 인한 아들까지 얻게 된다. 그런데 이들 의붓자식인 히카루겐지, 무라사키노우에, 다마카즈라, 우키후네의 공통점은 계모의 질투심이 원인이 되어 각각 유리流離를 경험하게 된다는 점이다.

스에쓰무하나末摘花 권에는 히카루겐지에게 유모의 딸로 다유노묘부大輔命婦라고 하는 여성이 고 히타치常陸 황자의 딸 스에쓰무하나를 소개한다. 그런데 이 다유노묘부는 스에쓰무하나를 소개하면서, 자신이 '계모의 집에는 정이 붙지 않아서継母のあたりは住みもつかず'(末摘花①267~268)[32]라는 이유로 스에쓰무하나를 가깝게 생각하여 저택에 자주 들리게 된다고 말한다. 이는 계모와 의붓자식의 관계가 원만해지기 어렵다는 것을 자연스럽게 표현하고 있는 대목이다.

---

32 阿部秋生 他校注(1996),『源氏物語』2, ≪新編日本古典文学全集≫, 小学館, pp.267~268. 이하『源氏物語』의 인용은 ≪新編全集≫의 권명, 권수, 쪽수를 표기함. 필자 역.

와카무라사키 권에서 무라사키노우에는 계모가 있는 아버지 시키부
교노미야式部卿宮의 집으로 들어가지 않고 히카루겐지와 함께 행복한 결
혼 생활을 하게 되는데, 이는 전형적인 계자담의 한 유형으로 볼 수 있
다. 이후 시키부교노미야와 히카루겐지가 정치적으로 서로 대립하는 것
도 무라사키노우에에 대한 계모 학대의 연장 선상에 있다고 할 수 있다.
사카키賢木 권에서 무라사키노우에의 아버지와 계모는 자신의 친딸에
비하여 히카루겐지와 결혼한 무라사키노우에가 행복을 누리는 것에 대
해 다음과 같이 질투한다.

> 정처에게서 태어나 그 모친이 행복하게 만들려고 염원하고 있는 딸은
> 아무래도 잘 풀리지 않는데, 무라사키노우에 쪽은 정말 질투 나는 일뿐이
> 라 계모인 정처는 심정이 평온하지 않은 것이다.
> 嫡腹の限りなくと思すは、はかばかしうもえあらぬに、ねたげなること
> 多くて、継母の北の方は、安からず思すべし。　　　　　　　　(賢木②103)

시키부교노미야와 계모는 자신의 딸보다 의붓딸인 무라사키노우에가
행운을 차지한 것을 시기하며 질투한다. 한편 스마須磨 권에서 히카루겐
지는 우대신의 딸이며 고키덴 대후弘徽殿大后의 동생인 오보로즈키요朧月
夜와의 밀회가 발각되어 관작을 박탈당하고 스스로 스마에 퇴거하게 된
다. 이에 시키부교노미야의 정처인 계모가 다음과 같이 무라사키노우에
를 빈정대는 말을 한다는 것이 전해진다.

> 계모인 정처 등이 "짧았던 행운이 황망히 사라져가는구나. 글쎄 불길
> 하구나. 사랑해 주는 사람들과는 계속해서 헤어지는 사람이구나."라고 말
> 씀하셨다는 것을,

継母の北の方などの、「にはかなりし幸ひのあわたたしさ。あなゆゆし
や。思ふ人、かたがたにつけて別れたまふ人かな」とのたまひけるを、

(須磨②172)

무라사키노우에는 이와 같이 부친과 계모가 자신의 짧은 행운을 비
난한다는 소문을 듣고 참담한 심정이 되어, 겐지 이외에 의지할 사람이
없는 자신의 처지를 한심하게 생각한다. 여기서 '사랑해 주는 사람'과
헤어진다는 것은, 무라사키노우에가 어머니와 조모와 사별하고, 겐지와
도 생이별하게 되는 것을 말한다. 스즈키 히데오鈴木日出男는 이 대목을
무라사키노우에가 스스로 의붓딸이라는 것을 새삼스럽게 자각함으로써
인간존재에 대한 인식을 깊이 하고, 『겐지 이야기』에 있어서 계모자담
継母子譚의 교묘한 인용[33]이라 지적했다. 이후 계모는 무라사키노우에의
불운을 비난할 뿐만 아니라 히카루겐지에게도 냉담한 태도를 보이게 된
다. 즉 계모의 본처에 대한 질투가 의붓자식과 관계있는 사람에게로 확
산되고, 이후 무라사키노우에도 부친인 시키부쿄노미야에게 소식을 전
하지 않고 소원해 진다는 것이다. 무라사키노우에 이야기는 전형적인
계자담이지만, 입장이 바뀌어 무라사키노우에가 아카시노히메기미明石
姫君의 계모가 되었을 때에는 아카시노히메기미에게 따뜻한 애정으로
대한다. 즉 같은 계모의 입장이지만 사람에 따라 달라질 수 있다는 모
노가타리의 논리를 읽을 수 있다.

『겐지 이야기』 호타루螢 권에서 다마카즈라는 모노가타리物語에 열중
하여, 『스미요시 이야기』를 읽다가 주인공 스미요시住吉 아가씨가 계모
의 계략에서 벗어나 스미요시에 유리하게 되는 것을, 자신이 히젠肥前

---

33 鈴木日出男(1988), 『源氏物語への道』, 小学館, p.194.

(지금의 사가 현)에서 겪었던 고난과 비교하여 회상한다. 그리고 다마카즈라는 지금 육조원六条院에 들어와 히카루겐지의 보호를 받으며 행복하게 지내는 자신을 돌이켜보고 있다.

> 스미요시 아가씨가 여러 가지 어려움을 당한 당시는 물론이고, 현세의 세평도 각별히 훌륭한 것 같지만, 가조에노카미가 하마터면 스미요시 아가씨를 뺏으려고 했다는 이야기를, 그 다유노겐의 혐오스러움과 마음속으로 비교해 보신다.
> 住吉の姫君のさし當りけむをりはさるものにて、今の世のおぼえもなほ心ことなめるに、主計頭がほとほとしかりけむなどぞ、かの監がゆゆしさを思しなずらへたまふ。
> (蛍巻③210)

호타루 권에서 장마가 계속되어 무료한 때에, 이야기책에 열중하고 있던 다마카즈라는『스미요시 이야기』속의 스미요시 아가씨가 가조에노카미主計頭에게 당할 뻔했던 일과 자신이 규슈九州의 히젠에서 대부감大夫監에게 무리한 구혼을 강요받았던 때를 비교해 본다.『스미요시 이야기』의 스미요시 아가씨는 어울리지 않는 구혼을 받아 유리하게 되고,『겐지 이야기』의 다마카즈라는 계모의 학대로 인한 유리의 과정에서 무리한 구혼을 받게 된다는 것이 다른 점이다. 즉『겐지 이야기』스스로가 다마카즈라 이야기는『스미요시 이야기』를 변형한 형태로 전승한 화형으로 볼 수 있다. 이러한 이야기 끝에 히카루겐지는 딸인 아카시노히메기미에게 읽힐 책을 계모인 무라사키노우에의 입장을 고려하여 신중하게 선별한다.

계모의 심보 나쁜 옛날이야기도 많지만, 그것은 계모의 마음이란 이러

제2부 헤이안 시대의 교양과 생활

한 것이란 점을 나타내게 되어 좋지 않다고 생각하시어, 엄중히 선별하여 정서시키고 그림으로도 그리게 하시는 것이었다.

継母の腹きたなき昔物語も多かるを、心見えに心づきなしと思せば、いみじく選りつつなむ、書きととのへさせ、絵などにも描かせたまひける。 (蛍巻③216)

겐지源氏는 이에 앞서 아카시노히메기미에게 읽힐 모노가타리를 엄선해서 연애 이야기나 계자담 등은 배제하고, 정서하여 그림도 그려서 읽게 한다는 것이다. 히카루겐지가 이렇게까지 계자담은 제외하고 딸에게 읽히려고 하는 것은 무라사키노우에와 아카시노히메기미가 계모자 관계가 되는 것을 고려했기 때문일 것이다. 그리고 다마카즈라와의 '모노가타리物語 논쟁'(蛍③212)에서 허구의 모노가타리 속에 오히려 진실이 담겨 있다고 말한 의도도 선정방침에 적용되었을 것으로 생각된다.

마키바시라真木柱 권에서 히게쿠로髭黒 대장은 히카루겐지의 양녀인 다마카즈라를 후처로 맞이한다. 히게쿠로의 본처 시키부쿄노미야(무라사키노우에의 아버지)의 딸은 자신이 친정으로 가고나면 뒤에 남는 자식들이 걱정이 된다며 울며 탄식하는 장면에서, '계모'라는 용어는 나오지 않지만 계모에 대한 통념이 잘 나타나 있다.

옛날이야기 등을 보아도, 세상의 평범하고 깊은 애정을 가진 부모조차도 시대에 따라 사람의 기분이 변하고 박정하게 되어버리는 것입니다. 더욱이 부모 자식이라고 하는 형식만으로, 실제로 눈앞에서조차 옛날의 미련도 없이 완전히 박정하게 행동하는 대장(히게쿠로)의 기분으로는 애들을 위해서 아무런 힘도 되어 주지 않을 것입니다.

昔物語などを見るにも、世の常の心ざし深き親だに、時に移ろひ人に

從へば、おろかにのみこそはなりけれ。まして、型のやうにて、見る前に
だになごりなき心は、懸り所ありてももてないたまはじ。 （真木柱③372）

히게쿠로의 본처, 시키부쿄노미야의 장녀가 계모자 관계란 이런 것
이라는 당시의 통념을 단적으로 지적하고 있는 대목이다. 즉 본처의 딸
에 대한 부친의 애정도 후처와의 생활이 길어지면 옅어지게 마련이라는
논리와 사회적 인식을 이야기하고 있는 것이다. 히게쿠로와 다마카즈라
의 결혼으로 인하여 히게쿠로의 본처는 부삽의 재를 남편인 히게쿠로에
게 끼얹고 친정으로 돌아가 버린다. 이로 인해 시키부쿄노미야의 정처
는 더욱 더 히카루겐지와 무라사키노우에를 적대시하고 원망하게 된다.
이때 시키부쿄노미야의 정처는 남편에게, 히카루겐지가 의붓자식 다마
카즈라를 들여 성실하고 바람 따위는 피울 것 같지 않은 히게쿠로의
마음을 교묘하게 사로잡아 결혼시킨 것이 얼마나 얄미운 짓이냐고 비난
하며 증오를 폭발한다. 즉 시키부쿄노미야의 본처는 질투의 대상을 무
라사키노우에의 친모, 무라사키노우에, 히카루겐지, 다마카즈라의 순으
로 확산시키고 있는 셈이다.

우키후네 이야기가 다른 계자담과의 차이는 우키후네를 학대하는 사
람이 계모가 아니고 계부라는 점이다. 우키후네는 하치노미야八の宮의
딸로 태어나지만, 어머니의 신분이 낮다는 이유로 딸로서 인정받지 못
한다. 그러자 우키후네의 친모 추조中将는 히타치노스케常陸介와 재혼하
게 되고, 우키후네는 계부인 히타치노스케로부터 갖가지 구박을 받게
된다. 이에 어머니 추조는 우키후네를 위로하고 신분상승을 위해 이복
언니인 나카노키미中の君에게 맡긴다.

아즈마야東屋 권에서 이복 언니 나카노키미의 집에 몸을 의탁하고 있

던 우키후네는 언니의 남편인 니오미야勾宮의 침입에 놀라 다시금 자신의 운명을 비관한다. 이에 유모는 부친이 살아 있는 것보다 모친이 살아 있는 것이 더 좋다고 하며 다음과 같이 우키후네를 위로한다.

> 왜 그렇게 고민하십니까. 어머니가 계시지 않은 사람이야말로 의지할 곳 없이 슬프겠지요. 세상 사람들은 아버지가 없는 사람은 정말 한심할 것이라고 생각하겠지만, 마음씨 나쁜 계모에게 미움을 받는 것보다 이쪽이 훨씬 마음이 편합니다. 어머니가 어떻게든 해 주시겠지요.
>
> 何かかく思ふ。母おはせぬ人こそ、たづきなう悲しかるべけれ。よそのおぼえは、父なき人はいと口惜しけれど、さがなき継母に憎まれんよりはこれはいとやすし。ともかくもしたてまつりたまひてん。　　　(東屋⑥67)

유모는 계모에 대한 일반적인 통념을 들어, 친어머니가 계시고 하쓰세初瀬 관음이 도와주는데 무슨 걱정이냐며 우키후네에게 기죽을 필요가 없다고 위로한다. 그러나 우키후네의 일생은 이름 그대로『겐지 이야기』가 대단원을 맺을 때까지 유리가 계속되어, 귀종유리담과 계자담의 화형이 짙게 투영되어 있는 이야기로 전개된다. 이후 우키후네가 우지가와宇治川에서 투신자살을 기도했다가 구출되었을 때, 간호하던 비구니들이 다음과 같은 대화를 한다.

> 어떻게 그런 시골 사람이 사는 곳에 이렇게 신분이 높은 사람이 방황하고 있었던 것일까. 신사나 절에 참배를 하러 갔던 사람이, 병이든 것을, 계모 같은 사람이 흉계를 꾸며 버리게 한 것일까, 라는 식으로 추리를 해 보는 것이었다.
>
> いかで、さる田舎人の住むあたりに、かかる人落ちあぶれけん、物詣

などしたりける人の、心地などわづらひけんを、継母などやうの人のたば
かりて置かせたるにやなどぞ思ひ寄りける。　　　　　　　　　　(手習⑥291)

비구니들의 심리에는 당시의 계모자 관계는 이런 것이라는 일반적인
통념이 담겨 있다. 즉 계모는 의붓자식을 버릴 수도 있다는 전형적인
계자담의 묘사에서 당시의 계모에 대한 공통의 인식을 읽을 수 있다.

한편 『겐지 이야기』 가게로蜻蛉 권에는 선행 계모 학대담의 클라이
맥스에서 성적인 학대를 묘사한 이야기를 인용한 전형적인 유형이 등
장한다.

　　올 봄에 돌아가신 시키부쿄노미야의 따님을 계모인 정처가 특별히 생
　　각해주지도 않고, 정처의 오빠인 우마노카미가 인품도 별로인데 마음을
　　두고 있는 것을 불쌍하게도 생각하지 않고 결혼시키려고 약속을 했다는
　　이야기를 아카시 중궁이 연고를 통해 들으시고,
　　　　この春亡せたまひぬる式部卿宮の御むすめを、継母の北の方ことにあ
　　ひ思はで、兄の馬頭にて人柄もことなることなき心かけたるを、いとほし
　　うなども思ひたらで、さるべきさまになん契る、と聞こしめすたよりあり
　　て、　　　　　　　　　　　　　　　　　　　　　　　　　　(蜻蛉⑥263)

아카시 중궁明石中宮은 고 시키부쿄노미야의 딸을 계모가 학대하며 구
박하고, 나이도 인품도 어울리지 않는 계모의 오빠 우마노카미馬頭와 결
혼시키려 한다는 이야기를 듣고 궁중에 출사시킨다. 여기서 아카시 중
궁은 비호자의 입장에서 아가씨가 싫어하는 구혼자에게서 구원을 해 주
는 사람이다.

계모의 오빠인 사람은 『스미요시 이야기』에서의 가조에노카미나 『오

치쿠보 이야기』에서의 덴노야쿠노스케典藥助와 같은 위상의 남자이고, 쓰쿠시筑紫에서 다마카즈라에게 무리한 구혼을 했던 대부감과 같은 인물이다. 이와 같이 『겐지 이야기』는 표현이나 인물조형에서 전기 계자담을 변형하고 패러디화한 화형이 반복된다는 것을 확인할 수 있다.

5. 결론

이상에서 세계적으로 분포된 계자담의 유형이 어떻게 패러디화하고, 헤이안 시대의 화형과 당시의 통념은 어떻게 표현되고 전승되어 왔는가를 고찰해 보았다. 계자담은 세계적으로 많은 유화가 화형과 표현이 변형되고, 초극超克된 형태로 전승되어 왔다고 할 수 있다. 헤이안 시대의 계자담은 결혼 전후의 소년 소녀들이 통과의례의 문학으로 읽었을 것으로 생각된다. 또한 오리쿠치 시노부折口信夫가 지적한 것처럼 계자담이 귀종유리담의 화형으로도 읽혔을 것이다. 신화 전설에서 모노가타리物語 문학에 이르기까지 주요 등장인물 중 고난과 유리를 겪지 않은 주인공은 없을 것이다.

계자담에서 실화사건失靴事件의 모티프가 서양의 신데렐라담과 중국, 한국의 화형話型에는 있으나, 일본의 계자담에는 나오지 않고 남녀의 연애를 중심으로 인간관계가 묘사된다. 그리고 헤이안 시대의 계자담은 일부다처제의 혼인제도와 남녀의 인간관계에 따라 계모에 대한 통념과 학대의 방법에 패러디화가 진행된다는 것을 확인할 수 있었다. 즉 계자담에서 계모의 심성을 '마음씨 나쁜', '성질이 좋지 않은', '대단히 비열한' 등으로 나타낸 표현이 유형적으로 나타난다. 또한 계모학대의 절정에서 의붓딸을 가조에노카미主計頭나 덴노야쿠노스케典薬助, 대부감大夫監과 같이 서로 어울리지 않은 인물과 결혼시키려는 시도가 나타난다. 이는 소년소녀들이 계자담을 읽을 때, 주인공이 성적인 학대로부터 탈출하여 귀공자를 만나 행복해지는 것에서 통과의례를 치르고 재생의 기쁨을 느끼는 것으로 공감하지 않았을까 생각된다.

계자담의 기본 형식은 의붓자식의 고난과 시련이 끝나면 해피 엔드로 결말을 맺게 된다는 것이 공통된 유형이다. 헤이안 시대의 모노가타리 문학의 경우는 구혼자가 나타난 이후 남녀의 사랑 이야기에 중점이 있는 데 비해, 중세 이후의 모노가타리나 동화, 옛날이야기 등에서는 계모의 박해와 계자의 유리 과정, 복수 등에 더 비중이 실려 있다. 특히 『겐지 이야기』와 같은 모노가타리 문학에서는 계모에 대한 통념이 유형적으로 전해지고 있지만, 무라사키노우에와 아카시노히메기미, 다마카즈라와 마키바시라의 관계처럼 계모와 의붓딸이 오히려 더 친밀해지는 경우도 있었다.

헤이안 시대의 모노가타리에 나오는 계자담은 중세 소설이나 옛날이야기와도 다르고 실화사건의 모티프도 나오지 않는다. 결론적으로 서양의 신데렐라담에 더 가까운 화형은 실화사건이 나오지 않는다 하더라도 중세의 소설이나 동화, 옛날이야기 계통이라 할 수 있다. 즉 헤이안 시대의 계자담은 대체로 남녀의 연애담 속에 전승되었기 때문에 계모에 대한 학대와 복수보다는 남녀의 사랑을 중심으로 묘사되었다는 것을 알 수 있다.

제3장
여성의
참배 여행과 공간

● ● ●

1. 서론

　헤이안 시대의 귀족들은 주로 교토에 살았지만 지방관으로 임명되거나 유배 혹은 참배를 가는 경우에는 먼 길을 이동했다. 특히 헤이안 시대의 일기나 모노가타리物語에는 남녀 귀족들이 이시야마데라石山寺, 기요미즈데라淸水寺, 스미요시 신사住吉神社, 하세데라初瀨寺 등에 참배 여행을 다닌 것을 일생일대의 큰 체험으로 기술하고 있다. 그리고 귀족들은 신사나 절에 참배를 가는 경우 말이나 우차牛車를 이용하기도 했지만 도보로 이동하여 특별한 영험을 기원하는 경우도 있었다. 그런데『겐지 이야기源氏物語』에서 이러한 참배 여행은 단순한 여행이나 공간이동으로 끝나는 것이 아니라 이후의 모노가타리의 주제에서 중요한 모티브가 되거나 주제의 전개에 계기를 제공한다.

　『마쿠라노소시枕草子』201단에는 대표적인 사찰의 하나로 이시야마데라를 지적했고, 116, 213, 225, 241단에는 기요미즈데라에 참배한 것을 기술하고 있다. 그리고 36, 110, 212, 一本 27단에는 하세데라 참배를 기술하고, 269단에는 신사의 종류로 마쓰오松尾, 야하타八幡, 오하라

노大原野, 가스가春日, 히라노平野, 가모賀茂, 이나리稲荷 등이 각각 영험 있고 훌륭하다고 지적했다. 특히 36단에는 '하세데라에 참배하러 가는 도중에初瀬に詣でしに'[1] 보게 된 이와레磐余, 니에노贄野 연못의 아름다움을 이야기하고 있다. 그리고 一本 27단에서, '하세데라에 참배하여 방에 앉아 있는데 신분이 낮은 자들이 옷자락을 길게 늘어뜨리고 앉아 있는 모습은 거슬린다고 생각했다. 初瀬に詣でて、局にゐたりしに、あやしき下臈どもの、うしろをうちまかせつつゐ並みたりしこそ、ねたりしが'(p.465)라고 기술한 것을 보면, 세이쇼나곤淸少納言이 신분이 낮은 사람들이 하세데라에 참배하는 것을 좋지 않게 보았다는 것을 알 수 있다.

『가게로 일기蜻蛉日記』에는 작자 미치쓰나의 어머니道綱母가 이시야마데라, 기요미즈데라, 하세데라 등에 참배하는데, 우지인宇治院, 가스가타이샤春日大社, 아스카데라飛鳥寺 등에 숙박하며 하세데라로 가는 과정을 면밀히 기술하고 있다. 특히 엔유円融 천황 덴로쿠天祿 2년(971)에 시녀가 '이번에는 은밀히 하세데라에 참배하세요. 初瀬に、このたびは忍びたるやうにて思し立てかし'[2]라고 권한다. 이에 미치쓰나의 어머니는 작년에 자신의 운명을 확인하려는 비장한 결심으로 참배했던 '이시야마데라의 영험을 지켜본 연후에 봄이 되면 출발하지. 石山の仏心をまづ見果てて、春つかたさもものせむ'(p.265)라고 답하는 것으로 보아 참배를 하면 반드시 영험을 기대했다는 것을 알 수 있다. 『사라시나 일기更級日記』의 작자 스가와라다카스에菅原孝標의 딸도 우즈마사太秦, 고류지広隆寺, 하세데라, 이시야마데라, 구라마데라鞍馬寺 등에 참배했던 것을 기술하고 있다. 특히 39세

---

1 松尾聡 他校注(1999), 『枕草子』, ≪新編日本古典文学全集≫ 18, 小学館, p.88. 이하 『枕草子』의 인용은 ≪新編全集≫의 쪽수를 표기함. 필자 역.
2 木村正中 他校注(1995), 『土佐日記 蜻蛉日記』, ≪新編日本古典文学全集≫ 13, 小学館, p.264. 이하 『蜻蛉日記』의 인용은 ≪新編全集≫의 쪽수를 표기함. 필자 역.

가 되는 1046년 10월 25일에 교토를 출발하여 10월 27일에 '하쓰세가와 등을 건너 그날 밤에 하세데라에 도착했다. 初瀨川などうち過ぎて、その夜寺に詣で着きぬ'[3]라고 하여 하쓰세에 이르는 일정을 면밀히 기술하고 있다. 그리고 3일간 참배한 후, 나라자카奈良坂 근처의 작은 집에 숙박하며 무서워서 잠을 이루지 못했던 일, 폭풍우가 치는 날 우지가와宇治川를 건넜던 일, 귀경길의 체험도 자세히 기술하고 있다. 이와 같이 헤이안 시대 일기에는 자신들의 소원성취를 위해 일생일대의 참배 여행을 한 경험을 면밀히 기술하고 있다.

일기 문학뿐만이 아니라 『이세 이야기伊勢物語』60단의 '귤꽃花橘'은 참배를 위한 여행이 아니지만 주인공 남자가 멀리 규슈의 우사宇佐 신궁을 감독하는 관리로 파견되어 가는 도중에, 집을 나간 아내와 재회하지만 결국 헤어진다는 이야기이다. 그리고 『야마토 이야기大和物語』168단 '승복苔の衣'는 헨조遍照(816~890)가 출가하여 여인을 멀리하고 하세데라에서 수행하고 있을 때 아내가 찾아가지만 끝내 만나지 않는다는 이야기이다. 닌묘仁明(833~850) 천황 대에 헨조가 출가하기 전 요시미네 무네사다吉岑宗貞 소장이었을 무렵, 대단한 이로고노미라는 말을 들었으나 모시던 천황이 죽자 아무 말도 없이 출가하여 은둔해 버렸다. 이에 헨조의 '여자는 하세데라에 참배하여初瀨の御寺に、この妻まうで',[4] 살아 있는 동안 단 한 번이라도 남자를 만나게 해달라고 관음보살에 기원을 올렸다. 이때 마침 법사가 된 헨조는 이 절에서 참선을 하고 있었지만 끝내

---

3 犬養廉 他校注(1994), 『和泉式部日記 紫式部日記 更級日記 讚岐典侍日記』, ≪新編日本古典文学全集≫ 26, 小学館, p.345. 이하 『更級日記』의 인용은 ≪新編全集≫의 쪽수를 표기함. 필자 역.

4 高橋正治 他校注(1999), 『竹取物語 伊勢物語 大和物語 平中物語』, ≪新編日本古典文学全集≫ 12, 小学館, p.404. 이하 본문 인용은 ≪新編全集≫의 쪽수를 표기.

여자를 만나지 않았다는 것이다. 여자는 나중에 보내 온 와카를 보고 비로소 남자가 출가했다는 것을 알았지만 어디에 있는지는 알 수 없어 찾지 못했다는 것이다. 그리고 후일담으로 오노노 고마치小野小町가 연초에 기요미즈데라에 참배하여 헨조의 독경을 들었다는 등의 일화가 이어진다. 이와 같이 모노가타리에서도 참배 여행은 남녀의 만남이나 이별, 재회 등을 묘사하는 중요한 공간으로 기술되고, 참배한 인물이 영험을 기대함으로써 주제를 선점하는 복선이 된다.

『겐지 이야기』에 나타난 참배 여행과 관련한 연구로는 다음과 같이 다양한 분석이 있다. 우선 일반적인 참배 여행에 관해서는 하세 아키히사長谷章久,[5] 시마우치 게이지島内景二,[6] 세토우치 자쿠초瀬戸内寂聴,[7] 세키네 겐지関根賢司,[8] 다카하시 분지高橋文二,[9] 「여행과 일기旅と日記」의 특집[10] 등의 논문이 있다. 그리고 이시야마데라石山寺의 참배에 관해서는 미타니 에이이치三谷栄一,[11] 나가이 가즈코永井和子[12]가 있고, 스미요시 신사住吉神社의 참배에 대해서는 아베 아키오阿部秋生,[13] 가이 무쓰로우甲斐睦朗,[14] 히나타 가즈마사日向一雅,[15] 김종덕金鍾德,[16] 한정미韓正美,[17] 이시하라 쇼

5 長谷章久(1979), 「源氏物語の風土」, 『源氏物語講座』 5巻, 有精堂.
6 島内景二(1987), 「旅とその話型」, 『王朝物語必携』, 学灯社.
7 瀬戸内寂聴(1994), 『歩く源氏物語』, 講談社.
8 関根賢司(1991), 「都と鄙」, 『源氏物語講座』 5巻, 勉誠社.
9 高橋文二(1989), 「道行としての物語」, 『源氏物語の探求』 14, 風間書房.
   _____(2002), 「みちゆきたん道行譚」, 『源氏物語事典』, 大和書房.
10 特集「旅と日記」(2006.7), 『国文学』, 学燈社.
11 三谷栄一(1967), 『物語史の研究』, 有精堂.
12 永井和子(1981), 「空蝉再会」, 『講座源氏物語の世界』 4, 有斐閣.
13 阿部秋生(1975), 「須磨明石の源氏」, 『源氏物語研究序説』, 東京大学出版会.
14 甲斐睦朗(1980), 「住吉詣」, 『講座源氏物語の世界』 4, 有斐閣.
15 日向一雅(1989), 「玉鬘物語の流離の構造」, 『源氏物語の王権と流離』, 親典社.
16 金鍾德(2002), 「光源氏의 須磨流離와 王権」, 『日語日文学研究』 40집, 韓國日語日文学会.

헤이石原昭平[18] 등의 연구가 있다. 하세데라初瀬寺(長谷寺)의 참배 여행과 관련해서는 모리모토 시게루森本茂,[19] 야나이 시게루柳井滋,[20] 기타니 마리코木谷真理子,[21] 아사오 히로요시浅尾広良[22] 등의 고찰이 있다.

본고에서는 상기의 연구 성과를 참고하면서 헤이안 시대의 대표적인 모노가타리 작품인 『겐지 이야기』에 나오는 등장인물의 참배 여행이 이야기의 주제와 화형話型에 어떤 기능과 역할을 하고 있는가를 고찰하고자 한다. 특히 『겐지 이야기』의 장편 주제를 구성하고 있는 겐지源氏의 이시야마데라 참배와 아카시明石 일족의 스미요시 신사 참배, 다마카즈라玉鬘와 우키후네浮舟의 하세데라 참배를 중심으로 고찰하고자 한다. 또한 『겐지 이야기』에 나타난 참배 여행의 분석을 통해 영험담이 주제에 미치는 의의와 작의를 규명하고자 한다.

2. 히카루겐지光源氏와 이시야마데라

『가게로 일기』나 『사라시나 일기』의 작자들이 참배했던 이시야마데라는 비와코琵琶湖에 면한 오쓰大津 시 이시야마石山에 있다. 교토京都에서 이시야마데라로 가는 길은 대체로 3조 아와다구치粟田口에서 오사카야마逢坂山의 관문을 넘어 비와코 호반을 따라 남하하는 길을 선택했다.

---

17 韓正美(2007), 「澪標·若菜下巻における住吉詣」, 『日本言語文化』 10집, 韓国日本言語文化学会.
18 石原昭平(2002), 「住吉」, 『源氏物語研究集成』 10, 風間書房.
19 森本茂(1981), 「初瀬詣」, 『講座源氏物語の世界』 5, 有斐閣.
20 柳井滋(1984), 「初瀬の観音の霊験」, 『講座源氏物語の世界』 9, 有斐閣.
21 木谷真理子(2002), 「初瀬」, 『源氏物語研究集成』 10, 風間書房.
22 浅尾広良(2002), 「長谷寺の霊験」, 『源氏物語事典』, 大和書房.

이시야마데라의 연기縁起에는 도다이지東大寺 대불 건립의 모금을 위해 쇼토쿠 태자聖徳太子의 지불持仏인 여의륜관음如意輪観音을 로벤良弁 승정僧正이 안치한 것이 그 시초라고 한다. 이후 762년에 지불을 속에 넣은 관음상을 만들었고, 증개축을 거쳐 지금은 다이고지醍醐寺에 속한다고 한다.[23] 특히 무라사키시키부紫式部는 이시야마데라에 기원하여 『겐지 이야기』의 스마須磨·아카시明石 권을 기술한 것으로 유명한데, 『가카이 쇼河海抄』[24]에는 비와코에 보름달이 아름답게 비치는 것을 보고 '오늘 밤은 보름이었구나. 今宵は十五夜なりけり'[25](須磨②202)라는 대목을 구상했다고 지적했다.

『겐지 이야기』 세키야関屋 권에서 겐지는 스마 아카시에서 귀경한 다음 해, 이시야마데라에 참배를 가다가 우연히 오사카逢坂의 관문에서 귀경하는 우쓰세미空蟬 일행과 조우하게 된다.

우쓰세미 일행이 관문에 들어간 날은 마침 겐지 대신이 이시야마데라에 소원성취의 참배를 가는 날이었다. 도읍에서 기이 수령의 아들들과 마중 나온 사람들이 겐지 대신이 이렇게 참배한다는 것을 알려 주었다. 그래서 아마도 길이 혼잡할 것이라 예상하고 이른 아침부터 서둘렀지만, 여자 가마가 많고 길 가득히 천천히 움직였기 때문에 한낮이 되었다.

関入る日しも、この殿、石山に御願はたしに詣でたまひけり。京より、かの紀伊守などいひし子ども、迎へに来たる人々、この殿かく詣でたまふべしと告げければ、道のほど騒がしかりなむものぞとて、まだ暁より

23 清水好子(1973), 上揭書, p.225.
　　鷲尾降輝(1990), 『石山寺と紫式部-源氏物語の世界』, 大本山 石山寺.
24 玉上琢弥 編(1978), 『紫明抄 河海抄』, 角川書店, p.186.
25 阿部秋生 他校注(1994), 『源氏物語』 2, ≪新編日本古典文学全集≫, 小学館, p.202.
　　이하 『源氏物語』의 인용은 ≪新編全集≫의 권명, 권수, 쪽수를 표기.

急ぎけるを、女車多く、ところせうゆるぎ来るに、日たけぬ。

(関屋②359)

우쓰세미는 남편 히타치 수령常陸守을 따라 아즈마東国로 내려가 있다
가, 수령의 임기가 끝나자 함께 도읍으로 상경하는 길이었다. 하하키기
帚木 권에서 겐지는 집으로 가는 방위가 불길하다 하여 묵은 기이紀伊
수령의 집에서 하루 밤 지내는 동안에 이요노스케伊予介의 부인 우쓰세
미와 관계를 맺는다. 이후 겐지는 다시 우쓰세미를 찾아가지만, 우쓰세
미는 강하게 거부하고 웃옷만 남겨 두고 잠자리를 빠져나간다. 이에 겐
지는 노키바노오기軒端荻를 우쓰세미로 착각하여 관계를 맺는다. 세키야
권의 상기 인용문은 우쓰세미와의 재회담인데 이시야마데라의 참배를
계기로 그렸다는 점에 주목할 필요가 있다고 생각된다.

그리고 겐지가 '이시야마데라의 참배를 마치고 귀경할 때石山より出で
たまふ御迎へに'(関屋②361)에는 우에몬노스케右衛門佐가 마중을 나왔다고
되어있다. 이 우에몬노스케는 히타치 수령의 아들로 겐지의 은혜를 입
었으나, 겐지가 스마·아카시로 퇴거했을 무렵에 다소 소원한 관계였지
만, 겐지는 이를 개의치 않고 너그럽게 받아 준다. 겐지는 이시야마데라
참배길에 해후한 우쓰세미와 와카를 증답한다. 도읍으로 돌아온 우쓰세
미는 남편과 사별한 후, 의붓아들인 가와치 수령河内守이 은근히 구애를
시작하자 자신의 박복함을 한탄하며 출가를 단행한다. 이후 6년이 지난
다마카즈라玉鬘 권, 하쓰네初音 권에는 우쓰세미가 겐지의 저택 이조원
으로 들어가 비호를 받고 있다는 기술이 나온다.

다음은 마키바시라真木柱 권에서 히게쿠로髭黒 대장이 이시야마데라에
다마카즈라와 결혼하게 해 달라는 기원을 올린다는 기술이다.

히게쿠로 대장은 이시야마데라의 부처님께도 벤 님에게도 기원을 드리고 싶은데, 아가씨가 아주 기분이 상해 싫어하기 때문에 찾아가지도 못하고 집안에 들어박혀 있었다. 정말이지 많은 구혼자들을 보아왔지만 결국 마음에 없는 사람을 위해 이시야마데라 관음의 영험이 나타난 것입니다.

　　石山の仏をも、辯のおもとをも、並べて頂かまほしう思へど、女君の深くものしと思し疎みにければ、えまじらはで籠りゐにけり。げに、そこら心苦しげなることどもを、とりどりに見しかど、心浅き人のためにぞ、寺の驗もあらはれける。

　　　　　　　　　　　　　　　　　　　　　　　　　（真木柱③349）

히게쿠로는 다마카즈라의 마음을 얻기 위해서 이시야마데라와 자신을 도와주는 벤에게도 기원을 올릴 각오를 다진다는 것이다. 그리고 이어지는 화자(語り手)의 표현에서도 이렇게 두 사람이 맺어진 것이 사실은 이시야마데라 관음의 영험이라고 지적했다. 즉 마키바시라 권의 서두에는 히게쿠로가 시녀 벤을 통해 이미 다마카즈라와 관계를 맺은 것이 기정사실인 것처럼 기술하고 있다. 한편 겐지 자신은 다마카즈라에게 관심도 있었지만, 궁중의 나이시노카미尚侍로 출사시키려고 했는데 정처가 있는 히게쿠로와 맺어진 예상하지 못한 결과가 마음에 들지 않았지만 어쩔 수가 없었다. 즉 다마카즈라가 계획에 없던 상대와 결혼한 것이 결과적으로 이시야마데라의 영험이라고 하는 화자의 표현은 곧 작자의 모노가타리 작의로 볼 수 있다.

우키후네浮舟 권에서 니오미야匂宮는 가오루薰로 위장하여 우키후네浮舟와 관계를 맺고, 다음 날도 돌아가지 않자 시녀 우콘右近이 고민 끝에, '하쓰세의 관음보살님 오늘도 무사히 지내게 해 주십시오. 初瀬の観音、今日事なくて暮らしたまへ'(浮舟⑥129)라는 기원을 올린다. 우콘은 지난밤에 니오미야를 가오루로 착각하여 우키후네의 방으로 인도한 것을 후회하며 이 위기를 넘기려고 갖가지로 고심을 하는 중이었다. 그런데 문제는 니오미야가 우콘에게, '정말 분별없는 행동이라 생각하겠지만, 오늘은 아무래도 돌아가지 못할 것 같아요. いと心地なしと思はれぬべけれど、今日はえ出づまじうなむある'(浮舟⑥126)라고 하며, 다음날도 가지 않겠다고 하는 것이었다. 이러한 상황을 타개하기 위해 우콘은 다른 뇨보들에게 우키후네의 기분이 좋지 않다고 하며 접근을 막았다. 우콘은 날이 밝자 방 앞에 '금기物忌み'라는 부적을 붙이고, 우키후네의 어머니가 수레를 보내오자, '엊저녁부터 월경이 시작되시고昨夜より穢れさせたまひて', '꿈자리가 사나워夢見騷がしく'(浮舟⑥131) 등의 이유를 대며 오늘은 이시야마데라에 참배를 할 수 없다는 편지를 보낸다.

여성이 월경으로 이시야마데라에 참배를 미루는 예는 『오치쿠보 이야기落窪物語』 권1에도 나온다. 즉 중납언 일가가 '소원성취의 기념으로 이시야마데라에 참배하는데古き御願はたしに、石山に詣でたまふに',[26] 계모는 오치쿠보노키미만 남겨 두고 시녀 아코기를 데려고 가려 한다. 이에 아코기는 오치쿠보노키미를 가엽게 생각하여 계모에게 '갑자기 월경이 시작되었어요. にはかにけがれはべりぬ'(p.31)라는 핑계를 대며 따라가지 않는다. 계모는 아코기가 오치쿠보노키미를 생각하여 안 가려고 한다며 화를 내지만, 아코기는 갑자기 이런 경우도 있다며 적당히 둘러댄다. 헤이안 시대의 여성은 월경이 시작되면 불결하다고 해서 신불神佛에 참배하지 못하게 되어 있었다. 상기 『겐지 이야기』의 우키후네 권에서 가오루로 위장했던 니오미야는 도읍의 이조원으로 돌아가, '이시야마데라 참배도 취소하고 정말 무료한石山もとまりて、いとつれづれ'(浮舟⑥141)

26 三谷栄一 他校注(2000), 『落窪物語 堤中納言物語』, ≪新編日本古典文学全集≫ 17, 小学館, p.30. 이하 『落窪物語』의 인용은 ≪新編全集≫의 쪽수를 표기.

나날을 보내는 우키후네에게 구구절절한 심정을 편지로 적어 보낸다.

이후 우키후네와 니오미야는 불안해하면서도 만남이 이어지고, 가오루는 이를 전혀 눈치 채지 못한 채 우키후네를 도읍으로 맞이할 채비를 한다. 그때 우키후네의 어머니 주조노키미中将君가 우지로 찾아와 '얼마나 좋지 않은 건지. 이시야마데라 참배도 취소하고いかなる御心地ぞと思へど、石山とまりたまひにきかし'(浮舟⑥164)라고 하자, 우키후네는 더욱 더 괴로운 심정으로 눈을 감는다. 이윽고 사건의 진상을 알게 된 가오루가 우키후네를 힐난하고 주변의 경비를 강화했다. 이를 느낀 우키후네는 번민이 깊어가는 가지만, 시녀 우콘은 '어느 쪽이든 아무 탈 없이 하게 해달라며 하세데라와 이시야마데라 등에 기원을 올린다. とてもかくても、事なく過ぐさせたまへと、初瀬石山などに願をなむ立てはべる'(浮舟⑥180)라는 식으로, 오로지 주인의 영화를 위해서만 기원을 올린다. 그리고 우콘은 우키후네에게 아즈마에 있는 자신의 언니 예를 들며 어느 쪽이든 신분과 경제적으로 안정되고 사랑하는 사람과 결혼을 하면 된다는 생각을 피력한다. 즉 이러한 경우에도 기원을 들어주는 부처님은 하세데라나 이시야마데라의 관음을 연상한다는 것을 알 수 있다.

가게로蜻蛉 권에는 '가오루 대장은 출가한 온나산노미야가 병환을 앓고 있어 이시야마데라에 참배하여 기원을 올리고 있었다. 大将殿は、入道の宮の悩みたまひければ、石山に籠りたまひて、騒ぎたまふころなりけり'(蜻蛉⑥214)라고 하여, 이시야마데라에 참배하는 기술이 나온다. 이때 우지에서는 우키후네가 행방불명이 되고, 우콘은 우키후네가 우지가와에 투신자살했을 것으로 확신한다. 우콘과 우키후네의 어머니 주조노키미는 우키후네의 시체가 없는 채로 장례를 치른다. 이시야마데라에서 이 소식을 들은 가오루는 망연자실하여 자신이 장례를 집행하지 못한 것을 아

146

쉬워한다. 가오루는 어머니의 병환이 쾌유되기를 기원하며 참배하는 중이었기에 괴로워하며 심복인 대장대보大藏大輔를 보내 문상한다. 그리고 가오루는 자신이 이러한 남녀의 사랑에 대해서 대단히 슬픈 체험을 하게 될 숙명이었다고 하며 이시야마데라에서 불도수행에 전념한다.

가오루는 이시야마데라에서 우키후네가 실종(실제로는 투신자살 기도)되었다는 이야기를 듣고 자신의 숙명을 생각한다. 그리고 가오루는 오이기미와 닮은 우키후네의 용모를 생각하며 좀 더 적극적이지 못했던 자신의 태도를 후회한다. 이와 같이 겐지와 히게쿠로, 우콘, 가오루의 이시야마데라 참배는 등장인물의 인간관계와 모노가타리의 주제를 선점하며 작의가 된다는 것을 확인할 수 있었다.

3. 아카시 일족明石—族과 스미요시 신사

『겐지 이야기』에 등장하는 신사로는 스미요시 신사住吉神社, 가모 신사賀茂神社, 이세 신궁伊勢神宮, 야하타노미야八幡宮, 마쓰라노미야松浦宮, 하코자키구箱崎宮 등이 있다. 이중에서 가장 큰 비중이 있는 신사로는 겐지와 아카시明石 일족이 소원 성취를 이룬 후 참배하는 스미요시 신사이다. 아오이葵 권에서 가모 신사의 재원斎院이 결재하는 날 겐지의 행렬을 보려는 우차의 자리다툼에서 아오이노우에葵上에게 밀려난 로쿠조미야스도코로六条御息所는 재궁이 된 딸과 함께 이세 신궁으로 내려간다. 한편 다마카즈라玉鬘 권에서 규슈九州에서 상경한 다마카즈라는 부모를 찾기 위해 먼저 야하타노미야에 기원을 올린다. 이하 『겐지 이야기』의 신사 참배 중에서 겐지와 아카시 일족이 오사카大阪의 스미요시 신사에 참배하는 것이 모노가타리의 장편적 구상과 어떤 영향 관계에 있는가를 살펴보고자 한다.

스마須磨 권에는 아카시뉴도明石入道가 하리마播磨의 수령을 끝으로 딸 아카시노키미明石君에 대한 큰 야심을 품고 스미요시 신사에 참배시킨다는 이야기가 나온다.

> 자신의 신분을 한심하게 생각하고 체념하여, '신분이 높은 사람은 자신과 같은 여성을 사람 축에 넣어주지도 않을 것이다. 그렇지만 신분에 어울리는 결혼은 결코 하지 않을 것이다. 오래 살아 자신을 소중히 생각하는 부모가 먼저 돌아가시면 비구니가 되어야지. 바다 속이라도 뛰어 들어야지.'라고 생각하고 있었다. 아카시노키미의 아버지는 딸을 대단하게 양육하여 매년 두 번씩 스미요시 신사에 참배시키는 것이었다. 속으로 스미요시 신의 영험을 기대하고 있었던 것이다.
>
> 身のありさまを、口惜しきものに思ひ知りて、高き人は我を何の数にも思さじ、ほどにつけたる世をばさらに見じ、命長くて、思ふ人々におくれなば、尼にもなりなむ、海の底にも入りなむなどぞ思ひける。父君、ところせく思ひかしづきて、年に二たび住吉に詣でさせけり。神の御しるしをぞ、人知れず頼み思ひける。 (須磨②212)

아카시뉴도는 부인에게 겐지의 스마 퇴거를 딸 아카시노키미의 숙명과 연계시키고, 딸과 겐지를 꼭 결혼시키겠다며 스미요시 신에게 기원을 올린다. 이에 대해 부인은 겐지가 도읍에 신분이 높은 부인들이 있어 지방의 수령 신분인 아카시노키미에게 관심이 없을 것이고, 처음부터 죄를 지은 사람과 딸을 결혼시키는 것에 대해 맹렬하게 반대한다. 그러나 아카시노키미 본인은 뉴도의 뜻에 따라 부모가 먼저 돌아가시면 비구니가 되고 바다에 투신자살이라도 하겠다는 각오를 하고 있다. 아카시뉴도는 자신의 소원 성취를 기원하기 위해 매년 두 번씩 스미요시 신사에 참배를 해 왔다고 한다. 결국 아카시뉴도는 스미요시 신의 영험으로 딸을 겐지와 결혼시켜 훗날 황후가 될 외손녀를 얻게 되었다고 생각한다.

미오쓰쿠시澪標 권에서 겐지는 스마·아카시에서 내대신으로 복귀한 후, 아카시노키미와 헤어진 지 1년 만에 스미요시 신사 참배 길에서 조우하게 된다. 겐지는 발해인의 예언, 꿈의 해몽, 숙요의 예언이 실현될 것을 기원하기 위해, 아카시노키미는 딸을 출산하고 스미요시 신사에 감사의 참배를 올리려 가는 길이었다. 앞서 겐지는 스마·아카시에 퇴거해 있다가 권대납언으로 복귀하면서 나니와難波 해변에서 불제를 하고, '무사히 귀경하게 되면 스미요시 신사에도 소원성취의 답례를 올리겠다는 뜻 住吉にも、たひらかにていろいろの願はたし申すべきよし'(澪標②272)을 부하를 보내 전한 바 있었다. 이 우연한 만남에서 아카시노키미는 내대신 겐지의 위세에 눌려 자신의 초라함을 절감하고 배를 돌려 아카시로 돌아가 버린다.

후지노우라바藤裏葉 권에서 겐지는 아카시노키미가 낳은 딸 아카시노히메기미明石姬君를 동궁비로 입궐시킨다. 와카나若菜 상권에서 아카시노히메기미가 황자를 출산하자, 아카시뉴도는 아카시노키미가 태어날 때의 태몽을 기술하여 인편으로 보낸다. 아카시뉴도의 편지에는 자신의 외손자가 천황이 될 것이라는 서몽을 이야기하고, 아카시에 살면서 갖가지 기원을 올린 보답으로 이러한 영화를 얻게 되었다는 것을 기술하고 있다.

그에 대한 보답으로 바랐던 바가 그대로 성취될 수가 있었던 것입니다. 히메기미가 국모가 되시어 소원이 달성되시면, 스미요시 신사를 비롯한 신불에 감사의 참배를 올려주세요. 이제 무슨 걱정이 있겠습니까. 단지 이 한 가지 소원이 이제 곧 성취될 것이기 때문에, 멀리 서방정토의 10억의 땅이 떨어진 극락에 9품 상생으로 왕생할 소원도 의심할 여지가 없습니다. 지금은 단지 아미타여래의 영접을 기다릴 뿐입니다만, 임종할 저녁때까지 물과 풀도 깨끗한 산속에서 근행하려고 입산을 생각하고 있습니다.

빛이 나오려는 새벽녘이 가까워졌어요. 지금에야 옛날에 꾼 꿈 이야기를 하는 것입니다.

라고 쓰고 날짜를 기술했다.

その返申し、たひらかに、思ひのごと時に逢ひたまふ。若君、国の母となりたまひて、願ひ満ちたまはん世に、住吉の御社をはじめ、はたし申したまへ。さらに何ごとをかは疑ひはべらむ。このひとつの思ひ、近き世にかなひはべりぬれば、遥かに西の方、十万億の国隔てたる九品の上の望み疑ひなくなりはべりぬれば、今は、ただ、迎ふる蓮を待ちはべるほど、その夕まで、水草清き山の末にて勤めはべらむとてなむまかり入りぬる。

ひかり出でん暁ちかくなりにけり今ぞ見し世の夢がたりする

とて、月日書きたり。　　　　　　　　　　　　　　　(若菜上④114-115)

아카시뉴도의 서몽은 불교의 세계관으로 구성되어 있는데, '수미산'은 아카시노키미, '달'은 아카시노히메기미, '해'는 아카시노히메기미가 낳은 황자를 상징하고 있다. 또한 와카和歌에서 '빛이 나오려는 새벽녘'이 가까워졌다는 것은 황자가 즉위하고, 아카시노히메기미가 국모가 될 날도 멀지 않았다는 것을 상징하고 있다. 그리고 아카시뉴도는 자신의 손녀 아카시노히메기미가 황자를 출산하자 소원이 성취되었다고 생각

하여 스미요시 신사에 참배할 것을 부탁한다. 아카시뉴도는 아카시노키미가 태어날 때의 태몽이 반드시 성취되어 집안의 영화가 달성될 것이라고 믿고 스미요시 신에게 기원해 왔다고 한다. 그리고 아카시뉴도 자신은 서방정토에 극락왕생할 것이라고 하며 속세를 떠나 깊은 산속으로 들어간다는 것이다. 아카시노키미는 편지와 함께 '스미요시 신사에 소원을 드렸던 갖가지 기원문 かの社に立て集めたる願文ども'(若菜上④116) 등을 아카시노히메기미에게도 보여 준다.

와카나 상권에서 스자쿠인朱雀院의 아들이 천황으로 즉위하자 아카시뇨고明石女御의 황자가 동궁이 되었다. 이에 겐지는 '스미요시 신사에 소원성취의 참배를 하려고 하자 동궁의 뇨고도 참배하려고 하여, 住吉の御願かつがつはたしたまはむとて、春宮の女御の御祈りに詣でたまはんとて'(若菜下④168) 함께 참배 여행을 떠난다. 다음은 겐지가 아카시 일족을 거느리고 스미요시 신사에 참배하여 소원 성취의 참배를 드리는 대목이다.

> 겐지가 안으로 들어가, 아카시노키미 등이 있는 두 번째 우차를 향해 살짝,
> "어느 누가 옛일을 알고 스미요시 신전에서 신대 이래로 오랜 세월을 지켜온 소나무에 이야기 하겠습니까." (중략)
> "스미요시 해변은 살 보람이 있는 둔치라는 것을 오래 살았던 해녀도 이 영화를 보면 알겠지요."
> 답장이 늦어서는 안 되겠기에 단순히 마음에 떠오르는 대로 말씀 드린다.
> "옛날 일이 생각납니다. 스미요시 신의 영험으로 우리 집안이 번영하게 되었다고 생각하니."
> 아마기미는 혼잣말로 중얼거렸다.
> 入りたまひて、二の車に忍びて、

〈源氏〉たれかまた心を知りて住吉の神世を経たる松にこと問ふ (中略)

〈尼君〉住の江をいけるかひある渚とは年経るあまも今日や知るらん

おそくは便なからむと、ただうち思ひけるままなりけり。

〈尼君〉昔こそまづ忘られね住吉の神のしるしを見るにつけても

と独りごちけり。   (若菜下④172-173)

　겐지는 아카시노키미와의 숙연을, 아마기미는 스미요시 신의 영험을 칭송하는 와카를 증답했다. 겐지는 스마須磨로 퇴거하여 아카시노키미를 만나고 아카시노히메기미를 얻고 히메기미가 낳은 외손자가 동궁이 되어 차기 천황이 될 것이 확실해지자, 이 모든 것이 스미요시 신의 영험이라 생각한 것이다. 특히 이번에는 겐지가 준태상천황准太上天皇이 되어 화려한 행렬로 아카시 일족을 대동하고 스미요시 신사에 참배한 것이다. 이와 같이 겐지와 아카시 일족은 스미요시 신사의 참배와 영험담을 통해 모노가타리의 주제가 전개된다는 것을 확인할 수 있었다.

4. 다마카즈라玉鬘·우키후네浮舟와 하세데라

　헤이안 시대의 문학작품에 나타난 참배 여행 중에서 가장 빈도가 높은 것은 하세데라初瀬寺(長谷寺)의 참배이다. 하세데라는 쇼무聖武 천황의 명에 따라 만든 본존 11면 관음상으로 유명한데, 당나라의 희종 황제의 마두馬頭 부인이 하세 관음에 기원하여 미인이 되었다는 연기담이 전한다. 『우지슈이 이야기宇治拾遺物語』 14권-5화 '신라 황후의 황금 발판 이야기新羅国の后金の榻の事'는 신라 황후가 밀통을 하여 벌을 받게 되지만

하세 관음에 기원하여 도움을 받는다는 이야기이다. 이 설화는 『곤자쿠이야기집今昔物語集』 권16-19화, 『하세데라 영험기長谷寺靈驗記』 상권 12화 등도 유화類話로 하세 관음의 영험담이 널리 유포되어 있었다는 것을 알 수 있다. 하세데라는 교토에서 약 72㎞ 정도 떨어져 있는데, 당시의 사람들은 더 큰 영험을 얻기 위해 3일 동안을 걸어서 참배하기도 했다. 『겐지 이야기』에서도 다마카즈라는 유모 일가와 함께 규슈에서 상경하여 도보로 하세데라에 참배한다.

다마카즈라玉鬘 권에서 규슈에서 다마카즈라를 모시고 귀경한 분고노스케豊後介는 만사가 여의치 않자, 먼저 아버지 소이少貳와 친분이 있는 승려를 찾아 야하타노미야八幡宮에 참배하여 기원을 올리게 한다. 이어서 분고노스케는 하세데라의 관음보살이 당나라에서도 유명하다는 이야기를 하며 영험을 기대하며 참배 여행을 떠난다.

〈분고노스케〉 '야하타노미야 다음으로 부처님 중에서는 하쓰세의 관음이 일본 전국에서 가장 영험이 있다고 당나라에서도 평판이 나 있다고 합니다. 하물며 비록 먼 시골이긴 하지만 같은 국내에서 오랫동안 살았으니 반드시 아가씨를 도와줄 것입니다.'라고 하며 하쓰세 참배를 위해 출발한다. 일부러 도보로 가기로 했다.

〈豊後介〉「うち次ぎては、仏の御中には、初瀬なむ、日本の中にはあらたなる験あらはしたまふと、唐土にだに聞こえあむなり。ましてわが国の中にこそ、遠き国の境とても、年経たまへれば、若君をばまして恵みたまひてん」とて、出だし立てたてまつる。ことさらに徒歩よりと定めたり。

(玉鬘③104)

하세데라의 관음은 일본뿐만이 아니라 멀리 중국에까지 영험이 특별

하다는 소문이 나 있다는 것이다. 따라서 국내에 살았던 다마카즈라가 부모를 찾는 데 틀림없이 도움을 줄 것이라 생각한다. 헤이안 시대의 여성들이 대체로 하쓰세初瀬까지 가는 길은 우차牛車를 타고 가는 것이 보통이지만 다마카즈라는 걸어서 '4일째 사시(오전 10시) 무렵四日といふ 巳の刻ばばかり'(玉鬘③104)에 하세데라에서 가까운 쓰바이치椿市에 도착한다. 당시 여성의 체력과 복장으로 4일을 걷는다는 것은 일생일대의 큰 고행이었을 것으로 생각된다. 그때 마침 유가오夕顔의 시녀였다가 지금은 겐지의 시녀가 된 우콘右近도 도보로 쓰바이치에 도착하여 짐을 풀었다. 이윽고 우콘과 다마카즈라 일행은 서로 알아보고, 18년 만에 재회가 이루어진 것이 모두 하세 관음初瀬観音의 영험이라 생각한다. 이 보고를 받은 겐지는 유가오에 대한 미련을 갖고 있었기에 다마카즈라를 두중장에게 바로 보내지 않고 육조원으로 맞이한다. 이후 다마카즈라는 2년여 동안 육조원에서 겐지의 교육을 받으며, 구혼자들의 관심을 끌다 가 히게쿠로髭黒 대장과 결혼한다는 이야기가 펼쳐진다.

시이가모토椎本 권에서 니오미야匂宮는 하세데라에 참배하고 귀경길 에 우지에 들린다.

2월 20일경 효부쿄노미야가 하세데라에 참배하신다. 오랫동안의 염원 이었지만 결행하지 못한 채 세월이 지났다. 그런데 도중에 우지에 들려 쉬는 것을 기대하여, 사실은 이 때문에 참배할 결심을 하게 된 것이다.

二月の二十日のほどに、兵部卿宮初瀬に詣でたまふ。古き御願なりけ れど、思しも立たで年ごろになりにけるを、宇治のわたりの御中宿のゆか しさに、多くはもよほされたまへるなるべし。   (椎本⑤169)

니오미야는 이전에 가오루薫로부터 우지宇治 하치노미야八の宮의 딸들에 대한 이야기를 듣고 관심을 가지고 있었다. 니오미야가 하세데라에 참배한 것은 핑계이고, 사실은 우지에서 하치노미야의 딸들을 엿보기 위한 참배 여행이었다는 것이다. 상기 인용문에서 화자(語り手)의 표현은 니오미야의 본심이 하치노미야의 딸을 보기 위한 것이라고 기술하고 있다. 즉 아게마키総角 권에서 니오미야가 나카노키미中の君와 결혼하게 되는 것은 결국 하세데라 참배의 연장 선상에 있다고 할 수 있다.

야도리기宿木 권에서 가오루 대장은 우키후네浮舟가 하세데라에 참배하고 우지宇治로 돌아오는 것을 목격하게 된다. 가오루는 우키후네를 처음으로 본 것인데, 지방 사투리가 섞인 말투의 남자가 '히타치의 전임 국사의 따님이 하세데라에 참배하고 돌아오시는 길常陸前司殿の姫君の初瀬の御寺に詣でてもどりたまへる'(宿木⑤488)이라고 한다. 이 대목 또한 우키후네와 가오루의 만남을 하세 관음의 영험으로 설정한 것이다. 가오루는 오이기미와 닮은 우키후네를 엿보고 감동하여, 오이기미와 연고가 있다면 아무리 신분이 낮아도 놓치지 않겠다고 다짐한다. 하치노미야의 시녀인 벤노아마弁の尼는 가오루에게 자신도 지난 2월에 '하세데라 참배 때 처음으로 만났습니다. 初瀬詣のたよりに対面してはべりし'(宿木⑤494)라고 보고한다. 우키후네는 두 달 만에 다시 하세데라에 참배하고 우지에 들린 것이다. 한편 가오루는 벤노아마에게 오이기미와 닮은 우키후네를 만난 것이 정말 '깊은 인연契り深くて'(宿木⑤495)이라고 이야기한다.

아즈마야東屋 권에서 우키후네가 니오미야의 호색적인 행동에 괴로워하자, 유모는 계모에게 학대 받는 것이 아버지가 없는 것보다 더 힘든 일이라고 하며 위로한다. 그리고 유모는 '하세데라의 관음이 함께 하시니까初瀬の観音おはしませば'(東屋⑥68), 잘 돌보아 주실 것이라며 위로한다. 그리고 가오루의 부탁을 받고 상경한 벤노아마가 3조 근처의 우키후네를 찾아가자, '하세데라 참배 때 동행했던 젊은 뇨보初瀬の供にありし若人'(東屋⑥89)가 나와 맞이한다. 한편 우키후네 권에서도 우키후네의 시녀 우콘右近은 '하쓰세의 관음보살初瀬の観音'(浮舟⑥129)을 부르며 오늘도 무사히 지내게 해 달라는 기원을 한다. 이와 같이 우키후네의 참배와 동행한 뇨보에 이르기까지 하세데라의 영험은 주제와 등장인물의 운명에 영향을 미친다는 것을 확인할 수 있다.

데나라이手習 권에서 요카와横川 승도僧都의 어머니와 여동생 일행은 하세데라에 참배하고 돌아오는 길에 어머니의 발병으로 우지에 들린다.

> 그 무렵 요카와에 모 승도라고 하는 대단히 훌륭한 승려가 살고 있었다. 80살이 넘는 어머니와 50살 정도의 여동생이 있었다. 이 두 사람은 오래 전부터 소원을 올렸던 하세데라에 참배했다. 승도는 측근의 제자인 아도리를 함께 보내어 불상과 경전을 봉납하고 공양하게 했다.
> そのころ横川に、なにがし僧都とかいひて、いと尊き人住みけり。八十あまりの母、五十ばかりの妹ありけり。古き願ありて、初瀬に詣でたりけり。睦ましうやむごとなく思ふ弟子の阿闍梨を添へて、仏経供養ずること行ひけり。 (手習⑥279)

요카와 승도의 어머니는 야마토大和와 야마시로山城의 경계인 나라자카奈良坂 근처에서부터 건강이 좋지 않아 우지에 묵게 되었다. 승도의 여동생이 요카와에 연락하자 승도는 서둘러 우지로 하산했다. 승도는 어머니를 바로 요카와로 모시고 가려 했으나, '손이 들어서方違え' 갈 수가 없었다. 마침 우지인宇治院의 관리인에게 사정을 이야기하자, '어제 모두 하세데라에 참배하러 갔어요. 初瀬になん、昨日みな詣でにける'(手習⑥

280)라고 하며 침전이 비어있다고 한다. 이에 승도는 '그것 잘 되었구나 いとよかなり'라고 생각하며 일행은 우지인宇治院에 묵게 된 것이다.

그런데 승도는 황폐해진 우지인의 모습에 놀라 경을 읊게 하는데, '하 세데라에 동행했던 아도리와 또 한사람의 승려初瀬に添ひたりし阿闍梨と、同 じやうなる'(手習⑥281)는 침전의 뒤쪽을 둘러보았다. 승려들은 우지인의 뒤쪽 숲이 무성한 음침한 곳에서 흰옷을 입고 긴 머리카락이 뒤엉켜 쓰러져 있는 우키후네를 발견한다. 여러 사람들은 '여우가 변신한 것狐 の変化'(手習⑥281)이라고 하지만, 승도는 사람의 모습을 하고 있으니 살 리는 것이 승려의 도리라고 하며 우키후네를 그늘로 데려간다. 승도의 동생 비구니는 미모의 우키후네를 보자, '하세데라의 관음보살이 영험 으로仏の導きたまへる', 관음이 보낸 것이라 생각하여 극진히 간호하고, '전 생으로부터의 인연さるべき契り'(手習⑥288)으로 이러한 만남이 성사된 것이라 생각하며 좋아한다.

승도의 동생 비구니는 어머니 비구니의 병세가 좋아지자, 우키후네 를 데리고 우지에서 북쪽으로 약 25㎞ 떨어진 오노小野로 이동한다. 동 생 비구니는 두 달이 지나도록 우키후네가 깨어나지 않자, 승도에게 다 시 하산하여 가지기도加持祈禱를 해 달라는 부탁을 한다. 다음은 승도가 동생 비구니에게 이렇게 아름다운 사람(우키후네)에 대해 혹시 들은 소 문이 있는지 묻자 동생 비구니가 대답하는 대목이다.

　　〈동생 비구니〉'전혀 들려오는 소문이 없습니다. 아니 이분은 하세데 라의 관음이 내려주신 사람입니다.'라고 말하자, 〈승도〉는 '글쎄 그것도 숙연이 있어서 인도된 것이겠지. 인연이 없이 어떻게 이런 일이 가능하겠 나.'라고 말씀하시고, 신기하다는 생각을 하며 수법을 시작하셨다.

〈妹尼〉「さらに聞こゆることもなし。何か、初瀬の観音の賜へる人なり」
とのたまへば、〈僧都〉「何か、それ、縁に従ひてこそ導きたまはめ。種な
きことはいかでか」など、のたまひあやしがりて、修法はじめたり。

(手習⑥293)

　동생 비구니는 앞의 예문과 같이 투신자살한 우키후네를 발견한 것
이 하세데라를 참배하고 돌아오는 길이기 때문에 관음의 영험이라고 굳
게 믿고 있다. 그러나 승도는 좀 더 큰 불교적 차원에서 이러한 만남이
전생으로부터의 인연 즉 인과응보라고 해석하려 한다. 승도의 가지가
하루 밤 계속되자, 모노노케物の怪가 빠져나가고 우키후네는 겨우 의식
을 회복한다. 이때 동생 비구니의 사위인 중장이 승도의 제자 선사禪師
를 찾아와 어떻게 절에서 아름다운 여인(우키후네)이 기거할 수 있느냐
고 묻는다. 이에 대해 선사는 '지난 봄 하세데라에 참배했을 때 특별한
사정이 있어 발견한 여자로 듣고 있습니다. この春、初瀬に詣でて、あやしく
て見出でたる人となむ聞きはべりし'(手習⑥311)라고 대답하고, 자신도 직접
본 것은 아니라고 대답한다.

　우키후네가 오노에 온 지 반년쯤 지난 9월, 동생 비구니는 다시 우키
후네를 얻은 것이 '하세 관음의 영험観音の御験'(手習⑥323)이라 생각하
고 감사의 표시로 하세데라에 참배한다. 동생 비구니가 집을 비운 사이
우키후네는 승도에게 간절히 부탁하여 출가를 단행한다. 이후 승도는
온나이치노미야女一宮의 병을 치유하기 위해 궁중에 들렀을 때, 나이든
어머니가 '숙원이 있어 하세데라에 참배願ありて初瀬に詣で'(手習⑥345)하
고 돌아오는 길에 우지인에서 우키후네를 발견했다는 이야기를 한다.
그리고 승도는 가오루에게도 '비구니들이 하세데라에 숙원이 있어 참배

하고 돌아오는 길에尼どもの、初瀬に願はべりて詣でて帰りける道に'(夢浮橋⑥375)
에 우지인에서 우키후네를 구출한 이야기를 전한다.

이와 같이 하세데라 참배와 영험은 다마카즈라가 규슈에서 상경하여
우콘을 만나고, 가오루와 니오미야가 우키후네를 만나며, 비구니 일행
이 투신자살을 기도한 우키후네를 구출하는 계기가 된다. 즉 다마카즈
라와 우키후네의 이야기에서 하세데라의 참배 여행과 영험은 모노가타
리의 주제와 인간관계를 리드하는 작의가 된다고 볼 수 있다.

5. 결론

헤이안 시대의 『겐지 이야기』를 중심으로 등장인물의 참배 여행이
어떠한 의의와 주제로 전개되는가를 살펴보았다. 참배 여행은 주인공이
공간을 이동한다는 점 이외에 신사와 사찰에 참배하여 신불의 영험을
받게 된다는 두 가지 주제가 동시에 다루어진다. 특히 겐지의 이시야마
데라 참배와 아카시 일족의 스미요시 신사 참배, 그리고 다마카즈라와
우키후네 등의 하세데라 참배와 관련한 인간관계는 『겐지 이야기』의
장편 주제를 형성한다.

겐지는 이시야마데라石山寺 참배 길에서 우쓰세미와 재회하게 된다.
이 재회의 연장 선상에서 겐지는 우쓰세미를 잊지 않고 이조원으로 맞
이하게 된다. 그리고 겐지와 아카시 일족의 스미요시 신사 참배는 영화
와 번영을 가져다주었다고 생각하는 스미요시 신에 대한 감사의 표시였
다. 다마카즈라의 하세데라 참배는 헤어진 부모를 찾기 위해서였고, 우
키후네는 하세데라 참배에서 돌아오는 길에 가오루와 니오미야를 만나

고, 요카와横川의 승도 일행은 내세를 위한 하세데라 참배 길에 우지가
와宇治川에 투신한 우키후네를 구출한다. 이와 같이 『겐지 이야기』의 참
배 여행은 단순한 참배가 아니라 장편의 주제를 전개하는 계기와 작의
가 된다는 것을 알 수 있다.

본고에서는 헤이안 시대의 일반적인 참배 여행을 참고하면서 『겐지
이야기』에 나오는 등장인물의 참배 여행이 이야기의 주제와 화형에 어
떤 기능과 역할을 하고 있는가를 규명하고자 했다. 특히 이시야마데라,
스미요시 신사, 하세데라 참배가 『겐지 이야기』 전체의 장편적인 주제
를 구성하고 있다는 것을 고찰해 보았다. 그리고 이러한 참배 여행은
등장인물의 인간관계와 모노가타리의 주제를 선점하고 작의가 된다는
것을 확인할 수 있었다.

제2부 헤이안 시대의 교양과 생활

헤이안 시대의
문학과 사상

가시와기의 와병을 위로하는 유기리
『源氏物語絵巻』德川美術館, 1985

헤 이 안 시 대 의 연 애 와 생 활

제1장
헤이안 시대의
삶과 죽음
● ● ●

1. 서론

　일본인의 생로병사와 사생관에 대한 의식은 불교 전파 이전과 이후에 따라 크게 달라진다. 『고지키古事記』나 『니혼쇼키日本書紀』에서는 사후의 세계를 황천黃泉, 네노카타스쿠니根之堅州國 혹은 네노쿠니根國로 표현하고, 처음에는 삶과 죽음의 경계가 없었다. 『고지키』 상권에서 이자나미伊耶那美가 출산을 하다가 죽자, 이자나기伊耶那岐는 황천국까지 쫓아가 금기를 어기고 이자나미의 출산 광경을 들여다보게 된다. 그리고 이자나기가 황천국에서 지상으로 돌아오는 과정에 현세와의 경계를 천 명이 끌 수 있는 큰 바위千引の石로 막아 버린 후부터 현세와 황천의 왕래가 불가능하게 되었다고 한다. 그런데 헤이안平安 시대의 모노가타리 문학에서는 등장인물의 질병과 죽음이 통과의례로서 묘사되거나, 이야기의 주제와 작의를 위해 그려지는 경우가 많다.

　『대보율령大寶律令』(701) 권9의 '의질령醫疾令 제24'[1]에는, 전약료典藥寮

　1　井上光貞 他校注(1976), 『律令』, ≪日本思想大系≫ 3, 岩波書店, p.421.

에 의박사醫博士가 있어 사람이 질병에 걸리면 중국이나 한반도에서 전래한 의술이나 의약으로 치유한다고 기술되어 있다. 헤이안 시대 모노가타리物語 작품에서 귀족들은 사랑을 위해 명예와 관직, 목숨까지도 걸고 연애를 하는 경우가 많았고, 사랑을 중심으로 생로병사가 묘사되는 것이 특징이다. 그리고 사람이 죽음에 이르는 질병의 원인을 모노노케物の怪로 보고 과학적인 약으로 치유하기보다 승려나 음양사들이 가지加持와 기도를 하는 장면이 자주 등장한다. 특히 모노가타리 문학에서 각종 질병의 원인이 되는 것도 모노노케로 묘사되는 경우가 많고, 질병과 죽음은 작품의 주제나 인간관계를 형성하는 작의作意로 설정된다.

『고지키』스진崇神 천황 대의 미와야마三輪山 전설은 역병이 돌았을 때 신탁神託을 통해 이를 치유한다는 이야기이다. 스진 천황은 역병을 진정시키기 위해 신탁을 받자, 오모노누시大物主 신이 자신의 아들인 오호타타네코意富多々泥古로 하여금 제사를 지내면 역병이 멈출 것이라는 계시를 내린다. 이에 천황이 오호타타네코를 찾아 제사를 지내게 하자 '가미노케神の気'가 진정되고 나라도 평안해졌다는 것이다. 『고지키』에서는 악성 역병을 약물에 의한 치료보다 신탁의 계시에 따른 제사를 통해 치유했다는 것을 기술하고 있다. 한편『만요슈万葉集』권5(896번)에는 야마노우에 오쿠라山上憶良가 자신이 병에 걸리게 된 이유에 대해, 불교적 응보나 현세에 범한 죄업, 음식 등이 원인이라고 지적하고 있다. 그리고 오쿠라는 살아 있는 동안 병에 걸리지 않는 것이 최상의 행복이라는 평범한 결론을 내리고 있다.

『마쿠라노소시枕草子』181단에는, '질병에는 속병, 모노노케, 각기병, 그리고 왠지 식욕이 없는 기분病は胸。物の怪。あしの気。はては、ただそこはかとなくて物食はれぬ心地'[2]외에 치통 등을 일반적인 질병으로 지적하고 있다.

그리고 별본 23단에는 모노노케로 인하여 고통을 받는 사람이 있다는 것과 모노노케의 집념이 강해서 승려가 아무리 기도를 해도 좀처럼 굴복되지 않는다는 이야기를 소개하고 있다. 『고콘초몬주古今著聞集』권 17-596화에는 도바鳥羽(1107~1123) 천황의 다섯째 딸이 손을 씻고 있을 때, 아귀가 나타나 세상의 모든 질병은 자신이 일으킨 짓이라고 하는 기술이 있다. 그리고 가마쿠라鎌倉 말기에 편찬된 『슈가이쇼拾芥抄』 팔괘부八卦部 제34³에는 사람의 나이가 13, 25, 37, 49, 61, 73, 85, 99세가 되었을 때를 액년厄年이라 하고, 질병과 재난을 당하기 쉽다는 것이 기술되어 있다.

『겐지 이야기源氏物語』에는 여러 가지 질병과 죽음이 묘사되어 있는데, 히카루겐지光源氏와 아카시뉴도明石入道, 아카시 중궁明石中宮, 니오미야匂宮, 하치노미야八の宮 등은 감기風病를 앓는다. 겐지와 오보로즈키요朧月夜는 학질瘧疾에 걸리고, 스자쿠朱雀 천황은 눈병을 앓고, 아카시 비구니明石の尼君와 오노 어머니 비구니小野の母尼는 노인성 치매老人性痴呆症에 걸린다. 그리고 유가오夕顔, 아오이노우에葵上, 무라사키노우에紫上 등은 모노노케物の怪로 인해 고통을 받다가 죽음에 이른다. 이러한 질병을 나타내는 표현으로는 '고통痛み', '괴로움悩み', '모노노케物の怪', '아프다病づく', '질병やまひ', '앓다わづらふ' 등이 있다. 상대의 일본인은 언령言靈 신앙의 영향으로 직설적으로 죽음을 나타내는 표현을 금기시하는 경향이 있었다. 그래서 일본인의 죽음 표현은 신도神道의 영향으로 '황천에 가다'라고 했고, 불교의 윤회 사상과 관련하여 '저 세상으로 가다', '왕생하

---

2 松尾聰·永井和子 校注(1999), 『枕草子』, ≪新編日本古典文学全集≫ 18, 小学館, p.181.
3 洞院公賢(1928), 『拾芥抄』, 吉川弘文館, p.501.

다', '타계하다', '성불하다' 등의 표현이 있었고, 고승高僧인 경우에는 '입적入寂', '입멸入滅' 등의 표현이 사용되었다. 또한 천황이나 황자의 경우에는 '구름 속에 숨음雲隠れ', '숨다隠れる' 등의 표현이 사용되었고, 일반 귀족과 서민들의 경우에는 '죽다死ぬ', '돌아가시다亡くなる, いたづらになる', '숨이 끊어지다絶える' 등의 표현이 있었다.

헤이안 시대의 질병과 죽음에 관한 연구로는, 이케다 기칸池田亀鑑,[4] 시미즈 요시코清水好子 他,[5] 야마나카 유타카山中裕,[6] 신도 교조新藤協三,[7] 시마우치 게이지島内景二,[8] 야마나카 히로시山中博,[9] 미타무라 마사코三田村雅子,[10] 마쓰이 겐지松井健児,[11] 이시자카 아키코石阪晶子,[12] 고지마 나오코小嶋菜温子,[13] 히나타 가즈마사日向一雅,[14] 구부키하라 레이久富木原玲,[15] 유정선柳靜先,[16] 무로키 히데유키室城秀之,[17] 김종덕金鍾德[18] 등의 다양한 분석이 있다. 본고에서는 상기의 같은 연구 성과를 참고하면서, 헤이안

---

4 池田亀鑑(1981), 『平安朝の生活と文學』, 角川書店. 『平安時代の文學と生活』, 至文堂.
5 清水好子 他(1983), 『源氏物語手鏡』, 新潮社.
6 山中裕(1983), 『平安朝物語の史的研究』, 吉川弘文館.
7 新藤協三(1992), 「平安時代の病気と医学」, 『平安時代の信仰と生活』, 國文學解釋鑑賞別冊, 至文堂.
8 島内景二(1989), 『源氏物語の話型學』, ぺりかん社.
9 山口博(1994), 『王朝貴族物語』, 講談社.
10 三田村雅子(1997), 『源氏物語』, 筑摩書房.
11 松井健児(2000), 『源氏物語の生活世界』, 翰林書房.
12 石阪晶子(2000), 「〈なやみ〉と〈身体〉の病理學」, 『源氏物語研究』 五号, 翰林書房.
13 小嶋菜温子(2001), 「生誕・裳着・結婚・算賀-『竹取』『落窪』から『源氏』へ-」, 『源氏物語研究集成』, 風間書房.
14 日向一雅(2001.5), 「源氏物語と病-病の種々相と「もの思ひに病づく」世界」, 『日本文學』, 日本文学協会.
15 久富木原玲(2001.5), 「源氏物語の密通と病」, 『日本文學』, 日本文学協会.
16 柳靜先(2002.12), 「『宇津保物語』の老いたる人」, 『国語国文学』, 名古屋大学.
17 室城秀之(2007), 「前期物語の通過儀礼」, 『王朝文学と通過儀礼』, 竹林舍.
18 金鍾德(2012), 「『源氏物語』에 나타난 질병과 치유의 논리」, 『日語日文學研究』 80집, 韓國日語日文學会.

시대의 모노가타리 문학에 나타난 사상적 배경, 질병과 죽음이 이야기의 주제에 어떠한 기능을 하고 있는가를 규명하고자 한다. 특히『다케토리 이야기竹取物語』에서 가구야히메는 어떻게 승천하고,『이세 이야기伊勢物語』등의 주인공 남자가 상사병에 걸려 죽음을 맞이하는 양상,『겐지 이야기』에서 히카루겐지가 모노노케와 죽음에 관해 어떠한 고뇌를 하고, 가까운 사람들의 죽음을 어떻게 받아들이는가를 살펴볼 것이다. 그리하여 모노가타리에 묘사된 질병과 죽음이 등장인물의 인간관계에 어떠한 작의와 역할을 하는가를 고찰하고자 한다.

2. 가구야히메의 고뇌와 승천

『마쿠라노소시枕草子』199단, 모노가타리의 종류에는『다케토리 이야기竹取物語』가 들어있지 않지만,『겐지 이야기源氏物語』의 에아와세絵合권에서는 '모노가타리의 원조物語の出で来はじめの親'(絵合②380)[19]라고 지적했다. 그리고 가와조에 후사에河添房江[20]는『다케토리 이야기』의 전승에 관해『겐지 이야기』에 나타난『다케토리 이야기』의 인용이『이세 이야기伊勢物語』에 비해 월등하게 적은 점을 지적했다. 그러나『다케토리 이야기』와 유사한 화형話型의 같은 날개옷羽衣 전설의 이야기는『오미 지방 풍토기近江国風土記』의 이카고노오미伊香小江 전설과『단고 지방

---

19 阿部秋生 他校注 校注訳(1994),『源氏物語』2, ≪新編日本古典文学全集≫, 小学館, p.380. 이하『源氏物語』의 인용은 ≪新編全集≫의 巻, 冊数, 頁数를 표기함. 필자 역.
20 河添房江(1985.7),「竹取物語の享受」,『国文学』, 学燈社, pp.70~74.
＿＿＿＿(1988),「享受」,『竹取物語, 伊勢物語必携』, 学燈社, pp.97~103.

풍토기丹後国風土記』의 나구신사奈具社 전설[21] 등에도 전승되고 있다. 그리고『곤자쿠 이야기집今昔物語集』의 권31 제33화,[22] 가마쿠라鎌倉 시대에 성립된『해도기海道記』[23] 등에도 대나무 베는 할아범이 여자 아이를 발견하는 이야기가 나온다. 이 이외에『다케토리 이야기』의 유화類話으로 중국의 티벳西蔵 민족에 구비 전승된『금옥봉황金玉鳳凰』가운데「반죽고낭斑竹姑娘」,[24] 한국의「나무꾼과 선녀」[25] 이야기 등이 있고, 몽고나 중국의 동북부 지역에도 유사한 설화가 전해지고 있다.

이러한 설화는 구혼자의 수가 3명 혹은 5명이 되기도 하고, 난제의 수도 각각 다르고, 지상의 남자와 결혼을 하는 경우와 그렇지 않은 경우도 있지만, 공통점은 지상의 남자와 날개옷을 입은 처녀와의 구혼담이 들어있다는 것이다. 특히『다케토리 이야기』는 대나무 베는 할아범이 대나무 밭에서 발견한 가구야히메かぐや姫가 귀족들과 천황의 구혼을 거절하고 자신이 태어난 달나라 세계로 승천해 버린다는 이야기이다. 대나무 베는 할아범이 발견한 여자 아이가 이상적인 미모의 여성 가구야히메로 성장하자, 소문을 들은 다섯 귀공자들이 구혼자로 나타난다. 이에 가구야히메는 각각 난제를 제시하여 해결하는 것을 조건으로 결혼하겠다고 한다. 가구야히메는 구혼자들이 거짓과 기만으로 모두 난제 해결에 실패하자 결혼을 거절하고, 마지막에는 천황의 출사 명령도 거부하고 달나라로 승천한다. 이에 천황은 가구야히메가 남긴 불사약과 편

---

21 植垣節也(1997),『風土記』, ≪新編日本古典文學全集≫, 小学館.
22 馬淵和夫 他校注(2002),『今昔物語集』 4, ≪新編日本古典文学全集≫, 小学館.
23 片桐洋一 他校注(1994),『竹取物語 伊勢物語 大和物語 平中物語』, ≪新編日本古典文学全集≫ 12, 小学館, pp.102~103. 이하『竹取物語 伊勢物語 大和物語 平中物語』의 본문 인용은 ≪新編全集≫의 쪽수를 표기함. 필자 역.
24 野口元大 校注(1986),『竹取物語』, ≪新潮日本文学集成≫, 新潮社版, pp.201~220.
25 任東權(1978),「仙女と樵の説話」,『東アジア民族説話の比較研究』, 桜風社, p.8.

지를 후지산富士山 정상에서 태움으로써 가구야히메와 교신을 시도한다.

가구야히메에게 구혼하는 귀족들은 당대 최고의 '이로고노미라고 하는 다섯 명色好みといはるるかぎり五人'(p.20)[26]이지만, 난제 해결에 있어서 거짓말을 하거나, 헛된 죽음을 경계하고 두려워하는 어리석은 인물들이다. 구라모치くらもち 황자는 가구야히메의 난제를 해결하기 위해 나니와難波(지금의 오사카)에서 출항하는 척하고, 장인匠人에게 가짜로 봉래산의 옥으로 된 가지를 만들게 하여 가져온다. 대나무 베는 할아범이 구라모치 황자에게 어떤 곳에 옥으로 된 가지가 있었느냐고 묻자, 황자는 출항하여 '목숨이 끊어지면 어쩔 도리가 없지만命死なばいかがせむ'(p.31), 살아 있는 한 항해를 계속하여 봉래산에 가야겠다는 생각을 했다고 거짓말을 한다. 한편 오토모大伴 대납언大納言은 용의 목에 있다는 여의주를 구하기 위해 바다에 나갔다가 폭풍우를 만나, 뱃사공에게 어떻게 될 것 같은가 하고 묻는다. 이에 뱃사공은 이런 일은 처음이라며 인정머리 없는 주인을 만나 '원하지 않는 죽음을 맞이하게 되었구나. すずろなる死にをすべかめなるかな'(p.46)라고 하며 울었다는 것이다. 그리고 이소노카미石上 중납언은 제비가 순산한다는 조개를 구해오라고 하자, 처음에는 부하를 시켜 찾게 했으나 실패하자 스스로 줄에 매달려 올라갔다가 떨어져 중상을 입는다. 그런데 중납언은 '보통의 병으로 죽는 것보다 남들의 소문을 부끄럽게 생각하셨다. ただに病み死るよりも、人聞きはづかしくおぼえたまふなりけり'(p.55)라고 하여, 당시의 귀족들은 다른 사람에 대한 체면과 소문을 중시했다는 것을 알 수 있다. 여기서 중납언이 자신의 체면을 중시하는 것은 마치 조선 시대의 양반 사대부가 가문의 체면을

---

26 拙稿(1995), 「色好み物語の条件」, 『東アジアの中の平安文学』, 勉誠社.

지키려고 허세를 부리는 것을 연상하게 한다.

한편 천황도 가구야히메의 용모가 세상에서 둘도 없는 미모라는 소문을 듣고 내시를 시켜 직접 보고 오게 한다. 가구야히메는 대면을 거절하고 국왕의 명령으로 출사시키려면 차라리 죽여 달라고 한다. 이에 천황은 대나무 베는 할아범竹取の翁을 불러 관직을 하사할 테니 딸을 출사시키라고 명령한다. 할아범이 돌아와 가구야히메에게 이야기하자, 자신을 출사시키면 '사라질 것입니다. 消え失せなむず', '죽음뿐입니다. 死ぬばかりなり'(p.59)라고 대답한다. 이에 할아범은 하는 수 없이 천황에게, 가구야히메가 자신의 친딸이 아니라는 점과 보통의 인간과는 다르다는 것을 설명하고, 무리하게 출사出仕시키면 죽을 각오라는 것을 이야기한다. 여기서 가구야히메는 천황에게 지상의 인간과 결혼하는 것을 자신의 죽음과 맞바꾸겠다는 의지를 밝힌 것이다. 이윽고 8월 15일의 밤이 되자, 가구야히메는 자신은 '달나라 도읍의 사람月の都の人'(p.65)이라고 하며, 달나라에서 자신을 맞이하러 사람들이 올 것이라고 한다. 즉 가구야히메는 지상에서 20여 년을 대나무 베는 할아범의 집에서 생활한 후, 하늘로 승천하는 것으로 묘사된다. 그런데 지상의 할아범은 이를 죽음으로 받아들인 것인지, '자신이야말로 죽고 싶다. 我こそ死なめ'(p.66)라고 하며 울부짖는다.

『다케토리 이야기』의 본문에는 가구야히메가 승천하는 8월 15일이 다가오자, 대나무 베는 할아범은 천황에게 연락하여 2,000명의 군사를 집 주위에 배치하고, 할머니는 방 한가운데에서 가구야히메를 지키고 있었다. 그러나 가구야히메를 맞이하기 위해 하늘에서 천인天人들이 내려오자 군사들은 꼼짝도 하지 못하고 모든 문은 저절로 열리게 된다. 천인의 우두머리는 할아범에게 가구야히메가 죄를 지어 잠시 동안 너의 집에 머무르게 하는 대신 많은 황금을 주어 부자로 만들어 주지 않았느냐고 하며 꾸짖는다.

대나무 베는 할아범은 천인들에게 여기에 있는 가구야히메는 당신들이 찾는 사람과 다른 사람이라든가, 가구야히메는 중병을 앓고 있어 나갈 수가 없다는 등의 억지를 부리지만 아무 소용이 없었다. 가구야히메는 할아버지 할머니와 작별 인사를 하고 지상에서 입던 옷을 벗어 놓고 편지를 남긴다. 천인은 가구야히메에게 '더러운 지상의 음식을 드셨으니 기분이 나쁘겠지요. 穢き所の物きこしめしたれば、御心地悪しからむものぞ'(p.74)라고 하며 가져온 항아리의 '불사약不死の薬'을 드시라고 한다. 이에 가구야히메는 불사약을 조금 먹고 할아범에게 남겨주는 옷에 싸두려 하지만 천인들이 못하게 했다. 가구야히메는 천인들이 늦었다고 하며 '날개옷天の羽衣'(p.74)을 입히려 하자, '날개옷을 입은 사람은 보통 인간의 마음과 달라진다고 한다. 衣着せつる人は、心異になるなりといふ'(p.74)라며, 잠시 기다리게 하고 천황에게 편지를 쓴다. 가구야히메는 천황에게 자신의 신분이 이러한지라 어쩔 수 없이 출사 요구를 거절한 것이라는 내용의 편지와 '항아리의 불사약을 함께壺の薬そへて'(p.75) 보낸다. 이에 천인들이 바로 날개옷을 입히자, 가구야히메는 대나무 베는 할아범을 안타깝고 불쌍하게 여기는 생각도 사라져 버리고 100여 명의 천인들과 함께 승천해 버린다.

할아범과 할머니는 피눈물을 흘리며, 이제 무엇 때문에 목숨이 아까울 것이 있겠는가라고 하며 약도 먹지 않고 드러눕게 된다. 한편 천황은 부하인 중장에게 보고를 받고 편지와 불사약을 받았지만 식음을 전폐하고 유흥도 하지 않았다. 그리고 대신을 불러, '어느 산이 하늘에 가장 가까운가. いづれの山か天に近き'(p.76)라고 묻자, 어떤 사람이 스루가駿河

(지금의 시즈오카 현)에 있다고 하는 산이 가장 높다고 대답한다. 천황
은 '가구야히메를 만나지 못하고 눈물에 떠있는 듯한 자신에게 불사약
이 무슨 소용이 있겠는가. あふこともなみだにうかぶ我が身には死なぬ薬も何にか
はせむ'(p.76)라고 읊고, 불사약과 편지 등을 모두 스루가駿河에 있다고
하는 산에 올라가서 태우게 했다. 그리고 이 산에 많은富 무사士들을 데
리고 올라간 곳이라고 하여, 이후 이 산의 이름을 후지산富士山이라 부르
게 되었다는 지명근원 설화를 밝히고 있다. 한편『해도기』에는 불사약
不死藥을 태웠기 때문에 이 발음에 연유하여 후지산이라 부르게 되었다
는 것을 기술하고 있다.

　『고지키』의 신대神代에는 천황의 조상들이 무한한 생명을 가진 것으
로 묘사된다. 천황가의 조상인 호노니니기노미코토番能迩迩芸能命는 아시
하라노나카쓰쿠니葦原中国를 평정하기 위해 규슈 히무카日向의 다카치오
高千穂에 강림한다. 호노니니기노미코토는 지역신인 오호야마쓰미大山津
見신이 바친 두 딸, 이와나가히메岩長比売와 고노하나노사쿠야비메木花之
佐久夜毘売 중에서 고노하나노사쿠야비메만을 아내로 맞이하고, 용모가
추한 언니 이와나가히메는 돌려보내 버린다. 이에 오호야마쓰미신은 이
와나가히메를 바친 이유를 천손의 생명이 바위처럼 영원하라는 뜻이며,
고노하나사쿠야히메를 바친 것은 천황의 집안이 꽃처럼 아름답게 번창
하라는 기원을 담은 것이라고 설명한다. 그런데 호노니니기노미코토가
고노하나사쿠야히메만을 취했기 때문에, 이후 역대 천황의 생명이 유한
하게 되었다는 것이다.

　『고지키』의 상기 설화는 일본 천황가가 여성의 미모에 집착했다는
점과 천황의 생명이 유한하게 된 것을 합리화하는 대목으로 읽을 수
있다.『다케토리 이야기』의 천황도 불사약을 먹지 않고 후지산에 올라

가 태우라고 한 것은, 천황의 생명이 유한하다는 것을 합리화한 논리로 볼 수 있다. 또한 편지를 태워 달나라로 올라간 가구야히메에게 전하려 했다는 것은 우리나라에서 제사를 지낸 후에 지방문을 태우는 것과 유사한 행위로 볼 수 있다.

3. 옛날 남자昔男의 상사병相思病과 죽음

『이세 이야기伊勢物語』는 와카和歌를 중심으로 전개되는 125단의 단편집으로 주인공 아리와라 나리히라在原業平(825~880)로 추정되는 '옛날 남자昔男'의 일대기로 그려져 있다. 1단은 성인식을 마친 이상적인 풍류인 남자가 옛 도읍인 나라奈良에서 자매를 만나는 이야기로 시작하여 마지막 단은 결국 죽음을 맞이하게 된다는 것으로 끝을 맺고 있다. 각단의 주인공은 나리히라를 연상케 하는 이야기도 많지만, 23단 '우물가 이야기筒井筒'처럼 나리히라와는 전혀 관계가 없어 보이는 단도 있다.

나리히라의 조부 간무桓武(781~806) 천황의 어머니는 백제계 귀화인 다카노니이카사高野御笠이고, 간무의 아들 헤이제이平城 천황과 백제계 부인 사이에 태어난 아들 아보신노阿保親王(792~842)가 나리히라의 아버지이다. 『일본삼대실록日本三代実録』 880년 5월의 기사에는 아리와라 나리히라의 일생에 대해, '나리히라는 용모가 수려하고 거리끼거나 구애됨이 없으며, 한문의 재능은 없으나 와카를 잘 지었다. 業平体貌閑麗, 放縦不拘, 略無才学, 善作和歌'[27]라고 기술되어 있다. 『일본삼대실록』이라는 사실

---

27 黒板勝美 編(1983), 『日本三代實錄』 後編, 吉川弘文館, p.475.

은 실무 관료들의 기록이니만큼 비판적일 수도 있지만, 나리히라가 미남이고 와카를 잘 읊었다는 것은 이로고노미의 조건을 두루 갖추었다고 볼 수 있다. 메카다 사쿠오目加田さくを[28]는 나리히라와 그의 형 유키히라行平, 헨조遍照, 미나모토 도루源融, 다이라노 사다분平貞文, 미나모토 이타루源至 등 대표적인 풍류인과 이야기의 주인공들이 일본 황족에 편입된 백제계 도래인이라는 점을 지적했다. 이들은 모두 백제 왕족 출신으로 외모가 수려하고 와카를 잘 읊고, 관현의 음악에 조예가 깊은 풍류인(이로고노미)이라는 특징이 있다.

『이세 이야기』에는 남녀가 사랑에 목숨을 걸거나 상사병相思病으로 죽음에 이르는 이야기가 다수 포함되어 있다. 3단부터 6단, 26, 29, 65, 76단에는 주인공 남자가 입궐하기 전의 니조二条 황후와 은밀한 관계를 유지하다가, 황후가 된 후에도 계속 만난다는 이야기를 기술하고 있다. 6단 '아쿠타가와芥川' 이야기는, 밤에 남자가 여자를 훔쳐 달아나다가, 아쿠타 강가에서 천둥 번개가 치고 비가 내리자 여자를 헛간에 들어가 있게 했는데, 그곳에 있던 귀신에게 한입에 잡아 먹혀 버렸다는 것이다. 평어評語에서 사실은 대단한 미인인 니조 황후를 사랑한 남자가 데리고 나간 것을 황후의 오빠들이 다시 데려간 것이라고 지적하고 있다.

24단 '가래나무 활梓弓' 이야기는 시골에 사는 남자가 궁중에 출사하여 3년 동안 돌아오지 않자, 여자가 새로운 남자와 재혼을 하는 날 밤, 마침 남편이 돌아왔지만 문을 열어주지 않는다는 이야기이다. 이에 남편은 와카和歌를 증답하고 돌아가 버리는데, 여자가 쫓아갔지만 다시 만날 수가 없었다. 여자는 어느 우물가까지 쫓아가 손가락을 깨물고, '서

---

28 目加田さくを(1964), 『物語作家圏の研究』, 武藏野書院, p.338.

로 사랑하지 못한 채 헤어진 사람을 붙잡지 못하고 이제 나는 세상을 하직하려 하네. あひ思はで離れぬる人をとどめかねわが身は今ぞ消えはてぬめる'(p.139)라고 읊고 죽어 버렸다는 것이다. 60단의 '귤나무 花花橘' 이야기는 다음과 같다. 남자가 궁중 일이 바빠 여자를 돌보지 못한 사이에 다른 남자와 도망을 가 버렸다. 이후 남자가 출세하여 우사宇佐 신궁의 칙사가 되어 가는 도중에 여자가 있는 곳에 들러 술잔을 올리게 하며 옛날을 회상하는 와카를 읊는다. 이에 여자는 옛날의 남편이 왔다는 것을 알고 비구니가 되어 산으로 들어가 버렸다는 이야기이다.

다음은 남녀가 사랑으로 인해 상사병에 걸리거나 죽음에 이르는 이야기이다. 13단 '무사시아부미武蔵鐙' 이야기에서는 무사시의 남자가 도읍의 애인에게 소식을 전하는 것은 부끄럽고, 그렇다고 아무 소식도 전하지 않고 있으면 괴롭다고 했다. 이에 대해 여자가 '소식이 없는 것은 섭섭하지만 당신의 바람기는 싫어요. 問はぬもつらし問ふもうるさし'(p.125)라는 답장을 보내자, 남자는 어찌할 바를 몰라 이런 경우에 사람은 자칫 자살을 하는 것이 아닐까 하고 읊었다. 그리고 14단에서는 도읍의 남자가 미치노쿠陸奥(일본의 동북 지방)로 가자, 그 지방의 여자들이 남자를 좋아하여 부부가 되었으면 했다. 한 여자는 와카에서 어설픈 풋사랑을 품었다가 자살하지 말고 차라리 고치 안에 함께 있는 누에가 되었으면 좋겠다고 읊었다는 것이다. 이와 같이 『이세 이야기』에는 상사병으로 괴로워하다가 자살까지 생각하는 남녀의 이야기가 이어진다.

45단 '가는 반디行く蛍'에는 옛날 남자를 좋아하는 여자가 사랑을 고백하지 못하고 있다가, '병이 들어 죽게 되었을 때もの病みになりて、死ぬべき時'(p.153), 부모에게 그 사실을 고백했다. 부모가 울면서 남자에게 이런 사정을 이야기를 하자 풍류인 남자가 달려왔지만 이미 여자는 죽어버렸다는 이야기이다. 59단 '동쪽 산東山'에는 도읍에 살던 남자가 동쪽 산으로 거처를 옮겨 사는 동안에 병이 들어 숨이 끊어지려 했다. 사람들이 남자의 얼굴에 물을 끼얹자 되살아나, 자신의 얼굴에 이슬이 내린 것은 칠석날 견우의 배가 터진 물방울인가요라고 읊었다는 것이다. 89단에는 옛날 남자가 자신보다 신분이 높은 여자를 사랑하게 된 이야기이이다. 남자가 읊은 와카에는 자신이 상사병으로 죽으면 사람들은 무슨 신의 원령 때문이라 하겠지요라고 읊었다는 것이다. 105단의 옛날 남자는 사랑하는 여자가 냉담하자, '이래서는 죽을 것 같아요. かくては死ぬべし'(p.204)라고 했다. 이에 여자가 흰 이슬처럼 사라지려면 사라져 보세요라는 와카를 읊자, 남자의 상사병이 더욱 불타올랐다는 것이다.

『이세 이야기』의 마지막인 125단은 옛날 남자가 병이 들어 죽는다는 이야기이다. 남자는 '죽을듯한 기분이 되어心地死ぬべくおぼえければ'(p.216), '마지막으로 가는 길이라고 들었지만, 죽는다는 것이 어제 오늘의 일이 될 줄은 몰랐구나. つゐにゆく道とはかねて聞きしかどきのふけふとは思はざりしを'(p.216)라고 읊었다. 남자는 사람이란 누구나 죽는다는 것을 알고 있었지만 자신의 경우에도 이렇게 다가올 줄 몰랐다는 것이다. 이와 같이『이세 이야기』의 주인공 남자는 1단에서 성인식을 마치고 125단에서 죽는 일대기 형식을 빌려 수많은 사랑의 인간관계를 그리고 있다. 그런데 이로고노미인 주인공 남녀는 나이가 들거나 병으로 죽는 경우보다 상사병으로 죽겠다는 표현을 더 많이 한다는 것을 확인할 수 있었다

『이세 이야기』와 같이 와카를 중심으로 구성된『야마토 이야기大和物語』에도 남녀가 상사병이 원인이 되어 죽음을 맞이하는 경우가 나온다.『야마토 이야기』에는 단순한 질병으로 인한 사망(70, 101단), 남녀의 삼각관계로 인한 여성의 자살이나 출가(147단), 여행지에서의 죽음(144

제3부 헤이안 시대의 문학과 사상

단), 납치한 여성의 죽음(154, 155단). 우리나라의 고려장 이야기와 유사한 오바스테의 죽음 이야기(156단), 승정 헨조遍照가 출가를 전후하여 고뇌하는 이야기(168단) 등이 있다. 특히 『야마토 이야기』 165단은 『이세 이야기』 125단과 같은 와카로 마지막으로 가는 길을 읊고 있지만, 다른 점은 아리와라 중장이 좌대변의 딸을 사랑하여 와카를 보내지만 답장이 없는 가운데 상사병으로 죽음을 맞이한다는 점이다.

『야마토 이야기』 103단은 헤이주(다이라노 사다분)의 연애담이다. 다이라노 사다분平貞文(?~923)이 한창 젊었을 때 장터에 가서 만난 무사시武蔵 수령의 딸에게 편지를 보냈다. 이 분은 프라이드가 대단한 분으로 지금까지 애인도 없었지만 헤이주에게는 마음을 주고 하룻밤을 보내게 되었다. 그런데 헤이주는 다음 날 아침 남자가 보내게 되어있는 편지(後朝の文)도 보내지 않고, 다음 날도, 그 다음 날도 아무런 연락이 없었다. 6일째 되는 날, 사람들이 이제는 새로운 인연을 찾아야 한다고 하자, 여자는 식음을 전폐하고 울고 있다가 갑자기 자신의 아름다운 머리카락을 잘라 비구니가 되어 버렸다. 여자는 '대단히 한심한 사람이라 죽으려 해도 죽을 수가 없어요. 그나마 이렇게 해서 불도수행이라도 해야지. いと心憂き身なれば、死なむと思ふにも死なれず。かくだになりて、行ひをだにせむ'(p.326)라고 하며, 주변 사람들에게 소란피우지 말라고 했다. 한편 헤이주는 오지 않았던 것이 아니라 편지도 보내지 못할 여러 가지 사정이 있었던 것이다. 즉 여자와 하룻밤을 보낸 다음 날, 장관에게 불려가 술을 마시고, 다시 데이지인(亭子院, 宇多天皇)과 함께 오이가와大井川로 가서 유흥을 하게 되었다는 것이다. 그리고 다음 날 아침에는 여자의 집 방향으로 손이 있어 가지 못하고 있다가, 겨우 가게 되었을 때에는 여자가 출가하여 만나 주지 않았다는 것이다. 무사시 수령의 딸이

출가한 것은 남자에 대한 실망감으로 인한 것이겠지만, 여러 단에서 남녀의 상사병이 출가와 죽음으로 이어지는 것을 확인할 수 있다.

『헤이주 이야기平中物語』에는 이로고노미인 다이라노 사다분平貞文, 즉 헤이주의 연애와 희화화된 이야기를 담고 있다. 4단 '단념斷念'에는 남자가 여자에게 2년 동안 계속해서 연애편지를 보내며 만나고 싶어 하지만, 여자는 최소 3년은 되어야 한다는 답장을 보냈다. 이에 남자는 '인정 없는 당신을 원망하며 세 번째 봄을 맞이할 동안 살아있다면 말씀하신대로 하지요. 그 전에 상사병으로 죽을 것 같습니다. うらみつつ春三返りを漕がむ問に命絶えずはさてややみなむ'(p.463)라고 읊었다. 그리고 남자는 정말로 '죽을 듯이 앓고 있어요. 死ぬべく病みてなむ'(p.464)라고 연락을 보냈지만, 여자가 아무런 답이 없자 단념했다는 것이다.

이상에서 살펴본 바와 같이 실제 인생에서는 병이나 자연사가 많았겠지만, 모노가타리에서는 남녀가 사랑의 인간관계로 인한 상사병으로 생을 마감하는 경우가 많았다. 『이세 이야기』와 『야마토 이야기』, 『헤이주 이야기』 등의 이로고노미인 주인공 남녀는 사랑에 살고 사랑에 목숨을 걸었던 것이다. 특히 『이세 이야기』는 1단에서 성인식을 마친 남자가 사랑을 시작하여 125단에서 죽음을 맞이하기 직전의 사세구辭世句를 통해 인생의 허무함을 읊고 있다.

4. 히카루겐지와 모노노케

『겐지 이야기源氏物語』에는 주요 등장인물이 모두 사랑, 생령 등의 모노노케物の怪로 인하여 괴로워하거나 목숨을 잃는다. 모노노케는 원시적

인 정령이나 원령이 천변지이와 질병을 일으켜 사람의 목숨을 앗아가는 악령으로 나타난다고 생각했다. 그 종류로는 생령生靈과 사령死靈, 원령怨靈, 사기邪氣 등이 있는데, 모두 사람을 괴롭히는 역병이나 질병의 원인이 된다고 보았다.

모노노케를 퇴치하는 방법은 승려나 수험자修驗者, 음양사 등이 밀교의 수법修法인 인계印契을 맺거나 주문을 외고 부처의 가호를 빌어야 했다. 특히 질병의 원인이 되는 모노노케는 음양사 등이 가지기도加持祈禱을 통해 환자에 붙은 모노노케를 영매인 요리마시憑坐에게 옮겨 붙게 하고, 다시 조복調伏시킴으로써 완전히 치유된다고 생각했다. 와카무라사키若紫 권에서 기타야마北山의 고승이 학질瘧疾에 걸린 겐지를 치료하는 것도 모노노케를 퇴치하는 방식으로 가지와 기도, 다라니경을 읽는 등 정신적으로 치유한다. 그러나 겐지가 치료를 받고 도읍으로 돌아가려 할 때에는 고승과 승도가 각각 부적과 여러 가지 약을 처방하여 선물로 바친다.

『겐지 이야기』 유가오夕顔 권에서 유가오는 겐지의 황량한 별장에서 갑자기 나타난 모노노케에 의해 죽임을 당한다. 겐지의 꿈에 나타난 모노노케는 '머리맡에 대단히 아름다운 여자御枕上にいとをかしげなる女'(夕顔 ①164)의 모습으로, 겐지는 귀신에 씌인 듯한 기분이 들어 잠이 깨어 보니 유가오가 이미 죽어있었다는 것이다. 그리고 모미지노가紅葉賀 권에서 후지쓰보藤壺의 출산이 예정보다 늦어지는 것도 모노노케의 탓일 것으로 추정한다.

아오이葵 권에서 좌대신의 딸 아오이노우에葵上는 회임을 한 후, 수많은 모노노케로부터 고통을 겪는데, 그중에서 특히 조복되지 않는 한 모노노케가 있었다. 이 모노노케는 빙의도 하지 않고 아오아노우에를 특

별히 심하게 괴롭히는 것은 아니지만 한시도 떨어지지 않았다. 그리고 모노노케는 '훌륭한 수험자들의 조복에도 굴하지 않고 집념이 강한 것이 보통이 아닌 것 같았다. いみじき験者どもにも従はず、執念きけしきおぼろけのものにあらずと見えたり'(葵②32)라고 되어있다. 이 모노노케는 앞서 소위 우차 소동車争い에서 겐지의 정처 아오이노우에로부터 심한 모욕을 당한 로쿠조미야스도코로六条御息所의 생령이었다. 아오이노우에가 회임을 했다는 소문을 들은 로쿠조미야스도코로는 자신도 어찌할 수 없는 질투심으로 인해 혼이 유리되어 생령으로 빠져나가 아오이노우에를 괴롭힌 것이다. 좌대신가에서도 영험 있는 수험자들이 아오이노우에에게 붙은 모노노케 중에서 아무리 가지기도를 해도 요리마시에 옮겨 붙지도 않고 끈질기게 괴롭히는 모노노케를 로쿠조미야스도코로의 생령으로 추정한다.

한편 로쿠조미야스도코로 스스로도 자신의 혼백이 모노노케가 되어 임신한 아오이노우에를 괴롭힌다는 것을 자각한다.

조금 얼이 빠진 듯이 안정되지 않은 탓인지 잠시 깜박 조는 꿈에, 그 마님이라 생각되는 사람이 정말 아름다운 모습으로 계신 곳에 나아가 이것저것 괴롭히고 미치광이처럼 난폭하고 무섭게 외골수가 되어 거칠게 끌어당기고 하는 장면을 자주 보게 되었다.

一ふしに思し浮かれにし心鎮まりがたう思さるるけにや、すこしうちまどろみたまふ夢には、かの姫君と思しき人のいときよらにてある所に行きて、とかく引きまさぐり、現にも似ず、猛くいかきひたぶる心出で來て、うちかなぐるなど見えたまふこと度重なりにけり。　　　　　(葵②36)

로쿠조미야스도코로는 가모 신사賀茂神社의 축제 때 있었던 우차 소동 이래로 자신의 생령이나 아버지의 원령이 아오이노우에의 출산을 괴롭 힌다는 소문을 들었던 것이다. 그리고 이전의 우차 소동에서 아오이노 우에의 하인들로부터 심한 모욕을 당했던 일을 생각하면서, 자신도 모 르게 그녀를 찾아가 괴롭힌다는 것을 느끼고 울적한 기분이 된다. 즉 로쿠조미야스도코로의 모노노케가 발현하게 된 동기는 겐지의 정처인 아오이노우에에 대한 질투심으로 인한 것이었다.

아오이노우에의 출산이 가까워지자 꼼짝하지 않았던 로쿠조미야스도 코로의 모노노케가 드디어 겐지의 눈앞에 그 정체를 드러낸다. 모노노 케는 '한탄스러워 몸을 빠져나간 저의 혼백을 옷자락으로 묶어 붙잡아 주세요. なげきわび空に亂るるわが魂を結びとどめよしたがひのつま'(葵②40)라고 말하는 목소리와 느낌이 아오이노우에와는 전혀 다른 사람으로 변해 버 렸다. 겐지는 아무래도 이상하다고 생각해 바라보니 로쿠조미야스도코 로의 모노노케였던 것이다. 겐지는 지금까지 로쿠조미야스도코로의 모 노노케에 대한 소문은 많았지만, 그러함 소문을 믿지 않고 있었는데 실 제로 모노노케의 정체를 확인하고 보니 만감이 교차했다. 모노노케는 겐지에게 승려들의 가지기도를 멈추어 달라고 애원하고 자신의 혼이 유 리되는 것 같다고 고백한다. 이윽고 아오이노우에가 아들 유기리夕霧를 출산하자 승려들은 사찰로 돌아가고, 겐지를 비롯한 집안의 남자들도 궁중의 관리 임용식에 출근했다. 그리고 모노노케가 다시 발작하자 아 오이노우에는 순식간에 숨이 끊어져 버린다. 겐지는 아오이노우에의 장 례를 치르고, '바라던 출가를 해야지願はしきさまにもなりなまし'(葵②50)라 고 결심하지만 실행하지 못하고, 무라사키노우에와의 결혼이라는 새로 운 인간관계가 전개된다.

와카나若菜 하권에서 여성들의 화려한 음악회(女樂)가 끝난 후, 갑자기 무라사키노우에가 발병한다. 겐지는 무라사키노우에가 위독해지자, '모노노케의 소행일 것이다物の怪のするにこそあらめ'(④234)라고 하며 영험 있는 수험자들을 불러 모아 머리에서 연기가 나도록 가지기도를 시킨다. 이에 좀처럼 모습을 드러내지 않던 모노노케가 조복調伏되어 요리마시인 작은 여자 아이에게로 옮겨가, 겐지에게 할 말이 있으니 다른 사람들은 모두 나가달라고 한다. 모노노케는 겐지가 아오이노우에의 임종 때 보았던 로쿠조미야스도코로의 사령이었는데, 겐지에 대한 집념을 버리지 못하고 죽어서까지 나타난 것이다. 겐지는 로쿠조미야스도코로의 모노노케가 자신에게 원망스럽다는 말을 하며 부끄러워하는 모습을 보고, '정말 기분 나쁘고 싫어서なかなかいとうとましく'(若菜下④236), 더 이상 말을 하지 못하게 해야겠다고 생각한다.

　로쿠조미야스도코로의 모노노케는 자신이 이렇게 다시 나타난 것은 겐지에 대한 옛날의 미련이 남아 있기 때문이라고 울면서, '이 세상에 살아있었을 때 남들보다도 가볍게 무시해버린 일보다도, 친한 사람끼리의 대화에서 저에 대해 불쾌하고 싫은 여자였다고 당신이 말씀하신 것이 정말 원망스럽습니다. 生きての世に、人よりおとして思し棄てしよりも、思ふどちの御物語のついでに、心よからず憎かりしありさまをのたまひ出でたりしなむ、いと恨めしく。'(若菜下④236)라고 말한다. 로쿠조미야스도코로의 모노노케는 겐지에게 딸인 아키코노무秋好中宮 중궁을 도와준 것은 고맙지만, 지금은 자식에 관한 일보다도 겐지에 대한 사랑의 집념을 호소하고 있다. 즉 로쿠조미야스도코로의 모노노케는 자신이 살아있을 때 무시당했던 일보다도, 겐지가 무라사키노우에에게 자신을 화제로 삼아 불쾌하고 싫은 여자였다고 회상하는 것을 원망한다. 그리고 로쿠조미야스도코로의

모노노케는 무라사키노우에를 그다지 미워하지는 않지만, 겐지에게는 신불의 가호가 깊어서 붙을 수가 없어 하는 수 없이 무라사키노우에를 발병하게 만든 것이라고 고백한다.

로쿠조미야스도코로의 모노노케는 겐지에게 성불하지 못하고 있는 자신의 죄가 가벼워질 수 있도록 공양을 해 달라는 부탁을 한다. 한편 겐지는 로쿠조미야스도코로의 애집을 생각하면 중궁을 돕는 일도 내키지 않고 '여자란 모두 다 죄의 근원이 되고, 세상만사가 싫어져서 女の身はみな同じ罪深きもとゐぞかしと、なべての世の中いとはしく'(若菜下④241)라고 생각하면서, 두 사람만의 이야기를 알고 있는 것을 보면 로쿠조미야스도코로의 모노노케가 틀림없다는 생각을 하게 된다. 이와 같이 겐지의 모노노케에 대한 생각은 곧 겐지 자신의 로쿠조미야스도코로에 대한 양심의 가책과 심리라 할 수 있을 것이다.

가시와기柏木 권에서 겐지의 정처 온나산노미야女三宮와 가시와기의 밀통으로 가오루薫가 태어난다. 이 사건으로 세 사람은 각자 고뇌하게 되는데, 온나산노미야는 죄의식을 안고 아버지 스자쿠인朱雀院의 도움을 받아 출가를 단행한다. 이때 로쿠조미야스도코로의 모노노케가 다시 나타나 자신이 온나산노미야를 출가하게 만들었다고 한다. 그리고 후반야에 다시 나타난 모노노케는 '그것 봐요. 한사람에 대해서는 정말 잘 회복했다고 생각하시겠지요. 무라사키노우에만을 사랑하신 것이 너무나 얄미웠기에 이 근처에 살짝 와서 며칠 동안 붙어 있었던 것입니다. 이제 사라지겠습니다. かうぞあるよ。いとかしこう取り返しつと、一人をば思したりしが、いと妬かりしかば、このわたりにさりげなくてなん日ごろさぶらひつる。今は帰りなん。'(柏木④310)라고 하며 그로테스크하게 웃으며 사라진다.

겐지는 로쿠조미야스도코로의 모노노케가 아오이노우에를 죽이고,

무라사키노우에를 발병하게 했는데, 또 다시 같은 모노노케를 대하자 너무나 한심한 생각이 들고 온나산노미야가 안타까운 생각이 들고 박정하게 대하고 출가시킨 것을 후회했다. 후반야란 새벽 6시경으로 모노노케의 공허하게 메아리치는 웃음소리는 겐지를 소름끼치게 했을 것이다. 즉 로쿠조미야스도코로의 질투심으로 발현된 모노노케는 겐지의 정처 아오이노우에를 죽게 하고, 온나산노미야를 출가시키고, 정처격인 여성 무라사키노우에를 발병하게 만들어 겐지의 영화를 붕괴시키고 상대화相對化시키는 역할을 한 것이다.

무라사키시키부紫式部는 자신의 가집歌集 『무라사키시키부집紫式部集』 44, 45[29]에서 모노노케를 '마음의 귀신心の鬼', '귀신의 모습鬼の影'이라고 읊었다. 무라사키시키부는 가집에서 후처의 병이 전처의 모노노케 때문이라고 하는 것은 후처의 의심암귀疑心暗鬼 때문이라고 읊었다. 즉 가집의 논리에 따르면 로쿠조미야스도코로의 모노노케는 결국 겐지의 마음에서 유발된 것이고 겐지에게만 보이는 것이다. 따라서 어령御靈이나 생령, 사령 등이 사람을 죽이거나 출가하게 한다고 생각하는 것도 사람의 마음에서 유발된 의심암귀로 보았다. 그런데 『겐지 이야기』등의 이야기 문학에서는 이러한 질병과 죽음이 단순히 병만 앓다가 죽는 것으로 끝나지 않고 이로 인해 특별한 인간관계와 주제로 이어지는 기능을 하는 경우가 많았다. 즉 모노가타리에 그려진 등장인물의 질병과 죽음이 작품의 주제를 이어가는 작의作意가 되고 이야기의 복선이 된다는 것을 확인할 수 있었다.

---

29 山本利達 校注(1987), 『紫式部日記 紫式部集』, ≪新潮日本古典集成≫, 新潮社, pp.131~132.

5. 결론

헤이안 시대의 모노가타리 문학에 나타난 질병과 죽음이 모노가타리의 주제에 어떠한 기능을 하고 있는가를 살펴보았다. 특히『다케토리 이야기』의 가구야히메의 승천,『이세 이야기』등에 나타난 주인공 남녀의 상사병과 죽음,『겐지 이야기』의 히카루겐지가 로쿠조미야스도코로의 모노노케로 인해 고뇌하는 양상을 고찰했다. 그리하여 모노가타리의 주인공이 질병에 걸리거나 죽음에 이르는 과정을 규명하고, 질병과 죽음으로 등장인물의 인간관계에서 어떠한 작의作意가 일어나는가를 고찰해 보았다.

『다케토리 이야기』에서는 수많은 구혼자 가운데 다섯 명의 귀족이 각각 가구야히메가 제안한 난제를 해결하기 위해 목숨을 걸고 노력한다. 달나라 세계라는 이향에서 온 가구야히메는 결국 다섯 귀족들뿐만이 아니라 천황의 구혼도 받아들이지 않고 불사약과 편지를 남기고 승천한다. 천황은 가구야히메가 남긴 편지와 불사약을 후지산 정상에서 태우게 하는데, 이는 천황의 생명이 유한하다는 것을 합리화하고 연기로 이향 세계와 교신한다는 것을 의미한다.

『이세 이야기』와 같은 우타歌 모노가타리에서는 사랑의 인간관계와 상사병으로 인한 죽음이 그려지는 경우가 많다. 즉 이로고노미의 주인공 남녀가 상사병을 앓는 장면이 많다는 것은 이러한 이야기가 주로 결혼 적령기의 미혼 남녀가 통과의례의 문학으로 읽었기 때문이다. 그리고『겐지 이야기』에는 많은 등장인물들이 사령, 생령 등의 모노노케로 인하여 고통을 겪거나 목숨을 잃는다. 특히 히카루겐지는 유가오와 아오이노우에, 무라사키노우에, 온나산노미야를 괴롭히는 모노노케를 직접 만나게 되는데, 이러한 모노노케는 이야기의 주제를 선점하는 복선이 된다. 그리고 이러한 모노노케를 직접 보게 되는 것은 겐지뿐이고, 그녀들의 출가와 죽음은 각각 새로운 이야기의 주제를 시작하는 계기가 된다.

이와 같이 헤이안 시대의 이야기 문학에 그려진 질병과 죽음은 사랑의 인간관계를 그리기 위한 모티프로 작용하는 경우가 많다. 즉『다케토리 이야기』에서는 이향 세계와의 교류, 『이세 이야기』와『야마토 이야기』, 『헤이주 이야기』에서는 남녀의 사랑과 상사병으로 인한 죽음, 『겐지 이야기』에서는 모노노케로 인한 출가와 죽음이 이야기의 주제를 선점하고 있다. 즉 모노노케로 통칭되는 모든 질병은 단순히 발병하고 치유되는 것이 아니라, 그러한 발병이 단편·장편 이야기의 복선으로 설정된다는 것을 확인할 수 있었다.

제3부 헤이안 시대의 문학과 사상

제2장
헤이안 시대의 효의식

● ● ●

1. 서론

일본은 유교보다는 신도神道가 우선이라 일반적으로 유교적 예의범절과 도덕성이 떨어진다는 이야기를 자주 듣는다. 특히 한국과 비교하면 일본은 부모에 대한 효의식孝意識이 부족하다고 한다. 실제로 헤이안平安 시대의 고전문학에서 전체의 주제에서 효의식을 다루고 있는 작품보다는 남녀의 사랑을 다루고 있는 이야기가 더 많은 것은 사실이다.

한국문학에 있어서 효의식의 대표작이라 하면 『심청전沈淸伝』을 손꼽을 수 있을 것이다. 심청의 자기희생적인 '효孝'를 그린 『심청전』이야말로 충효사상의 대표작이라 할 수 있을 것이다. 또한 김만중金万重은 효성이 지극하여 유배지에서 어머님의 마음을 위로하기 위하여 『구운몽九雲夢』을 지었다고 한다. 이외에 『흥부전興夫伝』 등에서도 효성이 지극한 흥부와 불효하는 놀부를 대비하고 있다. 『춘향전春香伝』에서 주인공 이몽룡의 가문은 충효록忠孝録에 올라 있는 집안으로, 조선 시대에 '충효忠孝'를 갖춘 이도령은 이상적인 주인공상이었다고 할 수 있을 것이다. 이와 같이 조선 시대의 소설에서 孝意識은 忠意識과 함께 한국문학의 사상체계와 도덕률의 근본이었던 것이다.

한국에서는 부모에 대한 효의식은 나라와 임금에 대한 충의식忠意識과 함께 신라 시대로부터 숭상되어 왔다. 예를 들면『삼국사기三国史記』권4의 진흥왕真興王 37년条에 최치원崔致遠은 난랑비鸞郎碑 서문에서 다음과 같이 기술하고 있다.

> 우리나라에는 玄妙한 道가 있으니 (이를) 風流라 이른다. 그 敎의 起源은 仙史에 자세히 실려 있다. 실로 이는 三敎(仏·仙·孔)를 포함하여 衆生을 교화한다. 이리하여 (그들이) 집에 들어오면 효도하고 나아가면 나라에 충성하는 것은 이것은 魯司寇(孔子)의 主旨 그대로며,
> 國有玄妙之道, 曰風流. 設敎之源, 備詳仙史, 實乃包含三敎, 接化群生. 且如入則孝於家, 出則忠於國, 魯司寇之旨也,[1]

최치원이 비문에서 화랑도의 효와 충을 강조한 바와 같이 신라에서는『효경孝經』이 국학의 필수과목이었으며 효의식이 중요한 사상적 기조였다는 것을 알 수 있다. 한국문학에 있어서 '효의식'은 공자孔子가 증자曾子에게 효도를 역설한『효경』의 가르침대로 '故以孝事君則忠'(孝経士章第五)의 의식이 뿌리 깊었다. 신라 시대의 화랑이 그러했고, 고려 조선 시대의 사대부나 양반의 의식이 그러했다. 따라서 용어로서 '효'라는 표현의 유무에 관계없이 한국의 고전문학에는 '효의식'이 내포되어 있지 않은 작품이 없을 정도이다. 이는 즉 '수신제가치국평천하修身斉家治国平天下'의 사상으로 대표된다. 여기서 수신제가는 '효'가 그 뿌리이고 치국평천하는 '충'이 그 근본을 이루고 있다고 할 수 있을 것이다. 『삼

---

1 李丙燾 訳註(1983),『三国史記』上, 乙酉文化史, p.74, p.83.

국사기』 권28에는 백제의 의자왕이 태자로 책봉되었을 때, '어버이 섬기기를 효도로써 하고 형제간에 우애가 있어 당시에 海東曾子의 일컬음이 있었다.'[2]라고 기술했다. 『삼국유사三國遺事』 권5에는 신라 흥덕왕이 어머니를 봉양하기 위해 아이를 땅에 묻으려했던 손순孫順 부부의 효심을 칭찬하고 상을 내린다는 이야기가 나온다.

고려 충목왕 때 권보權溥 등이 중국 『이십사효二十四孝』의 영향을 받아 효행설화를 집대성하여 『효행록孝行錄』을 편찬했다. 일본 근세의 이하라 사이카쿠井原西鶴가 『이십사효』를 패러디한 『본조이십불효本朝二十不孝』(1686)를 기술한 것과 대비된다. 그리고 고려장高麗葬 이야기는 노부모를 버리려다 도로 모시고 돌아간다는 것으로 결국 효를 강조하기 위한 설화로 볼 수 있다. 조선 시대는 유교 국가였던 만큼 효도가 중시되었는데, 특히 세종 16년(1434)에 편찬된 『삼강행실도』는 한국과 중국의 충신, 효자, 열녀를 골라 그림과 설명을 한 책이다. 이충무공李忠武公은 『난중일기亂中日記』에서 어머니에 대한 극진한 효성孝誠을 기록하고 있다. 『난중일기』는 이충무공이 효자로서, 가장으로서, 용감한 장군으로서의 면모를 두루두루 살필 수 있는 일기이지만, 전쟁중에도 우리의 선인들이 부모에 대한 효도를 얼마나 중요시 했는가를 알 수 있다. 그리고 판소리 계통의 유명한 『심청전沈淸傳』은 효녀 심청이 아버지 심 봉사의 눈을 뜨게 하기 위해 공양미 300석에 몸을 팔아 인당수의 제물이 된다는 효행설화이다. 이와 같이 한국문학에 있어서는 효의식을 이상적인 주인공의 중요한 덕목으로 그리고 있다.

헤이안 시대 문학의 인물상은 이상적인 '풍류인色好み'을 중심으로 남

---

2 李丙燾 訳註(1983), 『三国史記』 下, 乙酉文化史, p.77.

녀의 연애를 다룬 이야기가 많고, 효의식이 주제로 한 작품은 상대적으로 적다고 할 수 있다. 그리고 헤이안 시대의 효의식에 관한 선행연구도 거의 찾아 볼 수 없다. 다나카 다카아키田中隆昭가 「光源氏における孝と不孝」[3]에서 『겐지 이야기』를 중심으로 히카루겐지의 효와 불효의 문제를 규명하고 있는 정도이다. 이하 한국문학에 나타난 효의식을 염두에 두면서 일본 헤이안 시대의 효의식을 『겐지 이야기源氏物語』를 중심으로 고찰해 보고자 한다. 특히 『겐지 이야기』에 나타난 용례를 중심으로 효의식이 이야기의 인간관계와 주제에 어떠한 영향을 미치고 있는가를 규명하고자 한다.

2. 고전문학에 나타난 효의식孝意識

일본의 고전문학은 남녀의 사랑과 '풍류色好み'가 이야기의 주제로 설정되어 있는 경우가 많다. 그래서 근세의 국학자 모토오리 노리나가本居宣長(1730~1801)는 『続紀歴朝詔詞解』 二巻(1800)에서 '효孝'에 대해 다음과 같이 논하고 있다.

> 孝儀, 모두가 漢나라의 용어로 사용되고 있어, 이쪽(日本)의 말로는 읽기 어려운 점이 있는데 억지로 읽으니까 좀처럼 이치가 명백하지 않는 것이다. 이 '孝'의 의미 같은 것이 그러하다. '德'자, '孝'자 등은 꼭 맞는 訓이 없다. 그러니까 이들은 음독으로 읽어야 한다.[4]

---

3 田中隆昭(1995), 「光源氏における孝と不孝」, 『東アジアの中平安文学』, 勉誠社.
4 大野晋 編(1981), 『本居宣長全集』 7巻, 筑摩書房, p.295.

　　　　　　　　　　　　　제3부 헤이안 시대의 문학과 사상

모토오리 노리나가는 '효'의 일본 고유어和語가 없다는 점을 지적하고, 음독으로 읽어야 된다는 점을 지적한 것이다. 그러나 일본어에 효의 고유어가 없다고 해서 일본에는 '효의식孝意識'이 아주 없었다고는 할 수는 없을 것이다. 단지 일본의 고전문학에 나타난 효의식이 한국이나 중국에 비해 미약했을 것으로 추정된다.

일본 고전문학 속에서 '효의식'은 어떠한 형태로 전승되고 있는가. 오토기조시御伽草子의 『분쇼조시文正草子』나 『이십사효二十四孝』와 같은 효자담孝子譚의 원천은 중국의 『全相二十四孝詩選』에 있는 것으로 확인되고 있다. 그리고 근세의 이하라 사이카쿠井原西鶴가 『본조이십불효本朝二十不孝』를 쓴 배경에는 시대풍조에 대한 대응과 후지이 란사이藤井懶斎의 『본조효자전本朝孝子伝』 卷下의 '今世' 部에 있는 효자 20인을 대상으로 '変幻自在의 수법을 구사해서 그들을 모두 불효자로 바꾸려는'[5] 의도가 있었던 것이다.

근대의 니토베 이나조新渡戸稲造(1862~1933)는 『무사도武士道』의 증보개정 제1판 서문增訂第十版序에서 '효'의 장을 설치하지 않았던 이유에 대해서, '그것(孝)에 대한 우리 국민자신의 태도를 모르기 때문이 아니고, 오히려 이 德에 대한 서양인의 감정을 내가 모르기 때문이고, 따라서 자신의 마음에 만족할 수 있는 비교론을 펼칠 수가 없었기 때문이다.'[6] 라고 피력했다. 즉 니토베 이나조는 『무사도』에 '효'의 장을 설정하지 않은 것은 일본 국민이 효를 몰라서가 아니다라고 주장하고 있다. 그러나 설령 '효의식'이 있었다고 하더라도, 모토오리 노리나가本居宣長가 지적한 것처럼 다른 사상에 비해서 그 정도가 약하지 않았을까 생각된다.

---

5 佐竹昭広(1986), 『古語雑談』, 岩波書店, p.192.
6 新渡戸稲造(1985), 『武士道』, 岩波書店, p.15.

『속일본기續日本紀』(797)에는 '효의孝義', '효행孝行', '효자孝子' '효충孝忠' '효도孝道' 등의 용례가 보인다. 겐메이元明(707~715) 천황 708년의 기사에는, '효자로 나이 많은 조부모를 잘 모시는 의부·절부는 가문과 마을의 문에 게시하고, 3년간 조세 부담을 면제한다. 孝子·順孫(よく祖父母に仕える孫)·義夫·節婦は、家の門と村里の門に掲示し、三年間租税負担を免除する'[7]라고 하여 효자를 우대한다는 정책을 기술하고 있다. 또『속일본기』의 和銅7年(714) 11월 4일에는, 야마토 지방大倭国 소노시모 고을添下郡의 세 사람이 부모에 효심이 깊고 정조를 지키며 형제간에 우애가 있다고 하여 종신 세금을 감면하고 표창을 했다는 기사가 나온다. 특히 하타야스果安의 처인 시나사信紗에 대해서는, '시아버지, 시어머니를 공경하고 효성이 깊다고 알려졌다. 남편이 죽은 후에도 여러 해 동안 수절을 지키고, 舅·姑によく仕えて、孝行者として知られた。夫が亡くなったのちも、多年節を守り'(『続日本紀』上, p.154), 자신의 아이와 의붓자식을 가리지 않고 양육하여 부인으로서의 도리를 다했다는 것을 칭송하고 있다. 즉 지아비가 죽은 후에도 수절을 지키며 시부모를 잘 모셔 마을 사람들의 칭찬이 자자하여 표창을 했다는 것이다. 그리고 고켄孝謙(749~758) 천황 757년 4월조에는 백성을 효로 다스렸는데, '온 집집마다『효경孝経』을 한 권씩 소장하게 하고 잘 익혀 암송하게 하고, 天下の家ごとに孝経一巻を所蔵させ、よく習い誦えさせて'(『続日本紀』中, p.145), 효행 혹은 불효하는 자가 있으면 장관에게 보고하게 했다고 한다.

『마쿠라노소시枕草子』227단 '신사는… 社は…'의 이야기는 아리토오시蟻通(개미가 통과한 구멍) 신의 유래를 이야기하는 과정에서, 효성이

---

7 宇治谷孟(2002),『続日本紀』上, 講談社, p.98. 이하『続日本紀』의 인용은 같은 책의 권수, 쪽수를 표기함. 필자 역.

지극한 중장中將이 은밀히 집안에 땅을 파고 그 안에 집을 지어서 부모를 살게 하면서 돌보았다는 것이다.

> (중장은) 70세 가까운 부모가 있었다. "이렇게 40세라도 엄한 처벌을 한다고 하자, 어떻게 될까 무섭구나."라고 하며 부모님이 두려워했지만, 중장은 대단히 효심이 지극한 사람이어서 먼 곳에 살게 하지는 말아야지, 하루에 한번이라도 부모님을 못 보면 참을 수가 없다라고 하며, 몰래 집안의 땅을 파고 그 안에 집을 지어 부모를 숨어 살게 하고, 항상 그곳에 가서 만났다.
>
> 七十近き親二人を持たるに、『かう四十をだに制することに、まいてお そろし』とおぢさわぐに、いみじく孝なる人にて、遠き所に住ませじ、一 日に一度見ではえあるまじとて、みそかに家のうちの土を掘りて、そのう ちに屋を立てて、籠めすゑて、いきつつ見る。[8]

천황이 젊은 사람을 좋아하여 40세 이상의 사람은 모두 죽이자, 노인들은 모두 지방으로 도망가거나 숨어버려 도읍에 나이든 사람이 없었다. 이때 천황의 총애를 받는 효심이 지극한 중장이 집안에 땅을 파고 부모를 숨기고 있었다. 그런데 당나라의 황제가 일본의 천황을 못마땅하게 생각하여 세 가지의 난제를 해결하라고 요구했다. 조정에서 아무도 이를 해결할 수 있는 사람이 없었으나, 그때마다 중장이 모두 부모의 지혜로 해결했다는 것이다. 특히 마지막으로 일곱 번 구부러진 옥의 구멍에 실을 꿰라는 난제에 대해, 부모는 '개미허리에 실을 묶고 한쪽 입구에 꿀을 발라두라.'고 가르쳐주어 해결하게 한다. 이에 천황이 중장을 크게 칭찬하며 원하는 바를 묻자, 중장은 부모를 찾아서 도읍에서 함께

---

8 松尾聰 他訳注(1999), 『枕草子』, ≪新編日本古典文学全集≫ 18, 小学館, p.362.

살게 해 달라는 청원을 하여 허락을 받게 되었다는 것이다. 그러한 일이 있은 후 중장의 부모는 아리토오시 신이 되어 참배한 사람의 꿈에 나타난다는 것이다. 한국의 고려장과 비슷한 유형으로 중장이 숨겨둔 부모님의 지혜로 난제를 해결하여 나라도 위기를 구한다는 이야기이다.

『우쓰호 이야기』의 도시카게俊蔭 권에는 도시카게俊蔭가 돌아가신 부모에 대한 효를 다한다는 기사가 나온다.

> 무역선에 편승하여 23년 만에 나이가 39세가 되는 해 일본에 돌아왔다. '아버지가 돌아가신 지 3년, 어머니가 돌아가신 지 5년이 되었다.'고 한다. 도시카게는 한탄하였지만 어찌할 도리가 없이 3년의 효를 다했다.
>
> 交易の船につきて、二十三年といふ年、三十九にて日本へ帰り來たり。父かくれて三年、母かくれて五年になりぬといふ。俊蔭、嘆き思へども、かひもなくて、三年の孝送る。[9]

도시카게는 16살 때 견당사로 파견되었다가 풍랑에 밀려 도착한 파사국波斯国에서 거문고琴의 비곡을 전수 받고 갖가지 거문고를 얻어 귀국한다. 도시카게는 견당사로 떠나기 전 슬퍼하던 부모님을 생각하며 23년 만에 귀국해 보니 이미 돌아가신 다음이라는 것이다. 그래서 도시카게는 부모에게 3년 상의 효를 다하고 조정에 출사한다는 것이다.

『우쓰호 이야기ぅつほ物語』 도시카게俊蔭 권에서 도시카게의 딸과 가네마사兼雅의 아들 나카타다仲忠는 생계가 어려워지자 산속 동굴에서 생활하게 된다. 나카타다가 어머니에 대한 효를 다하는 대목에 중국의 효자설화에 나오는 왕상王祥, 맹종孟宗, 양향楊香 등의 고사가 인용되어 있다. 즉

---

9 中野幸一 校注(1999), 『うつほ物語』 1, ≪新編日本古典文学全集≫ 14, 小学館, p.40. 이하 『うつほ物語』의 인용은 ≪新編全集≫의 권수, 쪽수를 표기함. 필자 역.

나카타다는 모친을 양육하기 위하여 중국의 효자설화에 나오는 생선과 마 등을 채취하는 것으로 기술되어 있다. 즉 나카타다는 겨울이 되어 물이 얼어 낚시를 할 수 없게 되자, 물을 향해 다음과 같이 말했다고 한다.

> 아이가 말하기를 '정말로 내가 효자라면 얼음은 풀리고 물고기는 나와라. 효자가 아니라면 나오지 말라.'라고 하며 울자, 얼음이 녹아 커다란 물고기가 나왔다. 잡아가서 어머니에게 말하기를 '저는 정말로 효자입니다'라고 말한다.
> この子いふ、「まことにわれ孝の子ならば、氷解けて魚出で來。孝の子ならずは、な出で來そ」とて泣くときに、氷解けて、大いなる魚出で來たり。取りて行きて母にいふやう、「われはまことの孝の子なりけり」と語る。
> (俊蔭①73-74)

나카타다는 얼음 속에서 물고기를 나오게 했다는 것으로 자신이 효자임이 증명되었다는 논리이다. 그리고 나카타다는 눈이 쌓인 산속에서도 나무 열매와 마 등을 채취하여 어머니를 양육한다는 것이다. 큰 삼나무의 동굴에 살던 곰이 나카타다를 잡아먹으려 했을 때도 '나는 효자이다. まろは孝の子なり'(1권 p.76)라고 하며 울자, 곰이 살던 동굴うつほ을 물려주어 모자가 거처로 삼고 살게 된다. 그리고『우쓰호 이야기』의 효의식에는 중국의 효사 설화가 깊이 투영되어 있다는 것을 알 수 있다.

『오치쿠보 이야기落窪物語』 권3에는 미치요리道賴가 장인 중납언中納言에 대한 효를 다음과 같이 기술하고 있다.

> 안타깝구나. 중납언은 너무나 나이 들었구나. '세상 사람들은 늙은 부모를 위해서 효도하는 것은 대단히 좋은 일이라.'고 생각한다. 특히 70이

나 60세가 되는 해에는 자식들이 축하연이라고 하여 관현이나 무악을 연주하여 보여드린다.

　「あはれ、中納言こそいたく老にけれ。〈世人は老いたる親のためにする孝こそ、いと興あり〉と思へ。殊に、七十や六十なる年、賀と言ひて、遊び、樂をして、見せたまふ。[10]

위문독衛門督인 미치요리道頼와 오치쿠보노키미落窪の君는 박해를 받은 아버지 중납언과 계모에 대해 복수를 하는 대신에 효를 다한다는 것이다. 이는 계모자담의 원래 화형과는 정반대의 이야기이다. 그리고 미치요리와 오치쿠보노키미는 서로 상의하여 부친을 위해 법화팔강法華八講을 공양하기 위한 준비를 한다. 이 대목은 『겐지 이야기源氏物語』의 와카나若菜 상권에서 히카루겐지光源氏의 40세 축하연에서 아내인 무라사키노우에紫上가 약사불공양薬師仏供養을 주최하는 장면과 유사하다.

이와 같이 상대의 『속일본기』와 헤이안 시대의 『마쿠라노소시枕草子』, 『우쓰호 이야기うつほ物語』, 『오치쿠보 이야기落窪物語』 등에서 이야기의 주제가 효행인 경우는 드물다. 그러나 중국의 효자설화 24편에 나오는 고사의 영향을 받은 효자담이 모노가타리의 부분적인 장면에서 이야기의 주제에 주요한 역할을 하고 있다는 것을 확인할 수 있었다.

3. 『겐지 이야기』의 효孝와 불효不孝

『겐지 이야기源氏物語』에는 '효孝'와 관련한 용례가 4例, '효양孝養'이 1

10　三谷栄一 他校注(2000), 『落窪物語』, ≪新編日本古典文学全集≫ 17, 小学館, p.255. 이하 『落窪物語』의 인용은 ≪新編全集≫의 쪽수를 표기함. 필자 역.

例, '불효不孝'가 1例 정도 나온다. 모두 6例 정도로 많은 용례는 아니지만, 『겐지 이야기』의 배경에도 분명히 효의식孝意識이 투영되어 있다는 것은 부정할 수 없다. 다마카즈라玉鬘 권에는 다마카즈라가 아름답게 성장하자, 쓰쿠시筑紫 지방의 많은 남자들이 구혼을 했지만, 유가오夕顔의 유모 남편인 다자이 소이大宰少弐는 이를 모두 거절한다. 그리고 세 아들들에게 다음과 같은 유언을 남기고 죽는다.

> (소이少弐는) 아들이 셋 있었는데, '단지 이 다마카즈라 아가씨를 도읍으로 데리고 가는 일만을 생각하라. 나에게 대한 효는 생각도 하지 말라.'고 유언을 해두었다.
> 男子三人あるに、「ただこの姫君京に率てたてまつるべきことを思へ。わが身の孝をば、な思ひそ」となむ言ひおきける。[11]

즉 소이少弐는 세 아들들에게 모시고 있던 유가오夕顔의 딸 다마카즈라 아가씨를 꼭 도읍으로 데려가 아버지 두중장을 만나게 해 주어야 한다는 것을 강조한 것이다. 그리고 이것만이 자신에 대한 효도를 다하는 일이라고 세 아들들에게 유언을 남긴 것이다.

도코나쓰常夏 권에는 내대신内大臣이 버려졌던 자신의 딸 오미노키미近江君를 만나 우스꽝스러운 문답을 하는 장면이 나온다. 오미노키미가 빠른 말투로 변기 청소라도 하며 집안일을 돕겠다고 하자 내대신은 다음과 같이 말한다.

> '어울리지 않는 역할이군요. 이렇게 우연히 만난 부모에게 효행을 하

---

11 阿部秋生 他校注(1997), 『源氏物語』 3, ≪新編日本古典文学全集≫ 22, 小学館, p.91.
　　이하 『源氏物語』의 인용은 ≪新編全集≫의 권, 책수, 쪽수를 표기함. 필자 역.

려는 생각이 있다면, 그 말하는 목소리를 조금 천천히 말하세요. 그러면 틀림없이 장수할 거야.' 하고, 우스꽝스럽게 보이는 대신인지라, 오미노키미도 웃으면서 말한다.

「似つかはしからぬ役ななり。かくたまさかに逢へる親の孝せむの心あらば、このもののたまふ声を、すこしのどめて聞かせたまへ。さらば命も延びなむかし」と、をこめいたまへる大臣にて、ほほ笑みてのたまふ。

(常夏③244)

　　내대신은 오키노키미가 천박하게 말이 빠른 것을 지적하며 효도할 마음이 있다면 제발 그 말을 좀 천천히 하라고 당부하는 대목이다. 이는 내대신이 정말로 오미노키미의 효성을 유도하려는 의도보다는 오미노키미가 자신의 딸로서 어울리지 않는 말투에 대해 야유하는 표현이라 할 수 있다.

　　그리고 다음은 내대신이 오미노키미의 반응에 효심이 깃들어 있다고 생각하는 대목이다.

　　'태어날 때부터의 말투이겠지요. 어린 시절에도 돌아가신 어머님께서 항상 괴로워하시며 주의를 주셨습니다. 묘호지의 별당 대덕이 안산기도를 하셨는데 그분을 닮은 탓이라고 탄식했습니다. 어떻게 해서든지 이 빠른 말투를 고치도록 하겠습니다.'라고 하며 큰일이라고 생각하는 것도 정말 부모에 대한 효심이 깊고 감탄할 만한 일이라고 생각하시며 바라보신다.

「舌の本性にこそははべらめ。幼くはべりし時だに、故母の常に苦しがり教へはべりし。妙法寺の別當大徳の産屋にはべりける、あえものとなん嘆きはべりたうびし。いかでこの舌疾さやめはべらむ」と思ひ騒ぎたるも、いと孝養の心深く、あはれなりと見たまふ。

(常夏③244-245)

198
제3부 헤이안 시대의 문학과 사상

오미노키미가 자신이 말이 빠른 것을 자신의 출생 배경을 설명하며 변명하자, 내대신은 효성이 깊은 마음을 나타낸 것이라고 하며 감동하여 바라보신다는 것이다. 그러나 이는 오미노키미近江君가 진정으로 효성이 깊어서가 아니라, 어이없어 하는 내대신의 심리를 희화화한 표현이라 할 수 있다.

다음은 노와키野分 권에서 히카루겐지光源氏가 아들 유기리夕霧를 상대로 사돈인 내대신에 대한 비판과 평가를 하는 장면이다.

'(유기리의 외조모 오미야는) 이제 오래 살지는 못할 것이야. 잘 모시고 돌보아드리도록 해라. 내대신은 아무래도 자상한 정이 부족한 사람인 듯하다고, 오미야가 푸념을 하고 계셨어. 인품이 이상하게 화려한 것을 좋아하고 지나치게 당당한 한편으로, 부모에 대한 효도는 형식적인 것만 내세운다. 세상을 깜짝 놀라게 해 주려는 마음은 있지만, 정말로 절실하게 깊은 인정미는 없는 사람이라고 할 수 있어. 그렇지만 생각이 깊고 정말로 머리가 좋은 사람으로 이 말세에 어울리지 않을 정도로 재능을 갖추고 있고, 세상의 평판이 높아서 사람으로서 이만큼 결점이 적은 일은 드문 일이야.'라고 말씀하신다.

「いまいくばくもおはせじ。まめやかに仕うまつり見えたてまつれ。内大臣はこまかにしもあるまじうこそ、愁へたまひしか。人柄あやしう華やかに、男々しき方によりて、親などの御孝をも、厳しきさまをばたてて、人にも見おどろかさんの心あり、まことにしみて深きところはなき人になむものせられける。さるは、心の隈多く、いと賢き人の、末の世にあまるまで才たぐひなく、うるさながら、人としてかく難なきことは、難かりける」などのたまふ。
(野分③272)

히카루겐지光源氏는 아들 유기리에게 사돈인 내대신이 형식적으로만 효행을 하는 사람이라는 비판을 하면서도, 한편으로는 재능이 있고 훌륭한 면도 있다고 한다. 그리고 겐지는 유기리에게는 이제 얼마 살지 못할 외할머니에 대해 효를 다하라고 당부를 한다. 이 장면은 아버지가 아들에게 외조모에게 효를 다하라고 충고하는 대목으로, 헤이안 시대에는 표현은 적지만 효의식이 정착되어 있었다는 것을 알 수 있다.

가시와기柏木 권에서 유기리 대장이 사직한 내대신을 방문한다. 대신은 아들 기시와기가 죽은 후, 부모의 상을 당한 효자보다 더한 슬픔에 잠겨있는 모습으로 비유된다.

> 대신은 언제나 늙음을 모르는 말끔한 얼굴이 아주 여위고 쇠약해지고, 수염 등도 잘 다듬지 않아 마구 자라서, 부모의 상을 당한 효자보다도 한층 더 꺼칠해져 있었다. 대장은 그 얼굴을 뵙고 정말 참을 수가 없어 너무나 걷잡을 수 없이 마구 떨어지는 눈물을 흉하게 생각하여 일부러 숨기려 한다.
>
> 古りがたうきよげなる御容貌いたう痩せおとろへて、御髭などもとりつくろひたまはねばしげりて、親の孝よりもけにやつれたまへり。見たてまつりたまふよりいと忍びがたければ、あまりをさまらず亂れ落つる涙こそはしたなけれと思へば、せめてもて隠したまふ。　　　　　　(柏木④333)

내대신이 아들을 잃고 낙담하는 모습을 부모의 상을 당해 효를 다하는 아들에 비유하고 있는 대목이다. 즉 유기리가 보기에 내대신이 부모의 상을 당한 효자보다도, 더욱 더 쇠약해지고 얼굴이 꺼칠하게 보인다는 것이다.

다음은 호타루蛍 권에서 히카루겐지光源氏가 양녀로 삼은 다마카즈라

玉鬘에게 구애를 하자, 이를 피하는 다마카즈라를 불효라고 말하는 장면
이다.

　(히카루겐지도) '좀처럼 있을 수 없는 일이라고는 생각되지만, 정말로
당신처럼 인정머리 없는 딸은 다시없을 것 같은 기분이 들어요.'라고 말
하며, 옆으로 다가가 앉아 계신 모습은 도를 지나친 모습이다.
　'생각다 못해 옛날이야기에서 예를 찾아보지만 부모에게 거역한 아이
는 그 예가 없는 일입니다. 불효라는 것은 불도에서도 엄격하게 경계하고
있는 일입니다.' 하고 말씀하시지만, 다마카즈라 아가씨는 얼굴도 들지
않자, 머리카락을 어루만지며 원망을 하시자 겨우,
　옛날이야기에서 찾아보았지만 말씀하신 대로 이 세상에서 이러한 부
모의 마음은 보지 못했어요.
라고 말씀드리는 것도, 대단히 마음이 쓰였기 때문에 아주 도를 지나치게
행동하지는 않았다. 이리하여 앞으로 대체 어떤 사이가 될 것인가.
　「めづらかにやおぼえたまふ。げにこそまたなき心地すれ」とて寄りゐた
まへるさま、いとあざれたり。
　「思ひあまり昔のあとをたづぬれど親にそむける子ぞたぐひなき。不孝
なるは、仏の道にもいみじくこそ言ひたれ」とのたまへど、顔ももたげた
まはねば、御髪をかきやりつつ、いみじく恨みたまへば、からうじて、
　ふるき跡をたづぬれどげになかりけりこの世にかかる親の心は
と聞こえたまふも、心恥づかしければ、いといたくも亂れたまはず。かく
していかなるべき御ありさまならむ。　　　　　　　　　　(蛍③213-214)

　의붓아버지인 히카루겐지가 양녀인 다마카즈라에게 연정을 품고, 부
모의 뜻을 따르지 않은 것은 불효라고 억지를 쓰고 있는 대목이다. 그
러나 히카루겐지는 다마카즈라와 은근한 대화를 즐기고 있을 뿐 무리하

게 강요하지는 않았다. 즉 여기서의 '불효'는 비유적으로 사용되고 있는 용례라 할 수 있다.

이상에서 살펴본 바와 같이 『겐지 이야기』에 나오는 '효'의 용례에서도 '효의식' 자체가 주제인 이야기는 아니다. 다마카즈라 권에서 소이와 같은 지방 수령은 진지하게 '효'를 이야기하고 있지만, '효'보다는 주인 아가씨에 대한 '충忠'을 더욱 더 강조하고 있다고 볼 수 있다. 그리고 소이나 내대신, 히카루겐지는 모두가 '효의식'보다는 남녀간의 연애나 사랑을 중요시하거나, 희화화된 '효'를 이야기하고 있다는 것을 확인할 수 있다.

4. 레이제이冷泉 천황의 효심

장편 『겐지 이야기』의 본문에 '효孝'와 관련한 용례는 불효까지 합쳐서 6例 밖에 되지 않지만 '효의식孝意識'이 전무한 것은 아니다. 어휘의 유무에 관계없이 모노가타리物語의 인간관계가 효심에 의해서 전개되는 경우도 있다. 특히 후지쓰보藤壺와 히카루겐지光源氏의 밀통에 의해 태어난 레이제이冷泉 천황은 자신의 친부가 히카루겐지라는 사실을 알고 난 후에 지극한 효성을 보인다. 이하 레이제이 천황이 히카루겐지가 아버지라는 것 알게 된 이후, 그의 효심이 어떻게 나타나는가에 대해 고찰하고자 한다.

우스구모薄雲 권에서 레이제이 천황의 어머니 후지쓰보가 죽은 후 도읍에서는 천변지이가 자주 일어난다. 그때 레이제이 천황은 숙직을 서는 승도僧都에게 이러한 현상은 자식(레이제이 천황)이 아버지(히카루겐지)를 모르고 있기 때문이라는 말을 듣게 된다. 그 말을 들은 레이제이 천황은 큰 충격과 고민 끝에 겐지에게 양위하려는 생각을 말한다.

다음은 레이제이 천황이 아버지 히카루겐지에게 천황의 지위를 양위하려는 뜻을 밝히는 대목이다.

> 이러한 때이기에 대신 히카루겐지는 자택으로 퇴출도 할 수도 없고 레이제이 천황을 옆에서 모시고 계셨다. 은밀하게 이야기를 하시다가 레이제이 천황은 '저의 수명도 이제 다 하는가 봅니다. 왠지 모르게 조바심 나고 보통 때와는 다른 기분이 드는데, 세상도 이렇게 이변이 계속되어 여러 가지로 마음이 안정되지 않습니다. 돌아가신 어머님이 어떻게 생각하실까, 그것이 두려워 세상일도 염려되고 하여 아무 말도 하지 않았습니다만 지금부터는 편안한 마음으로 지내려고 합니다.'라고 하며 이야기를 시작하셨다.
>
> かかるころなれば、大臣は里にもえまかでたまはでつとさぶらひたまふ。しめやかなる御物語のついでに、「世は尽きぬるにやあらむ。もの心細く例ならぬ心地なむするを、天の下もかくのどかならぬによろづあわたたしくなむ。故宮の思さむところによりてこそ世間のことも思ひ憚りつれ、今は心やすきさまにても過ぐさまほしくなむ」と語らひきこえたまふ。
>
> (薄雲②453-454)

여기서 레이제이 천황이 '지금부터는 편안한 마음으로 지내겠다.'는 말은 겐지에게 양위하겠다는 의미이다. 레이제이 천황이 아버지에 대한 효를 표현하지는 않았지만 효심이 없이 이러한 생각을 할 수 없을 것이다. 그리고 레이제이 천황은 황통의 난맥을 조사하여 일세의 겐지源氏가 다시 황자가 되어 천황이 된 사례가 있다는 것을 밝혀내고 아버지인 히카루겐지光源氏에게 양위하겠다는 뜻을 밝힌다.

　　가을의 관리 임명식에서 히카루겐지가 태정대신이 될 수 있도록 마음
속으로 정해 놓고, 천황은 생각하고 계시던 양위 이야기를 꺼내셨다. 겐
지 대신은 대단히 부끄럽고 무서운 생각이 들어서 정말 불가능하다는 까
닭을 이야기하시며 사퇴를 하셨다.
　　秋の司召に太政大臣になりたまふべきこと、うちうちに定め申したまふ
ついでになむ、帝、思し寄する筋のこと漏らしきこえたまひけるを、大
臣、いとまばゆく恐ろしう思して、さらにあるまじきよしを申し返したま
ふ。
　　　　　　　　　　　　　　　　　　　　　　　　　　　　　(薄雲②456)

　　레이제이 천황이 히카루겐지에게 양위하겠다고 하자, 히카루겐지는
있을 수 없는 일이라 하며 강력하게 만류했다. 그리고 히카루겐지는 돌
아가신 기리쓰보인桐壺院이 자신을 가장 총애하면서도 즉위시키지 않았
던 의미를 생각하고, 자신은 단지 조금 더 조정에 출사하다가 은퇴할
생각이라고 했다. 이에 레이제이 천황은 히카루겐지를 태정대신으로 임
명하지 않고 위계位階만을 올렸다. 그러나 레이제이 천황은 그래도 역시
'모자라고 황송하게 생각하셔서 飽かずかたじけなきものに思ひきこえたまひて'
(薄雲②447), 다시금 황자의 위계를 받도록 권유했다. 이에 대해 히카
루겐지는 만약 자신이 황자가 되면 조정의 후견을 할 사람이 없다는
이유를 들어 거절한다. 그 이후에도 레이제이 천황은 아버지 히카루겐
지가 신하로서 조정에 봉사하고 있는 것을 항상 마음에 두고, 어떻게
하면 아버지로서 예우할 수 있을까를 생각한다.

　　후지노우라바藤裏葉 권에서 히카루겐지가 39세가 되었을 때, 아들 유
기리夕霧도 결혼하고 아카시노히메기미明石姫君의 입궐도 무사히 끝나자

204　　　　　　　　　　　　　　　**제3부** 헤이안 시대의 문학과 사상

겐지는 출가의 뜻을 품게 된다. 이러한 때에 레이제이 천황은 다시 히카루겐지에게 태상천황太上天皇에 준하는 지위를 내린다.

> 내년이 되면 히카루겐지가 40세가 되신다. 그 축하연을 위해서 천황을 비롯하여 온 세상 사람들이 모두 다 떠들썩하게 준비하고 있다.
>
> 그해 가을, 히카루겐지는 태상천황에 준하는 지위에 오르시고, 봉록도 오르고, 연관, 연작 등도 추가되었다. (중략) 그래도 천황은 불만족스럽게 생각하시고, 세상의 이목을 생각하여 제위를 양위하지 못하는 것을 아침저녁으로 후회하며 지내시는 것이었다.
>
> 明けむ年四十になりたまふ。御賀のことを、朝廷よりはじめたてまつりて、大きなる世のいそぎなり。
>
> その秋、太上天皇になずらふ御位得たまうて、御封加はり、年官、年爵などみな添ひたまふ。(中略) かくても、なほ飽かず帝は思しめして、世の中を憚りて位をえ譲りきこえぬことをなむ、朝夕の御嘆きぐさなりける。
>
> (藤裏葉③454)

위 예문에서 태상천황이란 천황의 지위에서 물러난 상황의 존호이다. 즉 레이제이 천황은 여러 가지로 생각한 끝에 히카루겐지에게 양위한 천황에 준하는 지위를 내린 것이다. 그러나 레이제이 천황은 자신이 천황의 입장이라 세상의 이목이 있어, 예를 다하지 못하는 것을 유감으로 생각할 정도의 효심을 갖고 아버지를 대우하려고 한 것이다. 이러한 레이제이 천황의 심리는 아버지에 대한 아들의 지극한 효심으로 설명할 수 있을 것이다.

『겐지 이야기』의 후지노우라바藤裏葉 권에서 히카루겐지가 준태상천황의 지위에 오르고 신하로서 최고의 영화를 달성하게 되는 것에는 다음 세 가지 배경을 들 수 있을 것이다. 첫째는 히카루겐지의 인간관계와 정치적인 배경, 둘째는 아키코노무秋好 중궁과 아카시明石 중궁을 통한 히카루겐지의 준섭관準摂関 섭관摂関적인 활동, 셋째는 레이제이 천황의 겐지에 대한 효심이다. 즉『겐지 이야기』의 1부에서 고려인(실제는 발해인) 관상가에 의해 예언된 히카루겐지의 영화가 실현되는 논리는 아들인 레이제이 천황의 효심이 가장 중요한 기능을 한다고 볼 수 있다. 즉『겐지 이야기』에서 '효'의 용례는 없지만 겐지에 대한 레이제이 천황의 효심은 직접적인 행동으로 실천되었던 것이다.

5. 결론

이상에서 헤이안 시대의 효의식孝意識을『겐지 이야기』를 중심으로 살펴보았다. 한국의 고전문학에 있어서는 충忠과 함께 효의식은 인생의 가장 큰 덕목이었고,『심청전沈清伝』이나『흥부전興夫伝』,『춘향전春香伝』,『난중일기亂中日記』등에 나타난 효의식은 등장인물의 가장 중요한 덕목이었다. 그러나 일본문학에서는 효의식이 우리나라에서처럼 뚜렷하게 하나의 도덕률로 다루어지는 것은 근세 이후이다. 상대 문학에서는 효의식보다도 '풍류(色好み)'를 보다 이상적인 미덕으로 생각했던 것 같다. 그래서 근세의 모토오리 노리나가本居宣長는 일본 고유어(和語)에 '효'를 나타내는 말이 없다는 점을 지적하고 있다. 그러나 일본 고유어에 '효'가 없다고 해서 '효의식' 자체가 없었던 것은 아니다.

일본 중세 이전의 고전문학에 있어서는 효의식보다는 남녀의 사랑을 전체의 주제로 삼고 있는 경우가 많다. 상대의『속일본기』나 중고시대의 『마쿠라노소시』, 『오치쿠보 이야기』, 『우쓰호 이야기』 등에 효행담이 나오지만, 이야기 전체가 효행을 주제로 삼는 경우는 드물다. 그러나 이야기의 부분적인 주제에는 효의식이 주요한 역할을 하고 있는 것을 확인할 수 있다.

『겐지 이야기』에는 '효'의 용례 자체는 적지만, 효의식을 주제로 삼고 있는 인간관계의 이야기가 등장한다. 그러나 효보다는 '충'이 강조되거나, 남녀간의 '사랑'을 더 중요시하거나, '효'를 희화화하는 경우가 많았다. 후지노우라바 권에서 히카루겐지가 준태상천황의 지위에 오름으로써, 신하로서 최고의 영화를 달성하게 되는 것은 히카루겐지 본인의 준섭관, 섭관으로서의 노력도 있었지만, 사랑의 인간관계의 결과로서 실현된 것이라 할 수 있다. 그리고 기리쓰보 권의 발해인의 예언과 와카무라사키 권의 꿈의 해몽, 미오쓰쿠시 권의 숙요의 예언이 실현되거나 겐지 스스로 예언을 달성하려는 노력의 결과라 할 수 있을 것이다.

일본의 헤이안 시대 문학에 효의식이 직접적으로 표현된 경우는 그렇게 많지 않다. 그러나 표현이 없다고 해서 인간 본연의 심층에 깔려 있는 잠재의식으로서의 효의식이 크게 다르지는 않았다. 특히 『겐지 이야기』의 레이제이 천황과 히카루겐지의 관계에서 볼 수 있듯이, 히카루겐지의 영화가 달성되는 것은 아들 레이제이 천황의 효심이 결정적인 역할을 했다고 할 수 있다.

제3장
헤이안 시대의
문학과 음양도

● ● ●

1. 서론

근대 이전의 일본 사람들에게 있어서 음양도陰陽道는 국가의 중대한 정책 결정뿐만 아니라 개인의 관혼상제와 일상생활에 이르기까지 결정적인 영향을 준 사상이었다. 특히 헤이안平安 시대의 귀족들은 일상생활에 있어서 음양사陰陽師가 정하는 방위의 길흉, 금기禁忌, 불제祓除, 해몽解夢 등을 믿어 의심치 않았다. 원래 음양도란 고대 중국의 음양오행설을 기초로 하여 삼라만상에 숨은 의미를 해석하려는 학문이었다. 이러한 음양도를 연구하여 인간의 길흉·화복을 점치고, 기도, 불제祓除를 하거나, 주술이나 제사를 통해 귀신이나 요괴를 다루는 사람이 음양사였다.

헤이안 시대에 일본의 음양도는 특정 집안으로 도제화하여 전승되었는데 최고의 권위를 자랑하는 집안은 가모賀茂씨였다. 가모씨는 다다유키忠行, 야스노리保憲 부자의 대에 이르러 음양사로서 세상에 알려지게 된다. 야스노리는 아들 미쓰요시光栄에게 역도曆道을 전하고, 제자인 아베노 세이메이安倍晴明(921~1005)에게 천문의 도를 전수했다. 따라서 이후의 음양도는 가모賀茂, 아베安倍씨 등의 집안으로만 세습화되었기 때문에 귀족화하고 점차 형식화가 진행되었으며 미신의 양상을 띠게 되었다.

헤이안 시대 관제인 음양요陰陽寮에는 음양박사, 역曆박사, 천문박사, 누극漏剋박사가 있어 음양과 천문 등을 가르쳤다. 음양사는 공무를 보는 한편으로 귀족들의 사적인 일을 보아주기도 했고, 후대에는 민간의 음양사도 활약하여 갖가지 일상생활에서 음양사는 없어서는 안 될 존재였다. 오늘날의 시각에서 보면 헤이안 시대 아베노 세이메이 등의 역할은 미신이라고 치부할 수도 있겠지만, 당시의 사람들은 원령 같은 초자연의 오컬트Occult적인 세계를 해결할 수 있는 유일한 희망은 음양사라고 생각했다. 그리고 문학작품에서는 이러한 원령이나 금기, 해몽, 손이 있는 방향을 피하게 해결해 주는 음양사를 등장인물의 만남이나 갖가지 인간관계를 전개하는 모티브로 삼음으로써 보다 풍부한 상상력의 세계로 독자들을 이끌게 되었다고 생각한다.

음양도에 관한 관심은 오늘날에도 유메마쿠라 바쿠夢枕獏의 소설『음양사陰陽師』1-6[1]와, 영화〈음양사陰陽師〉(東宝, 2002) 등의 인기에서 볼 수 있듯이 많은 사람들의 관심을 끌고 있다. 음양도陰陽道에 관한 선행연구로는, 음양도 자체에 관해서는 나카무라 쇼하치中村璋八의『日本陰陽道書の研究』,[2] 시모데 세키요下出積与 校注『陰陽道』,[3] 무라야마 슈이치村山修一 他編『陰陽道叢書』,「陰陽道」,[4] 다쿠마 나오키詫間直樹, 다케

---

1 夢枕獏(1991~2003),『陰陽師』1-6, 文春文庫.
2 中村璋八(1985),『日本陰陽道書の研究』, 汲古書院.
3 下出積与 校注(1987),『陰陽道』, 神道大系編纂会.
4 村山修一 他編(1991~1993),『陰陽道叢書』, 名著出版.
＿＿＿＿＿(1992),「陰陽道」,『平安時代の信仰と生活』, 至文堂.

다 요시토高田義人 編著『陰陽道関係史料』[5] 등이 있고, 헤이안 시대 문학과 음양도에 관한 연구로는 야마구치 히로시山口博의『王朝貴族物語』,[6]『겐지 이야기』와 관련한 연구로는 무라야마 슈이치의「源氏物語 陰陽道 宿曜道」,[7] 후지모토 가쓰요시藤本勝義의『源氏物語の物の怪』,「源氏物語の陰陽道」[8] 등이 있다.

본고에서는 이상과 같은 선행연구를 파악한 위에 헤이안 시대 문학에 나타난 음양도가 당시의 사상사에 어떤 역할을 하였는가, 그리고 문학에는 어떻게 투영되어 있는가를 고찰하고자 한다. 특히『겐지 이야기』를 중심으로 모노가타리物語 문학에서 음양도의 금기사항이나 어느 방향에 손이 있다든가, 가지기도加持祈禱를 하거나, 불제 등의 행위가 모노가타리物語의 주제와 어떠한 관련이 있는지를 규명하고자 한다.

2. 음양도陰陽道의 수용

일본의 음양도陰陽道란 중국에서 전래된 음양오행陰陽五行의 조합, 성격, 의미를 분석하는 분야와 상대의 천문학으로 미래를 예측하는 두 가지 학문이 복합된 것이었다. 중국의 역학에서는 우주의 중심에 있는 본체, 세계만물의 근원을 태극이라 하고, 삼라만상이 모두 '음陰'과 '양陽'의 활동으로 만들어진다고 생각했다. 그리고 음양의 조합에 의해서 '木·

---

5 詫間直樹, 高田義人 編著(2001), 『陰陽道関係史料』, 汲古書院.
6 山口博(1994), 『王朝貴族物語』, 講談社現代新書.
7 村山修一(1971), 「源氏物語 陰陽道 宿曜道」, 『源氏物語講座』 5巻, 有精堂出版.
8 藤本勝義(1991), 『源氏物語の物の怪』, 青山学院大学.
_____(1991), 「源氏物語の陰陽道」, 『源氏物語講座』 5, 勉誠社.

火·土·金·水'의 오행이 생기고, 이 오행을 다시 10간과 12간지로 조합하여 세상 만물이 생성·소멸된다고 보았다.

일본 음양도의 역사는 학자에 따라 분류 방법이 조금씩 다르지만, 그 흐름을 간략히 살펴보면 다음과 같다. 일본 상대의 소박한 샤머니즘적인 세계관에 처음으로 음양오행사상을 전한 것은 백제의 승려와 박사들이었다. 『니혼쇼키日本書紀』 권22 스이코推古(554~628) 천황 10년 조에 백제의 승려 관륵観勒이 역학曆学의 책과 천문지리의 책, 둔갑방술遁甲方術의 책을 전했다는 것을 다음과 같이 기술하고 있다.

> 겨울 10월에 백제의 승려 관륵이 왔다. 그리하여 역서 및 천문지리의 책, 둔갑 방술의 책을 바쳤다. 이때 서생 3, 4명을 뽑아 관륵에게 배우게 하였다. 야코노후비토의 조상인 다마후루가 역법을 배웠다. 오토모노 스구리코소는 천문둔갑을 배웠고, 야마시로노 오미히타치는 방술을 배웠다. 모두 배워서 학업을 마쳤다.
>
> 冬十月に、百済の僧観勒来けり。仍りて暦本と天文・地理の書、并せて遁甲・方術の書を貢る。是の時に、書生三四人を選びて、観勒に学習はしむ。陽胡史の祖玉陳、暦法を習び、大友村主高聡、天文・遁甲を学び、山背臣日立、方術を学ぶ。皆学びて業を成しつ。[9]

백제의 고승 관륵이 일본으로 천문지리 둔갑, 방술 등의 책을 가지고 가자, 일본 조정에서는 서생 3, 4명을 뽑아 관륵에게 배우게 하였다. 그중에서도 특히 오토모노 스구리고소는 천문둔갑을 배웠고, 야마시로노 오미히다치는 방술을 배웠다는 것이다. 당시의 일본 조정은 불교를

---

9 小島憲之 他校注(1999),『日本書紀』2,《新編日本古典文学全集》, 小学館, p.539.

신봉하고 있었고, 관록이 승려였다는 것을 감안하면 음양오행과 관련한 천문·지리·점복의 서적은 불교의 경서와 함께 전해졌을 것으로 생각된다.

7세기 말 덴무天武(673~686) 천황 대에는 음양도가 왕권을 지지하는 테크놀로지로서 제도적 기반을 갖추게 되면서, 음양사는 음양요陰陽寮라는 관제기구에 소속하게 되었다. 음양사의 관위는 종7위 정도로 그다지 높은 신분은 아니었지만, 국가대사나 귀족들의 일생에 관한 길흉을 점치는 일을 했기 때문에 그 영향력은 막강했을 것으로 생각된다.

특히 간무桓武(781~806) 천황은 나가오카長岡로 천도를 준비하는 과정에서 동생인 사와라早良 황자를 유배시켰다. 그러나 이후 간무 천황의 어머니와 부인이 죽고 황태자가 병에 걸리는 등 천황 주변에 갖가지 불행이 끊이지 않자 음양사를 불러 점을 쳐보니, 사와라 황자의 원령 때문이라는 점괘가 나왔다. 이에 간무 천황은 죽은 동생의 진혼을 음양사에게 의뢰하게 된다. 간무 천황은 다시 막대한 경비를 들여 794년에 도읍을 현재의 교토京都인 헤이안平安으로 천도한다. 도읍의 이름까지도 헤이안이라 칭한 것은 죽은 동생의 원혼을 달래기 위해서였다고 하니, 당시의 사람들이 얼마나 원령을 무서워했는지 알 수 있다. 특히 간무桓武 천황은 어머니가 백제계인 다카노니이카사高野新笠로 많은 반대파를 숙청하고 즉위하였고, 도읍을 지금의 헤이안으로 천도하는 과정에서 발생한 수많은 원령의 진혼을 음양사에게 맡겼던 것이다. 10세기 초에는 스가와라 미치자네菅原道真(845~903)가 후지와라 도키히라藤原時平의 모함으로 규슈九州의 다자이후大宰府로 좌천되어 그곳에서 죽었는데, 그 원령이 벼락이 되었다는 소문이 퍼져 공포심이 팽배하였다. 이러한 원령을 진혼하기 위해서 조정의 음양사는 반드시 필요한 존재였던 것이다.

음양사들이 자주 등장하는 문헌으로는 『오카가미大鏡』, 『우쓰호 이야기うつほ物語』, 『마쿠라노소시枕草子』, 『겐지 이야기源氏物語』, 『곤자쿠 이야기집今昔物語集』과, 중세의 『우지슈이 이야기宇治拾遺物語』, 『고콘초몬주古今著聞集』, 『조쿠코지단続古事談』, 『겐페이세이스이키源平盛衰記』, 『홋신슈発心集』 등이 있다. 즉 헤이안 시대 이후의 일본 고전에서 음양사가 등장하지 않는 문헌이 거의 없을 정도이다. 이러한 작품에서는 주로 기원자의 부정을 씻는 불제를 행하거나, 주술과 해몽 등을 하는 경우가 많은데, 사찰의 법사와 함께 불제를 하는 경우도 있어 신불습합神仏習合의 양상도 띄고 있다.

이 시대 음양사로서 가장 많은 일화를 남기고 있는 아베노 세이메이安倍淸明는 오사카의 아베노에서 921년에 태어나 1005년 85세의 나이로 죽었다고 한다. 전설에 의하면 아버지 야스나保名가 이즈미和泉의 신사에 참배하고 집으로 돌아가는데 사냥꾼에게 쫓기는 흰여우가 나타나 살려달라고 하여 이를 숨겨주었다고 한다. 그러한 일이 있은 얼마 뒤 흰여우는 여자로 변신하여 야스나의 집으로 찾아왔다. 이름을 구즈노하葛乃葉라고 하며 야스나와 결혼하여 아이를 낳았는데, 이 아이가 바로 세이메이淸明라는 것이다. 세이메이는 어머니가 죽은 후, 어릴 때부터 당대 최고의 음양사 가모노 다다유키賀茂忠行의 제자가 되는데, 역사와 설화집 등에는 세이메이에 관한 기이한 일화를 많이 전하고 있다.

이와 같이 아베노 세이메이는 탄생설화에서부터 어머니가 흰여우였다든지 하는 소문으로 어린 시절부터 오컬트occult의 세계에 정통한 인물로 전해지고 있다. 세이메이는 후지와라씨가 섭정 관백을 하던 시대에 천문박사로서 궁중에서 많은 활약을 했지만, 후지와라 미치나가藤原道長와 관련된 일을 많이 했다고 한다. 즉 미치나가도 권력장악 후에 정치적인 패배자들에 대한 진혼을 해야 할 필요가 있었고, 여기에 음양사의 역할이 컸다는 것을 짐작케 하는 대목이다. 그러나 한편으로는 세이메이와 같이 음양사가 귀족 개개인의 길흉을 보아주게 되면서 음양사상은 귀족들의 일상생활을 철저히 속박하게 되었다.

역사서인 『오카가미大鏡』 上 제65대 가산花山(984~986) 천황대에는 음양사 세이메이가 하늘의 기운을 읽고 식신式神을 사용하여 천황이 퇴위한다는 사실을 미리 알았다는 기술이 나온다.

이리하여 후지와라 미치카네가 궁궐의 동쪽 쓰치미카도 길 동쪽으로 가잔 천황을 모시고 나갔을 때, 아베노 세이메이의 집 앞을 지나게 되었는데, 세이메이가 스스로 소리를 내어 손바닥을 세차게 치며, '천황이 퇴위하실 조짐이 하늘에 나타났는데, 이미 일은 정해져 버린 듯하다. 입궐하여 아뢰어야지. 빨리 마차 준비를 해'라는 소리를 들으셨다. 그때 천황은 비록 각오는 하고 있었겠지만 감개무량했을 것이다. 세이메이가 '우선 식신 한 사람은 궁중으로 들어가라'고 명을 내렸는데, 사람의 눈에는 보이지 않는 무언가가 문을 열고 천황의 뒷모습을 보았는지, '곧 이곳을 지나가실 듯합니다.'라고 대답했다고 한다. 그 집은 쓰치미카도 길 입구에 있었기 때문에 천황이 다니는 길이었던 것이다.

さて、土御門より東ざまに率て出だしまゐらせたまふに、晴明が家の前をわたらせたまへば、みづからの声にて、手をおびただしく、はたはたと打ちて、「帝王おりさせたまふと見ゆる天変ありつるが、すでになりにけりと見ゆるかな。まゐりて奏せむ。車に装束とうせよ」といふ声聞かせたまひけむ、さりともあはれには思し召しけむかし。「且、式神一人内裏にまゐれ」と申しければ、目には見えぬものの、戸をおしあけて、御後をやみまいらせけむ、「ただ今、これより過ぎさせおはしますめり」とひらへけるとかや。その家、土御門町口なれば、御道なりけり。[10]

아베노 세이메이는 가잔花山 천황이 퇴위할 것을 미리 알고, 천황이 집 앞을 지나가는 것에 맞추어 손바닥을 치며, '입궐하여 아뢰어야지. 빨리 마차 준비를 해'라는 소리를 질렀던 것이다. 세이메이는 집 앞을 지나가는 천황이 들을 수 있게 큰소리로 말을 했고, 그 말을 들은 천황은 크게 감동했을 것으로 추정하고 있는 것이다. 『오카가미大鏡』에서는 세이메이가 천황이 자신의 집 앞으로 다닌다는 것을 이미 알고 있었을 뿐만 아니라 식신式神을 이용하여 천황의 거취를 사전에 알 수 있을 정도로 음양도에 정통하다는 것을 강조하고 있다.

다음은 『우쓰호 이야기』 후지와라노키미藤原の君 권에서 간즈케노미야上野の宮가 좌대장左大将 미나모토 마사요리源正頼의 아홉 번째 딸인 아테미야貴宮를 아내로 맞이하기 위한 방책을 강구하는 대목이다.

이 왕자는 여러 가지로 고민하다가 음양사, 무녀, 도박꾼, 도읍의 난봉꾼, 할머니, 할아버지 등을 불러모아 이렇게 말씀하셨다. '나는 이 세상에 태어나서 아내로 삼을 사람을 일본의 60여 지방, 당나라, 신라, 발해, 천축에까지 찾아다녔지만 그럴만한 여자가 없었다. 그런데 이 좌대장 미나모토 마사요리 집안의 딸들이 십수 명이나 있었기에 기대하고 있었다. 그 중 한 사람은 천황의 후궁으로 입궐시켜 버렸다. ·····'

この親王、よろづに思ほし騒ぎて、陰陽師・巫・博打・京童部・嫗・翁召し集めてのたまふほに、「我、この世に生まれて後、妻とすべき人を、六十余国・唐土・新羅・高麗・天竺まで尋ね求むれど、さらになし。この左大将源正頼のぬしの女子ども、十余人にかかりてあなり。一人にあたるをば、帝に奉りつ。·····」[11]

(藤原の君①154)

10 橘健二 他校注(1966),『大鏡』上, ≪新編日本古典文学全集≫, 小学館, pp.46~47.
11 中野幸一 校注(1999),『うつほ物語』1, ≪新編日本古典文学全集≫ 14, 小学館, p.154.

간즈케노미야는 아데미야를 아내로 얻기 위해 자신의 본처를 쫓아내고, 미나모토 마사요리와 딸들에게 자신의 심경을 토로했지만 받아들여지지 않는다. 이에 음양사와 무녀, 도박꾼 등을 비롯한 여러 사람을 모아 놓고 아데미야를 아내로 맞이해야겠다는 이야기를 하는 장면이다. 그때 히에이산比叡山의 고승이 간즈케노미야에게 엔랴쿠지延暦寺의 근본 중당에 등불을 봉헌하면 하늘의 선녀도 내려오게 할 수 있을 것이라고 말한다. 그리고 대학의 학생, 도박꾼, 도읍의 난봉꾼 등도 각각 여자를 얻을 수 있는 방법을 알려주었다. 본문에 음양사의 역할은 언급되어 있지 않으나, 이러한 상담을 할 수 있는 대표적인 사람으로 상정하고 있다.

그리고 구라비라키蔵開 상권에는 후지와라 나카타다藤原仲忠가 교고쿠京極의 저택을 다시 짓기 위해 외할아버지인 기요하라 도시카게清原俊陰의 유품을 모아둔 창고를 열려고 할 때 음양사의 힘을 빌린다.

> 이리하여 그 대가를 손자들에게도 주고, 창고의 주위를 청결하게 해두었는데, 4, 5일 지나서 중납언 후지와라 나카타다 님의 집사가 와서 천막을 쳤다. 한동안 있다가 고승과 음양사 등이 와서 창고 주변의 불제와 독경을 하고 있는데, 중납언이 벽제를 하고 창고를 열 사람을 데리고 오셔서, 집사들에게 사정을 설명하게 하고 음양사와 승려들에게 보시를 하였다. 열쇠가 없어서 자물쇠를 열 수 있는 방법을 강구하면서 창고를 열게 하신다.
>
> かくて、その価の物を、おのが孫のあたりの者に呉れて、蔵の巡りを払ひ清めさせて候へば、四、五日ばかりあれば、殿の家司、来て、幄打

이하 『うつほ物語』의 인용은 ≪新編全集≫의 권수, 쪽수를 표기함. 필자 역.

제3부 헤이안 시대의 문학과 사상

つ。しばしあれば、大徳たち・陰陽師など来て、祓へし、読経するほど
に、中納言、御前いと多くて、蔵開けさすべき人など率ゐておはして、
ことのよし申させ、御誦経をせさせ給ひて、鍵なければ、開くべきたばか
りをしつつ、蔵を開けさせ給ふ。　　　　　　　　　(蔵開上②130)

　음양사에게 제문을 외우게 하고 열어도 좀처럼 창고의 문이 열리지
않자, 나카타다는 직접 조상에 대한 기원을 하고 직접 열자 튼튼한 열쇠
가 쉽게 열렸다는 것이다. 나카타다는 긴 궤짝 안에서 물품의 목록을
발견한다. 그리고 그 목록에는 당나라에도 없을 것 같은 의약서, 음양사
서陰陽師書, 인상서人相書, 임신 출산에 관한 책 등이 들어 있었다. 여기에
서도 볼 수 있듯이 열리지 않는 창고를 열 때도 음양사에게 기원을 올
리게 하면 열리고, 또한 서고에는 음양사에 관한 책이 들어있을 정도로
음양사는 일상생활과 밀착되어 있었던 것이다.
　세이쇼나곤은 『마쿠라노소시枕草子』에서 음양사에 관해 다음과 같이
기술하고 있다.

　　29단 '기분 좋은 일' : 말을 잘하는 음양사를 데리고 강가에 나가서 액
　을 털어버리는 것. 밤에 자다가 깨어 마시는 물.
　　105단 '보기 흉한 일' : 법사나 음양사가 종이 모자를 쓰고 불제기원을
　하는 것.
　　281단 '음양사 집에서 부리는 동자' : 음양사 집에서 부리는 동자는 대
　단히 눈치 빠르다. 불제를 하기 위해 강가에 나가면 음양사가 제문 등을
　읽는데 다른 사람들은 적당히 듣고 있지만, 동자는 재빨리 달려가서, "술
　을 준비해, 물을 부어라"고 말하기도 전에 그렇게 하고 다니는 모습,
　　29.　心ゆくもの : 物よくいふ陰陽師して、河原にいでて、呪詛の祓し

たる。夜寝起きて飲む水。

　105. 見苦しきもの：法師・陰陽師の紙冠して祓したる。

　281. ‘陰陽師のもとなる小童べこそ’：陰陽師のもとなる小童べこそ、いみじう物は知りたれ。祓などしに出でたれば祭文などよむを、人はなほこそ聞け、ちうと立ち走りて、「酒・水いかけさせよ」とも言はぬに、しありくさまの、[12]

　세이쇼나곤은 29단 ‘기분 좋은 일’에서 말 잘하는 음양사를 데리고 강가에 나가서 액을 틀어버리는 것은 홀가분한 일로 생각했다. 그런데 105단에서는 왠지 법사나 음양사가 종이 모자를 쓰고 불제를 하는 것은 ‘보기 흉한 일’의 예로 들고 있다. 그리고 281단에서는 음양사 집에서 부리는 동자가 대단히 눈치 빠르게 움직인다는 이야기를 하고 있다. 음양사가 제문을 외우면서 말하지 않아도 동자는 술이나 물을 따르기도 하고 모든 일을 알아서 척척 잘하는 것을 부럽다고 생각하고 있다. 즉 세이쇼나곤은 음양사의 역할이나 불제 등이 일상생활과 밀접한 관계에 있다는 점을 자연스럽게 소개하고 있다.

　무라사키시키부紫式部가 11세기 초에 기술한 『무라사키시키부 일기紫式部日記』에는 이치조一条 천황의 중궁 쇼시彰子가 아쓰히라敦成 황자를 출산할 때, 후지와라 미치나가藤原道長가 수험자와 음양사 등에게 딸의 안산을 기원하게 하는 내용이 소개되어 있다.

　이 수개월 동안 저택 안에 수없이 모여 있던 승려들은 말할 나위도 없고 여러 나라 산 속의 절마다 찾아다니며 수험승이란 수험승은 한사람

---

12 松尾聰 校注(1999), 『枕草子』, ≪新編日本古典文学全集≫ 18, 小学館, p.71, p.213, p.434.

빠짐없이 불러 모았다. 그 기도에 삼세(전세·현세·내세)의 여러 부처도 어떻게 하늘을 날아다니고 있을 것인가 하는 생각이 든다. 또한 모든 음양사를 모두 불러 모아 기도를 시켰기에 온갖 신들도 귀를 기울이고 듣지 않을 리가 없을 것으로 생각된다.

月ごろ、そこらさぶらひつる殿のうちの僧をば、さらにもいはず、山々寺々をたずねて、験者といふかぎりは残るなくまゐりつどひ、三世の仏も、いかに翔りたまふらむと思ひやらる。陰陽師とて、世にあるかぎり召し集めて、八百万の神も耳ふりたてぬはあらじと見えきこゆ。[13]

미치나가는 자신의 딸 쇼시彰子 중궁이 이치조 천황의 황자를 안산할 수 있도록 수개월 동안 승려와 수험승, 음양사들에게 기도를 올리게 했다는 것이다. 즉 헤이안 시대의 귀족들은 질병만이 아니라 여성의 출산도 음양사 등의 정신적인 기원에 의해 순산을 할 수 있다고 생각했다. 그리고 미치나가는 황자가 무사히 태어나자 효험을 빌었던 모든 승려와 음양사들에게 많은 상을 주었다고 되어있다.

무라사키시키부는 쇼시 중궁전의 금기를 핑계로 궁중에서 숙직하는 귀족들이 밤새 소란하게 뇨보(궁녀)들의 방에 드나드는 모습을 다음과 같이 기술하고 있다.

밤도 대단히 깊었다. 중궁께서 금기로 틀어박혀 계셨기에 어전에 나가지도 않고 쓸쓸한 기분으로 누워있자니, 같이 있는 젊은 궁녀들이 '궁중은 역시 다른 곳과는 분위기가 다르군요. 사가에서는 지금쯤 벌써 잠들어 있을 텐데. 정말 잠을 잘 수가 없을 정도로 남자들의 구두소리가 빈번하

---

13 中野幸一 校注(1994),『紫式部日記』,《新編日本古典文学全集》26, 小学館, p.130. 이하『紫式部日記』의 인용은《新編全集》의 쪽수를 표기함. 필자 역.

게 들리는군요.' 하고 들뜬 목소리로 말하고 있는 것을 듣고,

　　夜いたうふけにけり。御物忌におはしましければ、御前にもまゐらず、心ぼそくてうちふしたるに、前なる人々の、「内裏わたりはなほいとけはひことなりけり。里にては、いまは寝なましものを、さもいざとき履のしげさかな」と、いろめかしくいひゐたるを聞きて、　　　　　　　　(p.184)

　입궐한지 얼마 안 되는 듯한 뇨보가 무라사키시키부에게 쇼시 중궁의 금기로 인하여 한가한 뇨보들의 방에 귀족들이 빈번하게 드나든다는 것을 이야기한다는 것이다. 헤이안 시대의 뇨보는 우리나라 조선 시대의 궁녀와 달리 천황의 전유물이 아니고 자유연애와 다른 남자들과의 결혼도 가능했기 때문에 이와 같은 상황이 발생할 수 있었다. 그리고 천황가와 귀족들의 일상생활에서 금기는 무엇보다 우선하여 지켜야하는 하나의 규범이었던 것이다. 즉 중궁전의 금기가 뇨보들의 일상과 남녀관계에도 영향을 미친다는 것을 알 수 있다.

　이와 같이 음양도 사상의 일반화는 궁중을 비롯한 귀족들의 정신과 일상생활에 크나큰 영향을 미치게 된다. 음양사는 율령제의 붕괴와 함께 후지와라씨가 섭관 정치로 권력을 행사하게 되면서 귀족들의 사적인 길흉도 예언하는 비서와 같은 일을 하게 된다. 특히 음양사가 귀족 개개인의 길흉을 보아주게 되면서, 음양도는 귀족들만이 아니라 일반인들의 일상생활을 지배하는 사상이 된 것이다.

3. 『겐지 이야기』에 나타난 음양도

헤이안 시대의 역사나 일기, 이야기 문학에는 음양사들의 주술이나 신통력을 묘사한 설화가 수없이 기술되어 있다. 특히『겐지 이야기』를 비롯한 허구의 이야기物語 문학에는 음양사의 가지기도加持祈祷나 금기 등을 이용한 인간관계가 장편 주제의 복선이 되는 경우가 많았다. 모노가타리에는 그들이 일상에서 음양사상을 철저하게 믿고 하루하루 이를 실천하며 생활하는 모습이 묘사된다. 이러한 음양도를 오늘날에는 미신이라고 하겠지만, 당시에는 불교의 말법사상末法思想이 팽배했고, 음양도는 당시의 귀족들을 구원해 줄 수 있는 유일한 희망인 것처럼 생각되었다. 이와 같이 음양도는 헤이안 시대 귀족들의 일상생활에 절대적인 영향력을 미쳤기 때문에 일본 고전의 작품 세계를 고찰하기 위해서는 반드시 규명되어야 할 문제라 생각된다.

『겐지 이야기』도 바로 이러한 헤이안 시대의 사상적 배경하에서 쓰였기 때문에 음양사에 대한 이해 없이는 장편적 주제와 등장인물의 심리를 조명할 수 없을 정도이다. 우선 기리쓰보桐壺 권에서 주인공 히카루겐지光源氏의 관상을 보고 히카루光라는 이름을 작명을 한 고려인高麗人 (실제는 발해국의 사신) 관상가도 음양사로서의 지식을 갖춘 인물이라고 할 수 있다. 그리고 와카무라사키若紫 권에서 히카루겐지의 꿈을 듣고, 겐지가 천황의 아버지가 되기 위해서는 액이 끼어있다고 예언하는 해몽가도 음양사와 유사한 인물이라 생각된다. 그런데『겐지 이야기』에 나오는 '음양사陰陽師'의 용례는 단 3회가 나온다. 그러나 음양사와 유사한 역할을 하는 승려 중에서 '승도僧都'에 대한 용례는 70例, '아도리阿闍梨'가 45例, '성聖'이 34例, '험자験者'가 7例 등으로 많은 용례가 나온다.

이러한 승려들도 모두 모노노케物の怪나 질병을 퇴치하기 위해 가지加持, 기도祈祷, 불제祓除 등을 하지만, 본고에서는 '음양사'의 용례를 중심으로 『겐지 이야기』에 나타난 음양도를 살펴보기로 한다.

하하키기帚木 권에는 용례는 없지만 히카루겐지光源氏가 천황이 금기를 지켜야 하는 비 오는 날 밤에, 궁중에서 두중장頭中将 등 귀공자들과 함께 숙직을 하면서 이상적인 여성론에 대한 논쟁을 전개한다.

> 장마가 계속되어 맑은 날이 없는 요즈음 궁중에서는 금기가 계속되어 히카루겐지는 평소보다 훨씬 더 오랜 동안 궁중에 입궐해 계시기에 좌대신 집안에서는 걱정스럽고 원망스럽게 생각하고 있었지만, 모든 의복은 이것저것 훌륭한 것으로 준비해 놓고, 자식들도 오로지 히카루겐지의 숙소에 열심히 출근하는 것이었다.
>
> 長雨晴れ間なきころ、内裏の御物忌さしつづきて、いとど長居さぶらひたまふを、大殿にはおぼつかなく恨めしく思したれど、よろづの御よそひ何くれとめづらしきさまに調じ出でたまひつつ、御むすこの君たち、ただこの御宿直所に宮仕をつとめたまふ。[14]　　　　　　　(帚木①54)

궁중에서 비 오는 날 밤의 여성 품평회가 있은 다음 날, 히카루겐지는 자신의 집 방향에 손(方違へ)이 있어, 이를 피하려고 간 집에서 우쓰세미空蝉라고 하는 중류 신분의 이상적인 여성을 만나게 된다. 이러한 금기를 해결하는 방법은 음양도에서는 음양사로부터 불제를 받아야 했는데, 불제에는 국가적인 불제와 개인적인 불제가 있었다. 국가적인 불제는 6월 말과 12월 말에 행해졌는데, 그 기간의 죄를 인형 등에 실어

---

14 阿部秋生 他校注(1994), 『源氏物語』 1, ≪新編日本古典文学全集≫ 20, 小学館, p.54. 이하 『源氏物語』의 인용은 ≪新編全集≫의 권, 책수, 쪽수를 표기함. 필자 역.

강물에 띄어 보내기도 했다. 여기서는 집으로 가는 방향에 손이 있어 다른 방향으로 찾아간 곳에서 우연히 우쓰세미를 만나게 된다는 주제가 전개된다. 이와 같이 『겐지 이야기』에서는 등장인물의 조형과 남녀의 만남, 그리고 인간관계의 설정을 음양도가 원용되었던 것이다.

다음은 스마須磨 권에서 스마로 퇴거한 히카루겐지가 3월 초 스마의 해변에서 음양사로부터 불제를 받는 대목이다.

3월 초순에 돌아온 사시, '오늘은 이러한 걱정거리가 있는 사람은 불제를 해야 할 것입니다.' 하고 어설프게 아는 척하는 사람이 말씀을 올리자 바닷가도 보고 싶어 나가셨다. 대단히 간단하게 장막만을 둘러치고, 이 지방에 돌아다니는 음양사를 불러 불제를 시켰다. 배에서 등신대의 인형을 떠내려 보내는 것을 보시자 자신의 일처럼 생각되어,

인형처럼 알 수 없는 바다로 떠내려 와 여러 가지로 말할 수 없이 슬프구나.

弥生の朔日に出で来たる巳の日、「今日なむ、かく思すことある人は、祓したまふべき」と、なまさかしき人の聞こゆれば、海づらもゆかしうて出でたまふ。いとおろそかに、軟障ばかりを引きめぐらして、この国に通ひける陰陽師召して、祓せさせたまふ。舟にことごとしき人形のせて流すを見たまふにも、よそへられて、

知らざりし大海の原に流れきてひとかたにやはものは悲しき

(須磨②217)

와카무라사키 권에서 히카루겐지, 천황의 아버지가 된다는 무서운 꿈을 꾸고 나서 해몽을 하자, '그 운세 속에 액운이 끼어있어 근신하지 않으면 안 될 일이 있다. その中に違ひ目ありて、つつしませたまふべきことなむは

べる'(若紫①233-234)는 이야기를 듣고 스스로 스마須磨로 퇴거했던 것이다. 다음 해인 3월 초 겐지는 유배지나 다름없는 스마의 해변가에서 음양사를 불러 불제를 시켰던 것이다. 그리고 불제를 마친 히카루겐지가 자신은 죄가 없다는 것을 여러 신들에게 호소하자 갑자기 큰 폭풍우가 일어난다. 이는 여러 신들이 겐지에게 내린 경고의 의미가 있다. 히카루겐지는 폭풍우로 인해 큰 고초를 겪은 끝에 아버지 기리쓰보인桐壷院의 혼령이 시키는 대로 아카시뉴도明石入道와 함께 아카시明石로 이동한다. 그곳에서 겐지는 아카시뉴도의 딸 아카시노키미明石の君를 만나 결혼하고 딸 아카시노히메기미明石姫君를 얻는다.

와카나若菜 상권에서는 히카루겐지가 자신의 딸 아카시뇨고明石女御의 출산이 임박해지자 음양사들의 조언을 듣고 가지기도를 시킨다.

> 2월 무렵부터 이상하게 상태가 좋지 않아 괴로워하시자 주위의 사람들도 마음이 안정되지 못하는 듯하다. 음양사들도 계신 곳을 바꾸어 조심하는 것이 좋다고 말씀드리기 때문에, 저택에서 떨어진 다른 곳은 걱정된다고 해서 친정어머니인 아카시 부인이 살고 있는 저택의 안채로 옮기셨다. 이 저택은 큰 별채가 두 동이 있고 몇 개나 되는 회랑이 이어져 있었는데, 제단을 빈틈없이 흙으로 바르고, 영험이 있는 몇 사람의 수험자들이 모여 큰소리로 주문을 외고 있었다. 어머니는 지금이야말로 자신의 운세가 피일 때라고 생각하여 온갖 정성을 다했다.

> 二月ばかりより、あやしく御気色かはりてなやみたまふに御心ども騒ぐべし。陰陽師どもも、所をかへてつつしみたまふべく申しければ、外のさし離れたらむはおぼつかなしとて、かの明石の御町の中の対に渡したてまつりたまふ。こなたはただ大きなる対二つ、廊どもなむ廻りてありけるに、御修法の壇ひまなく塗りて、いみじき験者ども集ひてののしる。母

君、この時にわが御宿世も見ゆべきわざなめれば、いみじき心を尽くした
まふ。
(若菜上④103)

　아카시뇨고의 출산이 가까워지자, 히카루겐지는 정초부터 전국의 명
산대찰과 신사에 기도를 시키는 일이 이루 헤아릴 수도 없었다. 그리고
아카시뇨고가 계신 곳의 액을 피하는 것이 좋겠다는 음양사들의 말을
듣고 거처를 친정으로 옮기게 한다. 이는 아카시뇨고가 친정에서 편안
한 출산을 할 수 있을 것이라는 이유를 음양사의 판단에 따른 것으로
볼 수 있다. 그리고 수험자들의 주문과 제단의 빈틈을 흙으로 메우는
등 불제의 구체적인 방법을 기술하고 있다. 아카시 부인으로서는 자신
의 딸이 왕자를 낳을 수 있는 이때를 아카시 집안이 번영할 수 있는
절호의 찬스라 생각하고 음양사의 조언에 따라 온갖 정성을 다한다는
것이다. 이와 같이 아카시 부인과 같은 헤이안 시대의 귀족들은 딸의
출산과 같은 집안 대사에는 음양사나 수험자 등의 힘을 빌려야 할 절호
의 찬스로 생각했다. 이러한 노력의 결과 아카시뇨고는 차기 천황이 될
황자를 출산했고, 겐지는 외척으로서 왕권을 획득할 기회를 포착한 것
이다.
　가시와기柏木 권에서는 온나산노미야女三宮와 밀통한 가시와기柏木의
병이 심각해지자, 음양사들은 여자의 원혼이 씌운 병으로 판단한다.

　　가시와기의 아버지 대신은 가쓰라기산에서 모셔온 훌륭한 수험자를,
　　이제나저제나 하고 기다렸다가 기도를 시키는 것이었다. 기도와 독경 등
　　도 정말로 엄숙하게 소리 높여 읊었다. 사람들이 권하는 대로, 여러 성인
　　과 같은 수험자 등의 거의 세상에 알려지지 않은 깊은 산 속에서 수행하
　　고 있는 사람까지도 동생들을 시켜 찾아오게 하니, 왠지 무뚝뚝한 수험자

들까지도 많이 모여 있었다. 병을 앓고 있는 상태는 특별히 이렇다 할 증세도 없고 왠지 불안한 모습으로 때때로 소리를 내어 우셨다. 음양사들도 모두가 여자의 원혼이 씌운 것이라고만 점을 쳤기 때문에 어쩌면 그럴 수도 있을지도 모르겠다고 생각하셨으나 전혀 원혼이 나타나는 기색도 없는데 어떻게 된 것인가 하고 난감하여, 이러한 깊은 산 속의 구석구석 까지 수험자를 찾으시는 것이었다.

大臣は、かしこき行者、葛城山より請じ出でたる、待ちうけたまひ て、加持まゐらせんとしたまふ。御修法読経などもいとおどろおどろしう 騒ぎたり。人の申すままに、さまざま聖だつ験者などの、をさをさ世にも 聞こえず深き山に籠りたるなどをも、兄弟の君たちを遣はしつつ、尋ね、 召すに、けにくく心づきなき山伏どもなどもいと多く参る。わづらひたま ふさまの、そこはかとなくものを心細く思ひて、音をのみ時々泣きたま ふ。陰陽師なども、多くは、女の霊とのみ占ひ申しければ、さることも やと思せど、さらに物の怪のあらはれ出で来るもなきに思ほしわづらひ て、かかる隈々をも尋ねたまふなりけり。   (柏木④292~293)

가시와기는 온나산노미야와의 밀통으로 인하여 히카루겐지에 대한 공포와 두려움으로 발병하여 병석에 눕게 된다. 음양사들은 가시와기가 중병에 걸린 원인을 여자의 원혼이 씌운 것으로 분석했으나, 밀통의 비밀을 모르는 가시와기의 아버지 대신大臣은 가시와기의 병세에 원혼이 나타나는 기색이 없어 이상하게 여긴다. 즉 대신의 눈에는 원혼이 보이지 않았기 때문에 음양사의 판단을 이해할 수 없었던 것이다. 여기에 등장하는 음양사들은 오늘날로 말하면 일종의 정신과 의사와 주술사의 역할을 동시에 했던 것으로 생각되며, 귀족들이 질병을 치유하는 것은 의사보다도 음양사들의 기도에 의지했다는 것을 알 수 있다.

이와 같이 『겐지 이야기』에 등장하는 음양사들은 스마의 해변에서 히카루겐지의 죄를 씻는 불제를 하거나, 아카시뇨고에게 현재 있는 장소의 액을 피해 다른 장소로 이동하는 것이 좋겠다는 의견을 제의하기도 했다. 그리고 음양사들은 가시와기가 중병에 걸린 원인을 여자의 원혼이 씌운 것으로 분석하기도 했다. 즉 『겐지 이야기』에 나오는 음양사의 용례는 3회에 불과하지만 가지기도를 통하여 등장인물의 인간관계를 더욱 첨예하게 하여 모노가타리의 주제가 유기적으로 작의된 것을 확인할 수 있다.

4. 결론

헤이안 시대의 음양사는 어떠한 사상적 배경하에서 활약을 했고, 『겐지 이야기』와 같은 문학작품에는 음양사가 어떻게 조형되어 있는가를 고찰해 보았다. 헤이안 시대 초기의 음양사는 음양료陰陽寮에 소속하여 국가적인 원령을 퇴치하는 일을 하였다. 그런데 이후 점차 섭정 관백의 정치가 정착되면서 음양사는 귀족들의 개인적인 길흉을 점치거나 방위에 관한 금기禁忌, 불제祓除, 기도加持 등을 대신해 주는 일을 하게 된다. 그래서 음양도는 신도神道와 불교 이상으로 당시의 사상사에 큰 영향을 주었다.

헤이안 시대 율령제의 중무성에 속해 있는 음양료의 음양사들은 그다지 높은 신분은 아니었지만 그들이 고안한 금기, 방위, 손을 피하는 방법 등은 귀족들에게 절대적인 위력을 발휘했다. 예를 들면 음양료에서 발행하는 『구주력具注曆』이라고 하는 달력에는 매일의 별자리, 간지, 길흉 등이 표기되어 있어 귀족들은 매일 이에 따라 생활을 했다. 그리고 악몽을 꾸었을 때에는 음양사가 시키는 대로 외출을 삼가하거나 금기라고 쓴 종이를 넉 줄 고사리 풀에 묶어 모자나 머리에 꽂고 집안에 칩거했다.

『겐지 이야기』의 하하키기 권에는 히카루겐지가 궁중의 금기로 인해 여성품평회를 하고, 다음날 아오이노우에葵上가 있는 좌대신의 저택 방향으로 손이 있어 못가는 것을 핑계로 우쓰세미를 만나는 계기가 된다. 그리고 스마 권에서 겐지는 스마의 해변에서 불제를 받은 후, 기리쓰보인의 혼을 만나고 아카시노키미를 만나는 계기가 된

다. 또한 와카나 상권에서 겐지는 아카시뇨고의 출산을 위해 가지기도를 하고, 가시와기 권에서 내대신은 가시와기의 병을 치유하기 위해 음양사에게 기도를 올리게 한다.

이와 같이 스이코 천황대에 백제로부터 전래된 음양도는 조정의 기구로서만이 아니라, 헤이안 시대 귀족들의 일상생활이 되었다. 특히 문학작품에 나타난 음양도는 모노가타리物語의 주제와 인간관계를 형성하는 작의로 활용되었다. 특히 『겐지 이야기』의 음양도는 히카루겐지, 아카시노키미, 가시와기 등 주요 등장인물의 생로병사에 중대한 역할을 하고, 이야기의 주제와 인간관계의 복선이 된다는 것을 확인할 수 있었다.

제4부
헤이안 시대의 영험과 출가

유기리와 구모이노가리
『源氏物語絵巻』, 徳川美術館, 1985

헤 이 안 시 대 의 연 애 와 생 활

제1장
꿈의 해몽과
영험의 실현

● ● ●

1. 서론

　일본의 고대인들은 꿈을 이계異界와의 회로라고 여겼고 꿈의 계시를 예언과 마찬가지로 생각하여 서몽瑞夢이 나타나기를 기원했다. 그리고 현실에서는 만날 수 없는 사람도 꿈속에서는 시공을 초월하여 만날 수 있었고, 사랑하는 사람이 꿈에 나타나지 않으면 자기를 생각하지 않기 때문이라고 원망하기도 했다. 특히 상대上代에는 꿈을 신불神仏의 계시나 어떤 일이 일어날 전조前兆로 여겨 개인이나 나라의 운명을 결정하는 일도 적지 않았다.

　중국의 공자는 만년에 존경하는 주공周公이 꿈에 나타나지 않음을 한탄했고, 『만요슈万葉集』에서는 오토모 야카모치大伴家持(717?~785)가 속옷의 끈下紐을 풀고 자면 사랑하는 사람의 꿈을 꾸게 된다는 속신俗信을 단가로 읊었다. 그리고 당대唐代의 전기소설 『남가태수전南柯太守伝』이나 우리나라의 『구운몽九雲夢』 등에는 이향異郷에 이르는 회로로서 꿈이 설정되고 꿈속에서 주인공의 인생역정이 전개된다. 이러한 구상은 일본의 모노가타리物語 문학도 예외가 아니어서 예언이나 관상, 점복卜占, 해몽,

유언 등이 주제의 종축을 형성하는 경우가 많다.

일본의 고전문학에 나타난 꿈과 해몽에 대한 기념비적인 연구로는 사이고 노부쓰나西鄕信綱의 『고대인과 꿈古代人と夢』[1]이 있다. 사이고는 문학에 나타난 꿈의 양상을 서술하고 꿈의 신성神聖이 믿겨지는 시기의 하한을 헤이안平安 시대 말기 내지는 가마쿠라鎌倉 초기까지로 잡고 있다. 이외에도 구체적인 모노가타리의 주제론과 작품론으로서 꿈이 이야기의 주제에 미치는 영향 관계를 고찰한 연구로 후카사와 미치오深澤三千男,[2] 히나타 가즈마사日向一雅,[3] 다카하시 도오루高橋亨,[4] 김종덕金鍾德,[5] 무라마쓰 마사아키村松正明[6] 등이 있다.

본고에서는 대륙의 전기傳奇·전설傳說과 일본의 고대 문학을 대비하면서 해몽의 논리를 분석하고자 한다. 그리하여 꿈이 어떻게 이야기의 주제를 형성하고, 작자의 작의作意로서 그려지게 되는가를 규명할 것이다. 특히 『겐지 이야기』에 나오는 히카루겐지와 아카시뉴도明石入道의 꿈을 중심으로, 꿈과 해몽이 주인공의 운명과 인간관계를 제어하게 되는 논리를 고찰해 보고자 한다.

1 西鄕信綱(1993), 『古代人と夢』, 平凡社.
2 深澤三千男(1972), 『源氏物語の形成』, 櫻楓社.
3 日向一雅(1983), 『源氏物語の主題』, 櫻楓社.
_____(1989), 『源氏物語の王權と流離』, 新典社.
4 高橋亨(1989.2), 「源氏物語の光と王權」, 『日本文學』, 日本文學協會.
5 金鍾德(1989), 「王權譚의 伝承과『源氏物語』」, 『日本文化硏究』 4号, 한국외국어대학교 일본문화연구소.
_____(2000), 「大陸の日月神話と光源氏の王權」, 『神話·宗敎·巫俗』, 風響社.
6 村松正明(2009), 『日本古典文学と夢』, 선문대학교출판부.

제4부 헤이안 시대의 영험과 출가

2. 해몽解夢의 논리

중국의 지괴志怪 소설 『수신기搜神記』 권10[7]에는 수많은 꿈 이야기가 실려 있다. 여기서는 서몽을 꾼 사람이 해몽대로 왕권을 획득하게 된다는 두 가지 꿈을 살펴보기로 한다. 우선 251번은 후한 화제和帝(90~105)의 희등熹鄧 황후가 어느 날 사다리에 올라가 하늘을 잡는 꿈을 꾼다는 이야기이다. 황후가 해몽가를 불러 해몽을 하니, 해몽가는 요제堯帝와 탕왕湯王의 꿈을 이야기하며 무엇이라 말할 수 없을 정도로 대길大吉의 꿈이라 하였다. 과연 꿈의 해몽대로 화제가 죽은 후, 희등 황후는 황태후가 되어 덕정을 베풀었다는 것이다.

또한 『수신기』 252번에는 손견孫堅 부인이 손책孫策, 손권孫權을 회임했을 때, 일월日月이 가슴에 들어왔다는 꿈을 소개하고 있다. 이 꿈 이야기를 들은 손견은 일월은 음양이며 최고의 지위를 나타내는 것이기 때문에, 자신의 아들이 장래에 왕권을 획득하게 될 것을 굳게 믿게 된다. 이와 같이 『수신기』의 꿈 이야기는 대체로 꿈대로 어떤 일이 일어나거나, 해몽한대로 왕권 등이 달성된다는 것을 기술하고 있다.

『삼국유사三國遺事』 卷2의 가락국기駕洛國記[8]에는 꿈이 매개가 되어 인도 아유타阿踰陀 국왕의 딸 허황옥許黃玉을 김수로왕金首露王이 황후로 맞이하는 이야기가 나온다. 인도의 아유타 국왕은 꿈에 상제上帝로부터 딸을 가락국駕洛国(가야)에 보내라는 계시를 받는다. 이에 아유타 국왕은 꿈의 계시대로 딸을 가락국으로 보내는데, 그때 배우자가 없던 가락국의 김수로왕도 이 사실을 알고 있다가 허황옥을 황후로 맞이한다는 것

7　竹田晃　訳(1970), 『捜神記』, ≪東洋文庫≫ 10, 平凡社.
8　李民樹　譯(1987), 『三國遺事』, 乙酉文化社.

이다. 이 이야기는 꿈을 통해 시공時空을 넘어선 남녀가 靈界와의 교류를 통해 이루어지는 결혼담이라 할 수 있다. 일본의 일기 문학이나 모노가타리 문학에서는 꿈을 꾸거나 해몽을 포함하지 않은 작품이 없을 정도이다. 그러나 문학의 장르와 작품에 따라서 꿈이나 해몽이 작의에 따라 실현되기도 하고, 단지 꿈의 허망함을 한탄하기만 하는 경우도 있다.

흔히 '꿈은 해몽하기 나름夢は合わせがら'이라든지 '꿈은 역몽夢は逆夢'이라는 말이 있듯이, 고대인들은 꿈을 해몽하기에 따라 길흉이 일어날 수 있다고 생각했다. 예를 들어 『세쓰후도키摂津風土記』의 일문逸文 '꿈의 들판 도가노夢野 刀我野'에는 '도가 벌판에 서 있는 마오시카도 해몽하는 대로刀我野に立てる真牡鹿も夢相のまにまに'[9]라는 속담과 지명근원 설화를 밝히고 있는데, 대강의 줄거리는 다음과 같다.

세쓰国摂津国의 도가 벌판에 사는 마오시카는 본처와 첩을 두고 있었다. 어느 날 밤 마오시카는 이상한 꿈을 꾸었기에, 다음날 아침 본처에게 해몽을 해 보라고 했다. 본처는 남편이 첩의 집에 가려는 것을 질투한 나머지 거짓으로, 첩의 집으로 가는 도중에 죽임을 당할 꿈이라고 해몽을 했다. 그런데 과연 본처가 해몽한 대로 마오시카는 첩의 집으로 가는 도중에 배 안에서 화살을 맞고 죽었다. 이에 도가 들판을 꿈의 들판(夢野)이라 부르게 되었다는 것이다. 즉 이 설화에서 꿈이란 해몽한 대로 길흉이 일어날 수도 있다는 속담의 근원을 밝히고 있는 셈이다.

『가게로 일기蜻蛉日記』하권 덴로쿠天祿 원년(970) 7월에, 작자 미치쓰나의 어머니道綱母가 이시야마데라石山寺에 참배했을 때, 법사가 긴 술병

---

9 植垣節也 校注(1998), 『風土記』, ≪新編日本古典文學全集≫ 5, 小学館, p.428.

제4부 헤이안 시대의 영험과 출가

에 담긴 물을 자신의 오른쪽 무릎에 붓는 꿈을 꾸었다는 이야기가 나온다. 이때의 기분을 미치쓰나의 어머니는 '문득 잠을 깨어 부처님이 꿈에 보이신 것이라고 생각하자 더 더욱 전율과 슬픔을 느꼈다. ふとおどろかされて、仏の見せたはふにこそあらめと思ふに、ましてものぞあはれに悲しくおぼゆる'[10] 라고 기술하고 있다. 이때 미치쓰나의 어머니는 꿈을 부처의 영험인 것으로 생각은 하지만 꿈 그 자체의 의미에 대해서는 별로 관심을 기울이지 않았다. 오히려 그러한 꿈으로 인하여 섭정 관백 가문의 남편 후지와라 가네이에藤原兼家(920~990)와의 결혼 생활을 더욱 번민하고, 수심에 잠겨 인생에 대한 깊은 관조를 한다는 것이다.

다음은 덴로쿠天禄 3년(972) 2월 17일에, 미치쓰나의 어머니가 두 해 전 이시야마데라石山寺에 참배했을 때, 대신 기원을 올리게 했던 법사가 꾼 꿈을 전해 왔을 때의 기술이다.

"지난 5일 밤의 꿈에, 소매에 달과 해를 안으시고, 달은 발 아래로 밟고, 해를 가슴에 대고 안고 계신 듯이 보았습니다. 이를 해몽가에게 물어 보세요."라고 했다. 대단히 한심하기도 하고 허황되다는 생각이 들고, 의심스럽기도 하고 우스꽝스러웠기 때문에 누구에게도 해몽을 시키지 않고 있었는데, 해몽가가 왔기에 다른 사람의 꿈인 걸로 해서 물어보니, 예상했던 대로 "대체 어떤 사람이 꾼 꿈인가요." 하고 놀라며, "조정을 자기 마음대로 하며, 마음대로 정치를 할 것입니다"라고 한다. "그러면 그렇지. 이 해몽이 잘못된 것이 아니야. 이야기를 전한 승려가 의심스러운 거야. 아아, 이건 비밀이야. 너무 걸맞지 않아."라고 하며 그만 덮어 버렸다.

「いぬる五日の夜の夢に、御袖に月と日とを受けたまひて、月をば足の

10 木村正中 他校注(2004), 『蜻蛉日記』, ≪新編日本古典文学全集≫ 13, 小学館, p.209. 이하 『蜻蛉日記』의 본문 인용은 ≪新編全集≫의 쪽수를 표기함. 필자 역.

下に踏み、日をば胸にあてて抱きたまふとなむ、見てはべる。これ夢解き
に間はせたまへ」と言ひたり。いとうたておどろおどろしと思ふに、疑ひ
そめて、をこなるここちすれば、人にも解かせぬ時しもあれ、夢あはする
者來たるに、異人の上にて問はすれば、うべもなく、「いかなる人の見た
るぞ」と驚きて、「みかどをわがままに、おぼしきさまのまつりごとせむも
のぞ」といふ。「さればよ。これがそらあはせにはあらず。言ひおこせたる
僧の疑はしきなり。あなかま。いと似げなし」とてやみぬ。　(pp.277~278)

　　이시야마데라石山寺의 법사가 보내온 '일월의 꿈'은 한 가문이 조정의
중심에서 최고의 영화를 누리게 된다는 서몽瑞夢이었다. 그러나 미치쓰
나의 어머니는 법사가 그러한 꿈을 꾸었다고 하는 사실이 허황되다고
생각하여 해몽도 하지 않고 있었으나, 우연히 해몽가가 왔기 때문에
남의 꿈인 것처럼 해몽을 시켜 보았다는 것이다. 그러자 해몽가는 우
선 놀라며 아들 미치쓰나가 조정의 주석柱石이 될 만한 사람이고 마음
대로 정치를 할 것이라고 해몽했다. 이 이야기를 들은 미치쓰나의 어머
니는 해몽이 잘못된 것이 아니라 법사가 꾸었다는 꿈이 의심스럽고 과
장되어 자신의 아들과는 너무나 거리가 있어 믿으려고 하지 않았던 것
이다. 그리고 실제로 자신의 아들 미치쓰나는 후지와라 가네이에藤原兼家
(929~990)의 정처에게서 태어난 미치타카道隆와 미치나가道長 등 형제들
의 권세에 눌려 결국 대신에 오르지 못했다.

　　여기서 이야기하는 일월의 꿈은 『과거현재인과경過去現在因果経』[11]에
서 유래한 것으로, 당시에는 길몽이라는 보편적인 인식이 있었던 것 같
다. 그러나 미치쓰나의 어머니는 이시야마데라石山寺의 법사가 전해온

---

11 대한불교조계종 역경위원회(1975), 『한글 대장경』 18, 동국역경원.

꿈이 아들에 대한 길몽임에도 불구하고, 실현 불가능한 꿈을 이야기한 이시야마데라의 승려를 의심하는 것이었다. 즉『가게로 일기蜻蛉日記』의 작자 미치쓰나의 어머니는 서몽이 자신의 아들에 대한 꿈으로는 가당치 않다고 판단했던 것이다. 일월의 꿈은 누가 들어도 서몽이라 할 수 있는 꿈인데도 불구하고 미치쓰나의 어머니는 전혀 감동하지도 않고 또한 믿으려고도 하지 않았던 것이다.

　미치쓰나의 어머니는 또 집안의 시녀가 꾼 꿈도 해몽을 해 보았으나, 역시 이들 미치쓰나가 대신이 되어 집안이 번영할 것이라고 했다. 또한 작자 자신이 이틀 전날 밤에, '오른쪽 발바닥에 대신문이라는 글자를 썼기에 깜짝 놀라 발을 움츠렸다. 右のかたの足のうらに、大臣門といふ文字を、ふと書きつくれば、驚きて引き入る'(p.278)라고 하는 꿈에 대해서도, 해몽가는 법사의 꿈과 같은 내용이라고 해몽했다. 미치쓰나의 어머니는 이 또한 우스꽝스러운 일이라 생각이 들어 믿지는 않았지만, 한편으로 자신의 아들에게 어쩌면 의외의 행운이 따를지도 모른다는 생각을 해 본다.

　미치쓰나의 어머니는 꿈의 해몽이 실현되기를 바라는 마음에서 아들이 아닌 딸이라면 혹시 출세할지도 모른다는 생각에, 남편 가네이에兼家가 몰락한 미나모토 가네타다源兼忠의 딸에게서 얻은 아이를 양녀로 받아들이기도 한다. 미치쓰나의 어머니는 비현실적인 서몽을 냉철하게 믿지 않았고, 이러한 행동은『가게로 일기』와 같은 자조문학에서도 허구가 가미될 수 있다는 것을 이야기하는 대목이라 생각된다. 이러한 기술방식은『가게로 일기』가 일기와 모노가타리의 경계선에 있는 작품이라는 것을 말하고 있다.

　『사라시나 일기更級日記』의 작자 스가와라 다카스에菅原孝標의 딸은 소녀 시절에『겐지 이야기』와 같은 모노가타리의 세계를 동경하던 문학

소녀였다. 다카스에의 딸은 『사라시나 일기』에서 『겐지 이야기』를 읽는 즐거움은 '황후의 지위도 부럽지 않다. 后の位も何にかはせむ'[12]고 하며, 이를 탐독하는 일 이외는 아무 일도 하지 않았다고 기술하고 있다. 그러자 어느 날 밤, 꿈에 누런 가사袈裟를 입은 승려가 나타나 '법화경 5권을 빨리 배우라. 法華経五の巻をとく習へ'(p.298)라고 했지만, 누구에게도 말하지 않고, 배우려 하지도 않았다고 한다. 즉 다카스에孝標의 딸은 장래에 대한 꿈이나 영험 등을 전혀 믿으려 하지 않았던 것이다. 또한 다카스에의 딸은 이때 『겐지 이야기』에 나오는 유가오夕顔나 우키후네浮舟와 같은 여자 주인공들처럼 히카루겐지와 가오루薫 같은 남자의 사랑을 받게 되기를 간절히 바라고 있었기 때문에, 여인이 성불成仏할 수 있다는 꿈 따위는 염두에도 없었던 것이다.

작자가 26세 무렵, 어머니와 함께 기요미즈데라淸水寺에 참배했을 때, 꿈속에서 푸른 법의를 입은 승려가 나타나 '장래에 다가올 슬픔을 알지도 못하고 그렇게 하릴없는 일만 생각하고 있으니. 行くさきのあはれならむも知らず、さもよしなし事をのみ'(p.320)라고 한탄했지만, 전혀 개의치 않고 하산해 버렸다고 기술했다. 그리고 어머니가 하세데라初瀬寺에 직경 한 척尺이나 되는 거울을 시주하고 미래를 점치게 했을 때, 대리로 기원을 올린 승려가 꾼 꿈을 전해왔다. 이때도 다카스에의 딸은 '어떠한 꿈이었는지 귀도 기울이지 않았다. いかに見えけるぞとだに耳もとどめず'(p.321)라고 술회할 정도로 꿈의 영험에 대해 무관심했다. 즉 이 무렵의 작자는 꿈에서 승려가 계시하는 자신의 미래보다는 현재 읽고 있는 모노가타리의 세계에 더욱 심취해 있었던 문학 소녀였던 것이다.

---

12 犬養廉 校注(2008), 『更級日記』, ≪新編日本古典文学全集≫ 26, 小学館, p.298. 이하 『更級日記』의 본문 인용은 ≪新編全集≫의 쪽수를 표기함. 필자 역.

　　　　　　　　　　제4부 헤이안 시대의 영험과 출가

그런데 다카스에의 딸이 38세 무렵이 되어 아이가 태어나고 가정이 안정되자, 빈번히 참배 여행을 다니고 밤을 새워가며 이시야마데라에 기원을 올리기도 한다. 또한 만년인 52세에 이르러서는 옛날 하세데라에 어머니가 거울을 시주했을 때, '아마테라스오미카미를 염원해라. 天照御神を念じ申せ'(p.321), '아마테라스오미카미를 염원해라. 天照御神を念じたてまつれ'(p.357)라는 꿈을 꾸었지만, 그 당시에는 어디에 있는 신인지도 몰랐다고 고백한다. 그런데 다카스에의 딸은 자신의 나이가 들어 남편이 죽은 후 젊은 시절을 회상해 보니, 꿈을 믿지 않았기 때문에 결국 좋은 일은 하나도 실현되지 못하고 슬픈 일만 적중된 것이라며 후회한다.

이상에서『수신기』,『삼국유사』,『세쓰후도키摂津風土記』,『가게로 일기』,『사라시나 일기』와 같은 설화와 일기 문학 등에 나타난 꿈과 해몽을 살펴보았다. 꿈의 실현이란 꿈을 꾼 주체가 믿음을 가졌을 경우에 실현될 수 있었기에, 미치쓰나의 어머니나 다카스에의 딸처럼 꿈을 믿지 않았던 사람에게는 아무런 영험도 일어나지 않았다. 즉 허구의 모노가타리 문학에서는 꿈이 주제의 모티프를 형성하면서 대체로 실현되는 경우가 많지만, 일반적으로 일기와 같은 자조문학에서는 꿈이 해몽한대로 실현되지 않는 경우가 더 많다는 것을 확인할 수 있었다.

3. 히카루겐지의 '이상한 꿈'

『겐지 이야기』와카무라사키 권에서 히카루겐지는 궁중에서 친정에 나와 있던 후지쓰보와 밀통의 관계를 맺는다. 후지쓰보는 기리쓰보桐壺천황의 후궁이니까 히카루겐지에게는 계모인 셈이다. 그리고 이 대목의

표현에서 두 사람의 밀통이 이전에도 있었다는 기술이 있어 만남이 이번이 처음이 아니라는 것을 알 수 있다. 히카루겐지와 후지쓰보는 이 만남을 각각 영원히 깨지 않는 꿈속에 남아 있기를 기원하는 심경을 와카和歌로 증답했다. 두 사람의 관계를 히카루겐지는 '꿈속夢の中'으로 비유하고, 후지쓰보는 '깨지 않는 꿈醒めぬ夢'[13](若紫①231, 232)이라고 표현했다. 즉 이 와카의 내용은 두 번 다시 못 볼지도 모를 만남이 꿈이라면 영원히 깨고 싶지 않다고 하는 서로의 심정을 확인하는 듯한 내용이었다.

『겐지 이야기』에서 겐지와 후지쓰보가 자신들의 만남을 꿈으로 비유하여 읊은 와카에는 『이세 이야기』의 69段이 투영되어 있다. 『이세 이야기』 69段은 사냥의 사절로 간 남자와 이세伊勢 재궁斎宮과의 사랑을 그린 이야기인데, 두 사람은 금기의 사랑을 한 것에 대해 '꿈인가 생시인가夢かうつつか'[14]라고 한탄하는 와카和歌를 읊고 있다. 즉 히카루겐지와 후지쓰보, 사냥의 사절과 이세 재궁斎宮은 각각 자신들의 밀통을 꿈과 같은 만남이라고 읊고 있다. 이는 금기의 사랑을 나누는 인간관계를 꿈으로 상징하고, 그 꿈에서 깨고 싶지 않다는 심정을 읊은 와카라고 할 수 있다.

그런데 『겐지 이야기』에서 후지쓰보와 히카루겐지의 밀통은 하룻밤의 꿈으로 잊혀질 수 없는 장편 모노가타리의 주제로 전개된다. 히카루겐지는 자신이 범한 죄의 의미를 두렵게 생각하고, 5살 연상인 후지쓰보 또한 한심한 자신을 비통하게 여기고 있었다. 그리고 3개월 후에,

---

13 阿部秋生 他校注(1996), 『源氏物語』 1, ≪新編日本古典文学全集≫ 20, 小学館, p.231, 232. 이하 『源氏物語』의 본문 인용은 ≪新編全集≫의 권, 책수, 쪽수를 표기함. 필자 역.
14 福井貞助 校注(1999), 『伊勢物語』, ≪新編日本古典文学全集≫ 12, 小学館, p.173.

제4부 헤이안 시대의 영험과 출가

후지쓰보는 히카루겐지의 아이를 회임한 사실을 알게 되지만 표면적으로는 기리쓰보桐壷 천황의 황자를 임신한 것으로 알려지게 된다. 이에 두 사람은 더욱 자신들이 지은 죄에 대해 처절하게 고뇌하게 된다. 밀통의 진상을 알고 있는 오묘부王命婦는 '역시 어떻게 해도 피하기 어려웠던 전생의 인연이었던가. なほのがれがたかりける御宿世をぞ'(若紫①233)라고 하며 한탄한다.

다음은 와카무라사키 권에서 18살이 되는 히카루겐지가 '이상한 꿈 さま異なる夢'을 꾸고 의아하게 생각하다가, 후지쓰보가 회임했다는 소문을 들고서 겨우 납득을 하게 되는 장면이다.

중장도 무섭고 이상한 꿈을 꾸셔서 해몽하는 사람을 불러 물으시자, 도저히 이루지 못할 생각지도 못할 일을 해몽했다. 그리고 해몽가는 "그 운세에는 액운이 끼어 있어 근신해야 할 일이 있습니다."라고 아뢰자, 히카루겐지는 번거롭게 생각하셔서, "이것은 자신의 꿈이 안이야, 다른 사람의 꿈을 이야기한 것이야. 이 꿈이 실현될 때까지 누구에게도 발설하지 말라."고 말씀하시고, 마음속으로는 어떻게 된 일일까 하고 생각하고 있는 참에, 후지쓰보가 임신한 사실을 들으시고, 어쩌면 이 꿈이 바로 그 일이 아닐까 하는 생각이 들어서,

中将の君も、おどろおどろしうさま異なる夢を見たまひて、合はする者を召して問はせたまへば、及びなう思しもかけぬ筋のことを合はせけり。「その中に違ひ目ありて、つつしませたまふべきことなむはべる」と言ふに、わづらはしくおぼえて、「みづからの夢にはあらず、人の御事を語るなり。この夢合ふまで、また人にまねぶな」とのたまひて、心の中には、いかなることならむと思しわたるに、この女宮の御事聞きたまひて、もしさるやうもやと思しあはせたまふに　　　　　　　　　　　　(若紫①233~234)

겐지 중장은 계시와도 같은 무섭고도 이상한 꿈을 꾸었다. 그래서 해몽가를 불러 해몽을 시키자, 히카루겐지로서는 도저히 이루지 못할 생각지도 못할 일을 해석했다. 즉 꿈의 내용이 이미 황자의 신분이 아닌 히카루겐지로서는 절대 이룰 수 없고 생각도 할 수 없는 내용이었다. 모노가타리의 원문에는 해몽가가 꿈의 내용을 어떻게 해몽했는지 구체적으로는 아무것도 기술되어 있지 않지만, 이후의 줄거리로 유추해 보면 이 꿈은 히카루겐지가 천황의 아버지가 된다는 내용일 것으로 추정할 수 있다. 겐지는 이 해몽을 듣는 순간, 이는 도저히 이룰 수 없는 일이라 생각했지만, 후지쓰보가 회임했다는 소문을 듣자 겨우 의문이 풀리는 것이었다. 즉 후지쓰보가 낳은 아들(레이제이)이 즉위하면 겐지는 실제로 천황의 아버지가 되는 것이다.

해몽가는 또 히카루겐지가 천황의 아버지가 되는 과정에 액운違ひ目이 끼어 있으므로 근신하지 않으면 안 된다고 했다. 이에 히카루겐지는 해몽가에게 이 꿈이 자신이 꾼 꿈이 아니라고 하고 다른 사람에게는 절대로 발설하지 말 것을 명한다. 꿈의 해몽을 들은 히카루겐지로서는 납득할 수 없는 내용이 많았겠지만, 자신과 후지쓰보, 태어날 아이(레이제이 천황)와 관련한 중요한 내용이라는 것을 짐작하고, 이후 해몽의 내용을 의식하며 행동하게 된다.

그런데 히카루겐지 23세 때인 사카키賢木 권에서, 기리쓰보인桐壺院은 스자쿠朱雀 천황에게 '히카루겐지는 반드시 세상을 다스릴 수 있는 관상을 지닌 사람이다. かならず世の中たもつべき相ある人なり'(賢木②96)라고 하며, 겐지를 조정의 후견後見으로 중용해야 한다는 유언을 남기고 죽는다. 이 유언은 기리쓰보桐壺 권에서 고려인高麗人(발해 사신) 관상가가 어린 히카루겐지에 대해 예언한 것과 같은 내용이었다. 그러나 기리쓰보인이

제4부 헤이안 시대의 영험과 출가

죽자 유언은 전혀 지켜지지 않고, 조정의 주도권은 스자쿠 천황의 외척인 우대신의 집안이 좌지우지하게 된다. 이때 히카루겐지와 우대신의 딸인 오보로즈키요朧月夜와의 밀회가 발각되자, 고키덴 뇨고弘徽殿女御와 우대신 측은 겐지를 삭탈관직하고 조정에서 추방하려는 계획을 세운다.

한편 히카루겐지는 자신의 무죄를 주장했지만, 와카무라사키 권의 '이상한 꿈'의 해몽에서 자신이 천황의 아버지가 되는 과정에 액운이 끼어 있어 근신해야 할 일이 있다고 한 말을 상기했을 것이다. 겐지는 우대신 측에 의해 추방당하기 전에 스스로 스마須磨로 퇴거하려는 계획을 세운다. 즉 겐지가 스마로 퇴거하게 된 것은 우대신에게 오보로즈키요와의 관계가 발각된 표면적인 이유보다도 후지쓰보와의 밀통 사건과 동궁 레이제이를 보호하려는 의도가 있었던 것이다. 히카루겐지는 후지쓰보가 회임했을 때 꾼 '이상한 꿈'을 의식하고 자신의 문제가 후지쓰보와 동궁에게 미칠 것을 우려하여 스스로 스마로 퇴거할 결심을 한 것이다. 즉 후지쓰보가 낳은 황자를 즉위시켜, 히카루겐지 자신이 천황의 아버지가 되기 위해서는 꿈의 해몽에서 이야기 한 액땜을 해서 꿈을 실현시켜야 하겠다는 생각을 했던 것이다.

『이세 이야기』의 아리와라 나리히라在原業平로 추정되는 옛날 남자昔男나 『겐지 이야기』의 히카루겐지가 각각 유리流離를 하게 되는 배경에는 금기의 사랑과 단절이라는 주제가 내재하고 있다. 이러한 히카루겐지의 유리流離 이야기에는 상대로부터 전승되는 귀종유리담貴種流離譚의 화형話型이 투영되어 있다고 할 수 있다. 귀종유리담이란 오리쿠치 시노부折口信夫가 제기한 학술 용어로 어떤 연유로 죄를 범한 귀인이 변방으로 유리를 하다가 갖은 고생 끝에 재생하게 된다[15]는 화형이다. 특히 히카루겐지의 경우는 귀종유리담의 화형대로 유리를 한 후에 다시 귀경하게 되지만, 이에는 '이상한 꿈'의 해몽에서 나온 액땜이라는 모티프가 작용하고 있다고 볼 수 있다.

스마로 퇴거한 히카루겐지는 다음 해 3월 상사上巳, 스마의 해변에서 음양사를 불러 부정을 떨쳐버리는 의식인 불제祓除을 하고, '수많은 신들도 어엿비 보아주시겠지. 특별히 잘못한 죄가 없으니까. 八百よろづ神もあはれと思ふらむ犯せる罪のそれとなければ'(須磨②217)라는 와카和歌를 읊었다. 즉 히카루겐지는 속죄의 의식을 하면서 자신이 죄가 없음을 주장한 것인데, 그런데 무죄를 주장한 순간 갑자기 조용했던 바닷가에 큰 폭풍우가 일어났다. 다음 날 새벽녘, 히카루겐지가 멍하니 졸고 있을 때 바다의 용왕이 꿈에 나타났다. 그러나 폭풍우는 다음날도 멎지 않고 히카루겐지가 기거하고 있는 저택에까지 벼락이 떨어져 집의 일부가 불에 타기도 했다. 이에 히카루겐지는 스미요시住吉 신을 비롯한 여러 신들과 부처에 기원을 올린다.

저녁 무렵이 되어 겨우 비바람이 멈추고 별과 달이 보이기 시작했을 때, 히카루겐지의 꿈에 고 기리쓰보인故桐壷院이 생전의 모습 그대로 나타나 다음과 같은 대화를 주고받는다.

> 히카루겐지의 꿈에 고 기리쓰보인이 살아 있을 때의 모습 그대로 서서, '왜 이렇게 살풍경한 곳에 와 있는가.'라고 말씀하시고, 히카루겐지의 손을 잡고 위로하신다. '스미요시 신이 인도하는 대로 빨리 출항하여 이 포구를 떠나거라.'라고 말씀하신다. 히카루겐지는 대단히 기뻐하며, '황송한 아버님과 헤어진 뒤로부터, 이것저것 슬픈 일만 많았기 때문에, 이제는 이 해변에서 목숨을 버릴까 생각합니다.'하고 말씀 올리자, 고 기리쓰

15 折口信夫(1987), 『折口信夫全集』 七卷, 中央公論社, p.243.

보인은 '결코 그래서는 안 될 일이야. 이는 단지 사소한 일에 대한 응보인 것이야. 나는 재위 중에는 아무런 잘못도 없었지만, 자신도 모르는 사이에 저지른 죄가 있었기 때문에, 그 속죄를 하는 동안 여가가 없어 이승을 되돌아볼 수가 없었으나, 너무나도 힘들게 고생하고 있는 것을 보니, 가만히 있을 수가 없어서 바다에 들어가 다시 해변으로 올라오느라 대단히 힘들었지만, 이러한 기회에 대궐에도 아뢸 일이 있어 급히 상경하는 거야.'라고 말씀하시고 사라져 버렸다.

　故院ただおはしししさまながら立ちたまひて、「などかくあやしき所にはものするぞ」とて、御手を取りて引き立てたまふ。「住吉の神の導きたまふままに、はや舟出してこの浦を去りね」とのたまはす。いとうれしくて、「かしこき御影に別れたてまつりにしこなた、さまざま悲しき事のみ多くはべれば、今はこの渚に身をや棄てはべりなまし」と聞こえたまへば、「いとあるまじきこと。これはただいささかなる物の報いなり。我は位に在りし時、過つことなかりしかど、おのづから犯しありければ、その罪を終ふるほど暇なくて、この世をかへりみざりつれど、いみじき愁へに沈むを見るにたへがたくて、海に入り、渚に上り、いたく困じにたれど、かかるついでに内裏に奏すべきことあるによりなむ急ぎ上りぬる」とて立ち去りたまひぬ。
(明石②228~229)

히카루겐지의 꿈에 나타난 고 기리쓰보인은 겐지에게 스미요시 신의 인도에 따라 빨리 스마의 포구를 떠나라고 한다. 또한 히카루겐지가 조정의 문제와 그동안의 고통을 토로하자, 고 기리쓰보인은 이 고난을 아주 사소한 일에 대한 응보라고 했다. 그리고 고 기리쓰보인은 다시 도읍으로 올라가 스자쿠 천황의 꿈에도 나타나 자신의 유언이 지켜지지 않았다는 의미로 눈을 쏘아보았다고 한다. 그로 인해 스자쿠 천황은 눈병을 앓게 되자, 천황은 히카루겐지를 다시 불러들여 조정의 중심에 복귀시킨다.

히카루겐지가 스마須磨로 퇴거退去하게 되는 표면적인 이유는, 오보로 즈키요와의 밀회를 알게 된 우대신 측이 히카루겐지의 관직을 빼앗고 추방할 움직임을 보였기 때문이었다. 그러나 스마 퇴거의 근본적인 동기는 앞에서도 지적한 것처럼 와카무라사키 권의 해몽에서 나온 꿈이 실현되기 위한 액땜으로 볼 수 있다. 즉 히카루겐지는 후지쓰보와의 밀통에 의해 태어난 아들 레이제이 천황을 무사히 즉위시키기 위해, 스스로 스마에 퇴거하여 근신하려 한 것이었다. 또한 히카루겐지가 스마·아카시에서 귀경하게 되는 것도 고 기리쓰보인이 히카루겐지와 스자쿠 천황의 꿈에 나타나 자신의 유언이 실현될 수 있도록 했기 때문이다. 이와 같이 꿈과 해몽은 주인공 히카루겐지의 운명을 선점하여 모노가타리의 주제를 형성하고 있는 것을 확인할 수 있다.

그런데 히카루겐지가 와카무라사키 권의 꿈을 좀 더 적극적으로 자각하게 되는 것은, 미오쓰쿠시 권에서 자신의 아들인 레이제이冷泉 천황이 무사히 즉위하고, 아카시에서 자신의 딸이 태어났다는 소식을 듣고 별자리宿曜에 의한 예언을 상기한 후일 것이다. 히카루겐지는 자신에 대한 별자리의 예언을 상기한 다음, 그동안의 갖가지 예언에 대해 다음과 같이 신뢰하는 생각을 갖는다.

숙요에서 "아이는 셋인데 천황과 황후가 반드시 나란히 태어날 것입니다. 그중에서 지위가 가장 낮은 아들은 태정대신이 되어 신하로서는 가장 높이 오를 것입니다."라고 예언하여 보고했던 것이 꼭 맞는 것 같다. 대체로 겐지 자신이 무상의 지위에 올라 세상을 통치할 것이라는 것을 그렇게 많은 관상가들이 한결같이 말씀 올리고 있었던 것을, 이 몇 년간은 세상의 번거로움 때문에 깜박 잊고 있었던 것을, 금상의 천황(레이제이)이 이렇게 제위에 오르신 것을 의도한대로 실현되었다고 기쁘게 생각하셨다. 스스로도 자신이 제위에 오르는 일은 절대 있을 수 없는 일이라 생각하셨다.

宿曜に「御子三人、帝、后必ず並びて生まれたまふべし。中の劣りは太政大臣にて位を極むべし」と勘へ申したりしこと、さしてかなふなめり。おほかた、上なき位にのぼり世をまつりごちたまふべきこと、さばかり賢かりしあまたの相人どもの聞こえ集めたるを、年ごろは世のわづらはしさにみな思し消ちつるを、當帝のかく位にかなひたまひぬることを思ひのごとうれしと思す。みづからも、もて離れたまへる筋は、さらにあるまじきことと思す。   (澪標②285~286)

숙요의 예언에서 말한 세 아이란, 천황은 이미 즉위한 레이제이 천황이고, 황후는 아카시노히메키미, 태정대신은 유기리夕霧를 지적한 것이다. 겐지가 천황의 아버지라는 것은 다른 사람들은 이 사실을 모르는 일이지만 겐지 자신을 알고 있다. 그리고 겐지가 조정 권력의 중심에 있으니 나머지 두 아이가 각각 황후와 태정대신이 되는 것은 거의 확실할 것이다. 특히 히카루겐지는 자신의 아들이 이렇게 즉위해 있는 것을 보면서, 꿈의 해몽이 그대로 실현되었다는 것을 실감하지 않을 수 없었을 것이다.

히카루겐지는 숙요의 예언을 상기한 다음, 천황이 이처럼 즉위해 있는 진실에 대해 다른 사람들은 잘 모르겠지만, '관상가들의 예언은 틀리지 않았다. 相人の言空しからず'(澪標②286)라고 생각한다. 이는 꿈의 해몽만이 아니라 고려인의 관상과 여러 관상가들이 말한 예언들도 틀리지 않았다고 확신하는 대목이다. 이후 히카루겐지는 꿈과 해몽을 굳게 믿고 나머지 예언도 실현될 것이라는 확신을 갖게 된다. 이와 같이 관상

과 예언, 꿈의 해몽 등은 작자의 작의로서 항상 모노가타리의 주제를 리드하는 역할을 한다는 것을 확인할 수 있었다.

4. 아카시뉴도의 서몽瑞夢

히카루겐지의 '이상한 꿈さま異なる夢'(若紫①233)과 아카시뉴도明石入道의 서몽瑞夢은 『겐지 이야기』의 종축을 형성하고 있는 가장 큰 주제라고 할 수 있을 것이다. 특히 아카시뉴도의 서몽은 딸이 태어날 때 꾼 꿈이었는데, 아카시 집안의 영화를 보장하는 작의로 설정된다. 아카시뉴도는 이 꿈을 실현시키기 위해 전 생애를 걸고 스미요시住吉 신에게 기원을 올렸다. 그는 하리마播磨의 국사를 마지막으로 중앙의 관직도 버리고 은퇴하여 누가 무어라 해도 듣지 않고 아카시에서 얻은 딸 하나에 온 집안의 운명을 걸고 기회가 오기를 기다렸던 사람이다.

스마須磨 권에서 히카루겐지가 스마에 퇴거해 있다는 소문을 들은 아카시뉴도는 어떻게 해서든지, 자신의 딸과 히카루겐지를 혼인시켜야겠다고 생각한다. 그러나 아카시뉴도의 부인은 히카루겐지에게 이미 훌륭한 부인들이 있고, 하필이면 천황의 비妃와 잘못을 저질러 유배되어 있는 사람에게 딸을 주느냐고 하며 반대했다. 그러나 이미 딸의 장래에 대한 서몽을 믿고 있는 아카시뉴도의 결심은 확고부동했다. 그의 딸 아카시노키미明石の君 또한 마음에 들지 않는 결혼을 할 바에야 차라리 비구니가 되든지 바다에 투신자살이라도 한다는 각오를 하고 있었다.

히카루겐지가 스마에서 폭풍우를 만났을 때, 아버지 고 기리쓰보인故桐壼院이 꿈에 나타나, '스미요시 신이 인도하는 대로 빨리 출항하여 이

포구를 떠나거라. 住吉の神の導きたまふままに、はや舟出してこの浦を去りね'(明石②229)라고 했다. 그런데 그 다음날 이른 아침, 아카시뉴도가 꿈의 계시를 받았다고 하며 조그만 배를 타고 스마의 포구에 나타난 것이었다. 아카시뉴도는 지난 초하루의 꿈에 이상한 자가 나타나서 작은 배를 준비하고 있다가 폭풍우가 멎으면 스마의 포구로 배를 저어가라고 했다는 것이다. 즉 겐지와 아카시뉴도는 각각 꿈의 계시에 따라 만남이 이루어지게 된 것이다. 즉 히카루겐지가 스마에서의 폭풍우를 피해 아카시의 해변으로 옮기게 되는 것은 꿈에 나타난 고 기리쓰보인의 명령과 아카시뉴도가 꿈에 받은 계시에 따라 이루어진 것이다.

아카시뉴도는 히카루겐지를 자신의 저택이 있는 아카시의 포구로 데려오자 먼저 스미요시 신에게 감사의 기도를 올렸다. 뉴도는 이렇게 히카루겐지를 모시고 온 것이 마치 해日와 달月을 자기 것으로 만든 것처럼 감격하여 극진하게 예우한다. 그리고 그해 초여름의 달밤에, 아카시뉴도는 히카루겐지의 거문고 연주를 듣다가, 자연스럽게 딸 아카시노키미에 대한 이야기를 꺼낸다. 히카루겐지는 뉴도의 이야기를 듣고, 자신이 이유 없는 죄로 인하여 이렇게 여기까지 온 것이 정말 보통이 아닌 전생으로부터의 인연이라 생각하게 된다.

아카시뉴도는 꿈속에서 스미요시 신이 계시한 대로 딸의 운명을 맡기는 것이 한편으로는 불안하기도 했지만, 음력 8월의 깊어 가는 가을 저녁 히카루겐지를 딸의 처소로 안내한다. 그리고 두 사람은 와카和歌를 증답했는데, 히카루겐지는 덧없는 세상의 나쁜 꿈을 깨고 싶다고 했고, 아카시노키미는 긴 어둠 속을 헤매고 있어 꿈을 깰 힘도 없다고 읊었다. 히카루겐지는 아카시노키미와 이러한 관계를 맺게 된 것이 전생으로부터의 깊은 인연이라 생각한다. 그러나 이 결혼은 아카시뉴도가 나중에 밝히는 서몽을 실현시키려는 과정이었다고도 할 수 있다. 앞에서 서술한 대로 미오쓰쿠시 권에서 아카시노키미는 히카루겐지의 딸 아카시노히메기미明石姫君를 출산하게 되는데, 이 딸은 나중에 우메가에梅枝 권에서 동궁비東宮妃로 입궐하게 된다.

와카나若菜 상권에서 아카시뇨고明石女御가 황자를 출산하자, 아카시뉴도는 오랫동안 학수고대하던 꿈이 실현되었다고 생각하며 환희를 느낀다. 다음은 와키니 상권에서 아카시뇨고가 황자를 출산했다는 소식을 전해 듣고, 아카시뉴도가 딸 아카시노키미에게 보낸 편지의 일부이다.

> 당신이 태어나던 그해 2월의 그날 밤에 꾼 꿈인데, 내가 수미산을 오른손으로 받들고 있지 않았겠습니까. 그 산의 좌우로부터 달빛과 햇빛이 밝게 비치어 세상을 밝히고 있었습니다. 나는 산 아래의 그늘에 숨겨져 그 빛에는 비추지 않았습니다. 그리고 산을 넓은 바다에 띄워 두고 나는 조그만 배를 타고 서쪽을 향해 저어간다는 꿈을 꾸었던 것입니다. 꿈을 깨고 난 다음날 아침부터 하찮은 이 몸도 장래에 대한 희망이 생겼지만, 그런데 어떻게 해야 그러한 큰 행운을 바랄 수가 있을 것인가 하고 마음속으로 생각하고 있었는데, 그 무렵부터 당신이 어머니의 배속에 잉태하였지요. 그 이래로 속세의 책을 읽어도, 또한 불교의 책 속에서 진의를 찾아보아도, 꿈을 믿어도 된다는 글이 많았기에, 나와 같이 미천한 사람의 품안이라 황송하다고 생각하면서 소중하게 길러왔는데, 모든 일에 힘이 미치지 못하는 몸이라 생각하여 이렇게 시골에 내려온 것입니다.
>
> わがおもと生まれたまはんとせしその年の二月のその夜の夢に見しやう、みづから須弥の山を右の手に捧げたり、山の左右より、月日の光さやかにさし出でて世を照らす、みづからは、山の下の蔭に隠れて、その光にあたらず、山をば広き海に浮かべおきて、小さき舟に乗りて、西の方を

　　　　　　　　　　　　제4부 헤이안 시대의 영험과 출가

さして漕ぎゆくとなむ見はべりし。夢さめて、朝より、数ならぬ身に頼む
ところ出で來ながら、何ごとにつけてか、さるいかめしきことをば待ち出
でむと心の中に思ひはべしを、そのころより孕まれたまひにしこなた、俗
の方の書を見はべりしにも、また内教の心を尋ぬる中にも、夢を信ずべき
こと多くはべりしかば、賤しき懐の中にも、かたじけなく思ひいたづきた
てまつりしかど、力及ばぬ身に思うたまへかねてなむ、かかる道におもむ
きはべりにし。　　　　　　　　　　　　　　　　　　　（若菜上④113~114）

　　꿈의 소재는 장생도長生図의 모티프가 되는 바다, 수미산須弥山, 일, 월
등으로, 이는 불교적 우주관을 내포하고 있다. 즉 여기서 수미산은 아카
시노키미를, 달은 아카시뇨고를, 해는 아카시뇨고가 낳은 황자를 상징
하고 있다. 그리고 뉴도 자신은 그 영화를 누리지 않고 불도仏道에 전념
하겠다는 내용이다. 이 후 와카나若菜 하권에서 금상今上 천황이 즉위하
자 황자는 동궁이 되고, 뇨고女御는 중궁이 됨으로써, '달빛과 햇빛 月日の
光'이 왕권王権의 상징표현임을 알 수 있다. 『가게로 일기蜻蛉日記』의 꿈
에서도 지적했듯이, 일월의 꿈은 『과거현재인과경過去現在因果経』에 나오
는 선혜善慧 선인仙人의 기몽奇夢[16]이 투영된 것으로 보인다. 원래 『과거
현재인과경』에서 일월의 꿈은 영화를 상징하는 의미는 아니었으나, 아
카시뉴도는 이를 서몽이라 생각하고 이 꿈에 가문의 운명을 걸었던 것
이다.
　　아카시뉴도는 이 서몽을 꾼 것이 약 32년 전 아카시노키미를 회임했
을 무렵이었다고 밝히고 있다. 뉴도는 이 꿈을 꾼 후로 유교나 불교의
서적을 통해 꿈을 믿어도 좋다는 확신을 갖게 되었다고 한다. 그래서

16 대한불교조계종 역경위원회(1975), 상게서, p.39.

뉴도는 자신의 신분에도 맞지 않는 꿈이지만, 32년간이나 믿어 의심치 않고 일생 동안 꿈의 실현을 위해 노력해 왔던 것이다. 이는 『가게로 일기』의 작자 미치쓰나의 어머니가 일월의 서몽을 들어도 자신에게는 허황된 꿈이라 생각하고 믿지 않으려 했던 태도와는 사뭇 대조적이다. 아카시뉴도가 유배당한 것이나 마찬가지인 히카루겐지를 사위로 맞이하려 했던 것은 바로 자신이 꾼 서몽을 실현시키기 위해서였던 것이다.

그리고 뉴도는 아카시노키미에게, '아카시노히메기미가 국모가 되시어 소원이 성취되는 날에는 스미요시 신사 등에 답례를 올려 주세요. 若君、国の母となりたまひて、願ひ満ちたまはん世に、住吉の御社をはじめ、はたし申したまへ'(若菜上④114)라고 당부하는 말을 썼다. 편지의 마지막에는 '빛이 비치는 새벽녘이 드디어 가까워졌어요. 이제야 옛날에 본 꿈 이야기를 합니다. ひかり出でん暁ちかくなりにけり今ぞ見し世のゆめがたりする'(若菜上④115)라는 와카를 읊고 날짜를 기술했다고 되어있다. 즉 와카나若菜 상권에서 뉴도는 손녀인 아카시뇨고明石女御가 황자를 출산했다는 소식을 듣자, 이제 곧 아카시뇨고가 국모가 되고 자신의 외증손자가 동궁으로 즉위할 것이라는 것을 예감하고 32년 전에 꾼 꿈을 비로소 밝힌 것이었다.

아카시 이야기明石物語의 표면적인 주제는 히카루겐지와 아카시노키미의 사랑을 그리고 있지만, 사실은 꿈의 예언이 실현되는 과정을 이야기하고 있다. 즉 꿈의 실현으로 아카시뇨고는 중궁이 되고, 히카루겐지는 영화와 왕권을 획득하고, 아카시뉴도는 가문의 영화를 이룬다고 할 수 있다. 그리고 히카루겐지의 '이상한 꿈'과 아카시뉴도의 서몽瑞夢이 실현되는 원리는 겐지와 아카시노키미의 사랑으로 달성된다는 것이 모노가타리의 논리인 것이다.

5. 결론

고대인들은 꿈을 현계顕界와 영계霊界의 커뮤니케이션이라고 생각하였지만, 꿈이 현실에서 허구의 모노가타리에서처럼 실현되기는 어려웠을 것이다. 특히 헤이안 시대의 일부다처제라는 제도 속에서『가게로 일기』나『사라시나 일기』등을 기술한 작자들은 꿈보다도 더욱 허망한 자신의 생애를 관조하며 살았다. 즉 허구의 모노가타리가 아닌 여류일기 문학의 작자들은 강한 자의식과 냉철한 이성을 지닌 여성들이었기에 좀처럼 꿈의 영험 같은 것을 믿으려 하지 않았다.

아무리 서몽瑞夢을 꾸었다고 하더라도 황당무계하다고 생각하고 그 영험을 믿지 않으려는 일기 문학의 작자들에게 꿈은 무의미한 것이었다. 그러나 허구의 모노가타리 문학에서는 꿈과 해몽이 주인공의 운명을 결정하는 예언이 되어 영화를 달성하는 작의로 설정되었다. 즉 모노가타리 문학의 세계에서는 꿈의 해몽이 복선이 되거나 주제의 종축縱軸을 구성하고 반드시 실현되는 경우가 많았다.

『겐지 이야기』와카무라사키 권에서의 꿈과 해몽은 히카루겐지가 스마 퇴거를 결심하게 되는 심층적인 동인動因이 되었으며 겐지의 영화를 보장하는 예언이 되기도 했다. 또한 아카시뉴도는 자신의 꿈이 반드시 실현될 것이라는 확신을 갖고, 32년간이나 꿈의 성취를 위해 살았다. 그리하여 손녀인 아카시뇨고가 황자를 출산하여 그 꿈이 실현될 것이 확실해졌을 때에 비로소 꿈의 내용을 밝힌 것이다. 즉 히카루겐지와 아카시뉴도의 영화는 고려인(발해인)의 관상이나 별자리의 예언과 함께, 꿈의 해몽을 믿고 실현을 위해 노력한 결과 얻어진 것이라고 할 수 있을 것이다.

헤이안 시대의 일기 문학과『겐지 이야기』등에서 꿈이 허구의 주제를 이루고 있는 경우가 많다. 이러한 꿈과 해몽은 길몽이냐 악몽이냐라는 것보다 꿈을 꾼 주체가 이를 믿느냐 믿지 않느냐에 따라 주인공의 인생이 크게 좌우되었다. 그리하여 꿈이란 장치는 주인공의 운명을 선점하는 허구의 작의가 되어 주제를 형성하는 골격이 되었던 것이다. 즉 주인공의 인간관계와 꿈은 표리일체가 되어 모노가타리의 주제를 이루고, 꿈과 해몽이 주제를 선점하는 모노가타리의 논리였음을 확인할 수 있었다.

제2장
신불의 영험과
겐지의 영화
● ● ●

1. 서론

　일본 고대문학의 영험담은 주인공이 인생의 위기에 직면했을 때, 신불神仏에 기원하여 구제救済를 받는다는 이야기이다. 스마須磨의 해변으로 퇴거退去한 히카루겐지光源氏는 3월 3일(上巳)에 음양사에게 불제를 시키고 자신의 무죄를 주장하자 갑자기 폭풍우가 일어난다. 이에 히카루겐지는 스미요시住吉 신에 기원을 올려 도움을 청한다. 그러자 겐지의 꿈에 돌아가신 기리쓰보인桐壺院이 나타나 스미요시 신의 인도에 따라 스마의 포구를 떠나라고 한다. 그때 아카시明石에는 아카시뉴도明石入道가 자신의 딸을 도읍의 고귀한 남자와 결혼시키려고 매년 스미요시 신에 기원을 올리고 있었는데, 꿈의 계시를 받고 스마의 해변에 나타난다. 이에 겐지는 아카시뉴도를 따라 폭풍우로 인해 폐허가 된 스마에서 아카시로 옮기게 된다.

　겐지의 스마 퇴거는 귀종유리貴種流離, 폭풍우, 스미요시 신의 가호, 아카시뉴도의 소망 등의 요소로 구성되어 있다. 그리고 겐지와 후지쓰보, 겐지와 아카시노키미의 인간관계가 이야기의 심층에 깔려있다. 스미요시 신은 스마에 퇴거한 겐지를 구원하는 영험을 발휘하는 신이고, 아카시뉴도 또한 집안의 운명을 스미요시 신에 의지하고 있었다.

히카루겐지의 유리담流離譚과 스미요시 신의 영험담에 관한 연구는 다양한 선행연구가 있다. 미타니 구니아키三谷邦明는 미오쓰쿠시澪標 권을 중심으로 무라사키시키부가 스미요시 참배住吉詣라는 형태로 겐지가 '많은 신들에 제사八十嶋祭'를 올리는 영화를 그렸다[1]고 규명했다. 이시하라 쇼헤이石原昭平는 겐지가 '거머리蛭の子'라는 자각으로 스미요시 신사의 영역에 들어간 것은 왕권신수를 모방한 주인공이 죽음에서 재생하여 다시 복권하는 의식[2]이라고 지적했다. 마루야마 기요코丸山キヨ子는 아카시뉴도가 출가를 했음에도 불구하고 스미요시 신에 기원한 것은 딸의 숙세, 황통에 관한 것이기 때문이라고 하고,[3] 스미요시 신을 황통을 수호하는 신으로 분석했다. 도요시마 히데노리豊島秀範는 유리의 장소로 스마가 된 데에는 스미요시 신이 있다고 하며, 불제祓除의 영역에 들어갔다는 것은 중요한 의미가 있고,[4] 겐지의 스마·아카시 퇴거에는 스미요시의 신위神威가 깊이 관여하고 있다[5]고 기술했다. 그리고 한정미韓正美는 마루야마丸山, 도요시마豊島의 주장을 인용하면서 스미요시住吉 신이 천황가의 혈통을 잇는 겐지를 수호한다는[6] 고찰을 했다. 즉 이러한

1 三谷邦明(1970.5), 「澪標における栄華と罪の意識－八十嶋祭と住吉物語の影響を通じて－」, 『平安朝文学研究』 2巻 1号, 早稲田大学平安朝文学研究会.
2 石原昭平(1985.5), 「貴種流離譚の展開」, 『文学·語学』 105号, 桜楓社, p.14.
3 丸山キヨ子(1980), 「明石入道の造形について－仏教観の吟味として－」, 『源氏物語の探究』 五集, 風間書房, p.278.
4 豊島秀範(1987), 「須磨·明石の巻における信仰と文学の基層－『住吉大社神代記』をめぐって－」, 『源氏物語の探究』 12集, 風間書房.
5 豊島秀範(1992), 「住吉の神威－須磨·明石·澪標巻－」, 『源氏物語講座』 3巻, 勉誠社, p.139.
6 韓正美(1995.12), 「須磨·明石巻に見られる住吉信仰」, 『解釈と鑑賞』, 至文堂.

연구에서 주인공 겐지의 의식을 초월한 영험이 존재한다는 점이 강조되고 있다.

본고에서는 상기 선행연구를 참고하면서 히카루겐지를 중심으로 유리와 영험담의 유형을 살펴보고자 한다. 그리고 와카무라사키若紫 권의 꿈의 해몽에 나오는 '액운違ひ目', 미오쓰쿠시澪標 권의 숙요宿曜, 스미요시 신의 영험은 어떤 유기적인 관계가 있는가. 히카루겐지가 스마에서 아카시로 퇴거하여 아카시노키미와 결혼함으로써 겐지와 아카시 일족이 영화를 달성하게 되는 논리를 고찰하고자 한다.

2. 유언과 영험담靈驗譚

영험靈驗의 사전적인 의미는, '신불의 힘으로 나타나는 효험. 이익'[7]이라고 되어있다. 『겐지 이야기』의 영험에는 유리하는 겐지를 구출하려는 고 기리쓰보인故桐壺院의 영험, 겐지와 아카시뉴도明石入道에게 행운을 가져다주는 스미요시 신의 영험, 우콘과 다마카즈라를 만나게 해주는 하세 관음長谷観音의 영험 등이 있다. 보통 영험담은 신불神仏이 그 대상이 되기 때문에 신사와 불교설화와 같이 전승되는 것이 많다. 이들 영험은 모노가타리의 주인공이 신앙과 같이 생각함으로써 이야기의 주제를 제어하는 복선이 되어 독자들의 공감을 불러일으키게 된다.

스마須磨 퇴거退去를 결심한 겐지는 후지쓰보藤壺와 마지막으로 이별하고, 달이 뜨는 것을 가다려 고 기리쓰보인의 산소陵로 향한다. 여기서

---

7 山口堯一 鈴木日出男(2004), 『全解古語辞典』, 文英堂.

달은 겐지의 후견인 기리쓰보인을 상징하고 있다. 겐지를 수행하는 부하는 5, 6명 정도로, 가모賀茂 신사 앞을 지날 때는 말에서 내려, 신에게도 작별 인사를 했다. 산소에 도착한 겐지는 돌아가신 아버지 기리쓰보인이 점점 멀어져갔지만 약속한 유언을 상기하며 자신의 처지를 호소한다.

　　겐지는 산소에 참배하여 고 기리쓰보인의 생전모습을 바로 앞에 있는 듯이 상기하신다. 그러나 최고의 신분이라 할지라도 이 세상을 하직한 분이니까 어찌할 수가 없고 안타까운 심정이었다. 겐지는 모두 다 울면서 호소해 보지만, 고 기리쓰보인의 말씀을 정확히 들을 수가 없었기 때문에, 이전에 그렇게 걱정하시던 갖가지 유언은 어디로 사라져버렸는가 하고 생각하지만 이제는 어찌할 도리가 없는 일이다. 무덤으로 가는 길은 풀이 무성하고 헤치며 들어가는 길은 이슬이 흥건하고 눈물도 흘러내리고, 달빛은 구름에 숨고 울창한 나무숲은 무서울 정도로 쓸쓸한 정경이었다. 돌아갈 길도 모를 정도로 슬픔에 젖어 참배를 하고 있으니 생전의 모습이 환영처럼 보이는 것은 소름이 끼칠 정도였다.
　　돌아가신 아버지의 혼백은 나를 보시고 계시겠지. 아버지로 보는 달도 구름에 숨어버렸네.
　　御山に参でたまひて、おはしましし御ありさま、ただ目の前のやうに思し出でらる。限りなきにても、世に亡くなりぬる人ぞ、言はむ方なく口惜しきわざなりける。よろづのことを泣く泣く申したまひても、そのことわりをあらはにえうけたまはりたまはねば、さばかり思しのたまはせしさまざまの御遺言はいづちか消え失せにけん、と言ふかひなし。御墓は、道の草しげくなりて、分け入りたまふほどいとど露けきに、月も雲隠れて、森の木立木深く心すごし。帰り出でん方もなき心地して拝みたまふに、ありし御面影さやかに見えたまへる、そぞろ寒きほどなり。

なきかげやいかが見るらむよそへつつながむる月も雲がくれぬる

　겐지는 생전에 자신을 더없이 총애했던 고 기리쓰보인에게 자신은
정치적으로 무고하다는 것을 호소했다. 그리고 고 기리쓰보인이 말씀하
셨던 갖가지 유언을 상기하지만, 지금은 모두 어쩔 도리가 없는 일이라
생각한다. 산소御陵에는 기리쓰보인이 돌아가시고 벌써 2년이 지나 풀
이 무성하게 자라있었다. 풀잎에 이슬이 많은 것은 겐지가 흘리는 눈물
에 비유되었다. 고 기리쓰보인의 얼굴처럼 생각하는 20일 무렵의 달빛
도 구름에 가려지고 무성한 나무숲과 함께 겐지의 쓸쓸함은 절정에 달
한다. 고 기리쓰보인이 겐지의 참배에 감동한 것인지 생전의 모습으로
보였지만 아무 말도 하지 않자, 겐지는 소름이 끼칠 정도로 무서운 느낌
이 들었다. 기리쓰보인의 유언이 지금은 달이 구름에 숨은 것처럼 지켜
지지 않고 있지만, 겐지는 언젠가 아버지의 유언이 다시 부활할 것으로
생각한다.

　아카시明石 권에서 고 기리쓰보인은 스마의 해변에서 폭풍우를 만난
겐지와 도읍의 스자쿠朱雀 천황에게 강력한 영험을 발휘하여 유언을 지
키게 한다.

　히카루겐지의 꿈에 고 기리쓰보인이 살아 있을 때의 모습 그대로 서
서, '왜 이렇게 살풍경한 곳에 와 있는가.'라고 말씀하시고, 히카루겐지의
손을 잡고 위로하신다. '스미요시 신이 인도하는 대로 빨리 출항하여 이

---

8 阿部秋生 他校注(1996), 『源氏物語』 2, ≪新編日本古典文学全集≫ 20, 小学館,
　　p.231, 232. 이하 『源氏物語』의 본문 인용은 ≪新編全集≫의 권, 책수, 쪽수를 표
　　기함. 필자 역.

포구를 떠나거라.'라고 말씀하신다. 히카루겐지는 대단히 기뻐하며, '황송한 아버님과 헤어진 뒤로부터, 이것저것 슬픈 일만 많았기 때문에, 이제는 이 해변에서 목숨을 버릴까 생각합니다.' 하고 말씀 올리자, 고 기리쓰보인은 '결코 그래서는 안 될 일이야. 이는 단지 사소한 일에 대한 응보인 것이야. 나는 재위 중에는 아무런 잘못도 없었지만, 자신도 모르는 사이에 저지른 죄가 있었기 때문에, 그 속죄를 하는 동안 여가가 없어 이승을 되돌아볼 수가 없었으나, 너무나도 힘들게 고생하고 있는 것을 보니, 가만히 있을 수가 없어서 바다에 들어가 다시 해변으로 올라오느라 대단히 힘들었지만, 이러한 기회에 대궐에도 아뢸 일이 있어 급히 상경하는 거야.'라고 말씀하시고 사라져 버렸다.

　　故院ただおはししさまながら立ちたまひて、「などかくあやしき所にはものするぞ」とて、御手を取りて引き立てたまふ。「住吉の神の導きたまふままに、はや舟出してこの浦を去りね」とのたまはす。いとうれしくて、「かしこき御影に別れたてまつりにしこなた、さまざま悲しき事のみ多くはべれば、今はこの渚に身をや棄てはべりなまし」と聞こえたまへば、「いとあるまじきこと。これはただいささかなる物の報いなり。我は位に在りし時、過つことなかりしかど、おのづから犯しありければ、その罪を終ふるほど暇なくて、この世をかへりみざりつれど、いみじき愁へに沈むを見るにたへがたくて、海に入り、渚に上り、いたく困じにたれど、かかるついでに内裏に奏すべきことあるによりなむ急ぎ上りぬる」とて立ち去りたまひぬ。　　　　　　　　　　　　　　　　　　　（明石②228~229）

　　스미요시住吉 신과 용왕의 도움으로 폭풍우와 벼락이 겨우 멈추자, 겐지는 피곤했던 탓인지 꾸벅꾸벅 졸고 있었다. 겐지의 머리맡에 나타난 고 기리쓰보인은 빨리 스미요시 신이 인도하는 대로 스마의 포구를 떠나라고 말한다. 겐지는 그동안 자신으로 인해 레이제이冷泉 천황의 즉위가 불안해져서는 안 된다고 생각하여 스마로 퇴거한 것이었다. 그래서 겐지는 우대신 일파에 대해 정치적으로는 무고하다는 생각을 하고 있었다. 그런데 겐지가 3월 3일에 불제를 시키고 자신의 무죄를 주장한 순간 갑자기 일어난 폭풍우는 정치적인 책임이 아닌 후지쓰보와의 원죄를 하늘이 경고한 것으로 볼 수 있다. 기리쓰보인은 자신도 응보로 성불하지 못하고 있었지만, 스마의 해변에서 폭풍우로 고생하는 아들 겐지를 구원하기 위해 나타났다고 했다. 그동안 기리쓰보인은 자신의 재위 시에 실정은 없었지만 자연히 범하게 되는 죄에 대한 속죄를 하느라, 자신이 남긴 유언이나 정치를 돌볼 겨를이 없었다는 것이다. 여기서 주목하고 싶은 것은 겐지가 고 기리쓰보인의 뜻으로 스미요시 신의 조력을 얻었다는 점이다. 그리고 고 기리쓰보인은 스자쿠 천황의 꿈에도 나타나, 기분 나쁘게 노려봄으로써 눈병을 일으킨다. 즉 고 기리쓰보인의 영험이 스자쿠 천황으로 하여금 히카루겐지를 소환하라는 선지宣旨를 내리게 하고 조정으로 복귀시킨다는 것이 모노가타리의 논리이다.

『겐지 이야기』의 영험과 용왕의 관계는, 『삼국유사三國遺事』 권1, 기이제2紀異第2, 신라 문무왕의 사천왕사四天王寺와 해중능海中陵의 이야기[9]를 상기하게 한다. 고구려, 백제를 정벌하여 삼국을 통일한 제30대 문무왕文武王 대에 당 고종이 50만 대군을 이끌고 신라를 치려고 했다. 신라가 삼국통일을 이룬 이후의 일이라, 왕이 심히 걱정하여 방책을 하문했다. 그러자 용궁에 가서 비책을 배워온 명랑明朗 법사가 낭산狼山의 남족 신유림神遊林에 사천왕사四天王寺를 건립하여 도장을 열면 좋겠다고 했다. 그런데 당나라 군사가 이미 국경을 넘어 왔기 때문에 명랑이 채

---

9 一然著 李民樹 訳(1987), 『三国遺事』, 乙酉文化社, p.111~117. 이하 『三国遺事』의
   인용은 같은 책의 쪽수를 표기함.

백彩帛으로 임시 절을 만들어 비법을 사용하자 당나라 배들이 모두 침몰했다고 한다. 그 뒤 다시 절을 세우고 사천왕사라고 했다는 것이다. 신미년辛未年(671)에는 당나라가 다시 5만의 군사로 침공했으나 이전의 방법을 사용하자 또 다시 배가 침몰하여 실패했다고 한다.

신라의 문무대왕文武大王은 재위21년(681)에 돌아가셨는데, 유언대로 동해의 큰 바위(大王岩) 위에 장사를 지냈다. 왕은 평소부터 지의智義 법사에게, '나는 죽은 뒤에 나라를 지키는 큰 용이 되어 불법을 숭상하고 나라를 수호하려 하오.'(p.113)라고 했다는 것이다. 문무왕이 죽은 뒤에 용이 되어 나라를 지키려 한 것은, 『겐지 이야기』에서 고 기리쓰보인이 겐지를 지켜준 것과 유사한 조상의 영험담이라 할 수 있을 것이다.

권1, 기이제2에는 31대 신문대왕神文大王이 문무대왕을 위해 동해 가까이에 감은사感恩寺를 창건하고 만파식적万波息笛이라는 피리를 얻는다는 이야기(pp.118~120)가 나온다. 감은사 금당金堂 아래에 동쪽으로 구멍이 하나 있었는데, 이것은 해룡이 들어오게 하기 위함이었다. 그런데 신문왕 2년에 감은사 앞바다에 작은 산이 하나 떠 있었는데, 산의 형상이 거북 머리와 같고, 그 위에 대나무가 자라 낮에는 두 개가 되고 밤에는 하나가 되는 것이었다. 왕이 일관에게 묻자, 문무왕이 삼한을 진호하는 해룡이 되었기 때문에 폐하가 해변으로 가시면 진귀한 보물을 얻으실 것이라고 했다. 이에 왕이 감은사에서 묵고 다음날 정오가 되자, 대나무는 하나가 되고 천지가 진동하며 폭풍우가 일어나 7일 동안 캄캄했다. 왕이 감은사에서 나와 배를 타고 그 산으로 들어가자 용이 검은 옥대玉帶를 바쳤다. 왕이 놀라며 앉아서 대나무에 대해 물었다. 용은 양손으로 치면 소리가 나는 것처럼 이 대나무로 피리를 만들어 불면 천하가 태평해진다고 말한다. 그래서 이 대보大宝는 문무왕文武王과 김유신金庾信

장군이 왕에게 바치도록 했다는 것이다. 왕은 놀라고 기뻐하며 그 대나무로 피리를 만들어 월성月城의 천존고天尊庫에 보관해 두었다. 그런데 이 피리를 불면 적병이 퇴각하고, 질병이 낫고, 가뭄에는 비가 내리고, 우천에는 맑아지고, 바람은 멈추고 파도는 조용해지는 것이었다. 그래서 이 피리를 만파식적이라 하고 국보로 삼았다는 것이다.

신라 신문왕대의 만파식적 전설에서 피리의 신비한 힘은,『우쓰호 이야기』에서 도시카게의 딸俊蔭の女이 비금秘琴으로 남풍なん風[10](俊蔭①84)을 연주하자 큰 산의 나무가 모두 쓰러지고, 적군들이 무너진 산에 깔리는 기이한 현상이 일어났다나는 것과 유사하다. 만파식적의 이야기와 스마·아카시 권이 직접적인 관계는 없지만, 돌아가신 선왕이 용을 사자로 파견한 대목에 유사성을 읽을 수 있다. 즉 스마 권에서 폭풍우가 몰아치는 밤, 용왕의 사자가 겐지의 꿈에 나타난 것은 겐지를 돕기 위한 고 기리쓰보인의 영험이라 할 수 있다.

고 기리쓰보인이 '바다에 들어가 다시 해변으로 올라오느라'라고 되어있는 것은,『고지키』나『니혼쇼키』,『만요슈』의 '도코요常世'[11](18권 -4111)의 나라에서 왔다는 것을 은유하고 있다. 이는 스이닌垂仁 천황이 다지마모리田道間守를 도코요常世에 파견하여 상록의 열매인 귤橘을 가져오게 했다는 기원설화이다. 한편『고지키』에서 이자나미伊耶那美가 죽어서 간 황천국黄泉国(出雲)은 육지로 연결된 곳으로, 이자나기伊耶那岐는 걸어서 돌아오는 것으로 묘사되어 있다. 이자나기는 황천의 군사들에게 쫓겨 지상(葦原中国)과의 경계 언덕인 사카모토坂本에 이르러 큰 바위千

---

10 中野幸一 校注(1999),『うつほ物語』1,≪新編日本古典文学全集≫ 14, 小学館, p.84. 이하『うつほ物語』의 인용은 ≪新編全集≫의 권수, 쪽수를 표기함. 필자 역.
11 小島憲之 他校注(1994),『万葉集』1-4,≪新編日本古典文学全集≫, 小学館. 이하『万葉集』의 인용은 ≪新編全集≫의 권, 노래번호를 표기함. 필자 역.

引の石로 막아버린다. 이 바위로 인해 이후 황천과 지상을 오갈 수 없게 되었고, 이 언덕은 지금의 이즈모出雲에 있다고 한다. 고 기리쓰보인은 바다를 건너 다시 육지로 올라오는 것으로 되어있어 도코요常世를 타계로 보는 시각이 반영된 대목이라 생각된다.

미오쓰쿠시澪標 권에서 조정으로 복귀한 겐지는 기리쓰보인의 영험에 대한 보답으로 감사의 추선공양追善供養을 올리기 위해 법화팔강法華八講을 개최했다. 겐지는 꿈에 나타났던 '기리쓰보인을 생각하며 어떻게 해서든지 저 세상의 죄업을 씻기 위한 추선공양을 해 그려야지. 院の帝の御ことを心にかけきこえたまひて、いかでかの沈みたまふらん罪救ひたてまつる事をせむ' (澪標②279)라고 생각하며 준비를 서둘렀다. 겐지가 고 기리쓰보인의 영험에 대한 보답과 공양을 위해 법화팔강을 개최했다는 것은, 이제 히카루겐지야말로 조정의 중심이고 권력의 중추라는 것을 세상에 알리는 행사였다. 아카시 권에서 겐지의 꿈에 나타난 고 기리쓰보인은 스미요시 신의 조력을 청하는 한편, 스자쿠 천황의 꿈에도 나타나 유언을 지키게 했다. 이처럼 기리쓰보인의 영험은 고키덴 뇨고弘徽殿女御 측의 실각과 겐지의 영화와 왕권의 확립을 보장해 준 것이다. 겐지가 법화팔강을 주최한 다음 해 2월, 스자쿠 천황이 양위하고 레이제이 천황이 즉위함으로써 겐지의 잠재왕권潜在王権이 확립된다.

『니혼료이키日本霊異記』, 『가게로 일기蜻蛉日記』, 『사라시나 일기更級日記』, 『곤자쿠 이야기집今昔物語集』 등의 참배는 기요미즈데라清水寺, 호즈미지穂積寺, 다이고지醍醐寺, 이시야마데라石山寺, 하세데라長谷寺 등 관음신앙이 성지인 절이 많았다. 특히 『곤자쿠 이야기집』 권16-19화 '신라황후가 국왕의 벌을 받아 하세 관음의 도움을 받는 이야기新羅后蒙国王咎得長谷観音助語'는 『우지슈이 이야기宇治拾遺物語』 179화에도 같은 이야기가 실려 있는데, 하세 관음의 영험이 해외에까지 알려져 있다는 것을 기술하고 있다. 『겐지 이야기』에도 유가오夕顔의 딸 다마카즈라玉鬘가 하세데라에 참배하는 것을 계기로 시녀 우콘右近과 18년 만에 재회하는 영험을 그리고 있다.

다마카즈라는 어머니 유가오와 헤어진 지 18년이 지나서, 유모의 장남 분고노스케豊後介를 의지하여 쓰쿠시筑紫를 떠나 도읍으로 돌아온다. 분고노스케는 유가오의 부모를 찾아주라는 아버지(大宰少弐)의 유언을 지키려고 쓰쿠시를 탈출하게 된다. 분고노스케는 도읍(교토)으로 돌아오긴 했지만, 관직도 없고 부하들은 이탈하고 의지할 바가 없는 상황에서, 먼저 하치만구八幡宮에 참배하여 기원을 올린다. 하치만구의 참배가 특별한 효험이 없자, 다음으로 '부처님 중에는 하세 관음이 일본에서 특별한 영험이 있다고 당나라에까지 알려져 있다고 한다. 仏の御中には、初瀬なむ、日本の中にはあらたなる験あらはしたまふと、唐土にだに聞こえあむなり'(玉鬘③104)라고 하며 하세데라에 참배하려고 준비한다. 분고노스케는 하세 관음이 일본 국내만이 아니라 당나라에까지 영험하다는 소문이 나있다고 하니 반드시 아가씨를 도와줄 것이라고 생각한다.

다마카즈라 일행은 도보로 하세데라에 가는 도중에도 어머니를 만나게 해달라는 기원을 하면서, 절 가까운 쓰바이치椿市에서 숙박을 하게 되었다. 마침 그때 우연히 유가오의 유모였다가 지금은 겐지의 뇨보로 있는 우콘이 하세데라 참배를 위해 걸어서 쓰바이치의 숙소에 도착하여 재회가 이루어진다. 우콘과 다마카즈라 일행은 이 운명적인 재회가 하세 관음의 영험으로 가능한 것으로 생각한다. 우콘과 다마카즈라 일행은 3일간 참배하는 동안 옛날이야기와 염불念仏을 외다가 다음과 같이 와카를 증답한다.

이곳은 참배하러 모이는 사람들을 내려다보는 장소이다. 앞을 흐르는 강은 하쓰세가와이라고 한다. 우콘이,

'두 그루의 삼나무가 서있는 하쓰세에 참배하지 않았다면, 후루카와 근처에서 아가씨를 만날 수 있었겠어요

기쁜 때에'라고 말씀을 올린다.

물살이 빠른 하쓰세가와의 옛날 일은 모르지만 오늘 당신을 만난 기쁨의 눈물에 몸도 떠내려갈 듯합니다.

라고 하며 울고 있는 아가씨의 모습은 보기에 흉하지 않았다.

参り集ふ人のありさまども、見下さるる方なり。前より行く水をば、初瀬川といふなりけり。右近、

「ふたもとの杉のたちどをたづねずはふる川のべに君をみましや

うれしき瀬にも」と聞こゆ。

初瀬川はやくのことは知らねども今日の逢ふ瀬に身さへながれぬ

とうち泣きておはするさま、いとめやすし。 (玉鬘③116)

우콘은 하쓰세의 두 그루 삼나무를 찾아오지 않았다면 하쓰세가와 근처의 숙소에서 만날 수 있었겠느냐고 읊고, 이렇게 재회를 하게 된 것은 모두 하세 관음의 영험이라고 생각한다. 이 와카는 『고킨슈古今集』雜体 1009번 작자미상의 노래를 인용한 것인데, 뭔가의 사정이 있어 헤어져도 언젠가 다시 만나자라고 하는 바람을 담고 있다. 한편 다마카즈라는 하쓰세가와初瀬川의 기원은 모르지만 오늘의 만남으로 기쁜 눈물이 흘러 온몸이 젖었다라고 읊는다. 우콘이 귀경하여 겐지源氏에게 다마카즈라와 재회한 사실을 보고한다. 겐지는 옛날 애틋하게 사랑했던 애인 유가오의 딸이라, 그 연장 선상에서 흥미를 가지고 만나고 싶어 한다. 이리하여 다마카즈라의 운명은 하세 관음의 영험으로 인해 크게 전환되어, 유가오는 아버지 내대신의 저택이 아닌 겐지의 육조원으로 들어가

게 되고 모노가타리의 새로운 주인공으로 등장하게 된다. 다마카즈라가 쓰쿠시筑紫로 유리한 것은 귀종유리담의 변형이지만, 쓰바이치에서의 재회담은 영험담靈驗譚과 연기담緣起譚의 유형이 복합된 형태라 할수 있다.

3부의 시이가모토椎本 권에서 니오미야匂宮는 하세 관음의 참배를 핑계로 귀경하는 길에 우지宇治에 들려 유기리夕霧의 별장에 머물며 나카노키미中君와 와카를 증답한다. 따라서 니오미야와 나카노키미의 만남에 영험담의 요소는 개입되지 않고, 하세데라 참배를 계기로 사랑의 인간관계가 맺어진다. 야도리기宿木 권에서 가오루는 나카노키미中君로부터 우키후네浮舟의 존재를 듣고 우지로 갔을 때, 마침 우키후네가 '하쓰세데라에 참배하고初瀬の御寺に詣でて'(宿木⑤488) 돌아오는 것을 엿보게된다. 가오루와 우키후네의 만남 또한 하세 관음의 영험이라기보다 두사람의 인간관계에 작은 계기를 제공했다고 볼 수 있다. 그러나 우키후네의 어머니 주조中将로서는 하세 관음의 영험으로 받아들일 수도 있을것이다.

요카와橫川의 승도僧都의 어머니 비구니母尼와 승도의 동생 비구니妹尼는 하세 참배初瀬詣で를 하고 돌아오는 길에 갑자기 어머니 비구니의 발병으로 우지인宇治院에 묵게 된다. 동행한 승려들이 우지인의 뒤에서 투신자살을 시도한 우키후네를 발견한다. 승도와 아사리阿闍梨가 우키후네를 위한 가지기도를 하자, 조복調伏된 모노노케物の怪가 나타나 '깜깜한 밤에 혼자 있는 것을 납치한 온 것이야. 그렇지만 관음보살이 이런저런 두둔을 하셔서 이 승도의 법력에 지게 되었어. 이제는 도망가야지. いと暗き夜、独りものしたまひしをとりてしたり。されど観音とざまかうざにはぐみたまひければ、この僧都に負けたてまつりぬ。今はまかりなん'(手習⑥295)라고 큰 소리

로 외치며 나가버린다. 모노노케는 승도에게 조복되어 우키후네를 죽일 수가 없었다고 하는데, 이에는 우키후네가 자주 하세데라에 참배하여 관음의 영험이 강했기 때문이라는 것이다. 즉 신불의 영험이 허구의 모노가타리에서는 사랑의 인간관계를 보조하거나 어떤 계기를 위해 설정된다는 것을 확인할 수 있다.

3. 스미요시 신의 영험

『겐지 이야기』에서 겐지의 영화와 가장 깊은 관련이 있는 것은 스미요시 명신住吉明神의 영험이다. 스마須磨의 해변에서 폭풍우가 계속되는 동안, 겐지의 꿈에는 '바다 속의 용왕海の中の龍王'(須磨②219)이 나타난다. 그리고 폭풍우와 벼락이 멎지 않는 가운데 '며칠 전날 밤과 같은 모습의 이상한 것들ただ同じさまなる物のみ'(明石②223), 즉 신불神佛이나 요괴와 같은 것이 겐지의 꿈에 나타난다. 그때 폭풍우 속을 무라사키노우에紫上의 사자使者가 와서 조정의 정치도 혼미하다는 것을 알려 준다. 다음날도 폭풍우와 쓰나미가 몰려오자 겐지는 유일하게 기대하는 스미요시住吉 신에 기원을 올린다.

겐지는 마음을 진정시키고 얼마나 잘못을 했기로서니 이런 물가에서 목숨을 잃게 될까 하며 마음을 단단히 먹고 있었다. 그러나 모두가 무서워하며 떨었기 때문에 갖가지 색의 예물을 바치며, '스미요시 신이여, 당신은 이 일대를 진호하고 계십니다. 만약 정말로 부처님이 수적한 신이시면 부디 도와주십시오.'라고 많은 소원을 빌었다.

君は御心を静めて、何ばかりの過ちにてかこの渚に命をばきはめんと強う思しなせど、いともの騒がしければ、いろいろの幣帛捧げさせたまひて、「住吉の神、近き境を鎮め護りたまふ。まことに迹を垂れたまふ神ならば助けたまへ」と、多くの大願を立てたまふ。　　　　(明石②225~226)

　겐지는 자신의 죄의식을 느끼면서도 목숨의 위기를 느끼자, 스미요시 신에게 도움을 청한다는 것이다. 겐지는 좌대신에게 모든 것이 '전생의 응보前の世の報い'(須磨②165)라고 하면서, '조금도 양심의 가책이 없다. 濁りなき心'(②165)라든가, 스마의 포구에서 불제를 할 때는 '특별히 지은 죄가 없으니까犯せる罪のそれとなければ'(須磨②217)와 같이, 지금까지 수차례 자신의 결백을 주장했었다. 그리고 겐지가 모든 일을 전생으로부터의 응보라고 하는 발상은 헤이안 시대 귀족들의 일반적인 의식구조이기도 했다.

　『고지키』 중권 게이코景行 천황 대에 야마토타케루倭建가 동정東征을 하는 도중에 하시리미즈(지금의 浦賀)를 건널 때 큰 파도가 일어나자, 오토타치바나히메弟橘比売가 파도를 진정시키기 위해 수많은 다타미(양탄자)를 예물로 바친다는 이야기가 나온다. 오토타치바나히메는 마지막으로 스스로 다타미 위에 몸을 던져 바다로 들어간다. 『심청전』에서 심청이는 아버지의 눈을 뜨게 하기 위해 바닷물에 몸을 던지지만, 오토다치바나히메는 남편 야마토타케루를 구하기 위해 몸을 던진 것이다. 또한 『도사 일기土佐日記』에서 기노 쓰라유키紀貫之의 배가 스미요시 부근을 지날 때, 갑자기 배가 침몰할 듯이 바람이 불자 뱃사공이 예물을 바치게 한다.

뱃사공이 말하기를 '이 스미요시 명신은 진노하면 파도를 일으키는 신입니다. 뭔가 필요한 것이 있는 듯합니다.'라고 하는 말은 정말 현대풍입니다. 그리고 '예물을 바치세요.'라고 한다. 말하는 대로 예물을 바친다. 그렇게 바쳤지만 비바람은 전혀 멈추지 않고 점점 거세어져 위험할 정도가 되자 뱃사공이 다시 말했다. '예물로는 만족하시지 않으니까 배가 나아가지 않는 것입니다. 역시 좀 더 신이 좋아하는 물건을 바치세요.'라고 한다. 그래서 다시 뱃사공이 말하는 대로 어쩔 도리가 없다는 생각으로, '눈도 두 개 있는데, 이건 딱 하나밖에 없는 거울을 바친다.'라고 하며, 바다에 거울을 던지니 아깝게 생각된다. 그 순간에 바다는 거울 면과 같이 잠잠해졌다. 어떤 사람이 읊은 와카는,

거친 바다에 거울을 던져 잠잠해지는 사나운 신의 마음을 분명히 보았도다

아무래도 이 신은 '스미노에', '원추리', '절벽의 작은 소나무' 등과 같이 우아한 신은 아닌 듯하다. 눈앞의 거울에 비추어 신의 본심을 알아버렸다. 그리고 뱃사공의 마음은 신의 마음 그대로였다.

楫取のいはく、「この住吉の明神は、例の神ぞかし。ほしき物ぞおはすらむ」とは、いまめくものか。さて、「幣を奉り給へ」といふ。いふに従ひて、幣奉る。かく奉れれども、もはら風やまで、いや吹きに、いや立ちに、風波のあやふければ、楫取、またいはく、「幣には御心のいかねば御船も行かぬなり。なほ、うれしと思ひ給べきもの奉り給べ」といふ。また、いふに従ひて、いかがはせむとて、「眼もこそ二つあれ、ただ一つある鏡を奉る」とて、海にうちはめれば、口惜し。されば、うちつけに、海は鏡の面のごとなりぬれば、ある人のよめる歌、

ちはやぶる神の心を荒るる海に鏡を入れてかつ見つるかな

いたく、「住江」「忘れ草」「岸の姫松」などといふ神にはあらずかし。目もうつらうつら、鏡に神の心をこそは見つれ。楫取の心は、神の御心なり。[12]

(pp.47~48)

제4부 헤이안 시대의 영험과 출가

뱃사공의 마음이 바로 신의 마음이라는 마지막 구절이 바로 『도사 일기』의 작자가 말하고자 한 대목이라 생각된다. 『도사 일기』의 허구성은 어느 정도 인정할 수 있어도 스미요시 신은 진노하면 파도를 일으킨다는 것은 뱃사공이 배를 움직이지 않고 파도를 일으켜 예물을 바치게 한다는 이야기이다. 즉 뱃사공이 신의 이름을 빌어 사리사욕을 채운다는 것을 비꼬는 와카를 읊었다. 도사土佐에서 뱃길로 도읍으로 올라오는 기노 쓰라유키에게 있어서 스미요시 신은 절실한 현실이었을 것이다. 그러나 『겐지 이야기』에서 스미요시 명신은 겐지가 아카시노키미明石君를 만나는 계기가 되어 허구의 모노가타리 주제를 이어가는 주요한 역할을 한다고 한다.

세쓰摂津와 하리마播磨의 연안은 스미요시住吉 신의 신역神域이기 때문에, 스마의 겐지는 폭풍우가 멈추도록 많은 기원을 올린 것이다. 겐지는 우선 '갖가지 색의 폐백いろいろの幣帛'(明石②226)을 바쳐 폭풍우와 벼락 등의 천재지변을 피하려고 했다. 그리고 겐지는 자신의 죄가 무고하다는 점을 주장하고 스미요시 신에 구원을 요청한다. 겐지의 부하들도 겐지를 구출하려고, '스미요시 신 쪽을 향해 갖가지 소원御社の方に向きてさまざまの願い'(明石②227)을 올렸다. 폭풍우가 점점 거세어지는 가운데, 겐지의 꿈에 나타난 고 기리쓰보인은 스미요시 신이 인도하는 대로 출항하여 이 포구를 떠나라고 한다. 이는 겐지와 아카시노키미가 만나는 직접적인 도화선이 되고, 겐지와 아카시 일족이 영화를 누리게 되는 영험이 나타난 셈이다.

그런데 겐지는 왜 이렇게까지 스미요시 신에게 의지하려 하는 것일

---

12 木村正中 他校注(1995), 『土佐日記 蜻蛉日記』, ≪新編日本古典文学全集≫ 13, 小学館. pp.47~48. 이하 『土佐日記』의 인용은 ≪新編全集≫의 쪽수를 표기함. 필자 역.

까? 또 스미요시 신이 겐지를 돕는 배경에 대해『고지키』와『스미요시 타이샤 신대기住吉大社神代記』의 기술을 살펴보도록 한다. 우선『고지키』 상권에서 스미노에墨江 신이 탄생하는 과정은 다음과 같다. 이자나기노 미코토伊耶那岐命는 이자나미노미코토伊耶那美命가 간 황천국을 찾아가 출산의 광경을 보았다고 하여 부정을 씻는 과정에 여러 신들이 태어난다. 『고지키』에는 '그 소코쓰쓰노오노미코토, 나카쓰쓰노오노미코토, 우와 쓰쓰노오노미코토의 세 신은 스미노에의 세 신이다. 其の底筒之男命·中筒之 男命·上筒之男命の三柱の神は、墨江の三前の大神なり'[13](p.53)라고 기술하고 있다. 이어서 마지막으로 왼쪽 눈을 씻을 때 태어난 신은 아마테라스오미 카미天照大御神, 오른쪽 눈을 씻을 때 태어난 신은 쓰쿠요미노미코토月讀 命, 코를 씻을 때 태어난 신은 다케하야스사노오노미코토建速須佐之男命라 는 일본 천황가의 시조신이 탄생하는 설화를 밝히고 있다.

그런데 7세기 중엽에 성립된『스미요시타이샤 신대기』(731)에는 스미요시 신사에는 진구神功 황후를 포함하여 네 신을 모시고 있고, '대신 은 대략 9곳에 소재한다. 凡そ大神の宮、九箇処に所在り'[14]고 기술했다. 신사 의 소재지로 셋쓰摂津, 하리마播磨, 나가토長門, 지쿠젠筑前, 기이紀伊, 대당 大唐, 신라新羅 등을 들고 있는데, 일본이 아닌 당나라와 신라까지도 들 고 있는 것은 납득하기 어렵다. 특히 스미요시 신은 '곧 왕래하는 배를 보호한다. 便ち往來ふ船を看護さむ'(p.164)고 하며, 스미요시타이샤住吉大社 는 셋쓰 국摂津国(지금의 오사카와 효고 현 일부)에 진좌하여 천황과 인 민人民을 보호한다는 것을 분명히 밝히고 있다.

13 山口佳紀·神野志隆光 校注(2007),『古事記』, ≪新編日本古典文学全集≫ 1, 小学 館, p.53. 이하『古事記』의 본문 인용은 ≪新編全集≫의 쪽수를 표기함. 필자 역.
14 田中卓(1985),『住吉大社神代記の研究』, ≪田中卓著作集≫ 7, 図書刊行会, p.130. 이하 본문 인용은 쪽수를 표기함. 필자 역.

제4부 헤이안 시대의 영험과 출가

스미요시 신이 천황을 수호하고 나라의 백성들을 돌본다고 하는 것은 신사가 국가 체제에 편입되었다는 것을 의미한다. 그래서 겐지가 스마로 퇴거하여 폭풍우를 만났을 때도 '스미요시 신이여, 당신은 이 일대를 진호하고 계십니다. 住吉の神、近き境を鎭め護りたまふ'(明石②226)라고 하며 구원을 요청한 것이다. 마루야마 기요코丸山キヨ子는 폭풍우의 의미에 대해 '스미요시 신의 조치로 히카루겐지를 아카시로 보내기 위한 것이다. 겐지를 다시 황통으로 보내기 위한 스미요시 신의 의지가 움직인 것으로 생각할 수 있다.'고 지적했다. 그러나 겐지가 스마 해변에서 불제를 하며, 자신은 '특별히 지은 죄가 없으니까犯せる罪のそれとなければ'(須磨②217)라고 읊었을 때, 잠잠하던 바다에 바람이 일어나 폭풍우가 된 것은 겐지의 밀통에 대한 원죄를 경계하는 의미로 볼 수 있지 않을까 생각된다.

스미요시 신은 겐지를 폭풍우에서 구출하기 위해 아카시뉴도에게도 신탁을 내려 배를 보낸다. 스마 권 말에서 겐지는 '정말 기분이 나빠, 이 해변의 집은 참을 수 없다いとものむつかしう、この住まひたへがたく'(須磨②219)라고 생각한다. 즉 스마에서 폭풍우가 일어난 것은 겐지의 무죄 주장과 변명에 대한 하늘의 경계이고, 스미요시 신은 이러한 겐지에게 영험을 내려 구출해 준 것으로 볼 수 있다. 그리고 스미요시 신은 겐지와 아카시노키미를 만나게 하여 아카시노히메기미를 얻고 황족에 의한 섭관 정치를 실현하여 겐지의 영화를 달성하게 만든 것이다.

4. 아카시노키미와 히카루겐지

미오쓰쿠시澪標 권 이후, 겐지源氏는 어떻게 스스로 퇴거한 스마須磨에서 정권의 중심으로 복권하여 육조원六條院의 영화를 달성하게 되는 것인가. 먼저 겐지는 스마·아카시의 유리에서 구제되어 조정 정치의 중심으로 복귀한 후, 아카시노키미와의 사이에서 딸 아카시노히메기미明石姫君를 얻는다. 이러한 배경에 대해 모노가타리의 본문에서는 고 기리쓰보인故桐壺院과 스미요시 명신住吉明神의 영험, 그리고 와카무라사키若紫 권에서 꾼 꿈과 자신의 의지 등이 복합적으로 겐지의 복권과 영화를 실현하게 하는 것으로 설정되어 있다.

모노가타리에서 처음으로 아카시뉴도明石入道와 아카시노키미明石君가 소개되는 것은 와카무라사키若紫 권에서 겐지가 학질의 치료를 위해 기타야마北山에 갔을 때이다. 겐지의 부하인 요시키요良清가 하리마播磨의 전임 국사(아카시뉴도)와 그의 딸 아카시노키미를 이야기하자 겐지는 그녀의 미모에 관심을 가진다. 아카시뉴도는 딸에 대해 큰 기대를 품고 있었는데, 자신이 먼저 죽어 '운이 따르지 않으면 바다 몸을 던져라. 宿世違はば、海に入りね'(若紫①204)라는 유언을 해 두었다는 이야기를 듣고, 사람들이 '용왕의 황후海竜王の后'(①204)가 될 사람이라며 비웃었다는 것이다.

스마 권에서 아카시뉴도는 겐지가 스마에 퇴거해 있다는 소문을 듣고, 부인에게 딸을 겐지와 혼인시키려는 의논을 한다.

'기리쓰보 고이의 이드님이신 겐지 히카루기미가 조정에 대한 근신으로 스마 포구에 와 계신다고 한다. 우리 딸의 숙명으로 이런 생각지도 못

274

한 운이 따른 것이야. 어떻게 해서든지 이런 기회에 겐지와 결혼을 시켜야 할 것이야.'라고 했다.

「桐壺更衣の御腹の源氏の光る君こそ、朝廷の御かしこまりにて、須磨の浦にものしたまふなれ。吾子の御宿世にて、おぼえぬことのあるなり。いかでかかるついでに、この君に奉らむ」と言ふ。　　　　　　(須磨②210)

아카시뉴도는 아카시노키미를 겐지와 결혼시키는 것이 딸의 숙명이라고 생각한다. 그러나 그의 부인은 하필이면 도읍에 고귀한 신분의 부인들도 있고, '은밀하게 천황의 부인忍び忍び帝の御妻'(②210)과도 밀통을 하여 유배를 온 사람이 딸에게 관심을 가지겠냐며 강하게 반대한다. 겐지가 밀통한 천황의 부인이라는 것은 후지쓰보를 생각할 수도 있겠으나 세상에 공개된 사건이 아니기에, 여기서는 오보로즈키요朧月夜를 지칭한다고 볼 수 있다. 아카시뉴도의 부인은 딸을 평범한 사람과 결혼시키고자 하지만, 뉴도는 당나라에서든 일본에서든 뛰어난 사람이 유리流離를 하는 것은 흔히 있는 일이라 주장한다. 그리고 뉴도는 자신의 서몽瑞夢에 대한 기대를 품고 딸을 일 년에 두 번씩 스미요시 신사에 참배를 시키고 영험이 나타나기를 기원해 왔다는 것이다.

스마의 해변에서 폭풍우를 만나 사경死境을 헤매는 겐지의 꿈에 나타난 고 기리쓰보인은 왜 이렇게 살풍경한 곳에 와 있느냐고 하며, 빨리 스미요시 신이 인도하는 대로 스마를 떠나라고 한다. 그리고 기리쓰보인의 혼령은 겐지를 지키기 위해 스자쿠朱雀 천황의 꿈에도 나타나 자신의 유언을 지키게 한다. 즉 고 기리쓰보인과 스미요시 신은 겐지를 아카시로 이동시켜 아카시노키미를 만나게 한다는 점에서 일치된 영험을 보이고 있다. 다음날 아침 스마의 바닷가에는 아카시뉴도가 조그만 배

를 타고 나타나, 겐지의 부하인 요시키요를 만나 다음과 같은 이야기를
한다.

　　지난 초하루 날의 꿈에 이상한 사람의 계시가 있었는데, 믿기 어려운
일이라 생각했지만, "13일에 다시 신통한 영험을 보여줄 것이다. 반드시
배를 준비해서 비바람이 멎으면 이 포구로 저어가라."라고 하는 꿈의 계
시가 진작부터 있었기에 시험 삼아 배를 준비하여 기다리고 있자,
　　去ぬる朔日の夢に、さまことなる物の告げ知らすることはべりしかば、
信じがたきことと思うたまへしかど、『十三日にあらたなるしるし見せ
む。舟をよそひ設けて、必ず、雨風止まばこの浦にを寄せよ』とかねて示
すことのはべりしかば、こころみに舟のよそひを設けて待ちはべりしに、

(明石②231)

　아카시뉴도의 꿈에 나타난 '이상한 사람さまことなる物'은, 겐지의 꿈에
나타난 '그 모습이 확실하지 않은 사람そのさまとも見えぬ人'(②219)이나
'같은 모습의 사람同じさまなる物'(②223)과 같은 물체로서 계시를 전한
사람이다. 아카시뉴도는 작은 배에 타자 순풍이 불어 신통하게도 스마
포구로 왔다는 것이다. 겐지는 이것이 고 기리쓰보의 혼령과 스미요시
신의 계시라 생각하고, 아카시뉴도에게 함께 가겠다는 뜻을 밝혔다. 겐
지가 탄 배는 다시 순풍을 타고 나는 듯이 아카시의 포구에 도착한다.
아카시뉴도는 배에서 우차로 옮겨 타는 겐지를 보자 나이를 잊고 생명
이 연장되는 듯한 기분으로, '먼저 무엇보다 스미요시 신에게 기도를 올
린다. 일월을 자기 손에 넣은 듯한 생각으로まづ住吉の神をかつがつ拝みたて
まつる。月日の光を手に得たてまつりたる心地して'(明石②234), 열심히 겐지에게
봉사한다. 그리고 아카시뉴도는 스미요시 신에게 겐지가 스마에서 아카

시로 온 것에 대한 감사의 기도를 드린다. 이는 훗날 와카나若菜 상권에서 아카시뉴도가 아카시노키미에게 보낸 편지에서, '내가 수미산을 오른손으로 받들고 있지 않았겠습니까. 그 산의 좌우로부터 달빛과 햇빛이 밝게 비치어 세상을 밝히고 있었습니다. みづから須弥の山を右の手に捧げたり、山の左右より、月日の光さやかにさし出でて世を照らす'(若菜上④113)라고 밝힌 꿈과 일치하는 대목이다. 여기서 달과 해는 겐지의 딸과 외손자인 중궁과 동궁을 암시하는데, '달빛과 햇빛'은 왕권의 빛이라 할 수 있다.

겐지는 아카시로 옮긴 후, 아카시노키미에 관한 이야기를 듣고 '그러할만한 숙연 さるべき契り'(明石②237)이라 여기면서도 도읍의 부인들에게 미안한 마음을 갖는다. 한편 아카시뉴도는 겐지에게, '스미요시 신에 기원을 올린 지 벌써 18년이나 됩니다. 住吉の神を頼みはじめたてまつりて、この十八年になりはべりぬ'(明石②244)라고 하며, 딸에 대한 숙원을 강조하여 이야기한다. 겐지는 뉴도의 이야기를 듣고, 자신이 무죄임에도 아카시까지 오게 된 것이 '정말로 전생으로부터의 깊은 인연 げに浅からぬ前の世の契り'(②246)이었는가 라고 생각하며 상념에 빠진다. 한편 아카시노키미는 '자신의 신분身のほど'(②238), '자신의 신분을 비교하면 わが身のほど思ふ'(②248), '비교할 수도 없는 자신의 신분 なずらひならぬ身のほどの'(明石②249)을 생각하며 괴로워한다. 이처럼 아카시노키미의 신분은 높지 않았지만 자존심이 강했기 때문에 고뇌가 깊었다. 가을 8월 13일 달밤에 아카시뉴도는 아내의 반대에도 불구하고 겐지를 딸과 결혼시킨다. 겐지는 아카시노키미가 로쿠조미야스도코로와 닮았다고 생각한다. 겐지는 뉴도에게 아카시노키미와의 만남을 전생으로부터의 깊은 인연이라 하고, 우여곡절 끝에 결혼한 두 사람의 인연이 보통이 아닌 관계라고 생각한다.

헤이안 시대에 유배의 처벌을 받고 사면赦免 복권되어 다시 도읍으로 되돌아가는 사례는 거의 없었기에, 스자쿠 천황의 겐지 사면은 특별한 경우라 할 수 있다. 겐지를 사면하라는 스자쿠 천황의 명령은 고 기리쓰보인의 유언과 영험이 작용했기 때문이다. 3월 13일 폭풍우와 벼락이 내려치는 날 밤에 고 기리쓰보인이 스자쿠 천황의 꿈에 나타난다. 스자쿠 천황은 '기리쓰보인이 쏘아보는 눈과 마주친 탓인지, 눈병을 앓게 되셔서 睨みたまひしに目見あはせたまふと見しけにや、御目わづらひたまひて'(明石② 252) 대단히 괴로워하며, 그 원인이 겐지를 스마에 가게 했기 때문이라 생각했다. 그리고 스자쿠 천황은 외조부 태정대신이 죽고, 고키덴 대후 弘徽殿大后도 병에 걸리자, 겐지가 무죄인데 유리流離를 하는 데 대한 응보라 생각하고, 고키덴 대후에게 '원래 지위를 하사해야겠어요. もとの位をも賜ひてむ'(明石②252)라고 한다. 다음 해 스자쿠 천황은 대후의 반대에도 불구하고 동궁에게 양위하고 겐지를 사면한다는 선지를 내렸다. 스자쿠 천황의 이러한 결정에는 고 기리쓰보인의 유언과 스미요시 신의 영험이 복선의 역할을 했다고 볼 수 있다.

7월 20일경 사면의 선지가 내린 후, 겐지는 매일같이 아카시노키미와 함께 지낸다. 아카시노키미는 6월경부터 회임으로 입덧이 시작되어 겐지는 벌써부터 도읍으로 돌아간 후의 갖가지 약속을 했다. 겐지는 아카시 사람들과 석별의 정을 나누고, 마중을 온 사람들과 함께 도읍으로 출발한다. 겐지는 귀경 도중에 스미요시 신사를 지나다가 소원 성취를 이룬 것에 대한 감사의 사례를 올리게 한다.

겐지는 나니와에 도착하여 불제를 하시고, 스미요시 신사에도 무사히 귀경하게 되면 다시 감사의 참배를 하겠다는 것을 사자를 통해 보고했다.

제4부 헤이안 시대의 영험과 출가

君は難波の方に渡りて御祓したまひて、住吉にも、たひらかにて、い
ろいろの願はたし申すべきよし、御使して申させたまふ。　　　(明石②272)

　　겐지는 지난해 스마에서의 폭풍우 때 '만약 정말로 부처님이 수적한
신이시면 부디 도와주십시오.'(明石②226)라고 기원을 올렸기 때문에
이에 대한 답례를 올려야했던 것이다. 그렇지만 겐지는 바로 입궐해야
하고 주변에 사람들도 많아 본인이 직접 스미요시에 참배하는 것은 다
음 기회로 미루었다. 그래서 겐지의 스미요시 참배는 미오쓰쿠시 권과
와카나若菜 하권에서 각각 성대하게 거행된다. 겐지는 권대납언權大納言
으로 승진하여 조정에 복귀하고, 레이제이冷泉 천황이 즉위하자 내대신
이 되어 후견을 하게 된다.
　　겐지는 조정에 복귀하여 스자쿠 천황을 찾아가, 자신은 그동안 낙향
하여 '거머리처럼 설 수 없는 세월을 보냈어요. 蛭の子の脚立たざりし年はへ
にけり'(明石②274)라고 한다. 이에 천황은 이렇게 다시 만났으니 헤어
진 아쉬움은 잊자고 화답한다. 그리고 겐지는 스마에서 꿈에 나타난 고
기리쓰보인의 추선공양을 생각하다가, 10월이 되어 법화팔강法華八講을
올린다. 이 법화팔강을 겐지가 주최하는 의미는 그의 효심을 표명함과
동시에 조정의 중심이 겐지에게 있음을 확인시키는 의미가 있다. 고키
덴 대후弘徽殿大后는 자신의 병이 깊어가고, '세상 사람世の人'(澪標②279)
들이 모두 겐지에게 쏠리는 것을 보고 불쾌하게 생각한다. 그러나 스자
쿠 천황은 자신의 눈병이 완쾌되자 겐지를 복권시킨 것이 고 기리쓰보
인의 유언을 지킨 것이라 생각한다. 이러한 겐지의 유리와 복권은 죽음
과 재생의 통과의례를 그리고 있는데, 이러한 유리담의 화형이 아카시
노키미와의 인간관계를 중심으로 그려진다는 점에 주목할 필요가 있다.

다음 해 2월 성인식을 마친 동궁(레이제이)은 겐지의 얼굴을 쏙 빼닮은 용모라, 세상 사람들은 '대단히 눈부실 정도로 함께 빛나는いとまばゆきまで光りあひたまへる'(澪標②282) 두 사람이라고 칭송했다. 그리고 스자쿠 천황이 양위하고 레이제이冷泉 천황이 즉위하자 겐지는 내대신內大臣이 되어 후견이 된다. 와카무라사키 권의 꿈의 해몽에서 이야기한대로 겐지는 비밀의 아들이 레이제이 천황으로 즉위함으로서 잠재왕권潛在王權을 행사하게 된 것이다.

미오쓰쿠시 권에서 겐지는 아카시노키미의 출산 예정일에 맞추어 부하에게 출산 용품을 보냈는데 딸을 낳았다는 소식을 접한다. 이에 겐지는 신기한 일이라고하며 이전에 들었던 숙요宿曜의 예언을 상기한다.

숙요에서 "아이는 셋인데 천황과 황후가 반드시 나란히 태어날 것입니다. 그중에서 지위가 가장 낮은 아들은 태정대신이 되어 신하로서는 가장 높이 오를 것입니다."라고 예언하여 보고했던 것이 꼭 맞는 것 같다.

宿曜に「御子三人、帝、后必ず並びて生まれたまふべし。中の劣りは太政大臣にて位を極むべし」と勘へ申したりしこと、さしてかなふなめり。

(澪標②285)

숙요의 예언에 나오는 아이 셋 중에서 레이제이 천황은 이미 즉위했고, 유기리夕霧는 언젠가 태정대신이 될 것이라 생각했을 것이다. 그런데 겐지는 아카시노키미가 딸을 낳았다는 보고를 듣자마자, 아카시노히메기미가 바로 황후가 될 아이라는 것을 직감을 했을 것이다. 이에 겐지는 수많은 관상가들이 한 말들이 헛되지 않고 모두 실현되고 있다는 생각을 한다. 겐지는 자신이 꾼 꿈의 해몽에 낀 '액운違ひ目'으로 스마에 퇴거하게 되었고, 스미요시 신이 자신을 아카시노키미에게로 인도한 것

이라 생각한다. 겐지는 장차 황후가 될 아카시노히메기미를 아카시에서 키울 수는 없다고 생각하여 하루속히 도읍으로 불러올리려고 생각하는 등 귀경 후의 태도에 큰 변화가 생긴다. 이와 같은 미오쓰쿠시 권 이후에 겐지의 변모에 대해, 이토오 히로시伊藤博는 사랑의 영웅에서 섭관적摂関的인 정치가로 변신했다는 점을 지적하고 있다.[15] 또한 다카기 가즈코高木和子는 후속의 우스구모薄雲·아사가오朝顔 권에도 큰 변모가 인정된다고 고찰했다.[16] 마쓰카제松風 권에서 겐지는 숙요의 예언을 실현시키고자, 아카시노히메기미를 무라사키노우에紫上의 양녀로 삼아 장차 황후로 입궐시키기 위한 노력을 다한다.

미오쓰쿠시 권에서 겐지와 아카시노키미는 각각 스미요시 신사에 참배를 떠난다.

그해 가을 스미요시 신사에 참배하신다. 소원했던 일이 모두 성취된 것에 대한 답례를 할 생각으로, 위풍당당하게 출발하자 세상 사람들도 모두 나서고 상달부나 전상인들이 너도나도 다투어 따라 나선다.

바로 그때 아카시노키미는 매년 연례행사로 신사에 참배를 하고 있었는데, 작년과 올해는 출산 등의 사정이 있어 참배하지 못했다. 그에 대한 사죄를 겸해서 출발한 것이다. 뱃길로 참배하는 길이다.

その秋、住吉に詣でたまふ。願どもはたしたまふべければ、いかめしき御歩きにて、世の中ゆすりて、上達部、殿上人、我も我もと仕うまつりたまふ。

をりしもかの明石の人、年ごとの例の事にて詣づるを、去年今年はさ

15 伊藤博(1965.6),「『澪標』以後－源氏の変貌－」,『日本文学』, 日本文学協会.
16 高木和子(1993.2),「光源氏像の変貌－賢木巻から薄雲·朝顔巻へ－」,『国語と国文学』, 東大国語国文学会.

はることありて怠りけるかしこまりとり重ねて思ひ立ちけり。舟にて詣で
たり。　　　　　　　　　　　　　　　　　　　　　　　　　　　　(澪標②302)

　겐지는 스미요시 신이 자신을 스마의 폭풍우로부터 구제하고 조정으
로 복귀시켰으며, 또한 레이제이 천황의 즉위, 아카시노히메기미의 탄
생을 도와주었다고 생각하여 감사하는 참배를 한 것이다. 겐지는 부하
인 고레미쓰惟光가 스미요시의 소나무를 보면 스마에 유리했던 일이 생
각난다고 하자, '무서웠던 스마의 파도와 그 때의 곤경을 생각하면 스미
요시 신은 결코 잊을 수가 없어あらかりし波のまよひに住吉の神をばかけてわす
れやはする'(澪標②305)라고 읊었다. 그때 아카시노키미도 매년 해오던
스미요시 참배를 위해 뱃길로 나섰는데, 성대한 겐지의 행렬을 보고 '자
신의 신분을 비참하게身のほど口惜しう'(②303) 생각하여 배를 돌렸다. 겐
지는 아카시노키미가 자신의 위세에 압도되어 배를 돌렸다는 이야기를
듣고 두 사람의 깊은 인연을 증답한다.
　마쓰카제 권에서 중류계층인 아카시노키미는 아카시노히메기미를 황
후가 될 사람으로 양육하기 위해서 무라사키노우에의 딸로 보낸다. 이
후 우메가에梅枝 권에서 아카시노히메기미는 동궁비로 입궐하고, 와카
나若菜 상권에서 다음 천황이 될 황자를 무사히 출산한다. 이 소식을 접
한 아카시뉴도는 아카시노키미를 갖게 되었을 때 꾼 태몽을 다음과 같
이 기술했다.

　　당신이 태어나던 그해 2월의 그날 밤에 꾼 꿈인데, 내가 수미산을 오른
　　손으로 받들고 있지 않았겠습니까. 그 산의 좌우로부터 달빛과 햇빛이 밝
　　게 비치어 세상을 밝히고 있었습니다. 나는 산 아래의 그늘에 숨겨져 그
　　빛에는 비추지 않았습니다. 그리고 산을 넓은 바다에 띄워 두고 나는 조

　　　　　　　　　　　　　제4부 헤이안 시대의 영험과 출가

그만 배를 타고 서쪽을 향해 저어간다는 꿈을 꾸었던 것입니다.

　わがおもと生まれたまはんとせしその年の二月のその夜の夢に見しや
う、みづから須弥の山を右の手に捧げたり、山の左右より、月日の光さ
やかにさし出でて世を照らす、みづからは、山の下の蔭に隠れて、その光
にあたらず、山をば広き海に浮かべおきて、小さき舟に乗りて、西の方を
さして漕ぎゆくとなむ見はべりし。　　　　　　　　(若菜上④113~114)

　아카시뉴도의 꿈은 불교적 우주관을 그리고 있는데, 수미산은 아카
시노키미, 달은 아카시뇨고, 해는 아카시뇨고가 낳은 황자를 상징하고
있다. 아카시뉴도가 서방을 향해 배를 저어가겠다는 것은 자녀들과 영
화를 누리지 않고 불도 수행에 전념하겠다는 것이다. 즉 아카시뉴도의
꿈은 당시의 신분에 걸맞지 않은 왕권을 은유하는 내용이라 스미요시
신에 서몽瑞夢의 실현을 기원했다. 이어지는 편지에서 아카시뉴도는 아
카시노키미에게 자신의 서몽을 이야기하고 꿈이 성취되면 꼭 스미요시
신사에 답례할 것을 부탁한다.

　히메기미가 국모가 되시어 소원이 달성되시면, 스미요시 신사를 비롯한
신불에 감사의 참배를 올려주세요. 이제 무슨 걱정이 있겠습니까. (중략)
　빛이 나오려는 새벽녘이 가까워졌습니다. 그래서 지금에야 옛날에 꾼
꿈 이야기를 하는 것입니다.
라고 쓰고 날짜를 기술했다.

　若君、国の母となりたまひて、願ひ満ちたまはん世に、住吉の御社を
はじめ、はたし申したまへ。さらに何ごとをかは疑ひはべらむ。(中略)
　ひかり出でん暁ちかくなりにけり今ぞ見し世の夢がたりする
とて、月日書きたり。　　　　　　　　　　　　　(若菜上④114~115)

아카시뉴도는 자신의 딸 아카시노키미가 겐지와 결혼하여 아카시노 히메기미를 낳고, 동궁에 입궐한 히메기미가 천황이 될 황자를 낳을 것이라는 꿈을 굳게 믿었다는 것이다. 아카시뉴도는 이 꿈을 실현시키기 위해 18년 동안이나 스미요시 신사에 기원을 올렸다는 것이다. 이 이야기를 들은 겐지는 스마로 퇴거하여 아카시노키미와 결혼하게 된 것이 스미요시 신의 영험이라는 것을 비로소 자각한다.

와카나 하권에는 아카시 뉴도가 아카시노키미에게 부탁한 스미요시 신에 대한 참배가 겐지의 주도로 성대하게 거행된다는 것을 기술하고 있다. 겐지는 아카시노히메기미가 낳은 황자가 동궁이 되자, 숙요에서 이야기한 '아이는 셋御子三人'(澪標②285)인데 라고 한 예언이 거의 실현될 수 있겠다는 확신이 섰을 것이다. 겐지는 '스미요시 신에게 올린 갖가지 기원에 대한 답례를 올리려고住吉の御願かつがつはたしたまはむ'(若菜下④168), 아카시 일족을 모두 대동하고 출발했다. 이번 스미요시 참배에는 아카시뇨고와 아카시노키미, 아카시 비구니, 무라사키노우에 그리고 여러 귀족들이 함께했다. 아카시 비구니는 겐지가 스미요시 신의 영험을 다른 사람을 모를 것이라고 하자, '옛날 일을 잊을 수 없군요. 스미요시 신의 영험으로 우리 가문이 번영한다고 생각하니昔こそまづ忘られねすみよしの神のしるしを見るにつけても'(若菜下④173)라고 읊었다. 즉 이 참배는 표면적으로 겐지가 주최했지만 실질적으로는 아카시 일족의 스미요시 참배라 할 수 있다.

겐지가 스마로 퇴거하여 아카시노키미와 인간관계를 맺는 이야기에는 후지쓰보와의 밀통, 오보로즈키요와의 연애, 고 기리쓰보인의 유언, 꿈의 해몽, 스미요시 신의 영험 등이 중요한 모티브로 작용한다. 겐지의 잠재왕권을 가능하게 하는 것은 후지쓰보와의 사이에서 태어난 레이제이 천황이 즉위하여 겐지를 예우함으로써 가능해진다. 그러나 1, 2부에 걸친 장편적인 주제를 전개하는 것은 겐지와 아카시노키미의 결혼으로 아카시노히메기미가 태어나는 사랑의 인간관계라 생각된다.

5. 결론

히카루겐지의 영화를 달성하게 하는 유리담과 영험담의 전승과 1, 2부에 걸쳐 장편 이야기의 주제를 이어 가는 것이 아카시노키미와의 인간관계라는 점을 고찰해 보았다. 등장인물의 운명에 영향을 미치는 신불神佛의 영험에는 고 기리쓰보인故桐壺院의 영험과 우콘右近과 다마카즈라玉鬘를 재회하게 해주는 하세 관음長谷観音, 겐지와 아카시노키미를 만나게 해 준 스미요시 명신住吉明神 등이 있다. 그리고 겐지의 영화와 왕권을 달성하게 하는 영험에는 수많은 논리와 인간관계가 복잡하게 얽혀 있다.

겐지의 스마 유리는 오보로즈키요朧月夜의 연애와 후지쓰보藤壺와의 밀통이 표리한다고 할 수 있다. 와카무라사키若紫 권의 꿈에 들어있는 '액운違ひ目'은 겐지를 스마로 퇴거하게 하는 결심을 하게 했을 것이다. 스마의 폭풍우에서 겐지를 구제한 것은 고 기리쓰보인의 유언이 결정적인 역할을 하고, 스미요시 신의 영험이 유기적인 관계로 연관되어 있다. 특히 스미요시 신의 영험은 겐지의 왕권만이 아니라 아카시 일족의 영화를 달성해 주기도 한다. 이러한 유리담과 영험담의 결과는 미오쓰쿠시澪標 권의 숙요宿曜 예언에서 이야기하고 있다. 그러나 『겐지 이야기』의 장편 주제는 히카루겐지가 스마須磨에서 아카시明石로 유리하여 아카시노키미와 결혼하여 아카시노히메기미가 태어나고, 이 히메기미가 동궁비로 입궁하여 황자를 출산함으로써 1, 2부의 장편 이야기가 완성된다. 즉 겐지의 스마 유리는 와카무라사키 권에 나오는 꿈의 '액운'과 숙요의 예언에서 겐지의 딸이 황후가 될 것이라는 접점이라 할 수 있다.

겐지는 아카시노키미의 숙운이 스미요시 신의 기원으로 달성되었다고 생각하여, 미오쓰쿠시 권과 와카나若菜 하권에서 각각 성대한 스미요시 신사 참배를 통해 소원성취의 답례를 올린다. 이 스미요시 신사의 참배는 겐지와 아카시 일족만의 참배가 아니라 조정이 다 함께 하는 행사라 자연히 권력의 중심이 겐지에게 있다는 것을 세상에 알린 셈이다. 즉 1부에서 겐지의 왕권과 영화에 가장 큰 역할을 하는 것이 고기리쓰보인의 유언과 스미요시 신의 영험이라 할 수 있다.

제3장
사랑의
갈등과 출가

● ● ●

1. 서론

　헤이안 시대의 모노가타리物語 문학에서 출가하는 경우는 남녀의 사
랑이 여의치 않은 경우, 중병에 걸리거나, 남편이나 자식과의 사별, 범
죄를 저지른 것을 참회하거나, 혹은 인생의 만년에 이르렀을 때 등이다.
그런데 헤이안 시대 귀족들의 출가는 대체로 재가출가在家出家인 경우
가 많았고, 『겐지 이야기』는 인간관계의 조화를 중시하기 때문에 등장
인물들이 출가한다고 해서 그다지 엄격한 신앙생활을 하는 것도 아니
었다. 이러한 『겐지 이야기』에서 히카루겐지光源氏를 중심으로 애집愛執
과 출가出家는 어떻게 허구의 주제를 작의作意하게 되는가를 고찰하고
자 한다.

　『겐지 이야기』에는 『법화경法華経』을 비롯한 『오조요슈往生要集』나 『산
보에三宝絵』 등의 불전이나 불교설화가 사상적 배경으로 인용되는 경우
가 많다. 오카 가즈오岡一男는 무라사키시키부紫式部가 불교사상에 정통
했다는 것을, '天台法華에서 출발하여 『往生要集』에 나타난 아미타阿弥
陀 신앙의 경지에 이르렀다.'[1]고 지적했다. 무라사키시키부는 『무라사키

시키부 일기紫式部日記』에서도 자신의 구도적인 자세와 미혹迷惑의 심경을 고백하고, 불도수행과 출가에 대해 다음과 같이 기술하고 있다.

　　글쎄 이제는 말을 삼가지도 않을 것이야. 다른 사람이 뭐라고 해도 단지 아미타불을 향해 일심으로 경전을 배울 것입니다. 세상의 번뇌는 일체 사라져버리기 때문에 출가하여 불도수행에 정진해도 게을러지지 않을 것입니다. 그렇지만 오로지 출가했다고 하여 구름에 오르기 전에는 마음이 흔들려 동요하는 경우도 있을 것입니다. 그것을 염려하여 출가를 망설이고 있는 것입니다. 나이도 마침 출가할 때가 점점 다가왔습니다. 이보다 더 늙어빠지면 또 눈이 어두워 경전을 읽지 못하고, 마음도 한층 어리석고 둔해질 테니까 사려분별이 좋은 사람의 흉내를 내는 것 같지만, 지금은 단지 이렇게 출가만을 생각하고 있는 것입니다. 대체 나같이 죄 많은 사람은 반드시 출가를 할 수 있는 것도 아니겠지요. 전생의 숙업이 부족하다는 것을 많이 느끼기 때문에 무엇을 해도 슬픈 것입니다.

　　いかに、いまは言忌しはべらじ。人、といふともかくいふとも、ただ阿弥陀仏にたゆみなく、経をならひはべらむ。世のいとはしきことは、すべてつゆばかり心もとまらずなりにてはべれば、聖にならむに、懈怠すべうもはべらず。ただひたみちにそむきても、雲に乗らぬほどのたゆたふべきやうなむはべるべかなる。それに、やすらひはべるなり。としもはた、よきほどになりもてまかる。いたうこれより老いぼれて、はた目暗うて經よまず、心もいとどたゆさまさり侍らむものを、心深き人まねのやうに侍れど、いまはただ、かかるかたのことをぞ思ひたまふる。それ、罪ふかき人は、またかならずしもかなひはべらじ。さきの世しらるることのみおほうはべれば、よろづにつけてぞ悲しくはべる。[2]

1 岡一男(1965),『源氏物語事典』, 春秋社, p.270.
2 中野幸一 他校注(2008),『和泉式部日記　紫式部日記　更級日記　讃岐典侍日記』,
　　≪新編日本古典文学全集≫ 26, 小学館, pp.210~211. 이하『紫式部日記』의 인용은

무라사키시키부는 이미 나이도 들어 출가해야겠지만, 자신과 같이 죄가 많은 사람은 바로 출가하기도 어려울 것이라고 생각하며 고민하고 있다. 이와 같은 무라시키시키부의 고뇌와 출가에 대한 생각은 『겐지 이야기』의 등장인물에도 그대로 반영되어 있다. 아미타 신앙은 겐신源 信(惠心僧都, 942~1017)이 『往生要集』(985)에서 제창한 것이다. 무라 사키시키부는 누가 뭐라고 해도 출가하여 아미타불에 귀의하여 불경을 배우겠다는 생각이다. 그리고 오로지 불도수행에 정진하고 싶지만 아직 은 출가를 망설이고 있다는 것이다. 그러나 무라시키시키부는 일기에서 의 고뇌와 달리 『겐지 이야기』에서는 불교사상을 논하는 것이 아니라, 허구의 이야기 속에서 불교적 인과응보나 숙세관을 이야기의 작의作意 로서 설정하고 있다.

　『겐지 이야기』에서 사랑의 갈등과 출가의 문제는 문학성의 가장 원 천적인 문제를 규명하는 연구라 할 수 있다. 아키야마 겐秋山虔은 『겐지 이야기』의 종교적 정신이 '현실에서 자신을 정화하고 아미타의 정토를 관상觀想하는 귀족사회의 정토교淨土敎도 분명 일종의 허구이다.'[3]라고하 고, 종교란 오히려 상극相克하는 정신 행위이고 문학의 허구성을 주목해 야 한다고 지적했다. 그리고 스즈키 히데오鈴木日出男는 주인공 겐지가 '현실 이탈이라는 이상에서 반전되어 애린집착愛憐執着의 인간상으로 변 모한다.'[4]고 지적했다. 또한 로쿠조미야스도코로六条御息所의 모노노케物 の怪가 출현하여, '도심道心을 지향하면서도 애착의 마음을 어떻게 할 수 없는 것은 절망적이다.'[5]라고도 지적했다. 이외에도 겐지의 사랑과 출가

　≪新編全集≫의 쪽수를 표기함. 필자 역.
3 秋山虔(1980), 「源氏物語成立の精神的背景」, 『源氏物語の世界』, 東大出版会, p.27.
4 鈴木日出男(1982), 「光源氏の道心－光源氏論5」, 『講座源氏物語の世界』 七集, 有 斐閣, p.227.

를 정면으로 다루고 있는 선행연구로 다카하시 도오루高橋亨,[6] 사이토 아키코斎藤暁子,[7] 아베 아키오阿部秋生[8] 등의 논고가 있다.

　이상의 선행연구를 참고하면서 『겐지 이야기』 본문에 나오는 '세상을 등지다世を背く', '출가의 뜻本意' 등의 용례를 중심으로 출가와 사랑의 인간관계를 규명하고자 한다. 특히 히카루겐지光源氏의 영화와 도심道心이 남녀의 인간관계를 어떻게 변화시키는가를 살펴볼 것이다. 또한 로쿠조미야스도코로六条御息所의 애집과 후지쓰보藤壺와 무라사키노우에紫上의 출가가 겐지源氏의 애집愛執과 도심道心에 어떠한 영향을 주었는가를 고찰하고자 한다.

2. 히카루겐지의 영화와 도심道心

　『겐지 이야기』의 주인공 히카루겐지光源氏는 다양한 사랑의 인간관계를 통해 영화를 누리게 되지만, 여러 여성과의 애집愛執과 출가出家 사이에서 방황하는 생애를 살았다고 할 수 있다. 특히 로쿠조미야스도코로六条御息所는 살아서 아오이노우에葵上를 죽이고, 출가하여 죽어서도 성불하지 못하고 모노노케가 되어 겐지에게 집착한다. 또 겐지의 이상적인 여성이었던 후지쓰보藤壺는 겐지에게 동궁의 후견이라는 것을 자각시키기 위해 먼저 출가를 단행한다. 그리고 무라사키노우에紫上는 죽기

---

　5 鈴木日出男(1994),「光源氏の道心と愛執」,『源氏物語と源氏以前-研究と資料』, 武蔵野書院, p.251.
　6 高橋亨(1982),「源氏物語における出家と罪と宿世」,『源氏物語』Ⅳ,「日本文学研究資料叢書」, 有精堂.
　7 斎藤暁子(1989),「第二部 光源氏の出家志向」,『源氏物語の仏教と人間』, 桜楓社.
　8 阿部秋生(1989),『光源氏論』, 発心と出家, 東大出版会.

직전까지 겐지의 이기적인 만류로 출가하지 못한다. 한편 가시와기柏木와 온나산노미야女三宮의 밀통을 확인한 겐지는 자신과 후지쓰보와의 관계를 상기하며 인과응보로 받아들인다. 이와 같은 로쿠조미야스도코로, 후지쓰보, 무라사키노우에, 온나산노미야는 각각 히카루겐지의 영화와 출가에 어떻게 작의되어 있는가를 고찰하고자 한다.

히카루겐지가 처음으로 출가를 생각한 것은 아오이葵 권에서 아오노우에가 로쿠조미야스도코로의 생령生靈으로 인해 급사한 뒤였다. 겐지는 정처正妻 아오노우에의 장례가 끝나고 슬픔을 참을 수 없어, '염원하던 출가를 했으면願はしきさまにもなりなまし'9(葵②50) 하지만, 무라사키노우에가 쓸쓸해할 것이라고 생각하여 결심하지 못한다. 여기서 겐지가 출가하지 못하는 이유는 무라사키紫의 연고자인 무라사키노우에라는 점에 주목할 필요가 있다고 생각된다.

아오이葵 권에서 스자쿠朱雀 천황이 즉위하자 히카루겐지와 후지쓰보의 밀통으로 태어난 레이제이冷泉가 동궁이 된다. 겐지가 두 번째로 출가를 생각하는 것은, 사카키賢木 권에서 겐지가 후지쓰보의 침소에 숨어들지만 냉담하게 거절당했을 때이다. 겐지는 '속세에 살고 있으니까 괴로운 일이 더 많은 거야'라고 하며 출가를 생각하지만 世に経ればうさこそまされと思し立つには'(賢木②113)라고 결심하지만, 이번에도 자신만을 의지하고 있는 무라사키노우에에 대한 미련을 떨쳐버릴 수가 없어 출가를 포기한다. 한편 후지쓰보는 겐지가 자신과 세상을 원망하며 '서둘러 출가를 결심할 지도 모른다. ひたみちに思し立つこともや'(賢木②113)라고 생각하며, 동궁이 후견을 잃게 될 것을 걱정한다. 그래서 후지쓰보는 한나

---

9 阿部秋生 他校注(1999),『源氏物語』1,≪新編日本古典文学全集≫, 小学館, p.50. 이하『源氏物語』의 인용은 ≪新編全集≫의 권, 쪽수를 표기함. 필자 역.

라의 척부인戚夫人과 같은 처지가 되어 세상의 조롱거리가 되기 전에 스스로 중궁의 지위에서 물러나, '세상이 역겹고 이대로는 살아가기 어렵다고 생각하여 출가를 하려고, 世の疎ましく過ぐしがたう思さるれば、背きなむこと'(②114) 결심한다. 후지쓰보는 동궁과의 이별을 위해 입궁하여 귀엽게 성장한 아들의 모습을 보자, '출가를 단행하는 것이 정말 쉽지 않았지만 思し立つ筋はいと難けれど'(賢木②115) 이별을 고한다. 그리고 후지쓰보는 세상 사람들이 동궁과 히카루겐지가 빼어 닮았다고 하는 것도 천벌이 내린 것처럼 무섭게 생각한다.

사카키 권에서 히카루겐지는 우린인雲林院에 칩거하여 율사律師의 경건한 불경소리를 들으며 왜 자신은 출가를 결심하지 못하는 것일까 하고 심각하게 생각한다.

> 왜 자신은 출가를 결심하지 못하는가 하고 생각하니, 우선 저 무라사키노우에가 마음에 걸리는 것은 정말로 미련이 남는 일이다. 보통 때와 달리 떨어져 지내는 날이 마음에 걸렸기 때문에 편지만큼은 자주 보내신다.
>
> 출가를 단행할 수 있을까 하고 시험 삼아 여기에 와 있는데, 무료한 생각도 위로가 되지 않고 오히려 조바심이 납니다. 아직 더 알아볼 것이 있어 머뭇거리고 있지만, 그간 당신은 어떻게 지내고 있습니까.
>
> なぞやと思しなるに、まづ姫君の心にかかりて、思ひ出でられたまふぞ、いとわろき心なるや。例ならぬ日数も、おぼつかなくのみ思さるれば、御文ばかりぞしげう聞こえたまふめる。
>
> 行き離れぬべしやと試みはべる道なれど、つれづれも慰めがたう、心細さまさりてなむ。聞きさしたることありて、やすらひはべるほど、いかに。 (賢木②117~118)

겐지는 우린인에 참배하여 학식이 뛰어난 법사法師들의 강론을 들으며 세상이 무상하다고 생각한다. 그리고 후지쓰보에 대한 격정激情을 진정시키기 위해 출가를 생각하지만, 오히려 무라사키노우에에 대한 사랑이 더욱 심화되었다. 이에 겐지는 무라사키노우에에게 보낸 편지에서 우린인의 칩거로도 마음이 평안해지지 않고 당신에 대한 사랑으로 초조하다는 심경을 밝히고 있다. 즉 겐지는 율사律師의 출가 생활을 부럽게 생각하지만 무라사키노우에에 대한 미련을 떨칠 수 없었던 것이다.

사카키 권에서 후지쓰보는 겐지의 애집에서 탈출하기 위해, 그리고 아들 레이제이에 대한 모성애와 정치적 판단으로 출가를 단행한다. 이에 겐지는 후지쓰보에게 '맑은 달빛의 하늘을 그리워하며 출가하려고 해도 아이들 때문에 머뭇거립니다. 月のすむ雲居をかけてしたふともこのよの闇になほやまどはむ'(賢木②133)라고 읊고, 후지쓰보가 '출가하신 것이 더할 나위 없이 부럽습니다. 思し立たせたまへるうらやましさは限りなう'(賢木②133)라고 말씀드린다. 즉 겐지의 심중에는 후지쓰보에 대한 좌절과 무라사키노우에에게 대한 집념이 교차했을 것이나, 한편으로 아들 레이제이를 위해 출가를 단행한 후지쓰보를 부럽게 생각한다는 것이다. 사카키 권에서 기리쓰보인이 죽고 후지쓰보도 출가해 버리자 조정의 정치는 우대신 일파가 독점하게 된다. 그래서 겐지는 '출가를 단행하려 하니 여러 가지 굴레가 많아 さすがなること多かり'(花散里②153), 마음대로 할 수가 없고 세상일과 조정의 정치를 답답하게 생각하다가 하나치루사토花散里를 방문한다.

스마須磨 권의 서두에서 겐지는 스스로 스마로 퇴거할 생각을 한다.

세상 일이 겐지에게는 번거로워 마음이 편치 않은 일이 많다. 스스로는 아무렇지도 않은 듯이 지내고 있지만 어쩌면 이보다 더 무서운 사태가 올지도 모른다고 생각했다.

　世の中いとわづらはしくはしたなきことのみまされば、せめて知らず顔 にあり経ても、これよりまさることもやと思しなりぬ。　　　　(須磨②161)

　겐지는 오보로즈키요와의 관계를 무죄라고 생각했지만 후지쓰보와의 밀통에 대해서는 하늘이 내려다보는 듯한 죄의식을 느끼고 있었다. 그리고 겐지는 자신의 일로 아들 레이제이에게 영향을 주어서는 안 된다고 생각한다. 특히 기리쓰보 천황의 일주기를 계기로 후지쓰보가 출가한 후, 겐지는 우대신 일파의 세상이 답답하게 생각되었지만 스스로 출가를 단행하지는 못했다. 겐지는 와카무라사키 권 꿈의 해몽에서 이야기한 액운을 때우기 위해서 현재 자신이 할 수 있는 스마 퇴거를 결심한 것이다.

　겐지는 꿈의 해몽夢占い에서 예언된 '액운違ひ目'으로 스마에 퇴거했다가 귀경하여, 레이제이 천황의 아버지로서 잠재왕권潜在王権을 획득하지만 이 영화의 정점이 어디인지 알 수 없었다. 또한 에아와세絵合 권에는 레이제이 천황 앞에서 개최된 그림 겨루기絵合에서 내대신內大臣 겐지가 후견하는 양녀 사이구 뇨고斎宮女御가 고키덴 뇨고弘徽殿女御에 압승하여 천황의 총애를 받게 된다. 그림 겨루기에서 이긴 사이구 뇨고는 레이제이 천황의 총애를 받아 중궁이 된다. 이후 겐지가 조정의 모든 궁중행사를 주최하기 때문에, 세상 사람들은 '대단한 성대이다 いみじきさかりの御世'(絵合②392)라고 칭송했다.

　에아와세 권에서 겐지는 이것이 고려인高麗人(발해국의 국사)의 예언에서 이야기한 영화의 정점이라 생각했는지 출가를 생각한다.

겐지 대신은 아직도 세상을 허무하다고 하시며 레이제이 천황이 조금 더 어른이 되는 것을 보아서, 이 세상을 떠나 출가해야지 하고 진심으로 생각하시는 듯하다. 옛날의 예를 들어보아도 젊은 나이에 고위 고관에 올라 세상에 출중한 사람은 아무래도 장수를 기원하기는 어려웠다는 것이다. 자신은 이 천황 대에 관직도 덕망도 분수에 넘치게 받았다. 중년에는 살 희망도 없이 영락했던 대신에 지금까지 잘 살아온 것이야. 지금부터 나머지 영화는 수명이 따르지 않아 위험할 것이야. 조용히 은둔하여 후생을 위한 불도수행을 하고, 또 한편으로는 장수를 해야지라고 생각하시며.

大臣ぞ、なほ常なきものに世を思して、いますこしおとなびおはします と見たてまつりて、なほ世を背きなんと深く思ほすべかめる。昔の例を見 聞くにも、齢足らで官位高くのぼり世に抜けぬる人の、長くえ保たぬわざ なりけり。この御世には、身のほどおぼえ過ぎにたり。中ごろなきになり て沈みたりし愁へにかはりて、今までもなからふるなり。今より後の栄え はなほ命うしろめたし。静かに籠りゐて、後の世のことをつとめ、かつは 齢をも延べんと、思ほして、山里ののどかなるを占めて、御堂を造らせた まふ、　　　　　　　　　　　　　　　　　　　　　　　　　　(絵合②392)

에아와세 권의 겐지는 31세였는데 자신의 양녀로 입궐시킨 사이구 뇨고가 레이제이 천황의 총애를 받게 되었고, 이후 조정의 모든 행사를 주관하게 되었다. 그야말로 기리쓰보 천황에 이어 레이제이 천황의 성대를 이룬 권력의 중심에 서게 되었다. 겐지는 기리쓰보 천황이 '너무 깊이 연구한 사람いたう進みぬる人'(絵合②388)은 장수하지 못한다고 한 말을 상기하며, 이 시점에서 다시금 출가를 생각하고, 산골에 법당을 짓고 불상과 불경을 준비시킨다. 그러나 겐지는 레이제이 천황이 아직 어른스럽지 못하고, 어린 자식들을 생각하며 출가를 미루는 것이었다.

다음 해인 우스구모薄雲 권에서 겐지의 장인인 태정대신太政大臣이 돌아가셨다. 이에 겐지는 레이제이 천황의 후견을 맡을 사람이 없다고 하며, '누구에게 맡기고 불도에 귀의하여 출가하겠다는 뜻을 이룰 수 있을까. 誰に譲りてかは静かなる御本意もかなはむ'(薄雲②442)라고 생각한다. 즉 겐지는 누군가 적당한 사람에게 조정의 후견을 맡길 수만 있으면 자신은 조용히 출가하겠다는 것이다. 그러나 이번에도 마땅히 후견을 맡을 사람이 없어 출가를 미룬다는 논리를 이야기한다. 지금까지 겐지는 출가를 미루는 이유를 무라사키노우에, 레이제이 천황 등의 교육과 후견을 들었으나, 이번에는 조정의 후견을 맡을 사람이 없다는 이유를 들고 있다.

우스구모薄雲 권에서 도읍에 천변지이天変地異가 계속되는 가운데, 후지쓰보가 37세의 액년에 '등불 등이 꺼지듯이 돌아가시자, 灯火などの消え入るやうにてはてたまひぬれば'(薄雲②447), 겐지는 비탄에 빠져 애도하지만 출가를 단행하지는 못한다. 겐지는 후지쓰보의 죽음을 지나치게 비탄하는 모습을 보이면 의심받을까 생각해 혼자 염송당念誦堂에 들어가 하루 종일 울고만 있었다. 이때 레이제이 천황은 불침번을 서는 승도僧都로부터 자신의 출생에 대한 비밀을 듣고 겐지가 아버지라는 것을 알게 된다. 레이제이 천황은 황통난맥皇統亂脈을 조사하여 겐지에게 양위하려고 하지만, 겐지는 부끄럽기도 하고 무서운 생각이 들어 있을 수 없는 일이라고 말씀드린다. 그리고 겐지는 레이제이 천황에게 자신은 고 기리쓰보인의 유언에 따라 '조정에 출사하여 조금 더 나이가 들면 편안히 근행하는 나날을 보내려 합니다. 朝廷に仕うまつりて、いますこしの齢重なりはべりなば、のどかなる行ひに籠もりはべりなむ'(薄雲②456)라고 말씀드린다.

레이제이 천황은 대단히 유감으로 생각하고 겐지에게 태정대신이 되

도록 권하지만, 겐지가 한동안 이대로 있고 싶다고 하자 지위만 승진시키고 우차牛車를 타고 궁중에 드나들 수 있는 선지宣旨를 내렸다. 레이제이 천황은 그래도 황송하게 생각하여 역시 황자의 지위에 오르도록 종용한다. 그러나 겐지는 권중납언權中納言(이전의 頭中将)이 한 단계 더 승진하면, '그때는 모든 것을 맡겨야지. 그런 연후에 어쨌든 평온한 생활을 해야지. 何ごとも讓りてむ。さて後に. ともかくも静かなるさまに'(薄雲②457)라고 생각한다. 즉 겐지는 태정대신이 돌아가셨을 때와 마찬가지로 레이제이 왕권이 보다 확고해지고 정치적으로도 안정되면 정계를 은퇴하여 불도수행을 하겠다는 것이다.

후지노우라바藤裏葉 권에서 겐지 39세, 겐지는 주변의 일들이 모두 해결되자 다시금 출가를 생각한다.

겐지 대신도 언제까지나 살아있을지도 모르겠고 자신이 살아있는 동안 아카시노히메기미의 입궐도 바람대로 이루어졌다. 또한 스스로 추구했던 일이긴 해도 결혼도 하지 못하고 체면이 말이 아니었던 재상도 지금은 아무 부족 없이 보기 좋게 안정되어, 이제 안심하고 염원하던 출가를 하고 싶다는 생각이 들었다. 그리고 무라사키노우에를 이대로 버려둘 수 없었지만 중궁이 계시니까 정말 안심이 된다. 또 아카시노히메기미도 명분상의 어머니인 무라사키노우에를 제일 먼저 모실 테니까 자신이 출가를 해도 걱정 없을 것이라고 하며, 이 분들을 의지하는 것이었다. 여름 저택의 하나치루사토는 때때로 들뜬 기분을 맛볼 수 없어지겠지만 유기리 재상이 있으니까 안심이야. 모두 제각각 뒤에 미련이 남는 일은 없다는 생각이 드는 것이었다.

大臣も、長からずのみ思さるる御世のこなたにと思しつる御参り、かひあるさまに見たてまつりなしたまひて、心からなれど、世に浮きたるや

うにて見苦しかりつる宰相の君も、思ひなくめやすきさまに静まりたまひ
ぬれば、御心落ちゐはてたまひて、今は本意も遂げなんと思しなる。対の
上の御ありさまの見棄てがたきにも、中宮おはしませば、おろかならぬ御
心寄せなり。この御方にも、世に知られたる親ざまには、まづ思ひきこえ
たまふべければ、さりともと思しゆづりけり。夏の御方の、時々に華やぎ
たまふまじきも、宰相のものしたまへばと、みなとりどりにうしろめたか
らず思しなりゆく。　　　　　　　　　　　　　　　　　　(藤裏葉③453)

겐지는 자신이 살아있는 동안 아카시노히메기미가 동궁으로 입궐하
고, 유기리夕霧도 구모이노가리雲居雁와 무사히 결혼하자, 안도감이 들었
는지 이제는 출가를 해도 되겠다는 생각을 한다. 그리고 무라사키노우
에는 아키코노무 중궁秋好中宮과 아카시노히메기미가 돌볼 것이고, 하나
치루사토花散里는 유기리가 돌볼 테니까 염려 없다고 생각한다. 또한 오
토메少女 권에서 두중장頭中将이 이미 내대신内大臣이 되었고, 레이제이
천황은 21살이 되어 정치적으로도 안정이 되어 겐지 자신의 출가를 막
을 일은 아무것도 없었다. 그러나 후지노우라바 권에서도 우스구모薄雲
권에서 후지쓰보가 죽었을 때와 마찬가지로 바로 출가하지는 못한다.

후지노우라바藤裏葉 권에서 겐지는 준태상천황准太上天皇이 되어 고려
(발해)의 관상가가 예언한 대로 영화와 왕권을 달성한다. 겐지 39세 가
을, 10월 20일경에 레이제이 천황과 스자쿠인이 겐지의 저택 육조원六条
院에 행차하여, 레이제이 천황이 겐지를 동열에 앉게 함으로써 겐지의
영화는 절정에 달한다. 1부의 대단원에서 최고의 영화를 달성한 겐지가
출가를 단행하지 않는 것은 새로운 2부의 이야기가 구상되었기 때문일
것이다. 아키야마 겐秋山虔은 와카나 권의 시작을 '지금까지의 작자와는
전혀 다른 듯한 자세'로 작자는 '등장인물의 언동言動이나 심리의 교섭과

관계가 새로운 문학적 현실을 이어간다.'[10]라고 지적했다. 즉 후지노우라바 권에서 겐지가 이제 안심하고 염원하던 출가를 하고 싶다고 했지만 출가를 단행하지 못하는 것은, 히카루겐지의 이로고노미色好み와 애집 때문이라 생각된다.

3. 무라사키노우에와 온나산노미야의 출가와 겐지

와카나若菜 상권에서 온나산노미야女三宮의 강가降嫁로 인해 무라사키노우에紫上의 고뇌와 발병이 시작되고 거처를 육조원에서 이조원으로 옮긴다. 이러한 배경하에서 온나산노미야와 가시와기柏木의 밀통이라고 하는 인간관계가 진행되고, 겐지는 부인들의 출가와 죽음에 직면하여 자신의 숙세宿世를 비탄하게 된다. 그리고 와카나 하권에서 겐지는 레이제이 천황이 후계 없이 양위하게 되는 숙운宿運을 안타깝게 생각한다. 즉 겐지는 항상 출가를 염두에 두고 있었지만 이 세상에 대한 집착과 여성에 대한 애집愛執을 떨쳐버릴 수가 없었던 것이다.

와카나 하권에서 무라사키노우에는 자신의 나이를 생각하며 '조용하게 불도수행을のどやかに行ひをも'(④167) 하려고 한다고 말하자 겐지源氏는 강하게 반대한다.

"정말 원망스러운 소견이시군요. 자신도 출가를 해야 한다고 생각하고 있는데 그렇게 되면 당신이 혼자 남아 쓸쓸하겠지요. 나와 함께 지낼 때와 비교하면 얼마나 달라질까, 그것이 마음에 걸려 이대로 있는 것입니

10 秋山虔(1980), 『源氏物語の世界』, 東大出版会, p.179.

다. 내가 마지막으로 출가를 한 다음에 당신도 결정을 하세요."라고 말씀하시며 만류하셨다.

　「あるまじくつらき御事なり。みづから深き本意ある事なれど、とまりてさうざうしくおぼえたまひ、ある世に変らむ御ありさまのうしろめたさによりこそ、ながらふれ。つひにそのこと遂げなむ後に、ともかくも思しなれ」などのみ妨げきこえたまふ。　　　　　　　　　(若菜下④167)

　겐지는 자신도 출가하려는 뜻을 품고 있었지만 무라사키노우에의 출가는 허락하지 않고 자신보다 나중에 출가하라고 한다. 이러한 겐지의 생각은 이기적이라 할 수 있지만, 지금까지 몇 번이나 출가를 결심하고도 무라사키노우에와 아이들, 레이제이 천황, 조정의 후견 등을 이유로 미루어온 것은 사실이다. 그리고 후지노우라바藤裏葉 권에서 모든 일이 끝났다고 생각했을 때에도 다시 연기한 것은 뒤에 남을 무라사키노우에에 대한 애집 때문이었다. 겐지에게 있어 무라사키노우에는 출가를 단행할 '안전판安全辮'[11]과 같은 것이기 때문에, 겐지의 애집으로 인해 죽음을 앞둔 무라사키노우에의 출가도 허락하지 않았던 것이다. 이러한 겐지의 애집에 비례하여 무라사키노우에의 절망은 더욱 심화되어 발병과 죽음에 이르게 되어 육조원의 영화와 왕권은 막을 내린다.

　와카나 하권에서 육조원六条院 여성등의 음악회女樂가 끝난 후, 무라사키노우에는 갑자기 발병하고 용태가 악화되자 거처를 이조원二条院으로 옮긴다. 무라사키노우에의 발병을 들은 레이제이인冷泉院도 안타까워하며 한탄한다. 그리고 유기리夕霧는 '이 분이 돌아가시기라도 하면 겐지 육조원도 틀림없이 출가를 단행하실 것입니다. この人亡せたまはば、院も必

---

11 鈴木日出男(1982),「光源氏の道心ー光源氏論 5」, 上揭書, p.219.

ず世を背く御本意遂げたまひてむ'(若菜下④214)라고 하며, 무라사키노우에가 겐지의 굴레일 것으로 상상한다. 무라사키노우에는 자신의 출가를 금지하는 겐지를 원망하지만, 겐지는 사별한다면 몰라도 눈앞에서 머리를 깎는 출가를 볼 수 없다고 하며 무라사키노우에의 출가를 용인하지 않는다.

> "옛날부터 나 자신이 출가를 바라는 마음이 깊었는데, 당신이 뒤에 남아 쓸쓸할 것이라 생각해서 그것이 가슴 아파 지금까지 결행을 못한 것입니다. 그런데 이번에 당신이 거꾸로 나를 버리려는 생각입니까."라고 말씀하시며 만류하고 계신데, 무라사키노우에는 정말 희망이 없는 듯이 약해지셔서 임종하시는가 하는 듯한 적도 여러 번 있었다. 어떻게 될 것인가 하고 걱정하며 온나산노미야에게는 잠시 동안만 가 있었다.
>
> 「昔より、みづからぞかかる本意深きを、とまりてさうざうしく思されん心苦しさにひかれつつ過ぐすを、さかさまにうち棄てたまはむとや思す」とのみ、惜しみきこえたまふに、げにいと頼みがたげに弱りつつ、限りのさまに見えたまふををりをり多かるを、いかさまにせむと思しまどひつつ、宮の御方にも、あからさまに渡りたまはず。　　　　　　(若菜下④214~215)

겐지는 이전부터 자신이 먼저 출가하려고 했지만, 뒤에 남을 무라사키노우에가 쓸쓸할 것을 생각하여 연기해 왔다는 것이다. 겐지는 무라사키노우에가 먼저 출가한다는 것은 언어도단이고, 출가를 한다고 해도 자신이 먼저 해야 한다고 생각한다. 무라사키노우에는 출가도 하지 못한 채 질병이 심화되어 점점 쇠약해지기만 한다. 그리고 겐지는 갑자기 위독해진 무라사키노우에에게 나타난 모노노케가 로쿠조미야스도코로의 사령死靈인 것을 확인하고 여자의 집념에 전율한다. 무라사키노우에에

는 아직도 '출가하고 싶어요御髮おろしてむ'(若菜下④241)라고 하며 출가를 바라지만, 겐지는 허락하지 않고 중병에 효과가 있을까 하여 겨우 오계(살생殺生, 투도偸盗, 사음邪淫, 망어妄語, 음주飲酒)의 수계를 받게 해준다.

와카나 하권에서 겐지는 가시와기와 온나산노미야의 밀통을 확인하고, 과거 자신이 후지쓰보와 밀통 일을 상기하며 인과응보로 생각한다. 그리고 자신이 '옛날부터 깊이 출가를 생각해 いにしへより本意深き道'(若菜下④269) 왔지만, 아사가오朝顔나 오보로즈키요朧月夜와 같은 여성들이 먼저 단행해 버리자 한심한 심정이라고 한다. 그런데 자신은 스자쿠인과의 약속을 지키기 위해 이렇게 출가도 못하고 있다고 하며 온나산노미야를 원망하고 훈계한다. 겐지는 지금까지 온나산노미야 등이 마음에 걸려 출가를 단행하지 못했는데, '지금은 이 세상에서 자신을 붙잡는 굴레는 아무것도 없습니다. 今は. かけとどめらるる絆ばかりなるもはべらず'(若菜下④270)라고 말한다. 그리고 겐지는 당신을 위해 출가도 미루었다고 하며, 자신을 배반한 온나산노미야에 대해 다시금 분노와 원망을 표출한다.

가시와기 권에서 온나산노미야는 밀통한 가시와기의 아들을 출산한다. 온나산노미야는 겐지의 냉대를 느끼며, '비구니라도 되어야지尼にもなりなばや'(柏木④301), '비구니가 되어야지尼になりて'(④301)라고 생각한다. 겐지는 젊은 온나산노미야가 출가하여 아름다운 머리카락을 자른다는 것도 안타까운 일이고, 잘못을 했지만 오히려 용서해 주고 싶은 심정이다. 그런데 출가하여 입산한 스자쿠인朱雀院이 딸을 걱정하다가 하산하자, 온나산노미야는 '비구니가 되게 해 주세요. 尼になさせたまひてよ'(柏木④305)라고 애원한다. 겐지는 모노노케의 탓으로 이러한 비구

제4부 헤이안 시대의 영험과 출가

니가 되려고 할 수도 있다는 이야기를 하며 일단 만류한다. 그러나 스자쿠인은 모노노케의 탓이라 해도 온나산노미야가 마지막으로 바라는 것이라면 병이 가벼워질 수 있다고 생각한다. 또 스자쿠인은 날이 밝기 전에 다시 산으로 돌아가기 위해, 기도승을 안으로 불러들여 전격적으로 온나산노미야를 '출가 시키신다. 御髪おろさせたまふ'(柏木④308). 그런데 후반야의 가지기도를 할 때 로쿠조미야스도코로의 모노노케가 나타나 자신이 이렇게 만든 것이라고 하자, 겐지는 여성의 애집에 또 다시 전율한다.

스즈무시鈴虫 권에서 겐지 50세의 8월 15일 밤, 육조원에 병부경궁兵部卿宮과 유기리夕霧 등이 모여 귀뚜라미의 향연이 열렸으나, 겐지는 레이제이인에게서 연락이 있어 찾아가 와카를 증답한다. 겐지는 퇴출하는 도중에 아키코노무 중궁秋好中宮을 방문하여 출가의 심경을 밝힌다.

　"(중략) 나보다 젊은 사람이 먼저 출가하거나 죽고 뒤처진 느낌이 들어 정말 세상이 무상하고 허전하여 차라리 속세를 떠나 산속에 들어가 살까 하는 마음이 들었습니다. 그런데 남아 있는 사람들이 의지할 바가 없어지니까, 그 사람들이 어찌할 바를 모르는 일이 없도록 이전부터 부탁드린 것을 부디 잊지 말고 도와주시기 바랍니다."라고 심각한 표정으로 말씀을 드린다.

　「(中略) 我より後の人々に、かたがたにつけて後れゆく心地しはべるも、いと常なき世の心細さののどめ難うおぼえはべれば、世離れたる住まひにもやとやうやう思ひ立ちぬるを、残りの人々のものはかなからん、ただよはしたまふなと、さきざきも聞こえつけし心違へず思しとどめて、ものせさせたまへ」など、まめやかなるさまに聞こえさせたまふ。　(鈴虫④387)

겐지는 자신보다 젊은 사람, 아사가오나 오보로즈키요, 온나산노미야 등이 먼저 출가했기 때문에 자신이 버려졌다는 느낌이 들어, 이제는 무슨 일이 있어도 출가를 해야겠다는 생각을 한다. 그래서 뒤에 남은 사람들이 헤매지 않게 해달라고 중궁에게 부탁하는 것이었다. 즉 겐지는 자신이 출가한 후에 연장자인 중궁에게 남은 가족들을 돌보아달라는 부탁을 한 것이다. 그런데 아키코노무 중궁은 아직 성불하지 못한 자신의 어머니 로쿠조미야스도코로를 위해 출가하여 비구니가 되고자 한다. 이에 겐지는 중궁에게 우선 어머니 로쿠조미야스도코로의 추선공양追善供養부터 올리도록 권한다.

미노리御法 권에서 무라사키노우에는 더욱 병이 깊어지자, 와카나 하권 이래 다시 출가를 원한다. 그러나 겐지는 자신이 뒤에 남는 것은 참을 수 없다고 하며 서둘러 출가를 결행하려고 한다.

무라사키노우에는 후생을 위해 훌륭한 불사를 이것저것 올리고, 어떻게 하든 출가를 단행하여 조금이라도 더 살아있는 동안에 근행에 전념하고 싶다고 항상 그 생각을 하고 말씀하시지만 겐지는 절대 허락하지 않으신다. 사실은 겐지 자신의 마음도 같이 출가를 바라고 계시기에 무라사키노우에가 이렇게 열심히 원하고 계실 때에 자신도 발심하여 함께 불문에 들어가고 싶다고 생각하셨다. 그리고 한번 출가를 해버리면 결코 이 속세를 되돌아보지 않을 생각이고, 저 세상에서는 같은 연꽃 위에 앉자고 약속하시고 그것을 바라고 있는 두 사람이지만,

後の世のためにと、尊き事どもを多くせさせたまひつつ、いかでなほ本意あるさまになりて、しばしもかかづらはむ命のほどは行ひを紛れなくと、たゆみなく思しのたまへど、さらにゆるしきこえたまはず。さるは、わが御心にも、しか思しそめたる筋なれば、かくねむごろに思ひたまへる

ついでにもよほされて同じ道にも入りなんと思せど、一たび家を出でたま
ひなば、仮にもこの世をかへりみんとは思しおきてず。後の世には、同じ
蓮の座をも分けんと契りかはしきこえたまひて、頼みをかけたまふ御仲な
れど、　　　　　　　　　　　　　　　　　　　　　　　　　　　（御法④493~494)

　무라사키노우에는 이제 생명이 얼마 남지 않았다고 생각하여 잠시
동안이라도 출가하여 불도수행에 전념하겠다고 하지만 겐지는 허락하
지 않는다. 겐지 자신도 이런 기회에 무라사키노우에와 함께 불문에 들
어가고 싶다는 생각을 한다. 그리고 겐지는 한번 출가하면 다시금 속세
를 돌아보지 않을 각오도 하고 있기에 좀처럼 출가를 단행하지 못하는
것이었다. 겐지는 무라사키노우에에 대한 애집으로 저 세상에 왕생해도
같은 연꽃 위에 앉자고 약속했으나, 현세에서의 수행이 각자 다르기 때
문에 더욱 출가하기가 두려운 것이었다. 한편 무라사키노우에는 겐지의
허락을 받지 않고 출가하는 것은 보기가 흉하다고 생각하고, 또 출가하
지 못하는 자신의 죄업을 불안하게 생각했다. 겐지는 지금까지 자신의
출가를 무라사키노우에와 아이들, 조정의 후견 등을 이유로 연기해 왔
는데, 이제는 무라사키노우에와 함께 출가하겠다고 한다. 헤이안 시대
에는 재가출가라고 해도 출가를 하면 각자 따로 살아야 했기 때문에,
겐지의 애집은 두 사람의 출가를 막는 굴레가 되었던 것이다.
　미노리 권에서 겐지 51세 8월 14일의 이른 아침, 무라사키노우에는
사라지는 이슬처럼 숨을 거두었다. 장례는 8월 15일 새벽에 치루었는
데, 무라사키노우에는 마치 가구야히메かぐや姫처럼 '정말 덧없는 연기
いとはかなき煙'(御法④510)가 되어 하늘로 올라갔다. 겐지는 무라사키노
우에紫上의 장례를 치룬 후, 아오이노우에葵上가 죽었을 때와 마찬가지

로 인생의 무상을 느끼며 출가를 결심하지만 당장 결행하지는 못한다.

해가 정말 밝게 올라와 벌판의 이슬을 구석구석 다 비추니, 이 이슬처럼 덧없는 생명을 생각하며 점점 세상이 싫어져 이렇게 살아있다고 해서 얼마만큼 더 살 수 있을 것인가라는 생각이 든다. 차라리 이런 슬픈 기분에 옛날부터 염원하던 출가를 단행할까 하는 마음이 생겼지만, 그렇게 하면 후대에 심약한 사람이라는 평판이 남을 것이라는 생각이 들어 우선 당장은 이대로 지내려고 하자, 가슴 벅차오르는 애절함을 참을 수가 없는 것이었다.

日はいとはなやかにさし上りて、野辺の露も隠れたる隈なくて、世の中思しつづくるにいとど厭はしくいみじければ、後るとても幾世かは経べき、かかる悲しさの紛れに、昔よりの御本意も遂げてまほしく思ほせど、心弱き後の譏りを思せば、このほどを過ぐさんとしたまふに、胸のせきあぐるぞたへがたかりける。　　　　　　　　　　　　　　　(御法④511)

겐지는 무라사키노우에의 장례를 치른 다음날, 아침 해가 떠올라 벌판의 이슬이 밝게 비추는 것을 보자 인생이 덧없다는 생각을 한다. 겐지는 인생이란 벌판의 아침 이슬처럼 풀잎 위에 잠시 머무는 것이라는 생각을 한 것이다. 이에 겐지는 이런 슬픈 기분으로 출가를 생각하지만, 이번에는 무라사키노우에를 따라 출가했다는 후대 사람들의 평판을 걱정하며 당분간 미룬다. 겐지는 무라사키노우에마저 죽고 없는 이 세상에 '미련이 남는 일うしろめたきこと'(御法④513)은 아무것도 없을 것 같았지만 바로 불도수행을 시작하지 못한다. 겐지는 이렇게 슬픈 심정으로는, '염원하던 출가의 길에 좀처럼 들어가기 어렵지 않을까. 願はん道にも入りがたくや'(御法④513)하고 고민하며, 아미타불阿弥陀仏에 이 슬픔을 잊

306

게 해 달라는 기원을 올린다.

이와 같이 겐지는 오래전부터 출가할 결심을 몇 번이나 하고, 온나산 노미야의 출가와 무라사키노우에의 죽음에도 불구하고 좀처럼 출가를 결행하지 못한다. 그 이유는 무라사키노우에 등의 부인들에 대한 애집과 아이들, 조정의 후견에 대한 걱정 때문이었다. 그러나 정작 모든 미련이 해소되었음에도 겐지는 후대에 자신에 대한 평판을 걱정하며 출가를 미룬다. 또한 겐지는 만년이 된 나이에 약해져서 출가를 했다는 '세상의 평판流れとどまらん名'(御法④514)도 두려워했다. 즉 출가를 미루어 온 안전판이었던 무라사키노우에가 죽어도 겐지는 이 세상에 대한 미련과 애집을 끊을 수 없다.

4. 히카루겐지의 애집과 출가

미노리御法 권에서 겐지源氏는 일생 동안 가장 사랑했던 무라사키노우에紫上를 잃고도 출가를 미룬다. 그리고 2부의 마지막인 마보로시幻 권에서 52세의 겐지는 출가는 하지 못했지만 슬픔을 떨쳐버리기 위해 '손을 정갈히 하고 불도수행御手水召して行い'(幻④524)을 하며 경전을 소리 내어 읽는다. 겐지는 세속적으로 높은 신분에 오르고 영화를 누리게 되었지만, 한편으로는 불도를 깨우치지 못하고 살아 왔다는 것을 후회하고 반성한다.

마보로시 권에서 겐지는 무라사키노우에가 없는 육조원에서 시첩侍妾인 추나곤노키미中納言の君, 추조노키미中将の君 등을 상대로 영화와 우수의 생애를 반추하면서 애집을 떨쳐버리지 못하는 심정을 다음과 같이 술회한다.

"(중략) 부처님의 뜻을 굳이 모르는 척하고 생활을 해왔기에 이렇게 만
년에 안타까운 결말을 맞이하게 된 것입니다. 내 숙운이 한심하고 역량도
바닥이 드러나고 마음도 안정되어, 지금은 이 세상에 대한 집착이 조금도
없어졌어요. 그대들도 모두 이렇게 이전보다 한층 친해진 사람들이 점점
헤어질 때에는 지금보다 더 마음이 흔들릴 것이 틀림없을 거야. 정말 어
이없지 않은가. 나 스스로 생각해도 정말 체념이라는 것을 못하는 성격이
야."라고 말씀하시며, 눈물을 닦으며 숨기시지만, 저절로 흘러내리는 눈
물을 보는 뇨보들은 자신들도 흐르는 눈물을 막을 수가 없다.

「(中略) それを強いて知らぬ顔にながらふれば、かくいまはの夕近き末
にいみじき事のとぢめを見つるに、宿世のほども、みづからの心の際も残
りなく見はてて心やすきに、今なんつゆの絆なくなりにたるを、これか
れ、かくて、ありしよりけに目馴らす人々の今はとて行き別れんほどこ
そ、いま一際の心亂れぬべけれ。いとはかなしかし。わろかりける心のほ
どかな」とて、御目おし拭ひ隠したまふに紛れずやがてこぼるる御涙を見
たてまつる人々、ましてせきとめむ方なし。　　　　　　　(幻④525~526)

겐지는 만년이 되어 자신의 '숙운宿世'을 응시하고, 이제 출가해도 아
무런 방해가 될 것이 없다고 생각한다. 그런데 겐지는 무라사키노우에
를 잃은 후에 이전보다 친해진 뇨보들과 이제 헤어질 것을 생각하니,
슬픔 감정이 북받쳐 오르는 기분이 된다. 그리고 겐지는 자신이 체념을
잘 못하는 성격이라는 것을 깨닫고, 뇨보인 추조노키미를 무라사키노우
에의 추억으로 생각한다.

마보로시 권에서 겐지는 일 년 사계절에 따라 순응하며 지내면서 출
가 준비를 한다.

올 한 해 동안은 이렇게 슬픔을 인내하며 지내왔기 때문에, 이제는 속세를 떠날 때가 왔다고 생각하니 깊은 감회가 치밀어 올랐다. 점점 그 이전에 처리해야할 일들을 이것저것 생각하여 가까이 있는 사람들에게도 신분에 따라 유품을 나누어 주기도 했다. 과장되게 이것이 마지막이라는 듯이 하지는 않았지만 겐지를 모시는 뇨보들은 출가의 뜻을 단행할 것으로 보이자 해가 저물어가는 것도 조바심이 나서 슬픔 마음을 금할 수가 없었다.

今年をばかくて忍び過ぐしつれば、今はと世を去りたまふべきほど近く思しまうくるに、あはれなること尽きせず。やうやうさるべき事ども、御心の中に思しつづけて、さぶらふ人々にも、ほどほどにつけて物賜ひなど、おどろおどろしく、今なん限りとしなしたまはねど、近くさぶらふ人々は、御本意遂げたまふべき気色と見たてまつるままに、年の暮れゆくも心細く悲しきこと限りなし。 (幻④546)

겐지는 무라사키노우에가 죽은 후, 한 해 동안 정신적으로는 이미 출가와 같은 생활을 해왔지만, 이제는 출가를 단행해야 된 시기라고 생각한다. 그래서 겐지는 자신을 모시는 뇨보들에게 신분에 맞게 물품을 나누어 주기도 한다. 뇨보들은 겐지가 이것이 마지막이라고 하지는 않았지만 이제 곧 출가를 하실 것으로 예상했다. 이처럼 겐지는 아오이노우에가 죽었을 때부터 이후 어떤 계기가 있을 때마다 출가를 생각했지만 실제로 결행하지는 못하고 있었다.

겐지는 출가의 준비로서 남의 눈에 띄어서는 곤란하다고 생각되는 편지 등을 태워 버린다. 스마須磨에 퇴거해 있을 무렵에 받은 많은 서간 중에서 무라사키노우에의 편지를 보다가 '죽은 사람을 그리워하는 마음으로 필적을 보면서도 내 마음은 아직도 어찌할 바를 몰라 헤매고 있습

니다. 死出の山越えにし人をしたふとて跡を見つつもなほまどふかな'(幻④547)라고 읊는다. 그리고 무라사키노우에가 보낸 편지 옆에 '같은 하늘의 연기 おなじ雲居の煙'(④548)가 되고 싶다는 와카를 쓰고 불에 태운다. 이는『다케토리 이야기』에서 가구야히메かぐや姫의 편지를 태우는 천황과 같은 심정으로, 하늘나라로 올라간 무라사키노우에를 따라가고 싶다는 마음을 읊은 것으로 볼 수 있다. 그리고 올해로 불명회仏名会[12]도 마지막인가 하며 생각하니, 한편으로는 출가를 기원하는 것이 올바른 일이가하고 생각한다. 겐지는 섣달 그믐날이 되자 어린 외손자 니오미야匂宮가 귀신을 쫓는 행사를 하고 다니는 것을 보면서 이제는 이 광경도 더 이상 못 본다고 생각하니 감정이 북받쳐 올랐다. 또한 겐지는 '수심에 잠겨 세월이 가는 것도 모르고 지낸다. 올 한 해로 내 인생도 오늘로 끝나는 것인가. もの思ふと過ぐる月日も知らぬ間に年もわが世も今日や尽きぬる'(幻④550)라고 읊고, 내년에는 출가를 생각하는 듯이 보였다. 그리고 바로 다음 단락에는 황자와 귀족들에게 보낼 설 날 선물 준비를 예년에 비해 각별히 신경을 써서 준비하라는 지시를 하는 것으로 마보로시 권이 끝난다.

마보로시 권에는 겐지가 출가하는 대목이 그려지지 않고, 모노가타리는 8년의 공백을 두고 3부가 시작된다. 그래서 고주석서古註釋書에는, 겐지가 언제 출가를 하고 언제 죽었는가에 대해 마보로시 권 다음의 구모가쿠레雲隱라는 권에 기술이 있었을 것이라는 지적이 있다. 『가카이쇼河海抄』26에는 '구모가쿠레雲隱'라는 권 명에 대해, '이 권은 원래 없다. 단지 이름만으로 그 내용을 암시하는 것이다. 이 권 명으로 육조원 히카루겐지가 돌아가신 것을 알 수 있다. 此巻はもとよりなし只名をもてその心をあ

---

12 매년 음력 12월 19일부터 3일간, 그해의 죄업을 참회하고 소멸시키는 법회.

제4부 헤이안 시대의 영험과 출가

らわすなり此名題にて六条院ひかりかくれ給心しらるる也'[13]라고 지적했다. 그리고 모토오리 노리나가本居宣長는 '이 권은 이름만 있고 내용은 없다. 그것은 권 명에 겐지가 돌아가신 것을 알리고, 그 내용을 생략하고 기술하지 않은 것은 무라사키시키부가 깊이 생각한 대목이다. 此巻は、名のみ有て、詞なし、さるは巻の名に、源氏君のかくれ給へることをしらせて、其事をば、はぶきてかゝざるにて、紫式部の、ふかく心をこめたること也'[14]라고 기술했다. 즉 무라사키시키부는 겐지의 일생에서 영화와 잠재왕권의 실현 등 좋은 면만 기술하고 히카루겐지가 죽었다는 것은 권 명만으로 상상하게 했다는 것이다.

히카루겐지의 만년과 출가에 대한 구체적인 이야기는, 3부의 니오효부쿄匂兵部卿 권에서 가오루薫를 겐지와 대비하는 대목에 기술되어 있다.

　　옛날 히카루겐지라고 하는 분은 그렇게 천황의 총애를 받으면서도, 질투하는 사람이 있어 어머니의 후견도 받을 수 없었다. 마음씨도 사려 깊은 분이고 세상일도 온화하게 생각하는 분이기에 비할 바 없는 광채도 눈에 띄지 않게 하시어, 그렇게 세상의 소동이 될 듯 했던 일도 결국에는 평온하게 넘기시고, 후생을 위한 출가도 시기에 맞게 하시는 등 만사를 아무 일 없이 느긋하게 대처 하셨다.

　　昔、光る君と聞こえしは、さるまたなき御おぼえながら、そねみたまふ人うちそひ、母方の御後見なくなどありしに、御心ざまももの深く、世の中を思しなだらめしほどに、並びなき御光をまばゆからずもてしづめたまひ、つひにさるいみじき世の亂れも出で來ぬべかりし事をも事なく過ぐしたまひて、後の世の御勤めもおくらかしたまはず、よろづさりげなくて、久しくのどけき御心おきてにこそありしか。　　　（匂兵部郷⑤25~26）

13　玉上琢弥 編(1978),『紫明抄 河海抄』, 角川書店, p.531.
14　本居宣長(1981),「源氏物語玉の小櫛」,『本居宣長全集』四巻, 筑摩書房, p.468.

이 후일담에 겐지는 어린 시절 변변한 후견도 없이 자랐지만 사려가 깊었고 영화를 누렸지만, 만년에는 시기를 잘 맞추어 출가하여 불도수행에도 전념했다는 것이다. 즉 겐지의 출가 근행은 그가 죽은 후의 후일담으로 기술하는 형태를 취하고 있다. 또 야도리기宿木 권에서 가오루는 나카노키미에게, 하치노미야八の宮가 죽은 후의 우지宇治 저택과 겐지 사후의 육조원六条院을 대비하여 이야기한다.

> 고 육조원 겐지가 만년에 2, 3년 동안 출가하시어 지내신 사가노인이나 돌아가신 뒤의 육조원에 들린 사람은 슬픔을 참을 수 없었습니다.
>
> 故院の亡せたまひて後、二三年ばかりの末に、世を背きたまひし嵯峨院にも、六条院にも、さしのぞく人の心をさめん方なくなんはべりける。
>
> (宿木⑤395)

가오루는 인적이 드문 우지宇治 하치노미야 저택을 겐지가 죽은 후의 육조원이나 사가노인과 대비한 것이다. 여기서 겐지는 출가한 후 2, 3년 동안 사가노인에서 근행을 했다는 것을 알 수 있다. 겐지는 생애에 여러 차례에 걸쳐 출가를 결심하지만 현세에 대한 미련과 애집으로 단행하지 못한다. 그래서 겐지의 출가와 죽음은 2부까지의 자신의 이야기가 아닌 3부에서 후일담으로 기술되어 있는 셈이다.

5. 결론

겐지를 비롯한 여성들의 애집愛執과 출가는 모노가타리 속에서 어떠한 주제를 구성하고 있는가를 고찰해 보았다. 특히 겐지의 영화와 출가에 가장 큰 영향을 미친 여성 후지쓰보藤壺, 로쿠조미야스도코로로, 무라사키노우에, 온나산노미야女三宮 등의 부인들과 '출가의 뜻本意'이라는 용례를 중심으로 살펴보았다. 겐지는 이러한 여성들과 사랑의 인간관계를 가짐으로서 결과적으로 왕권과 영화를 달성했지만 한편으로는 부인들과의 연고로 인해 쉽게 출가의 뜻을 단행하지 못한다.

로쿠조미야스도코로로의 모노노케는 생령으로 나타나 아오이노우에葵上를 죽이고, 죽은 후에는 사령으로 나타나 애집과 숙세宿世, 도심道心을 느끼게 한다. 미오쓰쿠시 권에서 로쿠조미야스도코로로는 겐지에게 전 재궁齋宮의 후견後見을 부탁하자, 겐지는 전 재궁을 양녀로 삼아 레이제이 천황의 뇨고女御로 입궐시키고 준섭관准摂関으로서의 영화를 누린다. 겐지는 이것이 고려인高麗人(실제는 발해 국사)의 예언에서 이야기한 영화의 정점이라 생각했는지 출가를 결심한다. 그리고 2부에서 다시 나타난 로쿠조미야스도코로로의 사령은 온나산노미야女三宮를 출가하게 하고, 무라사키노우에를 발병하게 하여 죽음으로 몰아간다. 그래서 육조원의 영화는 점차 조락하고 겐지는 인간의 애집에 절망하고 다시금 출가를 염원한다.

와카무라사키 권에서 겐지는 자신의 이상형이라 생각하는 계모 후지쓰보와 밀통하고 둘 사이에는 레이제이가 태어난다. 이 황자는 스자쿠朱雀 천황의 동궁이 되지만, 우대신 일파가 집권하면서 겐지는 정치적으로 불안정한 상태가 된다. 이러한 상황에서 겐지는 후지쓰보에 대한 구애가 거절당하자 낙담하여 출가를 생각한다. 그런데 후지쓰보는 겐지가 동궁의 후견이라는 것을 자각시키기 위해 먼저 출가를 단행해 버린다. 겐지는 후지쓰보의 출가로 인해 비로소 자각하여 동궁의 무사한 즉위를 생각하며 스스로 스마須磨로 퇴거한다. 스마·아카시에 유리流離한 겐지는 기리쓰보인桐壺院의 사령死霊과 스미요시 명신住吉明神의 도움으로 다시 권력의 중심으로 복귀하여 영화와 잠재왕권을 획득하게 된다. 이 대목에서 겐지는 다시 출가를 생각하지만 '굴레絆'가 되는 무라사키노우에에 대한 애집, 자식들과 조정의 후견에 대한 걱정으로 다시 미루게 된다.

와카나若菜 상권에서 무라사키노우에는 온나산노미야가 강가降嫁하고, 아카시노키미 집안이 영화를 누리는 것을 보면서 우수憂愁의 일생을 고뇌하다가 발병하게 되고 출가를 기원한다. 그러나 겐지는 자신의 애집으로 이를 허락하지 않고, 무라사키노우에의 병환은 점점 깊어간다. 한편 가시와기柏木 권에서 온나산노미야는 가시와기의 아들을 출산한 후, 겐지의 냉대를 느끼며 비구니가 되기를 원한다. 출가해 있던 스자쿠인朱雀院은 하산하여 기도승에게 부탁하여 딸 온나산노미야 전격적으로 출가시킨다. 미노리 권에서 무라사키노우에는 일생 동안 오로지 겐지의 사랑에만 의지하여 살아 왔는데, 온나산노미야의 강가로 인해 자신의 처지와 숙세宿世를 생각하며 '사라지는 이슬消えゆく露'(御法④506)처럼 죽음을 맞이한다. 무라사키노우에의 죽음으로 육조원의 질서가 조락하고 겐지는 비탄에 젖어 출가할 결심을 굳힌다.

그러나 겐지는 2부가 끝날 때까지 현세와의 집착을 끊고 출가를 단행하지 못하고 사계의 흐름과 변천에 따를 뿐, 그의 출가와 죽음은 3부의 후일담에 기술된다. 겐지는 아오이노우에가 죽은 후 인생의 고비마다 출가를 생각하지만 사랑의 인간관계와 자식들에 대한 집착으로 출가하지 못하면서 육조원의 영화도 무너지게 된다. 겐지는 사랑의 인간관계로 인해 영화와 잠재왕권을 달성하지만, 한편으로 절망적인 애집으로 인해 도심을 상실하고 출가도 하지 못한다는 것이다. 즉 겐지의 애집과 출가는 표리일체하는 모노가타리 주제의 작의가 된다는 것을 확인할 수 있었다.

제5부
한일 문화교류와 문학

『백씨문집』을 강독하는 무라사키시키부
『国宝紫式部日記絵巻と雅びの世界』, 徳川美術館, 2000

헤이안 시대의 연애와 생활

제1장
일본 고대문학에
나타난 한문화

● ● ●

1. 서론

일본의 고대문학은 전기인 상대 시대(~794)와 후기인 중고 시대 (794~1192)의 문학으로 나눌 수 있다. 상대문학은 유사 이래 주로 야마토大和와 나라奈良에 도읍이 있었던 시대를 그 배경으로 하고, 중고 문학은 도읍을 헤이안平安, 지금의 교토京都로 천도한 이후 약 400년간인데, 이를 헤이안 문학 또는 왕조 문학이라고도 한다.

상대의 일본문학은 오랜 구비문학의 시대를 거쳐 시가나 신화·전설 등이 편찬되었는데, 현존하는 작품은 대체로 한문으로 기술하거나 한자의 음훈을 이용한 만요가나萬葉假名로 표기된 것이다. 신화·전설은 『고지키古事記』(712), 『니혼쇼키日本書紀』(720), 『후도키風土記』(713) 등에 기술되어 있는데, 이에는 약 200여 수의 상대 가요가 포함되어 있다. 시가 문학으로는 일본 최대의 시가집으로 총 20권 4,516수나 수록되어 있는 『만요슈萬葉集』(759년 이후)와 한시문집 등이 남아 있다.

중고 시대 초기의 일본은 신라와 당나라의 문화를 활발히 섭취하여 한문학이 발달했지만, 894년 견당사가 폐지된 이후에는 소위 국풍문학

國風文學이라고 하는 일본 고유의 문학이 화려한 개화를 하게 된다. 즉 궁정의 여류 작가들에 의해 만요가나를 초서화한 가나假名 문자가 발명되어 와카和歌, 모노가타리物語, 일기, 수필 등이 융성하게 기술된다. 특히 『고킨슈古今集』와 『마쿠라노소시枕草子』, 『겐지 이야기源氏物語』로 대표되는 이 시대 가나 문학은 이후의 일본문학에 지대한 영향을 미치게 된다.

이와 같은 일본의 고대문학에는 한반도와의 인물人物 교류가 수없이 기술되어 있는데, 선진 문물의 전파는 거의 한반도에서 일본으로 건너가는 일방통행의 형식이었다. 즉 한문화韓文化의 동류東流 현상은 여러 가지 형태로 일본 고대문학 속에 화석처럼 남아있다고 할 수 있다. 즉 한반도에서는 이미 산실散失되어 버린 한문화의 자취를 일본의 고대문학에서 찾을 수 있는 것이다. 이러한 연구를 통해 한국 문화의 동류東流 현상을 파악할 수 있을 뿐만 아니라, 일본문화의 원천과 나아가 일본인의 대한관對韓觀까지도 규명할 수 있다고 생각된다.

그런데 한국에서의 일본문학에 관한 연구는 언제부터 시작되었을까? 조선 시대의 문헌으로는 신숙주申叔舟가 『해동제국기海東諸國記』(1471)에서 일본의 역사지리와 문화를, 강우성康遇聖은 일본어 학습서인 『첩해신어捷解新語』(1676)를 기술했다. 그러나 일본의 문학에 관심을 기울인 사람과 문헌은 없었던 것 같다. 문헌에 나타난 최초의 일본문학 연구는 최남선崔南善의 「日本文學에 있어서의 朝鮮의 모습」[1]이라 할 수 있을 것이다. 최남선은 이 논설에서 지극히 단편적이기는 하지만 일본문학 속의 한문화 수용을 면밀히 지적하고 있다.

---

1 六堂全集編纂委員会(1974), 『六堂崔南善全集』 9巻, 玄巌社.

일본의 상대 시대에 전래된 한문화에 대한 본격적인 연구는 주로 한국인 연구자에 의해 역사와 문화사적인 교류의 측면에서 고찰되었다. 재일 작가 김달수金達壽는 『일본 속의 조선문화日本の中の朝鮮文化』 11권[2]에서 일본 전국의 유물·유적을 답사하여 역사적인 관계를 사실적으로 고증하고 있다. 김달수의 일련의 저작과 연구는 일본문화사 전반에 걸쳐 한문화의 수용이 어떻게 이루어져 왔는가를 고찰하고 있다. 또한 재일 사학자인 이진희李進熙는 광개토대왕의 비문과 조선통신사 연구를 하는 한편, 『일본문화와 조선日本文化と朝鮮』[3]에서 한국과 일본의 통시적인 문화 교류에 대해 고찰하고 있다. 그밖에 일본인 사학자들에 의한 공동연구로 『일본과 조선의 고대사日本と朝鮮の古代史』[4] 등이 있다. 또한 문학에서는 메카다 사쿠오目加田さくを가 『모노가타리 작가권의 연구物語作家圈の研究』[5]에서 8, 9세기에 일본으로 귀화한 인물에 대해 분석을 하고 있다. 한편 국내의 연구로는 김성호金聖昊의 『沸流百濟와 日本의 國家起源』,[6] 송석래의 『鄕歌와 萬葉集의 比較硏究』[7] 등이 있다.

본고에서는 이상과 같은 선행연구를 바탕으로 일본 고대문학에서 한반도를 원천으로 하는 문화를 어떻게 수용하고 있는가를 고찰하고자 한다. 특히 '한韓', '가라加羅', '한국韓國', '고려高麗', '백제百濟', '신라新羅' 등의 용례를 중심으로 일본 고대문학에 나타난 한반도의 이미지를 살펴보고, 한반도에서 일본으로 건너간 소위 '도래인'들이 일본의 조정에서 어떠한 역할을 하였는가를 규명하고자 한다. 또한 한일 고대문학에 나타난

---

2 金達壽(1975), 『日本の中の朝鮮文化』 11巻, 講談社.
3 李進熙(1985), 『日本文化と朝鮮』, 日本放送出版協会.
4 吉田晶(1984), 『日本と朝鮮の古代史』, 三省堂.
5 目加田さくを(1964), 『物語作家圈の研究』, 武蔵野書院.
6 金聖昊(1984), 『沸流百濟와 日本의 國家起源』, 知文社.
7 宋晢来(1991), 『鄕歌와 萬葉集의 比較硏究』, 을유문화사.

신화·전설 등의 화형話型은 어떤 공통점과 상이점이 있는가에 대해 시야를 넓혀 그 전승 관계를 분석해 보고자 한다.

2. 금은보화金銀寶貨의 나라

　『고지키』나『니혼쇼키日本書紀』 등에는 한반도와 관련한 수많은 이야기가 기술되어 있다. 우선『니혼쇼키』에서 한반도 관련 기사가 가장 처음으로 나오는 곳은 신대 상神代上 권의 스사노오노미코토素淺鳴尊의 신화이다. 특히 '일서–書'의 형태로 달리 전승되는 여러 가지 이야기들을 소개하고 있다. 그중에서도 '한국韓國'과 '신라新羅'를 금은金銀의 나라로 묘사하고 있는 기사의 내용은 다음과 같다.

　스사노오노미코토는 이자나기伊耶那岐의 아들로 바다海原를 지배하는 신이었는데, 천상세계인 다카마가하라高天原에서 악행을 저지른 죄로 지상세계로 추방되어 신라의 소시모리曾尸茂梨라는 곳에서 살게 된다. 그러나 스사노오노미코토는 소시모리가 자신이 있을 곳이 아니라는 생각이 들어 배를 타고, 일본의 이즈모 지방出雲國(지금의 시마네島根 현)으로 가게 되었다는 것이다. 이즈모 지방으로 간 스사노오노미코토는 사람을 잡아먹는 '큰 뱀大蛇'을 퇴치하고 그 나라를 잘 다스렸다고 한다. 그리고 천상세계에서 가져온 나무 씨를 가라쿠니韓地에는 심지 않고 모두 일본으로 가져가 전국에 심어 푸른 산이 되게 하였다는 것이다.

　그런데『니혼쇼키』신대 상神代上 권 스사노오노미코토의 신화에서 〈제5〉 일서에는 다음과 같은 기술이 나온다.

가라쿠니의 나라에는 금은이 있다. 만약 내 자식이 다스리는 나라에 배가 없으면 좋지 않을 것이다.

韓郷の島は、是、金銀有り。若使吾が兒の御らす國に、浮寶有らずは、是佳からじ。[8]   (①100~101)

스사노오노미코토는 이와 같이 말하며 일본에 많은 나무를 심는데, 나무를 심는 방법은 다소 신화 전설과 같은 표현이 이어진다. 스사노오노미코토가 수염을 뽑아 던지니 삼나무가 되고, 가슴의 털을 뽑아 던지니 노송나무가 되었다. 그리고 엉덩이 털은 마키まき나무, 눈썹 털은 녹나무가 되었다고 한다. 또한 이 나무들의 용도를 모두 정했는데, 삼나무와 녹나무는 배를 만드는 데 좋고, 노송나무는 궁전을 짓는 데 좋고, 마키나무는 백성들의 침실과 관을 만드는 데 좋다고 했다. 여기서 금은이 있다는 '한향韓郷'이라는 곳은, 스사노오노미코토가 먼저 신라의 소시모리에 있다가 이즈모出雲로 갔다는 문맥으로 추정해 보면 신라를 지칭하고 있다고 볼 수 있다.

『니혼쇼키』권6의 제11대 스이닌垂仁 천황대(1세기경)에는 신라의 왕자 아메노히보코天之日矛가 일본으로 갔다는 전설이 나온다. 아메노히보코가 일본에 갈 때, 진귀한 구슬玉, 칼, 거울 등 7가지 보물을 가지고 갔다고 한다. 이러한 물건들은 신라의 선진 문물로서, 이후 일본 천황의 집안에서 삼종의 신기神器로 삼게 되는 것과 같은 종류의 보물들이다. 아메노히보코의 이야기를 『고지키』에서는 제15대 오진應神 천황대(3세기 말)의 일로 상세히 기술하고 있다. 신라의 아구누마阿具奴摩에서 낮잠

---

8 小島憲之 他校注(1999), 『日本書紀』, ≪新編日本古典文学全集≫, 小学館, pp.100~101. 이하 『日本書紀』의 본문 인용은 ≪新編全集≫의 권, 쪽수를 표기함. 필자 역.

을 자고 있던 신분이 낮은 여자의 음부陰部에 햇볕이 비치자, 여자는 붉은 구슬赤玉을 낳았다. 그런데 그 광경을 엿보고 있던 어떤 남자가 적옥赤玉을 얻어서 허리에 차고 다니다가 아메노히보코에게 발각된다. 아메노히보코는 그 적옥을 빼앗아 방에 두었는데, 곧 아름다운 처녀로 변신하였기에 아내로 맞이한다. 그런데 아메노히보코는 점점 오만해져서 아내를 비난하자, 아내가 일본의 나니와難波로 떠나 버린다. 이에 아메노히보코도 아내를 따라 일본으로 건너가서 다지마但馬(지금의 효고兵庫현 북부) 지방에 머무르게 된다는 것이다. 그리고 『고지키』에서는 아메노히보코가 구슬, 목도리, 거울 등 8가지의 보물을 가지고 간 것으로 기술하고 있다.

『고지키』의 제14대 주아이仲哀 천황(3세기 초)이 쓰쿠시筑紫(규슈九州)에서 구마소熊襲, 지금의 규슈 남부를 정벌하려 했을 때, 천황은 거문고琴을 켜면서 신탁을 받으려 했다. 이에 진구神功 황후에게 신탁이 내렸는데, 그 내용은 내용은 다음과 같다.

> "서쪽에 나라가 있다. 금은을 비롯해서 눈이 부신 갖가지 진귀한 보물이 그 나라에 많이 있다. 나는 지금 그 나라를 너에게 굴복하게 하려한다."라고 말씀하셨다.
>
> 「西の方に国有り。金・銀を本と為て、目の炎輝く、種々の珍しき宝、多た其の国に有り。吾、今其の国を帰せ賜はむ」とのりたまひき。[9]

(p.243)

여기서 일본의 서쪽 나라는 당연히 신라를 지칭하고 있다. 그러나 이

---

9 山口佳紀·神野志隆光 校注(2007), 『古事記』, ≪新編日本古典文学全集≫ 1, 小学館, p.243. 이하 『古事記』의 본문 인용은 ≪新編全集≫의 쪽수를 표기함. 필자 역.

때 주아이 천황은 신탁을 의심하여 높은 곳에 올라가 서쪽을 바라보았지만, 바다가 보일 뿐이니 신이 거짓말을 한 것이라고 생각했다. 이에 신은 크게 화를 내고 주아이 천황을 죽게 했다는 것이다.

『니혼쇼키』의 권8, 주아이 천황 8년에는 진구神功 황후에게 내린 신탁이 『고지키』보다도 더 상세하게 기술되어 있다. 신은 구마소가 '황폐한 지역 膺宍の空國'이니 싸우지 않는 것이 좋다고 하며 다음과 같이 말했다는 것이다.

> 이 나라 구마소보다도 훨씬 보물이 많은 나라, 예를 들면 처녀의 눈썹과 같이 저편에 보이는 나라가 있다. 록 자를 여기서는 마요비키라고 읽는다. 이 나라에는 눈이 부시는 금·은·채색 등이 많이 있다. 이를 흰 천과 같은 신라국이라고 한다. 만약 자신에게 제사를 잘 지내면 칼에 피를 묻히지 않고, 그 나라는 복종할 것이다. 또한 구마소도 굴복할 것이다.
>
> 茲の國に愈りて寶有る國、譬えば處女の䏔如す向ふ国有り、䏔、此に麻用弭枳と云ふ。眼炎く金·銀·彩色、多に其の國に在り。是を栲衾新羅國と謂ふ。若し能く吾を祭りたまはば、曾て刃に血らずして、其の國必ず自ず服ひなむ。復熊襲も服ひなむ。　　　　　　(①411)

신공 황후에게 내린 이 신탁에서 신라는 금은과 채색의 나라이니 구마소보다도 침략의 대상으로 적합하다는 것이다. 그러나 주아이 천황은 신의 계시를 의심하여 높은 곳에 올라가 멀리 바다를 바라보았지만 신라는 보이지 않았다. 그래서 주아이 천황은 구마소를 공격했으나 이기지 못하고 병을 얻어 죽어버렸다는 것이다. 이에 진구 황후는 재궁齋宮을 짓고 스미요시住吉 신들에게 제사를 지내고, 신의 계시대로 신라를 정벌하고 구마소도 굴복시킨다는 것이다. 즉 신라 정벌이라고 하는 허구를 가미함으로서 진구 황후의 신탁과 스미요시 신에 대한 제사를 합리화하고 있는 것이다. 이러한 진구 황후의 이야기에는 상대 일본인의 대한관對韓觀이 그대로 반영되어 있다고 생각된다.

『니혼쇼키』의 권9에는 진구 황후가 주아이 천황이 죽은 후, 출산 예정 달임에도 신라로 출병했다고 기술하고 있다. 신라왕이 백기를 들고 스스로 항복하자, 어떤 사람이 왕을 죽이자고 했지만 황후는 다음과 같이 말했다고 한다.

> "처음부터 신의 가르침에 의해서 장차 금은의 나라를 얻으려 하는 것이다. 다시 삼군에 호령하여 말하기를, '스스로 항복하는 자를 죽여서는 안 된다.'고 했다. 이미 보물의 나라를 얻었다. 또 다른 사람도 스스로 항복할 것이다. 죽이는 것은 좋지 않다."고 말씀하셨다.
>
> 「初め神の教えを承りて、金銀の國を授けむとす。又三軍に號令して曰ひしく、『自ら服はむをばな殺しそ』といひき。今旣に財の國を獲つ。亦人自づから降服ひぬ。殺すは不詳し」とのたまふ。　　　　　(①429~430)

이 기사도 신라를 금은의 나라로 지칭하면서 침략하는 과정을 기술한 대목에서, 진구 황후가 신라왕을 죽이려는 신하에게 항복하는 사람을 죽여서는 안된다는 이야기를 하고 있다. 그리고 진구神功 황후는 만삭의 몸으로 백제와 고구려도 굴복시킨 후, 규슈(筑紫)로 돌아가서 출산을 했다는 것이다. 이와 같은 『고지키』와 『니혼쇼키』의 진구 황후 설화는 광개토대왕의 비문(好太王碑)과 함께 이후 일본이 '임나일본부任那日本府'[10]설을 주장하는 근거가 되어 왔다. 그러나 진구 황후 설화는

---

10 『日本書紀』에서 3~6세기경 한반도의 가야任那 지방에 일본부日本府를 두고 가야, 백제, 신라를 지배했다고 기술하고 있으나 그 존재가 의문시되고 있음.

한국의 사학계와 재일 사학자 이진희李進熙[11] 등에 의해 허구성에 대한 강한 의문이 제기되고 있다.

『니혼쇼키』권15에는, 제23대 겐조顯宗 천황(5세기 말)에게 즉위를 권하는 신하들의 간언諫言 가운데 한반도에 대해 다음과 같이 말하는 대목이 나온다.

> 황위에 올라 천하의 주인이 되어, 조상의 무궁한 업을 이어받아, 위로는 하늘의 뜻을 따르고, 아래로는 백성들의 소원을 만족시켜 주십시오. 그러니까 즉위를 승낙하시지 않으면, 그 결과 금은의 번국과 원근의 신료들이 실망시키는 일이 될 것입니다.
>
> 鴻緒を奉けて、郊廟の主と爲り、祖の窮無き列を承續し、上は天の心に當り、下は民の望を厭ひたまふべし。而るに肯へて踐祚したまはず。遂に金銀の蕃國をして、郡僚近遠を失はずといふこと莫からしめむ。
>
> (③241)

신하들이 겐조 천황에게 성덕과 정통이 있으시니 황위에 올라야 한다고 진언하는 대목이다. 그리고 천황이 즉위하지 않으면 금은이 많은 이웃나라들이 실망한다는 것이다. 여기서 '금은의 번국金銀の蕃国'으로 표현한 이웃나라가 구체적으로 어느 나라인지는 밝히고 있지 않지만, 진구神功 황후의 연장 선상에서 생각하면 신라 내지는 한반도 전체를 지칭하는 것으로 볼 수 있다.

『니혼쇼키』권17 제26대 게이타이繼體 천황 6년(6세기 초)에는, 백제의 사신이 와서 임나任那의 4현을 달라고 한다는 기사가 나온다. 천황은

---

11 李進熙(1985), 『日本文化と朝鮮』, 日本放送出版協会.

이를 허락하는 뜻을 전하는 사신으로 모노노베노오무라지 아라카히物部
大連麤鹿火을 파견하게 되었다. 다음은 모노노베노오무라지가 영빈관이
있는 오사카大阪의 나니와칸難波館으로 출발하려 할 때, 그의 처가 간하
는 말 가운데 다음과 같은 이야기가 나온다.

> 스미요시 대신은 바다 저편 금은의 나라인 고려·백제·신라·임나 등을
> 아직 배속에 있는 오진應神 천황에게 내리셨다.
> 　住吉大神、初めて海表の金銀の國、高麗·百濟·新羅·任那等を以ち
> て、胎中譽田天皇に授記けまつれり。　　　　　　　　　　(②299)

인용문에 나오는 오진應神 천황은 바로 진구 황후의 아들로서 주아이
천황에 이어 즉위한 인물이다. 그리고 진구 황후가 제사를 지낸 스미요
시 신이 고려(고구려), 백제, 신라, 임나 등 금은의 나라를 평정하여 오
진 천황에게 주었다는 것이다. 즉 일본은 진구 황후 전설의 연장 선상
에서 항상 한반도를 생각해 왔다는 것을 알 수 있다. 한편 731년경에
성립된 『스미요시타이샤 신대기住吉大社神代記』[12]에도 스미요시타이샤住
吉大社의 기원이 나오는데, 『니혼쇼키』의 진구 황후 전설과 대동소이한
내용이 기술되어 있다.

그러나 헤이안 시대에 성립된 『다케토리 이야기竹取物語』, 『이세 이야
기伊勢物語』, 『야마토 이야기大和物語』, 『겐지 이야기』 등에는 '신라'라는
용례가 전혀 나오지 않는다. 또한 한반도를 금은의 나라로 생각하는 의
식도 더 이상 나타나지 않게 된다. 그 배경에는 935년 신라가 멸망한
후 고려가 건국되자 일본과의 국교가 단절되고, 일본도 견당사가 폐지

---

12 田中卓(1985), 『住吉大社神代記の研究』, ≪田中卓著作集≫ 7, 国書刊行会, p.147.

된 이후에는 고유의 국풍문화가 번창하게 된 점을 들 수 있다.

3. 한반도의 선진 문화

『고지키古事記』나 『니혼쇼키日本紀』, 『만요슈萬葉集』 등에는 한반도
로부터의 문화 전래 사실이 국명과 함께 표현되어 있는 경우가 많다.
특히 고려, 신라, 백제 등의 국명이 어떤 사물 앞에 붙어 복합어를 형성
하는 경우 대체로 선진 문물이나 선진 문화의 권위를 나타낸다. 이하
한반도에서 일본으로 사람과 문화가 직접 전해진 사례와 국명에 선진
문물의 권위가 표현된 용례를 살펴보고자 한다.

『고지키』 중권의 오진應神 천황(3세기 말) 대에는 백제로부터의 사람
과 새로운 문화가 전래된 사실을 다음과 같이 기술하고 있다.

> 또 백제국의 소고왕이 수말 한 필, 암말 한 필을 아치키시 편에 헌상했
> 다. 〈이 아치키시는 아치키 사관 등의 조상이다.〉 또한 백제 국왕은 칼과
> 큰 거울을 헌상했다. 또 백제국에 대해, "만약 현인이 있으면 보내 주시
> 오."라고 말씀하셨다. 그래서 명을 받아 헌상한 사람의 이름은 와니키시
> 이다. 즉 논어 10권, 천자문 1권, 모두 11권을 이 사람에게 부탁하여 헌상
> 했다. 〈이 와니키시는 한학자 집안의 조상이다.〉
> 亦、百済の国主照古王、牡馬壱疋·牝馬壱疋を以て、阿知吉師に付け
> て貢上りき 〈此の阿知吉師は、阿直史等の祖ぞ〉。亦、横刀と大鏡とを
> 貢上りき。又、百済国に科せ賜ひしく。「若し賢しき人有らば、貢上れ」
> とおほせたまひき。故、命を受けて貢上りし人の名は、和迩吉師、即ち
> 論語十巻、千字文一巻、并せて十一巻を、是の人に付けて即ち貢進りき

〈此の和迩吉師は文首等の祖ぞ〉。 (pp.267~268)

　백제의 근초고왕이 학자 아치키시阿知吉師(아직기)와 함께 암수의 말과 칼大刀, 거울大鏡 등을 보냈다는 것을 상세히 기술하고 있다. 그리고 오진應神 천황이 다시 백제왕에게 학자를 보내달라고 하자, 이번에는 와니키시王邇吉師(왕인)와 논어 10권과 천자문 1권, 그리고 갖가지 선진 기술도 함께 전했다는 것이다. 실제로 문자가 전해진 것은 이보다 먼저일지 모르나 공식적인 문자전래의 역사를 밝히고 있는 것으로 볼 수 있다. 이때 함께 데리고 간 기술자들에는, 대장장이韓鍛인 탁소卓素, 비단吳服의 직녀織女인 서소西素, 술을 빚는 스스호리須須許理 등이 있었다고 한다. 백제인 아지키시와 왕인 박사의 도래는 일본 문화의 신기원을 이루었다고 할 수 있을 것이다. 그런데 이러한 학문의 전래를 요청한 오진應神 천황은 바로 한반도 침략의 원천인 진구神功 황후의 아들이라, 일본의 역사 왜곡은 이율배반적인 주장이라 생각된다.

　『니혼쇼키』 제33대 스이코推古 천황대(6세기)에도 고구려, 신라, 백제로부터 수많은 문화가 전해진다는 기술이 있다. 그 중에서 백제인 미마지味摩之는 오늘날 노能의 원형이 되는 가면극 기악伎樂의 무용을 전했다고 되어 있다. 즉 일본은 한반도로부터 수많은 선진 문화를 받아들이면서도 한편으로는 한반도를 금은보화의 나라로 간주하고 항상 침략의 대상으로 여기고 있었다는 것을 알 수 있다.

　다음은 일본 상대 최고의 앤솔러지anthology인 『만요슈』에서 '고마高麗(고구려)'가 대륙의 선진 문물의 권위로서 표현되어 있는 시가들이다. 여기서 '고마高麗'라 함은 한반도에 고려국이 생기기 이전이므로 당연히 고구려를 뜻한다. 예를 들면 『만요슈』에는 다음과 같이 '고구려 비단高

麗錦'이라는 용례가 자주 나온다.

고구려 비단 띠를 서로 풀고 견우가 아내를 찾는 밤이야 나도 그리워라.
高麗錦紐解き交はし天人の妻問ふ夕ぞ我れも偲はむ　　　(巻10-2090)

고구려 비단의 띠 한쪽이 마루에 떨어졌기에 내일 밤에도 오신다면 말
아두고 기다리지요.
高麗錦紐の片方ぞ床に落ちにける明日の夜し來なむと言はば取り置き
て待たむ　　　　　　　　　　　　　　　　　　　(巻11-2356)

사람들이 울타리가 되어 수군거려도 고구려 비단의 띠를 풀지 않은 당
신이지요.
垣ほなす人は言へども高麗錦紐解き開けし君ならなくに　　(巻11-2405)

고구려 비단 띠를 풀어 제치고 저녁까지도 알 수 없는 목숨으로 사랑
을 나눌 것인지.
高麗錦紐解き開けて夕だに知らざる命恋ひつつやあらむ　　(巻11-2406)

고구려 비단 띠를 풀어 제치고 자고 있는데 이제 어떡하라고 정말로
귀엽구려
高麗錦紐解き放けて寝るが上にあどせろとかもあやにかなしき
　　　　　　　　　　　　　　　　　　　　　　　(巻14-3465)[13]

'고구려 비단高麗錦'이란 고구려에서 수입된 화려하고 아름다운 채색

13 小島憲之 他校注(1994), 『万葉集』 1-4, ≪新編日本古典文学全集≫, 小学館. 이하
『万葉集』의 인용은 ≪新編全集≫의 권, 노래 번호를 표기함. 필자 역.

의 비단을 말하는데, 흔히 허리띠를 만드는 데 사용되었다고 한다. 이 중에서 2090번, 2405번, 2406번, 3465번 등에는 고구려 비단의 띠를 푼다는 표현이 나오는데, 이는 남녀가 만나 함께하는 농후한 사랑의 묘사로 볼 수 있다. 특히 권11-2356은 남자의 속옷 띠를 들고 기다리는 여성의 심정을 잘 읊었고, 2406은 자신의 속옷 띠를 풀어놓고 하루 종일 애타게 상대를 기다리고 있는 애인의 마음을 읊은 노래이다. 『만요슈』의 시가에서 남녀의 속옷 띠는 대체로 '고구려 비단'으로 만든 것이 많았고, 남녀가 선호하는 브랜드 물품이었다는 것을 알 수 있다.

다음은 『만요슈』 권3에서 오토모노 사카노우에노이라쓰메大伴坂上郞女가 비구니 리간理願의 죽음을 비탄하여 읊은 만가挽歌이다.

> 신라국으로부터 사람들의 소문에 좋은 나라라는 말을 듣고 서로 이야기하던 부모형제도 없는 나라로 건너와서 (이하 생략)
> たくづのの　新羅の国ゆ　人言を　良しと聞かして　問ひ放くる　親族兄弟　なき国に　渡り來まして (以下略)　　　　　　　　　　(巻3-460)

'다쿠즈노노たくづのの'의 '다쿠'는 흰 닥나무 등의 의미로 신라를 수식하는 마쿠라코토바枕詞이다. 신라의 비구니 리간이 천황의 인덕에 끌려 일본으로 귀화해 살았다는 것이다. 그런데 리간은 천황이 있는 도읍에서 살지 않고 사호佐保 언덕에서 살다가 죽었다. 이 만가는 사카노우에노이라쓰메가 리간을 애도하여 읊은 노래이다. 그리고 권15의 3696번 만가, '신라에 가는가 집에 가는가 新羅へか家にか歸る'에 나오는 국명은 특별한 문화를 수식하는 표현은 아니지만 신라와 일본과의 왕래를 짐작하게 한다.

『고지키』나『만요슈』등에서 신라, 고려, 백제 등의 국명은 대부분 선진 문물이나, 귀중품의 접두어적으로 쓰이는 경우가 많다. 그러나 헤이안 시대의 와카, 모노가타리, 수필 등에도 한반도의 지명이 간혹 등장하긴 하지만 그 빈도는 현격하게 줄어들게 된다. 이는 견당사가 폐지되고 가나 문자가 발명되어 와카, 일기, 수필, 모노가타리 등의 국풍문화가 번창하는 것과 관계가 있다고 볼 수 있다.

일본 최초의 칙찬가집으로 905년에 편찬된『고킨슈古今集』의 가나假名서문에는 백제에서 도래한 왕인 박사의 와카를 '와카의 부모 歌の父母'[14] 중 아버지의 노래라고 기술하고 있다. 천황의 명에 의해 편찬된 가집인『고킨슈』의 가나 서문에 나오는 왕인 박사의 와카는 다음과 같다.

> 나니와쓰에 매화꽃이 피었어요. 이제야 봄이 왔다고 아름답게 피었어요.
> 難波津に咲くや木の花冬こもり今は春べと咲くや木の花   (p.20)

나니와쓰는 오사카大阪의 옛 이름이며 매화꽃은 닌토쿠仁德 천황을 상징하고 있다. 즉 이 와카는 왕인王仁 박사가 닌토쿠 천황의 즉위를 축하하기 위해 읊은 것이라고 한다. 또한 가나 서문에는 이 와카가 이후 '와카의 부모'가 되는 노래로서 습자를 배우는 기본이 되었다고 한다. 이러한 전통이 헤이안 시대에까지 전승된 것을『겐지 이야기』의 와카무라사키若紫 권에서 확인할 수 있다.

다음은『겐지 이야기』와카무라사키 권에서 학질의 치료를 위해 기

---

14 小沢正夫 他校注(1994),『古今和歌集』, ≪新編日本古典文学全集≫ 11, 小学館, p.19. 이하『古今和歌集』의 본문 인용은 같은 책의 쪽수를 표기함. 필자 역.

타야마北山에 간 히카루겐지光源氏가 보낸 편지의 답장을 와카무라사키의 조모祖母가 대신 쓴 것이다.

> 지금은 아직 나니와쓰조차도 만족스럽게 이어 쓰지 못하오니 하릴없는 일이지요.
> まだ難波津をだにはかばかしうつづけはべらざめれば、かひなくなむ。[15]
> (若紫①229)

이때 와카무라사키는 겨우 열 살이었다. 당시에 귀족의 교양으로는 습자와 와카, 음악 등이 있었다. 그런데 와카무라사키는 습자에서 가장 먼저 연습하게 되어있는 왕인 박사의 와카 '나니와쓰'조차도 아직 연면체로 이어 쓰지 못하기 때문에 히카루겐지의 연애 상대가 될 수 없다는 것이었다. 이처럼 한반도에서 일본으로 건너간 지식인들과 문화는 후대의 일본문학에 크나큰 영향을 주었다는 것을 알 수 있다.

고구려, 신라, 백제 등의 용례는 헤이안 시대 전기傳記 이야기인 『다케토리 이야기竹取物語』와 와카 이야기인 『이세 이야기伊勢物語』, 『야마토 이야기大和物語』 등에는 거의 등장하지 않는다. 단지 『우쓰호 이야기うつほ物語』의 도시카게俊蔭 권에는 일곱 살인 도시카게가 고려국(실제는 발해국)에서 온 사절과 한시를 증답하는 장면이 나온다.

> 도시카게가 일곱 살 되는 해에, 아버지가 고려에서 온 사절을 만나는데, 이 일곱 살 되는 애가 아버지를 제치고 고려인과 한시를 증답했다. 천황이 들으시고 "근래에 보기 드문 일이다. 언젠가 시험해 보고 싶구나."

---

15 阿部秋生 他校注(1996), 『源氏物語』 1, ≪新編日本古典文学全集≫ 20, 小学館, p.229. 이하 『源氏物語』의 본문 인용은 같은 책의 권, 책수, 쪽수를 표기함. 필자 역.

제5부 한일 문화교류와 문학

하고 생각하시고 계셨는데, 12살에 성년식을 했다.

七歳になる年、父が高麗人にあふに、此七歳なる子、父をもどきて、高麗人と文をつくりかはしければ、おほやけ聞こしめして、あやしうめづらしきことなり。いかで心みむと思すほどに、十二歳にてかうぶりしつ。[16]

(俊蔭①19)

『우쓰호 이야기』의 시대배경은 발해 멸망 전이기 때문에, 여기서 고려인高麗人이라 함은 발해인을 말한다. 당시 일본에서는 발해도 고구려의 후예라 생각하여 이전의 국명대로 고려高麗[17]라고 했다. 즉 『우쓰호 이야기』에서는 주인공 도시키게의 비범함을 강조하기 위하여 발해에서 파견된 국사와 한시를 증답한다고 함으로써 학문이 뛰어난 해외 석학의 권위를 이용하고 있는 셈이다.

이 밖에도 『우쓰호 이야기』에는 '신라조新羅組(吹上下)', '백제 염료百濟藍(あて宮)', '고려 비단高麗錦(樓の上)', '고려 피리高麗笛(樓の上)' 등 한반도 문화와 관련된 표현이 빈번하게 나온다. 특히 후지와라노키미藤原の君 권에서는 간즈케노미야上野の宮가 아테미야貴宮에게 구혼하기 위해 여러 사람들을 모아 놓고 다음과 같이 말하는 장면이 있다.

정말 내가 이 세상에 태어난 후, 아내로 맞이할 사람을 국내의 60여국, 당나라, 신라, 고려(고구려), 천축까지 찾아다녔지만 마음에 드는 여

---

16 中野幸一 校注(1999), 『うつほ物語』 1, ≪新編日本古典文学全集≫ 14, 小学館, p.19. 이하 『うつほ物語』의 인용은 ≪新編全集≫의 권수, 쪽수를 표기함. 필자 역.

17 『続日本紀』(797)에는 발해와 일본이 서로 '高麗'라는 국호를 호칭하고 있다.
高麗使楊承慶等貢方物奏曰. 高麗国王大欽茂言.(『続日本紀』 卷21, 天平宝字3年 759年 正月条)
賜渤海王書云. 天皇敬問高麗王. (『続日本紀』 卷32, 宝亀3年 772년 2월条), 宝亀2年 12月에 渡日한 大使 壱万福 등이 귀국할 때의 기록.

성을 찾을 수 없었다.

> ほに、われ、この世に生まれてのち、妻とすべき人を、六十餘國、唐土、新羅、高麗、天竺まで、尋ね求むれど、さらになし。

(藤原の君①154)

간즈케노미야가 국내외에서 아내로 맞이할 만한 사람을 아직 구하지 못했다는 것을 다소 과장되게 이야기하는 장면이다. 그런데 여기서 주목하고 싶은 부분은 당시의 외국이란 관념 속에 당나라, 신라, 고구려, 인도(천축) 등이 있었다는 점이다. 이는 헤이안 시대 말기인 12세기경에 편찬된『곤자쿠 이야기집今昔物語集』의 세계가 천축, 중국, 일본으로만 구성되어 있는 것과 사뭇 대조적이라 할 수 있다.

『겐지 이야기』의 기리쓰보桐壺 권에서는 발해국에서 파견된 국사의 한사람인 고려인이 기리쓰보 천황의 둘째 황자(히카루겐지)에 대한 예언을 이야기하는 장면이 나온다.

> 그 무렵 고려인가 와 있는 가운데 뛰어난 관상가가 있다는 것을 들으시고, 궁중에서 접견하는 것은 우다 천황의 훈계가 있었기 때문에 대단히 은밀하게, 이 황자를 홍로관에 보내셨다. 그리고 후견인격인 우대변의 아들인 것처럼 해서 데려가자, 관상가는 놀라서 몇 번이고 고개를 갸우뚱거리며 의아해했다.

> そのころ、高麗人の參れるなかに、かしこき相人ありけるを聞こしめして、宮の内に召さむことは宇多帝の御誡あれば、いみじう忍びてこの皇子を鴻臚館に遣はしたり。御後見だちて仕うまつる右大辯の子のやうに思はせて率たてまつるに、相人おどろきて、あまたたび傾きあやしぶ。

(桐壺①39)

기리쓰보 권에 나오는 '고려인高麗人'은 발해국에서 파견된 국사였다는 것이 통설이다. 우다宇多(887~897) 천황의 「간표의 유계寬平御遺誡」는 아들 다이고醍醐(897~930) 천황에게 남긴 훈계로서, '외번의 사람을 반드시 접견할 자는 발안에서 보아라. 직접 대면하지 말아야 한다. 外藩の人必ずしも召し見るべき者は、簾中にありて見よ。直に対ふべからざらくのみ。'[18]라고 하는 내용이다. 이때 둘째 황자인 히카루겐지는 겨우 일곱 살이었지만 흥취 있는 시구詩句를 짓자 발해인 관상가가 보고 극찬했다고 한다. 그리고 예언 전후의 장면설정은 주인공 히카루겐지가 발해에서 온 사신과 한시를 증답하고 있어 『우쓰호 이야기』의 도시카게俊蔭 권과 비슷한 상황으로 설정되어 있다.

『겐지 이야기』의 기리쓰보 권에서 발해로부터 파견된 국사인 고려인을 등장시킨 이유는 어떤 의도일까? 그 배경으로 생각할 수 있는 것은 여러 가지가 있지만 우선 주인공 히카루겐지가 왕권과 영화를 획득할 수 있는 예언을 듣게 하는 것이었다. 또 겐지가 한반도의 학자와 한시도 증답할 정도의 비범한 주인공이라는 점을 부각시키기 위한 인물조형의 한 방법이라고 할 수 있을 것이다.

기리쓰보 권의 마지막 부분에는 히카루겐지라는 이름 또한 고려인이 지었다고 되어 있다. 주인공의 이름에 '빛光'과 관련한 수식이 붙은 것은 미모와 왕권성을 부여하기 위한 표현이다. 『다케토리 이야기』의 주인공인 가구야히메의 이름에 붙여진 '가구야赫'도 빛이 날 정도로 아름답다는 것을 강조하여 작명된 것이다. 이러한 표현의 논리는 『삼국유사三國遺事』에 전하는 우리나라의 시조신화와도 흡사하다. 고구려의 유화柳

---

18 山岸德平 他校注(1979), 『古代政治社会思想』, ≪日本思想大系≫ 8, 岩波書店, p.105.

花가 주몽을 잉태했을 때 햇빛이 배를 비추었다고 되어 있고, 신라 시조 박혁거세朴赫居世도 번개와 같은 빛이 땅에 닿고 흰말이 절하는 듯한 곳에서 얻은 자줏빛 알紫卵에서 태어나고, 김알지金閼智도 자줏빛 구름紫雲이 하늘에서 땅까지 깔려 있고 빛이 나는 금궤에서 태어났다고 되어 있다. 그리고 가야伽倻의 시조들도 한결같이 알에서 태어나니, 이 또한 빛(光彩)과 관계가 깊다고 할 수 있다.

고대의 시조 신화에서 왕의 출생이나 성장과정에서 빛과 관련된 표현으로 비유되는 경우가 많은 것은 신성 왕권의 고유성을 강조하기 위해서이다. 고전승을 이어받은 모노가타리에서도 뛰어난 미모의 주인공에게 왕권을 부여할 때에는 왕권의 상징인 빛과 관련된 수식이 붙는 경우가 많다. 따라서 히카루겐지라는 이름의 작명은 발해의 관상가인 고려인이기에 가능했을 것이라 생각된다. 즉 『겐지 이야기』에 나오는 고려인은 『우쓰호 이야기』의 '고려인高麗人'처럼 해외 지식인의 권위를 상징하는 인물로 등장하여 주인공의 비범함을 입증하는 데 이용되고 있는 것이다. 이외에도 『겐지 이야기』에는 '高麗', '高麗人', '高麗樂', '高麗紙', '高麗錦', '高麗亂聲', '高麗笛' 등 20여 개의 고마高麗 국명과 관련이 있는 용례가 나온다. 여기서 '고마'라 함은 대체로 발해와 고구려를 의미하고, 고려시대의 고려와는 국교도 없었고 모노가타리의 준거準據에도 맞지 않다.

『겐지 이야기』에서 신라와 백제는 각각 한 용례씩 나온다. 다음은 와카무라사키 권에서 히카루겐지가 학질에 걸려 기타야마의 고승에게 치료를 받고 완쾌되어 도읍으로 돌아가는 대목이다.

고승은 부적으로 독고를 드렸다. 이를 보신 승도는, 성덕태자가 백제로부터 입수해 두신 금강자의 염주에 옥을 장식한 것을, 그 나라에서 들어온 상자가 당나라 풍인 것을, 투명한 보자기에 넣어 다섯 잎의 소나무 가지에 묶고, 감색의 보석 상자에 여러 가지 약을 넣어, 등나무와 벚나무 가지에 묶고, 이러한 때에 어울리는 갖가지 선물을 바쳤다.

聖、御まもりに独鈷奉る。見たまひて、僧都、聖徳太子の百済より得たまへりける金剛子の数珠の玉の装束したる、やがてその国より入れたる箱の唐めいたるを、透きたる袋に入れて、五葉の枝につけて、紺瑠璃の壺どもに御薬ども入れて、藤桜などにつけて、所につけたる御贈物ども捧げたてまつりたまふ。 (若紫①221)

와카무라사키若紫의 외삼촌인 승도僧都는 히카루겐지에게 성덕태자聖德太子가 백제에서 입수해 둔 염주를 최고의 가치가 있는 물건으로 생각하는지 석별의 선물로 준다. 그런데 백제에서 염주와 함께 들여온 상자가 당나라唐土풍이라는 것은 아무래도 헤이안 시대라는 분위기에 따른 표현인 듯하다. 상대에는 가라韓(駕洛)였던 것이 헤이안 시대가 되면서 모두 가라唐로 표현하게 된 것이 아닐까 생각된다. 백제에서 들어온 물건이 당나라풍일 수도 있지만, 상대의 용례처럼 가라韓 풍이라고 생각하는 것이 온당할 것이다.

한편 가게로蜻蛉 권에서 우키후네浮舟가 실종된 후, 우키후네의 계부인 히타치常陸의 수령은 손자의 출산을 축하하기 위한 선물들을 당나라와 신라의 수입품으로 장식했다. 그러나 지방 수령이라는 신분에 어울리지 않아 오히려 초라하게 보인다는 것이다. 즉 당나라나 신라로부터 수입한 물건들이 당시의 일본에서는 진귀한 물건이었기에 히다치 수령과 같은 사람의 신분에는 걸맞지 않는다는 것이다.

이와 같이 신라, 백제, 고구려로부터 선진 문물의 전래와 '고려인高麗

人'으로 표기되어 있는 발해인과의 학문적 교류를 살펴보았다. 이러한 한반도의 국명은 모두 선진 문화의 권위를 상징하고 있으며, '고마高麗'가 수식되어 복합어를 형성하고 있는 어휘는 모두 진귀한 최고의 가치 있는 물건을 의미한다는 것을 알 수 있었다.

4. 신화·전설에 나타난 '한국韓國'

고대 중국의 사서인『삼국지三國志』의「위지왜인전魏志倭人傳」이나『후한서後漢書』의「왜전倭傳」[19] 등에는 삼한을 지칭하는 의미로 '한국韓國'이라는 국명을 사용하고 있다. 일본의『고지키古事記』,『니혼쇼키』등에는 '한국韓國'을 비롯하여, '고려高麗', '백제百濟', '신라新羅' 등의 국명이 빈번히 등장한다. 특히『고지키』의 신화 전설에는 한반도를 지칭하는 표현으로 '가라쿠니からくに(韓國)'라는 용례가 가장 먼저 등장한다.

『시대별국어사전時代別國語大辭典』에는 '한국韓國'을 원래 한반도 남부의 국명이었지만 반도 전체를 지칭한다고 하고, '가라쿠니'의 만요가나萬葉假名 표기로 '柯羅俱爾', '可良國', '可良久爾'[20] 등의 용례를 들고 있다. 즉 '가라から'는 원래 조선 남부의 가락국駕洛國(伽倻國)을 지칭했지만, 나중에는 조선반도 전체를 일컫게 되었다. 그런데 7세기경부터 일본이 중국의 당나라에 견당사를 파견하게 되면서 당나라도 '가라唐'로 발음하게 되고, 이후 널리 외국이라는 의미로 사용하게 된 것이다.

『고지키』에서는 '한韓'을 가락국駕洛國(伽倻) 혹은 한반도 전체의 의미

---

19 石原道博 編訳(1994), 『魏志倭人伝』他三編, 岩波書店.
20 上代語辭典編修委員會(1983), 『時代別國語大辭典』上代編, 三省堂.

제5부 한일 문화교류와 문학

로 사용하고 있는데, 한반도를 삼한三韓이라고 지칭하는 경우도 있다. 『고지키』에서 '한韓'이 가장 먼저 사용되는 용례는 상권의 이즈모出雲 지방 신화에서, 스사노오노미코토須佐之男命의 아들 오토시노카미大年神의 아이로 가라카미韓神가 태어난다는 기술이 나온다. 이 신의 이름에 '한韓'이 들어있다는 것은 이즈모 지방의 신화가 한반도와 관계가 깊다는 것을 유추할 수 있다.

다음은 『고지키』 상권의 마지막 부분에서, 천손이며 태양신의 아들인 니니기노미코토邇邇藝命가 규슈九州 히무카日向의 다카치오高千穂 봉우리에 강림하는 장면이다.

> 그리하여 니니기노미코토가 말씀하시기를 "이곳은 한국을 향해 있고, 가사사의 곳으로 통하고, 아침 해가 빛나는 나라이며, 저녁 해가 빛나는 나라이다. 그래서 이곳은 참 좋은 곳이다"라고 말씀하시고, 땅 속의 돌 속에 장대한 궁전의 기둥을 세우고, 천상 세계로 지붕을 높이 올리고 궁전을 조영하여 사셨다.
> 是に、詔はく、「此地は、韓國に向かひ、笠紗の御前に眞來通りて、朝日の直刺す國、夕日の日照る國ぞ。故、此地は甚吉き地」と、詔りて、底津石根に宮柱ふとしり、高天原に氷椽たかしりて坐しき。 (p.118)

다카치오 봉우리는 지금의 규슈 미야자키宮崎 현 히무카에 있는 곳으로, 바다에 면한 곳이 아니라 내륙의 산으로 둘러싸인 곳이다. 그런데 왜 니니기노미코토는 다카치오의 봉우리가 '가라쿠니'를 향해 있다고 하고 그곳에다 궁전을 짓는다고 했을까? 『고지키』의 본문에서는 다카치오의 봉우리가 왜 한국을 향해 있다고 했는지에 대한 이유는 전혀 밝히지 않고 있지만, 단지 이곳이 한국을 향하고 있는 좋은 곳이기에 땅속의 암반에 기둥을 세우고 장대한 궁전을 지었다는 것이다. 쇼가쿠칸小學館에서 출간한『일본고전문학전집日本古典文學全集』(1973)의 주에서는 한국을 향해 있다는 것에 대해 '조선과의 교통을 의식한'(p.131) 표현이라고 기술하고,『신편일본고전문학전집新編日本古典文學全集』(2007)의 주석에서는 '지배가 언젠가 조선반도에 미칠 것을 시야에 넣고'(p.118) 말한 것이라고 지적했다. 그렇다면 천손강림의 기사야말로 이후 일본이 '한국韓國'을 금은의 나라, 혹은 침략대상으로 생각하는 원천이 아닐까 생각된다. 이 부분을『니혼쇼키』에서는 다카치오 봉우리에 강림한 천손이 '불모지인 빈나라 膂宍の空國'(①121)에서 좋은 나라를 찾아갔다고 기술하고 있다. 이는 니니기노미코토가 처음 강림한 히무카 지방을 개척하고 왕권확립의 기반으로 삼았다는 의미로 해석할 수 있다.

『고지키』하권 제16대 닌토쿠仁德 천황이 구로히메黑日賣와 결혼하고, 다시 야타노와키이라쓰메八田若郎女를 총애하자, 황후인 이와노히메石之日賣은 격렬하게 질투를 한다. 황후는 요도가와淀川를 거슬러 올라가서 백제로부터 귀화한 '한인韓人'인 누리노미奴理能美의 집에 머물렀다는 기술이 있다. 누리노미의 집은 지금의 교토京都 근교였는데, 황후가 이곳에 머물렀다는 것은 누리노미가 상당한 재력과 큰 저택을 소유했을 것으로 해석할 수 있다. 또한 제21대 유랴쿠雄略 천황(5세기경)이 쓰부라오호미都夫良意富美의 딸 가라히메韓比賣를 맞이하여 낳은 아들이 나중에 제22대 세이네이淸寧 천황이 된다. 여기서 가라히메의 이름에 '한韓'이 붙어 있다는 점에서 한반도 도래인과의 관계를 추측해 볼 수 있다.

『니혼쇼키』권19, 제29대 긴메이欽明 천황 23년(6세기 후반)에는 신라가 가야를 정복하자, 일본의 장군 쓰키노기시 이키나調吉士伊企儺 등이 가락국을 도우러 왔다가 패하여 신라군의 포로가 된다는 기사가 나온다. 다음은 신라군의 포로가 된 이키나와 그의 아내 오호바코와 관련한 이야기이다.

　　같은 때(미마나가 신라에 망했을 때), 포로가 된 쓰키노기시 이키나는 성격이 용감하여 마지막까지 항복하지 않았다. 신라군의 무장은 칼을 뽑아 베려고 했다. 그리고 강제로 훈도시(속옷)를 벗기게 하고, 내쫓아 궁둥이를 일본으로 향하게 하여, 큰소리로 "일본의 장수들아, 엿 먹어라"라고 말하게 했다. 그러나 갑자기 이키나가 말하기를, "신라의 왕이여, 엿 먹어라"라고 했다. 고문을 받아 괴로워도 여전히 같은 말을 되풀이했다. 이에 죽임을 당했다. 그 아들 오지코 또한 아버지의 시체를 안고 죽었다. 이키나가 말을 바꾸지 않는 것이 이와 같았다. 이에 일본의 많은 무장들도 이키나의 죽음을 애도했다. 그의 처 오호바코도 또한 포로가 되어있었는데 다음과 같이 슬퍼하며 노래했다.
　　가락국의 성채 위에 서서 오호바코는 목도리를 흔들어요. 일본을 향해서
라고 읊었다. 어떤 사람이 이에 화답해 노래하기를,
　　가락국의 성채 위에 서서 오호바코가 목도리 흔드는 것이 보인다. 나니와 쪽을 향하여
라고 읊었다.
　　同時に虜にせられたる調吉士伊企儺、爲人勇烈くして、終に降服はず。新羅の鬪將、刀を拔きて斬らむとす。逼めて褌を脫かしめて、追ひて尻臀を以ちて日本に向けて、大きに号叫びて、曰はしむらく、「日本の將、我が尻を噛へ」といはしむ。卽ち叫びて曰はく、「新羅の王、我が尻を啗へ」といふ。苦め逼まると雖も、尚し前の如く叫ぶ。是に由りて殺されぬ。其の子舅子も其の父を抱きて死ぬ。伊企儺の辭旨奪ひ難きこと、皆此の如し。此に由りて、特り諸將師の爲に痛み惜まる。其の妻大葉子も並に禽にせらる。蒼然みて歌して曰はく、

韓國の 城の上に立ちて 大葉子は 領布振らすも。日本へ向きて
といふ。或和へて日はく、
　韓國の 城の上に立たし 大葉子は 領布振らす見ゆ 難波へ向きて
といふ。　　　　　　　　　　　　　　　　　　　　　　　(②452~453)

　오호바코의 가요에 나오는 '가라쿠니韓國'는 가락국이며, 목도리를 흔
드는 것은 오호바코가 죽은 남편의 혼을 부르는 주술적인 행위로 볼
수 있다. 그리고 인용문에 나오는 사건이 전장에서는 있을 수 있는 일
이라 하더라도, 일본의 장군 이키나가 신라에 대한 강한 적개심을 표출
한다는 이야기이다. 이러한 이야기를 통하여 신라와 일본의 관계를 짐
작할 수 있으며, 한반도를 침략으로 일관하는 일본의 대한관對韓觀을 확
인할 수 있다.

　8세기 중엽에 편찬된『만요슈万葉集』에는 한반도로부터 수입된 선진
기술의 물품인 '가라코로모韓衣'를 읊은 노래가 많이 나온다. 예를 들면
'한복을 잘 입는 나라 고을의 아내를 기다리니 韓衣 着奈良の里の つま松に'
(6-952)라든지, '한복을 당신에게 입혀보고 싶어 韓衣 君にうち着せ 見まく欲
り'(11-2682) 등의 용례에서, '한韓'의 수식이 붙은 한복은 사랑하는 사람
에게 입히고 싶은 소중한 의복의 이미지가 담겨 있다. 이외에도 '한복과
같은 다쓰다산의 단풍이 물들기 시작했다. 韓衣 龍田の山は もみちそめた
り'(10-2194)와 같이 아름다운 단풍의 비유표현으로 읊었다. 그리고 '한복
의 옷자락이 맞지 않아도 韓衣 裾のうちかへ 逢はねども'(14-3482), 어떤 이본
에는 '한복의 옷자락이 맞지 않으니 韓衣 裾のうちかひ 逢はなへば'(14-3482)와
같은 용례도 있다. 이러한 한복은 나라奈良의 다카마쓰쓰카高松塚의 고분
벽화에 나오는 고대의 여인들이 입은 아름다운 채색의 의상을 연상케

한다.

다음은 『만요슈』 권5의 804번에서 야마노우에 오쿠라山上憶良(660~733?)가 세월의 무상함을 읊은 노래이다.

> 이 세상에서 어찌할 도리가 없는 것은 세월이 흘러가는 것이다. 이어서 쫓아오는 것은 갖가지로 다가온다. 처녀들이 처녀답게 보이려고 한국의 옥구슬을 팔에 감고, 친구들과 손을 잡고 놀았겠지.
> 世の間の すべなきものは 年月は 流るるごとし 取り続き 追ひ來るものは 百種に 迫め寄り來る 娘子らが 娘子さびすと 韓玉を 手本に巻かし よち子らと 手携はりて 遊びけむ   (卷5-804)

인용문은 장가長歌의 서두 부분인데, '한국의 옥구슬韓玉'은 '가리韓'가 붙는 『만요슈』의 다른 용례에서도 볼 수 있듯이 아름답게 보이는 장신구의 대표적인 물건이었다. 즉 야마노우에 오쿠라는 처녀들이 팔에 장식하는 물건 중에서 한국의 옥구슬을 가장 아름다운 것으로 생각했던 것이다. 그러나 이렇게 아름다운 처녀들도 한창 때가 지나면 검은 머리에 서리가 내리고, 얼굴에는 주름이 생기니 세월은 어찌할 수가 없다는 것이다.

『만요슈』 권16의 3791번의 장가는 대나무 베는 할아범竹取の翁이 춘삼월에 아홉 선녀를 만나 읊은 노래이다. 할아범은 자신도 젊은 시절에는, '고구려 비단高麗錦'으로 된 끈을 옷에 묶고, '가라오비韓帶(한국 허리띠)'를 매고 다녔다고 한다. 그래서 들길을 지나가면 자신을 풍류인이라 생각해서인지 꿩도 와서 울고, 산길을 가면 구름도 천천히 놀고 가고, 궁녀들만이 아니라 남자들도 뒤돌아보았을 정도로 인기가 있었다고 읊고 있다. 즉 한반도에서 수입된 '고려 비단'과 '가라오비'는 젊음과 아름

다움을 장식하는 전형적인 브랜드 상품이었던 것이다.

권16의 3886번은 조미료를 만들기 위해 느릅나무의 껍질을 '가라우스韓臼(한국 디딜방아)'로 찧어 가루로 만든다는 노래이다. 여기서 가라우스란 보통의 절구와는 달리 발로 밟아서 곡물을 찧는 디딜방아로, 한반도에서 도래한 제조 기술로 만든 것이다. 『니혼쇼키』의 제33대 스이코推古 천황 18년(610)에는 고구려 국왕이 승려 담징曇懲·法定을 보내 물감, 종이, 먹, 그리고 물을 이용한 방아(碾磑)의 제조법을 전했다고 기술하고 있다. 『니혼쇼키』에서는 담징 등이 만든 방아가 일본 최초의 물레방아라고 기술하고 있다.

다음은 『만요슈』 3기의 대표 가인이며, 규슈 다자이후大宰府의 수장이었던 오토모노 다비토大伴旅人(665~731)가 정 3위인 대납언으로 승진하여 도읍인 교토로 되돌아가게 되었을 때, 송별연의 자리에서 부하인 아사다淺田가 읊은 노래이다.

> 한국 사람들이 옷에 물들인다는 보라색처럼 마음속에 스며들어 그리워하리라
> 韓人の 衣染むといふ 紫の 心に染みて 思ほゆるかも   (巻4-569)

아사다가 이러한 노래를 읊은 것은 당시 일본의 조정에서 정3위 이상의 예복이 보라색이었기 때문이다. 즉 '한국 사람들이 옷에 물들인다는 보라색처럼'이란 비유표현은 한국 사람들이 보라색을 좋아했고, 그 염색 기술과 수공예품의 품질이 뛰어났다는 것을 알 수 있다. 그리고 율령제律令制의 의복령衣服令에는 헤이안 시대에 짙은 보라색 옷은 정1위의 귀족들이 천황의 허락(禁色)이 있어야 입을 수 있는 것으로 정해져 있

었다.

『삼국사기三國史記』권33 '색복色服'에는 신라의 법흥왕法興王(514~540) 때 정해진 의복제도를 기술하고 있는데, 신라에서 중국의 제도가 들어오기 전에는 태대각간太大角干에서 5등급인 대아찬大阿湌까지 자의紫衣를 입었다고 되어 있다. 또한 '색복'에는 고구려에서도 신분이 높은 귀족이 쓰는 모자는 자색紫色이었고, 백제에서는 왕이 큰 소매의 자색 도포를 입었다고 되어 있다. 즉 고대의 보라색은 한반도의 삼국과 일본을 막론하고 고귀한 색으로 인식되었고, 왕과 고위 귀족들의 의복에 사용되었다는 것을 알 수 있다.

『만요슈』권16의 3885번은 거지가 걸식을 하면서 읊었다는 노래이다.

오랜만이요. 여러분 가만히 있다가 어디로 갈까 하니 한국에 있다는 호랑이라고 하는 신을 사로잡아서, 여덟 마리나 잡아와 그 가죽으로 자리를 만들어 여러 겹의 자리를 만들어

いとこ 汝背の君 居り居りて 物にい行くとは 韓国の 虎といふ神を 生け捕りに 八つ捕り持ち來 その皮を 畳に刺し 八重畳   (巻16-3885)

한국의 호랑이 이야기는 『만요슈』의 199번, 3833번에도 나오지만 모두 레토릭rhetoric 상의 비유표현이지 실제 상황은 아니다. 이 3885번에서도 한국의 호랑이를 잡아왔다는 것이 사실이 아닐 가능성이 많지만, 호랑이를 여덟 마리나 잡아서 그 가죽으로 자리를 만들었다고 읊고 있다. 이 노래에서 상대의 일본이 금은의 보물 대신에 호랑이를 목표로 '가라쿠니'를 침략의 대상으로 생각하는 것은 임진왜란의 가토 기요마사加藤清正로 이어진다.

『니혼쇼키』의 제29대 긴메이欽明 천황 6년(6세기 중엽)에는, 백제에 사신으로 갔던 가시와데노 하스히膳臣巴提便가 귀국하여 백제에서 겪은 이야기를 보고하는 이야기가 기술되어 있다. 하스히는 백제의 해변에서 호랑이에게 아이를 빼앗겼는데, 그 원수를 갚기 위해 호랑이굴을 찾아가 호랑이를 잡아 그 가죽을 벗겨 왔다는 무용담을 자랑하고 있다. 또한 제35대 고교쿠皇極 천황 4년(645)에는 학승이 고구려에 갔다가 호랑이로부터 의술 등을 배워온다는 이야기가 실려 있고, 제40대 덴무天武 천황 5년(686)에는 신라로부터 호피가 왔다는 기술이 있다.

그런데 신라의 호랑이 이야기를 좀 더 사실적으로 다룬 것은 12~13세기에 걸쳐 나타난 설화문학의 세계이다. 『곤자쿠 이야기집今昔物語集』 권29 제31화, 『우지슈이 이야기宇治拾遺物語』 권3의 7화에는 신라에 장사하러 갔다가 해변에서 호랑이를 만난다는 이야기가 나온다. 『우지슈이 이야기』 권12의 19화는 일본의 무사가 경주에 나타난 호랑이를 화살로 쏘아 죽인다는 이야기이고, 同20화는 견당사로 간 무사가 호랑이에게 아들을 잃고 원수를 갚는다는 이야기이다. 이러한 설화문학의 세계에서 호랑이는 대체로 최고의 두려움과 공포의 대상으로 그려지거나, 호랑이를 죽이고 원수를 갚는 이야기를 다루고 있다.

『만요슈』 권5의 813번은 진구神功 황후의 신라 정벌과 관련한 노래이다.

입으로 말하는 것은 황송하지만, 다라시히메(진구 황후)께서 한국을 평정하시고 마음을 진정하기 위해 손에 잡고 소중히 모셨던, 옥과 같은 두개의 돌을 세상 사람들에게 가르치며 만대에 전하라고,

かけまくは あやに恐し 足日女 神の尊 韓国を 向け平らげて 御心を 鎮

めたまふと い取らして 斎ひたまひし ま玉なす 二つの石を 世の人に 示し
たまひて 万代に 言ひ継ぐがねと　　　　　　　　　　　　(巻5-813)

　이 노래는 진구神功 황후의 신라 정벌과 관계가 있는 규슈 이토군怡土
郡 해변 언덕 위의 바위에 얽힌 근원 설화이다. 진구 황후는 만삭의 몸으
로 신라를 정벌하러 갔다가 삼한을 모두 굴복시키고 돌아가, 규슈의 해
변에 있던 바위를 잡고 마음을 진정시켰다는 황당한 이야기이다. 이 노
래에서 신라를 금은의 나라로 표현하지는 않았지만『고지키』,『니혼쇼
키』의 진구 황후 전설과 마찬가지로 '가라쿠니'를 침략의 대상으로 읊은
노래이다.

　이외에도『만요슈』에서 '가라쿠니'의 용례가 나오는 노래로는 권15의
3688번과 3695번 등이 있다. 3668번은 천황의 사신으로 '가라쿠니'에 가
다가 죽은 유키노 야카마로雪宅満를 애도하는 만가挽歌이다. 그리고 3695
번은 '옛날 옛적부터 한국에 가게 되어 헤어지는 것은 괴로운 일이다
昔より 言ひけることの 韓國の からくもここに 別れするかも'라고 읊은 노래이
다. 이 노래는 특히 '가라쿠니'와 괴롭다는 뜻의 '가라쿠'를 동음이의어同
音異意語로 표현하여, 한국에 가게 되어 가족이 헤어지는 슬픔을 노래하
고 있다.

　그러나 헤이안 시대인 8세기 말이 되면 '가라韓'와 '가라쿠니'의 용례
가 급격하게 줄어든다. 또한 '가라코로모'와 같은 용례도 10세기 초의
『고킨슈』를 비롯한 팔대집八代集(천황의 명에 의해 편찬된 8개의 가집)
에는 보이지 않고, 저본底本을 활자화할 때에도 당나라 옷이란 뜻의 가
라코로모로唐衣 번각飜刻되는 경우가 대부분이다. 그리고 10세기 말의
『우쓰호 이야기うつほ物語』,『오치쿠보 이야기』등의 원문 인쇄에서도

'가라코로모'는 전부 '당의唐衣'로 표기하고 있다.

『겐지 이야기』에서도 원문이 헨타이가나変体仮名로 'から'인 경우 '한韓'으로 번각한 용례는 없고, '가라'의 발음이지만 '당唐'이 7회, '한漢'이 1회 나온다. 예를 들면 '일본의 와카도 당나라 시도 大和のも唐のも'(賢木②143)라든지, '당나라 풍의 배 唐めいたる舟'(胡蝶③165) 등의 용례가 있다. 또한 드물게는 '한시도 와카도 漢のも倭のも'(椎本⑤176)처럼 '가라'를 '한漢'으로 표기한 경우도 있지만 '가라韓'의 용례는 보이지 않게 된다. 기타 복합어의 경우도 '당의唐衣', '당구唐臼', '당초唐草', '당즐사唐櫛笥', '당묘唐猫', '당릉唐綾', '당지唐紙', '당궤唐櫃' 등으로 번각하여, '가라から'의 발음은 모두 '당'으로 활자화하고 있다.

『겐지 이야기』의 유가오夕顔 권에서 겐지는 육조 근처의 유가오 집에서 자고난 다음 날, 평소에 익숙하지 않은 천둥소리와도 같은 디딜방아 소리를 듣고 놀란다.

> 우르릉 쿵쿵하는 천둥소리보다도 더 크게 울려 퍼지는 당나라 디딜방아의 소리도 바로 머리맡에서 나는가 생각하니, 이건 정말 시끄럽구나 하고 생각하신다.
> ごほごほと鳴神よりもおどろおどろしく、踏みとどろかす唐臼の音も枕上とおぼゆる、あな耳かしがましとこれにぞ思さるる。　　　(夕顔①156)

헤이안 시대가 되면서 견당사遣唐使의 파견으로 한시문을 비롯한 많은 당나라 문물이 수입되었다. 그러나 상대 문학에서는 '한국 디딜방아韓臼'였던 것이 시대가 바뀌자마자 모두 '당나라 디딜방아'가 될 수는 없을 것이다. 디딜방아란 절구공이에 긴 나무를 달라 발로 밟아 곡물 등을 찧는 기구였는데, 실제의 물건은 '한국 디딜방아'일 텐데 레토릭 상으로만 당나라 디딜방아로 기술하고 있는 것이다. 그리고 이 대목의 원문은 헨타이가나이지만『신편일본고전문학전집』등에서 활자화하면서 대체로 '唐臼'로 고착시켜버린 것이다. 이처럼 상대의 '가라우스韓臼'를 헤이안 시대 문학에서는 의도적으로 '당나라 디딜방아唐臼'로 바꾸어 놓은 듯한 느낌이 없지 않다.

이상의 용례에서 살펴본 바와 같이 일본의 상대문학에서 한반도를 금은의 '가라쿠니'로 표현하는 경우에는 대체로 부정적인 이미지로 사용되었다. 즉 스사노오노미코토와 진구 황후의 신라 정벌 기사 이래로, 신라와 한국은 금은보화를 탈취하고 호랑이를 잡는 곳으로 생각되었다. 그런데 '가라から'가 외국에서 도래한 사람이나 물건의 앞에 붙어 접두어로 사용될 때에는 선진 기술을 상징하는 특별한 이미지를 형성하게 되었다. 즉 '한의韓衣', '한옥韓玉', '한대韓帶', '한인韓人'처럼 '한'이 수식어로 쓰일 경우, 대체로 선진 문물에 대한 동경과 권위를 나타내고 긍정적인 이미지로 사용되었다. 그리고 헤이안 시대의『겐지 이야기』와 같은 국풍문학에서는 헨타이가나로 기술된 '가라から'가 '한'이 아닌 '당'으로 번각되는 경우가 많다는 것을 확인할 수 있었다.

5. 결론

한문화韓文化가 일본의 상대와 헤이안 시대의 문학에 어떻게 수용受容되고 인용되어 있는가를 살펴보았다. 특히 한국韓國, 가라加羅, 고려高麗, 고구려高句麗, 백제百濟, 신라新羅 등의 용례를 중심으로, 고대의 일본에서는 이들 국가들을 어떻게 인식하고 있었는가. 또한 한반도에서 일본으로 건너간 도래인들은 어떠한 역할을 하였는가를 분석해 보았다.

일본의 상대문헌에서 한반도의 '가라쿠니' 등을 금은보화의 나라로 지칭할 때에는 대체로 침략의 대상으로 생각하는 경우가 많았다. 그리고 '한국'이란 국명에 침략과 약탈이라는 고정적인 이미지가 형성된 것은『고지키』와『니혼쇼키』에 나오는 스사노오노미코토와 진구 황후의 신라 정벌의 기사가 그 원천이다. 그러나 '가라韓'와 '신라新羅', '고려高麗' 등의 국명이 문물의 앞에서 접두어로 사용될 때에는 선진 문물의 상징이 되는 경우가 많았다. 즉 일본문학 속에 나타난 한반도는 금은의 나라로 침략의 대상인 경우와 선진 문물의 상징이 되는 두 가지 이미지가 있었다. 또한 헤이안 시대의 국풍문화가 번창해지는 시기부터 '가라韓'를 '가라唐'로 번각하게 되는 계기가 된다는 것을 확인할 수 있었다.

이외에도 문화의 동류현상이 현저한 한일 양국의 신화·전설이나 이야기 등에 용해되어 있는 화형話型의 비교·대비 연구는 다각도로 이루어질 필요가 있다고 생각한다. 이번에 다루지 못한 이야기의 전승관계를 규명하는 화형 연구와 중세 이후의 작품들에 나타난 한문화韓文化 수용에 대해서는 차후의 과제로 삼고자 한다.

제2장
한일 고유문자의 발명과
궁정 여류 문학

● ● ●

1. 기록을 좋아하는 민족

한일 양국은 일의대수—衣帶水의 이웃나라라고 하는 만큼 고대로부터 빈번한 인물人物의 교류가 이루어져 온 역사가 있다. 그래서 인도, 중국에서 발원하는 수많은 고대문화가 한반도를 경유하여 일본에 전해졌는데, 근대 이후에는 역으로 서구문화가 일본을 통하여 한국에 전파되었다. 특히 『고지키古事記』나 『만요슈万葉集』 등 상대 문헌에는 갖가지 형태의 한반도 문화가 화석과 같이 남아 있다. 그런데 일본의 경우 견당사 폐지 이후에는 궁정을 중심으로 가나 문자仮名文字의 발명으로 세계 최고의 장편 소설이라고 하는 『겐지 이야기』를 비롯하여 와카和歌, 일기日記, 수필隨筆, 모노가타리物語 등 수많은 여류 문학이 창작된다.

한국과 일본은 세계에서도 기록을 좋아하는 민족으로 현재 동아시아의 한자문화권에서 두 나라만이 고유문자를 사용하고 있다. 제2차 세계대전 중 일본군 포로의 일기를 분석했던 정보 장교 출신으로 콜롬비아대학 교수였던 도날드 킨Donald Keene에 의하면, 미군의 경우는 병사들이 일기 쓰는 것이 엄하게 금지되어 있었으나 일본군은 금지하기는커녕 오히려 신년이 되면 새로운 일기장을 나누어 주었다고 한다. 최근에도 일본인은 항공기 추락 등 한계상황에서 냉정하게 개인적인 체험을 일기로 남기는 일이 화제가 되곤 한다. 1985년 8월 12일 하네다羽田를 출발하여 오사카大阪로 가는 일본항공 점보기가 경로를 이탈하여 30분간 비행 끝에 군마 현群馬県 산속에 추락했다. 이 때 다수의 승객들이 가족 친지들에게 유언이나 메모 등을 남긴 것이 인구에 회자膾炙된 적이 있었다. 또 2007년 3월에도 오사카에서 고치高知로 가는 전일공全日空의 항공기 앞바퀴가 나오지 않아 동체 착륙을 했을 때, 효고 현兵庫県의 회사원이 기내의 긴박했던 상황을 명함의 양면에 빼곡히 기술한 것이 알려져 화제가 되었다. 이러한 사례는 기록을 좋아하는 일본인의 전통과 무관하지 않으리라 생각한다.

한국인도 일본인 못지않게 기록을 좋아하는 민족이라 할 수 있는데, 신라 시대부터 한자를 차용한 이두식 표기법으로 향가를 기술했고, 고려 시대에는 한문으로 설화나 시가문학이 기술되었다. 그리고 조선 시대에는 새로이 발명된 한글로 궁정 여류 문학이 찬란하게 꽃피었다. 예를 들면 유네스코에 등록된 세계 기록 유산이『훈민정음訓民正音』(1997),『조선왕조실록朝鮮王朝実録』(1997, 1893卷, 887冊), 세계 최초의 금속활자로 쓴『직지심체요절』(2001, 1377년 성립),「승정원일기承政院日記」(2001),「팔만대장경판八万大蔵経板」(2007),「조선왕조의궤朝鮮王朝儀軌」(2007),「동의보감東医宝鑑」(2009),「일성록日省録」(2011),「5.18민주화운동기록물民主化運動記録物」(2011),「난중일기乱中日記」(2013),「새마을운동기록물運動記録物」(2013) 등 11건이나 된다. 이는 유럽의 몇몇 나라를 제외하면 세계에서도 가장 많은 등록 건수이다.

조선 시대(1392~1910)와 헤이안 시대(794~1192)의 여류 문학을 비교

고찰한 연구는 시대의 차이나 자료의 한계 등으로 그 성과는 많지 않다. 관견管見에 의하면 일찍이 최남선은 「日本文学에 있어서의 朝鮮의 모습」[1]에서 한국문화와 헤이안 시대 여류 문학을 비교 고찰했다. 그리고 康米邦[2]는 일본과 조선의 왕조 문학을 시대사상과 여류 문학의 관계를 중심으로 분석했다. 그리고 졸고拙稿[3]인 「王朝女流日記の作者たち」, 「『枕草子』と朝鮮王朝の宮廷文学」, 「朝鮮王朝と平安時代の宮廷文学」, 김영金英의 「韓日両国の宮中文学に表れた女性像研究」,[4] 이미숙李美淑의 「『蜻蛉日記』と『意幽堂関北遊覧日記』-日韓女流日記と旅」[5] 등의 연구가 있다.

본고에서는 고유문자의 발명 이후에 창작된 한일 양국의 궁정 여류 문학을 비교 고찰할 것이다. 고유문자로 기술된 여류 문학에 국한한다면 가나 문자가 한글보다 5세기 정도 일찍 성립되었기에 일본의 궁정 여류 문학은 한국의 여류 문학에 비해 훨씬 많은 작품이 현존하고 있다. 특히 헤이안 시대의 궁정 여류 문학과 조선왕조 시대의 한글로 쓰인 『癸丑日記』, 『仁顕王后伝』, 『閑中録』[6] 등을 대비 분석한다. 그리고 양

1 六堂全集編纂委員会(1974), 『六堂崔南善全集』 9巻, 玄岩社.
2 康米邦(1980.9), 「日本と朝鮮の王朝文学－時代思想と女流文学のかかわり」, 『平安朝文学研究』 二巻 九号, 早稲田大学国文学会平安朝文学研究会.
3 金鍾徳(1977.5), 「王朝女流日記の作者たち」, 『解釈と鑑賞』, 至文堂.
  _____(2007.6), 「『枕草子』と朝鮮王朝の宮廷文学」, 『国文学』, 学燈社.
  _____(2008), 「朝鮮王朝と平安時代の宮廷文学」, 『王朝文学と東アジアの宮廷文学』, 竹林社.
4 金英(2005.11), 「韓日両国の宮中文学に表れた女性像研究」, 『日本学報』, 韓国日本学会.
5 李美淑(2006.7), 「『蜻蛉日記』と『意幽堂関北遊覧日記』－日韓女流日記と旅」, 『国文学』, 学燈社.
6 丘仁換 編(2012), 『癸丑日記』, 新元文化社.
  _____(2010), 『仁顕王后伝』, 新元文化社.
  _____(2011), 『閑中録』, 新元文化社. 이하 본문의 인용은 같은 책의 쪽수를 표기함.

국의 궁정 여류 작가들은 어떤 교양과 비판의식을 갖고 작품을 기술했는가에 대해서도 고찰하고자 한다.

2. 한글과 가나 문자의 발명

주지하다시피 한일 양국은 인도 중국에서 출발하는 불교, 유교, 한자 등 갖가지 문화를 공유하고 있다. 특히 일본으로 전해진 대륙의 선진 문물이 대체로 고구려, 백제, 신라 등의 한반도를 경유하여 동류東流했다는 것은 이론의 여지가 없다. 예를 들면 『고지키』 오진應神 천황대에는 백제로부터 와니키시和邇吉師(왕인 박사)가 『논어論語』 10권, 『천자문千字文』 1권과 각종 기술자들을 파견했다는 것이 기술되어 있고, 『니혼쇼키日本書紀』 긴메이欽明 천황 13년에는 백제 성명왕聖名王이 석가불釈迦佛의 금동상과 유교 경전 등을 전하는 등 각종 문화 교류의 기술은 헤아릴 수 없이 등장한다.

상고 시대에 중국 이외 한자문화권의 나라에서는 고유의 문자가 없었기에 한자를 이용하여 고유어를 표기하려 했다. 신라의 향가鄕歌식 표기법(향찰鄕札, 이두吏讀, 방언方言), 일본의 만요가나万葉仮名, 베트남의 쯔놈字喃 등은 모두 한자를 차용한 고유어의 표기법이다. 이러한 표기법은 일본은 헤이안 시대까지, 한국은 조선 시대까지, 베트남에서는 19세기에 로마자 표기법이 정착될 때까지 한문과 함께 사용되었다. 이미 오구라 신페이小倉進平는 향가식 표기법에 대해 '鄕歌의 한자 사용법은 우리 만요가나의 사용법과 축을 같이 한다.'[7]라고 지적하고, 한일 양국은 가나와 언문諺文(한글)이 제작되기 이전부터 한자를 이용하여 자국어를 표기했다는 것을 규명하고 있다. 그러나 아무리 한자 문화권의 나라들이라 해도 민족 고유의 전승가요에 나타난 고유어의 섬세한 감정 표현을 있는 그대로 한자로 표현하는 것은 너무나 난해한 작업이었다.

이에 일본에서는 헤이안 시대 초기에 여류 작가들이 만요가나를 초서화하거나 한자의 일부분을 따서 가나 문자를 발명하게 된다. 한국에서는 신라 멸망과 함께 향가식 표기법이 쇠퇴한 이후, 조선의 4대 임금 세종대왕(1418~1450) 시대에 새로이 한글(訓民正音)이 창제創制된다. 『조선왕조실록朝鮮王朝実録』세종 25년 12월 30일[8]에는 세종 임금이 친히 창제한 언문 28자는 초성初聲·중성中聲·종성終聲으로 나누어 합한 연후에야 글자를 이루었는데, 어떠한 말이나 방언도 표기할 수 있어서 간단하면서도 전환이 무궁하여 이를 『훈민정음訓民正音』이라 불렸다고 한다. 이 『훈민정음』은 세종대왕을 비롯한 집현전集賢殿 학자들에 의해 새로이 창안된 것으로 한자와는 전혀 다른 완전히 새로운 표기법이었다. 『훈민정음』의 서두에는 '우리나라의 어음語音이 중국과 달라, 한자와는 상통하지 않는다. 이에 어리석은 백성들이 말하고 싶은 것이 있어도 그것을 쓸 수 없는 자가 많다.'[9]라고 하여, 새로이 28자를 창제한 필요성을 역설하고 있다. 최근 한글의 성립 연대를 둘러싸고 학설이 나뉘어 있지만, 그 기본 자형이 창제된 것은 음력 1443년 12월 30일이다. 집현전(궁중에 있었던 학문연구소)의 한학자들은 한글의 반포에 맹렬하게 반대했으나 세종 임금은 3년 후인 1446년에 『훈민정음』을 출간한다.

한글의 창제에 가장 큰 기여를 한 신숙주申叔舟(1417~1475)는 집현전

---

7 小倉進平(1992), 『郷歌及び吏読の研究』, 京城帝国大学, 近澤商店, p.32.
　　　　(1964), 『増訂補注朝鮮語学史』, 刀江書院, p.304.
8 国史編纂委員会(1995), 『CD-ROM국역조선왕조실록』, 한국학데이터베이스연구소.
9 姜信沆(2003), 『訓民正音研究』, 成均館大學校出版部, p.576.

출신으로 한자음의 연구를 위해 명나라의 한림학사翰林学士 당시 요동遼東에 유배되어 있던 황찬黃瓚을 찾아간 적도 있다. 그리고 신숙주는 1443년 조선통신사의 서장관書状官으로 따라가 일본 무로마치室町 시대의 교토京都에 머물며 일본의 역사와 사정, 가나 문자의 활용 등을 자세히 관찰했다. 그는 두 번째로 영의정(조선 시대의 최고 벼슬)이 된 1471년, 성종(1469~1494)의 명을 받들어 조선통신사 서장관으로 따라간 체험을 『해동제국기海東諸国紀』로 편찬했다. 『해동제국기』에는 일본과 류구琉球의 역사, 지리, 풍속, 언어 등을 극명克明하게 기술했는데, 특히 일본국기日本国紀「국속国俗」에는 일본의 풍속이나 가나 문자 사용 실태 등을 다음과 같이 기술했다.

남자들은 머리칼을 자르고 이를 묶었으며 그들은 단검을 차고 다녔다. 부인들은 눈썹을 뽑고 이마에다 따로 눈썹을 그렸으며 등 뒤로 그들의 머리칼을 늘어뜨리고 다리로 이를 이어 그 길이가 땅에 끌리게 하였다. 남녀 간에 얼굴 단장을 하는 자는 다 그들의 이를 칠흑으로 검게 물들였다. 무릇 서로 만나면 주저앉아서 예를 드렸고, 만약 길에서 어른을 만나면 신발과 갓을 벗어 들고 지나갔다. 일반 사람들의 지붕은 널판자로 이었는데 오직 천황과 국왕이 살고 있는 곳이나 절간만은 기와를 사용하였다.
사람들은 차 마시기를 좋아하였으니 길가에 다점(茶店)을 차려 놓고 차를 판다. 행인들은 한 푼을 던져 주고 한 잔을 마신다. 사람들이 모여 사는 곳에 천 명이나 백 명만 모여도 저자를 차리고 점포를 마련하며 부자들은 오갈 데 없는 여자들을 데려다가 옷과 음식을 주고 얼굴을 단장시켰으니 부르기를 경성傾城이라 한다. 과객들을 끌어다가 유숙을 시키면서 술과 음식을 가져다 바치고 그 값으로 돈을 거둬들인다. 그러므로 길가는 손들도 양식을 준비할 필요가 없다.

남녀를 따질 것 없이 다 제 나라 글자를 익히 알고 있으며 [이 나라 글자는 가다가나加多干那라 하는데 대체로 47자이다] 대체로 오직 중들만은 경서經書를 읽으며 한자도 잘 안다.[10]

신숙주는 교토 사람들의 용모, 풍습, 생활 양식, 길거리에서 차를 사 마시는 풍경이나, 기생을 사는 과객의 행동 등을 묘사하고 있다. 특히 남녀가 가나 문자 47자를 사용하여 자유로이 의사표현을 하는 것도 보고 있다. 신숙주는 귀국하여 세종대왕이 『훈민정음』을 창간할 때 일본의 가나 문자 사용 실태에 관해 뭔가 의견을 개진했을 것으로 생각되지만, 『조선왕조실록』에 가나 문자의 사용에 관한 기사는 보이지 않는다. 그리고 세종대왕은 1443년에 한글을 창제하기는 했지만 집현전 부제학副提学 최만리를 비롯한 상소가 빗발치고 사대부와 한문학자들의 반대에 직면했다. 이러한 상황에서 신숙주의 의견이 실록에 기술되기는 어려웠을 것으로 생각된다. 이에 신숙주는 조선통신사 서장관으로서 보고 들은 일본의 풍속이나 가나 문자의 사용 실태를 『해동제국기』에 자세히 기술한 것으로 보인다.

유성룡(1542~1607)의 『징비록懲毖錄』(1633)에는, 신숙주가 임종 시에 당시의 성종 임금이 "말하고 싶은 것이 없소?"라고 묻자, "원컨대, 우리 나라는 일본과의 평화를 잃지 마시옵소서."[11]라는 유언 남겼다고 한다. 그의 말에 감동한 성종이 부제학에 명하여 일본과 친교의 예를 맺게 했다는 것이다. 이 일화만 보아도 신숙주가 얼마나 일본과의 외교·평화를 중시했는가를 알 수 있다. 그로부터 120여 년이 지난 1592년 도요토

---

10 申叔舟 著, 李乙浩 訳(1972), 『海東諸国紀』, 大洋書籍, p.76.
11 柳成龍 著,南晩星 訳(1973), 『懲毖錄』, 玄岩社, p.22.

미 히데요시豊臣秀吉에 의해 임진왜란·정유재란이 일어난다. 당시 조선의 주자학자였던 강항姜沆(1567~1618)은 일본군의 포로가 되어, 1598년 교토의 후시미 성伏見城에 이송되어 후지와라 세이카藤原惺窩 등에게 주자학을 전수한다. 강항은 귀국한 후 포로생활의 경험과 일본의 풍속지리 등을『간양록看羊錄』(1656)으로 출간하는데 가나 문자의 사용 실태에 관해 다음과 같이 기술했다.

> 홍법대사弘法大師는 사누키讚岐 지방 사람입니다. 중국을 거쳐서 인도까지 들러 불법을 연구하고 돌아왔으니 이 나라 사람들이 온통 산부처님처럼 떠받드는 중입니다. 그는 제 나라 사람들이 글을 읽지 못함을 딱하게 생각한 끝에 방언 같은 것을 주워 모아 왜 글 가나假名 48자를 마련해 냈습니다. 한자漢字를 풀어 만든 것은 우리나라 이두吏讀와 비슷하고 한자가 섞이지 않은 글자는 우리나라 한글같이 보입니다.
> 그들이 글자를 안다는 것은 다 이 가나를 안다는 것이지 한문을 익혀 안다고 할 수는 없습니다. 그러나 왜 중들 가운데에는 한문에 익숙한 무리들이 많고 그들의 성품도 장군패들보다는 좀 다른 데가 있습니다. 그들의 항상 왜놈들이 소위 장군이란 자들이 하는 것을 비웃기가 일쑤입니다.[12]

강항은 포로 생활을 하면서도 주로 일본의 승려 등 지식인들과 교류하면서 그들의 가나 문자의 사용 실태를 면밀히 파악한 것이다. 신숙주와 강항은 통신사의 서장관과 포로라고 하는 극단의 신분차이가 있음에도 불구하고 가나 문자와 한문의 위상에 대해서는 거의 같은 인식을 했다는 점에 주목할 필요가 있다. 즉 신숙주는 가나 문자를 한글 창제의 모

---

12 姜沆 著, 李乙浩 訳(1972),『看羊錄』, 大洋書籍, pp.180~181.

델로서 생각했고, 강항은 조선의 언문諺文(한글)과 유사한 위상의 문자로서 받아들였다는 것을 알 수 있다.

이와 같이 한일 양국은 어려운 한문보다 자국의 어음語音을 자유로이 표현할 수 있는 고유문자를 발명한다. 그러나 양국의 지식인 사대부 한문학자들은 새로이 발명된 고유문자를 부정적으로 보는 시각이 있었다는 점도 공통점이다. 일본에서는 한자를 남자 글자男文字라고 하고 가나 문자는 여자 글자라고 하는 등 천시를 받아온 역사가 있는데, 한국에서도 한글을 언문, 여자 글, 아이 글 등으로 불리며 등으로 부르며 천시했다. 그러나 양국 고유의 말에 맞는 문자가 발명되지 않았다면, 여류 작가에 의한 일기, 수필, 시가, 이야기 문학과 이들 작품에 나오는 자연 묘사나 미묘한 심리 묘사 등은 불가능했을 것이다.

3. 헤이안 시대 뇨보女房의 교양

헤이안 시대(794~1192)와 조선 시대(1392~1910)는 나라와 시대가 다른 만큼 사회제도와 문화, 궁정 문학의 풍토도 많이 다르다. 특히 궁정 여류 문학의 작가가 된 뇨보女房(宮女) 제도는 비슷하면서도 큰 차이가 있다. 일본의 『요로리쓰료養老律令』「後宮職員令第三」[13]에는 황후 1인 아래로 비妃 2인, 부인夫人 3인, 빈嬪 4인을 둘 수 있고, 후궁에는 갖가지 일을 하는 후궁 12사十二司와 우네메采女(나인) 등의 관직과 직무가 정해져 있다. 후궁의 여관은 출신이나 신분에 따라 조로上臈, 추로中臈, 게로

---

13 井上光貞 他校注(1972), 『律令』, ≪日本思想大系≫, 岩波書店, p.197.

下臈의 품격에 따라 분류되고 준종5위准従五位부터 준종7위准従七位까지의 관위가 수여되었다. 나이시노쓰카사内侍司의 관직은 나이시노카미尚侍 2인, 나이시노스케典侍 4인, 나이시노조掌侍 4인, 곤노나이시노조権掌侍 2인 외에 구라노쓰카사蔵司 등이 있고, 각 직무에 따른 여관들의 복장도 구별되어 있었다. 그런데 헤이안 시대의 율령에는 중국이나 한국에 있는 환관宦官 제도가 없고, 궁중의 모든 잡무는 후궁 12사의 여성들이 처리했다.

헤이안 시대가 되면서 후궁제도가 해체되어 후궁에 후后(中宮), 뇨고女御, 고이更衣가 있고, 후궁 12사도 나이시노쓰카사内侍司 이외에는 유명무실하고 많은 뇨보들이 궁중에서 일하게 된다. 보통 뇨보라고 하면 세이쇼나곤清少納言이나 무라사키시키부紫式部와 같이 궁중에 출사하여 일하는 여관을 말하지만, 이외에도 황족이나 귀족의 집에서 주인을 모시는 여성도 뇨보로 총칭되었다. 헤이안 시대에 궁정 여류 작가가 된 뇨보의 집안은 중류귀족인 수령층이 많은데, 천황이나 상황, 귀족을 모시며 잡무와 함께 교육과 비서 역할도 했다. 궁정 뇨보로서 여류 작가가 된 여성들은 뛰어난 학문과 교양을 갖추고 있었는데, 한시와 한문뿐만 아니라 서예와 와카, 음악 등에 특출한 조예가 있는 재원들이었다. 이러한 뇨보들은 대체로 한번 결혼하여 이혼이나 사별한 경우가 많았는데, 궁중에서 근무하면서 귀족들과 교재하거나 결혼하여 퇴직할 수도 있었다. 즉 헤이안 시대의 뇨보는 조선왕조의 궁녀와 달리 궁중 생활에도 자유가 있었고, 무엇보다 연애와 결혼, 퇴직 등도 가능했다.

헤이안 시대의 궁중에 출사하는 뇨보에 대한 사회적 통념은 반드시 호의적이지 않았으나, 세이쇼나곤은 수령受領 집안의 출신으로 궁중에서 일하는 여성에 대한 자부심을 지니고 있었다. 세이쇼나곤은 화한和漢

의 학문이 뛰어나고 재기가 넘치는 여성이었는데, 993년부터 7년간 이치조―条 천황의 황후 데이시定子에 출사했던 커리어 우먼이었다. 『마쿠라노소시枕草子』 22. 「장래성 없이 生ひさきなく」 단에는, 미래에 대한 전망이 없는 평범한 결혼 생활을 계속하는 것보다는 궁중에 출사하여 나이시노스케典侍가 되어 세상에 나가 학문과 교양을 익히는 편이 좋다고 기술했다. 또 세이쇼나곤은 '궁중에 출사하는 사람을 경박하다며 좋지 않게 말하고 생각하는 남자는 정말 얄밉다. 宮仕へする人を、あはあはしうわるき事に言ひ思ひたる男などこそ、いとにくけれ'[14]라고 하며 강하게 반발했다. 그리고 세이쇼나곤은 궁중에 출사하여 천황에서 미천한 사람에 이르기까지 얼굴이 알려지고 남자와 대등하게 경쟁하며 근무하는 것을 자랑스럽게 생각했다. 특히 이본 24에는 출사하기에 좋은 곳으로, 첫 번째는 궁중이고, 다음으로 황후, 황족의 집, 재원斎院, 동궁(春宮)의 뇨고 등을 이야기하고, 궁중에서 나이시노스케가 되어 천황과 상류귀족들과 연락을 취하는 것을 가장 이상적인 직장이라 생각했다. 실제로 세이쇼나곤은 나이시노스케가 되지는 못했으나 궁중에서 황후 데이시定子를 모시는 경험을 하면서 『마쿠라노소시』에서 기술한 체험을 통해 자신만의 미의식을 확립했을 것으로 생각된다.

후지와라 미치쓰나藤原道綱의 어머니(936~995)는 뇨보는 아니었지만 수령受領 집안 출신으로, 섭정 후지와라 가네이에兼家(929~990)와 결혼 생활을 하면서 일부다처제에 대한 고뇌를 『가게로 일기蜻蛉日記』에 기술했다. 그녀는 중고 36가선歌仙의 한 사람으로 '대단히 와카를 잘 읊었던 가인 きわめたる和歌の上手'[15]이었지만, 가네이에와의 부부관계는 원만하지

---

14 松尾聰 他校注(1999), 『枕草子』, 《新編日本古典文学全集》 18, 小学館, pp.56~57. 이하 『枕草子』의 인용은 《新編全集》의 쪽수를 표기함. 필자 역.

않았던 것 같다. 『햐쿠닌잇슈百人一首』53에 실려 있는 '탄식하면서 혼자 잠이 드는 밤이 얼마나 긴지 당신은 알기나 하나요. 嘆きつつひとり寝る夜の明くる間はいかに久しきものとかは知る'[16]라는 와카는 두 사람의 부부관계를 상징하는 노래라 생각된다.

이즈미시키부和泉式部도 수령 집안의 출신으로 이치조 천황의 중궁 쇼시彰子에게 출사했고, 정열적인 연가戀歌를 잘 읊어 역시 중고 36가선歌仙의 한 사람으로 일컬어지고 있다. 다음은 무라사키시키부가 자신의 일기에서 이즈미시키부를 비판한 대목이다.

　　와카는 대단히 정취가 있어요. 그렇지만 옛 노래에 대한 지식이나 노래의 이론 등은 진정한 가인 같지는 아닌 듯한데, 생각나는 대로 읊은 노래에 흥취 있는 한 대목이 눈에 뜨입니다. 그 정도의 가인이라도 다른 사람이 읊은 노래를 비난하거나 비판한 것을 보면 그다지 와카에 정통하지 않은 듯합니다. 노래가 입에 붙어 자연히 읊는 듯한 사람으로 생각됩니다. 이쪽이 쑥스러울 정도로 훌륭한 가인은 아닙니다.

　　歌は、いとをかしきこと。ものおぼえ、うたのことわり、まことの歌詠みざまにこそはべらざめれ、口にまかせたることどもに、かならずをかしき一ふしの、目にとまる詠みそへはべり。それだに、人の詠みたらむ歌、難じことわりゐたらむは、いでやさまで心は得じ。口にいと歌の詠まるるなめりとぞ、見えたるすぢにはべるかし。恥づかしげの歌詠みやとはおぼえはべらず。[17]

---

15 橘健二 校注(2000), 『大鏡』, ≪新編日本古典文学全集≫ 34, 小学館, p.250.
16 鈴木日出男(1990), 『百人一首』, ちくま書房, p.116.
17 中野幸一 他校注(2008), 『和泉式部日記 紫式部日記 更級日記 讃岐典侍日記』, ≪新編日本古典文学全集≫ 26, 小学館, p.201. 이하 『和泉式部日記 紫式部日記 更級日記 讃岐典侍日記』의 인용은 ≪新編全集≫의 쪽수를 표기함. 필자 역.

무라사키시키부는 우선 이즈미시키부가 편지를 대단히 재미있게 쓰는 사람이지만 바람둥이 같은 행동은 윤리에 어긋나는 것이라고 비난한다. 그리고 이즈미시키부를 자연스럽게 와카를 읊는 가인으로 인정하면서도 한편으로는 이쪽이 부끄러워질 정도로 최고의 가인은 아니라고 비판하고 있다. 한편 세이쇼나곤은 『마쿠라노소시枕草子』에서 '두중장이 나에 관한 아무 근거 없는 말을 한다는 이야기를 듣고 頭中將のすずろなる そら言を聞きて'(78段), '눈이 대단히 많이 내린 날에 雪のいと高う降りたる を'(280段) 등의 단에서, 남성 귀족이나 중궁과 한시문의 지적 유희를 즐기는 이야기를 기술하고 있다. 그래서 무라사키시키부는 일기에서 '세이쇼나곤은 의기양양하게 잘난 척하는 사람입니다. 그 정도로 영리한 척하고 한자를 마구 쓰는 것도 자세히 보면 아직 부족한 부분이 많이 있습니다. 清少納言こそ、したり顔にいみじうはべりける人。さばかりさかしだち、真名書きちらしてはべるほども、よく見れば、まだいとたらぬこと多かり'(p.202)라고 하며 비판했다. 무라사키시키부는 이처럼 세이쇼나곤이나 이즈미시키부의 재능을 인정하면서도 강한 라이벌 의식을 느끼고 있었던 것 같다.

무라사키시키부는 궁정의 뇨보들의 와카와 행동을 비판하는 한편으로 자신의 학식에 대한 자부심을 피력한다. 『무라사키시키부 일기』에는 이치조 천황이 뇨보에게 『겐지 이야기』의 내용을 듣고, '이 사람은 일본서기도 읽었을 것 같구나. 정말 재능이 있는 듯하다. この人は日本紀をこそ読みたるべけれ。まことに才あるべし'(p.208)라고 하며, 무라사키시키부의 풍부한 학식을 칭찬했다고 한다. 무라사키시키부는 이로 인해 다른 뇨보에게서 '일본기의 궁녀 日本紀の御局'라는 별명으로 야유 받았다는 것을 변명하고 있다. 그리고 무라사키시키부가 아직 어렸을 무렵, 아버지 후지와라 다메토키藤原為時가 아들인 노부노리惟規에게 한문을 가르치고 있을 때 옆에서 듣고 있던 무라사키시키부가 이상할 정도로 먼저 깨우쳤다고 한다. 이에 아버지 다메토키는 '유감이로다. 이 딸이 아들이 아닌 것은 정말 운이 없는 일이구나. 口惜しう、男子にて持たらぬこそ幸ひなかりけれ'(p.209)라고 한탄했다는 일화도 소개하고 있다. 그러나 처음 궁중에 들어간 무라사키시키부는 '한 일자 一といふ文字'(p.209)도 모르는 체하고, 병풍에 쓴 간단한 글도 읽지 못하는 척했는데, 쇼시彰子 중궁中宮에게는 『백씨문집白氏文集』 악부이권樂府二卷을 사람들의 눈을 피해서 강독했다고 기술했다. 즉 무라사키시키부는 다른 사람의 현학적衒学的인 태도에 대해서는 비난을 하면서, 자신은 중궁에게 『백씨문집』을 강독하는 등 모순된 행동을 보인다. 무라사키시키부의 이러한 태도는 자신의 한문 실력에 대한 자부심을 피력한 것으로 볼 수 있다.

헤이안 시대 귀족 여성의 기본 교양으로는 습자, 와카, 음악의 연주였고, 오락으로는 그림 겨루기, 향 겨루기, 조가비 겨루기, 모노가타리 겨루기, 바둑囲碁, 쌍륙双六 등의 오락을 즐겼다. 여성들의 오락은 주로 실내에서 하는 겨루기가 많았는데 승패에 따라 와카를 읊어야 하는 경우가 많았다. 『마쿠라노소시』 21段 「세이료덴의 동북 구석의 清涼殿の丑寅の隅の」에는, 후지와라 모로타다藤原師尹(920~969)가 딸 센요덴 뇨고宣耀殿女御에게 습자, 음악, 『고킨슈古今集』 20권을 전부 암송하게 했다는 교육을 소개하고 있다.

(데이시 중궁이) 무라카미 천황 대에 센요덴 뇨고라고 하시는 분은 고이치조 좌대신의 따님이라는 것을 모르는 사람이 어디 있겠는가. 아직 사저에 계셨을 때 아버지이신 대신이 가르친 것은, "첫 번째로 습자를 배우

세요. 다음으로는 칠현금을 다른 사람보다 더 능숙하게 연주하려고 노력하세요. 그리고 그 다음은 고킨슈의 와카 20권을 전부 암송하는 것을 학문으로 생각하세요."라고 말씀하셨다는 것을 천황이 들으시고,

村上の御時に、宣耀殿の女御と聞えけるは小一条の左の大殿の御むすめにおはしけると、誰かは知りたてまつらざらむ。まだ姫君と聞えけるとき、父おとどの教へきこえたまひけることは、『一つには御手を習ひたまへ。次には琴の御琴を、人よりことに弾きまさらむとおぼせ。さては古今の歌二十巻をみな浮かべさせたまふを御学問にはせさせたまへ』となむ聞えたまひけると、聞しめしおきて   (pp.53~54)

데이시定子 중궁이 『고킨슈』를 읽다가 뇨보들에게 센요덴 뇨고宣耀殿 女御의 예를 들어 여성의 교양을 지적한 대목이다. 옛날 무라카미村上 (946~967) 천황은 센요덴 뇨고가 『고킨슈』 20권을 전부 암송한다는 이야기를 듣고 확인하기 위해 틀린 횟수를 헤아릴 바둑돌까지 준비시켰지만, 뇨고는 『고킨슈』 1,100여 수를 한 수도 틀림이 없이 암송하고 있었다는 것이다. 세이쇼나곤은 당시 여성이 익혀야 할 학문으로서 습자, 음악, 와카를 들고 있는데, 이는 여성들과 교제하는 남성 귀족관료들의 교양이기도 했다. 센요덴 뇨고의 이 일화는 『오카가미大鏡』 「좌대신 모로타다左大臣師尹」에도 소개되어 있는데, 세이쇼나곤清少納言은 데이시 중궁전의 이러한 지적 유희를 우아하고 정취 있는 일로 소개한 것이다. 헤이안 시대의 뇨보들은 이러한 와카 등의 교양과 한자로 된 만요가나를 바탕으로 가나仮名 문자를 발명하여 와카, 일기, 수필, 모노가타리物語 (이야기) 등을 창작할 수 있었던 것이다.

와카和歌는 의례나 연애를 할 때의 필수교양으로 독영独詠, 증답贈答, 창화唱和의 세 가지 형태로 읊었다. 모노가타리에서 와카는 등장인물 간

의 대화가 되기도 하고 와카의 능력으로 인물조형이 이루어지는 등 운문과 산문이 불가분의 관계로 서로 조화를 이루고 있다. 또한『마쿠라노소시』152段「부럽게 보이는 것 うらやましげなるもの」에는 '글씨를 잘 쓰고, 와카를 잘 읊어 뭔가 일이 있을 때 제일 먼저 뽑히는 것은 부럽다. 字よく書き、歌よくよみて、もののをりごとにもまづ取り出でらるる、うらやまし'(p.278)라고 했고, 나이가 들어 '정말 나니와쓰의 노래를 겨우 쓸 정도로 まことに難波わたり遠からぬ'(p.279) 글씨가 서투른 사람도 있었다고 한다. 원래 습자는 한시의 명구를 연습하는 것이 보통이었으나, 헤이안 시대의 여성들은 와카를 초서체로 쓰는 것을 습자로 생각했다. 『고킨슈』의 가나 서문(仮名序)에는 왕인 박사의 '나니와쓰難波津'와 우네메采女의 '아사카야마 朝積山'의 두 가지 노래를 '노래의 부모로서 습자를 하는 사람이 처음 연습하는 와카입니다. 歌の父母のやうにてぞ手習ふ人の初めにもしける'[18]라고 지적했다.

『겐지 이야기』하하키기帚木 권에서 좌마두左馬頭가 사귄 여자는 '인품도 뛰어나고 성격도 그윽하게 느껴지고, 와카도 잘 읊고, 글씨도 잘 쓰고, 악기도 잘 연주하고, 솜씨나 말도 뛰어나는 人も立ちまさり、心ばせまことにゆゑありと見えぬべく、うち詠み、走り書き、掻い弾く爪音、手つき口つき'[19](帚木①77) 등 모든 면에서 능숙하고 문제가 없어 보였다고 회상한다. 그러나 좌마두는 자신의 체험으로 여자가 와카나 습자, 음악의 연주 등의 교양이 완벽하더라도 바람둥이 여자는 경계해야 한다고 고백한다. 『겐지 이야기』와카무라사키 권에서 와카무라사키의 조모 비구니尼君는 겐

---

18 小沢正夫 他校注(1994),『古今和歌集』,≪新編日本古典文学全集≫ 11, 小学館, p.19. 이하『古今和歌集』의 본문 인용은 같은 책의 쪽수를 표기함. 필자 역.
19 阿部秋生 他校注(1996),『源氏物語』1,≪新編日本古典文学全集≫ 20, 小学館, p.77. 이하『源氏物語』의 본문 인용은 같은 책의 권, 책수, 쪽수를 표기함. 필자 역.

지源氏에게 와카무라사키가 아직 10살 정도로 어린아이가 습자로 연습하는 '나니와쓰 難波津'의 노래도 연면체로 잘 쓰지 못한다고 한다. 이후 조모가 돌아가시자 겐지는 와카무라사키를 이조원二条院으로 데려가 이상적인 여성 교육을 시키는데, 그 첫 번째로 '습자와 그림 등 手習、絵など'(若紫①258)을 가르친다. 우메가에梅枝 권에서는 겐지가 자신이 '가나를 열심히 배우고 있었을 때 女手を心に入れて習ひし盛りに'(梅枝③415), 로 쿠조미야스도코로가 흘려 쓴 글씨체를 구해서 연습했던 것을 회상하며 필적에는 개성이 담겨있다고 생각한다. 동서양을 막론하고 편지는 커뮤니케이션의 도구였지만, 특히 헤이안 시대의 모노가타리에는 필적으로 그 사람의 인격이나 미의식을 추정하는 이야기가 곳곳에 등장한다.

모노가타리에는 빈번하게 관현의 음악회가 개최되고, 또 여성들만의 음악회가 개최되기도 하는 것을 보면 음악은 풍류인의 필수 교양이었다는 것을 알 수 있다. 『무라사키시키부 일기』에는 아쓰히라敦成 황자(御一条天皇)의 탄생 축하연의 여흥에서, '천황의 어전에서 관현의 음악회가 개최되고, 한창 흥이 올랐을 때 황자의 귀여운 목소리가 들린다. 御前の御遊びはじまりて、いとおもしろきに、若宮の御聲うつくしう聞こえたまふ'(p.158)라고 하여 관현의 음악이 연주되는 광경이 묘사된다. 또 무라사키시키부는 친정에 돌아가 자신의 과거를 반성하면서 바람이 서늘한 저녁 무렵에 '혼자 칠현금을 뜯으며 ひとり琴をかき鳴らし', '쟁, 화금을 조율한 그대로이고 箏の琴、和琴、しらべながら'(p.203)라고 하며, 악기들이 그을린 방에 그대로 방치되어 먼지가 쌓여있다고 기술했다. 그리고 아쓰나가敦良 황자 50일 축하연에서 '사조의 대납언이 박자를 맡고, 도노벤은 비파, 칠현금은 □, 좌재상 겸 중장은 생황을 연주한다. 四条の大納言拍子とり、頭の弁琵琶、琴は□、左の宰相の中将笙の笛とぞ'(p.221)라고 하며, 관현 악기들의 구성과 연주를 소개하고 있다.

『겐지 이야기』스에쓰무하나未摘花 권에서, 겐지는 스에쓰무하나가 칠현금만이 유일한 취미라는 소문을 듣고 관심을 가지게 된다. 또 아카시明石 권에서는 겐지가 스마에 퇴거해 있으면서도 만추의 계절에 도읍에서 가지고 온 칠현금을 뜯고, 아카시노키미明石君가 연주하는 쟁을 들으며 서로 교감하여 부부가 된다. 와카나若菜 하권 겐지 47세의 정월, 스자쿠인朱雀院 50세 가연賀宴을 앞두고 육조원六条院에서는 여성들의 음악회가 개최된다. 아카시노키미는 비파, 무라사키노우에紫上는 화금和琴, 아카시뇨고明石女御는 쟁, 온나산노미야女三宮는 칠현금으로 협연한다. 헤이안 시대 모노가타리 문학에 등장하는 악기는 남녀교재의 필수 교양이었을 뿐만 아니라, 그 악기를 연주하는 등장인물의 인격을 상징하고 인물조형의 도구로도 이용된다는 것을 확인할 수 있다. 이와 같이 헤이안 시대 여류 작가들의 작품을 살펴보면 남녀의 교양으로는 와카和歌와 음악, 습자 등이 무엇보다도 중시되었다는 것을 알 수 있다.

헤이안 시대는 오락도 여성 교양의 일부분이었는데, 실내 오락으로는 바둑, 쌍륙, 돌 맞추기弾棊, 향 겨루기香合, 사물 겨루기物合, 인형놀이雛遊び 등이 있었다. 또한 남성들의 실외 놀이로는 공차기蹴鞠, 활쏘기競射, 매사냥鷹狩 등이 있었다. 그리고 남녀 공통의 문학적 교양의 성격이 짙은 놀이로는 와카 겨루기歌合, 모노가타리 겨루기物語合, 그림 겨루기絵合, 운 감추기韻塞ぎ, 편 잇기偏つぎ 등이 있었다. 이 중에서 바둑, 그림 겨루기, 조가비 겨루기, 향 겨루기 등 남녀가 공통으로 즐기는 놀이도 있었고, 실외의 오락은 주로 남성들이 즐기는 경우가 많았다. 헤이안 시대의 모노가타리에 그려진 오락과 놀이는 단순하게 내용이 기술되는 것이 아니라, 그 놀이에 따라 등장인물의 성격과 주제가 선점되는 경우

가 많았다. 특히 『겐지 이야기』에 등장하는 주인공들은 대체로 이러한 교양과 오락을 통해 인간관계가 맺어지기 때문에, 모노가타리 문학을 이해하기 위해서는 당시의 교양과 오락을 모르고는 인간관계와 주제를 파악하기 어렵다고 생각된다.

4. 조선왕조 궁녀의 학문

조선왕조의 궁녀(内人, 宮人)는 왕과 왕비를 모시는 내명부内命婦의 총칭으로, 상궁尚宮, 내인内人, 무수리ムスリ, 방자房子, 의녀医女 등의 직장 職掌이 있었다. 조선 말기에 편찬된 『대전회통大典会通』 이전내명부吏典内 命婦[20]에 의하면 상궁 이하는 궁인직에 속하고 정5품부터 종9품까지의 품계로 나누어지고 각각의 직무가 정해져 있었다. 조선왕조의 궁녀는 공무로 관료와 응대하는 것을 제외하고 왕과 환관 이외의 남성과 접촉 하는 것이 금지되어 있었다. 또 궁녀 본인의 중병이나 모시던 왕과 왕비 등이 돌아가시는 일이 없는 한 마음대로 궁 밖으로 나올 수도 없었다.

궁녀는 주로 중인中人(양반과 상민의 중간 계층) 계급 출신이 많았는 데, 7세 무렵에 궁중으로 들어가 궁중법도를 익히고, 한글과 『천자문』, 『대학大学』, 『소학小学』 등을 배우고 궁중의례를 철저히 익혔다. 그리고 정5품의 상궁이 되기까지는 35년이나 걸렸는데, 상궁 중에서도 제일 위 의 직책을 제조상궁提調尚宮이라고 했다. 그런데 궁녀가 운 좋게 왕의 은 총을 받으면 바로 종4품 숙원淑媛이 되어 잡무에서 해방되고 오로지 왕

---

20 高麗大学民族文化研究院(2007), 『大典会通』 CD, 東方メディア,

에게만 봉사하는 후궁의 신분이 된다. 한편『대전회통』이전吏典에 의하면 내시부內侍府는 거세된 남자 환관의 관료기구인데, 품계는 종2품 상선尙膳에서 종9품 상원尙苑까지 있었고 궁중에서 식사의 준비와 감독, 왕명의 전달, 문지기, 청소 등 궁중의 모든 잡무는 내시부가 도맡아 처리했다고 한다.

조선왕조는 숭유억불崇儒抑佛이 국가의 기본이념이었기 때문에 여성교육은 유교 윤리에 따른 삼강오륜과 삼종지례 등의 예의가 강조되었다. 세종世宗 13년(1431)에 편찬된『삼강행실도三綱行実図』에는 한국과 중국의 충신, 효자, 열녀를 35명씩 골라 행실에 대한 그림과 설명이 기술되어 있다. 그리고 성종 12년(1481)에는『삼강행실도』가 한글로 번역되어 예절을 가르치는 교과서로도 널리 읽히게 되었다. 박지원朴趾源(1737~1805)이 진하사 겸 사은사進賀使兼謝恩使를 수행하여 북경에 갔을 때 쓴『열하일기熱河日記』에는 조선 중기의 특출한 천재시인 허난설헌許蘭雪軒(1563~1589)의 한시가 중국 문인들의 시집에 인용된 이야기를 기술하고 있다. 박지원은 이 책에서 허난설헌의 시집에 대해 '규중 부인으로 시를 읊는 것은 애초부터 아름다운 일은 아니나, 이 외국의 한 여자로서 꽃다운 이름이 중국에까지 전파되었으니, 가히 영예스럽다고 이르지 않을 수 없다.'[21]고 칭찬하고 있다. 즉 조선 시대의 사대부 중에서 실학자인 박지원조차 허난설헌의 한시가 중국에까지 알려진 것을 영예라고 생각하는 한편으로 부정적인 시각도 있었다는 것을 알 수 있다.

『계축일기癸丑日記』의 본문 말미에는 작자에 대해 '나인들이 잠깐 기록하노라.'(p.136)라고만 되어 있어, 작자가 궁녀라는 것은 알 수 있으

---

21 朴趾源(1982),『熱河日記』II, ≪避暑録≫, 民族文化文庫刊行会, p.146.

　　　　　　　　　　　　　　　　　　　　　제5부 한일 문화교류와 문학

나 가계나 전기에 대해서는 전혀 알 수가 없다. 단지 작자가 궁중의 예의범절이나 우아한 궁중체로 기술한 작품의 내용으로 미루어 상당한 수준의 교양을 엿볼 수 있다. 『인현왕후전仁顯王后伝』도 왕후의 파란만장한 생애를 지근에서 모셨던 학식이 풍부한 궁녀가 기록했을 것으로 추정된다. 『인현왕후전』의 주인공인 인현왕후는 용모가 아름답고, 게다가 효심이 지극하며 바느질이나 베 짜기 등 모든 행동이 민첩했다고 한다. 이에 왕후의 중부는 언제나 '차아此兒가 과히 현미賢美한즉 수한壽限이 길지 못할까 근심하노라.'(p.15)고 근심했다고 하여 가인박명佳人薄命의 고사를 상기하고 있다. 즉 이러한 미모의 황후에 대한 교육도 바느질과 베 짜기 등과 행동이 민첩하다는 점, 효심이 지극한 점이 강조되어 있다.

『한중록閑中録』의 작자는 궁녀가 아니고 동궁비東宮妃인 혜경궁 홍씨惠慶宮洪氏라는 점에서 다른 두 작품과 차이가 있다. 혜경궁 홍씨는 명문가에서 태어나 어린 시절부터 한글을 배웠다고 한다. 혜경궁 홍씨는 『한중록』에서 자신의 중모仲母가 '나를 사랑하시고 언문을 가르치시고 범백을 지도하심이 각별하셨으므로 내가 또한 어머니처럼 받들었다.'(p.17)라고 기술했다. 그리고 동궁비로 간택되어 별궁에 계실 때, 영조대왕이 '『소학』을 내려 보내셨으므로 부친께 날마다 배우라고'(p.28) 하셨고, 또 대왕께서 스스로 지으신 『훈서訓書』를 보내시며 공부하는 여가에 보라고 했다는 것이다. 즉 조선 시대의 동궁비 혜경궁 홍씨는 한글과 예의범절, 선행 등을 기술한 『소학』, 선왕의 훈계를 기술한 『훈서』 등을 교양으로 익혔다는 것이다. 즉 이는 여성 교육의 기본이 유교적 윤리도덕에 있었다는 것을 알 수 있다.

조선 시대 궁중의 비빈妃嬪이나 귀족 여성들은 자신이 쓴 글이 규방

밖으로 나가는 것을 극도로 금기시했다. 특히 궁중에서 목격한 왕이나 왕비에 관한 비사秘事를 기술하는 것은 사소한 내용이라도 필화사건으로 비화할 수가 있었기에 왕조실록 이외의 개인적인 일기나 수필 등의 기록은 거의 남아 있지 않다. 그러한 의미에서 상기 세 문헌은 특별한 의미가 있다고 생각된다. 『한중록』의 서두에는 혜경궁 홍씨가 궁중에서 보낸 편지를 친정 아버지 홍봉한洪鳳漢(1713~1778)은 모두 물에 씻어 파기했다고 기술되어 있다. 이어서 혜경궁 홍씨의 친정 조카 홍수영洪守榮이 '본집에 귀인의 글씨가 없은즉 무슨 글을 친히 써 두신다면 길이 집안의 보물이 될 것이옵니다.'(p.14)라고 하여 홍씨의 필적이 아무 것도 남아 있지 않으니, 꼭 좋은 글을 남겨 달라고 부탁했다는 것이다. 이에 혜경궁 홍씨는 회갑을 맞아 지금까지 궁중에서 겪었던 일을 생각나는 대로 기록하게 되었다며 『한중록』을 기술하게 된 계기를 밝히고 있다. 혜경궁 홍씨는 『한중록』에서 처음 궁중에 입궐한 이래 남편 사도세자가 영조대왕에 의해 쌀뒤주에 갇혀 죽음을 맞이하는 전후 사정을 자세히 기술했지만, 자신이 겪었던 일에 비하면 백 가지 중에 한 가지밖에 쓰지 못했다고 했다.

이와 유사한 발상은 『계축일기』의 말미에도, '계축년癸丑年부터 겪던 서러운 일이며, 상시 내관 보내어 저해하고 꾸짖던 일이며, 박대 부도不道, 불효不孝의 일들을 이루 기록하지 못하야 만 분의 한 마디나 기록하노라.'(p.136)라고 기술되어 있다. 즉 『한중록』과 『계축일기』의 작자는 동궁비와 이름 모를 궁녀로 신분은 크게 다르지만, 자신이 기록한 것은 조선왕조의 비극적인 비사秘事의 극히 일부분이고 구구절절한 이야기를 다하지 못한다는 것이다. 그리고 이와 같은 표현은 일본의 『도사 일기土佐日記』에도 유사한 기술이 나오는데, 서두에는 '남자가 쓴다는 일기라

는 것을 여자도 한번 써 보려는 것이다. 男もすなる日記といふものを,女もして みむとてするなり'[22](p.15)라고 하고, 말미에서는 '잊을 수가 없고 안타까운 일이 많지만 모두 기술할 수가 없구나. 어떻든 이런 글은 빨리 찢어 없 애 버려야지. 忘れ難く、口惜しきこと多かれど、え尽くさず。とまれかうまれ、とく 破りてむ'(p.56)라고 되어있다.

이와 같이 조선왕조의 여성 교양은 유교 윤리와 한글이 중심에 있었 으나, 궁녀는 궁중에 들어간 후 궁중의 제법도와 한문을 배웠다고 한다. 『계축일기』, 『인현왕후전』, 『한중록』 등은 조선 시대의 궁녀들이 궁중 에서 체험한 진귀한 사건을 한문으로는 도저히 기술할 수가 없었기에 한글로 기술한 작품이라 할 수 있다. 즉 조선왕조의 여류 작가들은 궁 중에서 상상을 초월하는 사건을 우연히 목격하고 자신의 집안이 필화 사건으로 멸문지화를 당할 각오로 이러한 작품을 기술한 것이라고 생 각한다.

5. 헤이안 시대의 여류 문학

한일 양국의 궁정 여류 작가들은 좀처럼 경험하기 어려운 인생의 특 이한 체험과 궁정 비사秘事를 한문이 아닌 한글과 가나 문자仮名文字로 기술했다. 양국의 여류 작가들은 대체로 중류 귀족 출신으로 궁녀나 뇨 보女房를 경험한 여성들이 많았다. 그녀들은 궁중에서 일어난 사건, 인

---

22 木村正中 他校注(1995), 『土佐日記 蜻蛉日記』, ≪新編日本古典文学全集≫ 13, 小 学館, p.15. 이하 『土佐日記 蜻蛉日記』의 인용은 ≪新編全集≫의 쪽수를 표기함. 필자 역.

생의 고뇌, 궁중 생활에 대한 감상, 동료에 대한 비판, 상류귀족과의 관계 등 다양한 내용을 일기, 수필 모노가타리 형태로 기술했다. 그런데 헤이안 시대의 뇨보들은 비교적 자유로이 궁중 생활을 할 수가 있었고, 조선왕조의 궁녀들은 왕의 전유물로서 유교윤리와 법도에 묶여 있었고, 이러한 궁녀와 뇨보들의 교양은 그대로 문학에도 반영되어 있다.

헤이안 시대의 후지와라藤原씨 섭정攝政 관백關白 집안에서는 딸을 후궁에 입궐시키고 천황의 총애를 받게 하기 위해 감성이 풍부하고 재치 있는 뇨보들을 고용하여 딸들의 교육을 맡겼다. 그리고 입궐한 딸이 운 좋게 중궁이 되어 태어난 황자가 동궁이 되고 차기 천황으로 즉위하면, 후지와라씨는 천황의 외조부로서 섭정 관백의 집안이 되어 일문이 영화를 누렸다. 섭정 관백의 딸과 함께 입궐한 뇨보들은 와카나 편지를 대필하거나 중궁이나 뇨고의 교육을 담당하면서 점차 궁정 작가로 성장하게 된다. 즉 뛰어난 소양을 지닌 뇨보들은 와카 등의 교양을 갖추고 궁중 생활을 체험함으로써 일기나 수필, 모노가타리의 창작할 수 있는 새로운 소재를 발굴하게 되었던 것이다.

후지와라 미치쓰나藤原道綱의 어머니는 뇨보는 아니었지만, 섭정 관백 집안의 남편 후지와라 가네이에藤原兼家(929~990)와의 결혼 생활을 자서전풍으로 기술한 것이『가게로 일기蜻蛉日記』이다. 가나 문자로 기술된 최초의 여류 문학이라고 하는『가게로 일기』는 954년부터 약 20년간의 기록으로, 미모와 뛰어난 능력을 지닌 작자가 일부다처제 아래 후지와라 가네이에의 부인으로 살면서 불안정한 남편의 사랑과 본인의 자존심 사이에서 방황하고 갈등하는 심경을 토로하고 있다.『가게로 일기』상권 서두에는 육아와 자연에로의 귀의를 통해 서서히 고뇌를 극복해가는 심리가 함축적으로 그려져 있다.

이처럼 반평생이 허망하게 지나가고 의지할 데 없이 이도저도 아닌 어중간한 상태로 살아가는 사람이 있다. 용모도 보통보다도 못하고 사려분별이 있는 것도 아니라, 이처럼 아무 소용없는 것도 당연하다고 생각하면서, 그저 하릴없이 하루하루를 보낸다. 세상에 유포되어 있는 옛날 모노가타리의 부분 부분을 보니 세상에는 흔해 빠진 허황된 꾸민 이야기가 많이 읽혀지고 있어, 다른 사람의 이야기가 아닌 자신의 일을 일기로 쓰면 더욱 신기하게 생각하겠지, 더할 나위 없이 고귀한 신분의 남자와 결혼 생활은 어떤 것인가를 묻는 사람이 있다면 좋은 대답이 될 것이다. 오래 전에 지나버린 일들의 기억이 희미하여 뭐 이 정도였던가라고 생각되는 기술이 많아졌다.

かくありし時すぎて、世の中にいとものはかなく、とにもかくにもつかで、世に経る人ありけり。かたちとても人にも似ず、心魂もあるにもあらで、かうものの要にもあらであるも、ことはわりと思ひつつ、ただ臥し起き明かし暮らすままに、世の中に多かる古物語のはしなどを見れば、世に多かるそらごとだにあり、人にもあらぬ身の上まで書き日記して、めづらしきさまにもありなむ、天下の人の品高きやと、問はむためしにもせよかし、とおぼゆるも、過ぎにし年月ごろのことも、おぼつかなかりければ、さてもありぬべきことなむおほかりける。 (p.89)

작자는 자신의 덧없는 반평생을 회상하고 한탄하면서, 황당무계荒唐無稽한 옛날이야기를 읽어보면 자신의 실제 인생이 훨씬 더 기이한 운명이라고 생각한다. 상기의 서두는 상권의 문 말에서 '여전히 덧없는 인생을 생각하면, 있는 듯 없는 듯 수심에 잠겨 살아온 듯한 하루살이와 같은 여자의 일기라 할 것이다. なほものはかなきを思へば、あるかなきかのここちするかげろふの日記といふべし'(p.167)라고 하는 문장과 수미상응首尾相応한다고 할 수 있다. 『가게로 일기』는 『한중록閑中録』과 같은 조선왕조의 궁

정 문학과 달리, 정치적인 원한보다 일부다처제라고 하는 사회제도 안에서 남편과 겪는 개인적인 원한을 고백한 일기 문학이라 할 수 있다. 즉 후지와라 미치쓰나의 어머니는 자신이 체험한 실제 인생이 모노가타리보다 더 허망하다는 것을 주장하고 있다.

『마쿠라노소시枕草子』는 최초의 수필문학이고, 궁중의 의례와 인간관계, 자연과 사계의 정취 등을 날카로운 관찰력으로 '오카시をかし'라는 미의식으로 표현했다. 그런데 세이쇼나곤清少納言은 나카노간파쿠中関白 집안의 흥망을 근거리에서 보고 있었겠지만, 중궁 데이시定子의 영화가 절정에 달한 이야기를 중심으로 묘사하고 있다. 그래서 스즈키 히데오 鈴木日出男는 세이쇼나곤이 '나카노칸파쿠 일문이 영락하여 데이시 자신이 고립무원의 존재가 되었을 시점에도, 역사적 필연성에 대해 언급하지 않고 오로지 음영陰影이 없는 궁정미를 그리고 있다.'[23]라고 지적했다. 즉 『마쿠라노소시枕草子』는 『인현왕후전仁顕王后伝』 등 조선왕조의 궁정 문학에 비교하면 쓸쓸한 분위기를 의도적으로 밝은 표현으로, 마치 사양斜陽의 미학美学이라고도 할 수 있는 자의식을 기술한 작품이라 생각된다.

이즈미시키부和泉式部는 996년경 이즈미和泉 수령 다치바나 미치사다橘道貞(?~1016)와 결혼하여 고시키부小式部를 출신하지만, 1001년경부터 단조노카미弾正尹 다메타카신노를 사랑하게 된다. 『이즈미시키부 일기和泉式部日記』는 1002년 6월 다메타카신노가 병으로 죽은 후, 1003년 4월부터 1007년까지 다메타카의 동생 아쓰미치敦道 황자와의 연애를 기술한 것이다. 이즈미시키부는 아쓰미치 황자가 죽은 후, 1009년 후지와라 미

23 鈴木日出男(1998), 『清少納言と紫式部』, 放送大学教育振興会, p.145.

제5부 한일 문화교류와 문학

치나가藤原道長에게 스카우트 되어 무라사키시키부紫式部 등이 근무하고 있는 쇼시彰子 중궁전에 출사한다. 그리고 다음 해인 1010년에는 지방관 후지와라 야스마사藤原保昌와 결혼하여 단고丹後(교토의 북부) 지방으로 내려가는 등 화려한 연애 경력을 가진 정열적인 여성이었다. 『이즈미시키부집和泉式部集』 226번 와카는 이즈미시키부의 이러한 남성편력에 대해 후지와라 미치나가가 농담을 걸자 재치 있게 반발하는 와카가 실려 있다. 즉 이즈미시키부가 두고 간 쥘부채를 미치나가道長가 보고, '바람둥이 여자의 부채 うかれ女の扇'라고 써 두었는데, 이즈미시키부는 '서로 관계를 맺은 것도 아닌데 부모도 아니면서 너무 책망하지 마세요. 越えもせむ越さずもあらん逢坂の関守ならぬ人なとがめそ'[24](p.46)라고 읊었다는 것이다. 남녀의 사랑은 흔히 오사카逢坂의 관문을 넘는 것에 비유되었는데 이즈미시키부는 미치나가에게 부부도 부모도 아니면서 간섭하지 말라고 한 것이다. 무라사키시키부紫式部도 자신의 일기에서 '이즈미시키부라는 정말 재미있게 편지를 증답하는 사람입니다. 그렇지만 이즈미시키부는 행실이 좋지 않은 면이 있습니다. 和泉式部といふ人こそ、おもしろう書きかはしける。されど、和泉はけしからぬかたこそあれ'(p.201)라고 하여, 이즈미시키부가 대단히 정취있는 가인歌人이긴 하지만 와카에 정통하지는 않고, 품행을 문제 삼는 등 엄격한 비판을 가하고 있다.

무라사키시키부는 남편 후지와라 노부타카藤原信孝와 사별하고 딸 겐시賢子를 키우면서 쓰기 시작한 『겐지 이야기』의 일부가 알려지면서, 1005년 12월 미치나가道長의 추천으로 이치조一条 천황의 중궁 쇼시에게 출사하게 된다. 『무라사키시키부 일기』에 의하면 무라사키시키부는 어

---

24 清水文雄 校注(1995), 『和泉式部集 和泉式部続集』, 岩波書店, p.46.

린 시절 어머니와 사별하고 아버지의 교육을 받으며 자랐는데, 궁중에 들어가 '일본기의 궁녀 日本紀の御局'라는 별명으로 불리고, 쇼시 중궁에게 『백씨문집白氏文集』을 강독할 정도로 학문에 조예가 깊은 여성이었다. 그러나 무라사키시키부는 일기에서 쇼시가 친정(土御門邸)에서 황자를 출산하여 천황이 행차했을 때의 화려함을 묘사하면서 한편으로는 힘들어하는 하인의 모습을 기술하고, 아름다운 중궁과 함께 있는 자신의 처지를 물새에 비유하기도 했다.

무라사키시키부는 화려한 궁중의 뇨보로 생활하면서도 동료들의 일상을 비판하거나, 자신의 실제 인생에서는 그다지 행복하지 않았던 결혼 생활이었지만, 『겐지 이야기』 속에서 이상적인 남녀의 사랑을 그렸다. 또 무라사키시키부는 궁중 생활에 대해서도 '덧없는 세상의 위안으로 삼기 위해서는 이러한 중궁과 같은 분을 찾아서라도 모셔야 한다. 憂き世のなぐさめには、かかる御前をこそたづねまゐるべかりけれ'(p.123)라고 이상적인 직장으로 기술했다. 그래서 자신은 평소의 울적한 기분도 중궁을 모시고 있으면 모두 다 잊어 버리게 된다고 하며, 세이쇼나곤清少納言과 마찬가지로 뇨보라는 직업에 대해 자부심을 갖고 있었다.

『무라사키시키부 일기』에는 후지와라 미치나가藤原道長가 중궁전에 있던 『겐지 이야기』를 보고 무라사키시키부와 다음과 같은 와카를 주고받는다는 기술이 나온다.

바람둥이라는 소문이 나 있으니까 보는 사람이 꺾지 않고 지나치는 일은 없을 것이라 생각해요.
이런 노래를 주셨기 때문에,
'아직 누구에게도 꺾인 적이 없었는데 도대체 누가 바람둥이라는 말을 하고 다닐까요. 마음에 들지 않아요.'라고 말씀 드렸다.

　すきものと名にし立てれば見る人の折らで過ぐるはあらじとぞ思ふ

　たまはせたれば、

　「人にまだ折られぬものをたれかこのすきものぞとは口ならしけむ。め

ざましう」と聞こゆ。　　　　　　　　　　　　　　　　　　(p.214)

　미치나가는 무라사키시키부가 『겐지 이야기』를 기술했다는 것을 전
제로, 주인공 히카루겐지의 '이로고노미'를 그린 무라사키시키부에게 매
실 밑에 깔린 종이에 상기 와카를 읊은 것이다. 미치나가는 '스키すき'라
는 표현이 매실의 열매가 '시다'는 의미와 남자를 '좋아한다'라는 의미의
동음이의어인 것을 이용하여 무라사키시키부를 바람둥이로 비유한 와
카를 읊었다. 이러한 미치나가道長의 와카에 대해 무라사키시키부는 강
하게 반발하며 자신은 그런 사람이 아니라고 읊는다. 여기서 주목하고
싶은 것은 헤이안 시대에 미치나가와 무라사키시키부는 주종 관계이지
만, 이와 같은 대화가 자연스럽게 오갈 수 있었다는 점이다. 만약 조선
왕조의 궁녀와 귀족이라면 궁중에서 이러한 대화를 나눈다는 것은 절대
로 일어날 수 없을 것이다.
　아카조메에몬赤染衛門(956?~1041?)도 남편 오에 마사히라大江匡衡(952~
1012)와 사별하고, 와카와 학문적인 교양을 인정받아 후지와라 미치나
가藤原道長의 처 미나모토 린시源倫子와 중궁 쇼시에게 출사한다. 『무라
사키시키부 일기』에서 '어떤 일이 있을 때마다 읊는 노래도 정말 이쪽
이 부끄러울 정도로 훌륭한 와카를 읊었다. はかなきをりふしのことも、それ
こそはづかしき口つきにはべれ'(pp.201~202)라고 인정받았을 정도로, 여류가
인으로서 확고한 명성을 떨치고 있었다. 또 스가와라 다카스에의 딸菅原

孝標の女(1008~1059?)은 어린 시절부터 『겐지 이야기』 등을 탐독하고, 모노가타리 속의 이상적인 남자와 만날 것을 꿈꾸고 있었던 문학소녀였다. 그래서 작자는 32살 무렵에 주위의 권유에 따라 유시祐子 황녀에게 출사하지만 이듬해에는 다치바나 도시미치橘俊通(1002~1058)와 결혼한다. 『사라시나 일기更級日記』에는 작자 14살 무렵에, 꿈에 청초한 승려가 나타나 '법화경 5권을 빨리 익혀라. 法華経五の巻をとく習へ'(p.298)라는 말을 들었지만 단지 모노가타리만 생각하고 있었다고 고백한다. 그녀는 젊은 시절부터 '히카루겐지의 유가오, 우지 대장에 대한 우키후네와 같은 아가씨가 되었으면 光の源氏の夕顔、宇治の大将の浮舟の女君のようにこそあらめ'(p.299) 하고 생각했는데, 만년이 되어서는 그것을 심각하게 반성하고 있다. 즉 세이쇼나곤이나 이즈미시키부, 무라사키시키부, 아카조메에몬 등은 모두 남편과 이별 혹은 사별한 후, '집안의 주부 家の女'25로서 평범한 생활을 하기보다 화려한 궁중에 '출사한 뇨보 宮仕えの女房'로서 직장 생활을 지망했던 것이다. 그리고 헤이안 시대의 뇨보들 중에서 여류 작가가 된 것은 모두 화한和漢의 학문을 갖추고, 특히 궁중 생활의 체험이 있었기 때문에 가능했다고 생각된다.

6. 조선 시대의 궁정 여류 문학

조선 시대 여류 작가는 익명이 대부분이지만 신분에 따라 궁녀, 사대부 집안의 여성, 기녀들이 있었다. 특히 궁정 여류 문학은 17세기 초에

---

25 菊田茂男(1975.12), 「家の女-蜻蛉日記」, 『国文学』, 学燈社.

서 18세기 말에 성립된 『계축일기癸丑日記』, 『인현왕후전仁顯王后伝』의 작자는 궁녀이고, 『한중록閑中錄』의 작자는 동궁비인 혜경궁 홍씨惠慶宮洪氏이다. 궁녀와 동궁비라는 신분은 하늘과 땅만큼의 차이가 나지만, 세 작품 모두 단아한 궁중체의 한글로 쓴 여류 문학작품이다. 한국문학에서는 일반적으로 수필로 분류하지만, 일본의 헤이안 시대 문학과 대비해 보면 모노가타리와 유사한 주제의 구성이라는 점에서 역사소설로도 분류할 수 있을 것이다.

이 세 작품은 각각 왕위계승과 정치적인 사화士禍에서 비극의 주인공이 된 왕자와 왕비, 양반 사대부들의 운명을 가까이서 목격하고 구체적인 사건을 적나라하게 기술한 것이다. 특히 모시고 있던 주인과 자신의 집안이 당파싸움의 폭풍 속에서 역적의 누명을 쓰고 유배를 가거나 형장의 이슬이 되는 광경을 조마조마 바라보고 있다. 조선 시대에 당파싸움과 관련된 궁중 비화秘話를 기록한다는 것은 객관성을 떠나 대단히 위험한 일로, 필화筆禍 사건으로 비화하면 삼족(父, 母, 妻)이 멸족되는 위험한 일이 될 수 있었다.

『계축일기』는 『서궁록西宮錄』이라고도 했는데, 1608년에 즉위한 광해군光海君(1608~1623)이 계모인 인목대비仁穆大妃를 서궁西宮에 유폐시키고, 대비의 어린 아들 영창대군永昌大君(1606~1614)을 죽이는 비화를 대비 쪽의 어떤 궁녀가 면밀하게 기술한 것이다. 계축년癸丑年(1613)에 대북파大北派가 광해군에게 인목대비의 아버지 김제남金悌男(1562~1613)이 손자 영창대군을 즉위시키려 한다고 무고誣告하여 김제남 부자를 대역죄로 사사賜死시키고, 영창대군을 강화도로 안치시켜 죽인다. 그리고 1623년 인조반정仁祖反正으로 광해군은 강화도로 유폐되고 인목대비는 복위되어 파란만장한 삶을 살게 된다는 사건의 전모를 회화체를 섞은 궁중체로 담담하게 기술하고 있다. 또한『계축일기』에는 궁녀들의 암투가 당파싸움의 대리전을 방불할 정도로 치열하게 전개되는데, 상궁 김개똥 등 광해군 측의 궁녀들이 음모를 꾸며 인목대비를 모시던 궁녀 30여 명을 갖가지 이유를 들어 형벌을 가하는 사건을 자세히 기술하고 있다. 계축년(1613) 정월에는 광해군의 장인 유자신柳自新의 처 정씨가 궁중에 들어가 딸과 모의하여 흰 개의 배를 갈라 활을 쏘는 등 갖가지 저주를 행했다고 기술했다. 정씨 등은 사대부 관료의 집안임에도 손자 동궁을 지키기 위해서 미신과 같은 금기도 아무렇지도 않게 저질렀던 것이다. 그리고 궁녀들이 경전을 언문諺文으로 옮겨 읽은 일이나, 천복이라는 상궁은 언문도 한 자 쓰지 못할 정도로 무학無學이라 아무런 도움이 되지 않는다고 비난하는 등 한글 사용의 실태를 기술하고 있다.

『인현왕후전』은 숙종肅宗(1674~1720)의 인현왕후仁顯王后가 장희빈張禧嬪의 질투로 인해 궁중에서 쫓겨나지만, 숙종의 각성으로 다시 복위된다는 전기풍의 기록이다. 숙종은 아이를 낳지 못하는 인현왕후보다 왕자(景宗)를 출산한 궁녀 장씨張氏를 총애하게 된다. 장씨는 '간교하고 민첩혜활敏捷慧黠하여 상의上意를 영합하니'(p.20) 상감이 총애하여 일개 궁녀에서 희빈이 되고 왕비가 된다. 숙종은 장희빈의 질투를 알고 있었지만, 그 미색에 매혹되어 1689년 인현왕후를 궁중에서 쫓아내고 폐위시킨다. 그런데 숙종왕은 5년이 지난 1694년 자신의 과오를 반성하고 인현왕후를 다시 복위시키고 장씨를 다시 희빈으로 강등시킨다. 그리고 1701년 인현왕후가 돌아가신 후, 장희빈이 살고 있던 취선당就善堂에서 인현왕후를 저주했던 갖가지 악행의 증거가 발각된다. 이에 숙종은 장씨의 사악邪惡함에 격노하여 장희빈과 그 오빠 장희재張希裁를 사사賜死시킨다.『인현왕후전』의 배경에는 왕위계승과 정치적 파벌 싸움이 있지만, 작자는 인현왕후의 파란만장한 일생을 중심으로 그리고 있다. 사상적 배경으로는 장희빈의 죽음에 대해 '윤회응보輪廻応報를 눈앞에 본다고 하더라.'(p.93)라는 표현에서 불교적 세계관이 반영되어 있음을 확인할 수 있다.

『한중만록閑中漫録』 혹은 『한중록』, 『읍혈록泣血録』이라고도 하는 『한중록』은 작자 혜경궁 홍씨(1735~1815)가 세자빈이 된 9살(1744)부터 71세(1806)까지의 파란만장한 인생을 자전풍으로 기술한 것이다. 작자는 남편 사도세자思悼世子(1735~1762)가 영조대왕(1724~1776)에 의해 뒤주에 들어가 아사餓死하는 변고로부터 33년이 지나 환갑을 맞이한 해(1795)에 기필한 기록이다. 전체의 내용은 6편으로 구성되어 있는데, 제1편에는 작자의 어린 시절부터 궁중 생활, 제2, 3편에는 사도세자의 어린 시절과 책봉, 질병, 미행 등, 제4, 5편에는 친정의 몰락과 부친의 사사賜死, 제6편에는 정조正祖(1752~1800)의 효도, 작자의 원한과 통곡, 수원능水源陵으로의 능행 등이 기술되어 있다. 특히 제1편에는 친정 조카의 요청으로 집필하기 시작하여 50여 년간의 궁중 생활을 기술하고 있다. 혜경궁 홍씨는 친정에서 지낸 어린 시절과 왕세자빈으로 간택되어 친척뿐만이 아니라 부친까지도 자신에게 경어를 사용하는 것이 불안하고 슬픔이 솟구쳐 올라 재미있는 일이 없었다는 심정을 토로한다. 혜경궁 홍씨가 입궐할 날이 정해진 후, 한 번도 본적이 없는 먼 친척들이 와서 '궁금宮禁이 지엄하니 한번 들어가선 후로는 영이별인즉, 궁중에서는 공경하며 조심해서 지내소서.'(p.24)라는 충고를 듣고 어리둥절하고 슬펐다고 한다. 이 대목의 기술은 궁중에 대한 일반인의 인식이 어떠했는가를 알 수 있다. 그리고 나머지 다섯 편은 작자의 아들 정조가 죽은 후에 기술하기 시작하여 손자인 순조純祖에게 친정 집안의 무고함을 고

하기 위해 사도세자思悼世子 아사 사건의 진행과정을 세밀하게 기술하고 있다.

『한중록』에는 전편에 걸쳐 '슬픔'과 '한恨'의 표현이 자주 나오는데, 특히 제3부의 말미에는 다음과 같은 대목이 나온다.

> 그러나 그중 차마 일컫지 못할 일 가운데 더욱 일컫지 못할 일은 빠진 경우가 많으며 내 머리가 다 센 만년晩年에 이것을 능히 써 내니, 사람의 모질고 독함이 어찌 이에 이르는고. 하늘을 부르고 통곡하며 나의 팔자를 한탄할 뿐이다.　　　　　　　　　　　　　　　　　　　　　　(p.163)

혜경궁 홍씨가 남편 사도세자의 변고를 '슬퍼한다', '한이로다' 등의 표현을 다용했다는 것에서 서명을 『한중록』이라고도 한다. 혜경궁 홍씨는 아버지 홍봉한洪鳳漢이 처음 과거시험에 급제하여 영조에게 중용되었던 일, 중부 홍인한洪麟漢이 영의정이 된 일, 또 무고로 아버지가 역적이 되고 중부가 정조에 의해 사사賜死되었던 일, 남동생이 유배지에서 죽은 일 등 친정이 몰락해 가는 원한을 사소설풍으로 기술했다. 김용숙은 『한중록』 등에 나타난 한국 여류 문학의 특징에 대해, '恨은 혹은 親庭을 생각하는, 혹은 자기자신을 생각하는 모티브에서 발생한 것이라 하더라도 窮極的으로 그 原初的 遡源은 「여성」이라는 運命論에 귀착된다.'[26]고 지적하고, 한恨이 효孝의 문제와 결부되어 있다는 점을 강조했다. 즉 『한중록』의 후반은 작자가 피눈물을 흘리며 통곡하는 '한恨'을 표출하고 유교적인 효행을 명분으로 손자인 순조에게 친정의 무고함을 호소하기 위한 기록이라 할 수 있다.

26　金用淑(1979), 『朝鮮朝女流文学の研究』, 淑明女子大学校出版部, p.42.

이상과 같이 조선은 숭유배불崇儒排仏 정책이 국가의 기본이념이었지만, 한글로 작성된 궁정 문학에는 종래의 샤머니즘이나 인과응보 등의 불교사상이 유교와 습합된 형태로 나타난다. 그리고 한일의 고유문자로 기술된 여류 문학은 500여 년의 시대차가 있음에도 불구하고, 작자는 궁중의 궁녀(뇨보)가 많고, 한문을 비롯한 교양을 갖추고 있었지만 고유문자로 일기, 수필, 모노가타리(이야기) 등을 창작했다는 것을 확인할 수 있다.

7. 결론

조선 시대와 헤이안 시대는 유교와 불교, 과거제도와 섭관攝関 정치와 같이 사상과 문화가 서로 다른 만큼 궁정 문학의 특징도 각각 다르다. 그러나 여류 작가에 의한 궁정 문학이 각각의 고유문자로 기술되었다는 점은 완벽하게 일치한다. 양국의 여류 작가들은 자신의 필적이 이 세상에 남는 것을 극도로 꺼렸으나, 쓰지 않으면 안될 내면적 욕구를 자유로이 표현할 수 있는 고유문자로 표현하게 된 것이다. 이에 조선왕조의 궁녀나 비빈妃嬪들은 한글로 수필이나 시조時調, 고소설을 창작했고, 헤이안 시대의 뇨보女房는 가나 문자로 일기나 수필, 와카和歌, 모노가타리物語 등을 기술했다.

조선왕조는 유교사회였기 때문에 윤리와 제법도가 중시되었으나 궁중에서 근무했던 궁녀들은 생각지도 못한 엄청난 사건을 목격하고, 사건의 전말을 있는 그대로 표현할 수 있는 한글로 기술한 것이다. 한편 헤이안 시대의 뇨보들은 신라의 향가郷歌식 표기법에 영향을 받은 만요가나万葉仮名를 초서화하여 가나 문자를 발명한다. 가나 문자가 일반서민들에게까지 전파되었을 때, 조선 시대의 신숙주와 강항은 각각 교토京都와 에도江戸의 남녀가 자유로이 가나 문자를 사용하는 상황을 목격하고 기록으로 남겼다. 헤이안 시대의 뇨보들은 궁중 생활과 개인적인 연애 체험을 한시문을 알고 있었지만 오히려 가나 문자로 기술했다. 그리고 헤이안 시대의 궁정 여류 작가들은 습자, 와카, 음악 등에 대해 최고의 교양을 갖추고 있었기에 뇨보라는 직업에 대해 강한 자부심을 갖고 있었다.

이와 같이 한일 양국의 궁정 여류 문학은 유사한 점도 많지만 시대적 배경과 문화 차이로 인해, 헤이안 시대 여류 문학은 개인적인 연애와 취미, 오락, 미의식 등을 주로 그리고 있는 반면에, 조선왕조의 궁정 문학은 궁녀나 비빈이 궁중에서 목격한 왕위계승과 관련한 역사적인 사건이나 주군의 영화와 몰락을 다룬 경우가 많았다. 또한 조선의 왕조 문학은 유교적 사상 아래 당파와 정쟁을 그리고, 헤이안 시대의 여류 문학은 불교사상과 함께 궁중의례와 개인적인 연애를 기술하고 있다. 즉 양국의 궁정 여류 작가들은 자신들의 입장에서 인간의 도리와 윤리 풍속, 결혼 제도 등을 비판하고, 당시의 신분과 가족, 사회제도에 대해 상대화된 자아를 발신하는 것으로 보람을 느끼지 않았을까 생각된다.

제3장
『겐지 이야기』에 나타난
「장한가」의 수용과 변용
● ● ●

1. 서론

한자문화권에 속한 일본의 고전문학에는 수많은 한시와 한문, 와카和歌의 인용이 점철되어 있다. 그중에서도 백거이白居易(白樂天, 772~846)의 『백씨문집白氏文集』의 시가는 작자의 생전에 신라와 일본에 수입되었고 높은 평가를 받았다. 특히 헤이안平安 시대의 『겐지 이야기源氏物語』에는 『백씨문집』이 직접 인용뿐만이 아니라 다양한 형태로 변용되어 작품 전체의 장편적 주제를 형성하고 있다고 해도 과언이 아니다.

원진元稹의 「백씨장경집서白氏長慶集序」(824)에는 『백씨문집』이 백거이의 생존 시부터 신라와 일본에서 크게 유행했다는 것이 기술되어 있다. 「백씨장경집서」에는 '또 신라 상인들이 백거이의 시를 열심히 사모았는데, 스스로 말하기를, 본국의 재상이 시 한편에 백금을 주고 바꾸는데, 심히 위작인 것은 재상이 이를 가려냅니다. 又云鷄林賈人求市頗切,自云本国宰相毎以百金換一篇、其甚偽者、宰相輒能辨別之'[1]라고 하여, 신라에서 백거이

---

1 長沢規矩也 編(1999), 「白氏長慶集序」, 『和刻本漢詩集成』, 唐詩第九集, 古典硏究会, p.5.

의 시가 비싼 값에 거래된다는 에피소드를 소개하고 있다. 또한 백거이 자신이 845년 5월에 쓴 「백씨장경집후기白氏長慶集後記」에는 '그 일본, 신라 제국 및 양경의 인가에 서로 전하고 베끼어 쓴 것은 여기에 기술하지 않는다. 其日本新羅諸国及両京人家傳爲者, 不在此記'(p.5)라고 하여, 백거이의 생존 시부터 신라와 일본에서 그의 시를 필사해서 읽었다는 것을 알 수 있다.

『백씨문집』이 일본에서 인기가 있었던 이유에 대해 일찍이 오카다 마사유키岡田正之[2]는, 첫째로 白詩가 당나라에서도 유행했고, 둘째로 白詩가 平易流暢한 점, 셋째로 백거이가 불교에 관심을 가졌던 점을 들고 있다. 최근 이노구치 아쓰시猪口篤志[3]는 '1. 白樂天의 시가 쉽고 유려한 문체, 2. 중국에서도 유행했던 점, 3. 詩의 수가 많고, 어휘가 풍부하고 作詩·作文上의 모범이 된 점, 4. 白樂天의 인품이 淸廉潔白하고 시세에 달관한 점, 5. 그 사상이 지극히 온건하고, 儒仏道三敎와 神仏의 合一을 수용한 점' 등을 지적하고 있다.

『백씨문집』이 일본에 전래된 기록으로는 『고단쇼江談抄』(12세기경)나 『일본몬토쿠 천황실록日本文德天皇實錄』(879), 『구다이 와카句題和歌』(894), 『센자이 가쿠千載佳句』(957년경), 『와칸로에이슈和漢朗詠集』(1012년경), 『마쿠라노소시枕草子』, 『겐지 이야기』 등 다양한 문헌에 나온다. 특히 『마쿠라노소시』 198단에는 '한시에는 문집, 문선, 신부, 사기, 오제본기, 원문, 표문, 박사의 상신. 文は、文集。文選。新賦。史記。五帝本紀。願文。表。博士の申文'[4]이라고 기술하여, 가장 대표적인

2 岡田正之(1929), 『日本漢文学史』, 共立社書店, pp.282~285.
3 猪口篤志(1984), 『日本漢文学史』, 角川書店, pp.119~124.
4 松尾聡 他校注(1999), 『枕草子』, ≪新編日本古典文学全集≫ 18, 小学館, p.336.

한시문으로 『백씨문집』을 들고 있다. 또한 『마쿠라노소시』 280단에는 데이시定子 중궁이 세이쇼나곤清少納言에게 향로봉香炉峰의 눈을 묻자, 『백씨문집』의 구절을 염두에 두고 발을 들어 올려 보인다는 이야기는 지적 유희의 단으로 인구에 회자된다.

무라사키시키부紫式部는 『무라사키시키부 일기』에서 한문을 읽는 것에 대해 경원시하면서도 자신의 뛰어난 재능을 피력하고 있는 대목이 나온다. 작자는 이치조一条 천황이 『겐지 이야기』를 듣고 '이 작자는 『일본서기』도 읽었을 것이다. 정말 재능이 있는 것 같다. この人は日本紀をこと読みたるべけれ。まことに才あるべし'[5]라고 칭찬했다는 일화를 소개하고 있다. 또한 무라사키시키부는 궁중에서 자신에게 '일본기의 궁녀 日本紀の御局'라는 별명이 붙은 것을 못마땅해 하면서도, 어린 시절 아버지 후지와라 다메토키藤原為時가 남동생에게 한문을 가르칠 때 자신이 먼저 암송했다는 일화도 소개하고 있다. 작자는 궁중에 입궐한 후에 한 일一자도 모르는 척하면서도, 한편으로 이치조 천황의 중궁 쇼시彰子에게 은밀히 『백씨문집』의 '악부 2권 楽府といふ書二巻'(p.210)을 진강했다는 것을 기술하고 있다. 즉 작자는 『백씨문집』에 대한 깊은 소양을 갖추고 있으면서도 한문을 멀리하는 태도를 보였던 것이다. 그리고 무라사키시키부는 이러한 한문에 대한 조예와 교양, 궁정 체험을 바탕으로 『겐지 이야기』를 창작했다는 것을 알 수 있다.

『겐지 이야기』에 나타난 백거이의 수용에 관한 비교 연구는 그야말로 한우충동의 업적이 축적되어 있다. 일찍이 가네코 히코지로金子彦二郎는 『平安時代文学と白氏文集』―句題和歌・千載佳句研究篇[6]을 기술했

---

5 中野幸一 校注(1994), 『紫式部日記』, ≪新編日本古典文学全集≫ 26, 小学館, p.208. 이하 『紫式部日記』의 인용은 ≪新編全集≫의 쪽수를 표기함. 필자 역.

고, 오타 쇼지로太田晶二郎는「白氏詩文の渡来について」[7]에서 헤이안 문학에 백락천白樂天이 인용된 양상을 규명했다. 최근 이노구치 아쓰시猪口篤志는『日本漢文学史』에서, 마루야미 시게루丸山茂는「『白氏文集』流行の原因」[8]에서『백씨문집』의 수용을 분석하고 있다. 후지와라 가쓰미藤原克己는「백씨문집」,[9] 쓰다 기요시津田潔는『白居易研究講座』三巻[10]에서 인용과 수용양상을 면밀하게 규명하고 있다. 특히 마루야마 기요코丸山キヨ子[11]에 의하면 '文集이 源氏物語에서 인용과 관련이 되는 부분은 100여 곳이고, 史記는 十四項 정도이다. 文集은 장면의 이미지를 인상 깊고 선명하게 하는 데 사용되고, 史記는 부분적이만 구상의 근간에 응용되어 있다'고 지적했다. 한편 후지와라 가쓰미는 모노가타리物語의 전편에 마치 라이트 모티프leitmotif와 같이「장한가長恨歌」의 인용이 반복되는 부분을 공유하는 것을 백조처녀형白鳥処女型의 화형話型[12]으로 분석했다.

본고에서는 이상의 선행연구를 확인하면서『겐지 이야기』에 나타난 구체적인「장한가」의 인용과 변용 양상을 규명하고자 한다. 특히『겐지 이야기』의 기리쓰보 천황桐壺帝과 기리쓰보 고이桐壺更衣, 겐지源氏와 유가오夕顔, 아오이노우에葵上, 가오루薰와 오이기미大君, 우키후네浮舟와

6 金子彦二郎(1943),『平安時代文学と白氏文集』−句題和歌・千載佳句研究篇, 培風館.
7 太田晶二郎(1956),「白氏詩文の渡来について」,『解釈と鑑賞』, 至文堂.
8 丸山茂(1990),「『白氏文集』流行の原因」,『研究紀要』40号, 日本大学文理学部人文科学研究所.
9 藤原克己(1984),「白氏文集」,『漢詩・漢文・評論』,「研究資料日本古典文学」, 明治書院.
10 津田潔(1993),『白居易研究講座』三巻, 勉誠社, pp.47~48.
11 丸山キヨ子(1977),「源氏物語の源泉 Ⅲ 漢文学」,『源氏物語講座』八巻, 有精堂, p.111.
12 藤原克己(1997),「中国文学と源氏物語」,『新・源氏物語必携』, 学燈社, p.31.

의 사랑과 이별에서 「장한가」와 「장한가전長恨歌伝」이 어떻게 투영되어 있는가를 분석하고자 한다. 또한 「장한가」의 인용으로 인해 『겐지 이야기』의 등장인물들이 어떻게 조형하고 변용되어 있는가를 고찰하고자 한다.

2. 기리쓰보 천황과 기리쓰보 고이

『겐지 이야기』의 기리쓰보桐壺 권에서 기리쓰보桐壺 천황이 기리쓰보 고이桐壺更衣를 총애하는 대목에서 「장한가長恨歌」의 당나라 현종과 양귀비의 사랑이 직접적으로 인용되어 있다. 「장한가」의 서두에는 '한나라 황제가 호색하여 미인을 좋아하여 漢皇色を重んじて傾国を思ひ',[13] 한황제漢皇帝가 양가楊家의 미인을 사랑하는 내용으로 되어 있다. 그러나 원래의 소재는 당나라의 현종玄宗(712~756)이 원헌元献 황후와 무숙비武淑妃가 이어서 죽자 황자 수壽의 비妃를 총애하여 양귀비로 맞이하지만, 안록산安祿山의 난으로 죽이게 되는 비련을 그린 이야기이다. 이하『겐지 이야기』기리쓰보 권에서 「장한가」의 수용과 변용이 어떻게 그려져 있는가를 살펴보고자 한다.

기리쓰보 권에는 기리쓰보 천황이 고이更衣를 총애하는 것에 대해 다음과 같이 기술하고 있다.

당나라에서도 이러한 일이 계기가 되어 국난이 일어나 세상이 어지럽

---

13 佐久節 注解(1978), 『白楽天全詩集』二巻, ≪統国訳漢詩文大成≫, 日本図書センター, p.214. 이하 「長恨歌」, 「長恨歌伝」의 인용은 쪽수를 표기함. 필자 역.

게 되었다고 하며, 점점 세상 사람들 사이에서도 한심한 일이라는 듯 걱정
거리가 되고 양귀비의 예와도 비유하게끔 되었다. 고이는 정말 참을 수 없
는 일이 많았지만 황송한 총애만을 의지하여 궁중 생활을 하는 것이었다.

　　唐土にも、かかる事の起りにこそ、世も亂れあしかりけれと、やうや
　　う、天の下にも、あぢきなう人のもてなやみぐさになりて、楊貴妃の例も
　　引き出でつべくなりゆくに、いとはしたなきこと多かれど、かたじけなき
　　御心ばへのたぐひなきを頼みにてまじらひたまふ。[14]　　　　（桐壺①17~18）

　기리쓰보 천황이 신분이 낮은 고이를 총애하자, 「장한가」에서처럼
나라가 혼란해지고 국란이 일어나 고이가 죽임을 당할 수도 있다는 우
려를 하는 대목이다. 그런데 「장한가」에서는 안록산의 난으로 양귀비
가 죽임을 당하지만, 기리쓰보 고이는 고키덴 뇨고弘徽殿女御를 비롯한
많은 후궁들의 질투와 투기로 인한 스트레스로 발병하여 죽게 된다. 기
리쓰보 고이는 더 넓은 궁중에서 오로지 기리쓰보 천황의 지극한 총애
만을 의지하여 후궁을 지키다가 발병하여 죽음을 맞이한다는 것이다.
　기리쓰보 천황은 고이의 신분이 낮음에도 불구하고 지극히 총애
하게 된다는 것을 다음과 같이 묘사하고 있다.

　세상 사람들의 존경도 두텁고 높은 신분의 품격도 갖추고 있지만, 천
　황이 지나치게 가까이할 뿐만 아니라, 관현의 향연이 있을 때나 어떤 중
　요한 행사시에도 제일 먼저 고이를 들게 하셨다. 어떤 때는 늦잠을 자게
　되자 다음 날 그대로 계시게 하는 등 무리하게 곁에 두시자 자연히 가벼
　운 신분으로 보이기도 했지만, 이 황자가 태어나신 후에는 특별히 아들의

14 阿部秋生 他校注(1999), 『源氏物語』1, ≪新編日本古典文学全集≫, 小学館, pp.17~18.
　　이하 『源氏物語』의 인용은 ≪新編全集≫의 권, 쪽수를 표기함. 필자 역.

어머니로서 배려했기 때문에,

　おぼえいとやむごとなく、上衆めかしけれど、わりなくまつはさせたま
ふあまりに、さるべき御遊びのをりをり、何ごとにもゆゑある事のふしぶ
しには、まづ參上らせたまふ、ある時には、大殿籠りすぐしてやがてさぶ
らはせたまひなど、あながちに御前去らずもてなさせたまひしほどに、お
のづから軽き方にも見えしを、この皇子生まれたまひて後は、いと心こと
に思ほしおきてたれば、　　　　　　　　　　　　　　　　(桐壺①19)

　기리쓰보 고이의 아버지는 고대납언故大納言으로, 헤이안 시대 궁중에
서 최고의 신분은 아니었으나 기품이 있는 사람으로 묘사된다. 그런데
천황이 고이를 지나치게 총애한 나머지 함께 잠이든 다음 날 '늦잠을
자게' 되는 일도 있었다는 것이다. 이 대목은 「장한가」에서 '봄날의 밤
은 짧아 해가 중천에 오른 후에 일어나고, 그리하여 황제는 이른 아침의
정사를 게을리 했다. 春宵苦短日高起 從此君王不早朝'(p.215)는 대목의 인용으
로 볼 수 있다. 즉 천황은 다른 사람의 이목이나 조정의 정사도 개의치
않고 기리쓰보 고이를 총애했다는 것이다. 기리쓰보 천황은 기리쓰보
고이가 아들 히카루겐지光源氏를 출산한 후부터는 더욱더 총애했고, 기
리쓰보 고이가 죽은 후에는 겐지源氏에 대한 사랑으로 이어진다.

　다음은 기리쓰보 천황이 기리쓰보 고이가 죽은 후, 오로지 「장한
가」의 대목만을 연상하며 고이를 그리워하는 대목이다.

　요즈음 아침저녁으로 보시는 장한가의 그림은 데이지 노인이 그리고,
이세와 쓰라유키에게 와카를 읊게 한 것이지만, 와카도 한시도 오로지 이
러한 이야기만을 화제로 삼으셨다.

　このごろ、明け暮れ御覧ずる長恨歌の御絵、亭子院の描かせたまひ

て、伊勢、貫之に詠ませたまへる、大和言の葉をも、唐土の詩をも、た
だその筋をぞ枕言にせさせたまふ、 (桐壺①33)

기리쓰보 천황은 유게이노묘부靫負命婦를 기리쓰보 고이의 친정어머
니에게 칙사로 파견했는데, 칙사가 돌아올 때까지 천황은 뇨보女房들과
오로지「장한가」와 관련한 이야기만 하고 있었다. 상기 인용문에는 헤
이안 시대의 여류가인 이세伊勢의 가집인『이세집伊勢集』52-61번의 와
카가 투영되어 있다.『이세집』52번 노래의 작가사정에는, '장한가의
병풍을 데이지노인이 그리게 하시고 곳곳에 와카를 읊으신다. 현종 황
제의 노래로 長恨歌の屏風を、亭子院のみかどかゝせ給ひてその所々詠ませ給ひける、
みかどの御になして'[15]라고 되어 있다. 즉 기리쓰보 천황은 기리쓰보 고이
의 죽음을「장한가」에서 현종이 양귀비의 죽음을 슬퍼하는 것과 같은
심정으로 생각하며 슬퍼한다는 것이다.

다음은 기리쓰보 천황이 유게이노묘부가 기리쓰보 고이의 사저에서
가져온 유품을 보고 와카를 읊는 대목이다.

유게이노묘부는 그 유품들을 천황에게 보여드린다. 천황은 이것이 죽
은 사람의 사저에서 찾아왔다는 증거가 되는 비녀라면 하고 생각하는 것
도 하릴없는 일이다.

죽은 고이의 혼을 찾아가는 환술사가 있었으면 좋겠구나. 그렇게 하면
인편으로나마 혼이 있는 곳을 알 수 있을 텐데.

かの贈物御覧ぜさす。亡き人の住み処尋ね出でたりけんしるしの釵な
らましかばと思ほすもいとかひなし。

---

15 犬養廉 他校注(2002),『平安私家集』,≪新日本古典文学大系≫, 岩波書店, pp.18~19.

たづねゆくまぼろしもがなつてにても魂のありかをそこと知るべく

(桐壺①35)

　기리쓰보 고이의 친정에 파견된 유게이노묘부는 「장한가」에서 양귀비의 혼을 찾아가는 도사에 비유되는 인물이다. 천황은 유게이노묘부가 가져온 기리쓰보 고이의 비녀를 보고 다시금 「장한가」의 내용을 상기한다. 이 대목은 「장한가」에서 도사가 양귀비의 혼을 만나, '자개 상자와 금비녀를 가지고 가게 하여, 비녀는 반쪽씩 상자는 한쪽씩, 황금 비녀는 토막 내고 자개 상자는 나누어 鈿合金釵寄將去 釵留一股合一扇 釵擘黃金合分鈿'(pp.221~222) 가져온다는 표현을 상기시킨다. 이어서 기리쓰보 천황은 유품을 보면서 「長恨歌」에 나오는 도사와 같은 사람이 있으면 기리쓰보 고이의 혼이 있는 곳을 알 수 있겠다고 읊으며 그리워한다는 것이다.

　그리고 이어지는 인용문에서도 「장한가」의 문맥에 따라 죽은 기리쓰보 고이를 그리워하는 기리쓰보 천황의 심경이 면밀히 묘사되어 있다.

　　그림으로 그린 양귀비의 모습은 아무리 뛰어난 화가라 할지라도 그림에는 한계가 있어 실제의 생생한 아름다움은 적다. 태액지의 부용, 미앙궁의 버드나무와 같이 정말 아름다운 양귀비의 모습이다. 그러한 당나라 풍의 모습은 단아하기는 하지만, 고이의 용모가 훨씬 더 귀여웠다고 생각된다. 이는 꽃의 빛깔이나 새 소리와도 비길 수가 없는 것이다. 아침저녁으로 하는 이야기로 비익조, 연리지가 되자고 약속하셨는데, 그 소원이 이루어지지 못한 목숨의 허무함이 한없이 원망스럽다.
　　絵に描ける楊貴妃の容貌は、いみじき絵師といへども、筆限りありければいとにほひすくなし。太液芙蓉、未央柳も、げにかよひたりし容貌

を、唐めいたるよそひはうるはしうこそありけめ、なつかしうらうたげなりしを思し出づるに、花鳥の色にも音にもよそふべき方ぞなき。朝夕の言ぐさに、翼をならべ、枝をかはさむと契らせたまひしに、かなはざりける命のほどぞ尽きせずうらめしき。　　　　　　　　　　(桐壺①35)

　상기 인용문에서 기리쓰보 천황은 당나라풍의 아름다운 양귀비를 그린 그림보다 생전의 기리쓰보 고이를 더욱 생생하게 살아있는 미모로 기억한다는 것이다. 이에는 「장한가」에서 현종은 양귀비가 죽은 후, 황궁으로 돌아와 '태액지의 부용과 미양궁의 버들, 부용은 양귀비 얼굴이고 버들은 눈썹과 같았네. 太液芙蓉未央柳 芙蓉如面柳如眉'(p.218)와 같이 양귀비의 미모를 회상하는 장면이 인용되어 있다. 또한 「장한가」에서 도사가 죽은 양귀비를 만났을 때, 현종이 양귀비에게 7월 7일 장생전의 인적 없는 깊은 밤에, '하늘에서는 비익조가 되고, 땅에서는 연리지가 되자고 在天願作比翼鳥、在地願爲連理枝'(p.222) 속삭였다는 말을 회상한다. 기리쓰보 천황은 이러한 대목을 연상하며 기리쓰보 고이의 생명이 유한하여 약속을 지키지 못한 것을 한탄한다. 그리고 기리쓰보 천황은 「장한가」의 병풍에 그려진 화려한 양귀비 용모가 아름답기는 하지만 한계가 있고, 오히려 살아있었을 때의 기리쓰보 고이가 훨씬 가련하고 생생한 미모였다고 생각한다. 이러한 대목은 「장한가」를 인용하면서도 『겐지 이야기』 나름의 변용을 시도한 대목이 아닐까 생각한다.

　이후에도 기리쓰보 천황은 밤늦도록 잠들지 못하다가, '아침에 해가 뜨는 것도 모르고 잠 들었다는 것을 생각하며, 아직도 아침 정무를 게을리 했던 것이다. 明くるも知らでと思し出づるにも、なほ朝政は怠らせたまひぬべかめり'(桐壺①36)라고 고이가 살아있었던 당시를 회상한다. 이는 앞에서 나온 '늦잠을 자게 되자 大殿籠りすぐして'(桐壺①19)라고 하는 대목과 마찬가지로, 기리쓰보 천황이 「長恨歌」의 詩句와 같은 행동을 한다는 대목이다.

이와 같이 기리쓰보 권에서 기리쓰보 천황의 기리쓰보 고이에 대한 총애에는, 「장한가」에서 현종 황제와 양귀비의 사랑이 그대로 투영되어 있다. 그러나 『겐지 이야기』에서는 기리쓰보 천황이 기리쓰보 고이의 생전 모습을 더욱 아름답게 생각하거나, 아들을 출산하자 더욱 총애를 하는 등 「장한가」에는 없는 고유의 작의를 확인할 수 있다.

3. 겐지와 유가오, 아오이노우에, 무라사키노우에

유가오夕顔 권에서 겐지源氏가 로쿠조미야스도코로六條御息所를 만나고 다닐 무렵, 도읍의 5조에 있는 유모의 병문안을 갔다가 옆집에 사는 유가오를 만나게 된다. 중추의 8월 15일, 겐지는 유가오의 집에서 하루밤을 함께 지낸다. 다음날 새벽녘 겐지는 집 주변에서 절구질, 다듬이질, 벌레소리, 닭이 우는 소리 등 온갖 잡음과 함께 불도 수행의 소리를 듣는다. 이 소리에 끌려 겐지는 유가오에게 마치 현종과 양귀비가 장생전長生殿에서 내세를 기약한 것처럼 변함없는 사랑을 약속한다.

〈겐지〉 우바새가 수행하는 불도에 이끌려 내세까지 굳은 약속을 저버리지 마세요.
장생전에서 맹세한 옛날의 예는 불길하니 비익조가 되자고 한 바람과는 달리 미륵보살이 세상에 나타날 미래를 지금부터 약속하신다. 그렇게 먼 장래를 약속한다는 것은 정말 터무니없는 일이다.

〈유가오〉 전생의 인연을 느끼는 자신의 괴로움을 생각하면 앞으로의
일은 아무래도 기대하기 어려울 듯합니다.

이러한 와카도 사실은 의지할 바가 못 되는 것처럼 생각된다.

〈源氏〉優婆塞が行ふ道をしるべにて來む世も深き契りたがふな

長生殿の古き例はゆゆしくて、翼をかはさむとはひきかへて、弥勒の
世をかねたまふ。行く先の御頼めいとこちたし。

〈夕顔〉前の世の契り知らるる身のうさに行く末かねて頼みがたさよ

かやうの筋なども、さるは、心もとなかめり。　　　(夕顔①158~159)

상기 대목은 「장한가長恨歌」에서 현종이 양귀비에게 '칠월 칠일 장생
전에서, 인적 없는 깊은 밤에 속삭이던 말 七月七日長生殿 夜半無人私語時'
(p.222)의 대목이 투영된 것으로 볼 수 있다. 겐지는 유가오가 시정의
소란한 곳에 살고 있는 것을 부끄러워하자, 현종이 양귀비에게 조용한
밤중에 두 사람이 비익조比翼鳥가 되자고 속삭였다는 말을 인용한다. 그
리고 겐지는 현종과 양귀비의 사랑이 비련으로 끝났기 때문에 자신은
내세를 약속하는 것이 현실적이라고 생각한다. 그러나 유가오는 이러한
겐지의 약속이 오히려 과장된 말이라고 생각하여 믿을 바가 못 된다고
읊는다. 이후 겐지는 궁중 생활에서 이러한 소음에 익숙하지 않아, 두
사람이 조용히 쉴 수 있는 '모 별장 なにがし院'(夕顔①159)으로 유가오를
데려간다. 이곳에서 겐지와 유가오는 비로소 오붓한 시간을 보내지만,
유가오는 밤중에 나타난 원령もののけ에 의해 죽임을 당한다.

아오이葵 권에서 아오이노우에葵上가 죽은 후, 겐지는 슬픔에 잠겨 「장
한가」의 구절에 대해 와카를 낙서하듯이 적는다.

정취 있는 옛사람의 말씀들, 한시도 있고 와카도 있었는데, 초서체로
도 해서체로도 쓰고, 또 새로운 서체로도 쓰셨다. 좌대신은 "훌륭한 필체
로다."라고 하며 하늘을 올려다보고 탄식하신다. 이제부터 다른 집안의
사람으로 대해야 되는 것이 유감이었다. '오래 이용한 베개와 이불을 누
구와 함께'라고 적은 곳에,

죽은 사람은 얼마나 슬퍼했을까. 함께 잤던 침상을 언제까지나 떠나고
싶지 않구나.

또 '서리꽃이 희구나'라고 쓴 곳에는,

당신이 죽고 먼지가 쌓인 침상에 한여름의 이슬 같은 눈물을 뿌리며
몇 날 밤이나 혼자 지낼까.

あはれなる古言ども、唐のも大和のも書きけがしつつ、草にも真字に
も、さまざまめづらしきさまに書きまぜたまへり。「かしこの御手や」と、
空を仰ぎてながめたまふ。他人に見たてまつりなさむが惜しきなるべし。
「旧き枕故き衾、誰と共にか」とある所に、

〈源氏〉亡き魂ぞいとど悲しき寝し床のあくがれがたき心ならひに

また、「霜華白し」とある所に、

〈源氏〉君なくて塵積りぬるとこなつの露うち払ひいく夜寝ぬらむ

(葵②65)

겐지는 「장한가」의 한시를 제목으로 상정하고 여백에다 와카를 적고
있다. 우선 첫 번째 노래는 「장한가」에서 양귀비가 죽은 후, 현종이 '혼
자 덮는 싸늘한 비취금침 누구와 함께 翡翠衾寒誰與共'(p.219)라는 대목의
인용이다. 그 여백에 쓴 첫 번째 와카는 함께 잤던 침상을 언제까지나
떠나고 싶지 않다는 심정을 읊고 있다. 이어서 '霜華白し'라고 쓴 여백
의 와카는 「장한가」의 '원앙 기와에 서리꽃이 피었구나. 鴛鴦瓦冷霜華重'
(p.219)라는 대목의 인용이다. 그런데 「장한가」의 '서리霜'를 겐지의 와

카에서는 '이슬露'로 바꾸어 읊었는데, 여기서 이슬은 아오이노우에의 죽음을 슬퍼한다는 눈물의 상징으로 해석할 수 있다. 즉 「장한가」에서 '서리꽃이 희다'라는 대목을, 겐지는 이슬 같은 눈물을 흘리며 며칠을 혼자 지낸다는 내용으로 변용하여 읊은 것이다.

에아와세絵合 권에서 그림을 좋아하는 레이제이冷泉 천황을 위해 사이구 뇨고斎宮女御와 고키덴 뇨고弘徽殿女御의 그림 겨루기絵合가 열리게 된다. 겐지는 저택의 창고를 열어 장 속에 보관해 둔 '장한가, 왕소군과 같은 그림 長恨歌、王昭君などやうなる絵'(絵合②377)을 찾아낸다는 대목이 나온다. 그런데 겐지는 이러한 그림이 훌륭하기는 하지만, 그림의 인물들이 모두 황제와 이별하는 여인들이라 불길하다고 생각하여 사이구 뇨고에게 드리지 않는다는 것이다. 이러한 대목에도 『겐지 이야기』가 「장한가」의 그림을 인용하면서도 나름의 변용을 하고 있다는 것을 알 수 있다.

마보로시幻 권에서 겐지는 저녁 무렵에 반디가 날아다니는 것을 보면서 죽은 무라사키노우에紫上를 회상한다.

〈겐지〉 무료하게 하루 종일 눈물로 지내는 여름날, 마치 내 탓이라는 듯이 울어대는 벌레소리여

반디가 실로 많이 날아다니는 것도, '저녁 궁궐에 반디가 날아'라는 식으로 옛날의 시가도 이러한 종류의 것만을 읊조리고 계신다.

〈겐지〉 밤을 알고 빛을 내는 반디를 보아도 슬픈 것은 밤낮으로 죽은 사람을 그리워하는 내 마음이리

〈源氏〉つれづれとわが泣きくらす夏の日をかごとがましき虫の声かな

蛍のいと多う飛びかふも、〈源氏〉「夕殿に蛍飛んで」と、例の、古言もかかる筋にのみ口馴れたまへり。

〈源氏〉夜を知るほたるを見てもかなしきは時ぞともなき思ひなり

けり　　　　　　　　　　　　　　　　　　　　　　(幻④542~543)

　겐지는 무라사키노우에가 죽은 후, 무더운 여름날에 쓰르라미 소리를 들으며 패랭이꽃을 보며 혼자 눈물로 지내다가, 밤에 반디가 날아다니는 것을 보고 와카를 읊는다. 이에는 「장한가」의 '반딧불 나는 저녁 궁궐 더욱 처량하고, 등불의 심지가 다 타도록 아직 잠들지 못하니 夕殿螢飛思悄然 孤燈挑盡未成眠'(p.219)라는 대목이 투영된 것으로 볼 수 있다. 그런데 「장한가」의 반디는 밤에만 불빛을 내지만, 자신은 밤낮으로 마음을 애태운다는 식으로 변용하여 와카를 읊고 있다.

　무라사키노우에가 죽은 다음 해 10월, 겐지는 하늘을 나는 기러기 떼를 보고 다음과 같이 읊는다.

　　하늘을 날아가는 기러기도 저승과 통하는 사자라 생각하니, 부럽게 생각되어 눈여겨보게 된다.

　　〈겐지〉 넓은 하늘을 자유로이 날아다니는 환술사여, 꿈에도 보이지 않는 영혼의 행방을 찾아주세요.

　　무엇을 해도 기분이 풀리지 않고 세월이 가도 죽은 사람을 그리워하게 된다.

　　雲ゐをわたる雁の翼も、うらやましくまもられたまふ。

　　〈源氏〉大空をかよふまぼろし夢にだに見えこぬ魂の行く方たづねよ

　　何ごとにつけても、紛れずのみ月日にそへて思さる。　　(幻④545)

　이 대목은 겐지가 하늘을 나는 기러기는 저승세계와 통한다고 생각하여 무라사키노우에를 그리워하는 마음을 담아 읊은 와카이다. 즉 겐지는 「장한가」에서 도사가 양귀비를 찾아가는 것처럼, 환술사가 무라사키노우에의 영혼을 찾아주었으면 좋겠다고 읊었다. 그리고 겐지는 무라사키노우에를 생각하면 아무리해도 슬픈 기분이 풀리지 않는다고 하여, 「장한가」의 환술사도 풀 수 없는 괴로운 심정을 토로하고 있다.

이와 같이 겐지와 유가오, 아오이노우에, 무라사키노우에에 대한 사랑과 사별 이후의 행동에 「장한가」의 표현이 인용되어 있다. 그런데 「장한가」의 인용은 어디까지나 비유표현이고 겐지의 슬픔은 어떻게 해도 치유되지 못한다는 것이다. 즉 『겐지 이야기』에서 유가오, 아오이노우에, 무라사키노우에가 죽은 후에, 겐지는 「장한가」를 연상하면서도 변용된 형태로 수용된다는 것을 확인할 수 있다.

4. 가오루와 오이기미, 우키후네

야도리기宿木 권에서 나카노키미中の君는 가오루薫에게 배다른 여동생 우키후네浮舟를 '신기할 정도로 죽은 오이기미와 닮은 모습이어서 あやしきまで昔人の御けはひに通いたりしかば(宿木⑤450)라고 하며 소개한다. 이에 가오루는 죽은 오이기미大君와 연고形見가 있는 사람이겠거니 하고 생각하면서 마음이 동요된다. 여기서 가오루는 「장한가長恨歌」의 구절을 떠올리며 양귀비의 환상을 보는 것보다 오이기미와 닮은 얼굴의 우키후네를 보는 것이 더 좋을 것이라고 생각한다.

다음은 가오루가 나카노키미의 이야기를 듣고, 오이기미를 회상하면서도 우키후네에게 관심을 가지는 대목이다.

'죽은 오이기미의 혼을 찾기 위해서라면 바다 속이라할지라도 마음껏 찾아보겠지만, 그분(우키후네)이 그렇게 마음을 주어도 될 만한 사람은 아니라 할지라도 정말로 위안을 받을 방법이 없는 것보다는 낫겠지 하는 생각이 듭니다. 그 사람 대신으로 저 산골의 본존으로 생각해도 되지 않겠습니까. 역시 분명히 알려주세요.' 하고 성급하게 재촉한다.

「世を海中にも、魂のあり処尋ねには、心の限り進みぬべきを、いとさまで思ふべきにはあらざなれど、いとかく慰めん方なきよりはと思ひ寄りはべる。人形の願ひばかりには、などかは山里の本尊にも思ひはべらざらん。なほたしかにのたまはせよ」と、うちつけに責めきこえたまふ。

(宿木⑤451)

가오루가 비록 바다 속이라 할지라도 죽은 오이기미의 혼을 찾겠다고 하는 대목은, 「장한가」에서 도사가 바다의 봉래산에 있는 궁전을 찾아가 양귀비의 혼을 만나는 이야기가 투영된 표현으로 볼 수 있다. 「장한가」에는 양귀비가 죽어 '봉래궁에서 보낸 세월이 오래인데 蓬萊宮中日月長'(p.221)라고 되어 있다. 그런데 가오루는 죽은 오이기미를 회상하면서도 닮은 얼굴이라고 하는 우키후네에게 더욱 관심이 가 있다. 즉 상기 인용은 『겐지 이야기』가 「장한가」를 수용하는 한편으로 새로운 우키후네와 인연을 맺게 되는 주제로 변용된 대목이라 할 수 있다.

다음은 야도리기 권에서 가오루가 우키후네를 처음으로 엿보고 감동하는 장면이다.

'정말 사랑스러운 사람이로구나. 이렇게 닮은 얼굴인데 지금까지 찾지도 않고 모르고 지냈다니. 이 사람보다 더 낮은 신분이라 할지라도 그 사람과 연고만 있다면, 이 만큼 닮은 사람을 알게 된 것이라면 결코 함부로

할 수 없다고 생각되는데, 더구나 이 사람은 인정을 받지 못했다 하더라도 분명히 죽은 하치노미야의 딸인 것이다.'라고 생각하며 보고 있으니, 한없이 가슴이 벅차올라 기쁘게 생각되셨다. 지금 바로 가까이 다가가서 '이 세상에 살아있었군요.'라고 하며 위로하고 싶을 정도이다. 봉래산으로 도사를 보내서 비녀만을 받았다고 하는 당나라 황제는 좀 부족한 느낌이 들지 않았을까. 이 사람이 다른 사람이라 할지라도 마음을 위로받을 수 있다고 생각되는 것은 인연이 있다는 것인가. 아마기미는 조금 더 이야기하다가 안으로 들어갔다.

あはれなりける人かな、かかりけるものを、今まで尋ねも知らで過ぐしけることよ、これより口惜しからん際の品ならんゆかりなどにてだに、かばかり通ひきこえたらん人を得てはおろかに思ふまじき心地するに、まして、これは、知られたてまつらざりけれど、まことに故宮の御子にこそはありけれと見なしたまひては、限りなくあはれにうれしくおぼえたまふ。ただ今も、はひ寄りて、世の中におはしけるものを、と言ひ慰めまほし。蓬莱まで尋ねて、釵のかぎりを伝へて見たまひけん帝はなほいぶせかりけん。これは別人なれど、慰めどころありぬべきさまなりとおぼゆるは、この人に契りのおはしけるにやあらむ。尼君は、物語すこししてとく入りぬ。

(宿木⑤493~494)

가오루는 죽은 오이기미를 그리워하고 있지만, 그녀의 이복 동생인 우키후네가 오이기미와 닮았다는 것을 본 순간 사랑스러운 마음이 벅차오른 것이다. 그래서 가오루는 아무리 우키후네의 신분이 낮아 하치노미야의 인정을 받지 못했다고 해도 모두 용서할 수 있다는 생각이 들었다. 그뿐만 아니라 「장한가」에서 죽은 양귀비의 비녀만 찾은 당나라 현종은 오히려 부족한 느낌이 들었을 것이라고 생각한다. 가오루는 오이기미와 다른 사람이라 할지라도 닮은 얼굴인 우키후네를 좋아하게 된

제5부 한일 문화교류와 문학

다. 상기 대목은 「장한가」를 변용하여 닮은 얼굴의 인물을 사랑하게 되는 『겐지 이야기』 고유의 작의라 생각된다.

다음은 아즈마야東屋 권에서 우키후네가 실종된 후, 가오루가 온나이치노미야女─宮를 엿보는 대목이다.

오늘은 정말 더워서 견딜 수 없는 날이라 탐스럽게 치렁치렁한 머리가 귀찮게 느껴지는지 이쪽으로 살짝 숙여 길게 늘어뜨린 모습은 무엇과도 비유할 수가 없다. 가오루는 지금까지 우아한 사람을 많이 보아왔지만, 이 분과는 비길 수 없다고 생각한다. 그 앞에 있는 시녀들은 정말 흙덩이와 같은 생각이 들어 가만히 보고 있었다.

いと暑さのたへがたき日なれば、こちたき御髮の、苦しう思さるるにやあらむ、すこしこなたになびかして引かれたるほど、たとへんものなし。ここらよき人を見集むれど、似るべくもあらざりけり、とおぼゆ。御前なる人は、まことに土などの心地ぞするを、思ひしづめて見れば、

(東屋⑥249)

상기 인용문은 가오루가 여름날 시녀들과 얼음을 가지고 더위를 식히는 온나이치노미야의 미모를 엿보고 감동하는 대목이다. 이때 가오루는 옆에 있는 시녀들이 온나이치노미야에 비하면 마치 '흙덩이'와 같다고 생각한다. 이는 「장한가전長恨歌伝」에서 '전후좌우는 흙덩이와 같다.左右前後、粉色土の如し'(p.211)고 하는 문맥이 투영된 것으로 볼 수 있다. 즉 가오루가 자신이 사랑하는 온나이치노미야의 미모에 비하면 옆에 있는 다른 뇨보女房들은 하찮게 생각된다는 것이다.

다음은 유메노우키하시夢浮橋 권에서 고기미小君가 가오루의 편지를 요카와橫川에 있는 이복 누나 우키후네에게 전하고 답장을 요구하는 대목이다.

　　산골 나름의 정취 있는 음식을 대접받았지만, 어린 마음에 왠지 이대로 있을 수 없을 듯한 기분이 들어, 〈고기미〉 '일부러 나를 보내신 표시로 답장은 어떻게 말씀드려야 하겠습니까. 단 한 마디라도 말씀해 주세요.'라고 말하자, 〈동생 비구니는〉 '정말 그러합니다.'라고 말하며, 우키후네 아가씨에게 그대로 전하지만 아무런 대답도 없자, 어찌할 도리 없이,

　　所につけてをかしき饗などしたれど、幼き心地は、そこはかとなくあわてたる心地して、〈小君〉「わざと奉れさせたまへるしるしに、何ごとをかは聞こえさせむとすらむ。ただ一言をのたまはせよかし」など言へば、〈妹尼〉「げに」など言ひて、かくなむと移し語れども、ものものたまはねば、かひなくて、　　　　　　　　　　　　　　　　　　　　(夢浮橋⑥394)

　　고기미는 어린 마음에 주군인 가오루가 자신을 보낸 증표로 단 한마디라도 답을 해 달라고 애원한다. 이때 이미 출가한 우키후네는 고기미가 가져온 가오루의 편지를 보고도 모르는 척하며 완고하게 답장을 거절한다. 이 대목은 「장한가」에서 도사가 양귀비와 헤어질 때에, '두 마음만이 아는 맹세의 말 詞中有誓兩心知(p.222)을 적어달라는 대목이 투영된 것으로 볼 수 있다. 그러나 「장한가」와는 달리 우키후네는 동생인 고기미와의 대면도 거절하고 한마디의 답장도 주지 않는다는 것이다.

　　『겐지 이야기』의 가오루와 오이기미, 우키후네의 이야기에서도 「장한가」를 인용하면서도 죽은 사람과 닮은 여성을 좋아하게 되거나, 편지의 답장을 주지 않는 등 고유의 논리로 변용되어 있다. 즉 가오루는 오이기미가 죽은 후, 「장한가」에서 도사道士가 바다 속의 봉래산에서 양귀비의 혼을 만나는 것처럼 오이기미를 그리워한다. 그러나 가오루는 오

이기미를 회상하는 한편으로 닮은 얼굴인 우키후네에게 더욱 관심을 가진다. 또 가오루는 우키후네가 실종된 후에도 「장한가」의 도사와 같은 고기미를 보내 연락을 취한다. 그러나 『겐지 이야기』에서는 우키후네에게서 아무런 답장도 받지 못한 채 모노가타리(이야기)는 대단원의 막을 내린다.

5. 결론

본고에서는 『겐지 이야기』에 나타난 「장한가長恨歌」의 수용과 변용을 규명하고자 했다. 특히 기리쓰보桐壺 천황과 기리쓰보 고이桐壺更衣, 겐지源氏와 유가오夕顔·아오이노우에葵上·무라사키노우에紫上, 가오루薰와 오이기미大君·우키후네浮舟가 사별 혹은 이별하는 대목에서 「장한가」의 표현과 내용이 어떻게 변용되고 작의되어 있는가를 고찰했다.

『겐지 이야기』에 「장한가」가 인용되는 과정에서 다음과 같이 새로운 주제로 변용된다는 것을 확인할 수 있었다. 기리쓰보 천황은 기리쓰보 고이가 죽자 닮은 얼굴의 후지쓰보를 입궐시킨다. 또 겐지源氏는 후지쓰보 대신에 무라사키노우에와 온나산노미야女三宮와 결혼하고, 가오루는 오이기미가 죽자 닮은 얼굴인 우키후네를 사랑하게 된다. 이렇게 닮은 얼굴의 여성이 등장하는 것은 「장한가」에는 없는 주제라 할 수 있다. 즉 겐지는 후지쓰보를 죽은 어머니와 '아주 닮았다 いとよう似たまへり'(桐壺①43)라는 이유로 그리워하고 이상적인 여성으로 생각한다. 또 겐지는 후지쓰보의 대신으로 무라사키노우에를 '그 사람 대신으로 かの人の御かはりに'(若紫①209) 생각하여 결혼한다. 가오루는 오이기미와 닮은 우키후네를 보고 '그 사람과 연고만 있다면, 이 만큼 닮은 사람 ゆかりなどに てだに、かばかり通ひきこえたらん人'(宿木⑤493)이라면 아내로 맞이해도 좋다고 생각한다.

이와 같이 『겐지 이야기』에는 「장한가」의 주제가 마치 음악의 라이트 모티프와 같이 반복된다. 그러나 『겐지 이야기』의 주인공들은 사랑했던 여성을 그리워하면서도 닮은 얼굴의 '연고ゆかり'가 있는 여성을 다시 사랑하게 된다는 주제를 그리고 있다. 즉 『겐지 이야기』에서는 「장한가」의 주제를 수용하고 있지만, 단순한 인용에 그치지 않고 새로운 사랑의 인간관계로 변용된다는 것을 확인할 수 있었다.

제4장
국문학 교육과
일본문학 교육의 위상
● ● ●

1. 서론

일본어에서 '국어国語'와 '일본어日本語', '국어 교육国語教育'과 '일본어 교육日本語教育'은 미묘하게 달리 사용되는 개념이지만, '국문학國文學'과 '일본문학日本文學'의 경우는 거의 같은 개념으로 사용된다. '국어 교육'은 주로 일본어를 모어母語로 하는 자국민을 대상으로 읽기, 쓰기, 말하기, 듣기의 4가지 기능과 언어감각을 숙달시키는 교육으로, 대부분 문학작품을 교재로 하고 있다. 그리고 '일본어 교육'은 일본어를 모어로 하지 않는 학습자나 모어로서의 능력이 되지 않는 사람을 대상으로 일본어의 운용 능력을 숙달시키는 교육으로, 어학교재를 통해 주로 읽기와 말하기에 중점을 두는 경향이 있다. 그런데 최근 '국어 교육'과 '일본어 교육'이 교육과 학문의 양면으로 서로 연계되는 현상을 보이고 있다.

일반적으로 일본의 '국문학'이란 『만요슈万葉集』나 『겐지 이야기源氏物語』, 『고킨슈古今集』, 『오쿠노호소미치奥の細道』, 『마음こころ』, 『와카나슈若菜集』, 『라쇼몬羅生門』, 『설국雪国』과 같은 시가와 소설, 수필 등이 창출되는 현상과 연구 분야를 말한다. 한편 외국문학과 구별하기 위한

표현으로 '일본문학'이라는 용어를 사용하는데 학문 연구의 대상으로는 두 가지가 같은 뜻으로 사용되고 있다. 이 두 용어의 개념을 둘러싼 논의는 계속되어 왔으나, 1995년 도쿄대학東京大學이 대학원대학으로의 이행과 함께 문학부文學部 '국어국문학國語國文學' 전공 과정이 '일본어일본문학日本語日本文學' 전공 과정으로 바뀌었다. 이후 많은 대학들이 '국어국문학'이라는 내셔널리즘이 가미된 전공명을 탈피하고 '일본어일본문학'이라는 학과명으로 거듭나고 글로벌화하는 경향을 보이고 있다. 그래서 전국 대학의 일본어일본문학 관련 전공학과의 명칭은 1992년까지 국어학이나 국문학이 66%를 상회했으나, 2002년도에는 일본어학, 일본문학이 72%를 넘고 있다고 한다. 이러한 경향은 앞으로 일본이 글로벌화할수록 점점 더 심화되어갈 것으로 예측된다.

대학의 명칭만이 아니라 학회의 명칭도 '국어학'과 '국문학'을 탈피하여 '일본어', '일본문학'으로 바뀌는 경향이 있다. 일본 '국어학회國語學會'는 1944년에 설립된 이래 창립 60주년을 맞이한 2004년 '일본어학회日本語學會'로, 학술지명도 '일본어연구日本語の研究'로 개칭되었다. '일본어학회'의 초대회장인 마에다 도미요시前田富祺는 학회 홈페이지[1]의 인사말에서, 명칭이 바뀌기까지 많은 논란과 의견수렴을 했고 회원의 투표로 개칭되었다는 것을 밝히고 있다. 그리고 10만이 넘는 외국인 유학생들을 생각하면 위화감을 주는 '국어학회'에서 친밀감을 주는 '일본어학회'로 바꾼 것은 자연스런 흐름이었다고 기술하고 있다. 또한 처음부터 외국인에게 일본어를 가르치기 위한 교사와 연구자들의 단체인 '일본어교육학회'는 1962년 설립 당시부터 일본어라는 용어를 사용했고, 1977년부

1 http://www.jpling.gr.jp/gaiyo/aisatu/

터 외무성과 문부성이 공동 관리하는 공익법인으로 그 기능을 다하고 있다.

일본의 문학 관련 학회는 '중고문학회中古文學會', '중세문학회中世文學會', '일본근대문학회日本近代文學會', '설화문학회說話文學會' '화한비교문학회和漢比較文学会' 등 시대별 장르별로 활동하는 경우가 대부분이다. 일본 문학의 전국적 학회로는 유일한 '일본문학협회日本文学協会'에서 발행하는 학술지명은 '일본문학日本文学'이고, '국제일본문화연구센터國際日本文化研究センター' 등 일본문화를 해외로 발신하는 경우에는 '일본日本'이 들어가는 경우가 많다. 그러나 아직도 문부과학성文部科学省 산하의 기관명도 '국문학연구자료관國文學研究資料館'이고, 도쿄대학 일본어일본문학 전공의 연구실명도 '국어연구실国語研究室', '국문학연구실国文学研究室'이고, 학술지명은 아직도 '국어와 국문학國語と國文學'으로 출판되고 있는 등 의식적으로는 '국어국문학'이라는 표현을 더 친숙하게 사용하고 있는 듯하다. 즉 '국어'와 '일본어'는 서로 연계되고 있다고 하지만 교재나 교수방법에 큰 차이가 있는 데 비해, '국문학'과 '일본문학'의 경우는 인식의 차이가 있을 뿐 교재 등의 실체는 거의 동일하다고 해도 과언이 아니다.

'국문학 교육'과 '일본문학 교육'에 관한 선행연구로 이연숙[2]과 가와모토 고지川本皓嗣[3]는 메이지明治 시대의 일본이 국어와 국문학이라는 용어를 이용하여 어떻게 국민들에게 내셔널리즘을 고취시켰는가를 분석했다. 그리고 사토미 미노루里見実,[4] 스와 하루오諏訪春雄,[5] 이이 하루키伊井

2 イ・ヨンスク(1996), 『国語という思想』, 岩波書店.
　고영진·임경화 역(1996), 『국어라는 사상』, 소명출판.
3 川本皓嗣(2003.1), 「国文学とナショナリズム」, 『国文学』, 學燈社.
4 里見実(1991.2), 「他者とともに世界をつくる－文學教育における対話と相互創造」, 『日本文学』 VOL40., 日本文學協会.
5 諏訪春雄(2007.5), 「日本文學と国文学」, 『国文学』, 學燈社.

春樹,[6] 노나카 준野中潤,[7] 안노 이즈미阿武泉[8] 등은 일본 국문학 교육의 실태와 문제점을 규명했고, 정형鄭澄[9]과 이한섭李漢燮,[10] 김종덕金鍾德[11]은 한국에서의 일본문학 연구 현황을 분석했다. 본고에서는 이와 같은 '국문학'과 '일본문학'의 위상에 주의하면서 일본에서의 '국문학 교육'과 한국에서의 '일본문학 교육'의 현황과 전망을 살펴보고자 한다.

2. 일본의 국문학 교육

일본은 만요가나万葉仮名를 초서화하거나 일부를 이용한 문자의 발명이 비교적 빨랐고,[12] 비교적 외침이 적었기 때문에 시대별로 많은 작품이 현존하고 있다. 특히 헤이안 시대의 여류 작가들은 일기, 와카, 수필, 모노가타리를 기술하는 과정에 상대의 만요가나를 초서화하여 가나 문자仮名文字를 발명하게 되었다. 그러면 일본의 국문학 교육은 과연 언제부터 시작되었을까? 일본문학의 연구사는 중고(794~1192)와 중세(1192

---

6 伊井春樹(2007.5),「海外の日本文学研究事情」,『国文学』, 學燈社.
7 野中潤(2008.9),「定番教材はなぜ読み継がれているのか」,『国文学』, 學燈社.
8 阿武泉(2008.9),「高等学校国語教科書における文学教材の傾向」,『国文学』, 學燈社.
9 鄭澄,(1993.5),「韓国に있어서의 日本文学研究의 성과와 과제」,『日本学報』30輯, 韓国日本学会.
10 李漢燮 編,(2000),『韓国日本文学関係研究文献一覧』, 高麗大学校出版部.
11 金鍾德(2003.5),「韓國에 있어서의 日本文学研究의 現況과 展望」,『日語日文学研究』45輯, 韓國日語日文学会.
　　　(2006.3),「韓國における近年の日本文学研究」,『文学・語学』184号, 全國大学國語國文学会.
12 8세기 초에는 신라의 이두吏讀와 같이 한자의 음훈을 이용한 만요가나万葉仮名로 상대의 시가詩歌를 기술했다. 그리고 헤이안 시대인 9세기 초에는 주로 여류 작가들이 만요가나를 초서화한 가나仮名 문자로 시가, 일기, 수필, 소설 등을 창작했다.

~1603)에 가학歌學을 통한 연구로 시작되었다. 그리고 근세(1603~1868)에는 주석학을 중심으로 국학國學 연구로 이어지고, 근대 초의 '국문학國文學'으로 계승된다고 할 수 있다.

일본 최초의 문학교육은 헤이안 시대의 후지와라 모로타다藤原師尹(920~969)가 딸 센요덴 뇨고宣耀殿女御에게 습자手習い, 음악琴, 와카和歌를 익히게 했다는 다음 기록에서 알 수 있다. 헤이안 시대의 여류 작가 세이쇼나곤淸少納言의 수필 『마쿠라노소시枕草子』(1000년경) 21단의 '세이료덴 동북 방향 구석의 淸涼殿の丑寅の隅の'에는 여성이 지녀야 할 세 가지 교육과 교양을 다음과 같이 이야기하고 있다.

> "첫 번째로 습자를 배우세요. 다음으로는 칠현금을 다른 사람보다 더 능숙하게 연주하려고 노력하세요. 그리고 그 다음은 고킨슈 20권을 전부 암송하는 것을 학문으로 생각하세요."라고 말씀하셨다는 것을……
>
> 『一つには御手を習ひたまへ。次には琴の御琴を,人よりことに弾きまさらむとおぼせ。さては古今の歌二十巻をみな浮かべさせたまふを御学問にはせさせたまへ』となむ聞えたまひけると……。[13]

상기 인용문은 이치조一條(986~1011) 천황의 중궁 데이시定子가 『고킨슈古今集』(905)를 읽다가 주변의 시녀女房들에게 이야기하는 대목이다. 무라카미村上(946~967) 천황의 센요덴 뇨고는 후궁으로 입궐하기 전, 아버지 후지와라 모로타다藤原師尹에게 상기와 같은 문학교육을 받았다는 것이다. 즉 첫째는 습자, 둘째는 칠현금의 연주, 셋째는 『고킨슈』 20권을 모두 암송하게 했다는 것이다. 후지와라 모로타다가 딸에게 익

---

13 松尾聰 他校注(1999), 『枕草子』, ≪新編日本古典文学全集≫ 18, 小学館, pp.53~56.

히게 한 이 세 가지 교양은 당시 여성의 필수 교양이었을 뿐만 아니라, 이러한 여성들과 교재를 해야 하는 남성 귀족관료들의 교양이기도 했다. 당시의 남녀가 연애를 할 때에는 반드시 전통 시가인 와카를 증답할 수 있어야 했기 때문에 글씨가 능숙해야 했고, 또 직접 만나지 못하는 아쉬움을 악기의 연주로 화답해야 했다. 또한 중세의 가인歌人 후지와라 슌제이藤原俊成(1114~1204)는『롯퍄쿠반 우타아와세六百番歌合』에서 '겐지 이야기를 읽지 않은 가인은 한을 남기는 것이다. 源氏見ざる歌詠みは遺恨の事なり'[14]라고 지적하여 가인歌人들의 필독서이며 필수교양이라는 점을 강조했다. 이와 같은『겐지 이야기』에 대한 인식은 중세부터 근세에 이르기까지 수많은 주석서가 기술되었고 활발한 연구가 진행되었다.

본고에서는 현대 일본의 국문학 교육을 분석하기 위한 방법으로 일본의 고등학교 국어 교재에 등장하는 문학작품을 살펴보기로 한다. 일본의 고등학교 국어 교육은 대체로 문학작품의 독해가 그 중심이라 할 수 있는데, 상대·중고·중세·근세·근대·현대에 걸친 문학작품과 중국의 한문학, 동서양의 문학작품으로 구성되어 있다. 교재의 구성은 교육과정과 시기에 따라 조금씩 다르지만, 어떤 작가와 작품이 가장 오랜 기간 동안 채택되고 읽혀왔는지를 살펴보고 그 배경을 고찰해 보고자 한다.

다음은 1948년부터 2008년까지 61년간 일본 고교 교과서에 가장 많이 채택된 작가 상위 10명의 작품소설, 희곡, 시나리오 순위를 기술한 것이다.[15]

---

14 峯岸義秋 校訂(1984),『六百番歌合』, 岩波書店, p.182.
15 阿武泉(2008.9), 上揭書, p.35.

1. 나쓰메 소세키夏目漱石(347) : 『마음こゝろ』(183), 『산시로三四郎』(55),
   『그 후それから』(30) 외

2. 아쿠타가와 류노스케芥川竜之介(310) : 『라쇼몬羅生門』(176), 『코鼻』(43) 외

3. 모리 오가이森鴎外(300) : 『무희舞姫』(153), 『타카세부네高瀬舟』(41) 외

4. 시가 나오야志賀直哉(241) : 『기노사키에서城の崎まで』(75) 외

5. 나카지마 아쓰시中島敦(229) : 『산게쓰키山月記』(201) 외

6. 다자이 오사무太宰治(175) : 『부악배경富岳百景』(61) 외

7. 이부세 마스지井伏鱒二(125) : 『산초어山椒魚』(45), 『지붕 위의 사왕屋根
   の上のサワン』(32) 외

8. 아베 고보安部公房(103) : 『붉은 누에고치赤い繭』(40) 외

9. 가지이 모토지로梶井基次郎(100) : 『레몬檸檬』(52) 외

10. 가와바타 야스나리川端康成(94) : 『이즈의 무희伊豆の踊り子』(42) 외

* (   ) 안의 숫자는 채택된 작품의 횟수.

상기 10명의 작가들은 모두 일본을 대표하는 문호들이지만 단일 작
품으로는 『산게쓰키』(201)가 가장 많았고, 다음이 『마음』(183), 『라쇼
몬』(176), 『무희』(153), 『기노사키에서』(75), 『부악백경』(61)의 순이었
다. 나쓰메 소세키와 아쿠타가와 류노스케, 모리 오가이가 상위에 있는
것은 이해가 되지만, 나카지마 아쓰시(1909~1942)의 『산게쓰키』가 작
품별로 1위라는 것은 다소 의외의 결과이다. 『산게쓰키』는 나카지마
아쓰시가 중국 당대의 괴담 「인호전人虎伝」을 소재로 호랑이가 된 천재
시인의 비애를 그린 소설이다.

외국문학으로는 1950년대의 4위는 괴테의 파우스트, 8위는 세익스피
어의 햄릿이었고, 상위 순위에는 들어있지 않으나 재일교포 작가인 이
양지의 『유희由熙』, 투르게네프의 『첫사랑』, 루쉰魯迅의 『원야선생遠野先

生』, 유럽의 동화 등이 있었다. 시가와 동화는 시마자키 도손島崎藤村의 「고모로의 고성 근처小諸なる古城のほとり」, 무로우 사이세이室生犀星, 미야자와 겐지宮沢賢治 등이 있었고, 극작의 경우 기노시타 쥰지木下順二의 『석학夕鶴』, 평론으로는 오오카 마코토大岡信의 「그때그때의 노래折々のうた」, 가토 슈이치加藤周一의 「일본문화의 잡종성日本文化の雑種性」, 고바야시 히데오小林秀雄의 「무상이라는 것無常ということ」, 다니자키 준이치로谷崎潤一郎의 「음영예찬陰翳礼讃」, 마루야마 마사오丸山真男의 「〜인 것과 〜하는 것 であることとすること」 등이 있었다.

일본의 국문학 교육은 전후 60년 동안 나쓰메 소세키, 아쿠타가와 류노스케, 모리 오가이, 시가 나오야, 나카지마 아쓰시, 다자이 오사무 등의 작가를 중심으로 가르쳐왔다는 것은 분명하다. 문제는 왜『산게쓰키』,『마음』,『라쇼몬』,『무희』 등이 기본(定番) 교재로서 많이 읽혀 왔는가 하는 점이다. 이들 작품에는 주인공으로 살아남은 원참袁傪, 선생先生, 하인下人, 도요타로豊太郎 등의 죄의식이 그려져 있다. 따라서 일본의 국문학 교육에서는 주인공의 죄의식을 통과의례로 생각하여 원죄를 치유하려고 하는 의도가 담겨 있는 것이 아닐까 생각한다.

3. 한국에서의 일본문학 연구와 교육

'일본문학'은 외국문학에 대해 일본의 국문학, 일본인이 쓴 문학, 일본에서 발표된 문학, 일본어로 쓴 문학작품, 그리고 이들 작품이나 작가에 대한 연구, 일본 이외의 외국연구자들이 '국문학'을 상대화 한 용어이다. 한국에서의 일본문학 연구와 교육은 서로 연계되어 있어 결국 많이 연구되는 작품이 교재에도 자주 등장하는 경우가 많다고 생각된다. 이하 한국에서의 일본문학 연구와 교육의 실태를 살펴보기로 한다.

현재 한국일어일문학회 회원은 1,400여 명인데, 이 중 일본문학 연구자는 약 650여 명으로 추산된다. 1961년 한국외대에 일본어과가 창설된 이래 일본 어문학의 연구자 수는 지금까지 계속 늘어나는 추세이고 연구 논문도 이에 비례하여 증가하고 있다. 정형이 한국일본학회 창립 20주년 기념 심포지엄에서 1960년대로부터 1989년까지 일본문학의 현황을 보고한 일본문학 연구문헌의 총수는 1,049편이었는데, 2000년 이한섭의 「韓国日本文学関係研究文献一覧」에서는 4,583편이었다. 그런데 2006년 필자가 조사한 바에 의하면 한국의 일본문학 연구문헌 총수는 6,415편으로 1989년에 비해 6배 이상 늘어난 셈이다.

2006년의 일본문학 연구문헌 실태를 시대별로 살펴보면, 상대上代가 710편(11%), 중고中古(헤이안 시대)가 759편(12%), 중세中世가 614편(9.6%), 근세近世가 588편(9.1%), 근현대近現代가 3659편(57%), 그리고 일본문학사 등의 교재류가 85권(1.3%)으로, 근·현대가 압도적으로 많았고, 중고, 상대, 중세, 근세의 순이었다.

우선 상대문학을 작품별로 살펴보면 『만요슈万葉集』가 243편(34%)이고, 비교문학比較文学이 198편(28%), 기기신화記紀神話가 190편(27%), 설화가 43편(6%)의 순이었다. 『만요슈』와 비교 연구가 많은 것은 우리나라의 향가와 일본 상대 가요의 비교 연구가 많기 때문이라 생각된다.

중고 문학의 연구문헌은 모두 759편인데, 장르별로는 모노가타리와 소설류가 333편(44%), 와카短歌 117편(15%), 일기 87편(11%), 설화 87편(11%), 수필 61편(8%), 비교 연구 31편(4%)이었다. 작품별로는 『겐지 이야기源氏物語』가 222편(29%)으로 가장 많았고, 『곤자쿠 이야기집今昔物

語集』80편(11%), 『마쿠라노소시枕草子』 61편(8%), 『이세 이야기伊勢物語』 43편(5.7%), 『고킨슈古今集』 38편(5%), 『가게로 일기蜻蛉日記』 29편(3.7%), 『다케토리 이야기竹取物語』 26편(3.4%)의 순이었다. 중고 문학은 모노가타리 중에서도 『겐지 이야기』가 가장 많이 연구되었고, 각 시대 중에서 증가율도 가장 높았으나 비교문학의 비율은 가장 낮았다.

중세문학의 연구문헌은 614편인데, 장르별로 수필이 162편(26%), 와카, 렌가連歌가 120편(20%), 모노가타리가 112편(18%), 노가쿠能楽 98편(16%), 설화 61편(10%), 비교 연구 51편(8%)의 순이었다. 작품별로는 『쓰레즈레구사徒然草』가 110편(18%), 『헤이케 이야기平家物語』 73편(12%), 와카 72편(12%), 『호조키方丈記』 51편(8%), 렌가 47편(7.6%)의 순이었다. 중세는 『쓰레즈레구사』와 『호조키』 등 수필문학의 연구가 많고, 군기軍記 모노가타리, 설화, 비교 연구는 상대적으로 적은 편이었다.

근세문학은 전체 588편인데, 장르별로 소설이 207편(35%), 하이쿠俳諧는 150편(26%), 극문학은 98편(17%), 비교 연구는 55편(9%), 국학国学 24편(4%)이었다. 작자별로는 마쓰오 바쇼松尾芭蕉가 125편(21%), 이하라 사이카쿠井原西鶴가 99편(17%), 우에다 아키나리上田秋成가 65편(11%)이었다. 극문학 중에서는 인형극(淨瑠璃)이 52편(9%), 가부키歌舞伎가 45편(8%)이었다. 근세의 연구는 겐로쿠元禄(1688~1704) 3문호인 마쓰오 바쇼松尾芭蕉, 지카마쓰 몬자에몬近松門左衛門, 이하라 사이카쿠井原西鶴와 우에다 아키나리上田秋成에 집중되어 있고, 근세 후기의 연구는 아직도 미미한 실정이다.

근·현대문학은 3,659편인데, 장르별로 산문이 2,862편(78%)으로 가장 많고, 시가문학 390편(11%), 비교문학 275편(7.5%)의 순이었다. 작가별로는 나쓰메 소세키夏目漱石가 574편(16%), 아쿠타가와 류노스케芥

川龍之介가 344편(9.4%), 가와바타 야스나리川端康成가 224편(6%), 다자이 오사무太宰治가 185편(5%), 시마자키 도손島崎藤村이 181편(5%), 다니자키 준이치로谷崎潤一郎가 130편(3.5%), 아리시마 다케오有島武郎가 125편(3.4%), 미야자와 겐지宮沢賢治가 115편(3.1%), 이시카와 다쿠보쿠石川啄木가 97편(2.7%), 모리 오가이森鴎外가 93편(2.5%), 미시마 유키오三島由紀夫가 93편(2.5%)의 순이었다. 이외에도 시가 나오야志賀直哉가 87편, 엔도 슈사쿠遠藤周作가 84편, 오에 겐자부로大江健三郎가 64편, 아베 고보安部公房가 57편, 히구치 이치요樋口一葉가 54편, 다카무라 고타로高村光太郎가 40편, 요코미쓰 리이치橫光利一가 35편, 하기와라 사쿠타로萩原朔太郎가 33편 등이었다. 나쓰메 소세키의 작품 연구는 근대문학뿐만 아니라 일본문학 연구 전체에서도 가장 많이 연구되고 있었다.

한일비교 연구는 전체 610편 중에서, 근·현대의 비교 연구가 275편(45%)으로 가장 많았고, 상대 198편(33%), 근세 55편(9%), 중세 51편(8%), 중고 31편(5%)의 순이었다. 근·현대의 비교 연구가 많은 것은 서구문학이 일본을 통해 한국으로 유입된 것이 많기 때문일 것이다. 그 다음으로 상대가 많은 것은 『만요슈』와 신라 향가와의 비교 연구, 기기신화記紀神話나 설화문학과의 비교가 많기 때문으로 생각된다. 특히 한일 관계는 긴 문화 교류의 역사가 있기에 상대와 근대이후의 문학의 경우 비교문학적 연구가 교육현장에서도 많이 다루어지는 것을 볼 수 있다.

즉 일본문학 연구 전체를 장르별로 분류하면, 산문이 4,212편(66%)으로 가장 많고, 그 다음이 운문으로 1,020편(16%), 극문학이 211편(3%)으로 가장 적은 편이었다. 한편 비교 연구는 610편(9%), 문학일반은 362편(6%)으로 저조한 편이었다. 또한 전체에서 연구논문은 5,018편(78%),

학위논문은 1,191편(19%), 저서가 206편(3%)으로 단행본 연구서가 상대적으로 적은 편이었다.

이상으로 전후 한국에 있어서의 일본문학 연구 현황을 분석해 보았는데, 연구문헌이 최근 16년 동안 6배 이상 급증하고, 최근의 연구 동향으로 다음의 문제를 지적할 수 있다.

첫째, 각 대학과 대학원에 일본문학 전공 과정이 늘어나고 연구자수 또한 증가했다는 점이다. 현재 국내에는 100여 개의 대학에 일본어 관련학과가 설치되어 있고, 석사 과정은 54개 대학에, 박사 과정은 25개 대학에 개설되어 있다. 특히 박사 과정은 1990년대 초까지 전국에서 3개교밖에 없었는데 25개 대학으로 늘어났고, 연구자의 수 또한 큰 폭으로 늘어나 약 650여 명이 될 것으로 추산된다.

둘째, 일본문학 관련학회와 연구소가 증가했다. 1990년까지 일본어일본문학 관련 학회는 '한국일본학회韓国日本学会'(1972), '한국일어일문학회韓国日語日文学会'(1978)가 설립되어 있었는데, 20여 년 동안 한국연구재단 등재지 기준으로 15개 학회로 늘어났다. 또 각 대학의 부설연구소도 늘어나고 기관지 또한 연 2호에서 4회 발간되는 등 논문의 수가 급증했다.

셋째, 전국적인 대학 평가, 교수 평가, 연구 조성 등으로 교원의 논문 발표가 촉진되었다는 점을 들 수 있다.

넷째, 최근 2011년 3월 11일 미증유의 동일본 대지진과 방사능 누출, 일본의 역사 왜곡, 국내의 인구 감소가 비슷한 시기에 대두되면서, 일본과 일본어에 대한 인기 하락과 학과(부) 폐지, 학문 후속 세대의 감소는 심각한 수준이다.

4. 결론

이상에서 '국문학'과 '일본문학'의 위상에 주목하면서 일본에서의 '국문학 교육'과 한국에서의 '일본문학 교육'에 대한 현황을 고찰해 보았다. 일본에서의 '국문학 교육'과 한국에서의 '일본문학 연구와 교육'을 비교해 보았을 때 그 내용이 반드시 일치한다고 할 수는 없으나, 작가 작품이 비슷하게 다루어지고 있다는 것을 확인할 수 있었다.

일본의 고등학교 '국어' 교과서에 채택된 작가별 순위를 살펴보면, 1. 나쓰메 소세키夏目漱石(347), 2. 아쿠타가와 류노스케芥川竜之介(310), 3. 모리 오가이森鴎外(300), 4. 시가 나오야志賀直哉(241), 5. 나카지마 아쓰시中島敦(229), 6. 다자이 오사무太宰治(175), 7. 이부세 마스지井伏鱒二(125), 8. 아베 고보安部公房(103), 9. 가지이 모토지로梶井基次郎(100), 10. 가와바타 야스나리川端康成(94) 등의 순서로 많았다. 그리고 작품별로는 1. 『산게쓰키山月記』, 2. 『마음こころ』, 3. 『라쇼몬羅生門』, 4. 『무희舞姫』, 5. 『기노사키에서城の崎まで』, 6. 『부악백경富岳百景』의 순이었다.

한편 한국에서 많이 연구되는 일본문학의 작가·작품은, 1. 나쓰메 소세키 574편, 2. 아쿠타가와 류노스케 344편, 3. 『만요슈万葉集』 243편, 4. 가와바타 야스나리 224편, 5. 『겐지 이야기源氏物語』222편, 6. 다자이 오사무 185편, 7. 시마자키 도손島崎藤村 181편, 8. 다니자키 준이치로谷崎潤一郎 130편, 9. 마쓰오 바쇼松尾芭蕉 125편, 10. 아리시마 다케오有島武郎 125편, 11. 미야자와 겐지宮沢賢治 115편, 12. 『쓰레즈레구사徒然草』 110편, 13. 이하라 사이카쿠井原西鶴 99편, 14. 이시카와 다쿠보쿠石川啄木 97편, 15. 모리 오가이森鴎外 93편, 16. 미시마 유키오三島由紀夫 93편, 17. 시가 나오야志賀直哉 87편, 18. 엔도 슈사쿠遠藤周作 84편, 19.『곤자쿠 이야기집今昔物語集』80편, 20. 『헤이케 이야기平家物語』73편의 순이었다. 이상 20개 작가·작품 중에서 고전문학은 7개이고, 근·현대문학은 13개 작가·작품이었다.

한국에서의 '일본문학 연구와 교육'과 일본에서의 '국문학 교육'을 대비해 보았을 때, 나쓰메 소세키와 아쿠타가와 류노스케가 1, 2위에 있다는 것은 양국이 동일하다. 그리고 한국에서의 연구 상위 5위 안에『만요슈』와 『겐지 이야기』가 들어있는 것은 해당 작품의 연구자 분포에 따른 영향이 크고, 4위에 가와바타 야스나리가 있는 것은 노벨상 수상 작가로서의 인기에 따른 영향일 것으로 생각된다. 한편 동일본 대지진 이후 일본 정치의 우경화로 한일 관계가 경직되어 있지만, 한국에서의 일본문학 연구와 교육은 친일親日·배일排日·극일克日이라고 하는 문제를 탈피하여 타자관을 갖고 객관적인 학문으로서 정립될 필요가 있다. 그리고 일본문학의 연구와 교육에 관한 해외 여러 나라에서의 사례를 비교 고찰하는 글로벌한 정보 교류와 학술대회도 중요하다고 생각된다.

【참고문헌】

〈텍스트·주석서·사전〉

山口佳紀·神野志隆光 校注(2007), 『古事記』, ≪新編日本古典文学全集≫ 1, 小学館.

小嶋憲之 他校注(1998), 『日本書紀』1-3, ≪新編日本古典文学全集≫ 2-4, 小学館.

植垣節也 校注(1998), 『風土記』, ≪新編日本古典文學全集≫ 5, 小学館.

小島憲之 他校注(1994), 『万葉集』 1-4, ≪新編日本古典文学全集≫ 6-9, 小学館.

小沢正夫 他校注(1994), 『古今和歌集』, ≪新編日本古典文学全集≫ 11, 小学館.

菊地晴彦 他校注(2000), 『土佐日記 蜻蛉日記』, ≪新編日本古典文学全集≫ 13, 小学館.

中野幸一 校注(2002), 『うつほ物語』1 -3, ≪新編日本古典文学全集≫ 14-16, 小学館.

三谷栄一 他校注(2004), 『落窪物語 堤中納言物語』, ≪新編日本古典文学全集≫ 17, 小学館.

松尾聡·永井和子 校注(1999), 『枕草子』, ≪新編日本古典文学全集≫ 18, 小学館.

菅野礼行 校注(1999), 『和漢朗詠集』, ≪新編日本古典文学全集≫ 19, 小学館.

阿部秋生 他校注(1998), 『源氏物語』1-6, ≪新編日本古典文学全集≫ 20-25, 小学館.

藤岡忠美 他校注(2008), 『和泉式部日記 紫式部日記 更級日記 讃岐典侍日記』, ≪新編日本古典文学全集≫ 26, 小学館.

山中裕 他校注(1998), 『栄花物語』1-3, ≪新編日本古典文学全集≫ 31-33, 小学館.

橘健二 校注(2000), 『大鏡』, ≪新編日本古典文学全集≫ 34, 小学館.

馬淵和夫 他校注(2002), 『今昔物語集』1-4, ≪新編日本古典文学全集≫ 35-38, 小学館.

三角洋一 他校注(2002), 『住吉物語 とりかえばや物語』, ≪新編日本古典文学全集≫

39, 小学館.

新間進一 他校注(2000),『神楽歌 催馬楽 梁塵秘抄 閑吟集』,≪新編日本古典文学
　　全集≫ 42, 小学館.

市古貞次 校注(1994),『平家物語』1-2,≪新編日本古典文学全集≫ 45-46, 小学館.

井上光貞 他校注(1976),『律令』,≪日本思想大系≫ 3, 岩波書店.

大野晋 編(1981),『本居宣長全集』7巻, 筑摩書房.

源為憲 撰, 江口孝夫 校注(1982),『三宝絵詞』上, 現代思潮社.

清水文雄 校注(1985),『和泉式部集 和泉式部続集』, 岩波書店.

野口元大 校注(1986),『竹取物語』,≪新潮日本文学集成≫, 新潮社版.

山本利達 校注(1987),『紫式部日記 紫式部集』,≪新潮日本古典集成≫, 新潮社.

李丙燾 訳註(1983),『三国史記』上, 乙酉文化史.

金富軾 著, 金思燁 訳(1980),『三国史記』, 六興出版.

一然 著, 金思燁 訳(1981),『三国遺事』, 六興出版.

류정 역(1975),『겐지源氏 이야기』上下,「世界文学全集」4, 5巻, 乙酉文化社.

전용신 역(1999),『겐지 이야기』1, 2, 3권, 나남출판.

김난주 역, 김유천 감수(2007),『겐지 이야기』전10권, 도서출판한길사.

정순분 옮김 주해(2004),『마쿠라노소시』, 갑인공방.

大野晋 編(1973),『岩波古語辞典』, 岩波書店.

市古貞次 他編(1985),『日本古典文學大辭典』全6巻, 岩波書店.

김민수 외(1991),『금성판 국어대사전』, 금성출판사.

新村出 編(1999),『広辞苑』, 岩波書店.

山口堯一 鈴木日出男(2004),『全解古語辞典』, 文英堂.

〈단행본〉

Linda Hutcheon, 김상구 외역(1992),『패러디 이론』, 문예출판사.

イ・ヨンスク(1996),『国語という思想』, 岩波書店.

姜信沆(2003),『訓民正音研究』, 成均館大學校出版部.

岡一男(1965),『源氏物語事典』, 春秋社.

424

岡田正之(1929),『日本漢文学史』, 共立社書店.

姜沆 著, 李乙浩 訳(1972),『看羊録』, 大洋書籍.

犬養廉 他校注(2002),『平安私家集』, ≪新日本古典文学大系≫, 岩波書店.

高麗大学民族文化研究院(2007),『大典会通』CD, 東方メディア.

고영진·임경화 역(1996),『국어라는 사상』, 소명출판.

丘仁換 編(2012),『癸丑日記』, 新元文化社.

_____(2010),『仁顕王后伝』, 新元文化社.

_____(2011),『閑中録』, 新元文化社.

国史編纂委員会(1995),『CD-ROM国訳朝鮮王朝実録』, 韓国学データベース研究所.

金聖昊(1984),『沸流百済와 日本의 國家起源』, 知文社.

吉田晶(1984),『日本と朝鮮の古代史』, 三省堂.

金達寿(1975),『日本の中の朝鮮文化』11巻, 講談社.

金用淑(1979),『朝鮮朝女流文学の研究』, 淑明女子大学校出版部.

金子彦二郎(1943),『平安時代文学と白氏文集』—句題和歌·千載佳句研究篇, 培風館.

金田鬼一 訳(2009),『完訳グリム童話集一』, 岩波書店.

段成式著 今村与志雄 訳註(1981),『酉陽雑俎』4巻, 平凡社.

대한불교조계종 역경위원회(1975),『한글 대장경』18, 동국역경원.

島内景二(1989),『源氏物語の話型學』, ぺりかん社.

東京大学史料編纂所編纂(1987),『大日本古記録 小右記五』, 岩波書店.

洞院公賢(1928),『拾芥抄』, 吉川弘文館.

藤本勝義(1991),『源氏物語の物の怪』, 青山学院女子短期大学.

藤村潔(1977),『古代物語研究序説』, 笠間書房.

鈴木日出男(1988),『源氏物語への道』, 小学館.

_____(1990),『百人一首』, ちくま書房.

_____(1998),『清少納言と紫式部』, 放送大学教育振興会.

龍田洋二郎 監督(2001),「陰陽師」, 東宝.

柳成龍 著,南晩星 訳(1973),『懲毖録』, 玄岩社.

六堂全集編纂委員会(1974),『六堂崔南善全集』9巻, 玄岩社.

李進熙(1985),『日本文化と朝鮮』, 日本放送出版協会.

林田孝和 他編(2002),『源氏物語事典』, 大和書房.

目加田さくを(1964),『物語作家圏の研究』, 武蔵野書院.

夢枕獏(1991~2003),『陰陽師』 1-6, 文春文庫.

朴趾源(1982),『熱河日記』Ⅱ, ≪避暑録≫, 民族文化文庫刊行会.

服藤早苗(1995),『平安朝の女と男』, 中央公論社.

峯岸義秋 校訂(1984),『六百番歌合』, 岩波書店.

山口博(1994),『王朝貴族物語』, 講談社現代新書.

山中裕(1983),『平安朝物語の史的研究』, 吉川弘文館.

_____(1991),『平安貴族の環境』, ≪解釈と鑑賞≫ 別冊, 至文堂.

三谷栄一(1967),『物語史の研究』, 有精堂.

三田村雅子(1997),『源氏物語』, 筑摩書房.

上代語辞典編修委員會(1983),『時代別國語大辭典』上代編, 三省堂.

西郷信綱(1993),『古代人と夢』, 平凡社.

石原道博 編訳(1994),『魏志倭人伝』 他三編, 岩波書店.

小倉進平(1964),『増訂補注朝鮮語学史』, 刀江書院.

_____(1992),『郷歌及び吏読の研究』, 京城帝国大学, 近澤商店.

宋晢来(1991),『郷歌와 萬葉集의 比較研究』, 을유문화사.

松井健児(2000),『源氏物語の生活世界』, 翰林書房.

市古貞次(1955),『中世小説の研究』, 東大出版会.

新渡戸稲造(1985),『武士道』, 岩波書店.

신선향(2004),『일본문학과 여성』, 울산대학교출판부.

申叔舟 著, 李乙浩 訳(1972),『海東諸国紀』, 大洋書籍.

新倉朗子訳(2009),『完訳ペーロー童話集』, 岩波書店.

深澤三千男(1972),『源氏物語の形成』, 櫻楓社.

阿部秋生(1989),『光源氏論』, 発心と出家, 東大出版会.

永井和子(1995),『源氏物語と老い』(笠間叢書 284).

奥村英司(2004),『物語の古代学 内在する文学史』, 風間書房.

玉上琢弥 編(1978),『紫明抄 河海抄』, 角川書店.

＿＿＿＿＿(1982),『源氏物語研究』, ≪源氏物語評釈≫ 別巻1, 角川書店.

宇治谷孟(2002),『続日本紀』, 講談社.

源為憲 撰, 江口孝夫 校注(1982),『三宝絵詞』上, 現代思潮社.

一然著 李民樹 訳(1987),『三国遺事』, 乙酉文化社.

日向一雅(1983),『源氏物語の主題』, 櫻楓社.

＿＿＿＿＿(1989),『源氏物語の王權と流離』, 新典社.

齋藤勵(2007),『王朝時代の陰陽道』, 甲寅叢書刊行.

猪口篤志(1984),『日本漢文学史』, 角川書店.

田中卓(1985),『住吉大社神代記の研究』, ≪田中卓著作集≫ 7, 図書刊行会.

折口信夫(1987),『折口信夫全集』七巻, 中央公論社.

＿＿＿＿＿(1987),『折口信夫全集』十四巻, ≪国文学篇≫ 8, 中央公論社.

正宗敦夫 編(1977),『倭名類聚鈔』, 風間書房.

佐久節 注解(1978),『白楽天全詩集』二巻, ≪続国訳漢詩文大成≫, 日本図書セン
　　　ター.

佐竹昭広(1986),『古語雑談』, 岩波書店.

주경철(2005),『신데렐라 천년의 여행』, 도서출판 산처럼.

竹田晃 訳(1970),『捜神記』, ≪東洋文庫≫ 10, 平凡社.

中島あや子(2004),『源氏物語の構想と人物造形』,「なにがし院の怪」, 笠間書院.

中村慎一郎(1985),『色好みの構造』, 岩波書店.

中村璋八(1985),『日本陰陽道書の研究』, 汲古書院.

池田龜鑑(1981),『平安朝の生活と文學』, 角川書店.『平安時代の文學と生活』, 至
　　　文堂.

津田潔(1993),『白居易研究講座』三巻, 勉誠社.

清水好子 他2人(1983),『源氏物語手鏡』, 新潮社.

村山修一(1981),『日本陰陽道史總説』, 塙書房.

秋山虔(1980),『源氏物語の世界』, 東大出版会.

＿＿＿＿(1991),『源氏物語の女性たち』, 小学館.

_____(2000),『王朝語辞典』, 東京大學出版會.

詫間直樹, 高田義人 編著(2001),『陰陽道関係史料』, 汲古書院.

特集(1982.9),「古典の中の女100人」,『国文学』, 学燈社.

下出積与 校注(1987),『陰陽道』, 神道大系編纂会.

허영은(2005),『일본문학으로 본 여성과 가족』, 보고사.

黒板勝美 国史大系編修会(1983),『日本三代実録』後編, 吉川弘文館.

〈논문〉

http://miko.org/~uraki/kuon/furu/text/kiryaku/fs29.htm,

http://www.jpling.gr.jp/gaiyo/aisatu/

甲斐睦朗(1980),「住吉詣」,『講座源氏物語の世界』4, 有斐閣.

康米邦(1980.9),「日本と朝鮮の王朝文学—時代思想と女流文学のかかわり」,『平安朝文学研究』二巻 九号, 早稲田大学国文学会平安朝文学研究会.

高橋文二(2004.8),「六条御息所」,『解釈と鑑賞』, 至文堂.

高橋亨(1982),「源氏物語における出家と罪と宿世」,『源氏物語』Ⅳ,「日本文学研究資料叢書」, 有精堂.

_____(1989.2),「源氏物語の光と王權」,『日本文學』, 日本文學協會.

_____(1991.9),「継子譚の構造」,『国文学』, 学燈社.

高崎正秀(1979),「民俗学より見たる落窪物語」,『平安朝物語』Ⅲ, 有精堂.

高木和子(1993.2),「光源氏像の変貌—賢木巻から薄雲・朝顔巻へ—」,『国語と国文学』, 東大国語国文学会.

高木和子(2001),「継子いじめ-『源氏物語』における継子譚の位相」,『源氏物語研究集成』八巻, 風間書房.

関敬吾(1972),「落窪とシンデレラ」,『日本古典文学全集』月報19, 小学館.

_____(1980),「婚姻譚としての住吉物語」,『関敬吾著作集』4, 同朋舎出版.

久富木原玲(2001.5),「源氏物語の密通と病」,『日本文学』, 日本文学協会.

菊田茂男(1975.12),「家の女—蜻蛉日記」,『国文学』, 学燈社.

堀内秀晃(1959.4),「落窪物語の方法」,『国語と国文学』, 東大国語国文学会.

金鍾德(1977.5),「王朝女流日記の作者たち」,『解釈と鑑賞』, 至文堂.

_____(1989),「王権譚의 伝承과『源氏物語』」,『日本文化研究』4号, 韓國外國語 大學校, 日本文化研究所.

_____(1995),「色好み物語の条件」,『東アジアの中の平安文学』, 勉誠社.

_____(2000),「大陸の日月神話と光源氏の王権」,『神話・宗教・巫俗』, 風響社.

_____(2003.5),「韓國에 있어서의 日本文学研究의 現況과 展望」,『日語日文学研 究』45輯, 韓國日語日文学会.

_____(2006.3),「韓國における近年の日本文学研究」,『文学・語学』184号, 全國大 学國語國文学会.

_____(2007.6),「『枕草子』と朝鮮王朝の宮廷文学」,『国文学』, 学燈社.

_____(2008),「朝鮮王朝と平安時代の宮廷文学」,『王朝文学と東アジアの宮廷文学』, 竹林社.

_____(2012),「『源氏物語』에 나타난 질병과 치유의 논리」,『日語日文学研究』 80輯, 韓國日語日文学会.

金英(2005.11),「韓日両国の宮中文学に表れた女性像研究」,『日本学報』, 韓国日本 学会.

김은정(1996),「콩쥐 팥쥐 와 신데렐라의 비교 고찰」, 국어교육연구 8집, 광주교육 대학교 국어교육학과.

金鍾德(2002.2),「光源氏의 須磨流離와 王権」,『日語日文学研究』40집, 韓國日語 日文学会.

大朝雄二(1975),「六条御息所の死霊」,『源氏物語正編の研究』, 桜風社.

_____(1981),「六条御息所の苦悩」,『講座源氏物語の世界三』, 有斐閣.

藤本勝義(1989.8),「憑霊現象の史実と文学-六条御息所の生霊を視座としての考察-」, 『国語と国文学』66-8, 東京大学国語国文学会.

_____(1991),「源氏物語の陰陽道」,『源氏物語講座』5, 勉誠社.

_____(1998),「六条御息所物語の主題」,『源氏物語研究集成』一巻, 風間書房.

藤原克己(1984),「白氏文集」,『漢詩・漢文・評論』,「研究資料日本古典文学」, 明治 書院.

藤原克己(1997), 「中国文学と源氏物語」, 『新·源氏物語必携』, 学燈社.

鈴木日出男(1982), 「光源氏の道心」-光源氏論 5, 『講座源氏物語の世界』七集, 有斐閣.

鈴木日出男(1992.4), 「源典侍と光源氏」, 『国語と国文学』, 東京大學國語國文學會.

_____(1994), 「光源氏の道心と愛執」, 『源氏物語と源氏以前研究と資料』, 武蔵野書院.

瀬尾博之(2005.9), 「『伊勢物語』の「老い」」, 『明治大学大学院文学研究論集』, 明治大学.

柳瀞先(2002.12), 「『宇津保物語』の老いたる人」, 『国語国文学』, 名古屋大学.

柳瀞先(2003.7), 「『宇津保物語』における〈老女の恋〉——一条北の方をめぐって」, 『名古屋大学国語国文学』, 名古屋大学国語国文学會.

柳井滋(1984), 「初瀬の観音の霊験」, 『講座源氏物語の世界』9, 有斐閣.

栗山元子(2005.11), 「源典侍における老いと好色について」, 『人物で読む源氏物語』10, 勉性出版.

里見実(1991.2), 「他者とともに世界をつくる―文學教育における対話と相互創造」, 『日本文学』VOL40., 日本文學協会.

李美淑(2006.7), 「『蜻蛉日記』と『意幽堂関北遊覧日記』―日韓女流日記と旅」, 『国文学』, 学燈社.

木谷真理子(2002), 「初瀬」, 『源氏物語研究集成』10, 風間書房.

박연숙(2007), 「'콩쥐 팥쥐'와 '고메후쿠 아와후쿠米福粟福'의 비교 연구」, 일본문화연구 23집, 동아시아일본학회.

本居宣長(1981), 「源氏物語玉の小櫛」, 『本居宣長全集』四巻, 筑摩書房.

三谷邦明(1970.5), 「澪標における栄華と罪の意識―八十嶋祭と住吉物語の影響を通じて―」, 『平安朝文学研究』2巻 1号, 早稲田大学平安朝文学研究会.

_____(1974.1), 「継子もの〈世界と日本〉」, 『国文学』, 至文堂.

_____(1979), 「落窪物語の方法」, 『平安朝物語』Ⅲ, 有精堂.

_____(1989), 「源典侍物語の構造」, 『物語文学の方法二』, 有精堂.

森本茂(1981), 「初瀬詣」, 『講座源氏物語の世界』5, 有斐閣.

430

石原昭平(1985.5),「貴種流離譚の展開」,『文学·語学』105号, 桜楓社.

＿＿＿＿＿(2002),「住吉」,『源氏物語研究集成』10, 風間書房.

石川徹(1949.8),「末摘花と源典侍—鼻赤き姫君と老いらくの恋やまぬ女—」,『国文学解釈と鑑賞』, 至文堂.

石阪晶子(2000),「〈なやみ〉と〈身体〉の病理学」,『源氏物語研究』五号, 翰林書房.

小嶋菜温子(1995),「老いの身体と罪·エロス」,『源氏物語の批評』, 有精堂.

＿＿＿＿＿(2001),「生誕·裳着·結婚·算賀-『竹取』『落窪』から『源氏』へ-」,『源氏物語研究集成』, 風間書房.

小林茂美(1970.3),「源典侍物語の伝承構造論」,『国学院大学紀要』, 国学院大学.

新藤協三(1992),「平安時代の病気と医学」,『平安時代の信仰と生活』, 國文學解釋鑑賞別冊, 至文堂.

神野藤明夫(1980),「継子物語の系譜」,『講座源氏物語の世界』二集, 有精堂.

室城秀之(2007),「前期物語の通過儀礼」,『王朝文学と通過儀礼』, 竹林舎.

阿武泉(2008.9),「高等学校国語教科書における文学教材の傾向」,『国文学』, 學燈社.

野中潤(2008.9),「定番教材はなぜ読み継がれているのか」,『国文学』, 學燈社.

永井和子(1981),「空蝉再会」,『講座源氏物語の世界』4, 有斐閣.

＿＿＿＿＿(1994.1),「物語と老い—源氏物語をひらくもの」,『国語と国文学』, 東京大學國語國文學會.

奥村英司(1995.3),「老女と色好み」,『国語国文学』『鶴見大学紀要』, 鶴見大学.

奥出文子(1976.9),「六条御息所の死霊をめぐる再検討」,『中古文学』18, 中古文学会.

原岡文子(1980.5),「六条御息所と葵上-源氏物語はいかに読まれているか-」,『解釈と鑑賞』45-5, 至文堂.

楢原茂子(1991),「六条御息所」,『源氏物語講座』二巻, 勉誠社.

伊藤博(1965.6),「『澪標』以後-源氏の変貌-」,『日本文学』, 日本文学協会.

伊井春樹(2007.5),「海外の日本文学研究事情」,『国文学』, 學燈社.

李漢燮 編,(2000),『韓国日本文学関係研究文献一覧』, 高麗大学校出版部.

諏訪春雄(2007.5),「日本文學と国文学」,『国文学』, 學燈社.

日向一雅(1989),「玉鬘物語の流離の構造」,『源氏物語の王権と流離』, 親典社.

_____(2001.5),「源氏物語と病—病の種々相と「もの思ひに病づく」世界」,『日本文学』, 日本文学協会.

任東權(1978),「仙女と樵の説話」,『東アジア民族説話の比較研究』, 桜風社.

長谷章久(1979),「源氏物語の風土」,『源氏物語講座』5巻, 有精堂.

長沢規矩也 編(1999),「白氏長慶集序」,『和刻本漢詩集成』唐詩第九集, 古典研究会.

斎藤暁子(1989),「第二部 光源氏の出家志向」,『源氏物語の仏教と人間』, 桜楓社.

田中隆昭(1995),「光源氏における孝と不孝」,『東アジアの中平安文学』, 勉誠社.

折口信夫(1987),「小説戯曲文学における物語要素」,『折口信夫全集』七集, 中央公論社.

鄭澉(1993.5),「韓国에 있어서의 日本文学研究의 成果와 課題」,『日本学報』30輯, 韓国日本学会.

浅尾広良(2002),「長谷寺の霊験」,『源氏物語事典』, 大和書房.

川本皓嗣(2003.1),「国文学とナショナリズム」,『国文学』, 學燈社.

村山修一(1971),「源氏物語 陰陽道 宿曜道」,『源氏物語講座』5巻, 有精堂.

_____(1992),「陰陽道」,『平安時代の信仰と生活』, 至文堂.

太田晶二郎(1956),「白氏詩文の渡来について」,『解釈と鑑賞』, 至文堂.

特集(2004.8),「『源氏物語』の女性たち」,『解釈と鑑賞』, 至文堂.

坂本昇(1982),「六条御息所」,『源氏物語必携』Ⅱ, 學燈社.

豊島秀範(1987),「須磨・明石の巻における信仰と文学の基層—『住吉大社神代記』をめぐって—」,『源氏物語の探究』12集, 風間書房.

豊島秀範(1992),「住吉の神威—須磨・明石・澪標巻—」,『源氏物語講座』3巻, 勉誠社.

河添房江(1985.7),「竹取物語の享受」,『国文学』, 学燈社.

_____(1988),「享受」,『竹取物語, 伊勢物語必携』, 学燈社.

韓正美(1995.12),「須磨・明石巻に見られる住吉信仰」,『解釈と鑑賞』, 至文堂.

_____(2007.4),「澪標・若菜下巻における住吉詣」,『日本言語文化』10輯, 韓国日本言語文化学会.

丸山キヨ子(1977),「源氏物語の源泉 Ⅲ 漢文学」,『源氏物語講座』八巻, 有精堂.

_____(1980),「明石入道の造形について—仏教観の吟味として—」,『源氏物語

432

の探究』五集, 風間書房.

丸山茂(1990),「『白氏文集』流行の原因」,『研究紀要』40号, 日本大学文理学部人文科学研究所.

【초출일람】

제1부 헤이안 시대 남녀의 사랑과 결혼

제1장 헤이안 시대의 문화적 배경과 문학

  (2004.6), 「헤이안 시대의 사상적 배경」, 『음양사』 4, 손안의책, 수정 가필.

  (2004.9), 「헤이안 시대의 정치적 배경」, 『음양사』 5, 손안의책, 수정 가필.

제2장 노녀의 사랑과 이로고노미

  (2013.2), 「늙은 여인의 순정과 로맨스」」, 『에로티시즘으로 읽는 일본문화』, 제이앤씨.

제3장 로쿠조미야스도코로의 사랑과 질투

  (2005.12), 「『源氏物語』에 나타난 六条御息所의 愛執」, 『日本硏究』 26号, 韓國外大 日本硏究所.

제2부 헤이안 시대의 교양과 생활

제1장 여성의 연애와 결혼 생활

  (2006.9), 「平安時代 文学에 나타난 女性」, 『일본문학 속의 여성』, 제이앤씨.

제2장 계모학대담의 유형과 패러디

  (2010.2), 「継子譚의 傳承과 패러디」, 『일본어문학』 48호, 일본어문학회.

제3장 여성의 참배 여행과 공간

  (2014.11), 「『源氏物語』에 나타난 참배 여행의 의의와 作意」, 『日語日文学研究』 91輯, 韓國日語日文学会.

제3부 헤이안 시대의 문학과 사상

제1장 헤이안 시대의 삶과 죽음

    (2014.12),「헤이안 시대 문학에 나타난 질병과 죽음」,『日本研究』62号, 韓國外大 日本研究所.

제2장 헤이안 시대의 효의식

    (2003.2),「平安時代의 孝意識」,『日語日文学研究』44집, 韓國日語日文学会.

제3장 헤이안 시대의 문학과 음양도

    (2004.11),「平安文学에 나타난 陰陽道」,『日語日文学研究』51輯, 韓國日語日文学会.

제4부 헤이안 시대의 영험과 출가

제1장 꿈의 해몽과 영험의 실현

    (2000.6),「일본고대문학에 나타난 꿈과 物語의 作意」,『日語日文学研究』36輯, 韓國日語日文学会.

제2장 신불의 영험과 겐지의 영화

    (2001.4),「光源氏の流離と栄華 -救済の論理を中心に」,『한일어문학논총』, 태학사.

제3장 사랑의 갈등과 출가

    (1998.4),「光源氏の愛執と出家願望」,『日本研究』13호, 韓國外大 日本研究所.

제5부 한일 문화교류와 문학

제1장 일본 고대문학에 나타난 한문화

(2000.11), 「日本古代文学에 나타난 韓文化」, 『외국문학연구』 7호, 한국외대 외국문학연구소.

제2장 한일 고유문자의 발명과 궁정 여류 문학

(2014.3), 「仮名文字とハングルの発明、そして女流文学」, 『日本研究教育年報』 18, 東京外国語大学.

제3장 『겐지 이야기』에 나타난 「장한가」의 수용과 변용

(2013.2), 「『源氏物語』에 나타난 「長恨歌」의 수용과 변용」, 『日語日文学研究』 84輯, 韓國日語日文学会.

제4장 국문학 교육과 일본문학 교육의 위상

(2012.9), 「韓国における日本文学教育の実態」, 「国際シンポジウム：外国における日本文学研究と日本文学教育－韓国に場合を中心に－」, 東京大学大学院人文社会系研究科・文学部国文学研究室編, 発表 가필.

436

442

색인

450

452

456

458

【저자 소개】

김종덕金鍾德

한국외국어대학교 일본어대학 일본언어문화학부 교수.

1976년 한국외국어대학교 일본어과를 졸업하고, 1982년 일본 도쿄대학東京大學 대학원 일본문학연구과정에 유학하여 석사학위와 박사학위를 취득하였다. 현재 한국외국어대학교 일본어대학 일본언어문화학부 교수, 학과장, 연수평가부장, 학보사주간, 입학처장, 대학원장을 역임했다. 일본 중고시대의 대표적인 작품인『겐지이야기源氏物語』를 중심으로 일본고전문학을 연구하고 있다.

한국일어일문학회 회장(2009), KOREANA(한국국제교류재단) 편집장, BBB Korea 일본어위원장 등으로 활약하고 있다. 대표적인 연구로는『표현이 펼치는 고대문학사ことばが拓く古代文学史』(공저, 笠間書院, 1999),『신화·종교·무속神話·宗教·巫俗』(공저, 風響社, 2000),『교착하는 고대交錯する古代』(공저, 勉誠社, 2004),『일본고대문학과 동아시아日本古代文学と東アジア』(공저, 勉誠出版, 2004), 초역『겐지 이야기』(지만지, 2008),『일본고전문학의 흐름』(제이앤씨, 2013),『겐지 이야기의 전승과 작의』(제이앤씨, 2014) 외 다수의 논문이 있다.